DIE LISTE

JOHN GRISHAM
DIE LISTE

ROMAN

Aus dem Amerikanischen von
Dr. Bernhard Liesen, Bea Reiter
und Imke Walsh-Araya

HEYNE <

Die Originalausgabe erschien unter dem Titel
The Last Juror bei Doubleday, New York

Dieses Buch ist reine Fiktion.
Namen, Charaktere, Unternehmen, Organisationen, Orte
und Ereignisse entstammen entweder der Fantasie
des Autors oder wurden auf fiktionale Weise verwendet.
Jede Ähnlichkeiten mit lebenden oder toten Personen,
mit Ereignissen und Orten wäre vollkommen zufällig.

Redaktion: Oliver Neumann
Herstellung: Helga Schörnig
Gesetzt aus der Sabon 11/13 Punkt
bei Franzis print & media, München
Druck und Bindung: GGP Media, Pößneck
Printed in Germany
ISBN 3-453-87834-5

Teil I

1

Nach Jahrzehnten des Missmanagements und der liebevollen Vernachlässigung war die *Ford County Times* 1970 finanziell am Ende. Die Eigentümerin und Herausgeberin der Zeitung, Miss Emma Caudle, war dreiundneunzig Jahre alt und in einem Pflegeheim in Tupelo im wahrsten Sinne des Wortes ans Bett gefesselt. Der Chefredakteur, ihr Sohn Wilson Caudle, hatte die siebzig schon überschritten und als Erinnerung an den Ersten Weltkrieg eine Metallplatte im Kopf zurückbehalten. Oben auf seiner hohen, fliehenden Stirn, wo der Chirurg sie eingesetzt hatte, prangte ein kreisrundes, dunkleres Stück transplantierter Haut. Diesem Fleck verdankte es Mr Caudle, dass er seither den Spitznamen »Spot« ertragen musste: Spot hat dies getan, Spot hat das getan. Spot hier, Spot da.

In jüngeren Jahren hatte er als Journalist über Gemeindeversammlungen, Footballspiele, Wahlen, Gerichtsverfahren, kirchliche Veranstaltungen und alle möglichen anderen Ereignisse in Ford County berichtet. Er war ein guter Reporter, gründlich und besaß eine schnelle Auffassungsgabe. Offensichtlich hatte die Kopfverletzung sein journalistisches Talent nicht in Mitleidenschaft gezogen. Doch irgendwann nach dem Zweiten Weltkrieg hatte sich die Metallplatte in seinem Kopf augenscheinlich etwas gelockert, und Mr Caudle beschloss, sich exklusiv dem Schreiben von Nachrufen zu widmen. Er liebte Nachrufe. Stundenlang beschäftigte er sich damit, noch das unbedeutendste Mitglied der Gesellschaft von Ford County mit einem ausführlichen, in schwungvoller Prosa abgefassten Nekrolog zu ehren. Starb gar ein wohlhabender oder prominenter Mitbürger, nutzte Mr Caudle die Gunst der Stunde und hievte den Nachruf auf die Titelseite. Nie verpasste er eine Totenwache oder eine Beerdigung, kein einziges Mal ließ er auch nur ein schlechtes Wort über den Verblichenen fallen. Auf den posthumen Glorienschein musste niemand verzichten – Ford County war ein idealer Platz zum Sterben. Und Spot, wenngleich verrückt, ein äußerst beliebter Mann.

Die einzige wirkliche Krise seiner journalistischen Laufbahn ereignete sich im Jahr 1967, ungefähr zu der Zeit, als sich die Bürgerrechtsbewegung schließlich auch in Ford County bemerkbar machte. Bisher hätte man der Zeitung nicht einmal ansatzweise entnehmen können, dass sie um Toleranz in Rassenfragen bemüht gewesen wäre. Schwarze Gesichter, von Verbrecher- oder Fahndungsfotos abgesehen, suchte man auf ihren Seiten vergebens. Heiratsanzeigen von Schwarzen, herausragende schwarze Studenten, schwarze Baseballteams – Fehlanzeige. Doch im Jahr 1967 machte Mr Caudle eine bestürzende Entdeckung. Eines Morgens ging ihm mit dem Erwachen ein Licht auf: In Ford County starben Schwarze, ohne dass sie angemessen gewürdigt worden wären. Für einen Verfasser von Nachrufen war damit ein ganz neues, fruchtbares Feld zu bestellen, und Mr Caudle machte sich auf in die gefährlichen, unbekannten Gewässer. Am Mittwoch, dem 8. März 1967, brachte die *Ford County Times* als erste weiße Wochenzeitung in Mississippi die posthume Würdigung eines Schwarzen, doch der Nachruf blieb weitgehend unbeachtet.

In der folgenden Woche legte Mr Caudle mit drei Abgesängen auf verstorbene Schwarze nach. Die Leute begannen zu reden, und in der vierten Woche sah er sich einem regelrechten Boykott ausgesetzt. Abonnenten kündigten, Anzeigenkunden zahlten nicht. Mr Caudle schätzte die Situation zwar richtig ein, war aber schon zu sehr in seine Rolle als Vorkämpfer der Gleichberechtigung Schwarzer vernarrt, um sich noch über Bagatellen wie Auflage und Gewinne Gedanken zu machen. Sechs Wochen nach dem historischen Nekrolog erklärte er der Öffentlichkeit seine neue Strategie, auf der Titelseite und in Fettdruck: Er werde nur noch veröffentlichen, was ihm gefalle, und falls das irgendwelchen Weißen nicht in den Kram passe, werde er kurzerhand die Zahl der ihnen gewidmeten Nachrufe zurückfahren.

Ein würdiger Abgang ist ein wichtiger Bestandteil des Lebens in Mississippi, für Schwarze *und* Weiße, und der bloße Gedanke, ohne einen von Spots ruhmreichen Nekrologen zur letzten Ruhe gebettet zu werden, war für die meisten Weißen unerträglich. Sie wussten, dass er verrückt genug war, seine Drohung wahr werden zu lassen.

In der nächsten Ausgabe fanden sich, unter Aufhebung der Rassentrennung, ordentlich alphabetisch geordnet, Nachrufe auf Schwarze und Weiße. Die Auflage war bald ausverkauft, und für die *Ford County Times* folgte eine kurze Phase der Prosperität.

Der Bankrott wurde »unfreiwilliger Konkurs« genannt, als gäbe es andere Formen der Pleite, die man bevorzugte. Die Meute der Gläubiger wurde von einem Geschäft für Druckereibedarf aus Memphis angeführt, das Außenstände von sechzigtausend Dollar geltend machen konnte. Andere hatten seit einem halben Jahr kein Geld mehr gesehen. Die gute alte Security Bank forderte einen Kredit zurück.

Obwohl ich noch nicht lange bei der Zeitung arbeitete, hatte ich schon Gerüchte gehört. Ich saß im vorderen Büro der Redaktion und las gerade eine Illustrierte, als ein Zwerg mit spitzen Schuhen hereinspaziert kam und nach Wilson Caudle fragte.

»Ist im Bestattungsinstitut«, erwiderte ich.

Er war ein großspuriger Wicht. Unter seinem zerknitterten marineblauen Blazer konnte man eine Waffe erkennen, die offenbar auch gesehen werden sollte. Wahrscheinlich hatte er sogar einen Waffenschein. Doch eigentlich brauchte man den in Ford County nicht, zumindest nicht im Jahr 1970. Tatsächlich lösten Waffenscheine eher ein Stirnrunzeln aus. »Ich muss ihm diese Papiere zustellen«, sagte der Zwerg und fuchtelte mit einem Umschlag herum.

Eigentlich hatte ich nicht vor, mich hilfsbereit zu zeigen, aber es ist schwierig, einem Zwerg gegenüber ruppig zu werden. Selbst wenn er bewaffnet ist. »Er ist im Bestattungsinstitut«, wiederholte ich.

»Dann lasse ich sie Ihnen hier.«

Obwohl ich an einem College im Norden studiert hatte und noch keine zwei Monate bei der *Times* war, hatte ich doch schon ein paar Dinge gelernt. So etwa, dass gute Nachrichten nie persönlich zugestellt, sondern in der Regel mit der Post befördert wurden. Diese Papiere bedeuteten Ärger, und ich wollte nichts damit zu tun haben.

»Ich nehme sie nicht an«, sagte ich.

Der Natur gehorchend, verhalten sich Zwerge als gelehrige, friedliebende Wesen, und dieser Winzling machte keine Ausnahme. Die Waffe diente nur dekorativen Zwecken. Er blickte sich mit einem affektierten Grinsen im Büro um, wusste aber, dass die Situation hoffnungslos war. Also ließ er den Umschlag mit einer übertrieben schwungvollen Bewegung in der Tasche seines Jacketts verschwinden. »Wo ist das Bestattungsinstitut?«

Ich beschrieb ihm den Weg, und der Zwerg verschwand. Eine Stunde später stolperte Spot durch die Tür, hysterisch schreiend und mit den Papieren herumfuchtelnd. »Es ist vorbei! Das war's!« Während er weiterjammerte, nahm ich ihm die Dokumente aus der Hand – es war ein Konkursantrag der Gläubiger. Margaret Wright, die Sekretärin, und Hardy, der Drucker, kamen nach vorn und versuchten, Spot zu trösten. Er setzte sich auf einen Stuhl, die Ellbogen auf die Knie gestützt, das Gesicht in den Händen, und schluchzte mitleiderregend. Ich las den Konkursantrag laut vor.

Darin stand, Mr Caudle habe in einer Woche in Oxford vor Gericht zu erscheinen, um sich mit dem Richter und seinen Gläubigern zu treffen. Dort solle entschieden werden, ob die Zeitung weiter erscheinen könne, während ein Treuhänder die Lage zu klären versuche. Ich hatte den Eindruck, dass Margaret und Hardy sich eher um ihre Jobs als um Mr Caudle und seinen Nervenzusammenbruch Sorgen machten, aber sie klopften ihm trotzdem tapfer auf die Schulter.

Als der Weinkrampf vorbei war, stand Spot abrupt auf und biss sich auf die Unterlippe. »Ich muss es meiner Mutter sagen«, meinte er.

Wir anderen drei blickten uns an. Miss Emma Caudle hatte dieses Leben schon seit Jahren hinter sich gelassen, und ihr schwaches Herz funktionierte gerade noch gut genug, um die Beerdigung ein bisschen hinauszuschieben. Sie wusste nicht mehr, welche Farbe der Wackelpudding hatte, mit dem man sie fütterte, und es war ihr auch egal, und das Schicksal von Ford County und seiner Zeitung war ihr mit Sicherheit genauso egal. Sie war blind und taub, wog deutlich unter vierzig Kilogramm, und jetzt kam Spot auf die Idee, mit ihr über einen unfreiwilligen Konkurs zu sprechen. Zu diesem Zeitpunkt wurde mir klar, dass auch er schon nicht mehr in unserer Welt lebte.

Er begann erneut zu weinen und verließ das Büro. Wenige Monate später sollte ich seinen Nachruf schreiben.

Weil ich das College besucht und die Papiere an mich genommen hatte, erhofften Margaret und Hardy von mir guten Rat. Ich war Journalist, kein Jurist, sagte aber zu, mit den Unterlagen den Familienanwalt der Caudles aufzusuchen. Seinen Rat würden wir dann beherzigen. Sie bedachten mich mit einem matten Lächeln und machten sich wieder an die Arbeit.

Mittags fuhr ich nach Lowtown – das schwarze Viertel von Clanton – und kaufte bei Quincy's One Stop ein Sixpack. Anschließend machte ich mit meinem Spitfire einen Ausflug. Es war Ende Februar und für die Jahreszeit ungewöhnlich warm. Ich zog das Verdeck auf und fuhr zum See. Unterwegs fragte ich mich, nicht zum ersten Mal, was ich in Mississippi und Ford County eigentlich verloren hatte.

Ich war in Memphis aufgewachsen und hatte fünf Jahre lang in Syracuse im Staat New York Publizistik studiert, bevor meine Großmutter es satt hatte, für eine Ausbildung zu zahlen, die für ihren Geschmack zu lange dauerte. Meine Noten waren alles anderes als spektakulär, und von einem Examen trennten mich noch zwölf Monate, vielleicht auch achtzehn. Meine Großmutter BeeBee hatte jede Menge Geld, gab es aber nur äußerst ungern aus, und nach fünf Jahren kam sie zu der Ansicht, ich hätte meine Chance gehabt und sie mich ausreichend gefördert. Als sie mir die Unterstützung strich, war ich sehr enttäuscht, beklagte mich aber nicht. Ich war ihr einziger Enkel und sah meinem Erbe voller Vorfreude entgegen.

Von den Idealen, mit denen ich mein Studium in Syracuse begonnen hatte, war nicht viel übrig geblieben. In den unteren Semestern bewunderte ich den investigativen Journalismus und sah mich schon als Reporter der *New York Times* oder der *Washington Post*. Ich wollte die Welt retten, Korruptionsskandale, Umweltsünden und Steuerverschwendung aufdecken. Die Ungerechtigkeit anklagen, unter der die Schwachen und Unterdrückten zu leiden hatten. Pulitzerpreise waren nur eine Frage der Zeit. Nachdem ich mich ungefähr ein Jahr lang diesen abgehobenen Träumereien hingegeben hatte, sah ich einen Film über einen Auslandskorrespondenten, der als Kriegsberichterstatter um die Welt jettete, wunderschöne Frauen verführte und trotzdem irgendwie noch Zeit fand, preisgekrönte Artikel zu Papier zu bringen. Er beherrschte acht Sprachen, hatte einen Bart, trug Kampfstiefel und gestärkte Khakihosen, die offenbar knitterfrei waren. Ich beschloss, sein Kollege zu werden, ließ mir einen Bart stehen, kaufte mir Kampfstiefel und Khakihosen und versuchte, mir Deutsch beizubringen und bei hübschen Frauen zu punkten. Im vorletzten Studienjahr, als meine Noten ständig schlechter wurden, begann ich mich für die Idee zu begeistern, Journalist bei einer Kleinstadtzeitung zu werden. Die Faszination, die dieser Job auf mich ausübte, kann ich nur so erklären, dass ich mich ungefähr zu dieser Zeit mit Nick Diener anfreundete. Er stammte aus dem ländlichen Indiana, wo seine Familie seit Jahrzehnten eine einigermaßen gut florierende Zeitung besaß. Nick fuhr einen coolen kleinen Alfa Romeo und hatte immer reichlich Bargeld. Bald waren wir enge Freunde.

Nick war ein intelligenter Student und hätte genauso gut Arzt, Jurist oder Ingenieur werden können. Trotzdem kannte er nur ein Ziel. Er wollte nach Indiana zurückkehren und den Familienbetrieb übernehmen. Ich war verblüfft. Zumindest so lange, bis wir uns eines Abends gemeinsam betranken und er mir erzählte, wie viel Profit die kleine Wochenzeitung mit einer Auflage von sechstausend Exemplaren jährlich für seinen Vater abwarf. Laut Nick war das Geschäft eine Goldgrube. Nur Lokalnachrichten, Heiratsannoncen, kirchliche Veranstaltungen, Jubiläen, Sportberichte, Fotos von Basketballteams, ein paar Rezepte, ein paar Nachrufe und ein Anzeigenteil. Vielleicht auch ein bisschen Politik, aber bloß nicht zu kontrovers. Man brauchte nur noch das Geld zu zählen. Sein Vater war Millionär. Schenkte man Nick Glauben, dann war dies die gemütliche Variante des Journalismus, bei der man keinem nennenswerten Druck ausgesetzt war, einem das Geld aber in den Schoß fiel.

Das hörte ich gern. Nach meinem vierten Studienjahr, das eigentlich mein letztes hätte sein sollen, es aber nicht wurde, machte ich im Sommer ein Praktikum bei einer kleinen Wochenzeitung in den Ozark Mountains in Arkansas. Die Entlohnung war kaum erwähnenswert, aber BeeBee war beeindruckt, weil ich einen Job hatte. Jede Woche schickte ich ihr die Zeitung, deren Beiträge ich mindestens zur Hälfte selbst verfasst hatte. Eigentümer, Herausgeber und Chefredakteur des Blatts war in Personalunion ein wunderbarer alter Gentleman, der hocherfreut war, einen Reporter zu haben, der gern schrieb. Außerdem war er ziemlich wohlhabend.

Nach fünf Jahren in Syracuse ließen meine Noten keine Hoffnung mehr auf einen Abschluss des Studiums zu, und die Geldquelle versiegte. Ich kehrte nach Memphis zurück, stattete BeeBee einen Besuch ab, bedankte mich für die finanzielle Unterstützung und versicherte ihr, dass ich sie liebte. Sie sagte, ich solle mir einen Job suchen.

Zu jener Zeit lebte Wilson Caudles Schwester in Memphis, und es ergab sich, dass diese Lady BeeBee bei einer jener aufregenden Teepartys für Senioren traf. Nach ein paar Telefonaten zwischen den beiden alten Damen packte ich meine Sachen und machte mich nach Clanton in Mississippi auf, wo Spot mich bereits ungeduldig erwartete. Im Anschluss an einen nur einstündigen Einführungskurs ließ er mich auf die Bevölkerung von Ford County los.

In der nächsten Ausgabe veröffentlichte er einen netten kleinen Artikel samt Foto über mich, in dem er die Öffentlichkeit über mein »Praktikum« bei der *Times* unterrichtete. Er setzte ihn auf die Titelseite. In jenen Tagen war die Nachrichtenlage etwas flau.

Sein Text enthielt zwei entsetzliche Irrtümer, die mich jahrelang verfolgen sollten. Die erste und weniger schwer wiegende Fehlinformation bestand darin, dass Syracuse laut Spot mittlerweile zu den Eliteuniversitäten gehörte. Er teilte seiner schwindenden Leserschaft mit, ich hätte in Syracuse entsprechend eine exzellente Ausbildung genossen. Es dauerte einen vollen Monat, bis mich jemand darauf ansprach. Ich begann schon zu glauben, dass niemand mehr diese Zeitung las. Oder, schlimmer noch, dass sie nur von Vollidioten gelesen wurde.

Der zweite Lapsus veränderte mein Leben. Ich war auf den Namen Joyner William Traynor getauft worden. Bis zum Alter von zwölf Jahren hatte ich meine Eltern mit der Frage gelöchert, wie zwei angeblich intelligente Menschen auf die Idee verfallen könnten, ihrem Kind den Vornamen Joyner zu geben. Schließlich kam heraus, dass mein Vater oder meine Mutter – beide wiesen die Verantwortung von sich – mich Joyner genannt hatte, um einem verfeindeten Verwandten namens Joyner, der angeblich reich war, ein Friedensangebot zu machen. Ich habe ihn nie kennen gelernt, meinen Namensvetter. Bei seinem Tod muss er pleite gewesen sein, aber ich durfte seinen Namen ein Leben lang tragen. Als ich mich in Syracuse einschrieb, nannte ich mich J. William, was für einen Achtzehnjährigen ziemlich imposant klang. Doch der Vietnamkrieg, die Krawalle, die Studentenrevolte und der ganze soziale Aufruhr ließen in mir die Überzeugung aufkommen, dass der Name zu sehr nach Geschäftswelt und Establishment roch. Aus J. William wurde Will.

Spot nannte mich nach Lust und Laune mal Will, mal William, mal Bill oder sogar Billy, und da ich auf alle Varianten reagierte, wusste ich nie, welche als Nächstes an der Reihe war. In der Zeitung, unter dem Foto mit meinem lächelnden Konterfei, stand mein neuer Name: Willie Traynor. Ich war entsetzt. Nie hätte ich mir träumen lassen, dass mich jemals ein Mensch Willie nennen würde. Weder auf der Vorbereitungsschule für das College in Memphis noch auf dem College selbst war ich je einem Willie begegnet. Der Name passte nicht zu mir. Ich fuhr einen Triumph Spitfire und hatte lange Haare.

Was sollte ich meinen Freunden von der Studentenverbindung in Syracuse erzählen? Oder meiner Großmutter BeeBee?

Nachdem ich mich zwei Tage lang in meiner Wohnung verbarrikadiert hatte, brachte ich den Mut auf, Spot gegenüberzutreten und ihn zum Handeln aufzufordern. Ich wusste nicht genau, was ich von ihm erwartete, aber er hatte einen Fehler gemacht und sollte ihn jetzt bitte auch wieder ausbügeln. Ich spazierte in die Redaktionsbüros der *Times* und stolperte über Davey Bigmouth Bass, den Sportredakteur des Blatts. »Hey, cooler Name«, sagte er. Ich begleitete ihn in sein Büro, um seinen Rat einzuholen.

»Ich heiße nicht Willie«, sagte ich.

»Jetzt schon.«

»Mein Name ist Will.«

»Die Leute hier lieben Sie. Ein cleverer Kerl aus dem Norden mit langen Haaren und einem importierten Sportschlitten. Teufel, mit einem Namen wie Willie wird man für cool gehalten. Denken Sie an Joe Willie.«

»Wer ist Joe Willie?«

»Joe Willie Namath.«

»Ach der.«

»Er ist auch aus dem Norden, genau wie Sie, aus Pennsylvania oder sonst wo, aber als er nach Alabama kam, wurde aus Joseph William Joe Willie. Die Frauen haben ihn gar nicht mehr in Ruhe gelassen.«

Allmählich fühlte ich mich etwas besser. Im Jahr 1970 war Joe Namath wahrscheinlich der berühmteste Sportler im ganzen Land. Ich machte eine Spazierfahrt und murmelte immer wieder »Willie« vor mich hin. Innerhalb von ein paar Wochen hatte sich der Name bei den Leuten festgesetzt. Alle nannten mich Willie und schienen glücklich zu sein, dass ich einen so bodenständigen Namen hatte.

BeeBee erzählte ich, er sei nur ein vorübergehend benutztes Pseudonym.

Die *Ford County Times* war eine sehr dünne Zeitung, und ich wusste sofort, dass sie Probleme hatte. Jede Menge Nachrufe, aber wenig Nachrichten und Anzeigen. Die Angestellten waren verärgert, hielten jedoch den Mund und zeigten sich loyal. 1970 waren Jobs in Ford County Mangelware. Nach einer Woche konnte selbst ein Neuling nicht mehr übersehen, dass die Zeitung Verluste machte. Im Gegensatz zu Anzeigen brachten Nachrufe kein Geld. Spot verbrachte den größten Teil seiner Zeit in seinem voll gestopften Büro. Wenn er nicht gerade ein Nickerchen hielt, rief er im Bestattungsinstitut an. Gelegentlich meldete sich der Bestatter auch bei ihm. Manchmal lieferten Familienmitglieder nur Stunden nach dem letzten Atemzug irgendeines Onkel Wilber eine lange, blumig geschriebene, handschriftliche Rohfassung eines Nachrufs ab, die Spot dann an seinem Schreibtisch hinter verschlossenen Türen so lange umschrieb, bearbeitete und ergänzte, bis ein perfekter Nekrolog daraus geworden war.

Er erklärte mir, mein Arbeitsgebiet sei das gesamte County. Das Blatt hatte noch einen anderen Reporter für allgemeine Themen – Baggy Suggs, ein dem Alkohol zugetaner alter Knabe –, doch der hing meistens auf der anderen Seite des Platzes vor oder in dem Gerichtsgebäude herum, wo er Gerüchte aufzuschnappen versuchte und mit einem kleinen Kreis heruntergekommener Anwälte Bourbon trank, die viel zu alkoholisiert waren, als dass sie ihrem Beruf noch hätten nachgehen können. Schon bald stellte ich fest, dass Baggy zu faul war, um zu recherchieren und nach interessanten Geschichten zu suchen. Daher war es nichts Ungewöhnliches, wenn seine Titelgeschichten von so langweiligen Dingen wie Landstreitigkeiten oder verprügelten Ehefrauen handelten.

Margaret, unsere gutherzige, christlich gesonnene Sekretärin, schmiss praktisch den ganzen Laden, aber sie war clever genug, Spot in dem Glauben zu lassen, er wäre der Boss. Sie war Anfang fünfzig, arbeitete bereits seit zwanzig Jahren für die *Times* und war deren Seele. Alles drehte sich um sie. Margaret war eine stille Frau mit leiser Stimme, die von meinem ersten Arbeitstag an völlig eingeschüchtert war, weil ich aus Memphis kam und fünf Jahre lang ein College im Norden besucht hatte. Ich gab mir alle Mühe, den ehemaligen Studenten der Eliteuniversität nicht allzu sehr heraushängen zu lassen, aber zugleich wollte ich durchaus, dass diese Provinzler aus Mississippi von meiner erstklassigen Ausbildung wussten.

Wir begannen, miteinander zu plaudern, und nach einer Woche bestätigte sie, was ich ohnehin vermutet hatte – Mr Caudle war verrückt und die Zeitung in ernsthaften finanziellen Schwierigkeiten. Aber, fügte sie hinzu, die Caudles hätten ja Familienvermögen.

Es sollte Jahre dauern, bis ich dieses Mysterium begriff.

In Mississippi durfte man Familienvermögen nicht mit Reichtum verwechseln. Es hatte nichts mit flüssigem Geld oder irgendwelchen Anlagen zu tun. Familienvermögen war ein gesellschaftlicher Status und »gehörte« immer einem weißen Bürger, der etwas mehr als den Besuch einer Highschool vorzuweisen hatte und in einem großen Haus mit Vorderveranda aufgewachsen war, am besten inmitten von Baumwoll- oder Sojabohnenfeldern, wenngleich das keine zwingende Voraussetzung war. Er war auf der einen Seite von einem innig geschätzten schwarzen Dienstmädchen namens Bessie oder Pearl erzogen worden, auf der anderen von abgöttisch geliebten Großeltern, die einst die Sklavenhalter von Bessie oder Pearl gewesen waren und ihrem Enkel die natürlichen Privilegien einer Geburt von Stand einimpften. Landbesitz und Treuhandvermögen konnten hilfreich sein, aber in Mississippi gab es jede Menge zahlungsunfähige Privilegierte, die trotzdem den Status geerbt hatten, der sich mit dem Begriff Familienvermögen verband. Man konnte es nicht verdienen. Es musste einem in die Wiege gelegt worden sein.

Als ich mit dem Anwalt der Familie Caudle sprach, wurde ich in ziemlich rohen Worten über den wahren Wert dieses Familienvermögens unterrichtet. »Sie sind arm wie die Kirchenmäuse«, sagte er, während ich in einem ramponierten Ledersessel versank und ihn über seinen großen, uralten Mahagonischreibtisch hinweg anblickte. Das war also Walter Sullivan von der renommierten Kanzlei Sullivan & O'Hara. Renommiert nach den in Ford County gültigen Maßstäben – sieben Anwälte. Er studierte den Konkursantrag und schwadronierte über die Caudles, ihr einstiges Vermögen und darüber, wie dumm man sein müsse, um eine einstmals profitable Zeitung so herunterzuwirtschaften. Er vertrat die Familie schon seit dreißig Jahren. Damals, als Miss Emma noch das Ruder in der Hand gehabt hatte, konnte die *Times* fünftausend Abonnenten und eine lange Liste mit Anzeigenkunden vorweisen. Zu dieser Zeit hatte Miss Emma bei der Security Bank verbriefte Bankeinlagen im Wert von fünfhunderttausend Dollar. Nur für den Fall, dass mal schlechte Zeiten kommen sollten.

Dann starb ihr Mann, und sie heiratete einen zwanzig Jahre jüngeren Alkoholiker. Nüchtern war er halbgebildet, aber er sah sich selbst als an der Welt leidenden Dichter und Essayisten. Miss Emma liebte ihn und installierte ihn neben ihrem Sohn als zweiten Chefredakteur. Er nutzte diese Stellung, um in ellenlangen Leitartikeln mit Wörtern auf alles zu schießen, was sich in Ford County bewegte. Das war der Anfang vom Ende. Spot hasste seinen Stiefvater, und die Abneigung beruhte auf Gegenseitigkeit. Ihre Beziehung fand schließlich mit einer der spektakuläreren Prügeleien in der Geschichte Clantons in Anwesenheit einer großen, verblüfften Menge ihren Höhepunkt – und ihr Ende. Die Einwohner glaubten, dass Spots ohnehin bedenklicher Geisteszustand an diesem Tag weiteren Schaden genommen hatte. Kurz danach begann er, sich ganz auf die Nachrufe zu kaprizieren.

Der Stiefvater verschwand mit dem Geld, und Miss Emma zog sich mit gebrochenem Herzen ins Einsiedlerdasein zurück.

»Es war einmal eine gute Zeitung«, sagte Mr Sullivan. »Aber schauen Sie sich an, was daraus geworden ist. Keine zwölfhundert Abonnenten mehr, jede Menge Schulden. Pleite.«

»Was wird das Gericht tun?«, fragte ich.

»Einen Käufer suchen.«

»Einen Käufer?«

»Ja, irgendjemand wird die *Times* übernehmen. Es muss schließlich eine Zeitung im County geben.«

Auf Anhieb fielen mir zwei Kandidaten ein – Nick Diener und BeeBee. Nicks Familie war durch ihre Provinzzeitung reich geworden. BeeBee hatte jede Menge Geld und nur einen innig geliebten Enkel. Ich witterte meine Chance, und mein Herzschlag beschleunigte sich.

Mr Sullivan betrachtete mich eingehend, und es war unübersehbar, dass er meine Gedanken erriet. »Sie wäre für ein Butterbrot zu haben«, sagte er.

»Für wie viel?«, fragte ich mit dem geballten Selbstbewusstsein eines dreiundzwanzigjährigen, unerfahrenen Reporters, der eine stinkreiche Großmutter hatte.

»Wahrscheinlich für fünfzigtausend. Fünfundzwanzig für die Zeitung, die andere Hälfte, damit Sie arbeiten können. Über einen Großteil der Schulden kann nach einer Insolvenzerklärung mit den Geldgebern, die Sie brauchen, neu verhandelt werden.« Er schwieg kurz, beugte sich vor und stützte die Ellbogen auf den Schreibtisch. Seine dichten grauen Augenbrauen zuckten, als würde sein Gehirn gerade Überstunden machen. »Das Blatt könnte eine wahre Goldmine sein.«

BeeBee hatte noch nie in eine Goldmine investiert, aber nachdem ich sie drei Tage lang bearbeitet hatte, verließ ich Memphis mit einem Scheck über fünfzigtausend Dollar. Ich übergab ihn Mr Sullivan, der das Geld auf ein Treuhandkonto einzahlte und bei Gericht einen Antrag auf den Verkauf der Zeitung stellte. Der altersschwache Richter, der eigentlich in das Bett neben Miss Emma gehört hätte, nickte gütig und kritzelte seinen Namen unter einen Gerichtsbeschluss, durch den ich zum neuen Eigentümer der *Ford County Times* wurde.

Bis man in Ford County wirklich akzeptiert wird, dauert es mindestens drei Generationen. Geld und gesellschaftliche Herkunft spielen dabei keine Rolle. Man kann nicht einfach dorthin ziehen und mit Vertrauen rechnen. Über jedem Neuankömmling schwebt eine dunkle Wolke des Misstrauens, und ich bildete da keine Ausnahme. Die

Bevölkerung ist außergewöhnlich warmherzig, gütig und höflich, was fast so weit geht, dass ihre Freundlichkeit an Schnüffelei grenzt. Die Leute nicken einem auf der Straße zu, unterhalten sich mit einem, fragen nach der Gesundheit, plaudern über das Wetter und laden einen zum gemeinsamen Kirchgang ein. Sie stürzen geradezu herbei, um Fremden zu helfen.

Doch echtes Vertrauen werden sie nur dem schenken, dessen Großvater sie schon vertraut haben.

Als sich die Nachricht herumsprach, dass ich, ein Grünschnabel aus Memphis, also gleichsam von einem anderen Stern, die Zeitung für fünfzigtausend Dollar gekauft hatte – manche sprachen auch von hundert- oder zweihunderttausend –, ergoss sich eine Riesenlawine von Tratsch über die Stadt. Margaret hielt mich auf dem Laufenden. Weil ich als Single lebte, konnte ich durchaus homosexuell sein. Da ich in Syracuse studiert hatte – wo immer das auch liegen mochte –, war ich wahrscheinlich Kommunist. Oder, noch schlimmer, ein Liberaler. Und da ich aus Memphis stammte, war ich bestimmt ein Subversiver, der Ford County schlecht machen wollte.

Wie auch immer, die Leute mussten sich eingestehen, dass ich jetzt der Herr über die Nachrufe war. Ich war jemand.

Die neue *Times* erschien erstmals am 18. März 1970, nur drei Wochen, nachdem der Zwerg mit den Papieren aufgetaucht war. Die Ausgabe war fast drei Zentimeter dick und präsentierte mehr Fotos, als je in einer Provinzwochenzeitung erschienen waren. Fotos von Jungpfadfindern, Highschool-Basketballteams, Gartenklubs, Buchklubs, Teeklubs, Bibelgruppen, Softballteams, Bürgerversammlungen. *Dutzende* Fotos. Ich versuchte, jede lebende Seele aus dem ganzen County irgendwie ins Blatt zu bringen, und die Toten wurden besungen wie nie zuvor.

Die Nachrufe waren beschämend lang. Ich war mir sicher, dass Spot stolz sein musste, hörte aber nie etwas von ihm.

Die Nachrichten waren seicht und oberflächlich, Leitartikel tabu. Da die Leute immer gern Storys über Verbrechen lasen, hatte ich in der linken unteren Ecke der Titelseite eigens Platz für eine spezielle Rubrik reserviert. Glücklicherweise waren in der Vorwoche zwei Kleinlaster geklaut worden, und ich präsentierte die Story, als wäre Fort Knox geplündert worden.

Mitten auf der Titelseite prangte ein Gruppenfoto der neuen Mannschaft – es zeigte Margaret, Hardy, Baggy Suggs, mich, unseren Fotografen Wiley Meek, Davey Bigmouth Bass und Melanie Dogan, eine Teilzeitangestellte, die noch auf die Highschool ging. Ich war stolz auf mein Team. Zehn Tage hatten wir rund um die Uhr gearbeitet, und unsere erste Ausgabe war ein durchschlagender Erfolg. Die Auflage von fünftausend Exemplaren war bald ausverkauft. Ich schickte BeeBee einen ganzen Karton voll. Sie war äußerst beeindruckt.

Im Verlauf des nächsten Monats nahm die neue *Times* allmählich Gestalt an, doch ich zerbrach mir noch immer den Kopf darüber, wie sie letztendlich aussehen sollte. Veränderungen sind im ländlichen Mississippi nur schwer durchzusetzen, sodass ich mich für ein behutsames Vorgehen entschied. Die alte *Times* war tot, aber das Blatt hatte sich in fünfzig Jahren kaum verändert. Ich schrieb mehr Nachrichtenbeiträge, verkaufte mehr Anzeigenraum und veröffentlichte immer mehr Fotos von allen nur denkbaren Grüppchen und Klubs. Besonders hart arbeitete ich an den Nachrufen.

Ich war nie ein großer Freund von Überstunden gewesen, doch jetzt, als Eigentümer der Zeitung, vergaß ich die Uhrzeit. Ich war zu jung und zu beschäftigt, um ängstlich zu sein. Mit dreiundzwanzig war ich durch Glück, günstiges

Timing und eine reiche Großmutter urplötzlich zum Inhaber einer Wochenzeitung geworden. Hätte ich innegehalten und die Lage analysiert, den Rat von Banken und Buchhaltern eingeholt, dann, da bin ich mir sicher, hätte mich jemand »zur Vernunft« gebracht. Aber mit dreiundzwanzig Jahren glaubt man, sich vor nichts fürchten zu müssen. Man hat nichts, und folglich hat man auch nichts zu verlieren.

Meiner Meinung nach sollte es etwa ein Jahr dauern, bis die Zeitung schwarze Zahlen schrieb. Zunächst stiegen die Erträge auch nur langsam an. Dann wurde Rhoda Kassellaw ermordet. Vermutlich liegt es in der Natur dieses Geschäfts, dass die Auflage nach einem Gewaltverbrechen in die Höhe schießt, denn die Leute wollen Details erfahren. In der Woche vor ihrem Tod hatten wir zweitausendvierhundert Exemplare verkauft, in der danach fast viertausend.

Es war kein gewöhnlicher Mord.

Ford County war ein friedliches Fleckchen Erde, wo die Menschen gläubige Christen waren oder zumindest vorgaben, es zu sein. Schlägereien waren an der Tagesordnung, doch in diese Auseinandersetzungen waren in der Regel Mitglieder der Unterschicht verwickelt, die in Bierkneipen oder ähnlichen Kaschemmen herumhingen. Einmal in der Woche schoss ein ungebildeter weißer Landarbeiter auf seinen Nachbarn, vielleicht auch auf seine Frau, und an jedem Wochenende gab es in den Bars der Schwarzen mindestens eine Messerstecherei. Tote waren bei diesen Zwischenfällen fast nie zu beklagen.

Ich war zehn Jahre lang Besitzer der Zeitung, von 1970 bis 1980, aber über Morde in Ford County mussten wir so gut wie nie berichten. Und keiner war so brutal wie der an Rhoda Kassellaw, keiner so vorsätzlich. Noch dreißig Jahre später denke ich jeden Tag daran.

2

Rhoda Kassellaw lebte in Beech Hill, knapp zwanzig Kilometer nördlich von Clanton, direkt an der schmalen, asphaltierten Landstraße. Die Blumenbeete vor ihrem bescheidenen grauen Haus waren durch keinerlei Unkraut verunziert und wurden täglich gepflegt, auch der dichte Rasen war ordentlich geschnitten. Neben der mit hellen Kieselsteinen bestreuten Auffahrt fand sich eine bunte Kollektion von Rollern, Bällen und Fahrrädern. Ihre beiden kleinen Kinder spielten häufig draußen und blickten allenfalls auf, wenn gelegentlich ein Auto vorbeikam.

Es war ein hübsches Häuschen auf dem Land, nur einen Steinwurf von dem der Familie Deece entfernt. Der junge Mann, der Rhoda Kassellaws Haus einst gekauft hatte, war irgendwo in Texas bei einem Verkehrsunfall ums Leben gekommen, und sie war mit achtundzwanzig Witwe geworden. Mit der Lebensversicherung des Verstorbenen konnten das Haus und der Wagen abbezahlt werden, der Rest des Geldes wurde angelegt, damit Rhoda über ein bescheidenes monatliches Einkommen verfügte und sich weiterhin zu Hause um die Kinder kümmern konnte. Auch sie verbrachte viele Stunden draußen, wo sie sich um den Gemüsegarten kümmerte, Blumen eintopfte, Unkraut jätete oder die Beete vor dem Haus mulchte.

Sie blieb für sich. Die alten Damen von Beech Hill sahen in ihr eine Musterwitwe, die nicht ausging, traurig dreinschaute und ihre Teilnahme am gesellschaftlichen Leben auf einen gelegentlichen Kirchgang beschränkte. Sie fanden lediglich, das hätte sie regelmäßiger tun sollen.

Kurz nach dem Tod ihres Ehemannes schmiedete Rhoda Pläne, zu ihrer Familie in Missouri zurückzukehren. Wie ihr verstorbener Mann, den ein Job hierher geführt hatte, stammte auch sie nicht aus Ford County. Aber das Haus war bezahlt, die Kinder waren glücklich und die Nachbarn nett. Außerdem zeigte ihre Familie ein auffällig großes Interesse daran, wie viel ihr die Lebensversicherung ausbezahlt hatte. Also blieb sie. Obwohl sie der Gedanke an einen Umzug auch weiterhin beschäftigte, konnte sie sich nie dazu aufraffen.

Rhoda war eine ausgesprochen hübsche Frau, wenn sie es sein wollte, doch das kam nicht besonders häufig vor. Ihr schlanker, wohlgeformter Körper blieb dem Blick in der Regel durch ein weit geschnittenes, bügelfreies Baumwollkleid entzogen – wenn nicht gar durch ein viel zu großes, kariertes Flanellhemd, das sie bei der Gartenarbeit bevorzugt trug. Sie schminkte sich kaum und trug ihr langes blondes Haar immer hochgesteckt. Was sie aß, stammte zumeist aus ihrem ohne Kunstdünger bewirtschafteten Garten, und ihre Haut hatte einen gesunden, zarten Schimmer. Eine derart attraktive junge Witwe wäre normalerweise ein heiß umkämpfter Schwarm der Männerwelt gewesen, doch Rhoda blieb lieber allein.

Nachdem sie drei Jahre lang getrauert hatte, machte sich in ihr jedoch Unruhe breit. Auch sie wurde nicht jünger, und die Jahre zogen vorüber. Sie war zu jung und zu hübsch, um jeden Samstagabend zu Hause zu sitzen und ihren Kindern Gutenachtgeschichten vorzulesen. Irgendwo da draußen musste etwas los sein, wenn auch mit Sicherheit nicht in Beech Hill.

Sie stellte eine junge Schwarze aus der Nachbarschaft als Babysitterin ein und fuhr mit ihrem Wagen eine Stunde in nördliche Richtung, bis zur Grenze nach Tennessee. Sie hatte gehört, dass es dort ein paar anständige Klubs und Diskotheken gab. Vielleicht kannte sie da ja niemand. Sie genoss es, zu tanzen und zu flirten, trank aber nie Alkohol und kehrte stets früh nach Hause zurück. Es wurde ihr zur Gewohnheit, diese Ausflüge zwei- oder dreimal im Monat zu unternehmen.

Nach einer Weile trug sie engere Jeans, tanzte leidenschaftlicher, und es wurde später und später. Sie fiel auf, und in den Bars und Klubs entlang der Grenze zwischen den Bundesstaaten wurde über sie geredet.

Bevor er sie tötete, war er ihr zweimal bis zu ihrem Haus gefolgt. Es war März, und eine Warmfront hatte Hoffnung auf einen vorzeitigen Frühling aufkeimen lassen. Die Nacht war dunkel und mondlos. Bear, der Hund der Familie, erschnüffelte ihn hinter einem Baum im Garten hinter dem Haus. Als er knurren und bellen wollte, wurde er für immer zum Schweigen gebracht.

Rhodas Sohn Michael war fünf, ihre Tochter Teresa drei. Die Kinder trugen ordentlich gebügelte, zueinander passende Schlafanzüge mit Disney-Zeichentrickfiguren und blickten ihre Mutter gebannt an, die ihnen die Geschichte von Jonas und dem Wal vorlas. Dann brachte sie die Kinder ins Bett und gab ihnen einen Gutenachtkuss. Als sie das Licht im Kinderzimmer ausknipste, war er bereits im Haus.

Eine Stunde später schaltete sie den Fernseher aus, verschloss die Türen und wartete auf Bear, der sich aber nicht blicken ließ. Das war nicht weiter überraschend, weil er häufig Jagd auf Kaninchen und Eichhörnchen machte und erst spät zurückkam. Gewöhnlich schlief er dann hinten auf der Terrasse, um sie im Morgengrauen mit seinem Geheul zu wecken. Nachdem sie in ihrem Schlafzimmer das leichte Baumwollkleid abgestreift hatte, öffnete sie die Tür des Kleiderschranks, wo er in der Finsternis auf sie wartete.

Er packte sie von hinten und hielt ihr mit einer fleischigen, verschwitzten Hand den Mund zu. »Ich hab ein Messer, und wenn du nicht still bist, stech ich dich und deine Kinder ab.« Er fuchtelte mit einer glänzenden Klinge vor ihren Augen herum. »Kapiert?«, zischte er ihr ins Ohr.

Rhoda zitterte, schaffte es aber zu nicken. Sie wusste nicht, wie er aussah. Er stieß sie auf den Boden des voll gestopften Kleiderschranks, mit dem Gesicht nach unten, und zwang ihr die Hände auf den Rücken. Dann verband er ihr mit einem braunen Wollschal, den sie von einer alten Tante geschenkt bekommen hatte, die Augen. »Kein Wort, sonst sind deine Kinder dran«, knurrte er. Anschließend riss er sie an den Haaren hoch und zerrte sie zum Bett hinüber, wo er ihr die Spitze des Messers unters Kinn hielt. »Wenn du dich wehrst – ich hab das Messer griffbereit.« Er zerschnitt ihren Slip, und die Vergewaltigung nahm ihren Lauf.

Er wollte ihre Augen sehen, diese wunderschönen Augen, die ihm in den Klubs aufgefallen waren. Und ihr langes Haar. Er hatte ihr Drinks spendiert und zweimal mit ihr getanzt, doch als er zur Sache kommen wollte, hatte sie ihm die kalte Schulter gezeigt. »Na komm, mach ein bisschen mit, Baby«, murmelte er gerade so laut, dass sie es hörte.

Drei Stunden lang hatte er sich Mut angetrunken und war nun wegen des Whiskeys angenehm entspannt. Er lag auf ihr und bewegte sich langsam. Ohne Eile genoss er jede einzelne Sekunde. Er gab das leise, selbstgefällige Stöhnen eines richtigen Mannes von sich, der sich nimmt und bekommt, worauf er Lust hat.

Der Geruch des Whiskeys und sein stinkender Schweiß verursachten Rhoda Übelkeit, aber sie war zu verängstigt, um sich zu übergeben. Vielleicht würde ihn das wütend machen und dazu bringen, das Messer zu benutzen. Während sie begann, das entsetzliche Geschehen nur noch über sich ergehen zu lassen, versuchte sie nachzudenken. Verhalt dich still. Weck die Kinder nicht auf. Aber was hat er mit dem Messer vor, wenn es vorbei ist?

Seine Bewegungen wurden schneller, sein Gemurmel lauter. »Schön ruhig, Baby«, zischte er immer wieder. »Sonst benutz ich das Messer.« Das Eisenbett quietschte. Wurde wohl noch nicht oft auf die Art benutzt, dachte er. Zu viel Lärm, aber es war ihm egal.

Das Quietschen des Bettes riss Michael aus dem Schlaf. Er weckte Teresa, und sie verließen ihr Zimmer und schlichen durch den dunklen Flur. Michael öffnete die Tür des Schlafzimmers seiner Mutter und sah den seltsamen Mann auf ihr liegen. »Mama!« Der Mann hielt inne, sein Kopf wirbelte zur Tür herum.

Die Stimme ihres Sohnes verängstigte Rhoda noch mehr. Sie riss den Oberkörper hoch und versuchte, den Vergewaltiger blindlings zu attackieren. Eine kleine Faust traf sein linkes Auge, ein harter Schlag, der ihn verdutzte. Er riss ihr den Schal herunter, ohrfeigte sie und versuchte, sie wieder auf die Matratze zu drücken. »Danny Padgitt!«, schrie sie, während sie sich wehrte. Er schlug erneut zu.

»Mama!«, kreischte Michael.

»Lauft weg!«, versuchte sie zu schreien, brachte es aber wegen der Schläge kaum heraus.

»Halt's Maul!«, brüllte Padgitt.

»Lauft!«, schrie Rhoda erneut. Die Kinder rannten durch den Korridor in die Küche und dann nach draußen.

In dem Sekundenbruchteil, nachdem sie seinen Namen herausgeschrien hatte, war ihm klar geworden, dass er sie zum Schweigen bringen musste. Er stach zweimal zu, kroch von dem Bett herunter und griff nach seinen Kleidern.

Als sie Michaels Schreie hörten, saßen Aaron Deece und seine Frau gerade vor dem Fernseher, um sich das Spätprogramm aus Memphis anzuschauen. Mr Deece riss die Haustür auf und sah den Jungen in seinem von Schweiß und Tau durchnässten Schlafanzug. Seine Zähne klapperten so heftig, dass er kaum sprechen konnte. »Er hat meiner Mama wehgetan, er hat meiner Mama wehgetan«, wiederholte er immer wieder.

Trotz der Finsternis zwischen den beiden Häusern sah Mr Deece, dass Teresa ihrem Bruder folgte. Sie schien sich kaum vom Fleck zu bewegen, als wollte sie den einen Ort erreichen, ohne den anderen zu verlassen. Als Mr Deece sie schließlich an der Garage abfing, lutschte sie am Daumen und war unfähig, auch nur ein Wort zu sagen.

Mr Deece rannte ins Haus und holte zwei Schrotflinten, eine für sich, eine für seine Frau. Die beiden Kinder waren in der Küche, vor Schock wie gelähmt. »Er hat meiner Mama wehgetan«, wiederholte Michael noch immer. Mrs Deece nahm die Kinder in den Arm und versicherte, alles werde wieder gut. Sie blickte auf die Schrotflinte, die ihr Mann auf den Tisch gelegt hatte. »Du bleibst hier«, sagte er, während er schon nach draußen stürmte.

Er musste nicht weit laufen. Bevor sie in dem nassen Gras zusammengebrochen war, hatte Rhoda es fast bis zum Haus von Mr Deece geschafft. Sie war völlig nackt und vom Hals abwärts blutverschmiert. Er hob sie hoch, trug sie zur Vorderveranda und rief seiner Frau zu, sie solle sich mit den Kindern hinten im Haus im Schlafzimmer einschließen. Er durfte nicht zulassen, dass sie ihre Mutter in den letzten Augenblicken ihres Lebens so sahen.

Als er sie auf die Hollywoodschaukel legte, flüsterte Rhoda: »Es war Danny Padgitt. Es war Danny Padgitt.«

Er legte eine Decke über sie, dann rief er den Notarzt.

Danny Padgitt hielt den Pick-up in der Mitte der Straße und fuhr mit einer Geschwindigkeit von über hundertdreißig Stundenkilometern. Er war halb betrunken und völlig verängstigt, auch wenn er sich das nicht eingestehen wollte. In zehn Minuten würde er zu Hause sein, in der Sicherheit des kleinen Königreichs seiner Familie, das unter dem Namen Padgitt Island bekannt war.

Die Kinder hatten alles zerstört. Er würde morgen darüber nachdenken. Nach einem großen Schluck Jack Daniel's fühlte er sich besser.

Es war ein Kaninchen oder ein kleiner Hund oder irgendein anderes Tier. Als es vom Seitenstreifen auf die Fahrbahn schoss, sah er es aus dem Augenwinkel, doch er reagierte falsch. Er trat instinktiv aufs Bremspedal, aber nur für einen Moment. Eigentlich war es ihm völlig egal, was er da überrollte. Es machte ihm sogar Spaß, Tiere über den Haufen zu fahren. Aber er hatte zu heftig auf die Bremse getreten. Die Hinterräder blockierten, und noch bevor er es begriff, hatte er schon ernsthafte Probleme. Er riss das Steuer herum, aber in die falsche Richtung, und der Wagen scherte auf den Seitenstreifen aus und begann sich zu drehen wie ein Stockcar auf der Gegengeraden. Der Pick-up rutschte in den Graben hinab, überschlug sich zweimal und krachte gegen eine Wand von Kiefern. Nüchtern hätte er wahrscheinlich nicht überlebt, aber Betrunkene haben Glück.

Padgitt kroch durch eines der zersplitterten Fenster nach draußen und stand dann lange da, an den Pick-up gelehnt.

Er überprüfte seine Wunden und Kratzer und überlegte, wie es weitergehen sollte. Sein eines Bein war plötzlich steif geworden, und als er mühsam über die Böschung zum Straßenrand hinaufkletterte, wurde ihm klar, dass er nicht weit kommen würde. Doch das war auch nicht nötig.

Es dauerte einen Moment, bis er bemerkte, dass er in blaues und rotes Licht getaucht war. Der Deputy war bereits ausgestiegen und betrachtete den Unfallort im Licht einer langen schwarzen Taschenlampe. Aus der Ferne näherten sich weitere Blaulichter.

Der Deputy sah das Blut, roch den Whiskey und griff nach seinen Handschellen.

3

Der Big Brown River schlägt in Tennessee einen non-chalanten Bogen nach Süden und fließt dann für fünfundvierzig Kilometer schnurgerade, wie ein von Hand ausgehobener Kanal, mitten durch das zu Mississippi gehörende Taylor County. Drei Kilometer oberhalb von Ford County beginnt er, sich zu winden und zu schlängeln, um dann hinter der Grenze an eine verängstigte, sich zusammenkringelnde Schlange zu erinnern. Das schlammige Wasser des meist seichten Flusses schleppt sich langsam dahin. Für seine Schönheit ist der Big Brown nicht gerade bekannt. Die Uferböschungen an den unzähligen Windungen und Kurven sind sandig, verschlammt oder mit Kies bedeckt. Ein unerschöpflicher Speicher von Sümpfen und Bächen speist seine trägen Fluten.

Der Fluss führt nur kurz durch Ford County, wo er in einem weiten Kreis ungefähr zweitausend Morgen Land in der nordöstlichsten Ecke des County umschließt, um sich schließlich wieder Richtung Tennessee zu wenden. Der Kreis ist beinahe vollkommen, sodass man fast von einer Insel sprechen könnte, aber im letzten Moment vor der Schließung des Kreises ändert der Big Brown seine Richtung, und eine kleine Landenge bleibt.

Dieses unter dem Namen Padgitt Island bekannte Gebiet

ist dicht mit Kiefern, Tupelobäumen, Ulmen und Eichen bewachsen, und es gibt eine Unzahl von Sümpfen und sumpfigen Flussarmen. Nur wenig von dem fruchtbaren Boden war je für den Ackerbau gerodet worden. Hier wurde Holzwirtschaft betrieben und jede Menge Korn geerntet – für illegalen Whiskey. Später einmal würde hier auch Marihuana angebaut werden.

Auf der schmalen Landenge zwischen den Ufern des Big Brown gab es einen Zugang zu der Insel, eine asphaltierte Straße, die ständig beobachtet wurde. Obwohl einst mit Steuergeldern gebaut, trauten sich nur sehr wenige Steuerzahler, die Straße auch tatsächlich zu benutzen.

Die gesamte Insel war schon seit der Reform der Südstaaten nach dem amerikanischen Bürgerkrieg im Besitz der Familie Padgitt. Seinerzeit war Rudolph Padgitt, ein Spekulant aus dem Norden, der nach dem Krieg vom Wiederaufbau profitieren wollte, etwas zu spät dort angekommen. Das beste Land war bereits vergeben. Er suchte, fand nichts Attraktives und stolperte irgendwann über die Insel. Auf der Karte wirkte sie vielversprechend. Er besorgte Gewehre und Macheten und kämpfte sich mit einem Häuflein kurz zuvor befreiter Sklaven zu der Insel vor, die sonst niemand verlockend fand.

Rudolph heiratete eine einheimische Hure und begann, sich als Holzfäller zu betätigen. Da seit dem Ende des Bürgerkriegs eine große Nachfrage nach Bauholz herrschte, verdiente er viel Geld. Die ehemalige Hure hatte ein gebärfreudiges Becken, und bald gab es eine ganze Horde kleiner Padgitts. Einer von Rudolphs Exsklaven hatte sich in der Kunst des Schnapsbrennens geübt, und sein Boss verlegte sich auf den Anbau von Getreide, das er weder zu Brot verarbeitete noch verkaufte, sondern ausschließlich zur Produktion eines Whiskeys verwendete, der bald als einer der besten im tiefen Süden bekannt werden sollte.

Nachdem er sich dreißig Jahre lang als Schwarzbrenner betätigt hatte, starb Rudolph 1902 an Leberzirrhose. Zu diesem Zeitpunkt bewohnte bereits ein ganzer Clan von Padgitts die Insel, die auch schon ziemlich gewiefte Holzhändler und Schwarzbrenner waren. Auf dem Eiland gab es ein halbes Dutzend gut versteckter und bewachter Brennereien, die sämtlich mit den seinerzeit modernsten Destillieranlagen arbeiteten.

Die Padgitts waren berühmt für ihren Whiskey, auf den Ruhm aber keineswegs scharf. Als auf Geheimhaltung und Abschottung bedachter Clan hatten sie große Angst davor, dass sich jemand in ihr kleines Königreich einschleichen und sie um ihre beträchtlichen Profite bringen könnte. Stets gaben sie sich als Holzfäller aus, und es war weithin bekannt, dass sie im Holzhandel gute Geschäfte machten. Von der Landstraße in der Nähe des Flusses aus stachen die Gebäude der Padgitt Lumber Company auffällig genug ins Auge. Sie behaupteten, rechtschaffene Bürger zu sein, die brav ihre Steuern zahlten, und schickten ihre Kinder auf öffentliche Schulen.

In den Zwanziger- und Dreißigerjahren, während der Prohibition, konnten die Padgitts gar nicht genug Whiskey brennen, um den Durst der Nation zu stillen. Das illegale Getränk wurde in Eichenfässern über den Big Brown transportiert und mit Lastwagen in den Norden geschafft, bis hinauf nach Chicago. Zu jener Zeit war Clovis Padgitt, der älteste Sohn von Rudolph und der Hure, der Patriarch des Clans, ein geiziger, alter Recke, der sich als Chef der Whiskey-Sparte zugleich auch um Herstellung und Marketing kümmerte. Von Kindesbeinen an hatte man ihm eingebläut, die besten Profite seien die unversteuerten. Das war Lektion Nummer eins. Die zweite verkündete die wunderbare Botschaft, Geschäfte seien ausschließlich gegen Bargeld abzuwickeln. Und Clovis war ein hartnäckiger

Feind von Steuern und ein großer Liebhaber des Bargelds. Bald ging das Gerücht um, die Padgitts hätten mehr Geld als die Staatskasse von Mississippi.

Im Jahr 1938 setzten drei Steuerfahnder in einem gemieteten Flachboot über den Big Brown, um sich nach der Quelle von »Old Padgitt« umzusehen. Die geheime Invasion der Insel krankte an mehreren Fehlern, doch der größte war die Idee selbst. Aus irgendeinem Grund hatten sie sich entschieden, um Mitternacht den Fluss zu überqueren. Sie wurden umgebracht und in tiefen Gräbern verscharrt.

1943 geschah in Ford County etwas Seltsames – ein ehrenhafter Mann wurde zum Sheriff gewählt, zum »High Sheriff«, wie er allgemein genannt wurde. Der Mann hieß Koonce Lantrip und war eigentlich gar nicht so ehrenhaft, aber mit Sicherheit ein guter Redner. Er schwor, die Korruption auszurotten, die Politik im County zu säubern und Alkoholschmugglern und Schwarzbrennern, inklusive der Padgitts, das Handwerk zu legen. Das machte sich gut, und Lantrip gewann die Wahl mit acht Stimmen Vorsprung.

Seine Anhänger warteten und warteten, und schließlich, sechs Monate nach Amtsantritt, scharte der Sheriff seine Deputys um sich und überquerte mit ihnen die einzige Brücke über den Big Brown, eine uralte Holzkonstruktion, die einst auf Clovis' Drängen vom County errichtet worden war. Die Padgitts benutzten sie gelegentlich im Frühling, wenn der Fluss Hochwasser führte. Ansonsten war es niemandem gestattet, sie zu überqueren.

Zwei Deputys wurden durch Kopfschüsse getötet, Lantrips Leiche nie gefunden. Drei der in Diensten der Padgitts stehenden Schwarzen hatten ihn unter der Aufsicht von Buford, Clovis' ältestem Sohn, am Rande eines Sumpfs begraben.

Wochenlang wurde in Mississippi über kaum etwas anderes als dieses Massaker geredet, und der Gouverneur drohte mit dem Einsatz der Nationalgarde. Aber es war die Zeit des Zweiten Weltkriegs, und die Aufmerksamkeit der Öffentlichkeit war bald ganz durch die Invasion in der Normandie in Anspruch genommen. Damals war von der Nationalgarde im eigenen Land ohnehin nicht viel übrig, und die kampftüchtigen Männer hatten wenig Interesse an einer Erstürmung von Padgitt Island. Auch sie fanden die Strände der Normandie einladender.

Als das noble Experiment mit dem ehrenhaften Sheriff hinter ihnen lag, beschlossen die anständigen Einwohner von Ford County, wieder einen Gesetzeshüter alter Schule zu wählen, einen gewissen Mackey Don Coley, dessen Vater in den Zwanzigerjahren ebenfalls High Sheriff gewesen war, als auf Padgitt Island noch Clovis das Regiment geführt hatte. Clovis und der ältere Coley hatten sich ziemlich nahe gestanden, und es war bekannt, dass der damalige Sheriff seinen Reichtum der Tatsache verdankte, dass er die Ausfuhr von Old Padgitt über die Grenzen des County bereitwillig zuließ. Als Mackey Don seine Kandidatur ankündigte, schickte Buford Padgitt ihm fünfzigtausend Dollar in bar. Er landete einen Erdrutschsieg, während sein Rivale nur seine Ehrenhaftigkeit feiern konnte.

Auch wenn es niemand laut sagte, in Mississippi war man der Meinung, ein guter Sheriff müsse selbst ein bisschen zwielichtig sein, um Gesetz und Ordnung aufrechterhalten zu können. Whiskey, Prostitution und Glücksspiel gehörten nun mal zum Leben, und ein guter Sheriff musste sich damit auskennen, wenn er Exzesse vermeiden und die gläubigen Christen beschützen wollte. Da diese Laster ohnehin nicht auszurotten waren, musste ein High Sheriff in der Lage sein, die Sünde in geordnete Bahnen zu lenken. Für diese Mühen sollte er ruhig einen kleinen Bonus von den Hintermännern dieser sündhaften Aktivitäten einstreichen. Der Sheriff erwartete das, die meisten Wähler auch. Kein ehrenhafter Mann konnte von dem dürftigen Gehalt leben. Kein ehrenhafter Mann konnte sich unauffällig in der dunklen Unterwelt bewegen.

In den hundert Jahren seit dem Bürgerkrieg hatten die Padgitts die Sheriffs von Ford County fast immer mit Säcken voller Bargeld gekauft. Mackey Don Coley erhielt den Gerüchten zufolge hunderttausend Dollar pro Jahr, in Wahljahren konnte er die Summe selbst bestimmen. Auch andere Politiker kamen in den Genuss dieser Großzügigkeit. Die Padgitts kauften sie und wahrten ihren Einfluss. Forderungen stellten sie kaum; sie wollten nur auf ihrer Insel in Ruhe gelassen werden.

Nach dem Zweiten Weltkrieg nahm die Nachfrage nach illegal gebranntem Whiskey kontinuierlich ab. Generationen von Padgitts war beigebracht worden, außerhalb des Gesetzes zu operieren, und Buford und seine Familie begannen, zu diversifizieren und sich anderen illegalen Betätigungen zuzuwenden. Holzhandel allein war langweilig und zu sehr von Marktfaktoren abhängig, konnte aber vor allem nicht die Massen von Bargeld abwerfen, die in dieser Familie erwartet wurden. Sie verschoben Waffen, stahlen Autos, versuchten sich als Geldfälscher und wurden Brandstifter, um Versicherungen ausnehmen zu können. Zwanzig Jahre lang betrieben sie ein äußerst erfolgreiches Bordell an der Staatsgrenze, das aber 1966 unter mysteriösen Umständen abbrannte.

Kreativ und motiviert, wie sie waren, schmiedeten die Padgitts ständig Pläne, suchten Gelegenheiten, warteten nur darauf, wieder jemanden ausrauben zu können. Es kursierten Gerüchte – zeitweise ziemlich überzeugende –, sie seien Mitglieder der Dixie Mafia, einer losen Organisation von Dieben, die in den Sechzigerjahren den tiefen

Süden unsicher machten. Diese Gerüchte wurden nie bestätigt und ohnehin von vielen mit Vorbehalt aufgenommen, weil die Padgitts viel zu verschwiegen waren, um andere in ihre Geschäfte einzuweihen. Trotzdem hielt sich das Gerede jahrelang. Die Padgitts waren eine unerschöpfliche Quelle für den Tratsch in den Restaurants und Cafés am Clanton Square. Man betrachtete sie zwar nicht als Helden, aber sie hatten mit Sicherheit einen legendären Ruf.

1967 floh ein junger Padgitt nach Kanada, um der Einberufung zum Militär zu entkommen. Später verschlug es ihn nach Kalifornien, wo er an Marihuana Gefallen fand. Nach ein paar Monaten Flowerpower veranlasste ihn das Heimweh zur Rückkehr nach Padgitt Island. Er hatte zwei Kilo Marihuana im Gepäck, das er mit seinen Cousins teilte, und sie waren davon ebenfalls sehr angetan. Er versicherte ihnen, der Rest des Landes, speziell die Leute in Kalifornien, seien verrückt nach dem Stoff. Wie üblich hinke Mississippi dem Trend um mindestens fünf Jahre hinterher.

Das Zeug konnte kostengünstig angebaut und dann in die Städte transportiert werden, um den dortigen Bedarf zu befriedigen. Sein Vater, Gill Padgitt, der Enkel von Clovis, witterte eine Chance, und schon bald wuchs auf den ehemaligen Kornfeldern Cannabis. Für eine Rollbahn wurde ein sechshundert Meter langes Stück Land gerodet, und die Padgitts erstanden ein Flugzeug. Innerhalb eines Jahres gingen täglich Flüge in die Außenbezirke von Memphis und Atlanta, wo sie einen Drogenring etabliert hatten. Durch die tatkräftige Mithilfe der Padgitts – und zu ihrer Freude – wurde Marihuana schließlich auch im tiefen Süden populär.

Die Schwarzbrennerei lief immer weniger gut, das Bordell gehörte der Vergangenheit an. Die Familie hatte Kontakte in Miami und Mexiko, und das eingehende Bargeld hätte man gut mit Lastwagen befördern können. Jahrelang hatte niemand in Ford County auch nur den leisesten Schimmer, dass die Padgitts ins Drogengeschäft eingestiegen waren. Sie ließen sich nie schnappen. Kein Padgitt war jemals wegen eines Delikts angeklagt worden, das im Zusammenhang mit Rauschgift stand.

Tatsächlich war noch kein einziger Padgitt überhaupt jemals verhaftet worden. Nach hundert Jahren Schwarzbrennerei, Diebstahl, Waffenhandel, illegalem Glücksspiel, Geldfälscherei, Prostitution und Bestechung, sogar Morden war schließlich der Drogenhandel gefolgt, und noch immer war niemand eingebuchtet worden. Sie waren clever, vorsichtig, umsichtig und geduldig.

Doch dann wurde Danny Padgitt, Gills jüngster Sohn, verhaftet. Man beschuldigte ihn, Rhoda Kassellaw vergewaltigt und ermordet zu haben.

4

Am nächsten Morgen erzählte mir Mr Deece, was in der letzten Nacht passiert war. Er hatte gewartet, bis an Rhodas Tod kein Zweifel mehr bestehen konnte, und sie dann in der Hollywoodschaukel auf der Veranda liegen gelassen. Er war ins Badezimmer gegangen und hatte geduscht, um Rhodas Blut von seinem Körper abzuspülen. Dann zog er Arbeitskleidung an und wartete auf die Polizei und den Krankenwagen. Die ganze Zeit über bewachte er das Haus mit der geladenen Schrotflinte, jederzeit bereit, auf alles zu schießen, was sich bewegte. Aber ihm fiel nichts auf. Es war still, nur aus der Ferne war leise eine Polizeisirene zu hören.

Seine Frau hatte sich mit den Kindern im Schlafzimmer eingeschlossen und war zu ihnen unter die Bettdecke gekrochen. Michael fragte weiterhin nach seiner Mutter und diesem seltsamen Mann, Teresa war zu traumatisiert, um sprechen zu können. Sie brachte nur ein leises Stöhnen heraus, lutschte am Daumen und zitterte, als wäre ihr kalt.

Es dauerte nicht lange, bis die Polizei und der Krankenwagen eintrafen und die Benning Road in flackerndes rotes und blaues Licht getaucht war. Vor dem Abtransport wurde Rhodas Leiche fotografiert. Ihr Haus wurde von ein paar Deputys abgesperrt, unter der persönlichen Aufsicht von Sheriff Coley. Mr Deece, die Schrotflinte noch in der Hand, machte seine Aussage, erst gegenüber einem Untersuchungsbeamten, später gegenüber dem Sheriff.

Kurz nach zwei Uhr morgens traf ein anderer Deputy mit der Nachricht ein, er habe einen Arzt benachrichtigt, der sich die beiden Kinder in der Stadt ansehen wolle. Sie wurden mit einem Streifenwagen hingebracht. Michael klammerte sich an Mr Deece, seine Frau hatte Teresa auf dem Schoß. Im Krankenhaus verabreichte man ihnen ein leichtes Beruhigungsmittel und führte sie in ein Zimmer für das Personal, wo ihnen vor dem Schlafengehen Plätzchen und Milch gebracht wurden. Am nächsten Morgen wurden sie von einer Tante aus Missouri abgeholt.

Mein Telefon klingelte ein paar Augenblicke vor Mitternacht. Es war Wiley Meek, der Fotograf der Zeitung. Er hatte die Story im Polizeifunk aufgeschnappt und lauerte bereits im Gefängnis auf ein Foto des Tatverdächtigen. Seinen Worten zufolge wimmelte es nur so von Cops. Er konnte seine Aufregung kaum bändigen und trieb mich zur Eile an. Das konnte die ganz große Story werden.

Zu jener Zeit wohnte ich über einer alten Garage, direkt neben einem verfallenden, aber immer noch imposanten, im viktorianischen Stil erbauten Herrenhaus, das unter dem Namen Hocutt House bekannt war. Darin lebten drei alte Schwestern mit ihrem nicht minder alten Bruder. Die Hocutt-Geschwister gefielen sich darin, abwechselnd für mich den Pensionswirt zu spielen. Das fünf Morgen große Anwesen lag ein paar Häuserblocks vom Clanton Square entfernt, und das Haus war vor einem Jahrhundert mit Familienvermögen erbaut worden. Auf dem Grundstück gab es reichlich Bäume, überwucherte Blumenbeete, jede Menge Unkraut und ausreichend Tiere, um einen halben Zoo damit bestücken zu können: Kaninchen, Eichhörnchen, Stinktiere, Opossums, Waschbären, eine Million Vögel, eine beängstigende Kollektion grüner und schwarzer Schlangen – sämtlich ungiftig, wie mir beruhigend versichert wurde – und Dutzende Katzen. Aber keine Hunde. Die Hocutts hassten Hunde. Jede Katze hatte einen Namen, und eine wichtige Klausel in meinem mündlichen Mietvertrag besagte, dass ich die Katzen respektvoll zu behandeln hatte.

Ich tat es. Die Vierzimmerwohnung war geräumig und sauber und kostete mich lächerliche fünfzig Dollar pro Monat. Für den Preis hatte ich keine Probleme damit, mich den Katzen gegenüber respektvoll zu verhalten.

Der Vater der Geschwister, Dr. Miles Hocutt, war ein exzentrischer Arzt gewesen und hatte jahrzehntelang in Clanton praktiziert. Ihre Mutter war im Kindbett gestorben, und in der Stadt erzählte man, Dr. Hocutt sei nach dem Tod seiner Frau sehr besitzergreifend geworden. Um seine Kinder von der Welt abzuschirmen, hatte er angeblich eine der größten Lügen erfunden, die je in Ford County aufgetischt worden waren: Er erzählte seinen Kindern, in der Familie gebe es erblichen Wahnsinn, und von einer Heirat sei unbedingt Abstand zu nehmen, wenn man keinen verblödeten Nachwuchs riskieren wolle. Seine Kinder verehrten ihn und glaubten ihm. Wahrscheinlich waren sie schon an ein gewisses Maß an Verschrobenheit gewöhnt. Keines der Kinder heiratete. Der Sohn, Max Hocutt, war einundachtzig, als er mir die Wohnung vermietete. Die Zwillinge, Wilma und Gilma, waren siebenundsiebzig, Melberta, die Jüngste, dreiundsiebzig und geistig völlig verwirrt.

Ich glaube, es war Wilma, die mich durch das Küchenfenster beobachtete, als ich um Mitternacht die Holztreppe hinabstieg. Auf der untersten Stufe schlief eine Katze und versperrte mir den Weg. Am liebsten hätte ich sie mit einem Fußtritt auf die Straße befördert, aber ich stieg respektvoll über sie hinweg.

In der Garage standen zwei Autos. Eines davon war mein Spitfire – wegen der Katzen mit zugezogenem Verdeck –, das andere ein glänzender schwarzer Mercedes, auf dessen Türen mit roter und weißer Farbe Messer und Scheren gepinselt worden waren. Darunter standen in Grün Telefonnummern. Irgendjemand hatte Mr Max Hocutt einst erzählt, er könne die Kosten eines beliebigen Neuwagens komplett von der Steuer absetzen, wenn er ihn geschäftlich nutze und irgendein Logo auf die Türen male. Mit dem Kauf des Mercedes hatte er sich in einen Messer- und Scherenschleifer verwandelt. Er behauptete, seine Werkzeuge befänden sich im Kofferraum.

Der Wagen war zehn Jahre alt und hatte nur gut zehntausend Kilometer auf dem Buckel. Dr. Hocutt hatte auch gepredigt, Auto fahrende Frauen seien Sünderinnen, und folglich musste Max den Chauffeur spielen.

Ich steuerte den Spitfire langsam über die Kieseinfahrt und winkte der hinter der Gardine spionierenden Wilma zu. Sie riss den Kopf zur Seite und war nicht mehr zu sehen. Das Gefängnis war sechs Blocks entfernt. Ich hatte ungefähr eine halbe Stunde geschlafen.

Als ich eintraf, wurden Danny Padgitt gerade Fingerabdrücke abgenommen. Das Büro des Sheriffs befand sich im vorderen Teil des Gebäudes, und es wimmelte dort nur so von Deputys, Hilfskräften und Männern von der freiwilligen Feuerwehr. Wer immer eine Uniform besaß oder den Polizeifunk abhören konnte, schien im Augenblick hier zu sein.

Wiley Meek wartete auf dem Bürgersteig auf mich. »Es ist Danny Padgitt!«, sagte er aufgeregt.

Ich blieb kurz stehen und versuchte nachzudenken. »Wer?«

»Danny Padgitt von der Insel.«

Ich war kaum drei Monate in Ford County und bisher noch keinem Padgitt begegnet. Sie blieben unter sich, wie immer. Aber mir waren verschiedene Versionen ihrer legendären Familiengeschichte zu Ohren gekommen, und es sollten nicht die letzten gewesen sein. In Ford County waren Padgitt-Storys eine beliebte Form der Unterhaltung.

»Als sie ihn aus dem Streifenwagen gezogen haben, hab ich ein paar großartige Schnappschüsse gemacht«, fuhr Wiley fort. »Er war völlig mit Blut verschmiert! Die Fotos werden perfekt! Die Frau ist tot!«

»Welche Frau?«

»Na die, die er umgebracht hat. Und vergewaltigt. Heißt es zumindest.«

»Danny Padgitt«, murmelte ich vor mich hin, als mir klar wurde, was für eine sensationelle Story wir da hatten. Vor meinem geistigen Auge blitzte bereits die Schlagzeile auf, eine so fette Schlagzeile, wie sie die *Times* seit vielen Jahren nicht mehr geziert hatte. Der gute alte Spot war vor reißerischen Storys zurückgeschreckt. Und Pleite gegangen. Ich hatte andere Pläne.

Wir bahnten uns den Weg in das Gebäude und suchten nach Sheriff Coley. Während meiner kurzen Zeit bei der *Times* war ich ihm zweimal begegnet, und sein höfliches und warmherziges Wesen hatte mich beeindruckt. Er nannte mich »Mister« und sagte zu allen »Sir« oder »Ma'am«, stets mit einem Lächeln auf den Lippen. Da er seit dem Massaker von 1943 im Amt war, ging er schon auf die siebzig zu. Er war groß und hager. Den dicken Bauch, der bei Sheriffs aus dem Süden ansonsten obligatorisch zu sein schien, suchte man bei ihm vergebens. Oberflächlich besehen war er ein Gentleman, und nach meinen beiden persönlichen Begegnungen mit ihm hatte ich mich gefragt, wie ein so höflicher Mann so korrupt sein konnte. Er kam mit einem Deputy aus einem Hinterzimmer, und ich eilte, um ein energisches Auftreten bemüht, auf ihn zu.

»Nur ein paar Fragen, Sheriff«, sagte ich entschlossen.

Andere Reporter waren nicht vor Ort. Seine Jungs – die echten Deputys, die Aushilfskräfte, die Möchtegerns, der ganze Haufen in seinen selbst geschneiderten Uniformen – grinsten mich höhnisch an. Für sie war ich immer noch der ungestüme, neureiche Junge, dem es irgendwie gelungen war, sich die Zeitung unter den Nagel zu reißen. Ein Fremder, der kein Recht hatte, in Zeiten wie diesen auf der Bühne zu erscheinen und Fragen zu stellen.

Sheriff Coley lächelte wie gewohnt, ganz so, als wären mitternächtliche Treffen wie dieses bei ihm an der Tagesordnung. »Ja, Sir, Mr Traynor.« Seine schleppende, volltönende Stimme klang äußerst angenehm. Ein Mann mit einer solchen Stimme würde doch nicht *lügen*, oder?

»Was können Sie uns über den Mord erzählen?«

Coley verschränkte die Arme vor der Brust und gab ein paar der üblichen Cop-Floskeln zum Besten. »Weiß, weiblich, einunddreißig, wurde in ihrem Haus an der Benning Road mit einem Messer bedroht, vergewaltigt, erstochen. Den Namen kann ich nicht rausrücken, bevor wir mit ihren Leuten gesprochen haben.«

»Sie haben jemanden verhaftet?«

»Ja, Sir, aber ich kann jetzt nicht in die Details gehen. Geben Sie uns ein paar Stunden Zeit. Die Untersuchung ist gerade erst angelaufen. Das war's, Mr Traynor.«

»Es heißt, dass Sie Danny Padgitt eingelocht haben.«

»Mit Gerüchten gebe ich mich nicht ab, Mr Traynor. In meinem Beruf sollte man das nicht tun. In Ihrem übrigens auch nicht.«

Wiley und ich rasten zum Krankenhaus, schnüffelten eine Stunde herum, schnappten aber nichts Druckreifes auf. Also fuhren wir zum Tatort an der Benning Road. Die Cops hatten das Haus abgesperrt, und hinter dem gelben Band, in der Nähe des Briefkastens, hatten sich ein paar schweigende Nachbarn versammelt. Wir pirschten uns an sie heran und sperrten die Ohren auf, hörten aber fast nichts. Sie schienen noch zu sehr unter Schock zu stehen, um schon zum Reden aufgelegt zu sein. Nachdem wir das Haus noch ein paar Minuten betrachtet hatten, schlichen wir davon.

Wiley hatte einen Neffen, der zeitweise als Deputy arbeitete und gerade vor dem Haus von Mr Deece Wache schob. Die Polizei untersuchte noch immer die Veranda und die Hollywoodschaukel, in der Rhoda ihren letzten Atemzug getan hatte. Wir zogen Wileys Neffen hinter Mr Deece' immergrüne Hecke, und er erzählte uns alles, natürlich vertraulich – als könnte man die blutigen Einzelheiten eines Mordes in Ford County geheim halten.

Am Clanton Square gab es drei kleine Cafés, zwei für Weiße, eins für Schwarze. Wiley schlug vor, wir sollten einen frühmorgendlichen Ausflug dorthin machen und dabei die Ohren offen halten.

Weil ich gewöhnlich noch im Bett liege, wenn anderswo das Frühstück serviert wird, esse ich morgens nie etwas. Es macht mir nichts aus, bis Mitternacht zu arbeiten, aber ich schlafe gern so lange, bis die Sonne hoch am Himmel steht. Ich hatte schnell festgestellt, dass man als Besitzer einer Wochenzeitung das Privileg genoss, nachts arbeiten und morgens spät aufstehen zu können. Solange man die Termine einhielt, konnte man die Artikel jederzeit schreiben. Spot selbst war dafür bekannt gewesen, erst kurz vor Mittag im Büro aufzutauchen, nach einem ersten Besuch im Bestattungsinstitut. Diese Arbeitszeitregelung sagte auch mir zu.

Am Tag nach meinem Einzug in der Wohnung über der Garage der Hocutts hatte um halb zehn Uhr morgens Gilma gegen die Tür gehämmert. Da der Lärm nicht aufgehört hatte, war ich in Unterwäsche durch meine kleine Küche gestolpert und hatte sie durch die Jalousien linsen sehen. Gilma verkündete, sie habe gerade die Polizei rufen wollen.

Ihre Geschwister strichen um die Garage herum und hielten nach meinem Wagen Ausschau. Offenbar waren sie sich sicher, dass ein Verbrechen geschehen sein musste.

Gilma fragte, was ich gerade tun würde. Ich antwortete, ich hätte noch geschlafen, bis ich durch das verdammte Klopfen geweckt worden sei. Sie hakte nach, wie man denn an einem Mittwochmorgen um halb zehn noch schlafen könne. Ich rieb mir die Augen und versuchte, mir eine passende Antwort einfallen zu lassen. Plötzlich wurde mir bewusst, dass ich fast nackt war und vor einer siebenundsiebzigjährigen Jungfer stand, die die ganze Zeit über auf meine Oberschenkel starrte.

Sie und ihre Geschwister seien schon seit fünf Uhr auf, erklärte sie. Niemand in Clanton schlafe bis halb zehn. Ob ich betrunken sei? Sie machten sich nur Sorgen, das sei alles. Bevor ich die Tür schloss, sagte ich, ich sei nüchtern, aber immer noch müde. Nachdem ich mich für die fürsorgliche Aufmerksamkeit bedankt hatte, fügte ich hinzu, ich würde noch häufiger nach neun im Bett liegen.

Ich hatte schon zweimal am späten Vormittag im Tea Shoppe Kaffee getrunken und war einmal zum Mittagessen dort gewesen. Als Eigentümer der Zeitung hielt ich es für erforderlich, mich in der Stadt blicken zu lassen, wenn auch zu einer für mich akzeptablen Uhrzeit. Ich war mir der Tatsache nur zu sehr bewusst, dass ich noch jahrelang über Ford County schreiben würde – über seine Menschen, Orte und Ereignisse.

Wiley sagte, die Cafés seien schon früh am Morgen gut besucht. »Besonders nach Footballspielen und Autounfällen«, fügte er hinzu.

»Wie sieht's nach Morden aus?«, fragte ich.

»Hat schon lange keinen mehr gegeben.«

Aber er hatte Recht. Als wir das Café um kurz nach sechs betraten, war es bereits überfüllt. Wiley begrüßte ein paar Leute, schüttelte ein paar Hände und tauschte ein paar freundschaftliche Beleidigungen aus. Er stammte aus Ford County und kannte jeden. Ich nickte und lächelte und wurde mit seltsamen Blicken bedacht. Es würde Jahre dauern. Die Leute waren Fremden gegenüber freundlich, aber auch misstrauisch.

Wir fanden zwei Plätze an der Bar, und ich bestellte Kaffee, sonst nichts. Der Kellnerin gefiel das nicht, aber sie wurde etwas freundlicher, als Wiley es sich noch einmal überlegte und Rührei, Schinken, Biskuits, Maisfladen und eine Portion Bratkartoffeln verlangte – genug Cholesterin, um den gesündesten Sportler zum Infarktkandidaten zu machen.

Die Leute sprachen über nichts anderes als die Vergewaltigung und den Mord. Wenn schon Debatten über das Wetter zu Streitigkeiten führten, kann man sich unschwer vorstellen, was für Emotionen ein so abscheulicher Mord aufrühren musste. Seit über hundert Jahren hätten die Padgitts im County das Sagen; es sei an der Zeit, dass sie allesamt im Knast landeten. Falls notwendig, müsse die Insel von der Nationalgarde eingenommen werden. Mackey Don müsse seinen Hut nehmen; er habe zu lange mit ihnen unter einer Decke gesteckt. Wenn man eine Horde Gauner frei herumlaufen lasse, glaubten sie, über dem Gesetz zu stehen. Und jetzt das.

Über Rhoda wurde nicht viel gesagt, weil nur wenig über sie bekannt war. Einer wusste, dass sie in den Klubs an der Staatsgrenze herumgehangen hatte. Ein anderer glaubte zu wissen, dass sie mit einem Anwalt aus der Gegend geschlafen hatte. Den Namen kannte er nicht. Nur ein Gerücht.

Unzählige solche Gerüchte schwirrten durch das Tea Shoppe. Zwei Großmäuler glaubten sich abwechselnd zum Richter berufen, und ich war überrascht, wie leichtsinnig sie ihre Version der Wahrheit vertraten. Zu schade, dass wir den ganzen wundervollen Tratsch nicht drucken konnten.

5

Trotzdem druckten wir eine ganze Menge. Die Schlagzeile verkündete die Vergewaltigung und Ermordung Rhoda Kassellaws sowie die Festnahme von Danny Padgitt. Sie war so fett, dass man sie aus einer Entfernung von zwanzig Metern problemlos lesen konnte.

Darunter prangten zwei Fotos: Eines zeigte Rhoda als Schülerin der Abschlussklasse der Highschool, das andere Padgitt, wie er mit Handschellen ins Gefängnis gebracht wurde. Wiley hatte im richtigen Moment abgedrückt. Es war ein perfekter Schnappschuss. Padgitt starrte mit einem höhnischen Gesichtsausdruck direkt in die Kamera. Seine Stirn war wegen des Unfalls blutverschmiert, sein Hemd wegen des Überfalls auf Rhoda Kassellaw. Er wirkte gefährlich, niederträchtig, arrogant, alkoholisiert und hundertprozentig schuldig. Mir war klar, dass das Foto eine sensationelle Wirkung haben würde. Wiley fand, wir hätten es besser nicht publizieren sollen, aber ich war dreiundzwanzig und damit zu jung, um mir Zurückhaltung aufzuerlegen. Meine Leser sollten die hässliche Wahrheit kennen. Ich wollte Auflage machen.

Rhodas Bild hatte ich von ihrer Schwester aus Missouri. Bei meinem ersten Anruf hatte sie fast nichts gesagt und schnell aufgelegt, aber bei unserem zweiten Telefonat taute sie ein bisschen auf. Sie sagte, die Kinder würden von einem Arzt psychologisch betreut, und die Beerdigung finde am Dienstagnachmittag in einer Kleinstadt in der Nähe von Springfield statt. Wenn es nach ihr und der Familie ginge, fügte sie hinzu, könne ganz Mississippi zur Hölle fahren.

Ich versicherte ihr, sie nur zu gut zu verstehen, weil ich aus Syracuse und ganz anders als die Südstaatler sei. Schließlich willigte sie ein, mir ein Foto zu schicken.

Unter Zuhilfenahme von etlichen anonymen Quellen beschrieb ich detailliert, was sich in der Nacht von Samstag auf Sonntag in der Benning Road zugetragen hatte. War ich mir einer Tatsache sicher, kam sie so ins Blatt, war ich mir nicht ganz sicher, bediente ich mich vager Umschreibungen, die aber genug versteckte Anspielungen enthielten, um meine Sicht der Dinge durchscheinen zu lassen. Zwischendurch war Baggy Suggs lange genug nüchtern, um Korrektur zu lesen und meine Artikel zu redigieren. Wahrscheinlich hatten wir es ihm zu verdanken, dass wir nicht vor Gericht gezerrt oder gleich erschossen wurden.

Auf der zweiten Seite fand sich eine Skizze des Tatorts und ein großes Foto von Rhodas Haus, komplett mit Streifenwagen und Absperrung, das am Morgen nach dem Verbrechen geschossen worden war. Auch Michaels und Teresas Fahrräder und Spielzeuge waren zu sehen. In vielerlei Hinsicht war dieses Bild unheimlicher als ein Foto der Leiche, um das ich mich vergeblich bemüht hatte. Die unmissverständliche Botschaft lautete, dass hier Kinder gelebt hatten und in ein Verbrechen hineingezogen worden waren, das wegen seiner außergewöhnlichen Brutalität den meisten Menschen aus Ford County als irreal erschien.

Wie viel hatten die Kinder gesehen? Das war die brennende Frage.

Ich beantwortete sie in der *Times* nicht, versuchte aber, mich so weit wie möglich an eine Antwort heranzutasten. Nach einer Beschreibung des Hauses und der Anordnung der Zimmer berief ich mich wieder auf eine anonyme Quelle bei meiner Schätzung, dass die Betten der Kinder etwa zehn Meter von dem ihrer Mutter entfernt waren. Die Kinder waren vor Rhoda aus dem Haus geflohen und hatten unter Schock gestanden, als sie das Nachbarhaus erreichten. Sie waren in Clanton zu einem Arzt gebracht worden und unterzogen sich jetzt in Missouri einer Therapie. Sie hatten *viel* gesehen.

Würden sie vor Gericht aussagen? Baggy hielt das für völlig ausgeschlossen; sie waren einfach noch zu klein. Aber ich warf die Frage trotzdem auf, damit die Leser etwas hatten, worüber sie kontrovers diskutieren oder sich ärgern konnten. Nachdem ich die Möglichkeit erörtert hatte, die Kinder vor Gericht erscheinen zu lassen, berief ich mich auf »Experten«, die übereinstimmend der Meinung seien, ein solches Szenario wäre unwahrscheinlich. Baggy genoss es, als Experte eingestuft zu werden.

Rhodas Nachruf war so lang, wie es eben ging, doch angesichts der Tradition der *Times* war das nichts Ungewöhnliches.

Am Dienstagabend gegen zehn ging die Zeitung in Druck; am Mittwochmorgen um sieben war der Clanton Square damit gepflastert. Zur Zeit des Konkurses war die Auflage auf weniger als zwölfhundert Exemplare gefallen, aber nach einem Monat unter meiner unerschrockenen Leitung hatten wir schon fast zweitausendfünfhundert Abonnenten, und fünftausend war ein realistisches Ziel.

Anlässlich des Mordes an Rhoda Kassellaw druckten wir achttausend Exemplare, die überall auftauchten – in den Cafés am Clanton Square, im Gerichtsgebäude, auf den Schreibtischen der Angestellten des County und in den

Banken. Wir starteten eine spezielle Werbeoffensive und verschickten in einer einmaligen Aktion dreitausend Gratisexemplare an potenzielle Abonnenten.

Laut Wiley war es der erste Mord seit acht Jahren, und der Tatverdächtige war ein Padgitt! Es war eine wundervolle Sensationsgeschichte, und ich sah die Ereignisse als einmalige Chance. Natürlich war meine Präsentation des Verbrechens auf Schock ausgerichtet, sensationslüstern und blutrünstig. Natürlich war es Groschenblattjournalismus, aber warum sollte mich das kümmern?

Ich hatte keine Ahnung, wie schnell die Reaktion kommen und wie unangenehm sie ausfallen sollte.

Am Donnerstagmorgen um neun Uhr war der große Sitzungssaal im ersten Stock des Gerichtsgebäudes von Ford County bis auf den letzten Platz gefüllt. Dies war das Reich des ehrenwerten Reed Loopus, eines alternden Richters des Bezirksgerichts, der aus Tyler County kam und achtmal im Jahr in Clanton Recht sprach. Er war ein legendärer Kämpfer und führte ein eisernes Regiment. Laut Baggy Suggs, der während seiner Arbeitszeit meistens im Gericht herumhing, wo er Gerüchte entweder aufschnappte oder in die Welt setzte, war Loopus ein absolut aufrechter Richter, der es irgendwie geschafft hatte, den Schmiergeldern der Padgitts zu entgehen. Vielleicht lag es daran, dass er aus einem anderen County kam. Richter Loopus war der Überzeugung, Kriminelle sollten zu langen Haftstrafen verurteilt werden, am besten mit harter Zwangsarbeit, obwohl er die mittlerweile nicht mehr anordnen konnte.

Am Montag nach dem Mord hatten sich die Anwälte der Padgitts versammelt, um Danny gegen Kaution aus dem Gefängnis zu holen. Richter Loopus war andernorts durch ein Verfahren in Anspruch genommen – sein Bezirk bestand aus sechs Countys – und hatte nicht vor, sich zu einer eilig angesetzten Kautionsanhörung nötigen zu lassen. Sie sollte am Donnerstagmorgen um neun Uhr stattfinden, wodurch die Stadt sich noch ein paar weitere Tage in Spekulationen ergehen konnte.

Weil ich nicht nur Journalist, sondern auch Besitzer der örtlichen Zeitung war, sah ich es als meine Pflicht an, zeitig im Sitzungssaal zu sein und mich um einen guten Platz zu bemühen. Zugegeben, etwas Selbstgefälligkeit war mit im Spiel. Die anderen waren aus bloßer Neugier hier, für mich gab es wichtige Arbeit. Als sich der Saal zu füllen begann, saßen Baggy und ich bereits in der zweiten Reihe.

Danny Padgitts Hauptanwalt war ein bekanntes Original namens Lucien Wilbanks; ich sollte ihn schon sehr bald hassen lernen. Er war der letzte Sprössling eines einst angesehenen Clans von Anwälten, Bankern und Ähnlichem. Die Familie Wilbanks hatte in langer, harter Arbeit die Stadt Clanton mit aufgebaut, aber Lucien hatte ihren guten Namen gründlich ruiniert. Er hielt sich etwas darauf zugute, ein radikaler Anwalt zu sein, was um 1970 in diesem Teil der Welt noch eine Seltenheit war. Er trug einen Bart, fluchte wie ein Seemann, trank jede Menge Alkohol und bevorzugte als Klienten Vergewaltiger, Mörder und Kinderschänder. In Ford County war er das einzige weiße Mitglied der Bürgerrechtsbewegung National Association for the Advancement of Colored People, und schon deshalb hätte man hier erschossen werden können. Es war ihm egal.

Lucien Wilbanks verhielt sich barsch, unerschrocken und abgrundtief niederträchtig. Nachdem sich alle gesetzt hatten, kam er, unmittelbar vor dem Eintritt von Richter Loopus, langsam auf mich zu. Er hielt die jüngste Ausgabe der *Times* in der Hand und fuchtelte damit herum. »Sie elender kleiner Scheißer«, sagte er ziemlich laut, und im

Sitzungssaal wurde es mucksmäuschenstill. »Für wen halten Sie sich, zum Teufel?«

Mein Herzschlag setzte aus, und ich konnte nicht sofort antworten. Baggy rückte ein Stück zur Seite, alle Augen waren auf mich gerichtet. Mir war klar, dass ich etwas sagen musste. »Ich habe nur die Wahrheit geschrieben«, brachte ich so überzeugend wie möglich hervor.

»Das ist Groschenblattjournalismus!«, herrschte er mich an. »Sensationslüsterner Müll!« Die Zeitung war nur ein paar Zentimeter von meiner Nase entfernt.

»Besten Dank«, antwortete ich möglichst cool. In dem Sitzungssaal waren mindestens fünf Deputys anwesend, von denen aber keiner das geringste Interesse zeigte, diesem Scharmützel ein Ende zu bereiten.

»Wir werden morgen Klage einreichen und eine Million Schadenersatz fordern!«, sagte er mit funkelndem Blick.

»Auch ich habe Anwälte.« Plötzlich hatte ich Angst, bald genauso pleite zu sein wie die Familie Caudle. Nachdem er mir die Zeitung in den Schoß geworfen hatte, ging Wilbanks zum Tisch der Verteidigung zurück. Endlich konnte ich tief durchatmen; mein Herz klopfte wie wild. Beschämung und Angst hatten mir die Röte ins Gesicht treten lassen.

Trotzdem schaffte ich es, ein dümmliches Grinsen aufzusetzen. Ich durfte mir vor den Leuten nicht anmerken lassen, dass der Eigentümer und Chefredakteur ihrer Zeitung vor irgendetwas Angst hatte. Eine Million Schadenersatz! Ich dachte an meine Großmutter in Memphis. Das würde ein schwieriges Gespräch werden.

Hinter dem Richtertisch öffnete ein Gerichtsdiener eine Tür. »Erheben Sie sich«, verkündete er. Richter Loopus trat ein und schlurfte in seiner verschossenen schwarzen Amtsrobe zu seinem Platz. Nachdem er sich gesetzt hatte, ließ er den Blick über die Menge schweifen. »Guten Morgen. Ein ziemlicher Auflauf, wenn man bedenkt, dass es nur um eine Kaution geht.« Solche Routineangelegenheiten lockten normalerweise niemand hinter dem Ofen hervor – abgesehen von dem Angeklagten und seinem Anwalt und manchmal der Mutter des Ersteren. Heute waren dreihundert Zuschauer anwesend.

Aber es war nicht bloß eine Anhörung wegen einer Kaution, sondern der Auftakt eines Verfahrens wegen Vergewaltigung und Mord, und das wollte man sich in Clanton nicht entgehen lassen. Trotzdem war mir nur zu bewusst, dass die meisten Leute in Zukunft nicht immer anwesend sein konnten und auf die *Times* angewiesen waren. Ich war entschlossen, sie über die Details auf dem Laufenden zu halten.

Wann immer mein Blick auf Lucien Wilbanks fiel, musste ich an die Schadenersatzklage auf eine Million Dollar denken. Er konnte nicht ernsthaft vorhaben, meine Zeitung zu verklagen. Oder doch? Aber weshalb? Wir hatten uns keine Beleidigung oder Verleumdung zuschulden kommen lassen.

Richter Loopus nickte einem anderen Gerichtsdiener zu, der eine Seitentür öffnete und den mit Handschellen gefesselten Danny Padgitt hereinführte. Er trug ein ordentlich gebügeltes weißes Hemd, leichte Baumwollhosen und bequeme Halbschuhe. Sein Gesicht war glatt rasiert, von Verletzungen war nichts zu sehen. Mit seinen vierundzwanzig Jahren war er ein Jahr älter als ich, aber er wirkte sehr viel jünger. Er hatte scharf geschnittene Gesichtszüge und war ein hübscher junger Mann. Ich konnte mir nicht helfen, auf mich wirkte er wie ein College-Student. Als der Gerichtsdiener ihm die Handschellen abnahm, bedachte Padgitt ihn mit einem Grinsen. Während er sich im Sitzungssaal umsah, schien er einen Moment lang die allgemeine Aufmerksamkeit zu genießen. Seine Miene spiegelte die Zuversicht eines Mannes wider, dessen Familie unendlich viel Geld hatte und ihm schon aus dieser kleinen Klemme heraushelfen würde.

Direkt hinter ihm, auf der anderen Seite der Schranke, saßen seine Eltern und diverse andere Padgitts. Sein Vater Gill, Enkel des berüchtigten Clovis Padgitt, hatte einen Universitätsabschluss und war den Gerüchten nach in dem Clan für die Geldwäsche zuständig. Dannys Mutter war gut gekleidet und ziemlich attraktiv, was mir überraschend erschien bei einer Frau, die beschränkt genug war, einen Padgitt zu heiraten und sich für den Rest ihres Lebens auf der Insel wegsperren zu lassen.

»Ich sehe sie heute zum ersten Mal«, flüsterte Baggy mir zu.

»Und Gill?«, fragte ich.

»Hab ich vielleicht zweimal gesehen, aber in zwölf Jahren.«

Der Staatsanwalt des County, der diese Funktion nebenberuflich ausübte, hieß Rocky Childers, und Richter Loopus wandte sich an ihn. »Mr Childers, ich nehme an, dass die Staatsanwaltschaft gegen eine Freilassung auf Kaution ist.«

Childers stand auf. »Ja, Sir.«

»Aus welchen Gründen?«

»Weil es um zwei abscheuliche Verbrechen geht, Euer Ehren. Um eine bestialische Vergewaltigung im Bett des Opfers, vor den Augen der Kinder, gefolgt von einem Mord durch mindestens zwei Messerstiche. Der Angeklagte, Mr Padgitt, wollte fliehen.« Da es in dem Saal mucksmäuschenstill war, klang Childers' Stimme übermäßig laut. »Mit großer Wahrscheinlichkeit besteht weiterhin Fluchtgefahr. Wenn Mr Padgitt aus dem Gefängnis entlassen wird, werden wir ihn nie wiedersehen.«

Lucien Wilbanks konnte es kaum abwarten, sich mit dem Richter und dem Staatsanwalt zu streiten. Sofort war er auf den Beinen. »Einspruch, Euer Ehren. Mein Mandant hat keinerlei Vorstrafen und ist noch nie zuvor verhaftet worden.«

Richter Loopus blickte ihn ruhig über seine Lesebrille hinweg an. »Mr Wilbanks, ich hoffe, dass dies das letzte Mal war, dass Sie jemanden unterbrochen haben. Ich schlage vor, dass Sie sich wieder setzen. Wenn das Gericht etwas von Ihnen hören will, wird es sich schon melden.« Seine Stimme war eiskalt und klang fast verbittert, und ich fragte mich, wie oft sich die beiden in diesem Sitzungssaal schon in die Haare geraten waren.

Lucien Wilbanks ließ sich nichts anmerken; er hatte ein dickes Fell.

Childers unternahm einen kleinen Ausflug in die Vergangenheit. 1959, vor elf Jahren, war ein gewisser Gerald Padgitt in Tupelo wegen Autodiebstahls angeklagt worden. Es dauerte ein Jahr, bis sich zwei Deputys gefunden hatten, die bereit waren, mit einem Haftbefehl auf Padgitt Island aufzukreuzen. Obwohl sie überlebten, waren ihre Bemühungen nicht von Erfolg gekrönt. Entweder war Gerald Padgitt aus dem Land geflohen, oder er hatte sich irgendwo auf der Insel verschanzt. »Wo immer er auch sein mag, er ist nie gefunden und verhaftet worden«, schloss Childers.

»Jemals was von Gerald Padgitt gehört?«, fragte ich Baggy.

»Nichts.«

»Wenn der Angeklagte gegen Kaution entlassen wird, werden wir ihn nie wiedersehen«, wiederholte Childers. »So einfach ist das, Euer Ehren.« Er setzte sich.

Wilbanks stand gemächlich auf und zeigte auf Childers. »Der Staatsanwalt ist wie üblich etwas verwirrt. Gerald Padgitt wird nicht dieser Verbrechen beschuldigt. Aber ich bin nicht sein Anwalt, und es ist mir scheißegal, was mit ihm passiert ist.«

»Achten Sie auf Ihre Wortwahl«, warnte Loopus.

»Hier geht es nicht um Gerald, sondern um Danny Padgitt, einen jungen Mann ohne jede Vorstrafe.«

»Hat Ihr Klient in diesem County Grundbesitz?«, fragte der Richter.

»Nein, hat er nicht. Er ist erst vierundzwanzig.«

»Dann lassen Sie uns zur Sache kommen, Mr Wilbanks. Mir ist bekannt, dass seine Familie über beträchtlichen Grundbesitz verfügt. Ich entlasse ihn nur, wenn der gesamte Besitz als Kaution verpfändet wird, um so sicherzustellen, dass er auch tatsächlich vor Gericht erscheint.«

»Das ist ja unglaublich«, knurrte Wilbanks.

»Wie die Verbrechen, die Ihrem Mandanten zur Last gelegt werden.«

Wilbanks knallte seinen Notizblock auf den Tisch. »Geben Sie mir eine Minute, damit ich mich mit seiner Familie beraten kann.«

Das ließ bei den Padgitts einige Unruhe aufkommen. Sie scharten sich hinter dem Tisch der Verteidigung um Wilbanks, konnten sich aber nicht einigen. Es war schon fast komisch, wie diese reichen Kriminellen die Köpfe schüttelten und sich gegenseitig beschimpften. Familienstreitigkeiten lodern schnell auf und werden erbittert geführt, besonders wenn Geld im Spiel ist, und jeder der anwesenden Padgitts schien eine andere Meinung zu haben, welcher Kurs einzuschlagen war. Man konnte nur spekulieren, wie es wohl zuging, wenn sie ihre Beute aufteilten.

Wilbanks erkannte, dass eine Einigung wenig wahrscheinlich war. Weil er weitere Peinlichkeiten verhindern wollte, wandte er sich wieder an den Richter. »Das ist unmöglich, Euer Ehren«, verkündete er. »Das Land der Padgitts gehört mindestens vierzig verschiedenen Personen, von denen die meisten nicht hier sind. Die Forderung des Gerichts ist willkürlich und mit einer nicht zu rechtfertigenden Belästigung verbunden.«

»Ich gebe Ihnen ein paar Tage Zeit, um alles zu arrangieren«, bemerkte Loopus, der die für die Gegenseite unangenehme Situation offensichtlich genoss.

»Nein, Sir, das ist schlicht nicht fair. Mein Mandant hat ein Anrecht darauf, gegen eine vernünftige Kaution aus der Haft entlassen zu werden, genau wie jeder andere Angeklagte auch.«

»Dann wird er bis zur Vernehmung zur Anklage eben nicht gegen Kaution auf freien Fuß gesetzt.«

»Wir verzichten auf die Vernehmung.«

»Wie Sie wünschen.« Loopus machte sich eine Notiz.

»Und wir verlangen, dass der Fall so schnell wie möglich der Anklagejury vorgelegt wird.«

»Alles zu seiner Zeit, Mr Wilbanks. Dieser Fall wird genau wie alle anderen behandelt.«

»Wir werden nämlich so schnell wie möglich eine Verlegung des Verhandlungsorts beantragen«, verkündete Wilbanks gewichtig, als wäre dies eine bedeutsame Bekanntmachung.

»Dafür ist es noch ein bisschen früh, finden Sie nicht?«, fragte Loopus.

»In diesem County wird mein Mandant nie ein faires Verfahren bekommen.« Wilbanks blickte ins Publikum und schien den Richter, der einen Moment lang Neugier zeigte, fast zu ignorieren. »Hier ist bereits jemand dabei, meinen Mandanten anzuklagen, ihm den Prozess zu machen und ihn zu verurteilen, bevor er überhaupt die Möglichkeit hatte, sich zu verteidigen. Meiner Ansicht nach sollte das Gericht sofort einschreiten und einen Maulkorberlass verhängen.«

Wenn hier jemandem das Maul gestopft werden musste, dann Lucien Wilbanks.

»In welche Richtung zielt Ihre Bemerkung, Mr Wilbanks?«, fragte Loopus.

»Haben Sie die Lokalzeitung gelesen, Euer Ehren?«

»In letzter Zeit nicht.«

Alle Augen richteten sich auf mich, und erneut hätte ich fast einen Herzstillstand erlitten.

Wilbanks bedachte mich mit einem funkelnden Blick. »Reißerische Titelgeschichten, blutrünstige Fotos, anonyme Quellen. Und genügend Halbwahrheiten und Anspielungen, um einen Unschuldigen vorzuverurteilen!«

Baggy rückte wieder ein Stück von mir weg. Ich fühlte mich ziemlich allein.

Wilbanks stampfte durch den Sitzungssaal und warf ein Exemplar der *Times* auf den Richtertisch. »Sehen Sie sich das mal an«, knurrte er. Loopus rückte seine Lesebrille zurecht, nahm die Zeitung und lehnte sich in seinem Ledersessel zurück. Er begann zu lesen, hatte es aber offenbar nicht besonders eilig.

Er war ein bedächtiger Leser. Irgendwann setzte mein Herzschlag wieder ein, mit der Heftigkeit eines Pressluftthammers. Mir fiel auf, dass mein Kragen hinten völlig durchgeschwitzt war. Als Loopus mit der Titelseite fertig war, schlug er sie gemächlich um. In dem Sitzungssaal herrschte gespannte Stille. Würde er mich sofort ins Gefängnis werfen? Einem Gerichtsdiener zunicken, damit er mir Handschellen anlegte und mich abführte? Ich war kein Anwalt. Mir war eben mit einer Schadenersatzklage auf eine Million Dollar gedroht worden, und zwar von einem Mann, der solche Prozesse mit Sicherheit schon häufiger angestrengt hatte, und nun las der Richter meine ziemlich schauerlichen Artikel, während die ganze Stadt auf sein Urteil wartete.

Angesichts etlicher strenger Blicke in meine Richtung kritzelte ich etwas auf meinen Notizblock, aber ich konnte nichts davon lesen. Ich tat mein Bestes, um eine gelassene Miene zu wahren. Tatsächlich wäre ich am liebsten aus dem Sitzungssaal gestürmt und mit Vollgas nach Memphis zurückgekehrt.

Die Seiten raschelten, der Richter war endlich fertig. Er beugte sich ein bisschen zu seinem Mikrofon vor und gab ein paar Worte von sich, die meiner Karriere sofort einen Schub verliehen. »Sehr gut geschrieben«, bemerkte er. »Fesselnd, vielleicht ein bisschen makaber. Aber die Grenzen des Zulässigen werden mit Sicherheit nicht überschritten.«

Ich kritzelte weiter, als hätte ich nichts gehört. In einem überraschenden, unvorhergesehenen und ziemlich peinigenden Scharmützel hatte ich über die Padgitts und Lucien Wilbanks die Oberhand behalten. »Glückwunsch«, flüsterte Baggy.

Loopus faltete die Zeitung zusammen und legte sie vor sich. Er ließ es zu, dass Wilbanks sich noch ein paar Minuten lang aufregte und zeterte – angeblich war bei den Cops etwas durchgesickert, auch im Büro des Staatsanwalts, und wenn es so weiterging, würde bei der Anklagejury auch noch etwas durchsickern. Sie alle hätten irgendwie eine Verschwörung nicht namentlich genannter Leute koordiniert, die nichts anderes im Sinn hätten, als seinen Mandanten unfair zu behandeln. Tatsächlich zog er nur eine Show für die Padgitts ab. Da es ihm nicht gelungen war, den Angeklagten gegen Zahlung einer Kaution aus dem Gefängnis zu holen, musste er sie durch Übereifer beeindrucken.

Loopus kaufte ihm nichts davon ab.

Schon bald sollten wir erfahren, dass Wilbanks Auftritt nichts als ein Ablenkungsmanöver gewesen war. Er hatte keineswegs die Absicht, den Fall vor einem Gericht außerhalb von Ford County verhandeln zu lassen.

6

Beim Kauf der *Times* hatte ich mit der Zeitung zugleich auch das prähistorische Haus mit den Redaktionsbüros erstanden. Es war nur wenig wert und stand an der Südseite des Clanton Square in einer Zeile von vier verfallenden Gebäuden, die jemand irgendwann eilig aus dem Boden gestampft haben musste. Es war ein breites, nicht besonders tiefes, zweistöckiges Haus, dessen Keller von allen Angestellten gefürchtet und gemieden wurde. An der Vorderseite gab es mehrere Büros. Gemeinsam waren ihnen zerschlissene, fleckige Teppiche, abblätternde Wände und ein Geruch nach vor hundert Jahren gerauchtem Pfeifentabak, der für alle Zeiten an den Decken zu kleben schien.

Im hinteren Teil des Gebäudes, so weit wie möglich entfernt, stand die Druckerpresse. An jedem Dienstagabend schaffte es unser alter Drucker Hardy irgendwie, die alte Maschine wieder zum Leben zu erwecken und eine neue Ausgabe zu produzieren. In seinem Reich hing der durchdringende Geruch von Druckerschwärze.

In dem Büro im ersten Stock gab es an den Wänden Bücherregale, deren Böden sich unter dem Gewicht staubiger Bände durchbogen, die seit Jahrzehnten niemand mehr aufgeschlagen hatte. Die Sammlung bestand aus historischen Werken, einer Shakespeare-Ausgabe, Anthologien irischer Gedichte und langen Reihen hoffnungslos veralteter englischer Enzyklopädien. Spot hatte geglaubt, solche Bücher beeindruckten seine Besucher.

Durch die schmutzige Scheibe an der Vorderfront, auf die vor langer Zeit jemand das Wort TIMES gepinselt hatte, blickte man auf das Gerichtsgebäude und das davor stehende Bronzedenkmal eines Konföderierten, an dessen Fuß eine Plakette die Namen von einundsechzig Männern aus dem County verzeichnete, die im Bürgerkrieg gefallen waren, zum größten Teil in der Schlacht bei Shiloh.

Das Denkmal konnte ich auch von meinem Büro aus sehen, das sich im zweiten Stock befand und dessen Wände ebenfalls mit Büchern tapeziert waren. Hier befand sich Spots Privatbibliothek, eine eklektizistische Ansammlung von Werken, die offenbar genauso lange nicht mehr aufgeschlagen worden waren wie die im Stockwerk darunter. Es sollte Jahre dauern, bevor ich eines davon in die Hand nahm.

Das Büro war geräumig und mit nutzlosem Kram und wertlosen Akten voll gestopft. An den Wänden hingen nachgemalte Porträts von Generälen der Konföderierten. Ich liebte es. Bei seinem Abschied hatte Spot nichts mitgenommen, und nach ein paar Monaten schien immer noch niemand Interesse an dem Krempel zu haben. Folglich blieb alles an Ort und Stelle, ohne dass sich jemand darum kümmerte. Ich selbst rührte praktisch nie etwas von den Sachen an, die allmählich in mein Eigentum übergingen. Spots persönliche Dinge – Briefe, Kontoauszüge, Notizen, Postkarten – hatte ich in Kartons verstaut, die nun in einem der vielen ungenutzten Räume am hinteren Ende des Flurs zustaubten und langsam verrotteten.

In meinem Büro gab es zwei große Fenstertüren, durch die man auf einen kleinen Balkon mit schmiedeeisernem Geländer hinaustrat. Darauf konnten es sich vier Leute in

Schaukelstühlen bequem machen und auf den Platz hinabblicken. Nicht dass dort viel zu sehen gewesen wäre, aber es war eine angenehme Art und Weise, seine Zeit zu verbringen. Besonders, wenn man einen Drink neben sich stehen hatte.

Baggy war immer bereit, mir für einen Drink Gesellschaft zu leisten. Nach dem Abendessen brachte er eine Flasche Bourbon mit, und wir setzten uns in die Schaukelstühle. Die Kautionsanhörung war noch immer Stadtgespräch. Man ging davon aus, dass Danny Padgitt aus dem Gefängnis entlassen werden würde, sobald Lucien Wilbanks und Mackey Don Coley alles arrangiert hatten. Es würden Versprechungen gemacht und Geldscheine über den Tisch geschoben werden. Irgendwie würde Sheriff Coley sich persönlich dafür verbürgen, dass Danny vor Gericht erschiene. Aber Richter Loopus hatte andere Pläne.

Baggys Frau war Krankenschwester und hatte die Nachtschicht in der Notaufnahme des Krankenhauses. Er arbeitete tagsüber, wenn man seine ziemlich träge Art, die Ereignisse in der Stadt zu verfolgen, Arbeit nennen wollte. Offenbar war es gut, dass sie sich fast nie sahen, denn sie stritten häufig. Ihre erwachsenen Kinder hatten die Flucht ergriffen, sodass sie ihren Kleinkrieg in Ruhe fortsetzen konnten. Nach ein paar Drinks begann Baggy immer spitze Bemerkungen über seine Frau zu machen. Er war zweiundfünfzig, sah aber mindestens wie siebzig aus. Ich vermutete, es lag in erster Linie am Whiskey, dass er schnell alterte und sich zu Hause mit seiner Frau anlegte.

»Wir haben sie ganz schön in den Hintern getreten«, verkündete er stolz. »Noch nie zuvor ist einer Zeitung in einer öffentlichen Anhörung die Absolution erteilt worden.«

»Was genau ist ein Maulkorberlass?« Ich war ein schlecht informierter Neuling, und alle wussten es. Es hatte keinen Sinn, Wissen vorzutäuschen, wenn man keines hatte.

»Weiß ich nicht genau, hab nur davon gehört. Damit wollen die Richter wohl den Anwälten und den Prozessführenden eine Art Schweigepflicht auferlegen.«

»Also sind Zeitungen nicht davon betroffen?«

»Nein. Das war bloße Effekthascherei. Wilbanks ist als Einziger hier in Ford County Mitglied der American Civil Liberty's Union und kennt sich mit dem ersten Zusatzartikel der Verfassung und dem Recht auf freie Meinungsäußerung bestens aus. Ein Gericht kann einer Zeitung kein Druckverbot erteilen. Wilbanks hatte einen schlechten Tag. Es war offensichtlich, dass sein Mandant im Knast bleiben würde, also musste er eine Show abziehen. Typisch für Anwälte. Bringt man ihnen schon auf der Uni bei.«

»Das heißt, wir werden nicht verklagt?«

»Um Gottes willen, nein. Zuerst mal gibt es ja keinen Grund für eine Klage. Wir haben niemanden beleidigt oder verleumdet. Natürlich sind wir mit einigen Fakten etwas lässig umgegangen, doch das betraf nur Kleinigkeiten, und wahrscheinlich hatten wir sowieso Recht. Zweitens: Wenn Wilbanks einen Grund für eine Klage hätte, müsste er den Prozess hier in Ford County anstrengen. Im gleichen Gerichtsgebäude, im gleichen Sitzungssaal und bei demselben Richter. Beim ehrenwerten Reed Loopus, der heute Morgen unsere Artikel gelesen und für gut befunden hat. Mit der Klage war's schon vorbei, bevor Wilbanks auch nur zu Ende gesprochen hatte. Alles bestens.«

Meine Stimmung war alles andere als bestens. Ich hatte mir wegen einer Million Dollar Schadenersatz Sorgen gemacht und überlegt, wie ich eine solche Summe zusammenkratzen sollte. Aber allmählich machte sich die Wirkung des Whiskeys bemerkbar, und ich begann, mich zu entspannen. Es war ein Donnerstagabend, und in Clanton waren nur wenige Menschen auf der Straße. Alle Läden und Büros am Platz waren geschlossen.

Baggy war schon lange entspannt, wie üblich. Margaret hatte mir ins Ohr geflüstert, er frühstücke immer mit einem einbeinigen Anwalt namens Major, und die beiden schätzten einen Schluck Bourbon zum Morgenkaffee. Sie trafen sich auf dem Balkon vor Majors Büro auf der anderen Seite des Clanton Square, wo sie rauchten, tranken und sich über Juristerei und Politik unterhielten, während unter ihnen das Gerichtsgebäude allmählich zum Leben erwachte. Seinen eigenen Worten nach hatte Major das Bein im Zweiten Weltkrieg auf Guadalcanal verloren. Seine Kanzlei befasste sich ausschließlich mit Testamenten für alte Menschen. Da er sie selbst tippte, war eine Sekretärin überflüssig. Er arbeitete ungefähr so hart wie Baggy, und die beiden waren häufig im Sitzungssaal zu sehen, wo sie halb betrunken einem Verfahren beiwohnten.

»Vermutlich hat Mackey Don den guten Danny in der Suite untergebracht«, sagte Baggy, der mittlerweile schon schleppender sprach.

»In der Suite?«

»Ja. Schon mal in unserem Knast gewesen?«

»Nein.«

»Eigentlich kann man da nicht mal Tiere unterbringen. Keine Heizung, keine frische Luft. Die Klospülung funktioniert nur manchmal. Üble Bedingungen, mieser Fraß. Und das ist noch die Vorzugsbehandlung für die Weißen. Schwarze werden am anderen Ende des Gebäudes untergebracht, in einer einzigen großen Zelle. Da gibt's als Toilette nur ein Loch im Boden.«

»Ich denke, ich werde mal vorbeischauen.«

»Der Knast ist eine Schande für das County, aber leider sieht es in den meisten Städten hier genauso aus. Wie auch immer, in unserem Gefängnis gibt es eine kleine Zelle mit

Klimaanlage, einem Teppich, einem sauberen Bett und einem Farbfernseher, und da kriegt man auch gutes Essen. Sie wird Suite genannt. Dort bringt Mackey Don seine Lieblinge unter.«

Ich prägte mir seine Worte ein. Für Baggy war alles ganz normal, aber für mich, der ich vor kurzem noch auf dem College gewesen war und zumindest zeitweise Publizistik studiert hatte, hörte sich das nach einer echten Skandalstory an.

»Sie glauben, Padgitt ist in der Suite untergebracht?«

»Wahrscheinlich. Er ist in seinen eigenen Klamotten im Gericht erschienen.«

»Wie läuft es sonst?«

»Alle anderen müssen orangefarbene Overalls tragen. Kennen Sie die nicht?«

Doch, ich hatte sie schon gesehen. Vor ungefähr einem Monat war ich einmal im Gericht gewesen, und jetzt erinnerte ich mich an zwei oder drei Angeklagte, die im Sitzungssaal auf den Richter gewartet und in unterschiedlichem Ausmaß verblichene Overalls getragen hatten, auf deren Vorder- und Rückseite FORD COUNTY JAIL stand.

Baggy trank einen Schluck und sprach dann weiter. »Bei Vernehmungen zur Anklage und ähnlichen Gelegenheiten tragen diejenigen, die nicht auf Kaution draußen sind, immer Häftlingskleidung. Früher hat Mackey Don dafür gesorgt, dass die Angeklagten die Overalls selbst während des Verfahrens tragen mussten. Lucien Wilbanks hat es mal geschafft, dass ein Schuldspruch aufgehoben wurde. Er konnte überzeugend darlegen, dass die Jury voreingenommen war, weil sein Mandant in dem orangefarbenen Overall hundertprozentig schuldig wirkte. Und er hatte Recht. Es ist ziemlich schwierig, die Jury von der Unschuld des Angeklagten zu überzeugen, wenn er Häftlingskleidung und Badeschlappen trägt.«

Wieder einmal wunderte ich mich über Mississippis Rückständigkeit. Ich stellte mir einen Angeklagten vor, vielleicht einen Schwarzen, der einer Jury gegenüberstand und ein faires Verfahren erwartete, aber Häftlingskleidung tragen musste, deren Sinn darin bestand, aus einem Kilometer Entfernung gesehen zu werden. »Der Krieg ist noch nicht zu Ende«, lautete ein Slogan, den ich in Ford County mehrfach gehört hatte. Hier gab es einen deprimierend hartnäckigen Widerstand gegen jede Veränderung, besonders, wenn es um Verbrechen und Bestrafung ging.

Am nächsten Mittag ging ich zum Gefängnis, um nach Sheriff Coley zu suchen. Unter dem Vorwand, ihm ein paar Fragen zum Fall Kassellaw stellen zu wollen, hoffte ich, so viele Häftlinge wie möglich zu Gesicht zu bekommen. Coleys Sekretärin teilte mir ziemlich unfreundlich mit, er sei in einer Besprechung, und das war mir durchaus recht.

Zwei Häftlinge putzten die vorderen Büros, zwei andere rupften vor dem Gebäude in einem Blumenbeet Unkraut. Ich ging um das Gefängnis herum. Dahinter gab es einen kleinen Platz mit einem Basketballkorb. Sechs Häftlinge hatten den Schatten einer kleinen Eiche aufgesucht. An der östlichen Seite des Gefängnisses standen drei Insassen hinter einem vergitterten Fenster und blickten auf mich herab.

Insgesamt dreizehn Häftlinge. Dreizehn orangefarbene Overalls.

Ich fragte Wileys Neffen nach den Verhältnissen im Gefängnis. Zuerst wollte er nichts sagen, aber er hasste Sheriff Coley wie die Pest und glaubte, mir vertrauen zu können. Er bestätigte Baggys Vermutung – Danny Padgitt residierte in der Zelle mit Klimaanlage, ließ es sich gut gehen und konnte Essen nach Wunsch ordern. Er kleidete sich, wie es ihm gefiel, spielte mit dem Sheriff persönlich Dame und hing ansonsten den ganzen Tag am Telefon.

Die nächste Ausgabe der *Times* trug eine Menge dazu bei, meine Reputation als unerschrockener, mit Beschuldigungen nicht geizender dreiundzwanzigjähriger Narr zu festigen. Auf der Titelseite fand sich ein riesiges Foto von Danny Padgitt. Es zeigte, wie er mit Handschellen und in Zivilkleidung in das Gerichtsgebäude geführt wurde und dem Fotografen mit einem seiner typischen Blicke zu verstehen gab, er solle zur Hölle fahren. Direkt darüber prangte die fette Schlagzeile: DANNY PADGITT WIRD NICHT GEGEN KAUTION ENTLASSEN. Die Story war ausführlich und detailliert.

Daneben gab es einen zweiten Artikel, fast genauso lang und sehr viel skandalträchtiger. Unter Berufung auf anonyme Quellen beschrieb ich darin eingehend, wie die Haftbedingungen für einen Danny Padgitt aussahen. Ich erwähnte alle Privilegien, die er genoss, inklusive der Damepartien mit Sheriff Coley, das Essen, den Farbfernseher, die freie Verfügung über das Telefon. Alles, was ich möglicherweise beweisen konnte. Dann verglich ich seine Haftbedingungen mit denen der anderen Insassen.

Auf der zweiten Seite zeigte ein altes Schwarzweißfoto aus dem Archiv, wie vier Angeklagte in das Gerichtsgebäude geführt wurden, natürlich sämtlich in Overalls, mit Handschellen und ungekämmt. Ich hatte die Gesichter mit schwarzen Balken unkenntlich gemacht. Wer immer sie auch sein mochten, sie sollten nicht noch weitere Unannehmlichkeiten in Kauf nehmen müssen.

Daneben fand sich ein weiteres Foto von Danny vor dem Gerichtsgebäude. Wenn man sich die Handschellen wegdachte, hätte er genauso gut auf dem Weg zu einer Party sein können. Der Kontrast war augenfällig. Der Knabe wurde verhätschelt, und zwar von einem Sheriff, der sich bisher geweigert hatte, mit mir über die Angelegenheit zu reden. Ein großer Fehler.

In meinem Artikel beschrieb ich ausführlich meine Bemühungen um ein Gespräch mit Coley. Auf meine Telefonate waren keine Rückrufe gefolgt. Zweimal hatte ich mich persönlich ins Gefängnis begeben, war aber nicht von ihm empfangen worden. Ich hatte eine Liste mit Fragen zurückgelassen, die er ignorierte. Ich stellte mich als engagierten jungen Reporter dar, der verzweifelt nach der Wahrheit suchte und dem von einem gewählten Gesetzeshüter die kalte Schulter gezeigt wurde.

Da Lucien Wilbanks einer der unbeliebtesten Männer in ganz Clanton war, ließ ich auch ihn nicht ungeschoren. Ich hatte schnell herausgefunden, dass am Telefon eher Chancengleichheit herrschte. Nach vier Versuchen, ihn in seinem Büro zu erreichen, rief er mich endlich zurück. Zuerst wollte er keinen Kommentar über seinen Mandanten und die ihm zur Last gelegten Verbrechen abgeben, aber als ich beharrlich Fragen über Dannys Haftbedingungen stellte, explodierte er. »Ich bin nicht der Boss von diesem elenden Knast, Junge!«, knurrte er. Ich glaubte fast, seinen funkelnden Blick zu sehen. Der Satz war mir ein Zitat wert.

»Haben Sie im Gefängnis mit Ihrem Mandanten gesprochen?«, fragte ich.

»Natürlich.«

»Wie war er angezogen?«

»Haben Sie keine besseren Themen für Ihre Artikel?«

»Nein, Sir. Was für Kleidung hatte er an?«

»Na, nackt war er nicht.«

Auch das Zitat war zu gut, um es sich entgehen zu lassen, und ich präsentierte es in Fettdruck.

Ein Vergewaltiger und Mörder, ein korrupter Sheriff und ein radikaler Anwalt auf der einen Seite, ich allein auf der anderen – mir war klar, dass ich aus dieser Geschichte nur als Sieger hervorgehen konnte. Die Reaktion auf die Story war erstaunlich. Baggy und Wiley berichteten, in den

Restaurants und Cafés sei man sich einig in der Bewunderung dieses unerschrockenen jungen Journalisten. Die Padgitts und Wilbanks wurden schon seit langem verachtet. Jetzt galt es, Sheriff Coley loszuwerden.

Margaret erzählte, sie werde mit Anrufen von Lesern bombardiert, die über Dannys Vorzugsbehandlung empört seien. Wileys Neffe berichtete, im Gefängnis herrsche Chaos und Mackey Don liege im Krieg mit seinen Deputys. Er verhätschelte einen Mörder – 1971 war ein Wahljahr. Die Menschen draußen waren aufgebracht, und möglicherweise würden alle Gesetzeshüter ihren Job verlieren.

Diese beiden Wochen waren für das Überleben der Zeitung entscheidend. Die Leser konnten es gar nicht abwarten, alle Einzelheiten zu erfahren, und durch günstiges Timing, pures Glück und etwas Mumm war ich in der Lage, ihre Ansprüche zu befriedigen. Plötzlich war die *Times* zu neuem Leben erwacht und eine einflussreiche Größe. Man vertraute mir. Die Menschen wollten detaillierte, furchtlose Artikel.

Baggy und Margaret meinten, Spot hätte sich nie getraut, diese Fotos zu publizieren und den Sheriff herauszufordern. Aber sie selbst waren auch immer noch ziemlich zaghaft. Ich konnte nicht behaupten, dass meine Kühnheit auf meine Belegschaft abfärbte. Die Truppe der *Times* bestand aus einem Entertainer und einem ziemlich ängstlichen Team, und daran sollte sich auch nichts ändern.

Mir war es egal. Ich sagte die Wahrheit und pfiff auf die Konsequenzen. Ich war ein Held. Bald hatten wir fast dreitausend Abonnenten. Die Einnahmen aus dem Anzeigengeschäft verdoppelten sich. Ich ließ die Verhältnisse in Ford County nicht nur in einem anderen Licht erscheinen, sondern machte zugleich auch noch Geld.

7

Die Bombe war ein ziemlich primitiver Brandsatz, doch wenn sie explodiert wäre, hätte die Druckerei schnell in Flammen gestanden. Das Feuer wäre durch diverse Chemikalien und knapp fünfhundert Liter Druckerschwärze angefacht worden, sodass es sich in Windeseile auf die vorderen Büros ausgedehnt hätte. Es gab weder eine Sprinkler- noch eine Alarmanlage. Wer weiß, wie viel im Falle eines Brandes von den beiden oberen Büros zu retten gewesen wäre. Vermutlich wenig. Wenn die Bombe in den frühen Morgenstunden des Donnerstags plangemäß explodiert wäre, hätte das Feuer die vier Gebäude in der Häuserzeile vermutlich fast völlig verschlungen.

Doch die tickende Bombe war rechtzeitig neben einem Stapel alter Zeitungen in der Druckerei entdeckt worden, und zwar von Clantons Dorftrottel. Oder wie ich vielleicht besser sagen sollte: *einem* von Clantons Dorftrotteln. Gemessen an der Bevölkerungszahl hatte die Stadt überproportional viele aufzuweisen.

Der Trottel hieß Piston, und ich hatte ihn beim Kauf der *Times* mit übernommen, wie das Gebäude, die uralte Druckerpresse und die verstaubten Bibliotheken. Piston war kein offizieller Angestellter der Zeitung, holte sich aber trotzdem jeden Freitag seine fünfzig Dollar in bar ab. Keine Schecks. Für seinen Lohn schrubbte er manchmal die Böden, gelegentlich verwischte er auch den Dreck auf den Scheiben der Vorderfenster ein wenig. Wenn sich jemand beschwerte, brachte er den Müll vor die Tür. Er hatte keine festen Arbeitszeiten und kam und ging, wie es ihm gerade passte. An Türen klopfte er nur ungern, ungeachtet dessen, ob gerade eine Besprechung im Gang war. Dafür schätzte er es, unsere Telefone zu benutzen und unseren Kaffee zu trinken. Mit seinen weit auseinander stehenden Augen, den dicken Brillengläsern, der großen, tief in die Stirn gezogenen Truckerkappe, dem stoppeligen Bart und den vorstehenden Zähnen wirkte er ziemlich unheimlich, doch er war harmlos. Er putzte noch in anderen Geschäften am Platz und schaffte es irgendwie, sich über Wasser zu halten. Niemand wusste, wo er wohnte, mit wem er zusammenlebte oder wie er in die Stadt gekommen war. Je weniger wir über Piston wussten, desto besser.

Piston – er hatte seit Jahrzehnten einen Schlüssel – war am frühen Donnerstagmorgen in den Redaktionsbüros gewesen und hatte seinen Worten nach zuerst ein merkwürdiges Ticken gehört. Bei einer eingehenderen Untersuchung der Räume waren ihm drei Kunststoffkanister mit einem Fassungsvermögen von jeweils fünfundzwanzig Litern aufgefallen, die mit einem daneben auf dem Boden stehenden Holzkasten zusammengeschnürt waren. Das Ticken kam aus dem Kasten. Weil Piston Hardy gelegentlich an Dienstagabenden beim Herstellen der neuen Ausgabe geholfen hatte, kannte er die Druckerei seit vielen Jahren gut.

Bei den meisten Leuten wäre der Neugier bald Panik gefolgt, doch bei Piston brauchte das seine Zeit. Nachdem er sich vergewissert hatte, dass die Kanister tatsächlich mit Benzin gefüllt waren, und zu der Ansicht gelangt war, dass das Ganze gefährlich aussah, ging er in Margarets Büro, um Hardy anzurufen. Er berichtete ihm, das Ticken werde lauter.

Hardy rief die Polizei an, und um etwa neun Uhr wurde ich mit den Neuigkeiten aus dem Schlaf gerissen.

Als ich eintraf, war der größte Teil der Innenstadt bereits evakuiert worden. Piston saß auf der Kühlerhaube eines Autos. Mittlerweile war er gründlich geschockt von dem Gedanken, wie knapp er mit dem Leben davongekommen war. Einige Bekannte und der Fahrer eines Krankenwagens kümmerten sich um ihn, und er schien die Aufmerksamkeit zu genießen.

Wiley Meek hatte die Benzinkanister fotografiert, bevor die Polizei sie in eine Seitengasse hinter dem Gebäude gebracht hatte. »Hätte die halbe Stadt in die Luft gejagt«, lautete seine amateurhafte Einschätzung der Bombe. Er rannte nervös herum und schoss weitere Fotos.

Der Polizeichef erklärte mir, der Bereich sei weiterhin abgesperrt, weil der Holzkasten noch nicht geöffnet und das Ticken nach wie vor zu hören sei. »Sie könnte explodieren«, erklärte er mit einem bedrohlichen Unterton, als wäre er der erste kluge Kopf, der die Gefahr erkannt hatte. Ich bezweifelte, dass er über viel Erfahrung mit Bomben verfügte, sagte aber nichts. Ein Kriminaltechniker des Bundesstaates sollte sich die Sache ansehen. Folglich wurde beschlossen, dass die vier Gebäude in der Häuserzeile so lange nicht betreten werden durften, bis der Experte mit seiner Arbeit fertig war.

Eine Bombe in Clanton! Diese Neuigkeit verbreitete sich wie ein Lauffeuer, und die Bewohner ließen alles liegen und stehen. Büros, Banken, Geschäfte und Cafés leerten sich, und es dauerte nicht lange, bis sich unter den großen Eichen an der südlichen Seite des Gerichtsgebäudes, also in sicherer Entfernung, eine große Menge Schaulustiger versammelt hatte. Sie blickten auf unser kleines Haus, offenbar besorgt und verängstigt, aber auch sensationslüstern. Eine Bombenexplosion hatten sie noch nie miterlebt.

Die Polizei von Clanton war durch die Deputys des Sheriffs verstärkt worden, und bald war jeder Uniformierte aus dem ganzen County vor Ort. Sie irrten ziellos über die Bürgersteige und taten nichts. Sheriff Coley und der Polizeichef steckten ständig die Köpfe zusammen, beobachteten die Menge und brüllten dann und wann einen Befehl, aber falls einer befolgt wurde, war davon nichts zu bemerken. Für alle Anwesenden war unübersehbar, dass es keinerlei Einsatzübungen für Bombenalarm gegeben hatte.

Baggy brauchte einen Drink. Für mich war es noch zu früh, trotzdem folgte ich ihm in das Gerichtsgebäude. Wir stiegen im hinteren Teil eine enge Treppe hinauf, die ich noch nicht kannte, gingen durch einen voll gestopften Flur. Nach weiteren zwanzig Stufen standen wir in einem schmutzigen kleinen Zimmer mit niedriger Decke. »War früher mal der Besprechungsraum der Jury«, sagte Baggy. »Später war hier die Bibliothek untergebracht.«

»Wie wird es jetzt genutzt?«, fragte ich und hatte fast ein wenig Angst vor der Antwort.

»Als Trinkzimmer.«

»Verstehe.« Der Raum war mit einem ramponierten, zusammenklappbaren Tisch möbliert, dem man den jahrelangen Gebrauch ansah, außerdem mit einem Dutzend nicht zueinander passender Stühle, die aus diversen Büros stammten und schließlich in diesem schmuddeligen Raum gelandet waren.

In einer Ecke stand ein kleiner, mit einem Vorhängeschloss gesicherter Kühlschrank. Natürlich hatte Baggy einen Schlüssel. Er nahm eine Flasche Bourbon heraus und schenkte sich einen großzügigen Schluck in einen Pappbecher ein. »Setzen Sie sich.« Wir schoben zwei Stühle ans

Fenster und beobachteten die Ereignisse. »Kein schlechtes Plätzchen, was?«, fragte Baggy stolz.

»Wie oft kommen Sie her?«

»Zweimal die Woche, manchmal öfter. Dienstag- und Donnerstagmittag pokern wir hier.«

»Wer gehört zu der Runde?«

»Ist eine Geheimgesellschaft.« Er trank einen Schluck und leckte sich die Lippen, als hätte er einen Monat in der Wüste verbracht. Vor dem Fenster ließ sich eine Spinne an ihrem Netz herab. Auf den Fensterbrettern lag der Staub über einen Zentimeter hoch.

»Allmählich scheinen sie die Bodenhaftung zu verlieren«, sagte Baggy, den Blick auf die Geschehnisse vor unseren Redaktionsbüros gerichtet.

»Wer?«

»Die Padgitts.« In seiner Stimme lag eine gewisse Selbstgefälligkeit. Er ließ die Worte im Raum stehen.

»Sind Sie sicher, dass die Padgitts dahinter stecken?«

Baggy glaubte immer alles zu wissen, und in etwa der Hälfte der Fälle hatte er tatsächlich Recht. Er grinste, stöhnte kurz und nahm einen weiteren Schluck. »Sie fackeln schon seit Ewigkeiten Häuser ab«, sagte er schließlich. »Brandstiftung ist eine ihrer Maschen – Versicherungsbetrug. Sie haben den Versicherungsunternehmen ein Vermögen aus der Tasche gezogen.« Ein weiterer schneller Schluck. »Trotzdem merkwürdig, dass sie Benzin benutzt haben. Ein talentierterer Brandstifter hält nichts davon, weil man ihm dann leichter auf die Spur kommt. Wussten Sie das?«

»Nein.«

»Stimmt aber. Ein guter Branddirektor riecht das Benzin ein paar Minuten nach dem Löschen des Feuers. Benzin gleich Brandstiftung, und bei Brandstiftung zahlt die Versicherung nicht.« Wieder ein Schluck. »Aber in diesem Fall wollte man Sie wahrscheinlich nur wissen lassen, dass es Brandstiftung *gewesen wäre*. Das ergibt einen Sinn, oder?«

In diesem Augenblick ergab gar nichts einen Sinn. Ich war zu verwirrt, um etwas zu sagen.

Baggy war es recht, dass ich ihm das Reden überließ. »Wenn man es sich genauer überlegt, ist vermutlich das der Grund dafür, dass die Bombe nicht explodiert ist. Die wollten, dass Sie den Brandsatz sehen. Wenn er hochgegangen wäre, hätte es die *Times* nicht mehr gegeben, worüber sich möglicherweise ein paar Leute geärgert hätten. Ein paar andere hätten sich gefreut.«

»Danke.«

»Wie auch immer, das ist die Erklärung. Es war ein subtiler Akt der Einschüchterung.«

»Subtil?«

»Verglichen mit dem, was hätte sein können. Glauben Sie mir, diese Jungs wissen, wie man Gebäude in Brand steckt. Sie hatten Glück.«

Mir entging nicht, dass er sich schnell von der Zeitung distanziert hatte. Nicht wir hatten Glück gehabt, sondern ich.

Der Bourbon war ihm in den Kopf gestiegen und lockerte seine Zunge. »Vor ungefähr drei Jahren, vielleicht ist es auch schon vier her, hat es einen Großbrand in einem ihrer Sägewerke gegeben. In dem am Highway 401, gleich neben der Insel. Auf der Insel selbst stecken sie nie was in Brand, weil sie kein Interesse daran haben, dass die Behörden dort herumschnüffeln. Jedenfalls, die Versicherungsgesellschaft witterte einen Betrug und weigerte sich zu zahlen. Lucien Wilbanks reichte Klage ein, und der spektakuläre Fall wurde vor Gericht verhandelt, am Richtertisch des ehrenwerten Reed Loopus. Ich hab mir kein Wort entgehen lassen.« Ein langer, genießerischer Schluck.

»Wer hat gewonnen?«

Er ignorierte mich, weil er seine Geschichte noch nicht angemessen zu Ende erzählt hatte. »Es war ein Großbrand. Die Jungs aus Clanton machten sich mit all ihren Feuerwehrwagen auf den Weg, die Freiwilligen aus Karaway stießen hinzu, und jede Karre mit einer Sirene auf dem Dach raste in Richtung Padgitt Island. Nichts bringt die Jungs hier besser auf Trab als ein anständiger Brand. Vielleicht abgesehen von einer Bombe, aber an die letzte Bombe kann ich mich nicht erinnern.«

»Und weiter?«

»Der Highway 401 führt durch ein paar Niederungen in der Nähe von Padgitt Island, und als die Feuerwehrwagen auf die Brücke zurasten, sahen sie sich auf einmal einem umgestürzten Pick-up gegenüber, der die ganze Straße blockierte. Da es links und rechts nichts als Sümpfe und Gräben gibt, konnten sie nicht weiterfahren.« Er leckte sich die Lippen und schenkte sich Bourbon nach. Es war an der Zeit, dass ich wieder etwas sagte, obwohl ich wusste, dass Baggy es ignorieren würde. So ließ er sich am liebsten ermuntern, seine Geschichte weiter vorzutragen.

»Wem gehörte der Pick-up?« Ich hatte kaum ausgesprochen, da schüttelte er schon den Kopf, als wäre das im Moment völlig irrelevant.

»Der Brand wütete höllisch, und die Feuerwehrwagen stauten sich auf dem Highway, weil irgendein Clown seinen Pick-up umgekippt hatte. Sie haben ihn nie gefunden. Keine Spur von einem Fahrer, von Fahrzeugpapieren oder Nummernschildern. Die Motornummer war abgefeilt worden. Obwohl er kaum beschädigt war, hat nie jemand Anspruch auf den Pick-up erhoben. All das kam bei dem Verfahren zur Sprache. Alle wussten, dass die Padgitts das Feuer gelegt und mit einem ihrer geklauten Wagen die Straße blockiert hatten, aber das Versicherungsunternehmen konnte es nicht beweisen.«

Unter unserem Fenster hatte Sheriff Coley gerade sein Megaphon gefunden. Er bat die Schaulustigen, von der Straße vor unseren Büros wegzubleiben. Seine schrille Stimme ließ die Lage dramatisch erscheinen.

»Dann hat die Versicherung also verloren?« Ich konnte es kaum abwarten, das Ende der Geschichte zu hören.

»Ein Riesenspektakel, der Prozess. Er dauerte drei Tage. In der Regel kann Wilbanks mit ein oder zwei Leuten aus der Jury ein Geschäft abschließen. Das macht er schon seit Jahren so, und bisher ist er nie ertappt worden. Und er kennt alle hier im County. Die Jungs von der Versicherung kamen aus Jackson und hatten keine Ahnung. Die Jury hat sich zwei Stunden lang zurückgezogen und dann in ihrem Urteil die Forderung der Padgitts bestätigt. Hundert Riesen, zusätzlich eine Million als Schadenersatz.«

»Eins Komma eins Millionen!«

»Genau. Das erste Eine-Million-Dollar-Urteil in Ford County. Dauerte ungefähr ein Jahr, bis der Oberste Gerichtshof den Schadenersatz wieder einkassiert hat.«

Die Vorstellung, dass Lucien Wilbanks so viel Einfluss auf Geschworene hatte, war nicht angenehm. Baggy vernachlässigte einen Augenblick seinen Bourbon und blickte auf die Straße hinunter. »Das ist ein böses Omen, mein Junge«, sagte er schließlich. »Ein ganz böses Omen.«

Ich war sein Boss und hörte es nicht gern, wenn er mich »Junge« nannte, aber ich nahm es kommentarlos hin. Im Augenblick gab es dringendere Angelegenheiten. »Die Einschüchterung?«, fragte ich.

»Ja. Die Padgitts verlassen ihre Insel so gut wie nie. Die Tatsache, dass sie ihrem trauten Heim jetzt den Rücken kehren, kann nur so gedeutet werden, dass sie zum Krieg entschlossen sind. Wenn sie die Zeitung einschüchtern können, werden sie es anschließend bei der Jury versuchen. Den Sheriff haben sie ja bereits in der Tasche.«

»Aber Wilbanks hat gesagt, dass er eine Verlegung des Verhandlungsorts beantragen will.«

Baggy schnaubte und entdeckte seinen Drink wieder. »Darauf würde ich nicht wetten, mein Junge.«

»Bitte nennen Sie mich Willie.« Schon merkwürdig, wie ich mittlerweile an diesem Namen hing.

»Darauf würde ich nicht wetten, Willie. Danny Padgitt ist schuldig; ihm bleibt nichts als die Hoffnung auf eine Jury, die gekauft oder eingeschüchtert werden kann. Die Chancen stehen zehn zu eins, dass das Verfahren hier stattfindet, in diesem Gebäude.«

Nachdem die Stadt zwei Stunden vergeblich darauf gewartet hatte, dass die Explosion den Boden erzittern ließ, war es Zeit fürs Mittagessen. Die Menge zerstreute sich. Der Kriminaltechniker des Bundesstaates war endlich eingetroffen und machte sich in der Druckerei an die Arbeit. Ich selbst durfte nicht in das Gebäude, was mir aber ganz recht war.

Margaret, Wiley und ich verzehrten ein Sandwich in der Laube auf dem Rasen vor dem Gericht. Wir aßen schweigend und wechselten nur zwischendurch ein paar Worte, behielten aber unser Büro auf der anderen Straßenseite im Auge. Gelegentlich trat jemand zu uns, um ein paar unbeholfene Worte zu sagen. Was sagt man schon zu einem »Bombenopfer«, wenn die Bombe nicht hochgegangen ist? Glücklicherweise hatten die Leute aus Clanton wenig Erfahrung auf diesem Gebiet. Sie drückten ihr Mitgefühl aus, ein paar boten Hilfe an.

Sheriff Coley kam herüber und erstattete einen vorläufigen Bericht über die Bombe. Die Uhr war ein simpler Wecker zum Aufziehen, wie man ihn in jedem x-beliebigen Laden kaufen konnte. Auf den ersten Blick war dem Kriminaltechniker die Verschnürung »amateurhaft« erschienen.

»Wie werden Sie den Fall angehen?«, fragte ich gereizt.

»Wie üblich. Wir werden nach Fingerabdrücken suchen und uns dann umsehen, ob wir irgendwelche Zeugen finden.«

»Werden Sie auch mit den Padgitts reden?«, fragte ich noch gereizter. Schließlich waren zwei meiner Angestellten anwesend. Obwohl ich zu Tode verängstigt war, wollte ich sie mit einer Demonstration meiner Furchtlosigkeit beeindrucken.

»Wissen Sie was, was ich nicht weiß?«, fragte Coley aggressiv zurück.

»Die Padgitts gehören doch zu den Verdächtigen, oder?«

»Sind Sie jetzt der Sheriff?«

»Sie sind die erfahrensten Brandstifter in diesem County und fackeln seit Jahren ungestraft Gebäude ab. Ihr Anwalt hat mich letzte Woche im Gericht bedroht. Wir hatten Danny Padgitt zweimal auf der Titelseite. Wenn sie nicht zu den Verdächtigen gehören, wer dann?«

»Nur zu, Junge, schreiben Sie Ihre Story. Nennen Sie ihren Namen. Sie scheinen ja ohnehin entschlossen zu sein, sich verklagen zu lassen.«

»Ich kümmere mich um meine Zeitung, Sie schnappen die Kriminellen.«

Er wandte sich zu Margaret, tippte sich an die Krempe seines Huts und verschwand.

»Nächstes Jahr wird gewählt«, bemerkte Wiley, während wir beobachteten, wie Coley stehen blieb und neben einem Trinkbrunnen mit zwei Frauen plauderte. »Ich hoffe, dass es einen Gegenkandidaten gibt.«

Die Einschüchterungsstrategie ging weiter, und Wiley musste die Sache ausbaden. Er hatte anderthalb Kilometer von der Stadt entfernt eine kleine Farm mit fünf Morgen Land, wo seine Frau Enten züchtete und Wassermelonen erntete. Als er am Abend seinen Wagen auf der Auffahrt parkte und gerade aussteigen wollte, stürzten zwei Schläger aus den Büschen und griffen ihn an. Der größere der beiden schlug ihn zu Boden und trat ihm ins Gesicht, während der andere die Rückbank des Wagens absuchte und zwei Fotoapparate herausholte. Der achtundfünfzigjährige Wiley war früher bei den Marines gewesen, und irgendwann während des Handgemenges schaffte er es, den größeren Angreifer mit einem Tritt ebenfalls zu Boden zu schicken, wo sie die Prügelei fortsetzten. Als Wiley die Oberhand gewann, knallte ihm der andere Mann einen der Fotoapparate auf den Kopf. Später sagte Wiley, was danach geschehen sei, wisse er nicht mehr.

Schließlich hörte seine Frau den Lärm. Sie fand Wiley auf dem Boden, fast bewusstlos, neben dem zertrümmerten Fotoapparat. In Haus kühlte sie sein Gesicht mit Eis und stellte fest, dass er sich keine Knochen gebrochen hatte. Ins Krankenhaus wollte er nicht.

Ein Deputy kam und nahm seine Aussage auf. Wiley hatte nur einen flüchtigen Blick aus dem Augenwinkel auf die beiden Angreifer erhascht und kannte sie nicht. »Mittlerweile sind sie wieder auf der Insel«, sagte er. »Sie werden sie nicht finden.«

Seine Frau ergriff die Initiative, und eine Stunde später rief sie mich aus dem Krankenhaus an. Ich sah Wiley kurz zwischen zwei Röntgenaufnahmen. Sein Gesicht war ziemlich lädiert, aber er brachte trotzdem ein Lächeln zustande. Er packte meine Hand und zog mich nah zu sich heran. »Nächste Woche, Titelseite«, stieß er zwischen aufgeplatzten Lippen und geschwollenen Kiefern hervor.

Ein paar Stunden später verließ ich das Krankenhaus, um eine lange Fahrt über Land anzutreten. Immer wieder blickte ich in den Rückspiegel. Es hätte mich nur mäßig überrascht, wenn mir eine Horde von Padgitts gefolgt wäre und das Feuer eröffnet hätte.

Dies war kein gesetzloses County, wo sich organisierte Kriminelle brutal über gesetzesfürchtige Bürger hermachten. Ganz im Gegenteil, Verbrechen waren selten. Korruption wurde in der Regel missbilligt. Ich war im Recht und sie nicht, und ich wollte lieber verdammt sein, als klein beizugeben. Ich würde mir eine Waffe kaufen; Teufel, alle anderen in diesem County hatten zwei oder drei. Falls notwendig, würde ich mir eine Art Leibwächter zulegen. Je näher der Mordprozess rückte, desto mehr würde die *Times* wagen.

8

Vor dem Konkurs und meinem unerwarteten Aufstieg zur lokalen Berühmtheit hatte ich eine faszinierende Geschichte über eine in Clanton lebende Familie gehört. Spot war ihr nie weiter nachgegangen, weil das einige kleinere Recherchen und einen Ausflug auf die andere Seite der Eisenbahnschienen erfordert hätte.

Jetzt, als Eigentümer der Zeitung, fand ich die Story zu gut, um sie mir entgehen zu lassen.

In Lowtown, dem Wohnviertel der Farbigen, lebte ein außergewöhnliches Ehepaar – Calia und Esau Ruffin. Sie hatten vor über vierzig Jahren geheiratet und acht Kinder großgezogen, von denen sieben promoviert hatten und mittlerweile Professoren waren. Über das achte Kind war nur wenig bekannt. Laut Margaret hieß es Sam und war auf der Flucht vor dem Gesetz.

Als ich anrief, meldete sich Mrs Ruffin. Ich stellte mich und mein Anliegen vor; sie schien bereits alles über mich zu wissen. Sie sagte, sie lese die *Times* seit fünfzig Jahren, inklusive der Nachrufe und Kleinanzeigen. Die Zeitung sei jetzt in viel besseren Händen. Längere Artikel, weniger Fehler, mehr Nachrichten. Sie redete langsam, deutlich und mit einer so präzisen Ausdrucksweise, wie ich sie seit Syracuse nicht mehr gehört hatte.

Als sie einen Moment schwieg, bedankte ich mich und sagte, ich würde sie gern treffen und mit ihr über ihre bemerkenswerte Familie reden. Sie fühlte sich geschmeichelt und bestand darauf, dass ich zum Mittagessen vorbeikommen sollte.

Damit begann eine ungewöhnliche Freundschaft, die mir für viele Dinge die Augen öffnen sollte, nicht zuletzt für die Qualitäten der Küche des tiefen Südens.

Als meine Mutter starb, war ich dreizehn Jahre alt. Sie litt an Magersucht, und nur vier Leute waren nötig, um ihren Sarg zu tragen. Sie wog keine vierzig Kilogramm mehr und wirkte wie ein Geist. Aber die Magersucht war nur eines ihrer vielen Probleme.

Weil sie nicht aß, kochte sie auch nicht. Ich kann mich nicht daran erinnern, dass sie jemals eine richtige, warme Mahlzeit für mich zubereitet hätte. Zum Frühstück gab es eine Schüssel Cornflakes, mittags ein kaltes Sandwich, abends Tiefkühlkost, die ich gewöhnlich allein vor dem Fernseher hinunterschlang. Ich war ein Einzelkind. Mein Vater war nie zu Hause, was ich aber nicht weiter schlimm fand, da seine Anwesenheit ohnehin nur Spannungen zwischen meinen Eltern zur Folge hatte. Er aß gern, sie nicht. Sie stritten sich wegen jeder Kleinigkeit.

Aber ich litt nie Hunger; in der Speisekammer gab es immer jede Menge Erdnussbutter, Haferflocken und so weiter. Gelegentlich aß ich bei einem Freund, wo ich mich stets wunderte, wie in richtigen Familien gekocht wurde und wie viel Zeit man dort am Esstisch verbrachte. In unserem Haushalt war das Essen einfach nicht wichtig.

Als Teenager lebte ich von Tiefkühlkost, als Student in Syracuse von Bier und Pizza. Während der ersten dreiundzwanzig Jahre meines Lebens hatte ich nur gegessen, wenn ich hungrig war. In Clanton sollte ich erfahren, dass das ein Fehler gewesen war. Im Süden hatte Nahrungsaufnahme nur wenig mit Hunger zu tun.

Die Ruffins wohnten in einer der angenehmeren Gegenden von Lowtown, in einer Straße mit ordentlich erhaltenen und gestrichenen einfachen Häusern, die traditionell von der armen schwarzen Bevölkerung bewohnt wurden. Die Hausnummern standen auf den Briefkästen. Ich bremste und blickte lächelnd auf einen weißen Lattenzaun und Blumen – Pfingstrosen und Schwertlilien. Es war Anfang April, und ich hatte das Verdeck meines Spitfire geöffnet. Als ich den Motor abstellte, stieg mir ein köstlicher Duft in die Nase. Schweinekoteletts!

Calia Ruffin erwartete mich an dem niedrigen Gartentor, hinter dem sich ein makelloser Rasen erstreckte. Sie war eine dicke, kräftige Frau mit breiten Schultern, einem stämmigen Oberkörper und dem festen Händedruck eines Mannes. Sie hatte graues Haar und wirkte auch sonst wie eine Frau, die sehr viele Kinder großgezogen hatte, doch wenn sie lächelte, was sie häufig tat, ließen ihre strahlend weißen, ebenmäßigen Zähne die ganze Welt in einem helleren Licht erscheinen. Noch nie zuvor hatte ich so schöne Zähne gesehen.

»Ich bin froh, dass Sie gekommen sind«, sagte sie, während wir über den Plattenweg auf das Haus zugingen. Ich fühlte mich großartig. Es war Mittag, und ich hatte wie üblich noch nichts gegessen. Der Duft, der mir von der Veranda her entgegenschlug, ließ mir das Wasser im Munde zusammenlaufen.

»Ein schönes Haus«, sagte ich, während ich die Vorderfront inspizierte, die mit strahlend weißen Schindeln eingekleidet war und den Eindruck hinterließ, dass hier regelmäßig jemand mit einem Farbeimer und einem Pinsel aktiv sein musste. Über die gesamte Breite des Hauses verlief ein grüne gestrichene Veranda mit einem Blechdach.

»Danke. Es gehört uns seit dreißig Jahren.«

Ich wusste, dass die meisten Häuser in Lowtown raffgierigen Weißen gehörten, die auf der anderen Seite der Schienen wohnten und abbruchreife Gebäude zu Wucherpreisen vermieteten. Im Jahr 1970 war es ungewöhnlich, dass Schwarze ein eigenes Haus besaßen.

»Wer ist Ihr Gärtner?« Ich blieb stehen und roch an einer gelben Rose. Überall Blumen – zu beiden Seiten des Weges, entlang der Veranda, an den Grenzen zu den Nachbargrundstücken.

»Das mache ich selbst«, sagte sie lächelnd, wobei sie erneut ihre makellosen Zähne entblößte, die im Sonnenlicht funkelten.

Wir stiegen die Stufen zur Veranda hoch, und da war es, das fürstliche Mahl. Neben dem Geländer war ein kleiner Tisch für zwei Personen gedeckt – mit weißem Tischtuch, weißen Servietten, Blumen in einer Vase, einer Kanne mit Eistee und mindestens vier bedeckten Schüsseln.

»Ist noch jemand eingeladen?«, fragte ich.

»Nein, wir sind zu zweit. Möglicherweise kommt Esau später.«

»Das würde für eine ganze Armee reichen.« Ich atmete tief die anregenden Düfte ein, und mein Magen schmerzte vor Vorfreude.

»Lassen Sie uns essen, sonst wird alles kalt.«

Ich beherrschte mich, ging langsam zum Tisch hinüber und zog für meine Gastgeberin einen Stuhl zurück. Sie war hocherfreut und sagte, ich sei ein echter Gentleman. Als ich ihr gegenübersaß, hätte ich fast die Deckel von den Schüsseln gerissen und zugelangt, aber sie ergriff meine Hände, neigte den Kopf und begann zu beten.

Es sollte ein langes Gebet werden. Sie dankte dem Herrn

für alles Gute, wobei sie auch mich einschloss, ihren »neuen Freund«. Sie betete für die Kranken und diejenigen, denen vielleicht eine Krankheit bevorstand, um Regen und Sonne, um die Gabe, demütig und geduldig leben zu können. Allmählich begann ich mir Sorgen zu machen, das Essen könnte kalt werden, aber ich war fasziniert von ihrer Stimme. Sie sprach langsam, jedes Wort war sorgfältig bedacht. Ihre Aussprache war vollkommen. Kein Konsonant wurde verschluckt, jedes Komma und jedes Satzende respektiert. Ich musste mich vergewissern, dass ich nicht träumte. Noch nie zuvor hatte ich einen schwarzen Menschen aus dem Süden so reden gehört. Einen weißen allerdings auch nicht.

Ich blickte sie an. Sie sprach zu ihrem Herrn, und ihr Gesichtsausdruck spiegelte vollkommene Zufriedenheit. Für ein paar Sekunden vergaß ich das Essen. Sie drückte meine Hände, während sie den Allmächtigen mit einer Beredsamkeit anflehte, für die es jahrelanger Übung bedurfte. Sie zitierte aus der Heiligen Schrift, natürlich nach der King-James-Bibel, und es war etwas seltsam, diese altertümlichen und nicht mehr gebräuchlichen Wörter und Ehrfurchtsformeln zu hören. Noch nie hatte ich mich Gott so nahe gefühlt wie in der Gesellschaft dieser gläubigen Frau.

Ich konnte mir nicht vorstellen, wie man ein so langes Gebet an einem Tisch mit acht Kindern sprechen konnte, aber irgendetwas sagte mir, dass Calia Ruffins Stimme alle zum Verstummen gebracht hatte.

Sie beendete das Gebet mit einem langen, schwungvollen Finale, in dem sie um Vergebung für ihre Sünden bat – das konnten nicht viele sein –, aber auch für meine. Nun, sie wusste nichts über mich.

Dann ließ sie meine Hände los und begann die Deckel von den Schüsseln zu nehmen. Die erste enthielt jede Menge Schweinekoteletts in einer Sauce, die neben vielen anderen Zutaten Zwiebeln und Paprikaschoten enthielt. Noch mehr aromatischer Dampf stieg mir in die Nase, und ich hätte am liebsten mit den Fingern gegessen. In der zweiten Schüssel befand sich ein Berg Mais mit grünem Paprika, der noch immer so heiß war, als wäre er gerade vom Herd genommen worden. Es gab gekochte Okra-Schoten, die sie, wie sie beim Servieren erklärte, nicht briet, weil sie auf fettarme Kost achtete. In jungen Jahren hatte man ihr beigebracht, schlechthin alles zu frittieren oder zu braten, von Tomaten bis hin zu Gurken, aber sie hatte nach und nach begriffen, dass das nicht besonders gesund war. Es gab Limabohnen, ebenfalls gekocht, mit Speck und Schinken. Auf einer Servierplatte waren kleine rote Tomaten mit Pfeffer und Olivenöl angerichtet. Nach ihren eigenen Worten gehörte sie zu den wenigen in der Stadt, die Olivenöl verwendeten. Während sie meinen Teller füllte, hörte ich gebannt zu. Ein in Milwaukee lebender Sohn schicke ihr das Olivenöl, weil man in Clanton noch nichts davon gehört habe.

Sie entschuldigte sich dafür, dass die Tomaten aus dem Laden kämen; ihre eigenen seien erst im Sommer reif. Der Mais, die Okra-Schoten und die Limabohnen stammten aus ihrem Garten, und sie hatte sie im letzten August eingemacht. Das einzige wirklich »frische« Gemüse war der Grünkohl.

In der Mitte des Tischs stand eine große schwarze Bratpfanne, und als sie das Tuch darauf zur Seite zog, sah ich ein mindestens zwei Kilogramm schweres, warmes Maisbrot. Sie legte ein großes Stück auf meinen Teller. »Bitte sehr. Das sollte fürs Erste reichen.« Noch nie hatte ich einen so vollen Teller vor mir stehen gehabt. Der Festschmaus begann.

Ich versuchte, langsam zu essen, aber es war unmöglich. Ich war mit leerem Magen eingetroffen, doch die miteinander wetteifernden Düfte, der schön gedeckte Tisch, das lange Gebet und die liebevolle Beschreibung jeder einzelnen Speise hatten dazu geführt, dass ich mich dem Verhungern nahe glaubte. Ich langte kräftig zu, und meine Gastgeberin schien nichts dagegen zu haben, den Alleinunterhalter zu spielen.

Der größte Teil des Essens stammte aus ihrem Garten, den sie mit Esau bewirtschaftete und in dem sie alles Mögliche anpflanzte: vier verschiedene Tomatenarten, Limabohnen, grüne Bohnen, Schwarze-Augen-Bohnen, Kuhbohnen, Erbsen, Gurken, Auberginen, Kürbisse, Grünkohl, Senfkohl, Rüben, süße Zwiebeln, gelbe Zwiebeln, grüne Zwiebeln, Kohl, Okra-Schoten, rote Kartoffeln, Russet-Burbank-Kartoffeln, Karotten, Rote Beete, Mais, grünen Paprika, Kantalup- und zwei verschiedene Sorten Wassermelonen – und noch ein paar andere Dinge, die ihr im Augenblick nicht einfielen. Die Schweinekoteletts wurden von ihrem Bruder beigesteuert, der noch im alten Haus der Familie auf dem Land lebte. Jeden Winter schlachtete er für sie zwei Schweine, und die Ruffins füllten ihre Tiefkühltruhe. Im Gegenzug versorgten sie den Bruder mit frischem Gemüse.

»Wir benutzen keinen Kunstdünger«, sagte sie, während ich gierig mein Essen hinunterschlang. »Alles stammt aus organischem Anbau.«

Und so schmeckte es auch.

»Aber es sind alles Überbleibsel vom letzten Jahr. Im Sommer schmeckt es besser, wenn wir ernten und alles ein paar Stunden später essen. Werden Sie dann wiederkommen, Mr Traynor?«

Ich grunzte und nickte und schaffte es irgendwie, ihr zu verstehen zu geben, ich käme jederzeit wieder, wenn es ihr recht sei.

»Möchten Sie meinen Garten sehen?«

Ich nickte erneut, mit bis zum Bersten gefüllten Backen.

»Gut. Er ist hinter dem Haus. Ich werde Ihnen etwas Kopfsalat und anderes Grünzeug mitgeben. Sie können es bestimmt brauchen.«

»Wundervoll.«

»Ein allein stehender Mann wie Sie benötigt, vermute ich, jede nur erdenkliche Hilfe.«

»Woher wissen Sie, dass ich allein lebe?« Ich trank einen großen Schluck Tee. Man hätte ihn als Dessert servieren können, so süß war er.

»Die Leute reden über Sie. In einer Stadt wie Clanton gibt es nicht allzu viele Geheimnisse, und das gilt für beide Seiten der Eisenbahnlinie.«

»Was haben Sie noch gehört?«

»Mal sehen. Sie haben eine Wohnung von den Hocutts gemietet. Und Sie kommen aus dem Norden.«

»Aus Memphis.«

»Von so weit her?«

»Ist nur eine Autostunde.«

»War nur ein Scherz. Eine meiner Töchter hat dort das College besucht.«

Was ihre Kinder anging, hatte ich etliche Fragen, aber ich war noch nicht so weit, mir Notizen machen zu können. Irgendwann nannte ich sie statt Mrs Ruffin Miss Calia.

»Callie«, sagte sie. »Miss Callie ist in Ordnung.« Eine meiner ersten neuen Angewohnheiten in Clanton hatte darin bestanden, die Damen unabhängig von ihrem Alter mit »Miss« anzureden. Miss Brown oder Miss Webster sagte ich zu neuen Bekannten, die schon ein paar Jährchen auf dem Buckel hatten, Miss Martha oder Miss Sara, wenn ich mich an jüngere Frauen wandte. Das galt als Beweis für galantes Benehmen und eine gute Erziehung, und da ich beides nicht vorweisen konnte, war es wichtig, dass ich mich den örtlichen Umgangsformen so gut wie möglich anpasste.

»Aus welcher Sprache kommt Calia?«

»Aus dem Italienischen«, antwortete sie, als würde das alles erklären. Sie aß ein paar Limabohnen, während ich mein Kotelett mit dem Messer bearbeitete.

»Aus dem Italienischen?«

»Ja. Das war meine erste Sprache, doch das ist eine lange Geschichte. Eine von vielen. Hat man wirklich versucht, das Gebäude Ihrer Zeitung abzubrennen?«

»Ja, hat man.« Ich fragte mich, ob diese schwarze Lady aus dem ländlichen Mississippi gerade tatsächlich gesagt hatte, ihre Muttersprache sei Italienisch.

»Und Mr Meek zusammengeschlagen?«

»Auch das.«

»Wer war es?«

»Wissen wir noch nicht. Sheriff Coley untersucht den Fall.« Ich war neugierig auf ihre Einschätzung unseres Sheriffs. Während ich wartete, nahm ich mir ein weiteres Stück Maisbrot. Bald tropfte Butter von meinem Kinn.

»Er ist schon sehr lange Sheriff, oder?«, sagte sie.

Ich war mir sicher, dass sie das Jahr genau im Kopf hatte, in dem sich Mackey Don Coley sein Amt zum ersten Mal gekauft hatte. »Wie denken Sie über ihn?«, fragte ich.

Sie trank einen Schluck Tee und überlegte. Miss Callie gehörte nicht zu den Leuten, die überstürzt antworteten, besonders dann nicht, wenn sie über andere redete. »Auf dieser Seite der Schienen ist man ein guter Sheriff, wenn man die Glücksspieler, Schwarzbrenner und Zuhälter von uns fern hält. In dieser Hinsicht hat Mr Coley gute Arbeit geleistet.«

»Darf ich Sie was fragen?«

»Natürlich. Sie sind Journalist.«

»Sie sprechen ungewöhnlich deutlich und drücken sich sehr gewählt aus. Was hatten Sie für eine Schulbildung?«

In einer Gesellschaft, in der Bildung während vieler Jahrzehnte keine bedeutende Rolle gespielt hatte, begab man sich mit so einer Frage auf unsicheres Terrain. Im Jahr 1970 hatte Mississippi immer noch keine öffentlichen Kindergärten und keine gesetzlich geregelte Schulpflicht.

Sie lachte und ließ mich wieder ihre Zähne sehen. »Ich habe die Schule nach der neunten Klasse verlassen, Mr Traynor.«

»Nach der neunten Klasse?«

»Ja, aber die Situation war außergewöhnlich. Ich hatte eine wundervolle Privatlehrerin. Doch auch das ist eine lange Geschichte.«

Allmählich begann mir zu dämmern, dass die wundervollen Geschichten, die Miss Callie mir verhieß, wahrscheinlich nur im Verlauf von Monaten oder sogar Jahren erzählt werden konnten. Vielleicht würde es sich auf dieser Veranda so ergeben, bei einem wöchentlichen Festmahl.

»Wir sollten uns das für später aufheben«, sagte sie. »Wie geht es Mr Caudle?«

»Nicht gut. Er will das Haus nicht mehr verlassen.«

»Ein anständiger Mann. Die schwarze Bevölkerung wird ihn immer sehr schätzen, weil er so viel Mut bewiesen hat.«

Ich musste daran denken, dass Spots »Mut« weniger mit seinem Sinn für Gerechtigkeit zu tun gehabt hatte als vielmehr damit, dass er mehr Nachrufe schreiben wollte. Mittlerweile hatte ich erfahren, wie wichtig das Sterben für Schwarze war – das Ritual der Totenwache, die häufig eine Woche dauerte, die nicht enden wollenden Trauergottesdienste am offenen Sarg mit vielen Klagen, die endlosen Beerdigungsprozessionen und schließlich der emotionsgeladene letzte Abschied. Als Spot die Seite mit den Nachrufen für die Schwarzen geöffnet hatte, war er in Lowtown zum Helden geworden.

»Ja, ein anständiger Mann.« Ich lud das dritte Schweinekotelett auf meinen Teller. Allmählich begann mir mein Magen ein bisschen wehzutun – doch es stand immer noch so viel auf dem Tisch!

»Sie machen ihm alle Ehre mit Ihren Nachrufen«, sagte Miss Callie mit einem herzlichen Lächeln.

»Danke. Ich lerne noch dazu.«

»Auch Sie haben Mut, Mr Traynor.«

»Möchten Sie mich nicht Willie nennen? Ich bin erst dreiundzwanzig.«

»Mir ist Mr Traynor lieber.« Damit war das Thema vom Tisch. Es sollte vier Jahre dauern, bevor sie sich überwand und mich beim Vornamen nannte. »Sie haben keine Angst vor den Padgitts.«

Das war mir neu. »Gehört zu meinem Job.«

»Rechnen Sie damit, dass die Einschüchterungsversuche weitergehen?«

»Wahrscheinlich schon. Sie sind daran gewöhnt, zu bekommen, was sie wollen. Das sind brutale, skrupellose Leute, aber eine freie Presse wird es auch weiterhin geben müssen.« Wem wollte ich da etwas vormachen? Noch eine Bombe oder ein weiterer Überfall, und ich würde vor dem nächsten Sonnenaufgang in Memphis sein.

Miss Callie aß nicht mehr und blickte tief in Gedanken versunken zur Straße hinüber. Was mich natürlich nicht davon abhielt, weiter kräftig zuzulangen.

»Die armen Kinder«, sagte sie schließlich. »Dass sie ihre Mutter in dieser furchtbaren Situation sehen mussten.«

Dieses Bild veranlasste mich nun doch, das Besteck auf den Tisch zu legen. Ich wischte mir den Mund ab, atmete tief durch und lehnte mich zurück. Es blieb der Einbildungskraft jedes Einzelnen überlassen, sich das entsetzliche Verbrechen auszumalen, und seit Tagen wurde in Clanton über kaum etwas anderes getuschelt. Wie stets in solchen

Fällen verstärkten sich das Getuschel und die Gerüchte. Bald waren verschiedene Versionen im Umlauf, die durch die ständige Weitergabe auch immer lauter wurden. Ich war neugierig, wie diese Storys in Lowtown ausfielen.

»Am Telefon haben Sie gesagt, Sie lesen die *Times* seit fünfzig Jahren«, sagte ich.

»Stimmt.«

»Können Sie sich an ein brutaleres Verbrechen erinnern?«

Sie ließ die Jahrzehnte Revue passieren und schüttelte schließlich langsam den Kopf. »Nein.«

»Sind Sie je einem Padgitt begegnet?«

»Nein. Sie bleiben auf ihrer Insel, und das war nie anders. Selbst die für sie arbeitenden Schwarzen bleiben da draußen, brennen Whiskey, praktizieren ihre Voodoo-Riten oder stellen anderes dummes Zeug an.«

»Voodoo?«

»Ja, auf dieser Seite der Schienen ist das allgemein bekannt. Niemand hier legt sich mit diesen Schwarzen an. Auch das war schon immer so.«

»Glauben die Leute auf dieser Seite der Bahnlinie, dass Danny Padgitt das Opfer vergewaltigt und ermordet hat?«

»Die Leser Ihrer Zeitung mit Sicherheit.«

Der Stich ging tiefer, als sie je erfahren sollte. »Wir berichten nur Tatsachen«, verteidigte ich mich selbstgefällig. »Der Kerl wurde eingelocht, angeklagt und wartet jetzt im Gefängnis auf seinen Prozess.«

»Gibt es nicht so etwas wie die Unschuldsvermutung?«

Wieder zuckte ich innerlich zusammen. »Natürlich.«

»Finden Sie, dass es fair war, ihn in Ihrer Zeitung mit Handschellen und in dem blutverschmierten Hemd vorzuführen?« Ihr Sinn für Fairness konsternierte mich. Warum sollte sie oder irgendein anderer Schwarzer in Ford County sich darum scheren, ob Danny Padgitt fair behandelt wurde? Nur wenige Menschen hatte es je beunruhigt, ob schwarze Angeklagte von der Presse oder der Polizei anständig behandelt wurden.

»Er kam bereits so im Gefängnis an. Nicht wir haben ihm das Blut aufs Hemd gespritzt.« Weder ihr noch mir gefiel diese kleine Diskussion. Ich trank einen Schluck Tee und hatte Schwierigkeiten beim Schlucken. Ich war bis oben voll gestopft.

Sie bedachte mich mit einem wissenden Lächeln, brachte es aber trotzdem fertig, mir freundlich ein Dessert anzubieten. »Ich habe Bananenpudding gekocht.«

Ich konnte nicht ablehnen, würde aber auf der anderen Seite keinen Bissen mehr hinunterbringen. Wir mussten einen Kompromiss finden. »Lassen Sie uns ein bisschen warten, damit sich das Essen setzen kann.«

»Dann trinken Sie wenigstens noch etwas Tee.« Sie schenkte bereits nach. Ich konnte kaum atmen, deshalb machte ich es mir so bequem wie möglich und beschloss, mich wie ein echter Journalist zu benehmen. Miss Callie, die deutlich weniger gegessen hatte als ich, beendete gerade ein Okra-Häppchen.

Laut Baggy war Sam Ruffin der erste schwarze Schüler gewesen, der eine der weißen Schulen von Clanton besucht hatte. Bei seinem Eintritt 1964 war er zwölf und besuchte die siebte Klasse. Das wäre für jeden eine schwierige Erfahrung gewesen, doch für ihn war sie besonders schlimm. Baggy hatte mich gewarnt, dass Miss Callie sich unter Umständen weigern würde, über ihr jüngstes Kind zu reden. Sam wurde mit Haftbefehl gesucht und war aus der Gegend verschwunden.

Zuerst zögerte sie. Schon 1963 hatten Gerichte entschieden, einem schwarzen Schüler dürfe der Zugang zu einer weißen Schule nicht verweigert werden. Doch die zwangsweise Aufnahme von Schwarzen sollte noch jahrelang auf sich warten lassen. Sam war Miss Callies jüngstes Kind, und als sie mit ihrem Mann die Entscheidung gefällt hatte, ihn auf eine weiße Schule zu schicken, hatten sie gehofft, dass andere schwarze Familien ihrem Beispiel folgen würden. Das geschah nicht, und so war Sam zwei Jahre lang der einzige schwarze Schüler auf der Clanton-Junior-Highschool, wo er gedemütigt und verprügelt wurde. Aber er lernte schnell, seine Fäuste ebenfalls einzusetzen, und wurde schließlich in Ruhe gelassen. Er flehte seine Eltern an, ihn wieder auf die schwarze Schule zu schicken, doch sie blieben hart, selbst nach seinem Wechsel auf die Senior-Highschool. Sie dachten, sicher würde es bald besser. Im ganzen Süden tobte der Kampf um die Aufhebung der Rassentrennung, und den Schwarzen wurde permanent versprochen, dass das Urteil des Obersten Gerichtshofs im Fall *Brown gegen die Schulbehörde*, in dem die Rassentrennung für gesetzwidrig erklärt worden war, auch in die Praxis umgesetzt werde.

»Kaum zu glauben, dass wir mittlerweile das Jahr 1970 schreiben und die Rassentrennung in den hiesigen Schulen immer noch nicht aufgehoben ist«, sagte Miss Callie. Entscheidungen von Bundes- und Berufungsgerichten hatten im ganzen Süden den Widerstand der Weißen geschwächt, aber es war nur zu typisch, dass Mississippi bis zum bitteren Ende kämpfte. Die meisten meiner weißen Bekannten in Clanton waren davon überzeugt, dass sich die Gleichberechtigung an den Schulen hier nie durchsetzen würde. Doch ich, der ich aus Memphis und damit aus dem Norden kam, verschloss die Augen nicht vor dem Offensichtlichen.

»Bedauern Sie es, Sam auf eine weiße Schule geschickt zu haben?«

»Ja und nein. Irgendjemand musste den Mut aufbringen. Es war eine schmerzliche Erfahrung, ihn so unglücklich zu sehen, aber wir mussten unseren Standpunkt vertreten und durften nicht zurückweichen.«

»Wie geht es ihm heute?«

»Das mit Sam ist eine andere Geschichte, Mr Traynor. Vielleicht werde ich sie Ihnen später einmal erzählen, vielleicht auch nicht. Möchten Sie jetzt meinen Garten sehen?«

Das war eher ein Befehl als eine Einladung. Ich folgte ihr ins Haus und dann durch einen engen Korridor, an dessen Wänden Dutzende gerahmte Fotos von Kindern und Enkeln hingen. Im Haus war alles genauso makellos wie draußen. Wir traten durch die Küchentür auf die hintere Veranda, und vor uns erstreckte sich der Garten Eden. Kein einziger Quadratmeter Raum wurde vergeudet.

Es war eine Postkartenidylle. Zwischen ordentlichen Reihen von Pflanzen und Klettergewächsen gab es schmale Wege, damit Callie und Esau ihre spektakuläre Ernte einholen konnten.

»Was machen Sie mit den ganzen Lebensmitteln?«, fragte ich erstaunt.

»Einen Teil essen wir selbst, ein bisschen verkaufen wir, das meiste wird verschenkt. Hier in der Gegend braucht niemand zu hungern.« In diesem Augenblick bekam ich furchtbare Magenschmerzen. Die bloße Vorstellung von Hunger war mir plötzlich unverständlich. Ich folgte ihr in den Garten, und wir gingen langsam über die Wege, während Miss Callie auf Kräuterbeete, Melonen und die anderen köstlichen Früchte und Gemüsesorten zeigte, um die sie und Esau sich hingebungsvoll kümmerten. Sie gab zu jeder Pflanze einen Kommentar ab und rupfte gelegentlich fast wütend ein Hälmchen Unkraut aus. Es war ihr unmöglich, durch den Garten zu gehen, ohne auf die Details zu achten. Sie hielt nach Insekten Ausschau, tötete einen ekligen grünen Wurm auf einer Tomate, sah sich nach Unkraut um und merkte sich schon einmal, was sie Esau in nächster Zeit auftragen konnte. Meinem Verdauungssystem tat dieser gemütliche Spaziergang unendlich gut.

Von hier kommt also das Essen, dachte ich. Ich Ignorant. Was hatte ich erwartet? Als Kind der Großstadt hatte ich nie zuvor einen Gemüsegarten gesehen. Ich hatte viele Fragen, die aber alle so banal waren, dass ich lieber den Mund hielt.

Miss Callie inspizierte einen Maisstängel und war nicht zufrieden. Sie brach eine Bohne auf, um sie wie eine Wissenschaftlerin zu analysieren und dann die vorsichtige Meinung zu äußern, die Bohnen benötigten sehr viel mehr Sonne. Als sie einen Flecken mit Unkraut entdeckte, sagte sie, Esau werde es rupfen, sobald er nach Hause komme. Esau war nicht zu beneiden.

Nach drei Stunden und einer abschließenden Riesenportion Bananenpudding verließ ich das Haus der Ruffins mit einem Plastikbeutel Grünkohl. Ich hatte keine Ahnung, was ich damit anfangen sollte – und herzlich wenig, was ich für eine Story verwenden konnte. Aber ich war eingeladen worden, am nächsten Donnerstagmittag wiederzukommen. Zu guter Letzt hatte mir Miss Callie eine handschriftliche Liste übergeben. Sie enthielt alle Fehler in der letzten Ausgabe der *Times*, die ihr aufgefallen waren. Fast immer waren es Satz- oder Tippfehler, zwölf an der Zahl. Unter Spot waren es durchschnittlich zwanzig gewesen, jetzt pendelte sich die Fehlerquote meistens um die zehn ein. Es war eine lebenslange Angewohnheit von Miss Callie. »Einige Leute lösen gern Kreuzworträtsel, ich suche nach Fehlern«, hatte sie gesagt.

Es fiel mir schwer, das nicht persönlich zu nehmen, obwohl es mit Sicherheit nicht ihre Absicht gewesen war, jemanden zu kritisieren. Ich schwor mir, den Korrekturlesungen eine höhere Priorität einzuräumen.

Ganz abgesehen davon hatte ich den Eindruck, dass eben eine neue, lohnenswerte Freundschaft begonnen hatte.

9

Wieder brachten wir ein großes Foto auf der Titelseite, Wileys Schnappschuss von der Bombe vor der Entschärfung durch die Polizei. Die riesige Schlagzeile darüber lautete: BOMBE IM GEBÄUDE DER *Times*.

Meine Story begann mit Pistons überraschender Entdeckung. Ich brachte jedes Detail, das ich belegen konnte, aber auch ein paar, bei denen das nicht der Fall war.

Kein Kommentar des Polizeichefs, ein paar nichts sagende Sätze von Sheriff Coley. Der Artikel endete mit einer Zusammenfassung der Ergebnisse des Kriminaltechnikers und mit dessen Einschätzung, dass die Bombe, falls sie explodiert wäre, »immensen« Schaden an den Gebäuden auf der Südseite des Clanton Square angerichtet hätte.

Wiley hatte mir nicht erlaubt, ein Foto von seinem misshandelten Gesicht zu bringen, obwohl ich ihn inständig darum gebeten hatte. Auf der unteren Hälfte der Titelseite platzierte ich die Schlagzeile FOTOGRAF DER *TIMES* ZU HAUSE ÜBERFALLEN. Wiley hatte darauf bestanden, den Artikel selbst zu redigieren; trotzdem hatte ich auch hier kein Detail ausgelassen.

In beiden Fällen ersparte ich mir die Anstrengung, subtile Differenzierungen vorzunehmen. Stattdessen verknüpfte ich die Delikte miteinander und suggerierte, dass die Behörden, insbesondere Sheriff Coley, wenig unternahmen, um weitere Einschüchterungsversuche zu verhindern. Kein einziges Mal nannte ich die Padgitts beim Namen. Es war nicht nötig. Jeder in Ford County wusste, dass sie mich und meine Zeitung einzuschüchtern versuchten.

Spot war zu faul für Leitartikel gewesen. Während meiner Zeit als Angestellter der *Times* hatte er nur ein einziges Mal einen geschrieben. Ein Kongressabgeordneter aus Oregon hatte eine Gesetzesvorlage zum Fällen von Redwoodbäumen eingebracht – es war jedoch nicht ganz klar, ob mehr oder weniger Bäume abgeholzt werden sollten. Das hatte Spot geärgert. Zwei Wochen lang hatte er sich mit seinem Leitartikel abgemüht und schließlich eine Tirade von zweitausend Wörtern gebracht. Für jeden Highschool-Absolventen war klar, dass er den Text mit dem Stift in der einen Hand und einem Wörterbuch in der anderen geschrieben hatte. Schon im ersten Absatz fanden sich mehr Wörter mit sechs Silben, als sie irgendein Leser je zuvor auf einem Haufen gesehen hatte. Der Text war praktisch unlesbar. Schockiert musste Spot zur Kenntnis nehmen, dass sein Artikel keinerlei Reaktionen provozierte. Er hatte eine Lawine von zustimmenden Leserbriefen erwartet. Offenbar waren nur wenige Leser nicht von dem Wörterbuchwissen erschlagen worden.

Dann, nach drei Wochen, hatte schließlich jemand eine handschriftliche Notiz durch den Schlitz unter der Eingangstür geschoben:

Sehr geehrte Redaktion, es tut mir Leid, dass Sie sich so aufregen müssen wegen dieser Redwoodbäume, die es hier in Mississippi nicht gibt. Würden Sie uns bitte informieren, wenn der Kongress in Bezug auf Industrieholz was ausbrütet?

Zwar fehlte eine Unterschrift, aber Spot publizierte den Brief trotzdem. Er war erleichtert, dass überhaupt jemand seinen Leitartikel zur Kenntnis genommen hatte. Später erzählte mir Baggy, der Zettel sei von einem seiner Trinkkumpane aus dem Gericht geschrieben worden.

Mein Leitartikel begann folgendermaßen: »Eine freie und unbehindert agierende Presse ist lebenswichtig für eine gesunde Demokratie.« Ohne in Geschwätzigkeit oder ins Moralisieren abzugleiten, sang ich über vier Absätze hinweg das Hohelied des zupackenden und wissbegierigen Journalismus, der nicht nur für das ganze Land, sondern auch für jede Kleinstadt wichtig sei. Ich schwor, dass die *Times* sich durch Einschüchterungsversuche nicht von der Berichterstattung über Verbrechen abhalten lasse, gleichgültig, ob es sich dabei um Morde, Vergewaltigungen oder Korruptionsvergehen handele.

Es war ein kühner Wurf, mutig und absolut brillant. Die Leute aus der Stadt waren auf meiner Seite. Schließlich stand hier die *Times* gegen die Padgitts und den von ihnen gekauften Sheriff. Wir boten schlechten Menschen Paroli, und obwohl diese gefährlich waren, ließ ich mich nicht einschüchtern. Immer wieder überredete ich mich zur Tapferkeit, und tatsächlich hatte ich auch gar keine Alternative. Was hätte meine Zeitung denn tun sollen – den Mord an Rhoda Kassellaw einfach ignorieren? Danny Padgitt nachsichtig behandeln?

Bei der Belegschaft stieß mein Leitartikel auf begeisterte Zustimmung. Margaret sagte, sie sei stolz, für die *Times* zu arbeiten. Wiley, dessen Wunden noch nicht verheilt waren, war mittlerweile bewaffnet und brannte auf eine Auseinandersetzung. »Machen Sie ihnen die Hölle heiß, Grünschnabel«, sagte er.

Nur Baggy war skeptisch. »Sie werden sich ein blaues Auge holen.«

Miss Callie charakterisierte mich einmal mehr als mutig. Das Mittagessen am nächsten Donnerstag, an dem auch Esau teilnahm, dauerte nur zwei Stunden. Ich begann, mir Notizen über die Familie Ruffin zu machen. Aber noch wichtiger war, dass Miss Callie in der letzten *Times*-Ausgabe nur drei Fehler gefunden hatte.

Am frühen Freitagnachmittag saß ich allein in meinem Büro, als ich unten jemanden geräuschvoll eintreten und dann die Treppe heraufkommen hörte. Der Besucher trat ohne jeden Gruß in mein Büro und vergrub beide Hände in den Hosentaschen. Er kam mir vage bekannt vor; wir mussten uns einmal irgendwo am Clanton Square begegnet sein.

»Haben Sie so was, Junge?«, fragte der Mann, während er seine rechte Hand aus der Hosentasche zog. Mein Herz schien für einen Moment auszusetzen und ich schnappte nach Luft. Der Besucher ließ eine glänzende Pistole schwungvoll über meinen Schreibtisch schlittern, als handelte es sich um einen Schlüsselbund. Nachdem sich die Waffe noch ein paarmal um sich selbst gedreht hatte, blieb sie direkt vor mir liegen. Glücklicherweise zeigte der Lauf auf die Fenster.

Der Mann lehnte sich über den Schreibtisch und streckte mir eine riesige Pranke entgegen. »Harry Rex Vonner, ist mir ein Vergnügen.« Ich war zu verdutzt, um etwas zu sagen, begrüßte ihn aber schließlich mit einem beschämend schwächlichen Händedruck. Mein Blick war noch immer auf die Waffe gerichtet.

»Smith & Wesson, ein Achtunddreißiger, sechs Schuss. Eine feine Knarre. Tragen Sie eine?«

Ich schüttelte den Kopf. Schon der Name der Waffe ließ es mir kalt den Rücken hinunterlaufen.

Harry Rex Vonner hatte sich eine eklige schwarze Zigarre in den linken Mundwinkel geklemmt, die sich schon den größten Teil des Tages dort zu befinden schien und sich langsam auflöste wie ein Priem Kautabak. Rauch war nicht zu sehen, denn sie war nicht angezündet. Er ließ seinen massigen Körper in einen Ledersessel fallen, als wollte er ein paar Stunden bleiben.

»Sie sind ein verrückter Kerl, ist Ihnen das eigentlich klar?«, fragte er, wiederum eher knurrend als sprechend. Jetzt fiel mir ein, wer hinter dem Namen steckte – ein in Clanton ansässiger Jurist, den Baggy einmal als den fiesesten Scheidungsanwalt im ganzen County bezeichnet hatte. Er hatte ein breites, fleischiges Gesicht und kurze, blonde Haare, die wie vom Wind zerzaustes Stroh in alle Richtungen von seinem Schädel abstanden. Sein betagter leichter Anzug war zerknittert und fleckig und gab der Welt zu verstehen, dass Harry Rex sich um die Meinung anderer nicht scherte.

»Was soll ich damit?« Ich zeigte auf die Waffe.

»Zuerst sollten Sie sie laden. Ich gebe Ihnen ein paar Patronen, dann stecken Sie den Achtunddreißiger in die Tasche und nehmen ihn überallhin mit. Wenn einer dieser Padgitt-Gangster hinter Ihnen aus den Büschen auftaucht, jagen Sie ihm eine Kugel zwischen die Augen.« Damit ich es auch richtig verstand, fuhr er mit dem Zeigefinger durch die Luft, als wollte er die Flugbahn einer Kugel beschreiben, und bohrte ihn sich dann zwischen die Augen.

»Sie ist nicht geladen?«

»Um Gottes willen, nein. Wissen Sie denn gar nichts über Schusswaffen?«

»Leider nein.«

»Bei dem Tempo, das Sie anschlagen, sollten Sie sich besser kundig machen.«

»Ist es so schlimm?«

»Vor etwa zehn Jahren vertrat ich einen Mann, dessen junge Frau sich gern ins Bordell stahl, um ein paar zusätzliche Dollars zu verdienen. Der Knabe arbeitete auf See, war fast immer weg und hatte keine Ahnung, was da lief. Schließlich fand er es heraus. Der Puff gehörte den Padgitts, und einer von ihnen hatte sich in die junge Frau verguckt.« Die Zigarre hüpfte auf und ab, während er sprach, blieb aber in seinem Mundwinkel kleben. »Meinem Mandanten brach es das Herz, und er wollte Blut sehen. Sein Wunsch sollte in Erfüllung gehen. Irgendwann haben sie ihn sich nachts geschnappt und halb tot geschlagen.«

»Sie?«

»Die Padgitts, da bin ich mir sicher. Oder einer ihrer Spezialisten.«

»Ihrer Spezialisten?«

»Ja, sie beschäftigen alle möglichen Gangster. Schläger, Bombenleger, Autodiebe, Mörder.«

Harry Rex wartete, um das Wort »Mörder« richtig wirken zu lassen, und sah mich zusammenzucken. Er vermittelte den Eindruck eines Mannes, der endlos Geschichten erzählen konnte, ohne sich allzu sehr durch Wahrheitsliebe belastet zu fühlen. Mittlerweile hatte er ein fieses Grinsen aufgesetzt und ein Leuchten in den Augen, und ich ahnte, dass eine Ausschmückung der Geschichte folgen würde.

»Natürlich wurden sie nicht geschnappt«, sagte ich.

»Padgitts werden nie geschnappt.«

»Was ist aus Ihrem Mandanten geworden?«

»War ein paar Monate im Krankenhaus. Er hatte einen schweren Dachschaden, war mit Unterbrechungen immer wieder in Behandlung, eine traurige Geschichte. Seine Familie ist daran zerbrochen. Dann hat es ihn an die Golfküste verschlagen, wo sie ihn in den Senat des Bundesstaates gewählt haben.«

Ich nickte lächelnd und hoffte, dass das eine Lüge war, aber ich ließ die Sache auf sich beruhen. Ohne die Zigarre mit den Händen zu berühren, schaffte Harry Rex es irgendwie, sie mit einer Bewegung der Zunge und des Kopfes in den anderen Mundwinkel zu befördern.

»Schon mal Ziege gegessen?«, fragte er.

»Wie bitte?«

»Haben Sie schon mal Ziege gegessen?«

»Nein. Ich wusste nicht, dass das Fleisch essbar ist.«

»Wir werden heute Abend eine braten. Am ersten Freitag im Monat schmeiße ich immer eine Party bei meiner Holzhütte in den Wäldern. Musik, kaltes Bier, Spaß und Spiele. Ungefähr fünfzig Leute, handverlesen, die Crème de la Crème. Ohne Ärzte, Banker und Arschlöcher aus dem Country-Klub. Meine Gäste haben Klasse. Warum kommen Sie nicht einfach vorbei? Hinter dem Teich habe ich einen Schießstand. Ich nehme die Knarre mit, und wir probieren aus, wie man das Ding benutzt.«

Harry Rex' »zehnminütige Spritztour aufs Land« dauerte fast eine halbe Stunde, und das bezog sich nur auf die asphaltierte Landstraße. Nach dem »dritten Rinnsal hinter der alten Union-76-Haltestelle« bog ich auf eine zunächst sehr hübsche Schotterstraße ab, wo Briefkästen die Hoffnung in mir aufkeimen ließen, dass ich die zivilisierte Welt nicht verlassen hatte. Doch nach knapp fünf Kilometern war nicht nur von dem Schotter, sondern auch von Briefkästen nichts mehr zu sehen. Als ich einen »verrosteten Massey-Ferguson-Traktor ohne Reifen« erblickte, fuhr ich nach links auf einen Weg ab, der auf Harry Rex' primitiver Skizze als »Schweinepfad« bezeichnet wurde, obwohl ich dort kein Schwein zu Gesicht bekommen sollte. Dann verschwand der Schweinepfad in einem dichten Wald, und ich begann ernsthaft darüber nachzudenken, ob ich nicht umkehren sollte. Für solches Terrain war mein Spitfire nicht geeignet. Als ich das Dach der Hütte endlich sah, war ich eine Dreiviertelstunde unterwegs gewesen.

Um das Gelände zog sich ein Stacheldrahtzaun mit Stahltor. Ich hielt an, weil ein junger Mann mit einer Schrotflinte das offensichtlich so wollte. Während er meinen Wagen mit einem verächtlichen Blick inspizierte, ließ er das Gewehr auf seiner Schulter liegen. »Was für eine Karre ist das?«, grunzte er.

»Ein Triumph Spitfire«, sagte ich lächelnd. »Kommt aus England.« Ich bemühte mich, ihn nicht zu beleidigen. Warum benötigte man für eine Ziegen-Party einen bewaffneten Wachposten? Der Mann wirkte wie ein Bauer, der noch nie ein ausländisches Auto gesehen hatte.

»Wie heißen Sie?«

»Willie Traynor.«

Vermutlich hob das »Willie« seine Stimmung, denn er wies mit einer Kopfbewegung auf das Tor. »Hübscher Wagen«, meinte er, während ich losfuhr.

Unter den vor der Holzhütte abgestellten Fahrzeugen gab es mehr Pick-ups als Pkw. Aus zwei in den Fenstern aufgestellten Lautsprecherboxen tönte mir das Gejammer von Merle Haggard entgegen. Ein paar Gäste standen um ein Loch herum, in dem das Feuer brannte, über dem die Ziege gebraten wurde. Eine andere Gruppe vergnügte sich neben der Hütte mit Hufeisenwerfen. Auf der Veranda standen drei gut gekleidete Frauen. Das Getränk, an dem sie nippten, war mit Sicherheit kein Bier. Harry Rex erschien und begrüßte mich herzlich.

»Wer ist der Typ mit der Schrotflinte?«, fragte ich.

»Ach der. Duffy, der Neffe meiner ersten Frau.«

»Und warum steht er da?« Wenn hier etwas Ungesetzliches vor sich ging, wollte ich es zumindest wissen.

»Machen Sie sich keine Gedanken. Eigentlich ist Duffy gar nicht da, und das Gewehr ist nicht geladen. Er bewacht seit Jahren nichts.«

Ich lächelte, als hätte er sich vollkommen unmissverständlich ausgedrückt. Er führte mich zu dem Loch, wo ich mit meiner ersten Ziege Bekanntschaft machte. Bisher hatte ich noch nie eine gesehen, weder tot noch lebendig. Sah man von Kopf und Fell ab, schien sie noch ziemlich ganz zu sein. Ich wurde den vielen herumstehenden Köchen vorgestellt und bekam mit jedem Namen auch den dazugehörenden Beruf mitgeteilt – Anwalt, Inhaber einer Kautionsagentur, Autohändler, Farmer. Während ich beobachtete, wie sich die aufgespießte Ziege drehte, erfuhr ich, dass es viele unterschiedliche Theorien gab, wie eine Ziege über offenem Feuer zu braten war. Harry Rex reichte mir eine Dose Bier, und wir schlenderten zu der Hütte hinüber. Unterwegs unterhielten wir uns mit allen, die uns über den Weg liefen – mit einer Sekretärin, einem »betrügerischen Grundstücksmakler«, der gegenwärtigen Ehefrau meines Gastgebers. Jeder schien erfreut zu sein, den neuen Eigentümer der *Times* kennen zu lernen.

Die Hütte stand an einem jener verschlammten Teiche, die auf Schlangen große Anziehungskraft ausüben. Über das Wasser ragte eine Holzterrasse, auf der Harry Rex mich mit großem Vergnügen weiteren Freunden vorstellte. »Er ist ein guter Junge, kein Eliteuni-Arschloch«, sagte er gleich mehrfach. Mir gefiel es nicht, als »Junge« bezeichnet zu werden, aber allmählich begann ich, mich daran zu gewöhnen.

Ich gesellte mich zu einer kleinen Gruppe, zu der auch zwei Frauen gehörten, deren Aussehen darauf schließen ließ, dass sie etliche Jahre in den örtlichen Spelunken herumgehangen haben mussten. Stark geschminkte Augen, aufgedonnerte Frisuren, enge Kleidung. Sie fanden mich auf Anhieb interessant, und das Gespräch begann mit der Bombe, dem Überfall auf Wiley Meek und der dunklen Wolke der Angst, die wegen der Padgitts über dem County schwebte und sich nicht verziehen wollte. Ich verhielt mich so, als wäre das nur eine weitere nebensächliche Episode in meiner langen und an Abwechslung nicht armen Karriere als Journalist. Sie löcherten mich mit Fragen, und ich musste mehr reden, als mir lieb war.

Harry Rex trat wieder zu uns und reichte mir ein verdächtig wirkendes Einmachglas mit einer klaren Flüssigkeit. »Trinken Sie langsam«, empfahl er in einem väterlichen Tonfall.

»Was ist das?« Ich bemerkte, dass alle Augen auf mich gerichtet waren.

»Pfirsichschnaps.«

»Warum ist er in einem Einmachglas?«

»So ist das hier eben.«

»Er ist schwarz gebrannt«, sagte eine der angemalten Frauen. Die Stimme der Erfahrung.

Diese Landeier bekamen bestimmt nicht oft zu sehen, wie jemand von einer »Eliteuni« zum ersten Mal schwarz gebrannten Fusel trank. Die Gäste kamen näher. Ich war mir sicher, in den vergangenen fünf Jahren in Syracuse mehr Alkohol verkonsumiert zu haben als alle anderen Anwesenden, und schlug jede Vorsicht in den Wind. Ich hob das Glas, sagte »Prost«, trank einen sehr kleinen Schluck und leckte mir über die Lippen. »Nicht übel.« Ich versuchte, das Lächeln eines Erstsemesters auf der ersten Uniparty hinzubekommen.

Das Brennen begann auf den Lippen, die der Alkohol zuerst benetzt hatte, und verbreitete sich dann in irrwitzigem Tempo über Zunge und Gaumen. Als es meine Kehle erreicht hatte, glaubte ich, in Flammen zu stehen. Alle beobachteten mich. Harry Rex nahm einen Schluck aus seinem Glas.

»Wo kommt er her?«, fragte ich so lässig wie möglich, während ich Flammen zu speien glaubte.

»Ganz aus der Nähe«, antwortete jemand.

Obwohl mein Mund brannte und ich halb benommen war, trank ich einen weiteren Schluck. Ich hätte es gern gesehen, wenn die Menge mich eine Weile ignoriert hätte. Beim dritten Schluck nahm ich merkwürdigerweise einen Anflug von Pfirsicharoma wahr, als hätte den Geschmacksnerven erst ein Schock versetzt werden müssen, bevor sie richtig funktionierten. Als klar wurde, dass ich weder Flammen speien noch mich erbrechen oder schreien würde, nahmen die anderen ihre Gespräche wieder auf. Harry Rex, stets darum bemüht, dass ich etwas dazulernte, hielt mir eine Platte mit etwas Gebratenem hin. »Probieren Sie mal davon.«

»Was ist das?«, fragte ich misstrauisch.

Die beiden angemalten Frauen rümpften die Nase und wandten sich ab, als würde ihnen von dem Geruch schlecht werden. »Schweinekutteln«, antwortete eine von ihnen.

»Was sind Schweinekutteln?«

Harry Rex schob sich einen Happen in den Mund, als wollte er beweisen, dass die Schweinekutteln nicht vergiftet waren, und hielt mir die Platte unter die Nase. »Na los«, sagte er, während er es sich sichtlich schmecken ließ.

Wieder standen wir im Mittelpunkt des Interesses. Ich nahm das kleinste Stück und probierte. Es hatte eine gummiartige Konsistenz, einen beißenden, fauligen Geschmack und roch irgendwie nach Stall. Ich kaute energisch, würgte es hinunter und half mit einem Schluck Fusel nach. Ein paar Sekunden lang glaubte ich, an Ort und Stelle zusammenzubrechen.

»Schweineinnereien, Junge«, sagte Harry Rex und klopfte mir auf den Rücken. Er ließ einen weiteren Happen in seinem Mund verschwinden und hielt mir die Platte erneut hin.

»Wo bleibt die Ziege?«, stieß ich mühsam hervor. Es konnte nur besser werden. Warum nicht Pizza und Bier? Wie konnten diese Leute solche Scheußlichkeiten essen und trinken?

Harry Rex ging weiter, und der faulige Geruch folgte ihm wie eine Wolke. Ich stellte mein Glas auf das Geländer und hoffte, dass es hinunterfallen würde. Die anderen ließen ein Einmachglas herumgehen. Groß genug war es ja. Um Krankheitserreger machte sich niemand Sorgen. Im Umkreis von einem Meter um dieses Glas mit dem scheußlichen Gebräu würden keinerlei Bakterien überleben.

Ich entschuldigte mich unter dem Vorwand, die Toilette zu suchen. In diesem Moment tauchte aus der Hintertür der Hütte Harry Rex mit zwei Pistolen und einem Karton Munition auf. »Kommen Sie«, sagte er. »Wir sollten besser ein paar Schüsse abgeben, bevor es dunkel wird.«

Neben dem Spieß mit der Ziege stieß ein Cowboy namens Rafe zu uns. »Rafe ist mein Laufbursche«, erklärte Harry Rex, während wir auf den Wald zugingen.

»Ihr Laufbursche?«

»Er besorgt mir Fälle.«

»Wenn's irgendwo Streit gibt zwischen Eheleuten, bin ich da. Meistens bin ich sogar schon vorher da«, erläuterte Rafe.

Ich hatte noch viel zu lernen, machte aber Fortschritte. Immerhin war es keine Kleinigkeit, am selben Tag mit schwarz gebranntem Pfirsichschnaps und Schweinekutteln Bekanntschaft gemacht zu haben. Wir gingen etwa hundert Meter über einen alten Feldweg und dann durch den Wald, bis wir eine Lichtung erreicht hatten. Zwischen zwei prächtigen Eichen hatte Harry Rex eine sechs Meter hohe, halbkreisförmige Wand aus Heuballen errichtet. In der Mitte befand sich ein weißes Bettlaken, auf das der Umriss eines Mannes aufgemalt war. Das war der Angreifer. Der Feind. Die Zielscheibe.

Ich war nicht weiter überrascht, als auch Rafe eine Pistole zog. Harry Rex hielt die Waffe in der Hand, die er mir als Geschenk zugedacht hatte. »Also, so wird's gemacht.« Die Unterrichtsstunde begann. »Das ist ein Double-Action-Revolver mit sechs Patronen. Wenn Sie hier drücken, springt die Trommel raus.«

Rafe nahm die Waffe und lud sie zügig, was er offensichtlich schon häufig getan hatte. »Lassen Sie die Trommel so wieder einrasten, dann können Sie loslegen.«

Wir standen etwa fünfzehn Meter von der Zielscheibe entfernt. Von der Hütte her hörte ich immer noch die Musik. Was würden die anderen Gäste denken, wenn sie plötzlich Schüsse hörten? Gar nichts. Das war hier an der Tagesordnung.

Rafe nahm meinen Revolver wieder und baute sich gegenüber von der Zielscheibe auf. »Erst spreizen Sie die Beine etwa schulterbreit und beugen die Knie leicht. Sie halten die Waffe mit beiden Händen und drücken mit dem rechten Zeigefinger ab.« So wie er es demonstrierte, wirkte natürlich alles ganz leicht. Als er abdrückte, stand ich keine zwei Schritte von ihm entfernt, und das scharfe Krachen zerrte an meinen Nerven. Warum musste das so laut sein?

Bisher hatte ich Schüsse nur im Fernsehen gehört.

Die zweite Kugel traf den aufgemalten Mann in die Brust, die nächsten vier schlugen etwas tiefer ein. Rafe wandte sich mir zu, öffnete die Trommel und ließ die leeren Patronenhülsen herausfallen. »Jetzt sind Sie an der Reihe.«

Mit zitternden Händen griff ich nach dem Revolver, der ganz warm war. In der Luft hing der beißende Geruch des Schießpulvers. Ich schaffte es, die Waffe nachzuladen und die Trommel wieder zu schließen, ohne jemanden zu verletzen. Dann hob ich die Waffe mit beiden Händen, nahm eine Position ein, die ich aus schlechten Filmen kannte, schloss die Augen und drückte ab. Es war, als wäre eine kleine Bombe explodiert.

»Verdammt, die Augen müssen Sie schon offen lassen«, knurrte Harry Rex.

»Was habe ich getroffen?«

»Den Hügel hinter den Eichen.«

»Probieren Sie's noch mal«, sagte Rafe.

Ich versuchte, über das Visier zu zielen, doch der Lauf der Waffe zitterte zu sehr, als dass es geholfen hätte. Dann drückte ich erneut ab, diesmal mit aufgerissenen Augen. In der Nähe des Ziels fiel mir keine Stelle auf, wo die Kugel eingeschlagen sein könnte.

»Er hat das Bettlaken verfehlt«, hörte ich Rafe hinter mir murmeln.

»Weiter«, sagte Harry Rex.

Ich feuerte erneut, konnte aber wieder nirgends ein Einschussloch entdecken. Rafe ergriff behutsam meinen Arm und führte mich drei Meter nach vorn. »Sie machen das gut«, sagte er. »Wir haben genug Munition.«

Beim vierten Schuss traf ich nicht einmal die Heuballen. »Vermutlich müssen sich die Padgitts keine Sorgen machen«, bemerkte Harry Rex.

»Es liegt am Alkohol«, sagte ich.

»Man braucht nur etwas Übung«, versicherte Rafe, der mich noch etwas weiter nach vorn schob. Meine Hände waren verschwitzt, mein Herzschlag spielte verrückt, und meine Ohren klingelten.

Mit Schuss Nummer fünf traf ich das Laken in der oberen rechten Ecke. Damit fehlten immer noch knapp zwei Meter bis zu der aufgemalten Silhouette. Nummer sechs ging wieder völlig daneben, und ich hörte, wie die Kugel in einen Ast einer der beiden Eichen schlug.

»Nicht schlecht«, sagte Harry Rex. »Fast hätten Sie ein Eichhörnchen erwischt.«

»Halten Sie die Klappe.«

»Ganz ruhig«, riet Rafe. »Sie sind zu verkrampft.« Er half mir beim Nachladen und legte meine Hände um den Griff. »Tief einatmen«, sagte er über meine Schulter. »Und direkt vor dem Abdrücken ausatmen.« Er hielt den Lauf fest, während ich Maß nahm, und der Schuss traf die aufgemalte Zielperson in den Unterleib.

»Jetzt sind Sie im Geschäft«, kommentierte Harry Rex.

Rafe ließ mich los, und ich feuerte die nächsten fünf Schüsse ab wie ein Revolverheld beim Showdown. Alle Kugeln trafen das Laken, eine hätte einem echten Gegner ein Ohr weggerissen. Rafe war zufrieden, und wir luden ein weiteres Mal nach.

Harry Rex hatte aus seiner offenbar riesigen Sammlung eine automatische 9mm Glock mitgebracht, und während die Sonne langsam unterging, schossen wir abwechselnd auf den Feind. Er war ein guter Schütze und hatte keine Probleme damit, aus einer Entfernung von fünfzehn Metern zehnmal nacheinander den Oberkörper der Figur zu durchbohren. Nach vier Runden entspannte ich mich, und das Ganze begann mir Spaß zu machen. Rafe war ein exzellenter Lehrer und gab weiter ab und zu einen nützlichen Tipp. »Man braucht nur ein bisschen Übung«, wiederholte er immer wieder.

»Die Knarre ist ein Geschenk«, sagte Harry Rex, als wir Schluss machten. »Sie können zum Trainieren jederzeit herkommen.«

»Danke.« Ich steckte den Revolver in meine Tasche, wie ein echter Einheimischer. Ich war erleichtert, dass ich es überstanden und etwas erreicht hatte, was jeder andere männliche Bewohner in diesem County schon vor seinem zwölften Geburtstag hinter sich gebracht hatte. Sicherer fühlte ich mich trotzdem nicht. Jeder hinter mir aus den Büschen springende Padgitt hatte das Überraschungsmoment auf seiner Seite und mir etliche Jahre Praxis voraus. Ich konnte mir gut vorstellen, wie ich in der Finsternis mit meinem Revolver herumjonglierte und letztlich wahrscheinlich eher mich selbst als einen Angreifer verletzte.

»Die Platinblonde, die Sie eben kennen gelernt haben, Carleen …«, sagte Harry Rex hinter mir, während wir durch den Wald zurückgingen.

»Ja?« Ich war plötzlich nervös.

»Sie gefallen ihr.«

Carleen hatte mindestens vierzig ausschweifende Jahre auf dem Buckel. Mir fiel keine Antwort ein.

»Ist für einen Sprung in die Kiste immer zu haben.«

Ich glaubte nicht, dass Carleen viele Kisten in Ford County ausgelassen hatte. »Nein, danke, ich habe eine Freundin in Memphis.«

»Tatsächlich?«

»Gute Antwort«, murmelte Rafe.

»Eine Frau hier, eine andere da. Was soll's?«

»Ich mache Ihnen einen Vorschlag, Harry Rex«, sagte ich. »Sollte ich bei der Suche nach Frauen Hilfe benötigen, lasse ich es Sie wissen.«

»Geht doch nur um einen Sprung ins Heu«, murmelte er.

Ich hatte natürlich keine Freundin in Memphis, kannte dort aber ein paar Mädchen. Eher hätte ich die Autofahrt auf mich genommen, als mich mit einer Frau vom Schlag Carleens abzugeben.

Das Ziegenfleisch hatte einen strengen, unverwechselbaren Geschmack, der nicht gut, aber nach den Schweinekutteln auch nicht annähernd so schlecht war, wie ich befürchtet hatte. Das Fleisch wurde mit großzügigen Mengen einer zähflüssigen Barbecue-Sauce gereicht, vermutlich um den Geschmack abzumildern. Ich aß eine Scheibe und spülte die Bissen mit Bier hinunter. Wir waren wieder auf der Terrasse. Im Hintergrund lief Loretta Lynn, und die anderen hatten unterdessen kräftig dem Alkohol zugesprochen. Einige Paare tanzten auf der Holzplattform über dem Wasser. Da Carleen mit einem anderen Mann verschwunden war, fühlte ich mich in Sicherheit. Harry Rex saß in der Nähe und erzählte allen, wie gekonnt ich Eichhörnchen und Kaninchen erledigt hatte. Er war ein bemerkenswert talentierter Geschichtenerzähler.

Ich war eine Merkwürdigkeit, doch alle gaben sich größte Mühe, mir das Gefühl zu vermitteln, ich gehörte dazu. Während ich über die dunklen Straßen nach Clanton zurückfuhr, stellte ich mir dieselbe Frage wie jeden Tag: Was hatte ich in Ford County, Mississippi, verloren?

10

Der Revolver war zu groß für meine Jackentasche. Ein paar Stunden lang lief ich damit herum, aber ich hatte Angst, dass sich in der Nähe einer sehr intimen Stelle ein Schuss lösen könnte. Also beschloss ich, die Waffe in einer ramponierten Aktentasche, die ich von meinem Vater geerbt hatte, mit mir zu tragen. Drei Tage lang nahm ich sie sogar zum Mittagessen mit, doch bald hatte ich auch davon die Nase voll. Nach einer Woche ließ ich sie unter dem Sitz meines Autos liegen, und nach drei Wochen hatte ich sie fast vergessen. Weitere Schießübungen bei der Hütte unternahm ich nicht, aber ich war noch ein paarmal zu Partys dort, wobei ich den Schweinekutteln, dem schwarz gebrannten Fusel und einer zunehmend angriffslustigeren Carleen aus dem Weg ging.

In Ford County herrschte die Ruhe vor dem Sturm, und der war das bevorstehende Verfahren. Da es keine neuen Entwicklungen gab, schwieg sich die *Times* über den Fall aus. Die Padgitts weigerten sich immer noch, ihr Land als Kaution für Danny zu verpfänden, und deshalb war dieser weiterhin in Sheriff Coleys Luxuszelle zu Gast, wo er vor dem Fernseher saß, Karten oder Dame spielte, sich erholte und besseres Essen als die anderen Insassen verspeiste.

In der ersten Maiwoche war Richter Loopus wieder in der Stadt, und meine Gedanken kehrten zu dem zuverlässigen Smith & Wesson zurück.

Lucien Wilbanks hatte einen Antrag auf Verlegung des Verhandlungsorts gestellt, und der Richter setzte für Montagmorgen, neun Uhr, eine Anhörung an. Es schien, als wäre das halbe County anwesend. Mit Sicherheit war der größte Teil der Stammkunden aus den Lokalen um den Clanton Square dort versammelt. Baggy und ich waren zeitig im Sitzungssaal und sicherten uns gute Plätze.

Die Anwesenheit des Angeklagten war nicht erforderlich, doch offensichtlich wollte Sheriff Coley ihn vorführen. Man brachte Danny Padgitt mit Handschellen und in einem neuen orangefarbenen Overall herein. Alle blickten mich an. Die Macht der Presse hatte eine Veränderung bewirkt.

»Das ist eine Falle«, flüsterte Baggy.

»Was?«

»Sie wollen, dass wir ein Foto von Danny in seinem niedlichen neuen Outfit bringen. Dann kann Wilbanks zum Richter rennen und behaupten, die Jury sei wieder mal durch die Häftlingskleidung beeinflusst worden. Fallen Sie bloß nicht drauf rein.«

Wieder war ich über meine Naivität entsetzt. Wir hatten Wiley zum Gefängnis geschickt, wo er Padgitt erneut fotografieren sollte, wenn dieser abtransportiert wurde. Vor meinem geistigen Auge sah ich ein großes Foto auf der Titelseite, das ihn in dem orangefarbenen Overall zeigte.

Lucien Wilbanks trat durch eine Tür hinter dem Richtertisch in den Saal. Wie üblich wirkte er zornig und verwirrt, ganz so, als hätte er gerade bei einer Auseinandersetzung mit dem Richter den Kürzeren gezogen. Er ging zum Tisch der Verteidigung hinüber, knallte seinen Notizblock hin und ließ den Blick über die Zuschauer schweifen, um ihn schließlich auf mir verweilen zu lassen. Seine Augen verengten sich zu Schlitzen, und er biss die Zähne zusammen. Auf mich wirkte er so, als würde er gleich über die Schranke springen und sich auf mich werfen. Jetzt wandte sich auch sein Mandant suchend um. Irgendjemand zeigte auf mich, und Mr Danny Padgitt funkelte mich an, als hätte er sein nächstes Opfer auserkoren. Ich bekam kaum Luft, versuchte aber, Ruhe zu bewahren.

In der ersten Reihe hinter dem Tisch der Verteidigung saßen mehrere Padgitts, alle älter als Danny. Auch sie starrten mich an, und ich hatte mich noch nie so verletzlich gefühlt. Dies waren gewalttätige Männer, die nichts als Verbrechen, Einschüchterung, Körperverletzung und Mord kannten, und ich saß im selben Saal mit ihnen, während sie sich ausmalten, wie sie mir die Kehle durchschneiden konnten.

Ein Gerichtsdiener rief das Publikum zur Ordnung, und als der Richter eintrat, standen alle auf. »Bitte nehmen Sie Platz«, sagte Loopus. Er blätterte seine Papiere durch und rückte die Lesebrille zurecht. »Mir liegt ein Antrag auf Verlegung des Verhandlungsorts vor, eingereicht von der Verteidigung. Wie viele Zeugen haben Sie, Mr Wilbanks?«

»Ungefähr ein halbes Dutzend. Wir werden sehen, wie sich die Dinge entwickeln.«

»Und die Staatsanwaltschaft?«

Ein kleiner, rundlicher Mann mit Glatze und einem schwarzen Anzug sprang auf. »Ungefähr genauso viele.« Er hieß Ernie Gaddis und war im Nebenberuf langjähriger Staatsanwalt von Taylor County.

»Ich habe nicht vor, den ganzen Tag hier zu verbringen«, murmelte Loopus, als wäre er für den Nachmittag zu einer Partie Golf verabredet. »Rufen Sie Ihren ersten Zeugen auf, Mr Wilbanks.«

»Mr Walter Pickard.«

Der Name sagte mir nichts, was zu erwarten war, aber auch Baggy hatte noch nie etwas von ihm gehört. Während der einleitenden Fragen stellte sich heraus, dass er seit über zwanzig Jahren in Karaway lebte, jeden Sonntag in die Kirche ging und jeden Donnerstag den Rotarierklub besuchte. Seinen Lebensunterhalt bestritt er durch eine eigene kleine Möbelfabrik.

»Der muss sein Holz bei den Padgitts kaufen«, flüsterte Baggy.

Seine Frau war Lehrerin. Pickard hatte eine Baseball-Jugendmannschaft und eine Pfadfindergruppe betreut. Wilbanks legte ein meisterhaftes Fundament, um zu suggerieren, dass Mr Pickard tief in seiner Umgebung verwurzelt war.

Karaway war kleiner als Clanton und lag gut fünfundzwanzig Kilometer westlich. Spot hatte den Ort immer vernachlässigt, und wir verkauften dort nur sehr wenige Zeitungen und noch weniger Anzeigen. In meinem jugendlichen Eifer dachte ich bereits über eine Expansion meines Reichs nach. Meiner Ansicht nach konnte eine kleine Wochenzeitung in Karaway tausend Exemplare verkaufen.

»Wann haben Sie zuerst von dem Mord an Miss Kassellaw gehört?«, fragte Wilbanks.

»Zwei Tage danach«, antwortete Mr Pickard. »Manchmal dauert es eine Weile, bis die Nachrichten in Karaway ankommen.«

»Wer hat es Ihnen erzählt?«

»Eine meiner Angestellten, deren Bruder in der Nähe von Beech Hill lebt, wo der Mord passiert ist.«

»Haben Sie auch gehört, dass ein Tatverdächtiger verhaftet wurde?«, fragte Wilbanks, der wie ein gelangweiltes Tier im Käfig seine Runden drehte. Trotzdem spulte er sein Programm herunter, ohne etwas auszulassen.

»Ja, es hieß, einer der jungen Padgitts wäre festgenommen worden.«

»Konnten Sie sich später von der Richtigkeit dieses Gerüchts überzeugen?«

»Ja.«

»Wie?«

»Ich hab den Artikel in der *Ford County Times* gesehen. Auf der Titelseite war ein großes Foto von Danny Padgitt, direkt neben einem genauso großen Bild von Rhoda Kassellaw.«

»Haben Sie den Artikel gelesen?«

»Ja.«

»Und haben Sie sich eine eigene Meinung über Mr Padgitts Schuld oder Unschuld gebildet?«

»Für mich wirkte er schuldig. Das Foto zeigte ihn in einem blutverschmierten Hemd. Sein Gesicht war direkt neben dem des Opfers. Die Schlagzeile war riesig und lautete, wenn ich mich recht erinnere, ›Danny Padgitt wegen Mordes verhaftet‹.«

»Also dachten Sie, er wäre schuldig?«

»Es war unmöglich, das nicht zu denken.«

»Wie fielen in Karaway die Reaktionen auf den Mord aus?«

»Alle waren geschockt und empört. Dies ist ein friedliches County. Schwere Verbrechen sind selten.«

»Glauben die meisten Leute in Karaway, dass Danny Padgitt Rhoda Kassellaw vergewaltigt und ermordet hat?«

»Ja, besonders wegen der Art, wie die Zeitung die Story präsentiert hat.«

Ich spürte, wie sich von allen Seiten Blicke auf mich richteten, aber ich sagte mir, dass wir nichts Unrechtes getan hatten. Die Menschen verdächtigten Danny Padgitt, weil der Dreckskerl die Verbrechen begangen hatte.

»Kann Mr Padgitt Ihrer Meinung nach in Ford County einen fairen Prozess erwarten?«

»Nein.«

»Worauf gründet sich diese Meinung?«

»Die Zeitung hat ihm schon den Prozess gemacht und ihn verurteilt.«

»Glauben Sie, dass der Großteil Ihrer Freunde und Nachbarn in Karaway diese Meinung teilt?«

»Ja.«

»Ich danke Ihnen.«

Mr Ernie Gaddis war bereits auf den Beinen und streckte seinen Notizblock aus, als wäre er eine Pistole. »Sie haben also eine Möbelfabrik, Mr Pickard?«

»Ja, das ist richtig.«

»Kaufen Sie Ihr Holz hier in der Gegend?«

»Ja.«

»Bei wem?«

Pickard rutschte auf seinem Stuhl herum und überdachte die Frage. »Bei Gates Brothers, Henderson, Tiffee, Voyles and Sons und ein oder zwei anderen Holzhändlern.«

»Voyles gehört Padgitt«, flüsterte Baggy.

»Kaufen Sie Holz von den Padgitts?«, fragte Gaddis.

»Nein, Sir.«

»Weder jetzt noch früher?«

»Das ist richtig, Sir.«

»Gehört eine dieser Holzfabriken den Padgitts?«

»Meines Wissens nach nicht.«

Tatsache war, dass niemand genau wusste, was den Padgitts gehörte. Seit Jahrzehnten hatten sie sich in zu vielen Geschäften breit gemacht, legalen und illegalen. Mr Pickard mochte in Clanton nicht besonders gut bekannt sein, aber im Augenblick verdächtigte man ihn, in irgendeiner Beziehung zu den Padgitts zu stehen. Warum sollte er freiwillig in Dannys Sinn aussagen?

Gaddis wechselte das Thema. »Sie sagten, das Foto des blutverschmierten Mr Padgitt habe viel zu tun gehabt mit Ihrer Annahme, er sei schuldig. Liege ich da richtig?«

»Auf dem Bild wirkte er sehr verdächtig.«

»Haben Sie den ganzen Artikel gelesen?«

»Ich denke schon.«

»Dann haben Sie auch gelesen, dass Mr Danny Padgitt einen Autounfall hatte, sich dabei verletzte und zusätzlich wegen Alkohols am Steuer angeklagt wurde?«

»Ja, ich glaube, das habe ich auch gelesen.«

»Möchten Sie, dass ich Ihnen den Artikel zeige?«

»Nein, ich erinnere mich.«

»Gut. Wie sind Sie dann so schnell zu der Annahme gelangt, das Blut stamme von dem Opfer und nicht von Mr Padgitt selbst?«

Pickard rutschte wieder hin und her. Er wirkte entmutigt. »Ich hab nur gesagt, dass er schuldig wirkte, wenn man die Fotos anschaute und die Artikel las.«

»Waren Sie je in einer Jury?«

»Nein, Sir.«

»Kennen Sie den Sinn der Unschuldsvermutung?«

»Ja.«

»Ist Ihnen klar, dass die Staatsanwaltschaft des Bundesstaates Mississippi Mr Padgitts Schuld zweifelsfrei beweisen muss?«

»Ja.«

»Glauben Sie daran, dass jeder eines Verbrechens Beschuldigte ein Anrecht auf einen fairen Prozess hat?«

»Ja, natürlich.«

»Gut. Dann lassen Sie uns mal annehmen, Sie würden aufgefordert, in diesem Fall als Geschworener zu fungieren. Sie haben die Zeitungsartikel gelesen, die Gerüchte gehört, und Sie treffen jetzt zu diesem Prozess ein, in exakt diesem Sitzungssaal. Eben haben Sie ausgesagt, dass Sie Mr Padgitt für schuldig halten. Lassen Sie uns annehmen, dass Sie als Geschworener bestimmt werden und dass Mr Wilbanks, ein sehr fähiger und erfahrener Anwalt, die Anklage der Staatsanwaltschaft angreift und unsere Beweise ernsthaft in Zweifel zieht. Und lassen Sie uns weiter annehmen, dass sich in Ihrem Kopf Zweifel regen, Mr Pickard. Könnten Sie in diesem Fall für seine Unschuld stimmen?«

Pickard war den Worten des Staatsanwalts nickend gefolgt. »Ja, unter diesen Umständen könnte ich es«, antwortete er.

»Unabhängig davon, wie Sie jetzt über seine Schuld oder Unschuld denken, wären Sie bereit, die Beweislage zu studieren und eine gerechte Abwägung vorzunehmen, bevor Sie Ihre Entscheidung fällen?«

Die Antwort war so offensichtlich, dass Mr Pickard gar keine andere Wahl blieb. »Ja.«

»Natürlich«, sagte Gaddis. »Und was ist mit Ihrer Frau? Sie haben erwähnt, sie ist Lehrerin, stimmt's? Sie würde doch genauso unvoreingenommen an den Fall herangehen, oder?«

»Ich denke schon. Ja.«

»Und was ist mit den Mitgliedern des Rotarierklubs in Karaway? Sind die auch so gerecht wie Sie?«

»Vermutlich schon.«

»Nun zu Ihren Angestellten, Mr Pickard. Sie stellen doch sicher ehrenhafte, aufrichtige Leute ein. Wären auch sie in der Lage, die Zeitungsartikel und das Gerede zu vergessen und diesen Mann gerecht zu behandeln?«

»Ich glaube schon.«

»Keine weiteren Fragen, Euer Ehren.«

Eilig verließ Mr Pickard den Zeugenstand und stürmte aus dem Sitzungssaal. Lucien Wilbanks erhob sich. »Euer Ehren, die Verteidigung ruft Mr Willie Traynor auf«, verkündete er ziemlich laut.

Ein Ziegelstein hätte Mr Willie Traynor nicht härter treffen können als dieser Satz. Ich schnappte nach Luft. »Oh, Scheiße«, sagte Baggy neben mir etwas zu laut.

Harry Rex saß mit ein paar anderen Anwälten auf der Geschworenenbank. Auch er wollte sich das Spektakel nicht entgehen lassen. Als ich mit wackligen Knien aufstand, warf ich ihm einen verzweifelten, Hilfe suchenden Blick zu. Er erhob sich ebenfalls.

»Euer Ehren«, begann Harry Rex. »Ich bin Mr Traynors Anwalt. Der junge Mann ist nicht benachrichtigt worden, dass man ihn in den Zeugenstand rufen würde.« Weiter so, Harry Rex, tun Sie was!

»Tatsächlich?«, bemerkte der Richter achselzuckend. »Er ist hier. Was macht das also für einen Unterschied?« In seiner Stimme deutete nichts auf irgendwelche Bedenken hin, und mir war klar, dass es kein Entkommen gab.

»Bei einer Benachrichtigung hätte sich mein Mandant vorbereiten können. Er hat ein Recht darauf.«

»Wenn ich richtig informiert bin, ist er der Herausgeber der Zeitung, oder?«

»Ja.«

Lucien Wilbanks stürmte auf die Geschworenenbank zu, als wollte er Harry Rex einen Schwinger verpassen. »Euer Ehren, er gehört zu keiner prozessführenden Partei und wird bei dem Verfahren nicht als Zeuge aussagen. Er ist der Autor dieser Artikel. Lassen Sie uns hören, was er zu sagen hat.«

»Das ist ein Hinterhalt«, bemerkte Harry Rex.

»Setzen Sie sich wieder, Mr Vonner«, sagte Loopus. Ich nahm im Zeugenstand Platz und warf Harry Rex einen Blick zu, der besagen sollte: Toll gemacht, Anwalt.

»Sind Sie bewaffnet?«, fragte ein vor mir stehender Gerichtsdiener.

»Wie bitte?« Ich war mehr als nur nervös. Nichts schien mehr einen Sinn zu haben.

»Haben Sie eine Schusswaffe?«

»Ja.«

»Würden Sie sie mir bitte geben?«

»Sie ist in meinem Wagen.« Die meisten Zuschauer fanden das komisch. Offensichtlich kann man in Mississippi keine anständige Zeugenaussage machen, wenn man bewaffnet ist. Ein weiteres absurdes Gesetz. Aber schon ein paar Augenblicke später fand ich es sehr sinnvoll. Denn hätte ich meinen Revolver dabei gehabt, hätte ich auf Lucien Wilbanks geschossen.

Der Gerichtsdiener nahm mir den Schwur ab, dass ich nichts als die Wahrheit sagen würde, und ich beobachtete, wie Wilbanks auf und ab zu gehen begann. Die Menge hinter ihm erschien mir noch größer. Er begann, mir genüsslich einige einleitende Fragen zu meiner Person und über den Kauf der Zeitung zu stellen. Obwohl ich jeder Frage mit äußerstem Misstrauen begegnete, schaffte ich es, die richtigen Antworten zu geben. Er arbeitete in eine bestimmte Richtung, aber ich hatte keine Ahnung, in welche.

Dem Publikum schien das Ganze Spaß zu machen. Mein plötzlicher Erwerb der *Times* war immer noch interessant und Anlass von Spekulationen, und plötzlich stand ich vor dem Auditorium und musste unter Eid und ganz offiziell darüber Auskunft geben.

Nachdem wir ein paar Minuten Nettigkeiten ausgetauscht hatten, stand Mr Gaddis auf, den ich im Gegensatz zu Wilbanks auf meiner Seite wähnte. »Das ist ja alles sehr informativ, Euer Ehren«, sagte er. »Aber was genau soll das Ganze eigentlich?«

»Gute Frage. Mr Wilbanks?«

»Einen Augenblick.«

Wilbanks zog ein paar Exemplare der *Times* hervor und verteilte sie an mich, Gaddis und Loopus. Dann schaute er mich an. »Nur für die Akten, Mr Traynor – wie viele Abonnenten hat die *Times* jetzt?«

»Ungefähr viertausendzweihundert«, antwortete ich, durchaus ein bisschen stolz. Zum Zeitpunkt des Konkurses hatte Spot es geschafft, die Zahl der Abonnenten auf zwölfhundert zu verringern.

»Und wie viele Exemplare setzen Sie im freien Verkauf ab?«

»Etwa tausend.«

Vor zwölf Monaten hatte ich noch im dritten Stock eines Wohnheims meiner Studentenverbindung in Syracuse, New York, gelebt. Lehrveranstaltungen hatte ich nur gelegentlich besucht, dafür hatte ich hart daran gearbeitet, die sexuelle Revolution voranzubringen, jede Menge Alkohol getrunken, Marihuana geraucht und bis mittags geschlafen, wann immer ich Lust dazu hatte. Wenn ich etwas Bewegung brauchte, eilte ich zur nächsten Demonstration gegen den Vietnamkrieg und schrie dort Polizisten an. Ich glaubte damals, Probleme zu haben. Plötzlich war mir schleierhaft, wie ich es von dort in den Zeugenstand eines Gerichtssaals in Ford County geschafft hatte.

Wie auch immer, in diesem schicksalhaften Moment meiner neuen Karriere stand ich mehreren hundert Mitbürgern und Abonnenten gegenüber, die mich anstarrten. Das war jetzt nicht der richtige Augenblick, um Schwäche zu zeigen.

»Wie viel Prozent Ihrer Zeitungen werden in Ford County verkauft, Mr Traynor?«

»Praktisch die gesamte Auflage, aber die genauen Zahlen kann ich nicht nennen.«

»Wird Ihre Zeitung auch an Kiosken außerhalb von Ford County verkauft?«

»Nein.«

Mr Gaddis erhob sich und machte einen weiteren lahmen Versuch, mir zur Hilfe zu kommen. »Bitte, Euer Ehren, was soll das alles?«

Wilbanks zeigte mit einem Finger in Richtung Decke und hob seine Stimme. »Ich will sagen, Euer Ehren, dass potenzielle Geschworene in diesem County durch die sensationslüsterne Aufbereitung des Falls in der *Ford County Times* aufgehetzt worden sind. Glücklicherweise ist diese Zeitung in anderen Teilen des Bundesstaates nicht vertrieben und gelesen worden. Eine Verlegung des Verhandlungsorts ist nicht nur gerecht, sondern zwingend erforderlich.«

Das Wort »aufgehetzt« veränderte den Tonfall der Anhörung dramatisch. Es traf mich und machte mir Angst, und ich fragte mich erneut, ob ich etwas falsch gemacht hatte. Trost suchend sah ich Baggy an, doch der duckte sich hinter eine vor ihm sitzende Frau.

»Was gerecht und zwingend erforderlich ist, entscheide immer noch ich, Mr Wilbanks«, sagte Loopus scharf. »Fahren Sie fort.«

Wilbanks hielt die Zeitung hoch und wies auf die Titelseite. »Das Foto meines Mandanten, wer hat es gemacht?«

»Mr Wiley Meek, unser Fotograf.«

»Und wer hat die Entscheidung gefällt, dass es auf die Titelseite kommt?«

»Ich.«

»Wer hat über die Größe des Fotos entschieden?«

»Ebenfalls ich.«

»Ist Ihnen der Gedanke gekommen, dass man es als sensationslüstern betrachten könnte?«

Damit hatte er den Nagel auf den Kopf getroffen – es war mir um die Sensation gegangen. »Nein«, antwortete ich kühl. »Zufällig hatten wir zu dem Zeitpunkt kein anderes Foto von Danny Padgitt zur Hand. Er war der einzige verhaftete Tatverdächtige, also haben wir es gebracht. Ich würde es wieder publizieren.«

Meine Chuzpe überraschte mich. Ich blickte zu Harry Rex hinüber, der wieder sein fieses Grinsen aufgesetzt hatte. Er nickte mir zu. Mach Sie fertig, Junge.

»Dann war es Ihrer Meinung nach also fair, das Foto zu veröffentlichen?«

»Ich denke nicht, dass es unfair war.«

»Beantworten Sie meine Frage. War es Ihrer Meinung nach fair?«

»Ja, war es, und es war richtig.«

Wilbanks schien sich meine Antwort einzuprägen und sie für eine zukünftige Verwendung zu archivieren. »In Ihrem Artikel findet sich eine ziemlich detaillierte Beschreibung des Hauses von Rhoda Kassellaw. Wann haben Sie es inspiziert?«

»Gar nicht.«

»Wann haben Sie es betreten?«

»Ich habe es nicht betreten.«

»Sie waren nie in dem Haus?«

»Korrekt.«

Er schlug die Zeitung auf und ließ seinen Blick einen Augenblick über die Seite schweifen. »In Ihrem Artikel steht, das Schlafzimmer von Miss Kassellaws beiden kleinen Kindern sei etwa fünf Meter von dem ihrer Mutter entfernt, bezogen auf den Abstand zwischen den Türen. Nach Ihrer Schätzung beträgt der Abstand zwischen den Betten zehn Meter. Woher wussten Sie das?«

»Ich hatte eine Quelle.«

»Eine Quelle. War Ihr Informant in dem Haus?«

»Ja.«

»Ist es ein Polizist oder ein Deputy?«

»Ich werde seine Identität nicht preisgeben.«

»Wie viele vertrauliche Quellen haben Sie für diese Artikel angezapft?«

»Verschiedene.«

Ich hatte Publizistik studiert und erinnerte mich vage an den Fall eines Reporters, der sich in einer ähnlichen Situation auf anonyme Quellen berufen und sich geweigert hatte, ihre Identität zu offenbaren. Das hatte den Richter aufgebracht, und er hatte angeordnet, der Journalist solle seine Quellen nennen. Als dieser sich erneut weigerte, verurteilte ihn der Richter wegen Missbilligung des Gerichts, und die Cops sperrten ihn ins Gefängnis, wo er etliche Wochen zubrachte, ohne die Namen seiner Informanten preiszugeben. An den genauen Ausgang der Geschichte konnte ich mich nicht mehr erinnern, aber der Reporter wurde schließlich aus der Haft entlassen, und die freie Presse hatte die Oberhand behalten.

Vor meinem geistigen Auge sah ich plötzlich, wie Sheriff Coley mir Handschellen anlegte und mich abführte, während ich nach Harry Rex schrie. Coley brachte mich ins Gefängnis, wo man mir meine Kleidung wegnahm und mich in einen orangefarbenen Overall steckte.

Für die *Times* wäre eine solche Entwicklung mit Sicherheit äußerst lukrativ, dachte ich. Junge, Junge, was für Storys ich im Knast schreiben könnte.

»Sie behaupten, die Kinder hätten unter Schock gestanden«, fuhr Wilbanks fort. »Woher wussten Sie das?«

»Ich habe mit Mr Deece gesprochen, dem Nachbarn der Kassellaws.«

»Hat er das Wort ›Schock‹ benutzt?«

»Ja.«

»Dann schreiben Sie, die Kinder unterzögen sich jetzt in Missouri einer Therapie. Wer hat Ihnen das erzählt?«

»Ich habe mit ihrer Tante telefoniert.«

Wilbanks warf die Zeitung auf den Tisch und kam ein paar Schritte auf mich zu. Seine blutunterlaufenen Augen verengten sich zu Schlitzen, und er bedachte mich mit einem funkelnden Blick. Jetzt wäre der Revolver nützlich gewesen. »Tatsache ist, Mr Traynor, dass Sie ein drastisches Bild malen wollten, demzufolge die unschuldigen kleinen Kinder die Vergewaltigung ihrer Mutter und den anschließenden Mord mit angesehen haben, stimmt das etwa nicht?«

Ich atmete tief durch und dachte über meine Antwort nach. Im Saal herrschte gespannte Stille. »Ich habe die Tatsachen so präzise wie möglich wiedergegeben.« Ich starrte zu Baggy hinüber, der zwar immer noch hinter der Frau in Deckung war, mir aber immerhin zunickte.

»Weil Sie Auflage machen wollten, haben Sie sich auf anonyme Quellen, Halbwahrheiten, Tratsch und wilde Spekulationen gestützt. Und das alles nur, um die Story reißerisch aufzumotzen.«

»Ich habe die Tatsachen so präzise wie möglich wiedergegeben«, wiederholte ich, darum bemüht, Ruhe zu bewahren.

Wilbanks schnaubte. »Tatsächlich?« Er griff erneut nach der Zeitung. »Ich zitiere: ›Werden die Kinder vor Gericht als Zeugen aussagen?‹ Haben Sie das geschrieben, Mr Traynor?«

Abstreiten konnte ich es nicht. Am liebsten hätte ich mich selbst in den Hintern getreten, weil ich diesen Satz geschrieben hatte. Er stammte aus dem Schlussteil des Artikels, über den Baggy und ich diskutiert hatten. Wir hatten beide gezögert, und jetzt, im Rückblick, war klar, dass wir aus unseren Skrupeln besser die Konsequenzen gezogen hätten.

Ich konnte es unmöglich leugnen. »Ja.«

»Auf welchen Fakten beruht Ihre Frage?«

»Es ist eine Frage, die ich nach dem Verbrechen wieder und wieder gehört habe.«

Wilbanks warf die Zeitung erneut auf den Tisch, als würde er sich davor ekeln. Dann schüttelte er in gespielter Verwirrung den Kopf. »Es gibt zwei Kinder, nicht wahr, Mr Traynor?«

»Ja, einen Jungen und ein Mädchen.«

»Wie alt ist der kleine Junge?«

»Fünf.«

»Und seine Schwester?«

»Drei.«

»Und wie alt sind Sie, Mr Traynor?«

»Dreiundzwanzig.«

»Über wie viele Prozesse haben Sie in Ihren dreiundzwanzig Lebensjahren schon als Journalist berichtet?«

»Über keinen.«

»Wie viele Verfahren haben Sie als Zuschauer miterlebt?«

»Keines.«

»Mit was für juristischen Recherchen haben Sie sich auf diese Artikel vorbereitet, da von wie immer gearteter Prozesserfahrung ja keine Rede sein kann?«

Zu diesem Zeitpunkt hätte ich den Revolver wahrscheinlich auf mich selbst gerichtet.

»Juristische Recherchen?«, wiederholte ich, als hätte sich Wilbanks einer Fremdsprache bedient.

»Ja, Mr Traynor. Wie viele Fälle haben Sie gefunden, wo es fünfjährigen oder noch jüngeren Kindern gestattet war, in einem Strafverfahren als Zeugen auszusagen?«

Ich blickte zu Baggy hinüber, der mittlerweile völlig unter der hölzernen Bank verschwunden war. »Keinen.«

»Das ist die richtige Antwort, Mr Traynor. Keinen. In der Geschichte dieses Bundesstaates hat noch nie ein Kind unter elf Jahren bei einem Strafverfahren ausgesagt. Bitte notieren Sie sich das irgendwo, und erinnern Sie sich daran, wenn Sie wieder versuchen sollten, Ihre Leser durch Groschenblattjournalismus aufzuhetzen.«

»Das reicht jetzt, Mr Wilbanks«, schaltete sich Richter Loopus ein, für meinen Geschmack etwas zu wenig energisch. Er und die Anwälte, Harry Rex wahrscheinlich eingeschlossen, genossen die Schlachtung eines Mannes vermutlich, der sich in juristische Angelegenheiten eingemischt und alles falsch gemacht hatte. Selbst Mr Gaddis schien mich gern bluten zu sehen.

Wilbanks war klug genug, um nicht weiter nachzuhaken, wenn das Blut bereits floss, und knurrte nur etwas wie »Ich bin fertig mit ihm«. Gaddis hatte keine Fragen. Der Gerichtsdiener gab mir ein Zeichen, den Zeugenstand zu verlassen, und ich versuchte, in aufrechter Haltung zu meinem Platz zurückzukehren, wo Baggy noch immer unter der Bank kauerte wie ein streunender Hund im Hagel.

Im weiteren Verlauf der Anhörung kritzelte ich Notizen auf meinen Block, aber es war ein misslungener Versuch, mich als geschäftigen und wichtigen Mann zu präsentieren. Ich spürte, dass man mich anstarrte, fühlte mich gedemütigt und hätte mich am liebsten ein paar Tage in meinem Büro eingeschlossen.

Wilbanks beendete seinen Auftritt mit der leidenschaftlichen Forderung, den Verhandlungsort zu verlegen, und zwar möglichst weit weg, vielleicht sogar in eine Stadt an der Golfküste, wo ein paar Leute von dem Verbrechen gehört haben mochten, aber niemand durch die Berichterstattung der *Times* »aufgehetzt« worden war. Er beschimpfte mich und meine Zeitung, übertrieb aber. In seinen abschließenden Bemerkungen meinte Mr Gaddis: »Viel Wind um nichts.«

Ich notierte mir den Satz, dann stürmte ich aus dem Sitzungssaal, als hätte ich einen wichtigen Termin.

11

Am späten Vormittag des nächsten Tages stürmte Baggy mit der brandheißen Neuigkeit in mein Büro, Lucien Wilbanks habe seinen Antrag auf Verlegung des Verhandlungsorts zurückgezogen. Wie üblich hatte er jede Menge Erklärungen parat.

Die erste besagte, dass die Padgitts kein Interesse daran haben konnten, das Verfahren in einem anderen County stattfinden zu lassen. Sie wussten, dass Danny ohne jeden Zweifel schuldig war und auch anderswo von einer gut zusammengestellten Jury schuldig gesprochen werden würde. Ihre einzige Chance waren Geschworene, die gekauft oder eingeschüchtert waren. Da Schuldsprüche einstimmig gefällt werden mussten, benötigten sie nur eine Stimme für Dannys Unschuld. Nur eine Stimme, und die Jury wäre nicht entscheidungsfähig. Der Richter wäre gesetzlich verpflichtet, den Prozess zu einem Verfahren ohne Ergebnis zu erklären, einem Fehlprozess. Es würde mit Sicherheit eine Neuauflage geben, aber mit demselben Resultat. Nach drei oder vier Versuchen würde die Staatsanwaltschaft aufgeben.

Ich war mir sicher, dass Baggy den ganzen Morgen im Gericht herumgehangen, mit seinem kleinen Klub über die Anhörung zum Thema Verhandlungsort diskutiert und sich die Schlussfolgerungen der Anwälte zu Eigen gemacht hatte. Er erklärte mit ernster Stimme, die Anhörung vom Vortag sei eine Inszenierung durch Wilbanks gewesen, und zwar aus zwei Gründen. Zunächst habe er versucht, einen Köder auszulegen, damit die *Times* ein weiteres großes Foto von Danny Padgitt bringe, diesmal in Häftlingskleidung. Zweitens habe er mich im Zeugenstand haben wollen, um mich in die Mangel nehmen zu können. »Und das hat er ja wohl getan.«

»Danke, Baggy«, sagte ich.

Wilbanks traf Vorbereitungen für ein Verfahren, das, wie er immer gewusst hatte, in Clanton stattfinden würde, und er wollte, dass die *Times* ihre Berichterstattung mäßigte.

Der dritte oder vierte Grund bestehe darin, dass Lucien Wilbanks nie eine Gelegenheit auslasse, vor Publikum einen großen Auftritt zu zelebrieren. Baggy hatte das schon oft erlebt und erzählte sofort ein paar Geschichten.

Ich weiß nicht mehr, ob ich damals mit diesen Theorien übereinstimmte, aber alles andere ergab keinen Sinn. So viel Aufwand für eine zweistündige Show schien Zeitverschwendung zu sein. Doch dürften vor Gericht schon schlimmere Dinge passiert sein.

Beim dritten Festessen gab es Schmorbraten. Wir aßen auf der Veranda, während ein beständiger Regen auf das Blechdach niederging.

Wieder musste ich bekennen, dass es für mich eine Premiere war. Miss Callie informierte mich eingehend über das Rezept und die Zubereitung des Bratens. Sie hob den Deckel von einem in der Mitte des Tisches stehenden großen Eisentopf und sog mit geschlossenen Augen den aromatischen Duft ein. Ich war erst eine Stunde auf den Beinen und so hungrig, dass ich in diesem Moment auch das Tischtuch verschlungen hätte.

Ihren Worten zufolge war dies ihr einfachstes Gericht. Man musste nur eine Rinderkeule in den Topf geben, ohne das Fett zu entfernen, dann das Fleisch mit Frühkartoffeln, Zwiebeln, weißen Rüben, Karotten und Roter Beete bedecken, etwas Salz, Pfeffer und Wasser dazutun und das Ganze bei niedriger Temperatur fünf Stunden im Backofen garen lassen. Sie füllte meinen Teller mit Rindfleisch und Gemüse und goss eine zähflüssige Sauce darüber. »Die purpurne Färbung kommt von der Roten Beete«, erklärte sie.

Dann fragte sie, ob ich das Gebet sprechen wolle, doch ich lehnte ab. Ich hatte seit Ewigkeiten nicht mehr gebetet, da kannte sie sich sehr viel besser aus. Sie ergriff meine Hände, wir schlossen die Augen. Während sie betete, trommelte der Regen leise auf das Dach über unseren Köpfen.

»Wo ist Esau?«, fragte ich.

»Bei der Arbeit. Manchmal kann er zum Mittagessen nach Hause kommen, häufig aber nicht.«

Ihre Gedanken waren woanders. »Darf ich Ihnen eine ziemlich persönliche Frage stellen?«, sagte sie nach einer Weile.

»Natürlich.«

»Kommen Sie aus einer christlichen Familie?«

»Ja. Meine Mutter hat mich an Ostern in die Kirche mitgenommen.«

Das reichte ihr nicht. Sie wollte auf etwas anderes hinaus. »In was für eine Kirche?«

»In eine der Episkopalen, St. Luke's in Memphis.«

»Ich bin mir nicht sicher, ob es in Clanton eine Episkopalkirche gibt.«

»Mir ist noch keine aufgefallen.« Nicht, dass ich eingehend danach gesucht hätte. »Welche Kirche besuchen Sie?«

»Die Kirche Gottes in Christus«, antwortete sie rasch. Ihre Miene wirkte von Frieden erfüllt. »Der Pfarrer heißt

Thurston Small. Er ist ein wunderbarer Geistlicher und ein sehr überzeugender Prediger. Sie sollten ihn einmal hören.«

Ich hatte Erzählungen über die Gläubigkeit der Schwarzen gehört. Darüber, dass sie den gesamten Sonntag in der Kirche verbrachten, dass Gottesdienste bis tief in die Nacht dauerten und erst ein Ende fanden, wenn Geist und Seele erschöpft waren. Ich konnte mich noch lebhaft an die Ostergottesdienste der Episkopalkirche erinnern, die von Gesetzes wegen nicht länger als eine Stunde dauern durften.

»Beten auch Weiße in Ihrer Kirche?«, fragte ich.

»Nur in Wahljahren. Dann schnüffeln dort Politiker wie Hunde herum und machen viele Versprechungen.«

»Bleiben sie für den ganzen Gottesdienst?«

»O nein, dafür sind sie viel zu beschäftigt.«

»Dann kann man also kommen und gehen, wie es einem gefällt?«

»Sie schon, Mr Traynor. Wir machen eine Ausnahme.« Sie begann mit einer langen Erzählung über ihre Kirche, die nur einen kurzen Spaziergang entfernt und vor ein paar Jahren durch einen Brand zerstört worden sei. Die Feuerwehr, deren Wache natürlich auf der anderen Seite der Schienen beheimatet war, hatte es nie eilig, wenn der Notruf aus Lowtown kam. Die Gemeindemitglieder hatten ihre Kirche verloren, doch das Unglück erwies sich als Segen. Reverend Small scharte seine Schäfchen um sich und zog mit ihnen für fast drei Jahre in ein Lagerhaus um, das Mr Virgil Mabry, ein anständiger, christlich gesonnener Weißer, der schwarzen Gemeinde zur Verfügung gestellt hatte. Das Gebäude war nur einen Häuserblock von der Main Street entfernt, und viele Weiße konnten sich nicht mit der Vorstellung abfinden, dass Neger auf ihrer Seite der Stadt Gottesdienste abhielten. Aber Mr Mabry hielt dem Druck stand. Reverend Small sammelte das erforderliche Geld und eröffnete drei Jahre nach dem Brand das neue Gotteshaus, das doppelt so groß wie die alte Kirche und jeden Sonntag bis auf den letzten Platz gefüllt war.

Ich liebte es, Miss Callie zuzuhören. So konnte ich ohne Pause essen, und das hatte für mich Vorrang. Außerdem war ich immer noch fasziniert von ihrer präzisen Aussprache, ihrem Sprechrhythmus und ihrem differenzierten Vokabular, das Universitätsniveau hatte.

»Lesen Sie häufig in der Bibel?«, fragte Miss Callie, nachdem sie die Geschichte von der neuen Kirche zu Ende erzählt hatte.

»Nein.« Ich schüttelte den Kopf, während ich gerade auf einer weißen Rübe herumkaute.

»Nie?«

Es kam mir nicht in den Sinn, sie anzulügen. »Niemals.«

Wieder war sie enttäuscht. »Wie oft beten Sie?«

»Einmal die Woche – und zwar hier«, antwortete ich nach kurzem Zögern.

Sie ließ das Besteck langsam sinken, legte es neben den Teller und blickte mich stirnrunzelnd an, als wären jetzt ein paar ernste Worte angebracht. »Wenn Sie nicht in die Kirche gehen, nicht in der Bibel lesen und nicht beten, bin ich mir nicht so sicher, ob Sie wirklich ein Christ sind.«

Da war ich mir auch nicht sicher. Ich kaute weiter, um mich nicht verteidigen zu müssen.

»Jesus hat gesagt: ›Richtet nicht, damit ihr nicht gerichtet werdet.‹ Es steht mir nicht zu, über die Seele eines anderen zu richten, aber ich muss gestehen, dass ich mir um Ihre Sorgen mache.«

Auch ich machte mir Sorgen, aber es war nicht so schlimm, dass ich deswegen das Essen unterbrochen hätte.

»Wissen Sie, was mit denen geschieht, die den Willen Gottes ignorieren?«

Nichts Gutes, so viel war mir klar. Doch ich war zu hungrig und zu eingeschüchtert, um zu antworten. Mittlerweile war sie vom Essen zum Predigen übergegangen, und ich fühlte mich nicht besonders wohl.

»Paulus hat in den Römerbriefen geschrieben: ›Denn der Lohn der Sünde ist der Tod, die Gabe Gottes aber ist das ewige Leben, in Christus Jesus, unserem Herrn.‹ Verstehen Sie, was das bedeutet?«

Ich hatte eine leise Ahnung, nickte und schob mir ein Stück Rinderkeule in den Mund. Hatte sie die ganze Bibel auswendig gelernt? Musste ich sie mir jetzt komplett anhören?

»Der Tod ist nur körperlich, aber der Verlust der Seele bedeutet eine Ewigkeit ohne unseren Herrn Jesus, eine Ewigkeit in der Hölle, Mr Traynor. Begreifen Sie das?«

Sie hatte sich deutlich genug ausgedrückt. »Können wir nicht das Thema wechseln?«, fragte ich.

Plötzlich begann Miss Callie zu lächeln. »Natürlich. Sie sind mein Gast, und als Gastgeberin muss ich dafür sorgen, dass Sie sich wohl fühlen.« Sie griff wieder nach der Gabel, und für eine Weile aßen wir schweigend und lauschten dem Regen.

»Es war ein sehr feuchter Frühling«, bemerkte sie schließlich. »Gut für Bohnen, aber meine Tomaten und Melonen brauchen etwas Sonne.«

Ich war froh darüber, dass sie auch für die Zukunft gemeinsame Mahlzeiten plante. Mein Artikel über Miss Callie, Esau und ihre bemerkenswerten Kinder war fast fertig, aber ich zog die Recherchen in der Hoffnung auf weitere Festessen auf der Veranda in die Länge.

Zuerst hatte ich ein Schuldgefühl empfunden, weil sie jeden Donnerstag ein so opulentes Mahl für mich zubereitete, von dem wir immer nur einen kleinen Teil aßen. Aber Miss Callie beruhigte mich – nichts wurde weggeworfen.

Gemeinsam mit ihrem Mann und vielleicht ein paar Freunden aß sie die Reste. »Mittlerweile koche ich nur noch dreimal pro Woche«, gestand sie mit einem Anflug von Beschämung.

Zum Nachtisch gab es Pfirsichpasteten und Vanilleeis, doch wir beschlossen, damit noch eine Stunde zu warten. Sie servierte starken schwarzen Kaffee, und wir setzten uns in die Schaukelstühle, um mit dem Interview fortzufahren. Ich zog meinen Notizblock und einen Stift aus der Tasche und stellte ihr Fragen. Miss Callie gefiel es über alle Maßen, dass ich niederschrieb, was sie erwiderte.

Ihre ersten sieben Kinder hatten alle italienische Namen – Alberto (Al), Leonardo (Leon), Massimo (Max), Roberto (Bobby), Gloria, Carlota und Mario. Nur Sam, ihr Jüngster, der den Gerüchten nach auf der Flucht war, hatte einen amerikanischen Namen. Während meines zweiten Besuchs hatte sie erzählt, sie sei in einem italienischen Haushalt in Ford County aufgewachsen, doch das sei eine sehr lange Geschichte, die sie sich für später aufheben wolle.

Die ersten sieben Sprösslinge hatten alle beim Abschluss der Burley-Street-Highschool – der Schule für Farbige – in ihren Klassen die Abschiedsrede gehalten. Später hatten sie alle promoviert und waren Professoren geworden. Die biografischen Details waren unerschöpflich, und Miss Callie konnte stundenlang über ihre Kinder reden.

Und so erzählte sie. Ich kritzelte Notizen auf meinen Block, wippte sanft in dem Schaukelstuhl hin und her, lauschte dem Regen und schlief schließlich ein.

12

Baggy hatte einige Vorbehalte gegenüber dem Artikel über die Ruffins. »Das sind doch keine *Nachrichten*«, meinte er, während er ihn las. Ich war mir sicher, dass Hardy ihm erzählt hatte, ich zöge eine große Titelgeschichte über die schwarze Familie in Betracht. »So was steht normalerweise auf Seite fünf.«

Wenn es nicht gerade einen Mord gab, sah Baggy auf der Titelseite am liebsten Artikel über aufregende Landstreitigkeiten, die in Gerichtssälen entschieden wurden, wo es keine Geschworenen gab, aber eine Hand voll halb schlafender Anwälte und einen neunzigjährigen Richter, den man für diesen Job exhumiert hatte.

Im Jahr 1967 hatte Spot mit seinen Nachrufen auf Schwarze Mut bewiesen, doch in den drei Jahren danach hatte die *Times* sich nur wenig für das interessiert, was auf der anderen Seite der Eisenbahnschienen passierte. Wiley Meek zögerte zunächst, mich nach Lowtown zu begleiten und dort ein Foto von Callie und Esau vor ihrem Haus zu schießen. Es gelang mir, den Fototermin auf einen Donnerstagmittag zu legen. Bei den Ruffins gab es gebratenen Catfish, Pfannkuchen aus Maismehl und Krautsalat. Wiley aß, bis er kaum noch Luft bekam.

Auch Margaret machte diese Story etwas nervös, aber sie

ordnete sich wie immer dem Boss unter. Tatsächlich stand die ganze Belegschaft der Idee eher reserviert gegenüber. Mir war's egal. Ich tat das, was ich für richtig hielt, und außerdem stand ein großes Gerichtsverfahren vor der Tür.

Und so widmete die *Times* am Mittwoch, dem 20. Mai 1970 – in einer Woche, in der es nichts Berichtenswertes über den Mord am Rhoda Kassellaw zu veröffentlichen gab –, über die Hälfte ihrer Titelseite den Ruffins. Über dem Artikel prangte eine fette Schlagzeile – SIEBEN KINDER DER FAMILIE RUFFIN WURDEN PROFESSOREN. Darunter zeigte ein großes Foto Calia und Esau auf ihrer Veranda. Beide lächelten stolz in die Kamera. Darunter hatten wir Highschool-Fotos von allen acht Kindern platziert, inklusive Sam. Mein Artikel begann so:

> *Als Calia Harris in der zehnten Klasse gezwungen war, die Schule zu verlassen, schwor sie sich, dass ihre Kinder nicht nur die Highschool, sondern auch das College abschließen würden. Das war 1926, und Calia – oder Callie, wie sie sich heute lieber nennen lässt – war mit fünfzehn Jahren das älteste von vier Kindern. Als ihr Vater an Tuberkulose starb, wurde Schulbildung zu einem Luxus. Bis 1929 arbeitete Callie für die Familie DeJarnette, dann heiratete sie Esau Ruffin, einen Zimmermann, der zeitweise auch als Prediger aktiv war. Für eine Monatsmiete von fünfzehn Dollar mieteten sie ein kleines Haus in Lowtown. Sie sparten jeden Penny, und das sollte ihnen später einmal sehr zugute kommen.*
>
> *Im Jahr 1931 wurde ihr Sohn Alberto geboren.*

Jetzt, 1970, war Dr. Alberto Ruffin Professor für Soziologie an der University of Iowa. Dr. Leonardo Ruffin lehrte Biologie an der Purdue University, Dr. Massimo Ruffin Wirtschaftswissenschaften an der University of Toledo. Dr.

Roberto Ruffin war Historiker an der Marquette University, Dr. Gloria Ruffin unterrichtete Italienisch an der Duke University, Dr. Carlota Ruffin Stadtentwicklung und Städteplanung an der University of California. Dr. Mario Ruffin hatte gerade in mittelalterlicher Literatur promoviert und eine Professur am Grinell College in Iowa erhalten. Auch Sam erwähnte ich, aber ich ging nicht näher auf ihn ein.

Ich hatte mit allen sieben Professoren und Professorinnen telefoniert und ließ sie in meinem Artikel mit Zitaten zu Wort kommen. Sie sprachen über allgemeine Themen – Liebe, Opferbereitschaft, Disziplin, Fleiß, Ermutigung, den Glauben an Gott und die Familie, über den Ehrgeiz, die Ausdauer und die Unnachsichtigkeit, die gegenüber Faulpelzen und Versagern angebracht sei. Die Erfolgsstory jedes Einzelnen hätte eine komplette Ausgabe der *Times* füllen können. Während ihres Studiums waren alle mindestens einem Vollzeitjob nachgegangen, die meisten hatten zwei Jobs gehabt. Die älteren Geschwister halfen den jüngeren. Mario erzählte mir, er habe jeden Monat von seinen Eltern und Geschwistern fünf oder sechs Schecks über kleine Summen erhalten.

Die älteren fünf hatten ihr Studium so intensiv betrieben, dass sie eine Heirat aufgeschoben hatten, bis sie Ende zwanzig oder Anfang dreißig waren. Carlota und Mario waren noch unverheiratet. Auch die nächste Generation der Ruffins wurde umsichtig geplant. Leon war der Vater des ältesten, fünfjährigen Enkelkinds. Bisher gab es fünf Enkel. Max und seine Frau erwarteten ihr zweites Kind.

Ich hatte so viel Material über die Familie, dass ich in dieser Woche nur den ersten Teil der Story veröffentlichte. Als ich am nächsten Tag zum Mittagessen in Lowtown eintraf, empfing mich Miss Callie mit Tränen in den Augen. Esau begrüßte mich mit einem festen Händedruck und einer steifen, unbeholfenen Umarmung. Wir aßen ein Schmorgericht mit Lamm und unterhielten uns darüber, wie der Artikel aufgenommen wurde. Wie nicht anders zu erwarten, war er in Lowtown Thema Nummer eins, und den ganzen Mittwochnachmittag und Donnerstagmorgen waren Nachbarn mit der Zeitung in der Hand vorbeigekommen. Ich hatte jedem der Kinder ein halbes Dutzend Exemplare geschickt.

Als wir gerade bei Kaffee und Kuchen saßen, parkte Reverend Thurston Small am Bordstein und kam zur Veranda herüber. Die Ruffins stellten mich vor, und der Pfarrer schien erfreut, mich kennen zu lernen. Das ihm angebotene Dessert nahm er gern an, und dann begann er mit einem langen Vortrag, wie wichtig der Artikel über die Ruffins für die Schwarzen von Clanton sei. Nachrufe seien willkommen, denn in den meisten Städten des Südens würden tote Schwarze noch immer völlig ignoriert. Mr Caudle habe bereits Fortschritte an der Front gemacht, aber eine so umfangreiche und würdevolle Titelgeschichte über eine herausragende schwarze Familie aus Clanton sei ein Meilenstein auf dem Weg, die Toleranz in Rassenfragen zu befördern. Ich sah das nicht so. Für mich war der Artikel über Miss Callie Ruffin und ihre außergewöhnliche Familie einfach nur eine gute Story mit menschlichem Touch.

Der Reverend genoss das Essen. Er hatte ein Faible dafür, seine Geschichten übermäßig auszuschmücken. Als er sein zweites Stück Apfelkuchen verputzte, wurde sein Loblied auf meine Story langweilig. Da er keinerlei Anzeichen erkennen ließ, im Laufe des Nachmittags wieder zu verschwinden, verabschiedete ich mich bald.

Piston war nicht nur der inoffizielle und ein bisschen unzuverlässige Hausmeister einiger Unternehmen um den Clanton Square, sondern betrieb auch einen nicht angemeldeten Kurierservice. Ungefähr einmal pro Stunde tauchte er in den Büros seiner Kunden auf, in erster Linie Kanzleien, aber auch drei Banken, einige Grundstücksmakler, Versicherungsagenten und die *Times*. Gewöhnlich stand er ein paar Augenblicke einfach nur da und wartete, ob ihm jemand etwas mitgab. Schüttelte eine Sekretärin kurz den Kopf, machte er sich wieder auf den Weg. Musste ein Brief oder ein kleines Päckchen überbracht werden, wartete man, bis Piston erschien und im Laufschritt damit verschwand. Wog das Päckchen mehr als fünf Kilo, brauchte man mit seinen Diensten nicht zu rechnen. Da er alles zu Fuß beförderte, war sein Terrain auf den Clanton Square und ein paar umliegende Häuserblocks begrenzt. Zu fast jeder Stunde eines Arbeitstages konnte man Piston irgendwo in der Nähe des Platzes sehen – gemessenen Schritts, wenn er keinen Auftrag hatte, im Laufschritt, wenn etwas zu befördern war.

In den meisten Fällen stellte er den Schriftverkehr der Anwaltskanzleien zu. Er war nicht nur deutlich schneller als die Post, sondern auch sehr viel billiger – er berechnete nichts und bezeichnete seine Arbeit als Dienst an der Allgemeinheit, erwartete aber um die Weihnachtszeit einen Schinken oder einen Kuchen.

Am Freitagmorgen stürmte er mit einem handgeschriebenen Brief von Lucien Wilbanks in mein Büro. Aus Angst hätte ich ihn beinahe nicht geöffnet. War das die Schadenersatzklage auf eine Million Dollar, die er mir angedroht hatte? Der Text lautete:

Verehrter Mr Traynor,

Ihren Artikel über die Ruffins, diese außergewöhnliche Familie, habe ich mit großem Interesse gelesen. Ich hatte schon von ihren Leistungen und den Erfolgen ihrer Kinder gehört, aber Ihr Porträt hat mir sehr viel mehr Einblick verschafft. Ich bewundere Ihren Mut.

Hoffentlich werden Sie auch in Zukunft mit dieser angenehmeren Form der Berichterstattung weitermachen.

Mit freundlichen Grüßen,
Lucien Wilbanks

Ich verabscheute Wilbanks, aber wer hätte ein solches Lob nicht zu schätzen gewusst? Er genoss seinen Ruf als draufgängerischer, radikaler Liberaler, der sich auf unpopuläre Fälle stürzte. In diesem Augenblick mochte seine Zustimmung angenehm sein, aber mir war klar, dass sie nur von kurzer Dauer sein würde.

Andere Briefe erhielt ich nicht. Auch keine anonymen Anrufe oder Drohungen. Das Schuljahr war bereits zu Ende, das Wetter heiß. Die Stürme des Kampfes um die Gleichberechtigung der Schwarzen und Farbigen wurden immer stärker, aber die guten Menschen von Ford County sorgten sich um wichtigere Dinge.

Nachdem es ein Jahrzehnt lang Zwist und Spannungen wegen der Frage der Bürgerrechte gegeben hatte, waren viele Weiße in Mississippi von der Sorge erfüllt, dass das Ende nahte. Wenn Bundesgerichte die Rassentrennung in Schulen aufheben konnten, drohten dann bald auch gemischte Gottesdienste und Wohngebiete?

Am nächsten Tag nahm Baggy an einer öffentlichen Zusammenkunft im Keller einer Kirche teil. Die Organisatoren wollten abschätzen, wie viel Unterstützung sich für eine private, exklusiv Weißen vorbehaltene Schule in Clanton mobilisieren ließe. Die anwesende Menschenmenge war verängstigt, wütend und entschlossen, ihre Kinder zu beschützen. Ein Anwalt fasste den Stand der Dinge so zusammen, wie er sich nach den Berufungsurteilen von Bundesgerichten darstellte, und gelangte zu dem unangenehmen Resultat, die verpflichtende Anordnung eines übergeordneten Gerichts werde noch in diesem Sommer kommen. Er prophezeite, dass schwarze Schüler der Klassen zehn bis zwölf auf die Clanton-Highschool und weiße Schüler der Klassen sieben bis neun auf die Burley-Street-Highschool nach Lowtown geschickt würden. Die Männer schüttelten den Kopf, die Frauen brachen in Tränen aus. Der bloße Gedanke, weiße Schüler könnten auf die andere Seite der Schienen gebracht werden, war unerträglich.

Folglich wurde eine neue Schule geplant. Man bat uns, nicht darüber zu berichten, zumindest noch nicht sofort. Bevor sie sich an die Öffentlichkeit wandten, wollten die Organisatoren zuerst für finanziellen Rückhalt sorgen. Wir entsprachen ihrer Bitte. Ich war bemüht, weitere Kontroversen zu vermeiden.

Dann ordnete der Richter eines Bundesgerichts in Memphis an, dass im Zuge eines groß angelegten Plans schwarze Schüler aus der Innenstadt mit Bussen in die weißen Vororte gebracht werden sollten. Unterwegs würde sich ihr Weg mit dem weißer Schüler kreuzen, deren Busse in die entgegengesetzte Richtung fuhren. Die Stimmung war entsprechend angespannt, und ich beschloss, Memphis für eine Weile zu meiden.

Es würde ein langer, heißer Sommer werden, und ich hatte den Eindruck, als warteten wir alle auf den großen Knall.

Ich übersprang eine Woche und veröffentlichte dann den zweiten Teil des Artikels über Miss Callie und ihre Familie. Unten auf der Titelseite platzierte ich aktuelle Fotos der sieben Professoren. In meinem Text berichtete ich darüber, wo und wie sie jetzt lebten. Obwohl keiner von ihnen vorhatte, wieder in die Heimat zu ziehen, verliehen alle ihrer großen Zuneigung zu Clanton und Mississippi Ausdruck. Sie wollten nicht über ihre Heimat richten, wo man sie genötigt hatte, schlechte Schulen zu besuchen und auf der anderen Seite der Schienen zu hausen, wo man sie an der Ausübung ihres Wahlrechts gehindert hatte, wo ihnen der Besuch der meisten Restaurants genau so untersagt gewesen war, wie Wasser aus dem Brunnen auf dem Rasen vor dem Gerichtsgebäude zu trinken. Keiner von ihnen verwies auf negative Erinnerungen. Stattdessen dankten sie Gott für seine Güte, für ihre Gesundheit, ihre Familie, ihre Eltern und die Chancen, die sich ihnen trotz allem geboten hatten.

Ich bewunderte ihre Bescheidenheit und Güte. Alle sieben versprachen, dass wir einander während der Weihnachtszeit auf der Veranda ihrer Mutter kennen lernen und uns bei einem Stück Nusskuchen unterhalten würden.

Ich schloss mein langes Familienporträt mit einem interessanten Detail. Jedes Kind der Ruffins war an dem Tag, als es das Elternhaus verließ, von Esau aufgefordert worden, der Mutter mindestens einmal pro Woche zu schreiben. Sie taten es, und die Kette der Briefe riss nie ab. Irgendwann beschloss Esau, dass Callie jeden Tag einen Brief erhalten sollte. Sieben Kinder, sieben Wochentage. Alberto schrieb sonntags, Leonardo montags und so weiter. An manchen Tagen erhielt Callie zwei oder drei Briefe, an manchen keinen, aber der kurze Gang zum Briefkasten war immer spannend.

Sie bewahrte alle Briefe in einem Schrank im Schlafzimmer auf. Einmal zeigte sie mir einen Stapel von Kartons, in denen Hunderte Briefe ihrer Kinder lagen.

»Irgendwann dürfen Sie sie lesen«, versprach sie, doch aus irgendeinem Grund glaubte ich ihr nicht. Aber ich wollte die Briefe auch gar nicht lesen, weil sie vermutlich viel zu persönlich waren.

13

Bezirksstaatsanwalt Ernie Gaddis reichte einen Antrag ein, durch den er die Anzahl der zunächst vorzuladenden Geschworenen zu erhöhen suchte. Laut Baggy, der in diesen Dingen von Tag zu Tag mehr zum Experten wurde, schickte der Leiter der Geschäftsstelle des Bezirksgerichts bei einem typischen Strafverfahren etwa vierzig potenziellen Geschworenen eine Vorladung. Davon würden etwa fünfunddreißig erscheinen, von denen mindestens fünf wegen Krankheit oder zu hohem Alter als ungeeignet aussortiert werden würden. In seinem Antrag argumentierte Gaddis, die Tatsache, dass mittlerweile jeder über den Mord an Rhoda Kassellaw Bescheid wisse, mache es schwerer, unvoreingenommene Geschworene zu finden. Er bat das Gericht, mindestens hundert Kandidaten vorzuladen.

Obwohl Gaddis das natürlich nicht geschrieben hatte, war der Sinn seines Antrags allen klar. Die Padgitts würden sehr viel mehr Probleme haben, hundert potenzielle Geschworene einzuschüchtern als vierzig. Wilbanks legte energisch Widerspruch ein und verlangte eine Anhörung. Richter Loopus hielt das für überflüssig und ordnete eine Erweiterung der Liste der Jurykandidaten an. Außerdem ließ er – eine ungewöhnliche Maßnahme – die Liste versiegeln. Baggy und seine Trinkkumpane, aber auch alle anderen im Gerichtsgebäude waren perplex. So etwas hatte es noch nie gegeben. Normalerweise erhielten Anwälte und prozessführende Parteien zwei Wochen vor dem Verfahren eine komplette Liste.

Der Gerichtsbeschluss wurde allgemein als schwerer Rückschlag für die Padgitts interpretiert. Wenn sie nicht wussten, wer auf der Liste stand, wie konnten sie dann die voraussichtlichen Geschworenen bestechen oder einschüchtern?

Gaddis bat das Gericht, die Vorladungen nicht persönlich durch das Büro des Sheriffs zustellen zu lassen, sondern mit der Post zu verschicken. Auch diese Idee stieß bei Loopus auf Sympathie. Offensichtlich wusste er bestens über die guten Beziehungen zwischen den Padgitts und unserem Sheriff Bescheid. Es war nicht überraschend, dass dieser Plan Lucien Wilbanks einen Aufschrei entlockte. Er war ziemlich außer sich und argumentierte, Richter Loopus behandle seinen Mandanten anders als andere Angeklagte und unfair. Als ich die von ihm eingereichten Schriftsätze las, war ich überrascht, dass er über viele Seiten für jeden erkennbar lediglich Phrasen drosch.

Bald war klar, dass Richter Loopus an einem sicheren und unparteiischen Verfahren gelegen war. Vor seinem Aufstieg ins Richteramt in den Fünfzigerjahren war er Bezirksstaatsanwalt und für eine harte Linie bekannt gewesen. Wegen der Padgitts und ihrer üblichen Bestechungsversuche schien er sich keine Sorgen zu machen. Auf dem Papier – besonders auf dem der *Times* – schien der Fall Danny Padgitt wasserdicht zu sein.

Am Montag, dem 15. Juni, verschickte der Geschäftsleiter des Bezirksgerichts hundert Vorladungen an potenzielle Geschworene, die aus den registrierten Wählern im ganzen County rekrutiert wurden. Eine davon landete in dem ohnehin selten leeren Briefkasten von Miss Callie Ruffin. Sie zeigte sie mir, als ich am Donnerstag zum Mittagessen kam.

1970 waren sechsundzwanzig Prozent der Bevölkerung von Ford County Schwarze, vierundsiebzig Prozent Weiße. Eine Kategorie für »Sonstige« oder diejenigen, die sich nicht entscheiden konnten, gab es nicht. Sechs Jahre nach dem turbulenten Sommer von 1964, in dem massiv für die Eintragung Schwarzer ins Wahlregister geworben worden war, und fünf Jahre nach dem Voting Right Act von 1965 machten sich in Ford County noch immer nur wenige Schwarze die Mühe, sich auf die Wählerlisten setzen zu lassen. Bei den landesweiten Wahlen 1967 hatten fast siebzig Prozent der wahlberechtigten Weißen ihre Stimme abgegeben, aber nur zwölf Prozent der Schwarzen. Registrierungskampagnen in Lowtown stießen auf allgemeine Gleichgültigkeit. Ein Grund für die Apathie bestand darin, dass angesichts der weißen Vorherrschaft in dem County ohnehin kein Schwarzer ein politisches Amt erlangen konnte. Wozu also die Mühe?

Ein anderer Grund waren die Tricks, mit denen Weiße seit hundert Jahren versuchten, Schwarzen eine Registrierung zu erschweren. Wahlsteuern, Lesetests – die Liste war lang und beschämend.

Eine weitere Ursache war, dass viele Schwarze sich nicht gern von weißen Behörden registrieren ließen, für welchen Zweck auch immer. Sie fürchteten mehr Steuern, mehr Kontrolle, mehr Überwachung, mehr Einmischung. Die Registrierung konnte auch bedeuten, dass man in eine Jury berufen wurde.

Laut Harry Rex, der in solchen Dingen eine etwas verlässlichere Quelle war als Baggy, hatte es in Ford County noch nie einen schwarzen Geschworenen gegeben. Da bei der Auswahl immer ausschließlich auf Wählerlisten zurückgegriffen wurde, tauchten auf den ersten Listen der Jurykandidaten in der Regel nur wenige Schwarze auf, und falls sie die ersten Befragungsrunden überstanden, wurden sie routinemäßig aussortiert, bevor die zwölf Geschworenen bestimmt wurden. Bei Strafverfahren wurden sie von der Anklage unter dem Vorwand abgelehnt, sie verhielten sich gegenüber den Beklagten zu wohlwollend, bei Zivilverfahren durch die Verteidigung, weil man Angst hatte, dass sie mit dem Geld anderer zu spendabel umgingen.

Doch diese Theorien waren in Ford County noch nie in der Praxis getestet worden.

Callie und Esau Ruffin hatten sich im Jahr 1951 als Wähler registrieren lassen. Sie hatten gemeinsam das Büro des Geschäftsleiters im Bezirksgericht aufgesucht und um Aufnahme in die Wählerliste gebeten. Die Sekretärin des Geschäftsleiters tat, was man von ihr erwartete, und reichte den Ruffins ein in Plastikfolie eingeschweißtes, mit »Unabhängigkeitserklärung« überschriebenes Blatt Papier. Der übrige Text war auf Deutsch.

»Können Sie das lesen?«, fragte die Sekretärin in der Annahme, Mr und Mrs Ruffin wären Analphabeten, wie die meisten Schwarzen in Ford County.

»Das ist kein Englisch, sondern Deutsch«, antwortete Miss Callie.

»Können Sie es lesen?«, wiederholte die Sekretärin, die zu begreifen begann, dass ihr bei diesem Paar einiges bevorstand.

»Ich kann es so gut lesen wie Sie«, erwiderte Miss Callie höflich.

Die Sekretärin nahm das Blatt an sich und reichte Miss Callie ein anderes. »Können Sie das lesen?«

»Ja, das sind die zehn Verfassungszusätze«, sagte Callie.

»Was steht im achten Zusatzartikel?«

»Er verbietet überzogene Bußgelder und unangemessen harte Strafen«, erwiderte Callie, nachdem sie den Text gelesen hatte.

Ungefähr zu diesem Zeitpunkt – je nachdem, wessen Version man folgen wollte – beugte Esau sich zu der Sekretärin vor. »Wir sind Grundstückseigentümer«, sagte er, während er die Übertragungsurkunde auf den Schreibtisch legte. Die Sekretärin studierte sie eingehend. Grundstücksbesitz war keine Vorbedingung für das Wahlrecht, für Schwarze aber ein großer Pluspunkt.

Die Angestellte wusste nicht recht, was sie tun sollte, deshalb sagte sie nur: »In Ordnung. Die Wahlsteuer beträgt zwei Dollar für jeden.« Esau reichte ihr das Geld, und damit waren die Ruffins in das Wählerverzeichnis aufgenommen, das bislang einunddreißig Schwarze enthielt, darunter keine Frau.

Die Ruffins ließen keine Wahl aus. Miss Callie hatte sich immer gefragt, warum sich so wenige ihrer Freunde registrieren ließen und ihr Stimmrecht wahrnahmen, aber sie hatte zu viel mit ihren acht Kindern zu tun, um daran etwas ändern zu können. Da Ford County die Rassenunruhen erspart blieben, die den größten Teil von Mississippi erschütterten, gab es hier nie eine gut organisierte Kampagne, Schwarze zur Registrierung zu motivieren.

Zunächst war ich mir nicht sicher, ob Miss Callie besorgt oder begeistert war. Möglicherweise würde die erste schwarze Wählerin jetzt auch die erste schwarze Geschworene werden. Sie war noch nie vor einer Herausforderung zurückgewichen, hatte aber ernste moralische Bedenken, über einen anderen Menschen zu richten. »›Richtet nicht, damit ihr nicht gerichtet werdet‹«, zitierte sie Jesus mehr als nur einmal.

»Aber wenn sich jeder an diesen Bibelvers halten würde, wäre unser gesamtes Rechtssystem zum Scheitern verurteilt«, gab ich zu bedenken.

»Ich weiß nicht.« Miss Callie wandte den Blick ab. Noch nie hatte ich sie so nachdenklich erlebt.

Wir aßen gebratenes Hühnchen mit Kartoffelpüree und Sauce. Esau hatte es nicht geschafft, zum Mittagessen nach Hause zu kommen.

»Wie kann ich über einen Mann richten, von dem ich weiß, dass er schuldig ist?«, fragte sie.

»Hören Sie sich doch erst einmal an, wie die Beweislage aussieht«, antwortete ich. »Sie haben ein aufgeschlossenes Wesen. Es wird Ihnen nicht schwer fallen.«

»Sie wissen, dass er sie umgebracht hat. Selbst wenn Sie es nie direkt geschrieben haben, hat Ihre Zeitung keinerlei Zweifel daran gelassen.« Ihre brutale Aufrichtigkeit machte mir immer wieder zu schaffen.

»Wir haben nur die Tatsachen wiedergegeben, Miss Callie. Wenn er aufgrund dieser Tatsachen schuldig erscheint, dann können wir nichts dafür.«

An diesem Tag gab es viele und lange Gesprächspausen. Sie war tief in Gedanken versunken und aß nur wenig.

»Was ist mit der Todesstrafe?«, fragte sie. »Werden sie ihn in die Gaskammer stecken?«

»Ja. Es geht um vorsätzlichen Mord.«

»Wer entscheidet, ob die Todesstrafe verhängt wird?«

»Die Geschworenen.«

»O mein Gott.«

Danach konnte sie nichts mehr essen. Sie erzählte, ihr Blutdruck sei stark erhöht, seit sie die Vorladung in ihrem Briefkasten gefunden habe, und sie sei schon beim Arzt gewesen. Ich brachte sie zu dem Sofa im Wohnzimmer und holte ihr ein Glas Eiswasser. Sie bestand darauf, dass ich zu Ende aß, und ich war glücklich, das ungestört tun zu können. Später erholte sie sich wieder ein bisschen, und wir setzten uns in die Schaukelstühle auf der Veranda und sprachen über alles Mögliche, nur nicht über Danny Padgitt und das Verfahren.

Schließlich landete ich einen Volltreffer, als ich sie nach den italienischen Einflüssen in ihrem Leben fragte. Bei unserem ersten gemeinsamen Essen hatte sie erzählt, Englisch habe sie erst nach dem Italienischen gelernt. Sieben ihrer acht Kinder hatten italienische Vornamen.

Es wurde eine lange Geschichte, aber ich hatte ohnehin nichts Besonderes zu tun.

Im letzten Jahrzehnt des neunzehnten Jahrhunderts stieg die Nachfrage nach Baumwolle weltweit, und der Preis schoss sprunghaft in die Höhe. Die Besitzer der großen, fruchtbaren Plantagen im Mississippi-Delta standen unter dem Druck, die Produktion steigern zu müssen, doch es herrschte ein Mangel an Arbeitskräften. Viele Schwarze, die diese Arbeit körperlich hätten leisten können, hatten das Land verlassen, in dem ihre Vorfahren als Sklaven geschuftet hatten, und im Norden nach besseren Jobs und einem besseren Leben gesucht. Die Zurückgebliebenen waren verständlicherweise nicht begeistert von der Aussicht, für extrem niedrige Löhne auf den Baumwollfeldern zu arbeiten.

Die Landbesitzer verfielen auf die Idee, fleißige und ausdauernde Einwanderer aus Europa anzuwerben. Über Kontakte zu italienischen Arbeitsvermittlern aus New York und New Orleans wurden Versprechungen gemacht, Lügen verkauft und Verträge gefälscht, und im Jahr 1895 traf die erste Schiffsladung von Familien im Mississippi-Delta ein. Sie stammten aus der norditalienischen Region Emilia-Romagna, aus der Nähe von Verona. Die meisten hatten eine schlechte Schulbildung und beherrschten allenfalls ein paar Brocken Englisch, aber welche Sprache auch gesprochen wurde, sie begriffen schnell, dass sie die Leidtragenden eines riesigen Betrugs waren. Man gab ihnen miserable Unterkünfte in einer Gegend mit subtropischem Klima, und während sie mit Malaria, Stechmücken, Schlangen und gesundheitsgefährdendem Trinkwasser kämpften, mussten sie auf den Baumwollfeldern schuften – für Löhne, von denen niemand leben konnte. Man zwang sie, für Wucherzinsen von den Landeigentümern Geld zu leihen. Ihre Lebensmittel und die übrigen Artikel für den täglichen Bedarf stammten aus den Läden der Plantagenbesitzer, und die Preise waren hoch.

Die Italiener arbeiteten hart, und deshalb wollten die Landbesitzer Nachschub. Sie machten weiteren italienischen Arbeitsvermittlern falsche Versprechungen, und der Strom der Einwanderer riss nicht ab. Es gab ein raffiniert ausgetüfteltes System der Leibeigenschaft, und die Italiener wurden schlechter behandelt als die meisten schwarzen Landarbeiter.

Im Laufe der Zeit wurden immer wieder einmal Versuche unternommen, die Profite und das Land gerechter zu verteilen, doch das scheiterte an den zu stark schwankenden Baumwollmärkten. Nach zwanzig Jahren Ausbeutung zerstreuten sich die Italiener in alle Richtungen, und das Experiment wurde zu einer Episode in der Geschichte des Staates.

Wer im Mississippi-Delta blieb, wurde jahrzehntelang als Bürger zweiter Klasse behandelt. Der Zugang zu Schulen wurde den Italienern verwehrt, und als Katholiken waren sie in den Kirchen nicht willkommen. Die Türen der Country-Klubs blieben ihnen verschlossen. Man nannte sie »Spaghettifresser«, und sie standen auf der untersten Sprosse der sozialen Leiter. Doch da sie hart arbeiteten und sparsam waren, erwarben sie allmählich Landbesitz.

Im Jahr 1902 verschlug es die Familie Rossetti in die Umgebung von Leland in Mississippi. Die Rossettis stammten aus einem Ort in der Nähe von Bologna und hatten das Pech gehabt, dort an den falschen Arbeitsvermittler zu geraten. Mr und Mrs Rossetti kamen mit vier Töchtern, deren älteste, Nicola, damals zwölf war, nach Amerika. Obwohl sie während des ersten Jahres oft Hunger litten, schafften sie es irgendwie zu überleben. Sie waren ohne einen Penny angekommen und hatten nach drei Jahren Leibeigenschaft Schulden in Höhe von sechstausend Dollar angehäuft, ohne dass sie die Möglichkeit gehabt hätten, dem Plantagenbesitzer das Geld je zurückzuzahlen. Sie flohen mitten in der Nacht in einem Güterwagen nach Memphis, wo sie von einem entfernten Verwandten aufgenommen wurden.

Mit fünfzehn war Nicola ein betörend schönes Mädchen. Lange, dunkle Haare, braune Augen – die klassische italienische Schönheit. Da sie älter aussah, als sie war, gelang es ihr, einen Job in einem Bekleidungsgeschäft zu ergattern, dessen Eigentümer sie erzählt hatte, sie sei achtzehn. Nach drei Tagen machte ihr der Ladenbesitzer einen Heiratsantrag. Er war bereit, sich nach zwanzig Jahren Ehe von seiner Frau scheiden zu lassen und seine Kinder aufzugeben, wenn Nicola mit ihm gehen würde. Sie lehnte ab. Er bot Mr Rossetti fünftausend Dollar, doch auch der sagte Nein.

In jenen Tagen pflegten wohlhabende Farmerfamilien aus Nordmississippi in Memphis einzukaufen, wo sie auch am gesellschaftlichen Leben teilnahmen. In der Regel spielte sich das alles in der Nähe des Peabody-Hotels ab, und dort stolperte Mr Zachary DeJarnette aus Clanton eines Tages durch puren Zufall über Nicola Rossetti. Zwei Wochen später waren sie verheiratet.

Er war einunddreißig Jahre alt, kinderloser Witwer und auf der Suche nach einer neuen Frau. Außerdem hatte er den größten Landbesitz in Ford County, wo der Boden zwar nicht so fruchtbar war wie im Mississippi-Delta, aber immer noch genügend Profit abwarf, wenn man nur genug davon sein Eigen nannte. Mr DeJarnette hatte von seiner Familie mehr als viertausend Morgen geerbt. Sein Großvater war einst der Besitzer von Calia Harris Ruffins Großvater gewesen.

Von der Heirat profitierte auch die Familie Rossetti. Nicola war für ihr Alter außergewöhnlich intelligent und wollte unbedingt ihre Familie beschützen, die so gelitten hatte. Jetzt witterte sie ihre Chance und nutzte sie. Bevor sie ihr Jawort gab, musste Mr DeJarnette ihr versprechen, ihren Vater als Farmaufseher einzustellen und der Familie eine komfortable Unterkunft zur Verfügung zu stellen. Er stimmte zu, ihre drei jüngeren Schwestern auf die Schule zu schicken und die Schulden, die die Familie im Mississippi-Delta hatte, zu begleichen. Mr DeJarnette war so vernarrt in Nicola, dass er schlechthin alles zugesagt hätte.

So kam es, dass die ersten Italiener in Ford County nicht in einem lädierten Ochsenkarren eintrafen, sondern in einem Erste-Klasse-Abteil eines Zuges der Illinois Central Rail Line. Ein Empfangskomitee trug die brandneuen Koffer und half ihnen beim Einsteigen in zwei bereitstehende Ford-T-Modelle Baujahr 1904. Während sie mit Mr DeJarnette an den Häusern Clantons vorbeifuhren, wurden die Rossettis wie königliche Hoheiten behandelt. Rasch war in der Stadt die Schönheit der Braut Thema Nummer eins. Man sprach von einer offiziellen Hochzeitszeremonie, um der überstürzten Heirat in Memphis ein religiöses Fundament zu geben, doch da es in Clanton keine katholische Kirche gab, wurde die Idee auch gleich wieder verworfen. Braut und Bräutigam hatten das heikle Thema der religiösen Zugehörigkeit noch nicht erörtert. Wenn Nicola Mr DeJarnette zu dieser Zeit gebeten hätte, zum Hinduismus zu konvertieren, hätte er es umgehend getan.

Schließlich erreichten sie das Anwesen am Rande der Stadt. Als die Autos auf die lange Auffahrt einbogen und die Rossettis das stattliche, aus der Zeit vor dem Bürgerkrieg stammende Herrenhaus sahen, das der erste Mr DeJarnette erbaut hatte, brachen sie in Tränen aus.

Es wurde beschlossen, dass die Familie so lange dort wohnen sollte, bis das Haus eines Aufseher renoviert und passend hergerichtet worden war. Nicola übernahm die Pflichten der Dame des Hauses und setzte alles daran, schwanger zu werden. Ihre jüngeren Schwestern wurden von Privatlehrern unterrichtet und sprachen innerhalb weniger Wochen passabel Englisch. Mr Rossetti verbrachte jeden Tag mit seinem Schwiegersohn, der nur drei Jahre jünger war als er, und lernte, wie man eine Plantage führte.

Und Mrs Rossetti lernte in der Küche Callies Mutter India kennen.

»Meine Großmutter war Köchin bei den DeJarnettes, genau wie meine Mutter«, erklärte Miss Callie. »Ich glaubte, ich würde ihren Job übernehmen, doch dann kam alles anders.«

»Hatten Zack und Nicola Kinder?«, fragte ich. Ich trank gerade mein drittes oder viertes Glas Tee. Es war warm, das Eis bereits geschmolzen. Miss Callies Erzählung hatte zwei Stunden gedauert, und sie hatte die Vorladung für die Geschworenenauswahl und den Mordprozess völlig vergessen.

»Nein. Es war bitter, weil sie so gern Kinder gehabt hätten. Als ich 1912 geboren wurde, hat Nicola mich praktisch meiner Mutter weggenommen. Sie hat darauf bestanden, dass ich einen italienischen Vornamen bekam, und behielt mich in dem großen Haus bei sich. Meiner Mutter war es egal – sie hatte genug andere Kinder und war sowieso den ganzen Tag im Herrenhaus.«

»Was hat Ihr Vater getan?«

»Auf der Farm gearbeitet. Das war ein guter Platz zum Arbeiten und zum Leben. Wir hatten großes Glück, dass die DeJarnettes sich um uns gekümmert haben. Sie waren nett und anständig. Die meisten Schwarzen waren nicht so gut dran. Damals wurde ihr Leben durch den weißen Besitzer ihres Hauses bestimmt. War er gemein und ausbeuterisch, führten sie ein bedauernswertes Leben. Die DeJarnettes waren wundervolle Menschen. Mein Vater, mein Großvater und mein Urgroßvater haben auf ihrem Land gearbeitet und wurden nie schlecht behandelt.«

»Und Nicola?«

Zum ersten Mal seit einer Stunde lächelte sie. »Gott hat es gut mit mir gemeint. Ich hatte zwei Mütter. Nicola hat in Memphis Kleidung für mich gekauft. Schon früh hat sie mir Italienisch beigebracht, noch vor dem Englischen. Mit drei Jahren konnte ich bereits lesen.«

»Sprechen Sie immer noch Italienisch?«

»Nein, das liegt zu lange zurück. Nicola erzählte mir gern Geschichten, in denen ich als kleines italienisches Mädchen auftrat, und sie versprach, mich eines Tages nach Italien zu bringen, damit ich die Kanäle von Venedig, den Vatikan und den schiefen Turm von Pisa sehen könne. Sie sang gern und erzählte mir viel über die Oper.«

»Hatte sie eine Schule besucht?«

»Ihre Mutter besaß eine gewisse Bildung, Mr Rossetti hingegen nicht. Sie hat dafür gesorgt, dass Nicola und ihre Schwestern lesen und schreiben lernten. Nicola sagte, ich würde eines Tages ein College irgendwo im Norden besuchen, vielleicht sogar eine Universität in Europa, wenn die Menschen toleranter geworden seien. In den Zwanzigerjahren war die bloße Vorstellung, eine schwarze Frau könnte ein College besuchen, absolut närrisch.«

Ihre Geschichte verzweigte sich in mehrere Richtungen. Ich wollte einiges aufschreiben, hatte aber meinen Notizblock nicht dabei. Die Geschichte eines jungen schwarzen Mädchens, das vor fünfzig Jahren in Mississippi in einem Herrenhaus aus der Zeit vor dem Bürgerkrieg gewohnt, Italienisch gesprochen und Opern gehört hatte, war einzigartig.

»Haben Sie in dem Haus gearbeitet?«

»Ja, ab einem gewissen Alter war ich Haushälterin, aber ich musste nie so hart arbeiten wie die anderen. Nicola wollte mich in ihrer Nähe haben. Mindestens eine Stunde am Tag saßen wir in ihrem Salon und machten Sprechübungen. Sie wollte unbedingt ihren italienischen Akzent loswerden und war genauso daran interessiert, dass ich eine makellose Aussprache lernte. In der Stadt lebte eine pensionierte Lehrerin, Miss Tucker, eine alte Jungfer. Ich werde sie nie vergessen ... Jeden Morgen ließ Nicola sie mit dem Wagen holen. Wir tranken Tee, lasen laut Texte, und Miss Tucker korrigierte selbst den kleinsten Aussprachefehler. Wir studierten die Grammatik und lernten Vokabeln. Nicola paukte so lange, bis sie perfekt Englisch sprach.«

»Warum ist aus der Idee mit dem College nichts geworden?«

Mit einem Mal wirkte Miss Callie erschöpft. Die Zeit des Geschichtenerzählens neigte sich dem Ende zu. »Ach, Mr Traynor, dann brach eine schlimme Zeit an. In den Zwanzigerjahren verlor Mr DeJarnette alles. Er hatte massiv in Eisenbahnen, Schiffe, Aktien und anderes investiert und wurde über Nacht mittellos. Er hat sich erschossen – doch das ist eine andere Geschichte.«

»Was ist aus Nicola geworden?«

»Bis zum Zweiten Weltkrieg hat sie es geschafft, das Herrenhaus zu halten, dann zog sie mit ihrer Mutter und ihrem Vater nach Memphis. Jahrelang haben wir uns jede Woche geschrieben, ich habe ihre Briefe immer noch. Vor drei Jahren ist sie mit sechsundsiebzig gestorben. Ich habe einen ganzen Monat lang geweint. Noch heute steigen mir die Tränen in die Augen, wenn ich an sie denke. Oh, wie ich diese Frau geliebt habe.« Sie sprach nicht weiter, und ich wusste aus Erfahrung, dass sie etwas Schlaf brauchte.

Später an diesem Abend vergrub ich mich im Archiv der *Times*. Am 12. September 1930 war eine Titelgeschichte über den Selbstmord von Zachary DeJarnette erschienen. Aus Verzweiflung über das Scheitern seiner geschäftlichen Unternehmungen hatte er ein neues Testament aufgesetzt und einen Abschiedsbrief an seine Frau geschrieben. Dann war er, um es allen einfacher zu machen, zu einem Bestattungsinstitut in Clanton gefahren und hatte es mit einer doppelläufigen Schrotflinte durch die Hintertür betreten. Nachdem er den Einbalsamierungsraum gefunden hatte, setzte er sich dort auf einen Stuhl, zog einen Schuh aus und betätigte den Abzug mit dem großen Zeh.

14

Am Montag, dem 22. Juni, waren bis auf acht alle hundert Geschworenen erschienen. Sehr schnell stellte sich heraus, dass vier verstorben und vier verschwunden waren. Von den übrigen blickten die meisten verängstigt drein. Baggy sagte, normalerweise hätten die Geschworenen keine Ahnung, über was für einen Fall sie entscheiden sollten, wenn sie zur Verhandlung kamen. Beim Padgitt-Prozess war das anders. Jede lebende Seele in Ford County wusste, dass der große Tag endlich gekommen war.

In einer Kleinstadt zieht kaum etwas die Menschen so an wie ein Mordprozess, und der Sitzungssaal hatte sich schon lange vor neun Uhr gefüllt. Auf der einen Seite hatten die potenziellen Geschworenen Platz genommen, auf der anderen saßen die Zuschauer. Die alte Galerie über uns bog sich unter dem Gewicht geradezu durch. Überall an den Wänden standen Zuschauer. Um Präsenz zu zeigen, ließ Sheriff Coley jeden verfügbaren Beamten in Uniform mit wichtiger Miene herumstolzieren, allerdings ohne erkennbare Resultate. Der ideale Zeitpunkt für einen Bankraub, dachte ich.

Baggy und ich saßen in der ersten Reihe. Er hatte den Geschäftsleiter des Gerichts davon überzeugt, dass wir als Vertreter der Presse Anspruch auf besonders gute Plätze hätten. Neben mir saß ein Reporter von einer Zeitung in Tupelo, ein netter Gentleman, der nach billigem Pfeifentabak roch. Ich informierte ihn inoffiziell über die Einzelheiten des Mordes, und mein Wissen schien ihn zu beeindrucken.

Die Padgitts, die in voller Stärke erschienen waren, hatten ihre Stühle dicht an den Tisch der Verteidigung gezogen. So, wie sie sich um Danny und Lucien Wilbanks drängten, sahen sie wirklich aus wie eine Bande von Verbrechern. Auf mich wirkten sie arrogant und unheimlich, und ich fand jeden Einzelnen von ihnen widerwärtig. Wie die meisten Leute kannte auch ich ihre Vornamen nicht, aber bei ihrem Anblick fragte ich mich, wer der dilettantische Brandstifter gewesen sein mochte, der das Benzin in unsere Druckerei gebracht hatte. Meinen Revolver hatte ich in meiner Aktentasche, und ihre Waffen waren mit Sicherheit ebenfalls griffbereit. Eine falsche Bewegung, und es würde zu einer richtig schönen Schießerei kommen. Wenn sich dann noch Sheriff Coley und seine Männer einmischten, die zwar schlecht ausgebildet waren, aber sicher gern herumknallten, würde die Bevölkerung der Stadt drastisch reduziert werden.

Die Padgitts warfen mir ein paar Blicke zu, waren aber deutlich mehr an den Geschworenen interessiert als an mir. Sie verfolgten genau, wie diese nacheinander den Sitzungssaal betraten und vom Geschäftsleiter des Gerichts Anweisungen erhielten. Dabei studierten sie gemeinsam mit ihren Anwälten Listen, die sie irgendwo aufgetrieben hatten, und verglichen ihre Aufzeichnungen.

Danny war ordentlich, aber lässig gekleidet: Er trug ein langärmeliges weißes Hemd und eine gestärkte Khakihose. Auf Anweisung von Wilbanks lächelte er viel, als wäre er ein richtig netter Junge, dessen Unschuld sich jeden Augenblick erweisen würde.

Auf der anderen Seite des Ganges ließen Ernie Gaddis und sein kleines Team die Geschworenen ebenfalls nicht aus den Augen. Gaddis hatte zwei Assistenten, eine juristische Hilfskraft und einen nebenberuflichen Staatsanwalt namens Hank Hooten. Die Hilfskraft trug Akten und Taschen, während Hooten hauptsächlich da zu sein schien, damit Gaddis sich mit jemandem beraten konnte.

Baggy beugte sich vor, um mir etwas zuzuflüstern. »Der Typ da drüben in dem braunen Anzug«, sagte er, wobei er mit dem Kopf auf Hooten deutete, »der hatte was mit Rhoda Kassellaw.«

Ich war schockiert, und das sah man mir an. Langsam drehte ich mich nach rechts zu Baggy, der selbstzufrieden nickte und von sich gab, was er immer von sich gab, wenn er einen richtig fetten Skandal auftischte: »Wenn ich's Ihnen sage.« Das bedeutete, dass er nicht den geringsten Zweifel hegte. Baggy täuschte sich oft, aber er zweifelte nie.

Hooten schien um die vierzig zu sein. Sein Haar war vorzeitig ergraut, er war gut gekleidet, nicht unattraktiv. »Wo kommt er her?«, flüsterte ich. Im Sitzungssaal war es laut geworden, während alles auf Richter Loopus wartete.

»Er ist von hier. Beschäftigt sich ein bisschen mit Immobilienrecht, macht sich aber keinen großen Stress. Ein richtiger Widerling. Ein paarmal geschieden und immer auf der Suche.«

»Weiß Gaddis, dass sein Assistent was mit dem Opfer hatte?«

»Natürlich nicht. Sonst hätte er ihn längst von dem Fall abgezogen.«

»Glauben Sie, Wilbanks weiß es?«

»Niemand weiß es.« Baggy klang noch selbstzufriedener, als hätte er die beiden persönlich im Bett erwischt, das aber bis zu diesem Augenblick für sich behalten.

Kurz vor neun traf Miss Callie ein. Esau begleitete sie in den Saal, musste aber wieder gehen, weil er keinen Platz fand. Sie meldete sich beim Geschäftsleiter des Gerichts, der ihr einen Stuhl in der dritten Reihe zuwies und ihr ein Formular zum Ausfüllen gab. Sie sah sich nach mir um, aber es waren zu viele Leute zwischen uns. Unter den Jurykandidaten zählte ich vier weitere Schwarze.

Ein Gerichtsdiener brüllte, wir sollten uns erheben. Wir gehorchten, und es klang wie eine Stampede. Als Richter Loopus uns aufforderte, uns zu setzen, bebte der Boden. Der Richter ging sofort an die Arbeit. Er schien guter Dinge, schließlich hatte er einen Sitzungssaal voller Wähler vor sich, und in zwei Jahren musste er sich zur Wahl stellen – auch wenn es bis jetzt nie einen Gegenkandidaten gegeben hatte. Sechs Geschworene wurden von ihrer Pflicht entbunden, weil sie über fünfundsechzig waren, fünf aus medizinischen Gründen. Der Vormittag fing an, sich in die Länge zu ziehen. Ich konnte den Blick nicht von Hank Hooten wenden, der tatsächlich wie ein Frauenheld wirkte.

Am Ende der Vorbefragung hatte sich das Feld der geeigneten Geschworenen auf neunundsiebzig reduziert. Miss Callie saß jetzt in der zweiten Reihe, kein guter Platz, wenn sie nicht ausgewählt werden wollte. Richter Loopus übergab Ernie Gaddis das Wort, der sich den potenziellen Geschworenen erneut vorstellte und ausführlich erklärte, dass er den Staat Mississippi, die Steuerzahler und die Bürger vertrete. Diese hätten ihn gewählt, um diejenigen zu verfolgen, die Verbrechen begingen. Er sei der Anwalt des Volkes.

Seine Aufgabe sei die strafrechtliche Verfolgung von Mr Danny Padgitt, der von einer Anklagejury, die aus Mitbürgern bestanden habe, der Vergewaltigung und des Mordes an Rhoda Kassellaw angeklagt worden sei. Er wollte wissen, ob jemand möglicherweise nicht von dem Mord gehört hatte. Nicht eine einzige Hand hob sich.

Ernie Gaddis führte seit dreißig Jahren Geschworene in ihr Amt ein. Er gab sich freundlich und sanft. Man hatte das Gefühl, dass man ihm selbst in einer öffentlichen Verhandlung so gut wie alles anvertrauen konnte. Dann sprach er das Thema Einschüchterung an. Hat jemand, der nicht zu Ihrer Familie gehört, wegen dieses Falles Kontakt zu Ihnen aufgenommen? Ein Fremder? Hat ein Freund versucht, Ihre Meinungsbildung zu beeinflussen? Sie haben Ihre Vorladung per Post erhalten; die Geschworenenliste ist versiegelt. Eigentlich kann niemand wissen, dass Sie zu den potenziellen Geschworenen gehören. Hat jemand Ihnen gegenüber davon gesprochen? Hat jemand Sie bedroht? Ihnen etwas angeboten? Im Sitzungssaal war es sehr still, als Gaddis diese Fragen stellte.

Keiner hob die Hand, was auch niemand erwartet hatte. Aber Gaddis war es gelungen, deutlich zu machen, dass sich die Padgitts in den dunklen Gefilden von Ford County bewegten. Er ließ sie noch düsterer wirken und vermittelte den Eindruck, dass er als Bezirksstaatsanwalt und Anwalt des Volkes die Wahrheit kannte.

Sein Finale leitete er mit einer Frage ein, die durch die Luft schnitt wie ein Peitschenknall. »Ist Ihnen allen klar, dass die Beeinflussung von Geschworenen ein Verbrechen ist?«

Alle schienen das zu wissen.

»Und dass ich als Vertreter der Anklage jeden, der versucht, die Geschworenen zu beeinflussen, verfolgen und vor Gericht bringen werde? Dass ich alles tun werde, damit eine solche Person verurteilt wird? Ist Ihnen das klar?«

Als Gaddis fertig war, hatten wir alle das Gefühl, wir hätten uns beeinflussen lassen. Jeder, der über den Fall gesprochen hatte – und das war natürlich jeder im County –, fürchtete, er könnte selbst jederzeit von Gaddis angeklagt und ins Grab gebracht werden.

»Der versteht sein Handwerk«, flüsterte der Reporter aus Tupelo.

Lucien Wilbanks begann mit einer langatmigen und ziemlich langweiligen Belehrung über die Unschuldsvermutung als Grundlage der amerikanischen Rechtsprechung. Was auch immer die Geschworenen in der Lokalzeitung gelesen haben mochten – dabei warf er einen verächtlichen Blick in meine Richtung –, sein Mandant, der hier im Saal sitze, sei ein unschuldiger Mann. Und wenn irgendjemand anders darüber denke, sei diese Person verpflichtet, die Hand zu heben und das zu sagen.

Keine Hand zu sehen. »Gut. Durch Ihr Schweigen erklären Sie gegenüber dem Gericht, dass Sie, Sie alle, in diesem Augenblick Danny Padgitt ansehen und sagen können, dass er unschuldig ist. Können Sie das?« Er ritt viel zu lange darauf herum und wechselte dann zur Beweislast, wobei er sich darüber erging, dass der Staat vor der gewaltigen Herausforderung stehe zu beweisen, dass es keinen berechtigten Zweifel an der Schuld seines Mandanten gebe.

Diese beiden geheiligten Rechte zum Schutz des Angeklagten – die Unschuldsvermutung und der über jeden Zweifel erhabene Beweis – verdankten wir alle, einschließlich der Geschworenen, den weisen Vätern unserer Verfassung und der ersten zehn Verfassungszusätze.

Es war bald Mittag, und jeder sehnte sich nach einer Pause. Wilbanks, dem das offenbar entgangen war, redete immer weiter. Als er sich schließlich um Viertel nach zwölf setzte, erklärte Richter Loopus, er sei am Verhungern, und unterbrach die Verhandlung bis vierzehn Uhr.

Baggy und ich aßen oben im Trinkzimmer ein Sandwich mit ein paar Freunden von ihm, drei ausgebrannten, alternden Anwälten, die seit Jahren keinen Prozess verpasst hatten. Eigentlich wollte Baggy ein Glas Whiskey, litt aber aus unerfindlichen Gründen unter einem Anfall von Pflichtbewusstsein. Seine Kumpels wurden nicht von solchen Skrupeln geplagt. Der Geschäftsleiter des Gerichts hatte uns eine Liste mit der aktuellen Sitzordnung der Geschworenen gegeben. Miss Callie war Nummer zweiundzwanzig, die erste Schwarze und die dritte Frau.

Man war allgemein der Ansicht, dass die Verteidigung sie akzeptieren würde, weil sie schwarz war und Schwarze, so die vorherrschende Meinung, grundsätzlich mit dem Angeklagten sympathisierten. Mir war nicht klar, wieso ein Schwarzer Sympathien für einen weißen Schläger wie Danny Padgitt hegen sollte, aber die Anwälte waren fest davon überzeugt, dass Lucien Wilbanks sie mit Handkuss nehmen würde.

Aus demselben Grund würde die Anklage ihr nicht anfechtbares Recht auf die unbegründete Ablehnung von Geschworenen in Anspruch nehmen und sie von der Liste streichen lassen. Das wiederum hielt Chick Elliot, der Älteste und Betrunkenste der Gruppe, für unwahrscheinlich. »Wenn ich der Staatsanwalt wäre, würde ich sie nehmen«, verkündete er und goss sich einen kräftigen Schluck Whiskey hinter die Binde.

»Warum?«, wollte Baggy wissen.

»Weil wir alle sie dank der *Times* so gut kennen. Den Artikeln zufolge ist sie eine gottesfürchtige, bibelfeste Patriotin mit gesundem Menschenverstand, die ihre Kinder mit strenger Hand und einem kräftigen Tritt in den Hintern erzogen und auf dem Pfad der Tugend geleitet hat.«

»Er hat Recht«, sagte Tackett, der jüngste der drei. Allerdings neigte Tackett dazu, sich grundsätzlich der vorherrschenden Meinung anzuschließen. »Sie wäre die ideale Geschworene für die Anklage. Außerdem ist sie eine Frau, und es geht um Vergewaltigung. Ich würde alle Frauen nehmen, die ich kriegen kann.«

Sie diskutierten eine Stunde lang herum. Es war meine erste Zusammenkunft mit ihnen, und plötzlich wurde mir klar, wieso Baggy so viele unterschiedliche Meinungen zu den verschiedensten Themen kannte. Obwohl ich versuchte, es nicht zu zeigen, befürchtete ich, dass meine ausführliche, wohlwollende Reportage über Miss Callie ihr irgendwie zum Verderben werden könnte.

Nach der Mittagspause begann die ernsteste Phase der Befragung – es ging um die Todesstrafe. Richter Loopus erklärte, was ein Kapitalverbrechen war und welche Verfahrensschritte zu befolgen waren. Dann erteilte er erneut Ernie Gaddis das Wort.

Geschworener Nummer elf war Mitglied einer obskuren Kirche und stellte klar, dass er niemals einen Menschen in die Gaskammer schicken würde. Geschworener Nummer vierunddreißig war ein Veteran zweier Kriege und fest davon überzeugt, dass die Todesstrafe nicht oft genug angewandt wurde. Das gefiel Gaddis, der sich einzelne Geschworene herauspickte und sie höflich dazu befragte, was sie davon hielten, über andere zu urteilen und die Todesstrafe zu verhängen. Schließlich hatte er sich bis zu Miss Callie vorgearbeitet. »Mrs Ruffin, ich habe von Ihnen gelesen. Sie scheinen ein sehr religiöser Mensch zu sein. Ist das richtig?«

»Ja, ich glaube an den Herrn, Sir«, antwortete sie so klar wie immer.

»Würden Sie zögern, über einen anderen Menschen zu urteilen?«

»Ja, Sir.«

»Möchten Sie von Ihrer Pflicht entbunden werden?«

»Nein, Sir. Es ist meine Bürgerpflicht, hier zu sein, genau wie bei den anderen.«

»Und wenn Sie Geschworene wären und die Geschworenen Mr Padgitt der Verbrechen für schuldig befinden würden, könnten Sie ihn dann zum Tode verurteilen?«

»Ich würde es mir bestimmt nicht wünschen.«

»Ich habe Sie gefragt, ob Sie es könnten.«

»Ich kann mich an das Gesetz halten, genau wie die anderen hier. Wenn das Gesetz sagt, wir sollen erwägen, die Todesstrafe zu verhängen, dann kann ich mich an das Gesetz halten.«

Vier Stunden später wurde Calia H. Ruffin als letzte Geschworene ausgewählt – die erste schwarze Geschworene in einem Prozess in Ford County. Die Säufer von oben hatten Recht gehabt. Die Verteidigung wollte sie, weil sie schwarz war, die Staatsanwaltschaft, weil man so viel über sie wusste. Außerdem hatte Ernie Gaddis sich sein Ablehnungsrecht für weniger sympathische Persönlichkeiten aufheben müssen.

Als ich spät an jenem Abend allein in meinem Büro saß und an einem Bericht über den ersten Verhandlungstag und die Auswahl der Geschworenen schrieb, hörte ich unten ein vertrautes Geräusch. Wenn Harry Rex die Vordertür aufstieß und über den Holzboden trampelte, wusste jeder bei der *Times*, wer da kam, ganz egal, wie viel Uhr es war.

»Willie, Junge!«, brüllte er von unten.

»Hier oben«, brüllte ich zurück.

Er polterte die Treppe herauf und ließ sich auf seinen Lieblingsstuhl fallen. »Was halten Sie von den Geschworenen?«, fragte er. Er wirkte vollkommen nüchtern.

»Ich kenne nur eine von ihnen«, sagte ich. »Wie viele kennen Sie?«

»Sieben.«

»Glauben Sie, die haben Miss Callie wegen meiner Reportage ausgewählt?«

»Klar«, sagte er mit seiner üblichen unverblümten Ehrlichkeit. »Die Frau war Stadtgespräch. Beide Seiten denken, sie kennen sie. Wir schreiben das Jahr 1970, und hier hat es noch nie einen schwarzen Geschworenen gegeben. Da ist sie so gut wie jeder andere. Macht Ihnen das Sorgen?«

»Irgendwie schon.«

»Wieso? Geschworene zu sein ist nichts Schlechtes. Wird Zeit, dass Schwarze solche Ämter auch übernehmen. Sie und ihr Mann haben doch immer gegen Rassenschranken gekämpft. Ist ja auch nicht gefährlich. Na ja, normalerweise ist es nicht gefährlich.«

Ich hatte nicht mit Miss Callie gesprochen und würde dazu auch erst nach dem Prozess Gelegenheit haben. Auf Anordnung von Richter Loopus mussten sich die Geschworenen während der gesamten Woche isoliert in einem Motel in einer anderen Stadt aufhalten.

»Sind irgendwelche verdächtigen Gestalten unter den Geschworenen?«, fragte ich.

»Vielleicht. Der verkrüppelte Junge aus der Gegend von Dumas könnte zum Problem werden. Hat sich in einer Sägemühle, die seinem Onkel gehört, den Rücken verletzt. Der Onkel hat vor vielen Jahren Holz an die Padgitts verkauft. Der Junge ist ein bisschen schwierig. Gaddis wollte ihn rauswerfen, aber er hatte schon zu viele Kandidaten abgelehnt.«

Der »verkrüppelte Junge« ging am Stock und war mindestens fünfundzwanzig. Für Harry Rex war jeder, der jünger war als er selbst, ein »Junge«. Das galt besonders für mich.

»Aber bei den Padgitts weiß man nie«, fuhr er fort. »Vielleicht haben sie inzwischen schon die Hälfte der Geschworenen gekauft.«

»Das glauben Sie doch nicht wirklich, oder?«

»Nein, aber ich könnte mir durchaus vorstellen, dass die Geschworenen zu keiner Entscheidung kommen. Möglicherweise braucht Gaddis zwei bis drei Anläufe, bis er den Jungen kriegt.«

»Aber er kommt doch ins Gefängnis, oder?« Ich fand den Gedanken beängstigend, dass Danny Padgitt straffrei ausgehen könnte. Schließlich hatte ich in Clanton investiert, und falls die Justiz hier derart korrupt war, wollte ich nicht bleiben.

»Dem geht es an den Kragen.«

»Gut. Die Todesstrafe?«

»Darauf würde ich wetten, auch wenn es vielleicht dauert. Wir sind hier mitten im frommen Süden, Willie. Auge um Auge und so. Loopus wird tun, was er kann, damit Gaddis sein Todesurteil bekommt.«

Dann beging ich den Fehler, Harry Rex zu fragen, warum er so spät noch arbeite. Ein Scheidungsmandant war heimlich von einer Geschäftsreise zurückgekehrt, um seine Frau mit ihrem Liebhaber zu überraschen. Gemeinsam mit seinem Mandanten hatte Harry Rex die letzten beiden Stunden in einem geliehenen Pick-up hinter einem Stundenmotel nördlich der Stadt verbracht. Wie sich herausstellte, hatte die Ehefrau zwei Liebhaber. Es dauerte eine halbe Stunde, bis die Geschichte erzählt war.

15

Am Dienstag gingen zwei Stunden dadurch verloren, dass sich die Anwälte im Amtszimmer des Richters um zwei heftig umstrittene Anträge zankten. »Wahrscheinlich geht es um die Fotos«, wiederholte Baggy ständig. »Wegen der Fotos gibt es immer Ärger.« Da wir an diesem Privatkrieg nicht beteiligt waren, warteten wir ungeduldig im Sitzungssaal, um unsere Plätze nicht zu verlieren. Ich verfasste seitenlang nutzlose Notizen in einer Krakelschrift, die jedem altgedienten Reporter Ehre gemacht hätte. Das Kritzeln lenkte mich ab und verhinderte, dass ich den allgegenwärtigen Blicken der Padgitts begegnete. Da die Geschworenen nicht im Saal waren, richtete sich ihre Aufmerksamkeit auf die Zuschauer und besonders auf mich.

Die Geschworenen waren im Beratungszimmer eingeschlossen, dessen Türen von Deputys bewacht wurden, als könnte sich jemand durch einen Angriff auf sie einen Vorteil verschaffen. Das Zimmer lag im ersten Stock und hatte große Fenster, die auf die östliche Seite der Rasenfläche vor dem Gerichtsgebäude hinausgingen. Unter einem der Fenster war eine lärmende Klimaanlage montiert, die überall auf dem Clanton Square zu hören war, wenn sie auf vollen Touren lief. Ich dachte an Miss Callie und ihren

Blutdruck. Sie las bestimmt gerade in der Bibel, vielleicht beruhigte sie das. Früh am Morgen hatte ich Esau angerufen, der sehr verstört darüber war, dass man sie isoliert und weggebracht hatte.

Er saß in der hinteren Reihe und wartete wie wir alle.

Als Richter Loopus und die Anwälte schließlich erschienen, sahen sie aus, als wären sie mit den Fäusten aufeinander losgegangen. Der Richter nickte dem Gerichtsdiener zu, und die Geschworenen wurden hereingeführt. Er begrüßte sie, dankte ihnen, erkundigte sich nach ihrer Unterbringung, entschuldigte sich für die Unannehmlichkeiten und für die Verspätung und versprach dann, dass nun Bewegung in die Sache kommen werde.

Ernie Gaddis baute sich hinter dem Podium auf und begann mit der einleitenden Erklärung für die Geschworenen. Er hatte einen gelben Notizblock, warf aber keinen Blick darauf. Mit größter Effizienz ratterte er herunter, welche notwendigen Beweise der Staat gegen Danny Padgitt erbringen würde. Wenn nach Vorlage sämtlicher Beweismittel und Anhörung aller Zeugen Anwälte und Richter schweigen würden, wäre es an den Geschworenen, dem Recht zu dienen. Er hege nicht den geringsten Zweifel daran, dass sie Danny Padgitt der Vergewaltigung und des Mordes für schuldig befinden würden. Gaddis ging sparsam mit seinen Worten um, aber jedes einzelne davon traf ins Schwarze. Er fasste sich erfreulicherweise kurz. Sein selbstbewusster Ton und seine knappen Erläuterungen vermittelten die klare Botschaft, dass die Tatsachen für ihn sprachen und dass er das Urteil bekommen würde, das er sich wünschte. Er brauchte keine langen, emotionsgeladenen Ausführungen, um die Geschworenen zu überzeugen.

Wie Baggy gern sagte: »Ein Anwalt, dessen Argumente auf schwachen Füßen stehen, redet umso mehr.«

Merkwürdigerweise verschob Lucien Wilbanks seine einleitende Erklärung, eine Möglichkeit, die selten genutzt wurde. »Der hat was vor«, murmelte Baggy, als wäre er in Luciens Pläne eingeweiht. »Überrascht mich nicht.«

Der erste Zeuge der Anklage war Sheriff Coley. Es gehörte zu seinem Beruf, in Strafprozessen auszusagen, aber wahrscheinlich hätte er sich nie träumen lassen, dass er jemals gegen einen Padgitt würde auftreten müssen. In wenigen Monaten stand seine Wiederwahl an, da war es wichtig, dass er bei den Wählern einen guten Eindruck machte.

Unter der sorgfältigen Anleitung von Gaddis gingen sie die Einzelheiten des Verbrechens durch. Große Zeichnungen wurden vorgelegt – von Rhoda Kassellaws Haus, vom Haus des Ehepaars Deece, von den Straßen um Beech Hill, von der genauen Stelle, an der Danny Padgitt verhaftet worden war. Dann folgten Aufnahmen der Umgebung und schließlich Fotos von Rhodas Leiche, eine Serie im Format zwanzig mal fünfundzwanzig, die den Geschworenen übergeben und weitergereicht wurde. Die Reaktionen waren sehenswert. Nicht einer, der nicht schockiert dreinblickte. Manche zuckten zusammen oder rissen den Mund auf. Miss Callie schloss die Augen und schien zu beten. Eine andere Geschworene, Mrs Barbara Baldwin, rang nach Luft und wandte sich ab. Dann sah sie Danny Padgitt an, als hätte sie ihn am liebsten aus nächster Nähe erschossen. »Um Himmels willen«, murmelte einer der Männer. Ein anderer hielt sich die Hand vor den Mund, als hätte er sich beinahe übergeben.

Die Geschworenen saßen auf gepolsterten Drehstühlen, die leicht zu bewegen waren. Während die grausigen Fotos durchgegeben wurden, blieb nicht ein einziger Stuhl ruhig. So nachteilig sich die emotionsgeladenen Fotos für den Angeklagten auch auswirken mochten, zulässig waren sie. Als ich den Aufruhr sah, den sie auf der Geschworenenbank auslösten, dachte ich, Danny Padgitt wäre so gut wie tot. Richter Loopus ließ sechs der Fotos als Beweismittel zu. Eines hätte gereicht.

Es war kurz nach dreizehn Uhr, und jeder brauchte eine Pause. Ich glaubte nicht, dass die Geschworenen großen Appetit hatten.

Die zweite Zeugin der Anklage war eine von Rhodas Schwestern aus Mississippi. Sie hieß Ginger McClure, und ich hatte nach dem Mord einige Male mit ihr gesprochen. Als sie erfahren hatte, dass ich in Syracuse zur Schule gegangen war und nicht aus Ford County stammte, war sie ein wenig aufgetaut. Widerstrebend hatte sie mir ein Foto für den Nachruf gesandt. Später hatte sie mich angerufen und gefragt, ob ich ihr die Ausgaben der *Times* schicken könne, in denen Rhodas Fall erwähnt werde, weil ihr die Bezirksstaatsanwaltschaft keine Einzelheiten mitteilen wolle.

Ginger war schlank, rothaarig, sehr attraktiv und gut gekleidet. Als sie auf der Zeugenbank Platz nahm, richtete sich die gesamte Aufmerksamkeit auf sie.

Baggy behauptete, es werde immer jemand aus der Familie des Opfers als Zeuge aufgerufen. Der Tod werde real, wenn ein Angehöriger in den Zeugenstand trete und den Geschworenen ins Gesicht blicke.

Gaddis wollte, dass die Geschworenen Ginger McClure sahen, um Sympathien zu wecken. Außerdem wollte er sie daran erinnern, dass zwei kleine Kinder durch vorsätzlichen Mord ihre Mutter verloren hatten. Gingers Aussage war kurz. Lucien Wilbanks verzichtete klugerweise auf ein Kreuzverhör. Nachdem sie entlassen worden war, ging sie zu einem für sie reservierten Stuhl hinter der Schranke in der Nähe von Ernie Gaddis, wo sie den Platz des Vertreters der Familie einnahm. Jede ihrer Bewegungen wurde beobachtet, bis der nächste Zeuge aufgerufen war.

Dann wurde es erneut blutig. Ein Pathologe vom Kriminallabor des Bundesstaates erörterte die Autopsie. Obwohl er jede Menge Fotos dabeihatte, wurde keines davon verwendet. Das war auch nicht nötig. Laienhaft ausgedrückt war die Todesursache eindeutig – Blutverlust. Direkt unter Rhoda Kassellaws linkem Ohr begann ein zehn Zentimeter langer Schnitt, der fast senkrecht nach unten verlief. Er war gut fünf Zentimeter tief und nach Meinung des Experten, der schon viele Messerwunden gesehen hatte, durch einen schnellen, kraftvollen Stoß mit einer Klinge verursacht worden, die gut fünfzehn Zentimeter lang und zweieinhalb Zentimeter breit war. Die Person, die das Messer geführt hatte, war aller Wahrscheinlichkeit nach Rechtshänder. Der Schnitt hatte die linke Drosselvene vollständig durchtrennt. Danach hatte das Opfer nur noch wenige Minuten gelebt. Ein zweiter Schnitt, gut sechzehn Zentimeter lang und zweieinhalb Zentimeter tief, verlief von der Kinnspitze zum rechten Ohr, das praktisch in zwei Teile getrennt wurde. Diese Wunde allein wäre vermutlich nicht tödlich gewesen.

Der Pathologe beschrieb die Wunden, als würde er über Zeckenbisse reden. Keine große Sache. Nichts Ungewöhnliches. In seinem Beruf sah er jeden Tag solche Gemetzel und erklärte sie Geschworenen. Aber jeder andere im Saal fand diese Einzelheiten höchst beunruhigend. Irgendwann während seiner Aussage sah jeder der Geschworenen Danny Padgitt an und votierte im Stillen für schuldig.

Lucien Wilbanks ging sein Kreuzverhör vorsichtig an. Beide Männer waren einander schon bei anderen Prozessen begegnet. Er ließ sich von dem Pathologen bestätigen, dass die Möglichkeit eines Irrtums bestand, was zum Beispiel die Größe der Mordwaffe anging und die Frage, ob der Angreifer Rechtshänder gewesen war. »Ich habe ja darauf hingewiesen, dass es sich um Wahrscheinlichkeiten handelt«, erklärte der Mediziner geduldig. Ich hatte den Eindruck, dass er so oft verhört worden war, dass ihn nichts mehr aufregte. Wilbanks hakte ein wenig nach, hütete sich aber, noch einmal auf das belastende Beweismaterial zurückzukommen. Die Geschworenen hatten genug von den Schnittwunden gehört, es wäre dumm gewesen, das Thema noch einmal aufzugreifen.

Ein zweiter Pathologe folgte. Gleichzeitig mit der Autopsie hatte er eine gründliche Untersuchung der Toten vorgenommen und dabei mehrere Hinweise auf die Identität des Mörders gefunden. Im Vaginalbereich war er auf Sperma gestoßen, das exakt zu Danny Padgitts Blut passte. Unter Rhodas rechtem Zeigefinger hatte er einen winzigen Fetzen menschlicher Haut entdeckt, der ebenfalls zur Blutgruppe des Angeklagten passte.

Im Kreuzverhör fragte Lucien Wilbanks ihn, ob er Mr Padgitt persönlich untersucht habe. Nein, hatte er nicht. Wo an seinem Körper wies Mr Padgitt eine entsprechende Kratzwunde auf? »Ich habe ihn nicht untersucht«, erwiderte der Pathologe.

»Haben Sie Fotos von ihm gesehen?«

»Nein.«

»Falls ihm also irgendwo ein Hautfetzen fehlt, könnten Sie den Geschworenen nicht sagen, von welcher Stelle dieser stammt?«

»Ich fürchte, nein.«

Nach vier Stunden solch anschaulicher Beschreibungen waren alle im Sitzungssaal erschöpft. Richter Loopus entließ die Geschworenen, wobei er sie strengstens davor warnte, mit der Außenwelt Kontakt aufzunehmen. Angesichts der Tatsache, dass sie in einer anderen Stadt versteckt und von der Polizei bewacht wurden, wirkte das ein wenig übertrieben.

Baggy und ich rasten ins Büro zurück und tippten hektisch bis kurz vor zweiundzwanzig Uhr. Es war Dienstag, und Hardy wollte die Druckerpresse spätestens um dreiundzwanzig Uhr anlaufen lassen. In den seltenen Wochen, in denen es keine mechanischen Probleme gab, konnte er in knapp drei Stunden fünftausend Exemplare drucken.

Er setzte die Artikel in aller Eile. Für Korrektur und Überarbeitung blieb keine Zeit, aber das war mir bei dieser Ausgabe ziemlich egal, weil Miss Callie Geschworene war und daher unsere Fehler nicht sehen würde. Als wir fast fertig waren, fing Baggy an, sich voll laufen zu lassen und hatte es plötzlich sehr eilig zu verschwinden. Ich wollte gerade aufbrechen, als Ginger McClure zur Tür hereinkam und mich begrüßte, als wären wir alte Freunde. Sie trug enge Jeans und eine rote Bluse und wollte wissen, ob ich etwas zu trinken hätte. Nicht im Büro, aber das sollte kein Hindernis sein.

Wir fuhren in meinem Spitfire zu Quincy, wo ich ein Sixpack Schlitz-Bier erstand. Ginger wollte Rhodas Haus ein letztes Mal sehen, von der Straße aus, nicht aus allzu großer Nähe. Während wir dorthin fuhren, erkundigte ich mich vorsichtig nach den beiden Kindern. Die Antwort war nicht wirklich ermutigend. Sie lebten bei einer anderen Schwester – Ginger betonte, dass sie selbst frisch geschieden sei – und befanden sich in intensiver psychologischer Behandlung. Der Junge wirkte fast normal, obwohl er manchmal in lange Schweigephasen versank. Das Mädchen war schlimmer dran. Sie hatte ständig Alpträume von ihrer Mutter und konnte ihre Blase nicht mehr kontrollieren. Oft lag sie zusammengerollt wie ein Embryo da, lutschte an den Fingern und stöhnte mitleiderregend. Die Ärzte versuchten es mit unterschiedlichen Medikamenten.

Keines der Kinder wollte der Familie oder den Ärzten sagen, wie viel sie in jener Nacht gesehen hatten. »Sie haben miterlebt, wie ihre Mutter vergewaltigt und erstochen wurde«, sagte Ginger und leerte das erste Bier. Meines war noch halb voll.

Das Haus der Deece' sah aus, als hätte das Ehepaar die letzten Tage durchgeschlafen. Wir bogen in die Kieseinfahrt zum einstigen Heim der kleinen, glücklichen Familie Kassellaw. Es war leer und dunkel und wirkte verlassen. Im Garten stand ein Schild mit der Aufschrift ZU VERKAUFEN. Das Haus war der einzige Vermögenswert von Bedeutung in Rhodas kleinem Nachlass. Der gesamte Erlös würde an die Kinder gehen.

Auf Gingers Bitte schaltete ich die Scheinwerfer aus und stellte den Motor ab. Wohl war mir dabei nicht, denn die Nachbarn würden aus verständlichen Gründen nervös sein. Außerdem war mein Triumph Spitfire das einzige Fahrzeug dieser Art in Ford County und daher von vornherein verdächtig.

Sie legte sanft ihre Hand auf meine. »Wie ist er ins Haus gekommen?«

»Sie haben Fußabdrücke an der Terrassentür gefunden. Wahrscheinlich war sie nicht abgeschlossen.« Ein langes Schweigen folgte, während wir beide den Angriff vor uns sahen, die Vergewaltigung, die durch die Dunkelheit fliehenden Kinder, die nach Mr Deece schrien, damit er ihre Mutter rettete.

»Standen Sie sich nahe?«, fragte ich. Da hörte ich, wie sich in der Ferne ein Fahrzeug näherte.

»Als Kinder ja, aber in letzter Zeit nicht mehr. Sie ist vor zehn Jahren von zu Hause weggegangen.«

»Wie oft haben Sie sie hier besucht?«

»Zweimal. Ich bin auch weggezogen, nach Kalifornien. Irgendwie haben wir uns aus den Augen verloren. Nach dem Tod ihres Mannes haben wir sie gedrängt, nach Springfield zurückzukommen, aber sie hat gesagt, dass es ihr hier gefällt. Ehrlich gesagt sind sie und meine Mutter nie gut miteinander ausgekommen.«

Ein Pick-up verlangsamte direkt hinter uns das Tempo. Ich versuchte, mir nichts anmerken zu lassen, aber ich wusste, wie gefährlich so etwas in solch einer dunklen Gegend werden konnte. Ginger starrte auf das Haus und schien irgendwelchen entsetzlichen Gedanken nachzuhängen. Offenbar hatte sie nichts gehört. Zum Glück hielt der Pick-up nicht an.

»Fahren wir, bitte.« Sie drückte meine Hand. »Ich habe Angst.«

Als wir wegfuhren, sah ich, wie sich Mr Deece mit einer Schrotflinte in der Hand in den Schatten seiner Garage duckte. Er würde der letzte Zeuge sein, den die Anklage aufrief.

Ginger war in einem Motel am Ort abgestiegen, wollte aber nicht dorthin. Da es nach Mitternacht war, standen uns nicht allzu viele Möglichkeiten offen. Also fuhren wir zu mir, wo ich sie die Treppe hinauf über die Katzen in meine Wohnung führte.

»Machen Sie sich keine falschen Hoffnungen«, sagte sie, während sie aus den Schuhen schlüpfte und sich aufs Sofa setzte. »Ich bin nicht in Stimmung dafür.«

»Ich auch nicht«, log ich.

Ihr Ton klang, als könnte ihre Stimmung jeden Augenblick umschlagen, und falls das geschah, würden wir vielleicht später zueinander kommen. Ich war gern bereit zu warten.

Ich holte kaltes Bier aus der Küche, und wir richteten uns häuslich ein, als wollten wir die ganze Nacht hindurch reden. »Erzählen Sie mir von Ihrer Familie«, sagte sie.

Das war nicht gerade mein Lieblingsthema, aber für diese Frau würde ich selbst darüber reden. »Ich bin ein Einzelkind. Meine Mutter starb, als ich dreizehn war. Mein

Vater lebt in Memphis in einem alten Haus, das seiner Familie gehört und das er nie verlässt, weil bei ihm wie bei dem Haus ein paar Schrauben locker sind. Er hat in einer Mansarde ein Büro eingerichtet, in dem er rund um die Uhr sitzt und mit Wertpapieren handelt. Ich weiß nicht, wie gut er dabei ist, aber ich hab das Gefühl, dass er mehr verliert als gewinnt. Einmal im Monat telefonieren wir miteinander.«

»Sind Sie reich?«

»Nein, aber meine Großmutter. Die Mutter meiner Mutter, BeeBee. Sie hat mir das Geld geliehen, mit dem ich die Zeitung gekauft habe.«

Sie dachte darüber nach, während sie an ihrem Bier nippte. »Wir waren drei Mädchen, jetzt sind wir nur noch zwei. Als Teenager waren wir ziemlich wild. Mein Vater ging eines Abends zum Milchholen und kam nie zurück. Meine Mutter hat es seitdem noch zweimal versucht, aber es klappte nicht. Ich bin geschieden. Meine ältere Schwester ist geschieden. Rhoda ist tot.« Sie streckte die Hand mit der Flasche aus und stieß mit mir an. »Auf unsere verkorksten Familien.«

Wir tranken darauf.

Geschieden, kinderlos, wild und bildhübsch. Ich konnte mir vorstellen, mehr Zeit mit Ginger zu verbringen.

Sie wollte alles über Ford County und die Leute hier wissen – Lucien Wilbanks, die Padgitts, Sheriff Coley und so weiter. Ich redete und redete, während ich darauf wartete, dass ihre Stimmung umschlug.

Aber das geschah nicht. Irgendwann nach zwei Uhr morgens streckte sie sich auf dem Sofa aus, und ich ging allein ins Bett.

16

Als Ginger und ich ein paar Stunden später die Wohnung verließen, trieben sich drei der Hocutts – Max, Wilma und Gilma – an der Garage unter meiner Wohnung herum. Wahrscheinlich wollten sie Ginger sehen. Ich stellte sie mit ein paar munteren Worten vor. Die Blicke der Hocutts waren empört, und ich erwartete beinahe, dass Max etwas Lächerliches sagte wie: »Als wir Ihnen diese Wohnung vermietet haben, war nicht die Rede von verwerflichem Sex.« Aber es fielen keine beleidigenden Worte, und wir fuhren schnell zum Büro. Ginger sprang in ihr Auto und verschwand.

Die neue Ausgabe stapelte sich im Eingangsbereich bis unter die Decke. Die Schlagzeile klang ziemlich zurückhaltend: PROZESS GEGEN DANNY PADGITT BEGINNT – GESCHWORENE ISOLIERT. Es gab keine Fotos des Angeklagten. Davon hatten wir bereits genug gedruckt, und ich wollte mir ein großes für die nächste Woche aufheben. Mit ein wenig Glück bekamen wir den kleinen Gauner vor die Linse, wenn er nach dem Todesurteil das Gericht verließ. Baggy und ich hatten die Spalten mit dem gefüllt, was wir während der ersten beiden Tage gesehen und gehört hatten, und ich war sehr stolz auf die Berichterstattung. Unsere Artikel waren aufrichtig, tatsachengetreu, detailliert, gut geschrieben und nicht im Geringsten reißerisch. Der Prozess war so bedeutend, dass er für sich selbst sprach. Und ehrlich gesagt hatte ich meine Lektion gelernt, wenn es darum ging, Ereignisse aufzubauschen. Um acht Uhr morgens lagen überall im Gericht und auf dem Clanton Square Freiexemplare der *Times* aus.

Am Mittwochmorgen gab es kein einleitendes Geplänkel. Um Punkt neun Uhr wurden die Geschworenen hereingeführt, und Ernie Gaddis rief seinen nächsten Zeugen auf. Es war Chub Brooner, der langjährige Leiter der Ermittlungen für das Büro des Sheriffs. Baggy und Harry Rex waren sich darüber einig, dass Brooner für seine Unfähigkeit bekannt war.

Um die Geschworenen wachzurütteln und die Aufmerksamkeit der anderen auf sich zu ziehen, zeigte Gaddis das weiße Hemd, das Danny Padgitt in der Nacht seiner Verhaftung getragen hatte. Es war nicht gewaschen worden, und die Blutflecke hatten sich dunkelbraun verfärbt. Gaddis hielt es vorsichtig hoch, sodass alle es sehen konnten, während er sich mit Brooner unterhielt. Ein Deputy namens Grice hatte Danny Padgitt das Hemd in Anwesenheit von Brooner und Sheriff Coley ausgezogen. Ersten Tests zufolge gehörte das Blut zu zwei verschiedenen Blutgruppen: 0 positiv und B positiv. Weitere Untersuchungen durch das staatliche Kriminallabor hatten ergeben, dass das Blut mit der Blutgruppe B positiv von Rhoda Kassellaw stammte.

Ich beobachtete Ginger, während sie sich das Hemd ansah. Nach wenigen Minuten wandte sie den Blick ab und fing an, etwas zu schreiben. Ohne Überraschung stellte ich fest, dass sie an ihrem zweiten Tag im Gericht noch besser aussah. Hoffentlich änderte sich ihre Stimmung bald.

Das Hemd war an der Vorderseite zerrissen. Während er aus dem Wrack seines Pick-ups gekrochen war, hatte Danny sich Schnittwunden zugezogen, die mit zwölf Stichen genäht werden mussten. Brooner brachte eine passable Schilderung der Ereignisse für die Geschworenen zustande. Dann holte Ernie Gaddis eine Staffelei, auf die er zwei vergrößerte Fotos der Fußabdrücke stellte, die auf der Terrasse von Rhoda Kassellaws Haus gefunden worden waren. Er nahm die Schuhe, die Padgitt bei seiner Einlieferung ins Gefängnis getragen hatte, vom Tisch mit den Beweismitteln. Brooner stolperte mühsam durch seine Aussage, die eigentlich ein Kinderspiel hätte sein müssen, aber es wurde deutlich, dass alles passte.

Brooner hatte entsetzliche Angst vor Lucien Wilbanks und geriet schon bei der ersten Frage ins Stottern. Wilbanks ignorierte geschickt die Tatsache, dass Rhodas Blut auf Dannys Hemd gefunden worden war, und hackte stattdessen auf den Schwierigkeiten herum, die der Vergleich von Fußabdrücken aufwerfe. Schließlich musste Brooner zugeben, dass er auf diesem Gebiet nur unzureichend geschult war. Wilbanks konzentrierte sich auf eine Reihe von Erhebungen am Absatz des rechten Schuhs, die Brooner auf dem Fußabdruck nicht finden konnte, obwohl er bei der Befragung durch Gaddis ausgesagt hatte, dass der Absatz aufgrund des Bewegungsablaufs und der Gewichtsverteilung normalerweise einen besseren Abdruck hinterlasse als der Rest der Sohle. Wilbanks schikanierte ihn, bis alle völlig verwirrt waren. Selbst ich betrachtete die Fußabdrücke nun mit Skepsis. Nicht dass es von Bedeutung gewesen wäre, es gab genug anderes Beweismaterial.

»Trug Mr Padgitt bei seiner Verhaftung Handschuhe?«, fragte Wilbanks.

»Das weiß ich nicht. Ich habe ihn nicht festgenommen.«

»Sie und Ihre Leute haben ihm doch Hemd und Schuhe abgenommen. Wurden auch Handschuhe beschlagnahmt?«

»Nicht dass ich wüsste.«

»Sie sind doch die gesamte Aufstellung über das Beweismaterial durchgegangen, Mr Brooner?«

»Das bin ich.«

»Und als Leiter der Ermittlungen sind Sie mit allen Aspekten des Falls eingehend vertraut?«

»Ja, Sir.«

»Wurden irgendwo Handschuhe erwähnt, die Mr Padgitt trug oder die ihm abgenommen wurden?«

»Nein.«

»Gut. Wurde der Tatort auf Fingerabdrücke untersucht?«

»Ja.«

»Das wird routinemäßig gemacht, nicht wahr?«

»Ja, immer.«

»Und natürlich haben Sie nach der Verhaftung auch Mr Padgitts Fingerabdrücke genommen?«

»Ja.«

»Gut. Wie viele Fingerabdrücke von Mr Padgitt haben Sie am Tatort gefunden?«

»Keinen.«

»Nicht einen einzigen?«

»Keinen.«

Wilbanks wählte diesen günstigen Augenblick, um seine Befragung zu beenden. Es war schwer vorstellbar, dass es dem Mörder gelungen war, das Haus zu betreten, sich dort eine Weile versteckt zu halten, sein Opfer zu vergewaltigen und es zu ermorden, ohne Fingerabdrücke zu hinterlassen. Aber Chub Brooner wirkte nicht sehr vertrauenerweckend. Wenn er die Ermittlungen geleitet hatte, waren möglicherweise jede Menge Fingerabdrücke übersehen worden.

Richter Loopus ließ die Sitzung für eine vormittägliche Pause unterbrechen. Während die Geschworenen aufstanden, begegnete mein Blick dem von Miss Callie. Sie strahlte mich an und nickte, als wollte sie sagen: »Keine Sorge, ich komme schon zurecht.«

Man streckte die Beine aus und unterhielt sich flüsternd über das soeben Gehörte. Zu meiner Freude lasen viele im Saal die *Times*. Ich ging zur Schranke und beugte mich zu Ginger hinab. »Alles in Ordnung?«, erkundigte ich mich.

»Ich will nur nach Hause«, sagte sie leise.

»Möchten Sie mit mir Mittag essen?«

»Einverstanden.«

Letzter Zeuge der Anklage war Aaron Deece. Als er kurz vor elf Uhr den Zeugenstand betrat, wappneten wir uns für seine Schilderung jener Nacht. Ernie Gaddis stellte ihm eine Reihe von Fragen, die ein persönliches Bild von Rhoda und deren Kindern zeichnen sollten. Sieben Jahre hatten sie nebenan gewohnt, großartige Nachbarn, wunderbare Leute. Er vermisste sie sehr, konnte es immer noch nicht glauben, dass sie weg waren. Einmal wischte sich Mr Deece eine Träne aus dem Augenwinkel.

Das hatte mit dem Prozess nicht das Geringste zu tun, aber Wilbanks spielte einige Minuten lang mit. Dann erhob er sich und sagte höflich: »Euer Ehren, das ist sehr rührend, aber zulässig ist es nicht.«

»Kommen Sie zur Sache, Mr Gaddis«, sagte Richter Loopus.

Mr Deece beschrieb die fragliche Nacht – Temperatur, Wetter, Uhrzeit. Er hatte die Stimme des in Panik geratenen fünfjährigen Michael gehört, der seinen Namen rief und ihn um Hilfe bat. Vor seinem Haus hatte er die Kinder im Schlafanzug vorgefunden, nass vom Tau, benommen vor Angst. Er brachte sie ins Haus, wo seine Frau sie in Decken wickelte. Dann holte er seine Schuhe und die zwei Gewehre. Als er aus dem Haus rannte, sah er, dass Rhoda auf ihn zutaumelte. Sie war nackt und bis auf das Gesicht völlig mit Blut bedeckt. Er hob sie hoch, trug sie zur Veranda und legte sie auf die Hollywoodschaukel.

Wilbanks hatte sich erhoben und wartete.

»Hat sie etwas gesagt?«, fragte Gaddis.

»Euer Ehren, ich erhebe Einspruch dagegen, dass dieser Zeuge sich dazu äußert, was das Opfer gesagt hat. Das ist eindeutig Hörensagen.«

»Ihr Antrag wurde zu Protokoll genommen, Mr Wilbanks. Wir haben das unter Ausschluss der Öffentlichkeit diskutiert und Ihren Einspruch festgehalten. Sie können die Frage beantworten, Mr Deece.«

Deece schluckte mühsam, atmete ein, wieder aus und sah die Geschworenen an. »Sie hat zwei- oder dreimal gesagt: ›Es war Danny Padgitt. Es war Danny Padgitt.‹«

Um die Wirkung zu erhöhen, ließ Gaddis das Echo dieser Worte durch den Sitzungssaal hallen, während er vorgab, seine Notizen zu studieren. »Sind Sie Danny Padgitt je begegnet, Mr Deece?«

»Nein, Sir.«

»Hatten Sie seinen Namen vor jener Nacht schon einmal gehört?«

»Nein, Sir.«

»Hat Rhoda sonst noch etwas gesagt?«

»Das Letzte, was sie sagte, war: ›Kümmern Sie sich um die Kinder.‹«

Ginger betupfte sich die Augen mit einem Taschentuch. Miss Callie betete. Mehrere Geschworene starrten zu Boden.

Mr Deece erzählte seine Geschichte zu Ende: wie er das Büro des Sheriffs angerufen hatte, während seine Frau sich mit den Kindern im Schlafzimmer eingeschlossen hatte, dass er duschen musste, weil er voller Blut war, wie die Deputys kamen und zu ermitteln begannen, wie der Krankenwagen die Tote wegbrachte und er und seine Frau bis etwa zwei Uhr morgens bei den Kindern blieben und sie dann nach Clanton ins Krankenhaus brachten. Dort waren sie bei ihnen geblieben, bis eine Verwandte aus Missouri eingetroffen war.

Seine Aussage enthielt nichts, was man in Zweifel hätte ziehen können, daher verzichtete Lucien Wilbanks auf ein Kreuzverhör. Die Anklage erklärte ihre Beweisführung für abgeschlossen, und wir gingen alle in die Mittagspause. Ich fuhr Ginger nach Karaway zu einem mexikanischen Restaurant. Wir aßen unter einer Eiche Enchiladas und redeten über vieles außer über den Prozess. Sie war deprimiert und wollte Ford County schnellstmöglich für immer verlassen.

Mir dagegen lag viel daran, dass sie noch blieb.

Lucien Wilbanks begann seine Verteidigung mit einer kleinen Lektion darüber, was für ein netter junger Mann Danny Padgitt in Wirklichkeit sei. Er habe die Highschool mit guten Noten abgeschlossen, arbeite fleißig in der Holzhandlung der Familie und träume davon, eines Tages seine eigene Firma zu besitzen. Nur einmal sei er mit dem Gesetz in Konflikt gekommen, und zwar wegen einer Geschwindigkeitsüberschreitung mit sechzehn Jahren.

Wilbanks besaß durchaus Überzeugungskraft, aber er stand vor einer unlösbaren Aufgabe. Es war unmöglich, einen Padgitt warm und kuschelig wirken zu lassen. Einige Zuschauer im Saal wanden sich bei seinen Worten, andere grinsten höhnisch. Aber wir würden den Fall nicht entscheiden. Wilbanks sprach zu den Geschworenen, sah ihnen in die Augen, und niemand wusste, ob er und sein Mandant nicht bereits die eine oder andere Stimme für sich gewonnen hatten.

Allerdings sei Danny Padgitt kein Heiliger. Wie die meisten gut aussehenden jungen Männer genieße er das Zusammensein mit Frauen. Leider sei er der falschen begegnet, einer, die mit einem anderen verheiratet sei. Die Nacht, in der Rhoda Kassellaw ermordet worden sei, habe Danny bei dieser Frau verbracht.

»Hören Sie gut zu!«, dröhnte Wilbanks. »Mein Mandant hat Miss Kassellaw nicht getötet! Als dieser entsetzliche Mord geschah, war er bei einer anderen Frau, die in der Nähe der Kassellaws wohnt. Sein Alibi ist wasserdicht.«

Diese Ankündigung sorgte für Totenstille im Saal, während wir gespannt auf die nächste Überraschung warteten. »Diese Frau, seine Geliebte, wird unsere erste Zeugin sein«, verkündete Wilbanks mit unfehlbarem Gespür für die Dramatik des Augenblicks.

Kaum hatte er seine Einleitung beendet, wurde die Zeugin hereingeführt. Sie hieß Lydia Vince. Auf meine geflüsterte Frage hin erfuhr ich von Baggy, dass er nie von ihr gehört habe und auch keine Familie Vince aus Beech Hill kenne. Im Saal wurde viel getuschelt, während die Leute versuchten, sie einzuordnen. Dem Stirnrunzeln, den fragenden Blicken und dem Kopfschütteln entnahm ich, dass sie völlig unbekannt war. Aufgrund von Wilbanks' einleitenden Fragen erfuhren wir, dass sie im März in einem gemieteten Haus in der Hurt Road gewohnt hatte, aber jetzt in Tupelo lebte. Sie ließ sich gerade scheiden, hatte ein Kind, war in Tyler County aufgewachsen und gegenwärtig arbeitslos. Sie war etwa dreißig, auf eine billige Art attraktiv – kurzer Rock, volle Brüste, enge Bluse, wasserstoffblondes Haar – und schien panische Angst vor dem Prozess zu haben.

Sie und Danny hatten etwa ein Jahr lang ein ehebrecherisches Verhältnis gehabt. Ich sah Miss Callie an, deren offenkundige Missbilligung mich nicht überraschte.

In der Nacht, in der Rhoda Kassellaw ermordet wurde, war Danny bei Lydia zu Hause. Malcolm Vince, ihr Ehemann, war angeblich mit Freunden in Memphis; weshalb, wusste sie nicht genau. Er war viel unterwegs. Sie hatte zweimal Sex mit Danny, und als er etwa um Mitternacht gerade gehen wollte, fuhr der Wagen ihres Mannes in die Einfahrt. Danny schlich sich zur Hintertür hinaus und verschwand.

Dass eine verheiratete Frau in einer öffentlichen Verhandlung zugab, Ehebruch begangen zu haben, war so schockierend, dass die Geschworenen glauben mussten, dass sie die Wahrheit sagte – zumindest schien das der Plan zu sein. Selbst wenn sie nicht den besten Ruf genoss, ruinierte sie ihn damit endgültig, falls ihr das etwas bedeutete. Mit Sicherheit würde sich diese Aussage auf ihre Scheidung auswirken, vielleicht würde man ihr das Sorgerecht für ihr Kind entziehen. Unter Umständen konnte ihr Mann Danny Padgitt sogar wegen Entfremdung ehelicher Zuneigung verklagen – wobei zweifelhaft war, ob die Geschworenen so weit dachten.

Lydias Antworten auf Wilbanks' Fragen waren kurz und gut eingeübt. Sie weigerte sich, die Geschworenen oder ihren angeblichen früheren Geliebten anzusehen. Stattdessen hielt sie den Blick gesenkt und schien auf Wilbanks' Schuhe zu starren. Sowohl der Anwalt als auch die Zeugin hielten sich streng ans Drehbuch. »Sie lügt«, flüsterte Baggy laut, und ich war seiner Meinung.

Als die Verteidigung die Befragung ihrer Zeugin abgeschlossen hatte, erhob Ernie Gaddis sich und ging mit bedächtigen Schritten zum Podium, wo er die geständige Ehebrecherin mit großem Misstrauen betrachtete. Er sah sie mit gerunzelter Stirn und zusammengekniffenen Augen über seine Lesebrille hinweg an, ganz der Lehrer, der eine schlechte Schülerin beim Spicken erwischt hatte.

»Miss Vince, wem gehört das Haus in der Hurt Road?«

»Jack Hagel.«

»Wie lange haben Sie dort gewohnt?«

»Etwa ein Jahr.«

»Haben Sie einen Mietvertrag unterschrieben?«

Sie zögerte einen Sekundenbruchteil zu lang. »Vielleicht mein Mann. Ich kann mich wirklich nicht erinnern.«

»Wie hoch war die Monatsmiete?«

»Dreihundert Dollar.«

Gaddis schrieb ihre Antworten fein säuberlich nieder, als würde jede Einzelheit eingehend geprüft und jede Unwahrheit enthüllt werden.

»Wann sind Sie dort ausgezogen?«

»Ich weiß nicht genau, so vor zwei Monaten.«

»Wie lange haben Sie also in Ford County gelebt?«

»Ich weiß nicht, ein paar Jahre.«

»Haben Sie sich jemals in Ford County in die Wählerlisten eintragen lassen?«

»Nein.«

»Und Ihr Mann?«

»Nein.«

»Wie heißt er noch?«

»Malcolm Vince.«

»Wo lebt er jetzt?«

»Das weiß ich nicht genau. Er ist viel unterwegs. Als ich zum letzten Mal von ihm gehört habe, war er irgendwo in der Gegend von Tupelo.«

»Und Sie lassen sich gerade scheiden, nicht wahr?«

»Ja.«

»Wann haben Sie den Scheidungsantrag gestellt?«

Sie hob rasch den Blick und sah Wilbanks an, der angestrengt zuhörte, sich aber hütete, sie anzuschauen. »Wir haben noch keinen richtigen Antrag gestellt«, erwiderte sie.

»Wie bitte? Ich dachte, Sie hätten gesagt, Sie würden sich gerade scheiden lassen.«

»Wir haben uns getrennt und uns beide einen Anwalt genommen.«

»Und wer ist Ihr Anwalt?«

»Mr Wilbanks.«

Wilbanks zuckte zusammen, als wäre ihm das neu. Gaddis wartete, bis sich die Antwort gesetzt hatte. »Wer ist der Anwalt Ihres Mannes?«, fragte er dann.

»Ich erinnere mich nicht an den Namen.«

»Hat er den Scheidungsantrag gestellt oder Sie?«

»Wir beide.«

»Mit wie vielen anderen Männern haben Sie geschlafen?«

»Nur mit Danny.«

»Ich verstehe. Und Sie leben jetzt in Tupelo, stimmt's?«

»Das ist richtig.«

»Sie haben gesagt, Sie sind arbeitslos, nicht wahr?«

»Im Augenblick schon.«

»Und Sie leben getrennt von Ihrem Ehemann?«

»Ich hab doch gerade gesagt, dass wir uns getrennt haben.«

»Wo leben Sie in Tupelo?«

»In einer Wohnung.«

»Wie hoch ist die Miete?«

»Zweihundert pro Monat.«

»Und Sie leben dort mit Ihrem Kind?«

»Ja.«

»Arbeitet das Kind?«

»Es ist fünf Jahre alt.«

»Wie bezahlen Sie dann Miete, Strom und Wasser?«

»Ich komme schon zurecht.« Absolut unglaubwürdig.

»Was für ein Auto fahren Sie?«

Sie zögerte erneut. Ihre Aussage würde sich mit ein paar Telefonaten überprüfen lassen. »Einen 68er Mustang.«

»Das ist ein schönes Auto. Seit wann haben Sie es?«

Auch dafür musste es Belege geben, und selbst Lydia, die kein Ausbund an Intelligenz war, erkannte die Gefahr. »Seit ein paar Monaten«, erwiderte sie herausfordernd.

»Läuft der Wagen auf Ihren Namen?«

»Ja.«

»Wurde der Mietvertrag auf Ihren Namen ausgestellt?«

»Ja.«

Papiere, Papiere. Lydia konnte in dieser Hinsicht nicht lügen, obwohl klar war, dass sie nicht imstande war, sich ein Auto oder eine Wohnung zu leisten. Gaddis nahm einige Aufzeichnungen von Hank Hooten entgegen und prüfte sie misstrauisch.

»Wie lange haben Sie mit Danny Padgitt geschlafen?«

»Normalerweise fünfzehn Minuten.«

In der angespannten Atmosphäre des Sitzungssaals wurde vereinzelt Gelächter laut. Gaddis nahm seine Brille ab, putzte sie mit dem Ende seiner Krawatte, grinste Lydia Vince boshaft an und formulierte seine Frage neu. »Wie lange hat Ihre Affäre mit Danny Padgitt gedauert?«

»Knapp ein Jahr.«

»Wo haben Sie ihn kennen gelernt?«

»In den Klubs oben an der Staatsgrenze.«

»Wurden Sie einander vorgestellt?«

»Das weiß ich wirklich nicht mehr. Er war da, ich war da, wir haben miteinander getanzt. Eins führte zum anderen.«

Es war offenkundig, dass Lydia Vince viele Nächte in den verschiedensten Spelunken verbracht und bereitwillig mit jedem neuen Tanzpartner mitgegangen war. Gaddis brauchte nur noch ein paar weitere Lügen, um sie festzunageln.

Er stellte eine Reihe von Fragen über ihren Hintergrund und den ihres Mannes: Geburtsort und -datum, Ausbildung, Eheschließung, Beschäftigung, Familie. Namen,

Daten und Ereignisse, die überprüft werden konnten. Sie war käuflich. Die Padgitts hatten eine Zeugin gefunden, die sie kaufen konnten.

Als wir den Sitzungssaal am späten Nachmittag verließen, war ich verwirrt und beunruhigt. Seit Monaten war ich davon überzeugt, dass Danny Padgitt Rhoda Kassellaw getötet hatte. Daran hatte sich nichts geändert, doch es war plötzlich denkbar geworden, dass die Geschworenen nicht zu einer Entscheidung kommen würden. Die Zeugin hatte einen Meineid geleistet, aber es war möglich, dass einem Geschworenen Zweifel gekommen waren.

Ginger war noch deprimierter als ich, deshalb beschlossen wir, uns zu betrinken. Wir kauften Hamburger mit Pommes frites und eine Kiste Bier und fuhren zu ihrem Motel. Dort aßen wir in ihrem kleinen Zimmer und spülten unsere Ängste und unseren Hass auf das korrupte Rechtssystem hinunter. Mehr als einmal sagte sie, dass ihre zersplitterte Familie einen Freispruch für Danny Padgitt nicht überstehen würde. Ihre Mutter war ohnehin nicht stabil, und ein »Nicht schuldig« würde ihr vollends den Rest geben. Und was sollten sie Rhodas Kindern eines Tages sagen?

Wir versuchten fernzusehen, fanden aber nichts, das uns interessierte. Bald hatten wir es satt, uns Sorgen wegen des Prozesses zu machen. Als ich gerade am Einschlafen war, kam Ginger nackt aus dem Badezimmer, und die Nacht nahm eine Wendung zum Besseren. Wir liebten uns, bis der Alkohol die Oberhand gewann und wir beide einschliefen.

17

Am Mittwoch fand kurz nach der Vertagung der Verhandlung ein geheimes Treffen statt. Ich wusste nichts davon, wobei es auch keinen Grund gab, weshalb ich davon hätte wissen sollen – ich war neu in der Gegend und hatte nichts mit juristischen Angelegenheiten zu tun. Außerdem war ich vollauf mit Ginger beschäftigt, da wir ein paar wunderbare Stunden lang das Interesse am Prozess verloren hatten. Nach der Verhandlung traf sich Ernie Gaddis mit Harry Rex in dessen Kanzlei auf einen Drink. Beide fanden die Zeugenaussage von Lydia Vince widerwärtig. Sie fingen an herumzutelefonieren und hatten binnen einer Stunde eine Gruppe vertrauenswürdiger Rechtsanwälte und Politiker zusammengetrommelt.

Man war sich darüber einig, dass die Padgitts dabei waren, sich aus einem Fall herauszuwinden, dessen Ausgang man für bombensicher gehalten hatte. Es war ihnen gelungen, eine bestechliche Zeugin zu finden. Offenkundig war Lydia Vince für ihre erfundene Geschichte bezahlt worden, und sie war entweder zu pleite oder zu dumm, um zu verstehen, welches Risiko ein Meineid bedeutete. Auf jeden Fall hatte sie den Geschworenen einen wenn auch schwachen Grund geliefert, die Anklage zu hinterfragen.

Ein Freispruch in einem solch eindeutigen Fall würde in der Stadt für Aufruhr sorgen und das Gerichtssystem zur Farce machen. Kamen die Geschworenen zu keiner Entscheidung, war die Botschaft ähnlich: In Ford County war die Justiz käuflich. Ernie Gaddis, Harry Rex und die anderen Anwälte arbeiteten jeden Tag mit ganzer Kraft daran, das System zugunsten ihrer Mandanten zu manipulieren, aber für alle galten dieselben Regeln. Das System funktionierte, weil Richter und Geschworene unparteiisch und unvoreingenommen waren. Wenn es Lucien Wilbanks und den Padgitts gelang, den Prozess zu korrumpieren, würde das einen nicht wieder gutzumachenden Schaden anrichten.

Man war sich einig – es schien durchaus denkbar zu sein, dass die Geschworenen zu keiner Entscheidung kamen. Als Zeugin ließ Lydia Vince viel zu wünschen übrig, aber die Geschworenen waren keine Experten für Falschaussagen und kriminelle Mandanten. Alle Anwälte waren der Meinung, dass der Geschworene Fargarson, »der verkrüppelte Junge«, der Anklage feindlich gesonnen schien. Nachdem sie die Geschworenen nun tagelang beobachtet hatten, glaubten die Anwälte, diese einschätzen zu können.

Ein weiterer Grund zur Sorge war »Mr John Deere«, der in Wirklichkeit Mo Teale hieß und seit über zwanzig Jahren Mechaniker in der Traktorenhandlung war. Er war ein einfacher Mann mit begrenzter Garderobe. Als am späten Montagnachmittag endlich alle Geschworenen ausgewählt gewesen waren und Richter Loopus sie nach Hause geschickt hatte, damit sie in aller Eile packen konnten, bevor sie in den Bus stiegen, hatte Mo schlicht seine Arbeitskleidung für die Woche mitgenommen. Jeden Morgen marschierte er in einem grellgelben Hemd mit grünem Besatz und grünen Hosen mit gelbem Besatz zur Geschworenenbank, als müsste er gleich den Schraubenschlüssel schwingen.

Mo saß mit verschränkten Armen da und blickte finster drein, sobald Ernie Gaddis sich erhob. Seine Körpersprache war der Schrecken der Anklage.

Harry Rex hielt es für wichtig, Lydias Mann zu finden. Falls sie sich wirklich scheiden ließen, war das höchstwahrscheinlich kein einvernehmlicher Entschluss. Es war schwer zu glauben, dass sie eine Affäre mit Danny Padgitt hatte, aber gleichzeitig sah sie so aus, als wäre sie außerehelichen Aktivitäten nicht abgeneigt. Vielleicht wusste ihr Mann etwas, das die Glaubwürdigkeit ihrer Aussage erschütterte.

Gaddis wollte ihr Privatleben und ihre finanzielle Lage unter die Lupe nehmen, um die Geschworenen zu fragen: »Wie kann sie so komfortabel leben, wenn sie arbeitslos ist und sich gerade scheiden lässt?«

»Weil sie von den Padgitts fünfundzwanzigtausend Dollar bekommen hat«, sagte einer der Anwälte und setzte damit eine Debatte über die Höhe der Bestechung in Gang, die den gesamten Abend andauerte.

Die Suche nach Malcolm Vince begann damit, dass Harry Rex und die anderen beiden jeden Anwalt in den angrenzenden fünf Countys anriefen. Gegen dreiundzwanzig Uhr stießen sie auf einen Anwalt im zwei Fahrtstunden entfernten Corinth, der einmal mit einem Malcolm Vince über eine Scheidung gesprochen hatte, aber nicht verpflichtet worden war. Mr Vince lebte in einem Trailer irgendwo in der Wildnis in der Nähe der Grenze zu Tishomingo County. Der Anwalt wusste nicht mehr, wo er arbeitete, war sich aber sicher, dass er die Adresse in der Akte in seiner Kanzlei hatte. Daraufhin griff der Bezirksstaatsanwalt persönlich zum Telefon und überredete den Anwalt, noch einmal ins Büro zu fahren.

Um acht Uhr am nächsten Morgen, etwa um die Zeit, als ich Gingers Motel verließ, unterzeichnete Richter Loopus bereitwillig eine Vorladung für Malcolm Vince. Zwanzig Minuten später hielt ein Polizeibeamter in Corinth einen Gabelstapler in einem Lagerhaus an und teilte dem Fahrer mit, er sei als Zeuge in einem Mordprozess in Ford County geladen.

»Wieso das denn, zum Teufel?«, fragte Vince.

»Ich führe nur Befehle aus«, erwiderte der Beamte.

»Was soll ich jetzt tun?«

»Sie haben zwei Möglichkeiten, Kumpel«, erklärte der Polizist. »Entweder bleiben wir beide hier, bis Sie abgeholt werden, oder wir fahren jetzt zusammen los und bringen die Sache hinter uns.« Malcolms Chef sagte, er solle mitfahren und so schnell wie möglich zurückkommen.

Mit einer Verspätung von neunzig Minuten wurden die Geschworenen hereingeführt. Mr John Deere wirkte so adrett wie immer, aber die anderen fingen an, müde auszusehen. Man hatte das Gefühl, der Prozess zöge sich seit Monaten hin.

Miss Callie suchte mit den Blicken nach mir und schenkte mir ein vorsichtiges Lächeln, das nicht so strahlend war, wie ich es von ihr kannte. Sie hielt eine kleine Ausgabe des Neuen Testaments umklammert.

Gaddis erhob sich und teilte dem Gericht mit, er habe keine weiteren Fragen an Lydia Vince. Wilbanks erklärte, er sei ebenfalls mit ihr fertig. Dann sagte Gaddis, er habe einen Gegenzeugen, den er gern außer der Reihe aufrufen wolle. Lucien Wilbanks protestierte, und sie stritten sich am Richtertisch darüber. Als Wilbanks erfuhr, wer der Zeuge war, wirkte er sichtlich beunruhigt. Ein gutes Zeichen.

Offenkundig befürchtete Richter Loopus ebenfalls ein Fehlurteil. Er entschied gegen die Verteidigung, und ein verstörter Malcolm Vince wurde in den überfüllten Sitzungssaal geführt, um seine Aussage zu machen. Da Gaddis keine zehn Minuten mit ihm in einem Hinterzimmer gesprochen hatte, war er ebenso unvorbereitet wie verwirrt.

Gaddis begann langsam mit grundlegenden Fragen nach Name, Adresse, Beschäftigung, Familiengeschichte der letzten Jahre. Ziemlich widerstrebend gab Malcolm zu, mit Lydia verheiratet zu sein. Wie sie wollte er aus dieser Verbindung heraus. Er sagte, er habe seine Frau und sein Kind seit über einem Monat nicht gesehen. In der letzten Zeit sei er nur sporadisch beschäftigt gewesen, aber er versuche, ihr jeden Monat fünfzig Dollar für das Kind zu schicken.

Er wusste, dass sie arbeitslos war, aber in einer schönen Wohnung lebte. »Sie zahlen nicht für die Wohnung?«, fragte Gaddis misstrauisch, wobei er die Geschworenen genau im Auge behielt.

»Nein, Sir.«

»Bezahlt die Familie Ihrer Frau für die Wohnung?«

»Ihre Familie könnte sich nicht mal eine Nacht im Motel leisten«, verkündete Malcolm. Offenbar verschaffte ihm das tiefe Befriedigung.

Lydia war aus dem Saal verschwunden, sobald man sie entlassen hatte, und verließ wahrscheinlich gerade das County. Ihr Auftritt war zu Ende, die Vorstellung vorbei, ihr Lohn bezahlt. Nie wieder würde sie einen Fuß nach Ford County setzen. Es war zweifelhaft, ob Malcolm Vince sich in ihrer Anwesenheit gezügelt hätte. So tat er sich auf jeden Fall keinen Zwang an: Ein billiger Schlag unter die Gürtellinie folgte auf den anderen.

»Sie stehen ihrer Familie nicht nahe?«, fragte Gaddis überflüssigerweise.

»Die meisten sitzen im Gefängnis.«

»Ich verstehe. Gestern hat Ihre Frau ausgesagt, dass sie sich vor ein paar Monaten einen Ford Mustang Modell 1968 gekauft hat. Haben Sie ihr dafür Geld gegeben?«

»Hab ich nicht.«

»Irgendeine Vorstellung, wie sich eine Arbeitslose so etwas leisten kann?«, erkundigte sich Gaddis mit einem Blick auf Danny Padgitt.

»Nein.«

»Wissen Sie, ob sie in letzter Zeit weitere ungewöhnliche Käufe getätigt hat?«

Malcolm sah die Geschworenen an, entdeckte ein paar freundliche Gesichter und erwiderte: »Ja, sie hat sich einen neuen Farbfernseher gekauft und ihrem Bruder ein neues Motorrad.«

Am Tisch der Verteidigung schien alles den Atem anzuhalten. Ihre Strategie war es gewesen, Lydia Vince als Überraschung zu präsentieren, sie ihre Lügen erzählen und das Alibi bestätigen zu lassen und sie dann aus dem Zeugenstand zu holen und ein Urteil zu erzwingen, bevor ihre Glaubwürdigkeit erschüttert werden konnte. Sie hatte kaum jemand im County gekannt und lebte eine Fahrtstunde entfernt.

Diese Strategie stand vor einem katastrophalen Misserfolg, und der gesamte Saal sah und spürte die Spannung, die zwischen Wilbanks und seinem Mandanten herrschte.

»Kennen Sie einen Mann namens Danny Padgitt?«, fragte Gaddis.

»Nie von ihm gehört«, erwiderte Malcolm.

»Ihre Frau hat gestern ausgesagt, sie habe fast ein Jahr lang ein Verhältnis mit ihm gehabt.«

Es kommt selten vor, dass ein nichts ahnender Ehemann in aller Öffentlichkeit mit einer solchen Nachricht konfrontiert wird, aber Malcolm reagierte ziemlich gelassen. »Tatsächlich?«, fragte er.

»Ja. Sie hat ausgesagt, das Verhältnis sei vor etwa zwei Monaten zu Ende gegangen.«

»Na ja, Sir, das kann ich mir kaum vorstellen.«

»Warum?«

Malcolm wand sich und schien plötzlich lebhaft an seinen Füßen interessiert zu sein. »Also, das ist irgendwie privat, wissen Sie.«

»Ja, Mr Vince, das kann ich mir vorstellen. Aber manchmal müssen private Angelegenheiten in einer öffentlichen Verhandlung diskutiert werden. Hier steht ein Mann vor Gericht, der des Mordes angeklagt ist. Das ist eine ernste Sache, und wir müssen die Wahrheit erfahren.«

Malcolm schlug das linke Bein über das rechte Knie und kratzte sich ein paar Sekunden lang am Kinn. »Na ja, Sir, die Sache ist so, wir haben seit etwa zwei Jahren keinen Sex mehr gehabt. Deshalb lassen wir uns auch scheiden.«

»Gibt es einen besonderen Grund dafür, warum Sie keinen Sex mehr hatten?« Gaddis hielt den Atem an.

»Ja, Sir. Sie hat gesagt, sie hasst Sex mit mir so sehr, dass ihr davon schlecht wird. Sie wollte lieber Sex mit ... na ja, mit anderen Frauen.«

Obwohl Gaddis die Antwort kennen musste, blickte er angemessen schockiert drein. So wie alle anderen. Er trat vom Podium zurück und beriet sich kurz mit Hank Hooten, allerdings nur so lange, bis die Geschworenen diese Information verdaut hatten. »Keine weiteren Fragen, Euer Ehren«, sagte er schließlich.

Wilbanks trat an Malcolm Vince heran, als wäre der ein geladenes Gewehr. Ein paar Minuten lang redete er um den heißen Brei herum. Laut Baggy stellt ein guter Prozessanwalt nie eine Frage, deren Antwort er nicht kennt, vor allem bei einem Zeugen, der so gefährlich ist, wie Malcolm Vince es war. Wilbanks war ein guter Anwalt, und er hatte keine Ahnung, was Malcolm von sich geben würde.

Dieser bekannte, dass er nichts für Lydia übrig habe, lieber heute als morgen geschieden werden wolle, dass die letzten Jahre mit ihr kein Vergnügen gewesen seien und so weiter. Typisches Scheidungsgerede. Er erinnerte sich, von dem Kassellaw-Mord am Morgen danach gehört zu haben. Er war nachts unterwegs gewesen und spät nach Hause gekommen. Wilbanks erzielte einen kleinen Erfolg, indem er bewies, dass Lydia in jener Nacht tatsächlich allein gewesen war, wie sie gesagt hatte.

Aber das spielte kaum eine Rolle. Die Geschworenen und wir anderen hatten immer noch daran zu kauen, welche Sünden Lydia auf sich geladen hatte.

Nach einer langen Unterbrechung erhob sich Wilbanks widerwillig und wandte sich an das Gericht. »Euer Ehren, die Verteidigung hat keine weiteren Zeugen. Allerdings will mein Mandant eine Aussage machen. Ich möchte ausdrücklich zu Protokoll geben, dass er dabei gegen meinen Rat handelt.«

»Ich nehme das zur Kenntnis«, sagte Loopus.

»Ein idiotischer Fehler. Unglaublich«, flüsterte Baggy so laut, dass ihn der halbe Saal hören konnte.

Danny Padgitt sprang auf und stolzierte zum Zeugenstand. Sein Versuch eines Lächelns wirkte wie ein selbstgefälliges Grinsen, sein Selbstvertrauen wie Frechheit. Er schwor, die Wahrheit zu sagen, aber niemand glaubte ihm.

»Warum wollen Sie unbedingt aussagen?«, war Wilbanks' erste Frage. Im Saal herrschte Totenstille.

»Weil ich will, dass diese ehrenwerten Leute erfahren, was wirklich geschehen ist«, erwiderte Padgitt mit Blick auf die Geschworenen.

»Dann sagen Sie es Ihnen«, forderte Wilbanks ihn auf, während er mit der Hand auf die Geschworenen deutete.

Padgitts Version der Ereignisse zeichnete sich durch große Kreativität aus, weil ihn niemand widerlegen konnte. Lydia war fort, Rhoda tot. Zuerst sagte er, er habe ein paar

Stunden mit seiner Freundin Lydia Vince verbracht, die keinen Kilometer von Rhoda Kassellaw entfernt gewohnt habe. Er wisse, wo Rhoda gewohnt habe, weil er sie mehrmals besucht habe. Sie habe eine feste Beziehung gewollt, aber er sei zu sehr mit Lydia beschäftigt gewesen. Ja, er sei zweimal mit Rhoda intim geworden. Sie hätten sich in den Klubs an der Staatsgrenze kennen gelernt und miteinander getrunken und getanzt. Sie sei heißblütig, für ihre lockere Moral bekannt gewesen und habe herumgeschlafen.

Bei dieser Verunglimpfung des Opfers senkte Ginger den Kopf und hielt sich die Ohren zu, was den Geschworenen nicht entging.

Er glaube den Blödsinn nicht, den Lydias Ehemann über ihre lesbischen Neigungen verbreitet habe. Sie möge Männer. Malcolm Vince lüge, damit er das Sorgerecht für das Kind bekomme.

Padgitt war kein schlechter Zeuge, aber schließlich ging es um sein Leben. Die Anworten kamen schnell, er lächelte zu oft und zu unaufrichtig in Richtung Geschworenenbank, seine Geschichte war sauber und glatt und passte zu gut. Während ich ihm zuhörte, beobachtete ich die Geschworenen und bemerkte keine großen Sympathien. Fargarson, der verkrüppelte Junge, wirkte genauso skeptisch wie bei allen anderen Zeugen. Mr John Deere hatte immer noch die Arme vor der Brust verschränkt und blickte finster drein. Miss Callie hielt nichts von Padgitt, aber wahrscheinlich hätte sie ihn wegen Ehebruchs ebenso bereitwillig ins Gefängnis geschickt wie wegen Mordes.

Wilbanks machte es kurz. Sein Mandant würde ausreichend Gelegenheit haben, sich in die Tinte zu reiten, da musste er der Anklage die Arbeit nicht noch erleichtern. Als er sich setzte, warf er den älteren Padgitts einen Blick zu, der von echtem Hass erfüllt schien. Dann wappnete er sich für die Dinge, die da kommen würden.

Einen schuldigen Verbrecher dieser Art ins Kreuzverhör zu nehmen ist der Traum jedes Staatsanwalts. Gaddis schritt bedächtig zum Tisch mit den Beweismitteln und nahm Dannys blutiges Hemd. »Beweisstück Nummer acht«, sagte er zum Protokollführer, wobei er es so hielt, dass die Geschworenen es noch einmal sehen konnten.

»Wo haben Sie dieses Hemd gekauft, Mr Padgitt?«

Danny erstarrte. Er wusste nicht recht, ob er abstreiten sollte, dass es ihm gehörte, oder ob er versuchen sollte, sich zu erinnern, wo er das Ding gekauft hatte.

»Sie haben es doch nicht gestohlen, oder?«, brüllte Gaddis ihn an.

»Nein, hab ich nicht.«

»Dann beantworten Sie meine Frage, und denken Sie bitte daran, dass Sie unter Eid stehen. Wo haben Sie dieses Hemd gekauft?« Bei diesen Worten hielt Gaddis das Hemd mit den Fingerspitzen von sich, als wäre das Blut noch feucht und könnte seinen Anzug besudeln.

»Drüben in Tupelo, glaube ich. Ich kann mich wirklich nicht erinnern. Es ist nur ein Hemd.«

»Wie lange haben Sie es schon?«

Wieder eine Pause. Welcher Mann kann sich schon erinnern, wann er ein bestimmtes Hemd gekauft hat?

»Seit einem Jahr oder so vielleicht. Ich führe über meine Kleidung nicht Buch.«

»Ich auch nicht«, sagte Gaddis. »Als Sie in jener Nacht mit Lydia im Bett lagen, hatten Sie das Hemd da ausgezogen?«

Ein sehr vorsichtiges »Ja« war die Antwort.

»Und wo war es, während Sie beide, äh, Verkehr hatten?«

»Auf dem Boden, nehme ich an.«

Nachdem feststand, dass das Hemd Danny Padgitt gehörte, machte Gaddis den Zeugen nach Strich und Faden fertig. Er holte den Bericht des Kriminallabors heraus, las ihn Danny vor und fragte, wie es komme, dass das Hemd mit seinem Blut befleckt sei. Das führte zu einer Diskussion über seine Fahrtüchtigkeit, seine Neigung zur Raserei, die Art des Fahrzeugs und die Tatsache, dass er rechtlich gesehen betrunken war, als er den Pick-up zu Schrott fuhr. Gaddis attackierte ihn, als wäre das Fahren in alkoholisiertem Zustand allein schon ein tödliches Verbrechen. Danny erwies sich erwartungsgemäß als dünnhäutig und fing an, bei Gaddis' spitzen, sardonischen Fragen hochzugehen.

Dann ging es mit den Flecken von Rhoda Kassellaws Blut weiter. Wenn Danny sich mit Lydia im Bett vergnügt und das Hemd auf dem Boden gelegen hatte, wie um alles in der Welt war dann Rhodas Blut aus ihrem fast einen Kilometer entfernten Schlafzimmer in das von Lydia gelangt?

Eine Verschwörung, sagte Danny, und schaufelte sich mit dieser neuen Theorie eine Grube, aus der er niemals herauskommen würde. Zu viel Zeit allein in einer Gefängniszelle kann für einen schuldigen Verbrecher gefährlich sein. Zum einen sei es möglich, dass jemand Rhodas Blut auf sein Hemd geschmiert habe, behauptete er, eine Theorie, die die Menge sichtlich erheiterte. Für wahrscheinlicher halte er jedoch, dass eine geheimnisvolle Person, die das Hemd untersucht habe, lüge, damit er verurteilt werde. Gaddis zerriss beide Szenarien in der Luft, doch seine schwersten Treffer landete er mit einer Reihe brutaler Fragen. Warum hatte Danny, der doch mit Sicherheit genug Geld besaß, um die besten Anwälte im Land zu engagieren, nicht selbst einen Gutachter beauftragt, der den Geschworenen vor Gericht die Sache mit den gefälschten Blutuntersuchungen erklärte?

Vielleicht hatte er einen solchen Gutachter nicht auftreiben können, weil kein Gutachter zu den albernen Schlussfolgerungen kommen konnte, die Padgitt verlangte.

Das Gleiche galt für das Sperma. Wenn Danny es in Lydias Haus produziert hatte, wie hatte es dann seinen Weg zu Rhoda gefunden? Kein Problem – es war Teil einer großen Verschwörung, deren Ziel es war, ihm das Verbrechen anzuhängen. Die Laborberichte waren gefälscht, die Arbeit der Polizei mangelhaft. Gaddis machte ihn fertig, bis wir alle erschöpft waren.

Um halb eins stand Wilbanks auf und schlug vor, in die Mittagspause zu gehen. »Ich bin noch nicht fertig!«, brüllte Gaddis durch den Saal. Er wollte sein Werk der Vernichtung beenden, bevor Wilbanks seinen Mandanten in die Finger bekam und versuchte, ihn zu rehabilitieren, eine Aufgabe, die allerdings unmöglich schien. Padgitt hing angeschlagen und nach Luft ringend in den Seilen, und Gaddis hatte nicht die geringste Absicht, sich in eine neutrale Ecke zurückzuziehen.

»Fahren Sie fort«, sagte Richter Loopus.

»Was haben Sie mit dem Messer getan?«, rief Gaddis unvermittelt.

Die Frage überraschte alle, insbesondere den Zeugen, der zurückfuhr und hastig sagte: »Ich, äh …« Dann verstummte er.

»Sie *was*? Kommen Sie, Mr Padgitt, erzählen Sie uns, was Sie mit dem Messer, mit der Mordwaffe, getan haben.«

Danny schüttelte verzweifelt den Kopf. Er sah aus, als hätte er Angst, noch etwas zu sagen. »Was für ein Messer?«, stieß er hervor. Wäre das Messer in diesem Moment aus seiner Tasche zu Boden gefallen, er hätte nicht schuldiger wirken können.

»Das Messer, mit dem Sie Rhoda Kassellaw niedergestochen haben.«

»Das war ich nicht.«

Wie ein grausamer Henker, der die Hinrichtung in die Länge zieht, legte Gaddis eine Pause ein und beriet sich erneut mit Hank Hooten. Dann griff er nach dem Autopsiebericht und fragte Danny, ob er sich an die Aussage des ersten Pathologen erinnere. Sei dessen Bericht auch Teil der Verschwörung? Danny wusste nicht recht, was er antworten sollte. Nachdem das gesamte Beweismaterial gegen ihn verwendet werde, müsse der wohl auch gefälscht sein.

Und der Hautfetzen unter Rhoda Kassellaws Fingernagel, der war auch Teil der Verschwörung? Und sein eigenes Sperma? Gaddis war unerbittlich. Gelegentlich warf Wilbanks Dannys Vater einen Blick über die Schulter zu, der besagte: »Ich hatte Sie gewarnt.«

Dass Danny Padgitt als Zeuge aussagte, gab Gaddis die Gelegenheit, noch einmal das gesamte Beweismaterial breitzutreten. Die Wirkung war verheerend. Seine schwachen Proteste, dass alles aufgrund einer Verschwörung manipuliert worden sei, klangen lächerlich, geradezu albern. Es war ein Genuss zu sehen, wie er vor den Augen der Geschworenen zugrunde gerichtet wurde. Die Guten waren am Gewinnen. Die Geschworenen sahen aus, als könnten sie jeden Augenblick zu den Gewehren greifen und sich zum Erschießungskommando formieren.

Gaddis warf seinen Notizblock auf den Tisch. Es schien, als könnten wir nun endlich in die Mittagspause gehen. Da rammte er beide Hände in die Hosentaschen, funkelte den Zeugen wütend an und knurrte: »Sagen Sie unter Eid vor diesen Geschworenen aus, dass Sie Rhoda Kassellaw nicht vergewaltigt und ermordet haben?«

»Ich habe es nicht getan.«

»Sie sind ihr an jenem Samstagabend nicht von der Staatsgrenze nach Hause gefolgt?«

»Nein.«

»Und sie sind nicht durch die Terrassentür ins Haus geschlichen?«

»Nein.«

»Und haben sich auch nicht in ihrem Wandschrank versteckt, bis sie die Kinder ins Bett gebracht hatte?«

»Nein.«

»Und Sie haben sie auch nicht angegriffen, als sie hereinkam, um ihr Nachthemd anzuziehen?«

»Nein.«

Wilbanks erhob sich erbost. »Einspruch, Euer Ehren. Mr Gaddis macht hier selbst eine Aussage.«

»Abgelehnt!«, fauchte Loopus in Richtung Verteidigung. Der Richter wollte einen fairen Prozess. Um die vielen Lügen der Verteidigung auszugleichen, ließ er der Anklage bei der Beschreibung des Verbrechens Raum.

»Sie haben ihr nicht mit einem Schal die Augen verbunden?«

Padgitt schüttelte ununterbrochen den Kopf, während die Schilderung ihrem Höhepunkt zustrebte.

»Und ihr auch nicht mit Ihrem Messer das Höschen vom Leib geschnitten?«

»Nein.«

»Und Sie haben sie nicht in ihrem eigenen Bett vergewaltigt, während ihre beiden kleinen Kinder in der Nähe schliefen?«

»Habe ich nicht.«

»Und die Kinder wurden auch nicht durch den Lärm geweckt?«

»Nein.«

Gaddis trat so dicht an die Zeugenbank heran, wie es der Richter zuließ, und blickte die Geschworenen traurig an. Dann wandte er sich an Danny. »Michael und Teresa wollten nach ihrer Mutter sehen, nicht wahr, Mr Padgitt?«

»Das weiß ich nicht.«

»Und sahen, wie Sie auf ihr lagen, stimmt's?«

»Ich war nicht dort.«

»Rhoda hörte ihre Stimmen, richtig? Hat sie Sie angeschrien, Sie gebeten, aufzuhören?«

»Ich war nicht dort.«

»Und Rhoda tat das, was jede Mutter getan hätte – sie schrie den Kindern zu, wegzulaufen, nicht wahr, Mr Padgitt?«

»Ich war nicht dort.«

»Sie *waren* dort!«, dröhnte Gaddis, dass die Wände zu erbeben schienen. »Ihr Hemd war dort, Ihre Fußabdrücke waren dort, Sie haben Ihr Sperma hinterlassen! Halten Sie diese Geschworenen für dumm, Mr Padgitt?«

Der Zeuge schüttelte unverwandt den Kopf, während Gaddis langsam zu seinem Stuhl zurückging und ihn unter dem Tisch hervorzog. Bevor er sich setzte, sagte er: »Sie sind ein Vergewaltiger. Sie sind ein Mörder. Und Sie sind ein Lügner, nicht wahr, Mr Padgitt?«

Wilbanks war aufgesprungen und schrie: »Einspruch, Euer Ehren! Das reicht!«

»Akzeptiert. Noch Fragen, Mr Gaddis?«

»Nein, Euer Ehren, die Anklage ist mit diesem Zeugen fertig.«

»Möchten Sie Ihre Befragung fortsetzen, Mr Wilbanks?«

»Nein, Euer Ehren.«

»Der Zeuge ist entlassen.« Langsam stand Danny auf. Lange schon war ihm das Grinsen vergangen, keine Spur von Großspurigkeit war mehr zu entdecken. Sein Gesicht war rot vor Wut und nass vom Schweiß.

Während er sich anschickte, an den Tisch der Verteidigung zurückzukehren, wandte er sich plötzlich an die Geschworenen und sagte etwas, das alle im Saal wie ein Schlag vor den Kopf traf. Sein Gesicht verzerrte sich zu einer hasserfüllten Grimasse, und er stach mit dem rechten Zeigefinger in die Luft. »Wenn ihr mich verurteilt«, sagte er, »mache ich euch fertig, und zwar jeden Einzelnen von euch!«

»Gerichtsdiener!«, rief Richter Loopus, während er nach seinem Hammer griff. »Das reicht, Mr Padgitt.«

»Jeden Einzelnen von euch!«, wiederholte Danny lauter. Gaddis sprang auf, wusste aber nicht, was er sagen sollte. Warum auch? Der Angeklagte brachte sich selbst um Kopf und Kragen. Wilbanks erhob sich ebenfalls, war aber ebenso ratlos. Zwei Deputys stürzten sich auf Padgitt und stießen ihn zum Tisch der Verteidigung. Bei seinem Abgang funkelte er die Geschworenen an, als hätte er am liebsten eine Granate auf sie geworfen.

Nachdem sich die Dinge wieder beruhigt hatten, stellte ich fest, dass mein Herz vor Aufregung raste. Selbst Baggy war zu verblüfft, um etwas zu sagen.

»Mittagspause«, verkündete der Richter, und wir verließen fluchtartig den Saal. Ich hatte keinen Hunger mehr. Am liebsten wäre ich nach Hause gefahren, um eine Dusche zu nehmen.

18

Die Verhandlung ging um fünfzehn Uhr weiter. Alle Geschworenen waren anwesend, die Padgitts hatten während der Mittagspause keinen um die Ecke gebracht. Miss Callie lächelte mir zu, aber es wirkte nicht überzeugend.

Richter Loopus erklärte den Geschworenen, dass nun die Schlussplädoyers folgen würden. Danach lese er ihnen seine offiziellen Anweisungen vor. In wenigen Stunden liege die Entscheidung über den Fall bei ihnen. Sie hörten aufmerksam zu, aber ich bin mir sicher, sie hatten sich noch nicht davon erholt, dass man so offen versucht hatte, sie einzuschüchtern. Die gesamte Stadt stand unter Schock. Die Geschworenen vertraten die Bürger der Stadt, und wer sie bedrohte, bedrohte uns alle.

Gaddis fing an. Binnen weniger Minuten kam er erneut auf das blutige Hemd zu sprechen, wobei er sehr darauf achtete, es nicht zu übertreiben. Die Geschworenen verstanden ohnehin. Sie kannten das Beweisstück mittlerweile gut.

Der Bezirksstaatsanwalt arbeitete gründlich, fasste sich aber überraschend kurz. Als er zum letzten Mal um einen Schuldspruch bat, beobachteten wir die Gesichter der Geschworenen. Ich konnte keine Sympathie für den Angeklagten entdecken. Fargarson, der verkrüppelte Junge, nickte bei Gaddis' Ausführungen sogar. Mr John Deere hatte seine Arme entknotet und lauschte auf jedes Wort.

Wilbanks fasste sich noch kürzer, aber er hatte auch kaum Material, mit dem er hätte arbeiten können. Er begann mit den letzten Worten seines Mandanten an die Geschworenen und entschuldigte sich für dessen Verhalten, das er dem Druck zuschrieb, unter dem er im Augenblick stehe. Stellen Sie sich vor, bat er die Geschworenen, wie es ist, wenn einem mit vierundzwanzig ein Leben im Gefängnis oder, noch schlimmer, die Gaskammer droht. Der Stress für seinen jungen Mandanten, den er immer nur »Danny« nannte, als wäre er ein unschuldiger kleiner Junge, sei so enorm, dass er um dessen seelisches Gleichgewicht fürchte.

Da er schlecht die alberne Verschwörungstheorie seines Mandanten weiterverfolgen konnte und es tunlichst vermeiden wollte, das Beweismaterial anzusprechen, verbrachte er etwa eine halbe Stunde damit, die heldenhaften Väter unserer Verfassung und der ersten zehn Verfassungszusätze zu preisen. So wie er die Unschuldsvermutung und den über jeden Zweifel erhabenen Beweis interpretierte, war es ein Wunder, dass überhaupt jemals ein Verbrecher verurteilt wurde.

Die Anklage hatte das Recht auf eine Erwiderung, die Verteidigung nicht. So behielt Gaddis das letzte Wort. Er ignorierte das Beweismaterial und erwähnte den Angeklagten mit keinem Wort, sondern sprach stattdessen von Rhoda Kassellaw. Von ihrer Jugendlichkeit und Schönheit, von dem einfachen Leben draußen in Beech Hill, dem Tod ihres Mannes und der schweren Aufgabe, zwei kleine Kinder allein großzuziehen.

Das zeigte große Wirkung, und die Geschworenen lauschten gebannt. »Wir dürfen sie nicht vergessen«, wiederholte Gaddis immer wieder. Als brillanter Redner sparte er sich das Beste für zuletzt auf.

»Und wir dürfen ihre Kinder nicht vergessen«, sagte er und sah den Geschworenen dabei in die Augen. »Sie waren dabei, als sie starb. Was sie gesehen haben, war so entsetzlich, dass sie für immer Narben davontragen werden. Sie haben hier in diesem Sitzungssaal eine Stimme, und diese Stimme ist die Ihre.«

Richter Loopus las den Geschworenen seine Instruktionen vor und schickte sie dann zur Beratung. Es war siebzehn Uhr. Um diese Uhrzeit waren die Geschäfte am Clanton Square geschlossen und Kaufleute und Kunden längst fort. Normalerweise herrschte kaum Verkehr, und man fand mühelos einen Parkplatz.

Aber nicht, wenn Geschworene berieten.

Ein Großteil der Menge lungerte rauchend und schwatzend auf dem Rasen vor dem Gericht herum, wobei jeder abzuschätzen versuchte, wie lange die Urteilsfindung dauern mochte. Ginger folgte mir zu meinem Büro, wo wir uns auf dem Balkon niederließen und das Treiben rund um das Gerichtsgebäude beobachteten. Sie war emotional ausgelaugt und wollte nichts anderes, als Ford County so schnell wie möglich verlassen.

»Wie gut kennst du Hank Hooten?«, fragte sie irgendwann.

»Nur vom Sehen. Warum?«

»Er hat mich in der Mittagspause abgefangen und mir erzählt, dass er Rhoda gut kannte. Er sagte, er weiß genau, dass sie nicht herumgeschlafen hat, und schon gar nicht mit Danny Padgitt. Ich habe gesagt, dass ich nicht eine Sekunde lang geglaubt habe, dass sie was mit diesem Drecksack hatte.«

»Hat er gesagt, dass er selbst was mit ihr hatte?«

»Dazu hat er sich nicht geäußert, aber ich hatte den Eindruck, dass da was war. Als wir eine Woche oder so nach der Beerdigung ihre Sachen durchgingen, habe ich seinen

Namen und seine Telefonnummer in ihrem Adressbuch gefunden.«

»Du kennst doch Baggy?«, sagte ich.

»Ja.«

»Also, Baggy hat schon immer hier gelebt und denkt, er weiß alles. Er hat mir, als der Prozess am Montag anfing, erzählt, Rhoda und Hank Hooten hätten ein Verhältnis gehabt. Er sagte, Hooten sei ein paarmal verheiratet gewesen und halte sich für einen Frauenhelden.«

»Er ist also nicht mehr verheiratet?«

»Ich glaube nicht. Ich werde Baggy fragen.«

»Wahrscheinlich sollte ich mich freuen, dass meine Schwester was mit einem Juristen hatte.«

»Wieso das?«

»Keine Ahnung.«

Sie hatte ihre hohen Schuhe ausgezogen, und ihr kurzer Rock war weit nach oben gerutscht. Ich fing an, ihre Schenkel zu massieren und vergaß den Prozess.

Aber nicht für lange. Am Haupteingang des Gerichtsgebäudes entstand Aufruhr, und ich hörte, wie jemand »Das Urteil!« rief.

Nachdem sie sich kaum eine Stunde lang beraten hatten, waren die Geschworenen bereit. Sobald Anwälte und Zuschauer Platz genommen hatten, wandte Richter Loopus sich an den Gerichtsdiener. »Bringen Sie sie herein.«

»Schuldiger geht's nicht«, flüsterte Baggy mir zu, als die Tür aufging und Fargarson als erster hereinhumpelte. »Ein schnelles Urteil bedeutet immer einen Schuldspruch.«

Ich erinnerte mich noch sehr gut daran, dass Baggy prophezeit hatte, die Geschworenen würden sich nicht einstimmig entscheiden können, aber das behielt ich für mich, zumindest damals.

Der Sprecher der Geschworenen reichte dem Gerichtsdiener ein zusammengefaltetes Stück Papier, das dieser wiederum an den Richter weitergab. Loopus studierte es lange, bevor er sich zu seinem Mikrofon beugte. »Ich bitte den Angeklagten, sich zu erheben«, sagte er. Langsam und widerstrebend, als hätte das Erschießungskommando bereits angelegt, standen Padgitt und Wilbanks auf.

Richter Loopus las vor: »Zu Punkt eins, der Anklage wegen Vergewaltigung, befinden wir als Geschworene den Angeklagten Danny Padgitt für schuldig. Zu Punkt zwei, der Anklage wegen vorsätzlichen Mordes, befinden wir als Geschworene den Angeklagten Danny Padgitt für schuldig.«

Wilbanks ließ sich nichts anmerken, und auch Padgitt bemühte sich um Gelassenheit. Er sah die Geschworenen so giftig wie möglich an, aber diese erwiderten seine Blicke mit ähnlich großer Abneigung.

»Sie können Platz nehmen«, sagte der Richter. Dann wandte er sich an die Geschworenen. »Meine Damen und Herren, ich möchte mich für die Arbeit bedanken, die Sie bis jetzt geleistet haben. Wir kommen nun zum Strafmaß. Sie entscheiden darüber, ob der Angeklagte zum Tode oder zu einer lebenslangen Freiheitsstrafe verurteilt wird. Sie werden jetzt in Ihr Hotel zurückkehren, und die Verhandlung wird bis morgen neun Uhr unterbrochen. Danke und guten Abend.«

Es war so schnell vorüber, dass einige Zuschauer sich für einen Augenblick nicht von der Stelle rührten. Padgitt wurde – diesmal in Handschellen – hinausgeführt. Seine Angehörigen wirkten völlig verstört. Wilbanks hatte keine Zeit, mit ihnen zu reden.

Baggy und ich gingen zum Büro, wo wir wie wild auf die Tasten eindroschen. Unsere Deadline war erst in einigen Tagen, aber wir wollten den Augenblick einfangen. Wie üblich setzte Baggy sich jedoch nach einer halben Stunde ab, da der Ruf des Whiskeys übermächtig wurde. Es war schon fast dunkel, als Ginger zurückkam. Sie hatte enge Jeans und ein enges T-Shirt an und trug das Haar offen. Ihr Blick sagte: »Bring mich von hier weg.«

Wir legten erneut einen Zwischenstopp bei Quincy ein, wo ich uns ein Sixpack für die Fahrt kaufte. Mit offenem Verdeck, sodass uns die schwülwarme Luft um die Nase wehte, fuhren wir ins neunzig Minuten entfernte Memphis.

Sie sprach wenig, und ich drängte sie nicht. Sie war von ihrer Familie überredet worden, an dem Prozess teilzunehmen, hatte sich diesen Alptraum nicht selbst ausgesucht. Zum Glück hatte sie mich gefunden, und wir hatten ein wenig Spaß miteinander gehabt.

Ich werde jene Nacht nie vergessen: wie ich durch die dunklen Nebenstraßen raste, kaltes Bier trank und Händchen hielt mit einer schönen Frau, mit der ich bereits geschlafen hatte und mit der ich wieder schlafen würde.

Unserer kleinen Romanze blieben nur noch wenige Stunden. Baggy meinte, die Entscheidung über das Strafmaß werde weniger als einen Tag in Anspruch nehmen. Das hieß, dass der Prozess am folgenden Tag, einem Freitag, sein Ende finden würde. Ginger konnte es nicht erwarten, den Staub Clantons von ihren Füßen zu schütteln, und es war ausgeschlossen, dass ich mit ihr ging. Ich hatte einen Atlas konsultiert – Springfield, Missouri, war weit weg, mindestens sechs Stunden Fahrt von Clanton. Zu pendeln wäre schwierig, obwohl ich es auf jeden Fall versuchen würde, wenn sie das wollte. Aber etwas sagte mir, dass Ginger ebenso plötzlich aus meinem Leben verschwinden würde, wie sie aufgetaucht war. Bestimmt hatte sie zu Hause einen Freund, was bedeutete, dass ich dort nicht willkommen wäre. Und meine Anwesenheit in Springfield würde sie an Ford County erinnern.

Ich drückte ihre Hand und schwor mir, aus den wenigen Stunden, die uns blieben, das Beste zu machen.

In Memphis hielten wir auf die Hochhäuser am Fluss zu. Das bekannteste Restaurant der Stadt war ein Sparerib-Lokal namens »Rendezvous«, das man als Einheimischer einfach kennen musste. Es gehörte einer griechischen Familie. Fast alle guten Speiselokale in Memphis befanden sich in griechischem oder italienischem Besitz.

1970 war die Innenstadt von Memphis noch ein gefährlicher Ort. Ich stellte den Wagen in einer Parkgarage ab, und wir hasteten durch eine Gasse zum Eingang des »Rendezvous«. Der Rauch von den Grillfeuern stieg aus den Lüftungsklappen und hing wie ein dichter Nebel zwischen den Gebäuden. Es war der köstlichste Duft, den ich kannte, und wie die meisten Gäste war ich völlig ausgehungert, als wir die Treppe zum Restaurant hinuntergestiegen waren.

Donnerstag war ein ruhiger Tag. Wir warteten fünf Minuten, bis mein Name aufgerufen wurde. Ein Kellner führte uns im Zickzack zwischen den Tischen hindurch in die kleineren Nebenräume im Inneren der Gewölbe. Er zwinkerte mir zu, als er uns einen Zweiertisch in einer dunklen Ecke gab. Wir bestellten Spareribs und Bier und fummelten aneinander herum, während wir warteten.

Der Schuldspruch war eine große Erleichterung. Ein anderes Urteil hätte eine Katastrophe für jeden Staatsbürger dargestellt, und Ginger hätte die Stadt fluchtartig und auf Nimmerwiedersehen verlassen. Nun würde sie Clanton zwar morgen fluchtartig verlassen, aber für den Augenblick gehörte sie noch mir. Wir tranken auf das Urteil. Für Ginger bedeutete es, dass die Gerechtigkeit obsiegt hatte. Für mich ebenfalls, aber es hieß auch, dass uns eine weitere gemeinsame Nacht blieb.

Sie aß wenig, und ich machte mich über ihre Spareribs her, nachdem ich meine Portion vertilgt hatte. Ich erzählte von Miss Callie und den Mittagessen auf ihrer Veranda, von ihren bemerkenswerten Kindern und ihrer Lebensgeschichte. Ginger sagte, sie bewundere Miss Callie und die anderen elf Geschworenen.

Diese Bewunderung sollte nicht lange anhalten.

Wie zu erwarten war, hatte sich mein Vater in der Mansarde verschanzt, die er als Büro bezeichnete. In Wirklichkeit handelte es sich um das oberste Stockwerk eines viktorianischen Eckturmes an der Vorderseite unseres schäbigen, ungepflegten Hauses mitten in Memphis. Ginger hatte es sehen wollen, und in der Dunkelheit wirkte es wesentlich eindrucksvoller als bei Tageslicht. Es stand in einem bezaubernden alten Viertel mit schattigen Straßen voller verfallender Häuser, die einst wohlhabenden Familien gehörten, welche nun tapfer in edler Armut lebten.

»Was tut er da oben?«, wollte sie wissen. Wir saßen in meinem Auto, das mit abgestelltem Motor am Straßenrand stand. Vier Häuser weiter bellte uns Mrs Duckworths uralter Schnauzer an.

»Das habe ich dir doch schon gesagt. Er handelt mit Wertpapieren.«

»Nachts?«

»Er betreibt Marktforschung und geht nie aus dem Haus.«

»Verliert er Geld?«

»Zumindest verdient er keins.«

»Sollen wir ihn besuchen?«

»Nein, darüber würde er sich nur ärgern.«

»Wann hast du ihn zum letzten Mal gesehen?«

»Vor drei oder vier Monaten.« Ein Besuch bei meinem Vater war das Letzte, wonach mir im Augenblick der Sinn stand. Ich wurde von Lust verzehrt und wollte endlich zur Sache kommen. Wir fuhren aus dem Stadtzentrum hinaus in die Vorstädte und fanden ein Holiday Inn in der Nähe des Interstate.

19

Als ich am Freitagmorgen im Gang vor dem Sitzungssaal Esau Ruffin begegnete, hatte dieser eine angenehme Überraschung für mich. Er befand sich in Begleitung seiner Söhne Al, Max und Bobby (Alberto, Massimo und Roberto), die mich kennen lernen wollten. Ich hatte mit allen dreien einen Monat zuvor telefoniert, als ich an der Reportage über Miss Callie und ihre Kinder geschrieben hatte. Wir schüttelten uns die Hand und wechselten ein paar freundliche Worte. Sie dankten mir höflich für meine Freundschaft mit ihrer Mutter und für den wohlwollenden Bericht über ihre Familie. Ihre Stimme war ebenso leise, angenehm und deutlich wie die von Miss Callie.

Sie waren am Vorabend eingetroffen, um sie moralisch zu unterstützen. Esau hatte in der ganzen Woche nur einmal mit ihr gesprochen – jeder Geschworene durfte einmal telefonieren –, und es ging ihr gut, aber sie machte sich Sorgen wegen ihres Blutdrucks.

Wir unterhielten uns kurz, während die Menge in den Saal drängte, und gingen zusammen hinein. Die Ruffins saßen direkt hinter mir. Als Miss Callie wenige Augenblick später ihren Platz einnahm, sah sie sich nach mir um und entdeckte dabei ihre drei Söhne. Ihr strahlendes Lächeln erhellte den Raum, und die Müdigkeit um ihre Augen war mit einem Schlag verschwunden.

Während der Verhandlung hatte ich einen gewissen Stolz in ihrem Gesicht entdeckt. Sie saß Seite an Seite mit ihren Mitbürgern auf einem Platz, den noch kein Schwarzer vor ihr eingenommen hatte, und urteilte zum ersten Mal in Ford County über einen Weißen. Gleichzeitig entdeckte ich Spuren der Angst, die jeden packt, der sich auf unerforschtes Gelände wagt.

Jetzt, da ihre Söhne anwesend waren und sie beobachteten, war ihr Gesicht wieder von Stolz erfüllt und jede Spur von Furcht verschwunden. Sie saß ein wenig aufrechter, und obwohl ihr auch bis jetzt nichts im Saal entgangen war, schossen ihre Augen nun hin und her in dem Bemühen, alles zu erfassen, damit sie ihrer Aufgabe gerecht werden konnte.

Richter Loopus erklärte den Geschworenen, die Anklage werde in diesem Stadium des Verfahrens Beweise für erschwerende Umstände präsentieren, die ihrer Meinung nach die Todesstrafe rechtfertigten, während die Verteidigung mildernde Umstände geltend machen werde. Er rechnete nicht damit, dass es lange dauern würde. Es war Freitag, der Prozess hatte sich bereits endlos hingezogen, die Geschworenen und jeder andere in Clanton wollten mit Padgitt abschließen und zur Normalität zurückkehren.

Ernie Gaddis schätzte die Stimmung im Saal richtig ein. Er dankte den Geschworenen für ihren Schuldspruch und erklärte, er halte zusätzliche Zeugenaussagen für überflüssig. Das Verbrechen sei so abscheulich, dass er keine weiteren erschwerenden Umstände anführen könne. Er bat die Geschworenen, sich an die drastischen Fotos von Rhoda Kassellaw auf Mr Deece' Hollywoodschaukel, die Aussage des Pathologen über ihre entsetzlichen Wunden und daran, wie sie gestorben war, zu erinnern. Und denken Sie an ihre Kinder, bitte vergessen Sie die Kinder nicht.

Als wäre das möglich gewesen.

Er hielt ein leidenschaftliches Plädoyer für die Todesstrafe mit einem kurzen historischen Exkurs, um zu erklären, warum wir als gute, ehrliche Amerikaner so fest an ihren Sinn glaubten. Er erläuterte, warum sie gleichzeitig Abschreckung und Strafe sei. Er zitierte die Bibel.

In seinen fast dreißig Jahren als Staatsanwalt in sechs Countys habe er nie einen Fall erlebt, der so sehr nach der Todesstrafe verlangt habe. Als ich die Gesichter der Geschworenen sah, war ich davon überzeugt, dass er bekommen würde, was er verlangte.

Zum Schluss erinnerte er die Geschworenen daran, dass sie bei ihrer Wahl am Montag versprochen hätten, dem Gesetz Genüge zu tun. Er las ihnen das Gesetz über den Vollzug der Todesstrafe vor. »Der Staat von Mississippi hat seine Beweise erbracht«, sagte er, als er das große grüne Gesetzbuch schloss. »Sie haben Danny Padgitt der Vergewaltigung und des Mordes für schuldig befunden. Dafür verlangt das Gesetz die Todesstrafe. Es ist Ihre Pflicht, sie zu verhängen.«

Gaddis fesselnder Auftritt dauerte einundfünfzig Minuten – ich versuchte, jede Einzelheit festzuhalten –, und als er geendet hatte, war ich davon überzeugt, dass die Geschworenen Padgitt am liebsten nicht einmal, sondern zweimal hängen würden.

Wenn man Baggy glauben durfte, ergriff bei Kapitalverbrechen normalerweise der Angeklagte das Wort, wenn er trotz seiner Unschuldsbeteuerungen während des Prozesses von den Geschworenen für schuldig befunden worden war, und sagte, er bereue das Verbrechen, das er die ganze Woche über abgestritten hatte, aus tiefstem Herzen. »Sie betteln und weinen«, sagte Baggy. »Ein ganz schönes Theater.«

Aber nach Padgitts katastrophalem Auftritt vom Vortag war es ausgeschlossen, dass man ihn in die Nähe der Geschworenen ließ. Stattdessen rief Wilbanks seine Mutter Lettie Padgitt in den Zeugenstand, eine Frau um die fünfzig mit angenehmen Gesichtszügen und kurzem, ergrauendem Haar. Sie trug ein schwarzes Kleid, als wäre sie bereits in Trauer um ihren Sohn. Unter Wilbanks' Anleitung begann sie unsicher mit ihrer Aussage, die bis zum kleinsten Stocken der Stimme eingeübt schien. Danny als kleiner Junge, der jeden Tag nach der Schule zum Angeln ging, sich das Bein brach, als er aus einem Baumhaus fiel, und in der vierten Klasse einen Rechtschreibpreis gewann ... Damals hatte er ihr nie Ärger gemacht, niemals. Als Kind hatte es überhaupt nie Probleme mit ihm gegeben, er hatte ihr nur Freude bereitet. Seine älteren Brüder hatten ständig etwas ausgeheckt, aber nicht Danny.

Ihre Aussage war so dumm und die Absicht so offenkundig, dass es geradezu lächerlich wirkte. Aber unter den Geschworenen waren drei Mütter – Miss Callie, Mrs Barbara Baldwin und Maxine Root –, und auf eine von ihnen hatte Wilbanks es abgesehen. Er brauchte nur eine einzige.

Mrs Padgitt brach bald in Tränen aus, was nicht weiter verwunderlich war. Sie könne nicht glauben, dass ihr Sohn ein solch entsetzliches Verbrechen begangen habe, aber wenn die Geschworenen es sagten, werde sie versuchen, das zu akzeptieren. Doch warum mussten sie ihn ihr wegnehmen? Warum mussten sie ihren kleinen Jungen töten? Was hatte die Welt davon, wenn er umgebracht wurde?

Ihr Schmerz war echt. Es war schwer zu ertragen, ihre Gefühle so entblößt zu sehen. Jedes menschliche Wesen musste Mitgefühl für eine Mutter empfinden, die ein Kind verlieren sollte. Schließlich brach sie zusammen, und Wilbanks ließ sie schluchzend auf der Zeugenbank sitzen. Was als gestelltes Theater begonnen hatte, endete in einem herzzerreißenden Flehen, angesichts dessen die meisten Geschworenen den Blick senkten und auf den Boden starrten.

Wilbanks sagte, er habe keine weiteren Zeugen. Nachdem er und Gaddis kurze Schlussplädoyers gehalten hatten, wurde der Fall noch vor elf Uhr erneut den Geschworenen übergeben.

Ginger verschwand in der Menge. Ich wartete in meinem Büro auf sie. Als sie nicht erschien, ging ich zur Kanzlei von Harry Rex auf der anderen Seite des Clanton Square. Er ließ seine Sekretärin Sandwichs holen, die wir in seinem überfüllten Besprechungszimmer aßen. Wie die meisten Anwälte in Clanton hatte er die gesamte Woche im Sitzungssaal verbracht und einen Prozess beobachtet, der ihm finanziell nichts einbrachte.

»Wird Ihre Freundin umfallen?«, erkundigte er sich, den Mund voller Putenfleisch und Schweizer Käse.

»Miss Callie?«, fragte ich.

»Ja. Ist sie mit der Gaskammer einverstanden?«

»Keine Ahnung, darüber haben wir nicht gesprochen.«

»Wir glauben alle, dass sie und der verkrüppelte Junge die unsichersten Kandidaten sind.«

Harry Rex hatte sich hinter den Kulissen so in dem Fall engagiert, dass man hätte denken können, er arbeite für Ernie Gaddis und die Staatsanwaltschaft. Aber er war nicht der einzige Anwalt der Stadt, der die Anklage insgeheim unterstützte.

»Über den Schuldspruch waren sie sich innerhalb von sechzig Minuten einig«, gab ich zu bedenken. »Ist das kein gutes Zeichen?«

»Vielleicht, aber Geschworene tun seltsame Dinge, wenn sie ein Todesurteil unterzeichnen sollen.«

»Na und? Dann bekommt er eben lebenslänglich. Nach

dem, was ich über Parchman gehört habe, ist das Leben dort schlimmer als die Gaskammer.«

»Lebenslänglich heißt nicht lebenslänglich, Willie«, sagte er und wischte sich das Gesicht mit einer Papierserviette ab.

Ich hielt inne, während er einen weiteren Bissen nahm. »Was bedeutet lebenslänglich?«, fragte ich.

»Zehn Jahre, vielleicht weniger.«

Ich versuchte, das zu verstehen. »Sie meinen, lebenslänglich bedeutet in Mississippi zehn Jahre?«

»Sie haben es erfasst. Ein zu lebenslänglich verurteilter Mörder kann nach zehn Jahren – bei guter Führung auch weniger – auf Bewährung entlassen werden. Verrückt, finden Sie nicht?«

»Aber warum ...«

»Versuchen Sie nicht, es zu verstehen, Willie, so ist das Gesetz. Schon seit fünfzig Jahren. Das Schlimmste ist, dass die Geschworenen das nicht wissen und niemand es ihnen sagen darf. Etwas Krautsalat?«

Ich schüttelte den Kopf.

»Unser ehrenwertes Oberstes Gericht hat entschieden, dass Geschworene, die wissen, wie kurz lebenslänglich in Wirklichkeit ist, eher die Todesstrafe verhängen könnten. Das wäre unfair gegenüber dem Angeklagten.«

»Lebenslänglich bedeutet zehn Jahre«, murmelte ich vor mich hin. In Mississippi waren die Wein- und Spirituosenhandlungen an Wahltagen geschlossen, als hätten sich die Wähler betrinken und deswegen die Falschen wählen können. Auch ein unglaubliches Gesetz.

»Sie haben's erfasst«, sagte Harry Rex, bevor er sein Sandwich mit einem letzten großen Bissen verschwinden ließ. Er nahm einen Umschlag von einem Regalbrett, öffnete ihn und schob mir ein großes Schwarzweißfoto hin. »Erwischt, Kumpel«, sagte er lachend.

Es war ein Foto von mir, wie ich am Donnerstagmorgen überstürzt Gingers Motelzimmer verließ. Ich wirkte müde, übernächtigt, irgendwie schuldbewusst, aber gleichzeitig merkwürdig zufrieden.

»Wer hat es gemacht?«, wollte ich wissen.

»Einer meiner Leute, der an einem Scheidungsfall arbeitet. Als er Ihr kleines Kommunistenauto an dem Abend vorfahren sah, hat er sich ein Späßchen erlaubt.«

»Er war nicht der Einzige, der Spaß hatte.«

»Eine tolle Frau. Er hat versucht, durch die Vorhänge zu fotografieren, aber der Winkel stimmte nicht.«

»Soll ich es für Sie signieren?«

»Behalten Sie's.«

Nach dreistündigen Beratungen übergaben die Geschworenen Richter Loopus einen Zettel mit einer Nachricht. Die Beratungen waren festgefahren und machten kaum Fortschritte. Der Richter rief die Zuschauer herbei, und wir rasten über die Straße.

Wenn die Geschworenen nicht einstimmig für die Todesstrafe stimmten, zwang das Gesetz den Richter, eine lebenslängliche Freiheitsstrafe zu verhängen.

Furcht packte die Menge, während sie auf die Geschworenen wartete. Etwas lief da schief. Hatten die Padgitts ihr Ziel schließlich doch erreicht?

Miss Callies Gesicht war wie versteinert. So hatte ich sie noch nie gesehen. Mrs Barbara Baldwin hatte offenkundig geweint. Mehrere der Männer sahen aus, als wären sie gewaltsam daran gehindert worden, sich an die Gurgel zu gehen, und hätten sich am liebsten weitergeprügelt.

Der Sprecher der Geschworenen erhob sich und erklärte dem Gericht nervös, die Geschworenen seien geteilter Meinung und hätten während der letzten Stunde keinerlei Fortschritte gemacht. Er sehe keine Möglichkeit für ein einstimmiges Urteil, und alle wollten nun nach Hause.

Richter Loopus fragte alle Geschworenen einzeln, ob sie ein einstimmiges Urteil für möglich hielten. Alle antworteten mit Nein.

Ich konnte spüren, wie die Menge wütend wurde. Die Leute fingen an zu flüstern, was die Aufgabe der Geschworenen nicht gerade erleichterte.

Nun ließ Richter Loopus seine »Sprengladung« hochgehen, wie Baggy es später nannte, eine improvisierte Lektion über die Einhaltung des Gesetzes und die Erfüllung der bei der Auswahl der Geschworenen eingegangenen Verpflichtungen. Es war eine strenge, langwierige Ermahnung, hinter der nicht zuletzt die nackte Verzweiflung stand.

Es half nichts. Zwei Stunden später hörte der Saal zum allgemeinen Entsetzen, dass Richter Loopus auf seine erneute Befragung der Geschworenen dieselben Antworten erhielt. Widerwillig bedankte er sich bei ihnen und schickte sie nach Hause.

Als sie weg waren, rief er Danny Padgitt zu sich und kanzelte ihn in aller Öffentlichkeit ab, dass es mir kalt über den Rücken lief. Er nannte ihn einen Vergewaltiger, Mörder, Feigling, Lügner und vor allem einen Dieb, der zwei kleinen Kindern den einzigen verbliebenen Elternteil geraubt habe. Es war ein glühender, vernichtender Angriff. Ich versuchte, Wort für Wort mitzuschreiben, aber die Attacke war so mitreißend, dass ich damit aufhörte und gebannt lauschte. Ein fanatischer Straßenprediger hätte die Sünde nicht schlimmer verfluchen können.

Hätte es in seiner Macht gestanden, dann hätte er ihn zum Tod verurteilt, und zwar zu einem langsamen und qualvollen Tod.

Aber Recht blieb Recht, und er musste sich an die Gesetze halten. Er verurteilte ihn zu einer lebenslänglichen Freifür den anstrengenden Samstagabend vorzubereiten. Die Leute winkten mir zu und starrten mir nach. Offenbar fanden sie mein kleines Auto interessanter als meine helle Haut.

Auf Miss Callies Veranda drängten sich die Menschen. Neben Al, Max und Bobby waren auch Reverend Thurston Small und ein gut gekleideter Diakon von seiner Kirche anwesend. Esau war im Haus und kümmerte sich um seine Frau. Sie war am Morgen entlassen worden, musste aber drei Tage lang strenge Bettruhe halten und durfte keinen Finger rühren. Max führte mich nach hinten zu ihrem Schlafzimmer.

Sie saß, auf Kissen gestützt, im Bett und las in der Bibel. Als sie mich sah, schenkte sie mir ein strahlendes Lächeln. »Mr Traynor, nett, dass Sie gekommen sind. Setzen Sie sich. Esau, hol Mr Traynor Tee.« Wie immer sprang Esau, wenn sie Anweisungen erteilte.

Ich saß auf einem harten Holzstuhl neben ihrem Bett. Auf mich wirkte sie nicht im Geringsten krank. »Ich mache mir große Sorgen wegen des Mittagessens nächsten Donnerstag«, fing ich an. Wir mussten beide lachen.

»Ich koche etwas«, sagte sie.

»Das tun Sie nicht. Ich habe einen besseren Vorschlag. Ich bringe etwas zu essen mit.«

»Ob das eine gute Idee ist?«

»Ich kaufe es irgendwo. Etwas Leichtes, ein Sandwich oder so.«

»Sandwich klingt gut«, sagte sie und tätschelte mir das Knie. »Meine Tomaten sind bald reif.« Sie hielt inne und wandte für einen Moment den Blick ab. »Wir haben keine gute Arbeit geleistet, nicht wahr, Mr Traynor?« Ihre Worte klangen traurig und deprimiert.

»Das Urteil ist nicht gerade populär.«

»Es war nicht das, was ich wollte«, sagte sie.

heitsstrafe und befahl Sheriff Coley, ihn sofort ins Staatsgefängnis von Parchman zu schaffen. Coley ließ die Handschellen um Padgitts Gelenke schnappen, und dann war er fort.

Loopus knallte den Hammer auf den Tisch und stürzte aus dem Saal. Hinten im Sitzungssaal brach ein Kampf aus, als einer von Dannys Onkeln an Doc Crull geriet, einen örtlichen Barbier und bekannten Heißsporn. Schnell versammelte sich eine Menschenmenge um die beiden, und mehrere andere verfluchten die Padgitts und sagten, sie sollten sich auf ihre Insel zurückscheren. »Zurück in euren Sumpf!«, brüllte jemand immer wieder. Die Deputys sorgten für Ordnung, und die Padgitts verließen den Saal.

Die Menge lungerte noch eine Weile herum, als wäre der Prozess noch nicht vorüber und der Gerechtigkeit nicht Genüge getan. Wütende Flüche wurden laut, und ich bekam eine Ahnung davon, wie Lynchjustiz zustande kommt.

Ginger blieb verschwunden. Sie hatte zwar gesagt, sie komme im Büro vorbei, wenn sie im Hotel ausgecheckt habe, um sich zu verabschieden, aber offenbar hatte sie ihre Meinung geändert. Ich sah sie vor mir, wie sie weinend und fluchend durch die Nacht raste und die Kilometer zählte, bis sie Mississippi endlich hinter sich gelassen hatte. Wer konnte es ihr verdenken?

Unsere dreitägige Romanze endete so abrupt, wie wir beide es erwartet, aber nie ausgesprochen hatten. Ich konnte mir nicht vorstellen, dass sich unsere Pfade je wieder kreuzten, und selbst wenn, dann würden wir vielleicht einoder zweimal miteinander ins Bett hüpfen, bevor uns das Leben wieder auseinander führte. Sie würde noch viele Männer verschleißen, bevor sie einen für immer fand. Ich saß auf dem Balkon vor meinem Büro und wartete darauf, dass sie unten vorfuhr, obwohl ich wusste, dass sie inzwischen wahrscheinlich in Arkansas war. Wir hatten den Tag gemeinsam im Bett begonnen und es nicht erwarten können, zum Gericht zu kommen, um zu sehen, wie der Mörder ihrer Schwester zum Tode verurteilt wurde.

In der Hitze des Augenblicks fing ich an, einen Leitartikel über das Urteil zu schreiben, der zu einem vernichtenden Angriff auf das Strafrecht des Bundesstaates werden sollte. Meine Worte waren ehrlich und kamen aus ganzem Herzen, und dem Publikum würden sie auch gefallen.

Ein Anruf von Esau unterbrach mich. Er war mit Miss Callie im Krankenhaus und bat mich, schnell zu kommen.

Sie war ohnmächtig geworden, als sie vor dem Gericht ins Auto gestiegen war. Esau und ihre drei Söhne hatten sie eilig ins Krankenhaus gefahren, was sich als die richtige Entscheidung erwiesen hatte. Ihr Blutdruck war gefährlich hoch, der Arzt befürchtete einen Schlaganfall. Nach ein paar Stunden hatte sich ihr Zustand jedoch stabilisiert, und die Prognose war günstig. Ich hielt ihre Hand und sagte, ich sei stolz auf sie. Dabei wollte ich unbedingt wissen, was sich im Geschworenenzimmer abgespielt hatte.

Doch das sollte ich nicht erfahren.

Ich trank bis Mitternacht mit Al, Max, Bobby und Esau in der Krankenhauskantine Kaffee. Miss Callie hatte nicht ein Wort über die Beratungen der Geschworenen gesagt.

Wir sprachen über die Ruffin-Söhne und ihre Geschwister, deren Kinder und Berufe und über ihre eigene Kindheit und Jugend in Clanton. Eine Geschichte folgte auf die andere, und fast hätte ich Stift und Notizblock gezückt.

20

Während meiner ersten sechs Monate in Clanton verließ ich am Wochenende normalerweise fluchtartig die Stadt. Es gab dort kaum etwas zu tun. Bis auf eine gelegentliche Einladung, wenn Harry Rex eine Ziege grillte, und eine langweilige Cocktailparty existierte kein gesellschaftliches Leben. Praktisch alle jungen Leute in meinem Alter waren verheiratet, und wenn die es richtig knallen lassen wollten, gingen sie zu einem Eiscreme-»Abendessen« in eine der zahllosen Kirchen der Stadt. Wer eine auswärtige Universität besucht hatte, kam meistens nicht mehr zurück.

Aus Langeweile verbrachte ich die Wochenenden gelegentlich in Memphis, normalerweise in der Wohnung eines Freundes, auf jeden Fall so gut wie nie zu Hause. Mehrfach fuhr ich nach New Orleans, wo eine alte Freundin aus meiner Highschool-Zeit wohnte und das Partyleben genoss. Aber meine Zukunft für die nächsten Jahre war die *Times*. Ich war ein Bürger Clantons und musste lernen, mit dem Kleinstadtleben zurechtzukommen, langweilige Wochenenden eingeschlossen. Das Büro wurde meine Zuflucht.

Am Samstag nach dem Urteil ging ich gegen Mittag dorthin. Ich wollte mehrere Artikel über den Prozess schreiben, und mein Leitartikel war auch noch längst nicht fertig. Auf dem Fußboden direkt hinter der Tür lagen sieben Briefe – eine langjährige Tradition der *Times*. Wenn Spot einmal etwas geschrieben hatte, das eine Reaktion der Leser auslöste – was höchst selten vorkam –, war der Leserbrief häufig persönlich abgegeben oder unter der Tür durchgeschoben worden.

Vier der Briefe waren unterzeichnet, drei anonym. Zwei waren mit der Maschine geschrieben, die übrigen mit der Hand, wobei ich einen kaum lesen konnte. Alle sieben verliehen ihrer Empörung darüber Ausdruck, dass Danny Padgitt mit dem Leben davongekommen war. Der Blutdurst der Stadt überraschte mich nicht, aber ich fand es bestürzend, dass sechs der sieben Schreiber Miss Callie erwähnten. Der erste Brief war mit der Maschine geschrieben und nicht unterzeichnet:

Sehr geehrte Redaktion, unsere Gemeinde hat ein neues Tief erreicht, wenn Verbrecher wie Danny Padgitt mit Vergewaltigung und Mord davonkommen. Dass eine Negerin unter den Geschworenen war, zeigt uns, dass diese Leute nicht denken wie gesetzestreue weiße Bürger.

Mrs Edith Caravelle aus Beech Hill verlieh ihrer Besorgnis in einer wunderschönen Handschrift Ausdruck:

Sehr geehrte Damen und Herren, ich lebe anderthalb Kilometer vom Schauplatz des Mordes entfernt und bin Mutter zweier Teenager. Wie soll ich ihnen dieses Urteil erklären? Die Bibel sagt »Auge um Auge«. Anscheinend gilt das nicht in Ford County.

In einem weiteren anonymen Brief auf parfümiertem rosafarbenem Papier mit Blumenrand hieß es:

Sehr geehrter Herr, nun sehen Sie, was passiert, wenn Schwarze in verantwortlichen Positionen sitzen. Eine reinweiße Jury hätte Padgitt noch im Sitzungssaal gehängt. Jetzt sagt das Oberste Gericht, dass Schwarze unsere Kinder unterrichten, Polizisten werden und öffentliche Ämter übernehmen sollen. Gott stehe uns bei.

Als Chefredakteur (und Eigentümer und Herausgeber) oblag es allein mir, zu entscheiden, was in der *Times* gedruckt wurde. Ich konnte Briefe verändern, ignorieren und auswählen, welche ich veröffentlichen wollte. Ging es um umstrittene Fragen und Ereignisse, heizten Leserbriefe Konflikte weiter an und sorgten für Aufregung. Und sie verschafften uns eine hohe Auflage, weil sie nur in der Zeitung gedruckt werden konnten. Sie kosteten nichts und waren für jedermann ein Forum, in dem er herumtönen konnte.

Während ich die erste Welle von Briefen las, beschloss ich, nichts zu drucken, das Miss Callie schaden würde. Es machte mich wütend, dass die Leute annahmen, es wäre ihre Schuld, dass die Geschworenen sich nicht auf das Todesurteil einigen konnten.

Warum wollte die Stadt das unpopuläre Urteil unbedingt der einzigen Schwarzen unter den Geschworenen anhängen? Und das ohne jeden Beweis! Ich schwor mir herauszufinden, was wirklich im Geschworenenzimmer geschehen war. Sofort fiel mir Harry Rex ein. Natürlich würde Baggy am Montag mit seinem üblichen Kater hereintorkeln und so tun, als wüsste er, wie jeder Geschworene gestimmt hatte. Mit größter Wahrscheinlichkeit würde er sich irren. Wenn irgendjemand die Wahrheit herausfinden konnte, war es Harry Rex.

Wiley Meek kam vorbei und erzählte mir, was in der Stadt getratscht wurde. In den Cafés war die Stimmung aufgeheizt. Der Name Padgitt war zum Schimpfwort geworden. Lucien Wilbanks wurde allgemein verachtet, aber das war nichts Neues. Sheriff Coley hätte auch gleich in Rente gehen können, für ihn würden keine fünfzig Wähler mehr stimmen. Zwei Gegenkandidaten hatten bereits ihr Interesse kundgetan, obwohl die Wahl erst in einem halben Jahr stattfand.

Einer Version zufolge hatten elf Geschworene für die Gaskammer gestimmt und einer dagegen. »Wahrscheinlich die Niggerin«, sagte jemand, was die allgemeine Stimmung im Tea Shoppe um sieben an jenem Morgen widerspiegelte. Angeblich hatte ein Deputy, der das Geschworenenzimmer bewachte, einem Bekannten von jemand zugeflüstert, es habe sechs zu sechs gestanden, aber gegen neun Uhr hatten sich die Cafés weithin gegen diese Theorie entschieden. Rund um den Clanton Square wurden an jenem Vormittag zwei Hypothesen lautstark vertreten: Einmal hieß es, Miss Callie habe die Sache vermasselt, weil sie schwarz war, zum anderen wurde behauptet, die Padgitts hätten zwei oder drei Geschworene gekauft, genau wie sie es mit »dieser verlogenen Schlampe« Lydia Vince getan hatten.

Wiley meinte, die zweite Theorie habe mehr Anhänger als die erste, obwohl viele bereit waren, alles zu glauben. Ich begriff, dass das Geschwätz der Cafés nutzlos war.

Am späten Samstagnachmittag überquerte ich die Eisenbahnschienen und fuhr langsam durch Lowtown. Die Straßen waren voller Menschen. Kinder auf Fahrrädern, improvisierte Basketballspiele, überfüllte Veranden, Musik aus den offenen Türen der Kneipen, lachende Männer vor den Läden. Jeder war draußen und sozusagen dabei, sich

»Mackey Don Coley vierundachtzig. Tryce McNatt einundzwanzig. T. R. Meredith zweiundsechzig, und Freck Oswald elf.« Auf der anderen Seite des Rasens, wo sich Coleys Anhänger niedergelassen hatten, wurde Beifall laut.

»Coley ist in Karaway immer schwer zu schlagen«, sagte Baggy. »Aber er ist erledigt.«

»Erledigt?«, fragte ich. Das war der erste Wahlbezirk von achtundzwanzig, und Baggy wusste bereits, wer gewonnen hatte?

»Ja. Dass Meredith in einer Gemeinde, in der er keine Basis hat, so gut abschneidet, zeigt, dass die Leute von Coley die Nase voll haben. Warten Sie, bis die Ergebnisse aus Clanton kommen.«

Langsam gingen die Wahlergebnisse aus Orten ein, von denen ich noch nie gehört hatte: Pleasant Hill, Shady Grove, Klebie, Three Corners, Clover Hill, Green Alley, Possum Ridge, Massey Mill, Calico Ridge. Woody Gates und seine Country Boys, die immer verfügbar zu sein schienen, füllten die Pausen mit ihrer Bluegrass-Musik.

Die Padgitts wählten in einem winzigen Bezirk namens Dancing Creek. Als die Wahlleiterin die Ergebnisse vorlas und sich herausstellte, dass Coley einunddreißig und die anderen drei Bewerber zusammen acht Stimmen erhalten hatten, brach die Menge in Buhrufe aus, was ich sehr erfrischend fand. Dann folgte Clanton East, der größte Wahlbezirk, in dem auch ich abgestimmt hatte. Coley erhielt zweihundertfünfundachtzig Stimmen, Tryce siebenundvierzig, Meredith sechshundertvierundvierzig – der Clanton Square tobte.

Baggy umarmte mich, und wir feierten mit der übrigen Stadt. Coley hatte verloren, und das ohne Stichwahl.

Als die Geschlagenen nach und nach von ihrem Schicksal erfuhren, packten sie und ihre Anhänger ihre Sachen zusammen und gingen heim. Gegen elf hatte sich die Men-

Mehr sollte ich über die Beratungen lange Jahre nicht von ihr erfahren. Esau erzählte später, dass die übrigen elf Geschworenen auf die Bibel geschworen hätten, nicht über ihre Entscheidung zu sprechen. Miss Callie habe sich geweigert, auf die Bibel zu schwören, aber ihr Wort gegeben, dass sie das Geheimnis wahren werde.

Ich ließ sie allein, damit sie sich ausruhen konnte, und trat auf die Veranda, wo ich Stunden damit verbrachte, Miss Callies Gästen und Söhnen zuzuhören, die über Gott und die Welt sprachen. Ich saß in einer Ecke, trank Tee und versuchte, mich aus ihren Gesprächen herauszuhalten. Manchmal geriet ich ins Träumen und lauschte auf die Geräusche des Lowtowner Samstagabends.

Der Reverend und der Diakon gingen schließlich, und die Familie war, abgesehen von mir, unter sich. Das Gespräch kam auf den Prozess und das Urteil und darauf, wie es auf der anderen Seite der Schienen aufgenommen wurde.

»Hat er die Geschworenen wirklich bedroht?«, fragte Max mich. Ich erzählte die Geschichte, wobei Esau mich unterstützte, wenn es nötig war. Alle waren ebenso schockiert wie diejenigen, die dabei gewesen waren.

»Gott sei Dank sitzt er für den Rest seines Lebens hinter Gittern«, meinte Bobby, und ich brachte es nicht übers Herz, ihnen die Wahrheit zu sagen. Sie waren stolz auf ihre Mutter, wie sie es immer gewesen waren.

Mir hing der Prozess inzwischen zum Hals raus. Gegen neun verabschiedete ich mich und fuhr langsam und ziellos durch Lowtown zurück. Ich fühlte mich einsam und vermisste Ginger.

Die Bürger von Clanton schäumten noch tagelang wegen des Urteils. Wir erhielten achtzehn Leserbriefe, von denen ich sechs in der nächsten Ausgabe abdruckte. Die Hälfte von ihnen befasste sich mit dem Urteil, was die Stimmung weiter anheizte.

Während dieses endlosen Sommers fragte ich mich manchmal, ob die Stadt nie aufhören würde, über Danny Padgitt und Rhoda Kassellaw zu reden.

Dann interessierte sich plötzlich niemand mehr für die beiden. Schlagartig, buchstäblich innerhalb von vierundzwanzig Stunden, war der Prozess vergessen.

Die Bürger von Clanton zu beiden Seiten der Bahnlinie hatten etwas viel Wichtigeres gefunden, über das sie sich aufregen konnten.

Teil II

21

In einer wortgewaltigen Entscheidung, die keinen Raum für Zweifel oder Verzögerungen ließ, ordnete das Oberste Gericht das sofortige Ende des dualen Schulsystems an. Keine Hinhaltetaktik, keine Prozesse, keine Versprechungen mehr. Die Rassentrennung wurde unverzüglich aufgehoben. Clanton war ebenso entsetzt wie jede andere Stadt im Süden.

Harry Rex brachte mir die Urteilsbegründung des Gerichts und versuchte, mir deren Feinheiten zu erklären. Es war nicht weiter schwierig. Jeder Schulbezirk musste unverzüglich einen Plan zur Aufhebung der Rassentrennung umsetzen.

»Das ist gut für Ihre Auflage«, prophezeite er mit der nicht angezündeten Zigarre im Mundwinkel.

Überall in der Stadt wurden in aller Eile Zusammenkünfte organisiert, und ich berichtete über jede einzelne davon. An einem drückend heißen Juliabend fand in der Turnhalle der Highschool eine öffentliche Versammlung statt. Die Tribünen waren überfüllt, und überall auf dem Boden saßen besorgte Eltern. Walter Sullivan, der Anwalt der *Times*, fungierte auch als Anwalt der Schulbehörde. Er redete am meisten, weil er nicht auf Wählerstimmen angewiesen war. Die Politiker versteckten sich lieber hinter ihm.

Er sagte unverblümt, dass das Schulsystem in Ford County binnen sechs Wochen für alle geöffnet und jegliche Rassentrennung aufgehoben werde.

Eine kleinere Versammlung fand in der schwarzen Schule in der Burley Street statt. Baggy und ich waren da, zusammen mit Wiley Meek, der Fotos schoss. Wieder erklärte Sullivan den Anwesenden, was geschehen würde. Zweimal wurden seine Ausführungen durch Applaus unterbrochen.

Der Unterschied zwischen beiden Veranstaltungen war verblüffend. Die weißen Eltern waren wütend und verängstigt, und ich sah mehrere Frauen weinen. Der Schicksalstag war gekommen. In der schwarzen Schule fühlte man sich als Sieger. Die Eltern waren besorgt, aber glücklich, dass ihre Kinder endlich auf die besseren Schulen gehen konnten. Obwohl beim Wohnungseigentum, der Beschäftigung und der medizinischen Versorgung noch ein weiter Weg vor ihnen lag, bedeutete die Aufhebung der Rassentrennung in den öffentlichen Schulen einen gewaltigen Schritt vorwärts in ihrem Kampf um die Bürgerrechte.

Miss Callie und Esau waren ebenfalls da. Sie wurden von den Nachbarn mit großem Respekt behandelt. Sechs Jahre zuvor waren sie durch das Portal der weißen Schule gegangen und hatten Sam den Löwen vorgeworfen. Drei Jahre lang war er der einzige schwarze Schüler in seiner Klasse gewesen, und die Familie hatte dafür einen hohen Preis bezahlt. Jetzt schien es sich plötzlich gelohnt zu haben, zumindest für sie. Sam konnte man nicht fragen, weil er nicht da war.

In der Kirche der Ersten Baptisten fand ebenfalls eine Versammlung statt. Reinweiß und eher obere Mittelschicht. Die Organisatoren versuchten, die Mittel für eine Privatschule aufzutreiben, ein Anliegen, das plötzlich dringlich geworden war. Mehrere Ärzte und Anwälte waren zugegen sowie die meisten Mitglieder des Country-Klubs. Anscheinend waren ihre Kinder zu gut, um mit Schwarzen zur Schule zu gehen.

In aller Eile wurde ein Plan erstellt, in einem verlassenen Fabrikgebäude südlich der Stadt Klassenzimmer einzurichten. Das Gebäude würde für ein oder zwei Jahre gemietet werden, bis genügend Kapital gesammelt war. Lehrer sollten rasch eingestellt und Bücher geordert werden. Doch wenn man von der Flucht vor den Schwarzen absah, lag allen das Footballteam am meisten am Herzen. Manchmal herrschte eine Atmosphäre der Hysterie, als hätte ein zu fünfundsiebzig Prozent weißes Schulsystem für die Kinder eine Bedrohung dargestellt.

Ich schrieb lange Berichte und druckte mutige Schlagzeilen. Harry Rex hatte Recht: Die Zeitung machte sich glänzend. Ende Juli 1970 erreichte die Auflage über fünftausend Exemplare, ein beeindruckendes Ergebnis. Rhoda Kassellaw und die Aufhebung der Rassentrennung vermittelten mir einen Eindruck davon, was mein Freund Nick Diener in Syracuse gemeint hatte, als er sagte: »Eine gute Wochenzeitung in einer Kleinstadt druckt keine Zeitungen, sondern Geld.«

Ich brauchte Neuigkeiten, und die waren in Clanton nicht immer zu finden. Wenn es nicht viel zu berichten gab, schrieb ich eine aufgebauschte Geschichte über den letzten Berufungsantrag im Padgitt-Fall. Normalerweise wurde der Artikel unten auf der Titelseite gedruckt und klang, als könnte der Junge jeden Augenblick aus Parchman entlassen werden. Meinen Lesern war das mittlerweile wahrscheinlich egal. Anfang August erlebte die Zeitung einen neuen Aufschwung, als Davey Bigmouth Bass mich in die Rituale des Highschool-Footballs einweihte.

Wilson Caudle hatte sich nicht für Sport interessiert, was kein Problem war, wenn man darüber hinwegsah, dass ganz Clanton am Freitagabend für seine Footballmannschaft, die Cougars, lebte und starb. Bigmouths Berichte waren bei Caudle auf den letzten Seiten gelandet, und Fotos hatte er nur selten gedruckt. Ich dagegen roch Geld, und so kamen die Cougars auf die Titelseite.

Meine eigene Footballkarriere hatte in der neunten Klasse unter den Händen eines sadistischen Exmarines ihr Ende gefunden, den meine kuschelige kleine Privatschule aus unerfindlichen Gründen engagiert hatte, um uns zu trainieren. Im August herrscht in Memphis ein tropisches Klima, in dem das Footballtraining eigentlich verboten sein sollte. Ich musste bei fünfunddreißig Grad in voller Ausrüstung einschließlich Helm um das Trainingsgelände laufen, und aus irgendeinem Grund weigerte der Trainer sich, uns Wasser zu geben. Neben unserem Spielfeld lagen die Tennisplätze, und als ich mich ausgekotzt hatte, hob ich den Blick und sah dort zwei Mädchen, die gegen zwei Jungen spielten. Durch die Mädchen wirkte die Szene besonders idyllisch, aber mich interessierten vor allem die großen Flaschen mit kaltem Wasser, aus denen sie tranken, wann immer sie wollten.

Ich gab Football auf und widmete mich stattdessen dem Tennis und den Mädchen, was ich niemals auch nur für einen Augenblick bereute. Da die Spiele an meiner Schule am Samstagnachmittag stattfanden, war mir die Religion des Freitagabendfootballs fremd.

Ich ließ mich gern bekehren.

Als sich die Cougars zum ersten Training trafen, waren Bigmouth und Wiley Meek dabei. Wir druckten auf der Titelseite ein großes Foto von vier Spielern, zwei Weißen und zwei Schwarzen, und ein weiteres vom Trainerteam, zu dem auch ein schwarzer Assistent gehörte. Bigmouth verfasste Kolumnen über das Team und seine aktuellen Spieler sowie mögliche Kandidaten. Und das war nur die erste Trainingswoche!

Wir berichteten über den Unterrichtsbeginn in den Schulen, druckten Interviews mit Schülern, Lehrern und Verwaltungsangestellten. Unsere Berichterstattung war eindeutig positiv gefärbt. Allerdings war in Clanton auch wenig von den Rassenunruhen zu spüren, die den tiefen Süden erschütterten, als die Schulen in jenem August öffneten.

Die *Times* veröffentlichte ausführliche Berichte über die Cheerleader, die Band, die Teams der Junior High – was uns nur gerade einfiel. Und zu jedem Bericht gehörten mehrere Fotos. Ich weiß nicht, wie viele Kinder *nicht* in unserer Zeitung erschienen, aber es können nicht viele gewesen sein.

Das erste Footballmatch war ein Spiel gegen Karaway, das jedes Jahr in familiärer Atmosphäre stattfand. Obwohl die Stadt viel kleiner war als Clanton, hatte sie den deutlich besseren Trainer. Ich saß neben Harry Rex, und wir brüllten uns die Seele aus dem Leib. Das Spiel war ausverkauft, das Publikum überwiegend weiß.

Aber diese Weißen, die sich so erbittert dagegen gewehrt hatten, Schwarze in ihre Schulen zu lassen, schienen an jenem Freitagabend wie verwandelt. Im ersten Viertel des Spiels wurde ein Star geboren, als Ricky Patterson, ein winziger Schwarzer, der offenbar fliegen konnte, den Ball in die Finger bekam. Beim ersten Mal lief er achtzig Yards, beim zweiten schaffte er fünfundvierzig. Von da an erhob sich jedes Mal, wenn ihm jemand den Ball zuwarf, das gesamte Publikum und feuerte ihn an. Sechs Wochen nach der Aufhebung der Rassentrennung in der Stadt sah ich, wie engstirnige, intolerante Rednecks wie die Wahnsinnigen brüllten und auf und ab sprangen, sobald Ricky den Ball bekam.

Clanton gewann das äußerst spannende Match mit vierunddreißig zu dreißig, und das nutzten wir schamlos aus. Unsere Titelseite befasste sich ausschließlich mit Football. Wir führten sofort eine Wahl zum Spieler der Woche ein, die mit einem Preisgeld von hundert Dollar dotiert war, und eröffneten außerdem einen geheimnisvollen Fonds für Stipendien, den wir erst nach Monaten richtig organisiert hatten. Ricky war unser erster Preisträger und musste als solcher natürlich interviewt und fotografiert werden.

Als Clanton seine ersten vier Spiele gewann, war die *Times* zur Stelle, um die Begeisterung anzuheizen. Unsere Auflage erreichte fünfeinhalbtausend.

An einem besonders heißen Tag Anfang September schlenderte ich auf dem Weg von meinem Büro zur Bank über den Clanton Square. Ich trug meine übliche Kleidung – verblichene Jeans, zerknittertes Baumwollhemd mit Button-down-Kragen und aufgerollten Ärmeln, Halbschuhe ohne Socken. Als vierundzwanzigjähriger Unternehmer gewöhnte ich mich ganz allmählich daran, dass ich nicht mehr am College war, sondern im Berufsleben stand. Aber ich hatte immer noch lange Haare und kleidete mich wie ein Student. Im Allgemeinen verschwendete ich kaum einen Gedanken daran, was ich trug und welchen Eindruck ich hinterließ.

Diese Sorglosigkeit wurde nicht von allen geteilt.

Mr Mitlo fing mich auf dem Bürgersteig ab und schob mich in sein Geschäft für Herrenartikel. »Ich habe auf Sie gewartet«, sagte er mit einem starken Akzent, der für Clanton höchst ungewöhnlich war. Mitlo war Ungar und hatte ein bewegtes Leben hinter sich. Angeblich hatte er bei seiner Flucht aus Europa ein oder zwei Kinder zurücklassen müssen. Er stand auf meiner Liste der Mitbürger, über die ich berichten wollte, sobald die Footballsaison vorbei war.

»Sehen Sie sich bloß an!«, zischte er, nachdem er mich zu einem Ständer mit Gürteln direkt hinter der Tür gedrängt hatte. Doch er lächelte, und bei einem Ausländer ist man gern geneigt, Grobheit mangelnden Sprachkenntnissen zuzuschreiben.

Ich sah mich an. Wo lag das Problem?

Offenbar gab es deren viele. »Sie haben einen Beruf«, belehrte er mich. »Sie sind ein sehr bedeutender Mann in dieser Stadt, und Sie kleiden sich wie, äh, na ja ...« Er kratzte sich das bärtige Kinn, als suchte er nach der passenden Beleidigung.

Ich versuchte, ihm zu helfen. »Ein Student?«

»Nein.« Er drohte mit dem Zeigefinger, als hätte noch nie ein Student dermaßen schlecht ausgesehen. Dann gab er es auf, mich abzukanzeln, und fuhr mit seiner Belehrung fort. »Sie sind einzigartig – wie viele Menschen besitzen eine Zeitung? Sie sind gebildet, das gibt es hier nicht oft. Und aus dem Norden! Auch wenn Sie jung sind, sollten Sie nicht so ... so unreif aussehen. Wir müssen an Ihrem Image arbeiten.«

Und so gingen wir an die Arbeit. Nicht dass ich eine Wahl gehabt hätte. Mr Mitlo inserierte häufig in der *Times*, sodass ich ihn unmöglich vor den Kopf stoßen konnte. Außerdem hatte er nicht Unrecht. Meine Studententage und die Revolution waren vorüber. Ich hatte Vietnam, die Sechzigerjahre und das College hinter mir gelassen, und auch wenn ich noch nicht so weit war, eine Familie zu gründen, fing ich an, mich allmählich älter zu fühlen.

»Sie müssen einen Anzug tragen«, entschied er, während er die Kleiderständer durchging. Mitlo schreckte nicht davor zurück, in aller Öffentlichkeit einen Bankdirektor auf ein nicht zum Anzug passendes Hemd oder eine trostlose Krawatte hinzuweisen. Mit Harry Rex kam er überhaupt nicht aus.

Ich wollte auf keinen Fall anfangen, graue Anzüge und Schuhe mit gebogener Kappe zu tragen. Aber er holte einen hellblauen Seersuckeranzug hervor, fand ein weißes Hemd und wählte mit sicherer Hand eine passende Fliege mit roten und goldenen Streifen aus. »Probieren Sie das hier«, sagte er dann. »Da drüben!« Damit deutete er auf eine Umkleidekabine. Zum Glück war der Laden leer. Mir blieb keine Wahl.

Der Fliege war ich nicht gewachsen. Mitlo griff danach und hatte sie mit ein paar geschickten Bewegungen innerhalb von Sekunden gebunden. »Viel besser«, sagte er, während er das Ergebnis studierte. Ich betrachtete mich lange im Spiegel. Ganz überzeugt war ich nicht, aber ich hatte an Persönlichkeit und Individualität gewonnen.

Ob ich es wollte oder nicht, diese Ausstattung würde in meinen Besitz übergehen, und ich musste sie zumindest einmal tragen.

Als Krönung des Ganzen fand er einen weißen Panamahut, der wie angegossen auf mein struppiges Haupt passte. Während er ihn zurechtrückte, zupfte er an einer Strähne über meinem Ohr und sagte: »Zu viele Haare. Sie sind jetzt Herausgeber einer Zeitung. Schneiden Sie sie ab.«

Er passte Hose und Jackett an und bügelte das Hemd, und am folgenden Tag holte ich meine neue Ausstattung ab. Eigentlich wollte ich den Anzug nur mit nach Hause nehmen und in aller Ruhe auf einen Tag warten, an dem in der Stadt nicht viel los war. Dann würde ich ihn anziehen und damit direkt zu Mitlos Laden gehen, damit er mich in seiner Kreation sah.

Doch Mitlo hatte selbstverständlich andere Pläne. Er bestand darauf, dass ich alles anprobierte und, so ausstaffiert, um den Clanton Square marschierte, um die Komplimente meiner Mitbürger entgegenzunehmen.

»Ich habe es aber eilig«, sagte ich. Der Chancery Court tagte, und in der Innenstadt war einiges los.

»Ich bestehe darauf«, verkündete er dramatisch, wobei er mir mit dem Finger drohte. Widerstand war zwecklos. Er rückte den Hut zurecht und verlieh mir den letzten Schliff mit einer langen schwarzen Zigarre, die er anschnitt, mir in den Mund steckte und mit einem Streichholz anzündete. »Eine beeindruckende Persönlichkeit«, sagte er stolz. »Der einzige Verleger der Stadt. Ab mit Ihnen.«

Ich legte die Hälfte des ersten Blocks zurück, ohne dass mich jemand erkannt hätte. Zwei Farmer vor dem Futtermittelgeschäft warfen mir befremdete Blicke zu, aber schließlich gefiel es mir auch nicht, wie *sie* sich anzogen. Mit der Zigarre fühlte ich mich wie Harry Rex. Allerdings brannte meine und war sehr stark. Ich eilte an seiner Kanzlei vorbei. Mrs Gladys Wilkins führte die Versicherungsagentur ihres Mannes. Sie war um die vierzig, bildhübsch und immer gut gekleidet. Als sie mich sah, blieb sie wie angewurzelt stehen. »Willie Traynor!«, sagte sie. »Sie sehen aber distinguiert aus.«

»Danke.«

»Erinnert mich irgendwie an Mark Twain.«

Als ich weiterging, fühlte ich mich bereits besser. Zwei Sekretärinnen hasteten an mir vorbei. »Tolle Fliege«, rief mir eine von ihnen zu. Mrs Clare Ruth Seagraves hielt mich an und redete endlos über etwas, das ich vor Monaten geschrieben und mittlerweile vergessen hatte. Während sie sprach, nahm sie Anzug, Fliege und Hut in Augenschein. Selbst die Zigarre schien sie nicht zu stören. »Sie sehen wirklich gut aus, Mr Traynor«, sagte sie schließlich, etwas verlegen wegen ihrer Offenheit. Ich ging immer langsamer um den Platz herum und kam zu dem Schluss, dass Mitlo

Recht hatte. Ich stand als Verleger im Berufsleben und war in Clanton eine wichtige Persönlichkeit, auch wenn ich mir gar nicht so bedeutend vorkam. Es war Zeit für ein neues Image.

Allerdings mussten wir leichtere Zigarren finden. Bis ich den Clanton Square umrundet hatte, war mir so schwindelig, dass ich mich setzen musste.

Mr Mitlo bestellte einen weiteren blauen Seersuckeranzug und zwei hellgraue. Er beschloss, dass meine Garderobe nicht dunkel sein sollte wie die der Anwälte und Bankiers, sondern hell und kühl und ein wenig unkonventionell. Höchstpersönlich suchte er originelle Fliegen und die richtigen Stoffe für Herbst und Winter für mich aus.

Binnen eines Monats hatte Clanton sich daran gewöhnt, auf dem Clanton Square ein neues Original zu sehen. Ich erregte Aufmerksamkeit, besonders beim anderen Geschlecht. Harry Rex lachte mich aus, aber schließlich waren seine eigenen Anzüge komisch genug.

Die Frauen jedenfalls waren begeistert.

22

Ende September waren innerhalb von einer Woche zwei bedeutende Todesfälle zu verzeichnen. Zum einen starb Wilson Caudle – zu Hause, allein in dem Schlafzimmer, in das er sich nach seinem Abschied von der *Times* zurückgezogen hatte. Es war merkwürdig, dass ich in den sechs Monaten, seit ich die Zeitung übernommen hatte, nicht einmal mit ihm gesprochen hatte, aber ich war zu beschäftigt gewesen, um mir darüber Gedanken zu machen. Traurig war nur, dass ich überhaupt niemanden kannte, der ihn in den letzten sechs Monaten gesehen oder mit ihm gesprochen hatte.

Er starb am Donnerstag und wurde am Samstag beerdigt. Am Freitag eilte ich zu Mitlo, und wir besprachen, welches bei einem solchen Anlass die richtige Kleidung für eine bedeutende Persönlichkeit wie mich war. Er bestand auf einem schwarzen Anzug, zu dem er mir eine perfekt passende Fliege präsentierte: schmal, mit schwarzen und braunen Streifen, sehr gediegen, sehr respektabel. Nachdem er sie gebunden und den Anzug zurechtgerückt hatte, musste ich zugeben, dass ich ein eindrucksvolles Bild bot. Er holte einen schwarzen Fedora aus Filz aus seiner persönlichen Kollektion, den er mir stolz für die Beerdigung lieh. Immer wieder betonte er, es sei eine Schande, dass amerikanische Männer keine Hüte mehr trügen.

Den letzten Schliff sollte mir ein glänzender schwarzer Holzstock verleihen. Als er ihn hervorholte, starrte ich ihn an. »Ich brauche keinen Gehstock«, protestierte ich. Es kam mir höchst albern vor.

»Das ist ein Spazierstock«, sagte er und drückte ihn mir in die Hand.

»Was ist da der Unterschied?«

Daraufhin hielt er mir einen wirren Vortrag über die entscheidende Rolle, die Spazierstöcke bei der Entwicklung der zeitgenössischen Männermode in Europa gespielt hatten. Offenbar lag ihm das Thema sehr am Herzen, und je mehr er sich ereiferte, desto stärker wurde sein Akzent, sodass ich immer weniger verstand. Damit er Ruhe gab, nahm ich den Stock.

Als ich am folgenden Tag die Methodistenkirche betrat, in der die Trauerfeier für Spot stattfand, zog ich die Blicke der Damen auf mich. Einige Männer ließen mich ebenfalls nicht aus den Augen, wobei sich die meisten vermutlich fragten, was ich mit einem schwarzen Hut und einem Stock wollte. Stan Atcavage, mein Bankier, flüsterte hinter mir so laut, dass ich es hören konnte: »Gleich fängt er an zu singen und zu tanzen.«

»Der war wieder bei Mitlo«, flüsterte jemand zurück.

Aus Versehen schlug ich mit dem Stock laut gegen die Bank vor mir, sodass die Trauergäste zusammenzuckten. Mir war nicht ganz klar, was man mit einem Stock bei einer Beerdigung tat, also klemmte ich ihn mir zwischen die Beine und legte den Hut in den Schoß. Es war harte Arbeit, das richtige Image zu vermitteln. Als ich mich umsah, sah ich, dass Mitlo mich anstrahlte.

Der Chor begann, »Amazing Grace« zu singen, und die Stimmung wurde trübsinnig. Dann gab Reverend Clinkscale einen kurzen Überblick über Mr Caudles Lebensgeschichte: 1896 als einziges Kind unserer geliebten Miss

Emma Caudle geboren, ein Witwer ohne eigene Kinder, Veteran des Ersten Weltkriegs und über fünfzig Jahre lang Chefredakteur der Wochenzeitung unseres County. Er hatte die Gestaltung von Nachrufen zu einer Kunst erhoben und würde dafür unvergessen bleiben.

Der Reverend schwafelte noch ein wenig weiter, dann unterbrach ein Solo die Monotonie. Es war mein viertes Begräbnis seit meiner Ankunft in Clanton. Die einzige Beerdigung, an der ich bis dahin teilgenommen hatte, war die meiner Mutter gewesen, aber hier in der Kleinstadt handelte es sich um gesellschaftliche Ereignisse. Oft hörte ich Sätze wie »War das nicht ein schöner Gottesdienst?« oder »Bis zur Beerdigung«. Am besten gefiel mir »Sie wäre begeistert gewesen«.

Wobei »sie« selbstverständlich die Verstorbene war.

Die Leute nahmen sich frei und trugen ihre Sonntagskleidung. Wer nicht zu Beerdigungen ging, galt als sonderbar. Da ich auch so schon sonderbar genug wirkte, war ich fest entschlossen, die Toten angemessen zu ehren.

Der zweite Todesfall ereignete sich später an jenem Abend, und als ich am Montag davon hörte, eilte ich nach Hause und holte meinen Revolver.

Malcolm Vince war zweimal in den Kopf geschossen worden, nachdem er in einem abgelegenen Teil von Tishomingo County ein zwielichtiges Lokal verlassen hatte. In Tishomingo durfte kein Alkohol verkauft werden. Die Kneipe war illegal und lag deswegen weitab vom Schuss.

Es gab keine Zeugen für den Mord. Malcolm Vince hatte Bier getrunken und Billard gespielt, ohne Ärger zu machen oder sich danebenzubenehmen. Zwei Bekannte sagten der Polizei gegenüber aus, Vince habe das Lokal nach etwa drei Stunden gegen dreiundzwanzig Uhr allein verlassen. Er sei guter Stimmung und nicht betrunken gewesen. Er habe sich verabschiedet, sei nach draußen gegangen, und binnen weniger Sekunden hätten sie Schüsse gehört. Sie seien ziemlich sicher, dass er nicht bewaffnet gewesen sei.

Die Kneipe befand sich am Ende einer unbefestigten Zufahrt, und etwa vierhundert Meter weiter oben an der Straße bewachte ein mit einer Schrotflinte bewaffneter Posten einen Durchgang. Seine Aufgabe war es, den Besitzer zu warnen, wenn die Polizei oder andere unangenehme Charaktere auftauchten. Tishomingo lag an der Staatsgrenze, und es bestanden einige historische Fehden mit Gangstern aus Alabama. Zwielichtige Lokale wurden gern benutzt, um offene Rechnungen zu begleichen. Der Posten hatte die Schüsse gehört, die Malcolm Vince töteten, und war sich sicher, dass danach kein Auto vom Tatort geflohen war. Jedes Fahrzeug hätte ihn passieren müssen.

Vince' Mörder war zu Fuß aus den Wäldern gekommen. Ich sprach mit dem Sheriff von Tishomingo County, der davon überzeugt war, dass jemand es auf Vince abgesehen hatte. Auf jeden Fall handelte es sich nicht um eine gewöhnliche Kneipenstreiterei.

»Irgendeine Vorstellung, wer hinter Mr Vince her war?«, fragte ich, wobei ich verzweifelt hoffte, dass dieser sich auch in Tishomingo County Feinde gemacht hatte.

»Keine Ahnung«, sagte er. »Er wohnte noch nicht lange hier.«

Zwei Tage lang trug ich den Revolver in der Tasche, bis ich es satt hatte. Falls die Padgitts mich, einen der Geschworenen, Richter Loopus, Ernie Gaddis oder sonst jemanden erledigen wollten, weil sie glaubten, derjenige trüge die Schuld an Dannys Verurteilung, konnte man nicht viel dagegen tun.

Die Ausgabe der *Times* jener Woche war Wilson Caudle gewidmet. Ich holte ein paar alte Fotos aus dem Archiv und pflasterte die Titelseite damit. Wir druckten Lobreden, Berichte und jede Menge bezahlte Beileidsbekundungen seiner zahlreichen Freunde. Dann kaute ich im längsten Nachruf in der Geschichte der Zeitung alles noch einmal durch.

Spot hatte es verdient.

Ich war mir nicht sicher, was ich mit der Story von Malcolm Vince' Tod anfangen sollte. Er war nicht in Ford County ansässig gewesen und kam daher für einen Nachruf nicht wirklich infrage. Unsere Regeln in dieser Hinsicht waren allerdings sehr flexibel. Ein prominenter Bürger von Ford County wurde auch dann mit einem Nachruf bedacht, wenn er weggezogen war. Doch es musste natürlich etwas zu schreiben geben. Jemand wie Malcolm Vince, der nur vorübergehend im County gelebt hatte und hier weder Familie besaß, noch etwas Besonderes geleistet hatte, war kaum ein geeignetes Objekt.

Wenn ich die Geschichte aufbauschte, würde ich nur die Bevölkerung beunruhigen und damit den Padgitts helfen, Angst und Schrecken zu verbreiten. Denn jeder, der von dem Mord gehört hatte, war davon überzeugt, dass die Padgitts dahintersteckten. Ignorierte ich den Vorfall dagegen, hieße das, dass ich ein Angsthase wäre, der seiner Verantwortung als Journalist nicht gerecht würde. Baggy wollte die Story auf der Titelseite bringen, aber dort war kein Platz mehr, nachdem ich meinen Abschied von Mr Caudle verfasst hatte. Ich druckte sie oben auf Seite drei unter der Schlagzeile ZEUGE IM PADGITT-PROZESS IN TISHOMINGO COUNTY ERMORDET. Zuerst hatte ich MALCOM VINCE IN TISHOMINGO COUNTY ERMORDET schreiben wollen, aber Baggy hatte mich davon überzeugt, dass der Name »Padgitt« mit dem Wort »ermordet« in der Schlagzeile erscheinen sollte. Der Artikel war dreihundert Wörter lang.

Ich fuhr nach Corinth, um dort herumzuschnüffeln. Harry Rex hatte mir den Namen des Scheidungsanwalts von Malcolm Vince genannt. Es handelte sich um einen gewissen Pud Perryman, der dort in der Gegend praktizierte. Sein Büro befand sich in der Main Street, zwischen einem Herrenfriseur und einer chinesischen Näherin. Als ich die Tür öffnete, wusste ich sofort, dass Mr Perryman der erfolgloseste Anwalt war, den ich je gesehen hatte. Sein Büro stank nach verlorenen Prozessen, unzufriedenen Mandanten und unbezahlten Rechnungen. Der Teppich war fleckig und abgewetzt, das Mobiliar stammte aus den Fünfzigerjahren. Ein stinkender Nebel aus altem und neuem Zigarettenrauch hing in Schichten gefährlich dicht über meinem Kopf.

Mr Perryman selbst wirkte alles andere als wohlhabend. Er war etwa fünfundvierzig, hatte einen Bierbauch, war ungepflegt, unrasiert und sah mich aus roten Augen an. Der letzte Kater zeigte offenbar noch seine Nachwirkungen. Er teilte mir mit, er sei Scheidungs- und Immobilienanwalt, was mich offenbar beeindrucken sollte. Entweder waren seine Honorare zu niedrig, oder er zog Kunden an, die wenig besaßen, das sie verkaufen oder um das sie sich streiten konnten.

Er habe Malcolm Vince seit einem Monat nicht gesehen, sagte er, während er in dem Papierberg, der sich auf seinem Schreibtisch türmte, nach einer Akte suchte. Der Scheidungsantrag war nie gestellt worden. Seine Versuche, mit Lydias Anwalt zu einer einvernehmlichen Regelung zu kommen, waren im Sande verlaufen. »Die hat sich abgesetzt.«

»Wie bitte?«

»Sie ist weg. Nach dem Prozess bei euch hat sie ihre

Sachen gepackt und ist verschwunden, zusammen mit dem Kind.«

Lydia Vince war mir im Grunde egal. Viel mehr interessierte mich, wer Malcolm erschossen hatte. Perryman äußerte ein paar vage Theorien, die jedoch nicht einmal den einfachsten Fragen standhielten. Er erinnerte mich an Baggy – jemand, der sich auf lokalen juristischen Klatsch und Tratsch spezialisiert hatte und selbst Gerüchte in die Welt setzte, wenn er nicht jede Stunde ein neues hörte.

Lydia Vince hatte keine Liebhaber oder Brüder und auch sonst niemanden, der Malcolm wegen einer schmutzigen Scheidung hätte erschießen wollen. Außerdem gab es ja kein Scheidungsverfahren. Die Streitereien hatten noch nicht einmal angefangen!

Perryman wirkte wie jemand, der lieber den ganzen Tag schwätzte und Lügen verbreitete, als sich um seine Akten zu kümmern. Ich hielt es fast eine Stunde in seinem Büro aus, und als es mir schließlich gelungen war zu entkommen, rannte ich geradezu nach draußen an die frische Luft.

Ich fuhr die dreißig Minuten nach Iuka, dem Verwaltungssitz von Tishomingo County, wo ich Sheriff Spinner gerade rechtzeitig antraf, um ihn zum Mittagessen einzuladen. Bei Grillhähnchen in einem überfüllten Restaurant informierte er mich über den aktuellen Stand der Ermittlungen in dem Mordfall. Es war eine saubere Arbeit gewesen, und der Mörder musste die Gegend gut kennen. Sie hatten nichts gefunden – keine Fußspuren, keine Patronenhülsen, gar nichts. Bei der Waffe handelte es sich um eine 44er Magnum, und die beiden Schüsse hatten Vince praktisch den Kopf weggerissen. Zur Veranschaulichung reichte er mir seinen Dienstrevolver. »Das ist eine Vierundvierziger«, sagte er. Die Waffe war doppelt so schwer wie mein bescheidener Revolver. Mir verging das bisschen Appetit, das ich noch gehabt hatte.

Die Polizei hatte mit allen Bekannten gesprochen, die sie ausfindig machen konnte. Malcolm Vince hatte etwa fünf Monate in der Gegend gelebt. Er war nicht vorbestraft, nie festgenommen worden, nie an Schlägereien, Falschspiel, Ruhestörung oder Streitereien zwischen Betrunkenen beteiligt gewesen. Einmal pro Woche ging er in das bewusste Lokal, wo er Billard spielte, Bier trank und nicht ein einziges Mal laut wurde. Er hatte weder Kredite noch Rechnungen offen, die mehr als sechzig Tage überfällig gewesen wären. Anscheinend gab es auch keine illegitimen Affären oder eifersüchtige Ehemänner.

»Ich kann kein Motiv finden«, sagte der Sheriff. »Es ergibt einfach keinen Sinn.«

Ich erzählte ihm von Malcolms Zeugenaussage im Padgitt-Prozess und von Dannys Drohung gegen die Geschworenen. Er hörte aufmerksam zu und sagte danach nur noch wenig, sodass ich Eindruck bekam, er wollte lieber in Tishomingo County bleiben und nichts mit den Padgitts zu tun haben.

»Das könnte ihr Motiv sein«, sagte ich.

»Rache?«

»Sicher. Das sind sehr unangenehme Leute.«

»Oh, ich habe von ihnen gehört. Wir können uns wohl glücklich schätzen, dass wir nicht unter den Geschworenen waren, was?«

Auf der Rückfahrt nach Clanton sah ich das Gesicht des Sheriffs bei diesen Worten immer wieder vor mir. Von der Großtuerei des bewaffneten Gesetzeshüters war nichts mehr zu spüren gewesen. Spinner war ausgesprochen dankbar dafür, dass er zwei Countys weit weg war und nichts mit den Padgitts zu tun hatte.

Seine Ermittlung stockte. Der Fall schien unlösbar.

23

Der einzige Jude in Clanton war Mr Harvey Kohn, ein adretter kleiner Mann, der seit Jahrzehnten Damenschuhe und Handtaschen verkaufte. Sein Geschäft befand sich neben der Kanzlei von Sullivan am Clanton Square und war in einer Häuserzeile untergebracht, die er während der Depression erworben hatte. Er war verwitwet, und seine Kinder hatten Clanton nach der Highschool den Rücken gekehrt. Einmal im Monat fuhr Mr Kohn nach Tupelo, um den Gottesdienst in der Synagoge zu besuchen.

Kohns Zielgruppe war das obere Marktsegment, was in einer Kleinstadt wie Clanton schwierig war. Die wenigen wohlhabenden Damen der Stadt kauften lieber in Memphis ein, wo sie höhere Preise bezahlten, mit denen sie dann zu Hause angeben konnten. Um seine Schuhe attraktiv zu machen, zeichnete Mr Kohn sie mit schockierend hohen Preisen aus, auf die er dann drastische Nachlässe gewährte. So konnten sich die Damen von Clanton aussuchen, welchen Preis sie nennen wollten, wenn sie ihre neuesten Erwerbungen vorführten.

Er leitete das Geschäft selbst, öffnete früh und blieb bis spät. Meistens arbeitete ein Schüler in Teilzeit für ihn. Zwei Jahre, bevor ich nach Clanton kam, hatte er einen sechzehnjährigen Schwarzen namens Sam Ruffin eingestellt, um Warensendungen auszupacken, das Lager umzuräumen, den Laden zu putzen und ans Telefon zu gehen. Sam entpuppte sich als klug und fleißig. Er war höflich, wohlerzogen, gut gekleidet, und es dauerte nicht lange, bis Mr Kohn jeden Tag um genau 11.45 Uhr zu einem kurzen Mittagessen und einem ausführlichen Nickerchen nach Hause ging und das Geschäft in Sams Obhut ließ.

Eines Tages um die Mittagszeit erschien eine Dame namens Iris Durant im Laden und fand Sam allein vor. Mrs Durant war einundvierzig und Mutter zweier halbwüchsiger Söhne, von denen einer in Sams Highschool-Klasse ging. Sie war einigermaßen attraktiv, flirtete gern und trug Miniröcke. Normalerweise bevorzugte sie Mr Kohns exotischere Modelle. Sie probierte zwei Dutzend Paare, kaufte nichts und ließ sich jede Menge Zeit. Sam kannte seine Produkte und behandelte ihre Füße mit großer Umsicht.

Am nächsten Tag war sie wieder da – gleiche Zeit, kürzerer Rock, stärkeres Make-up. Barfuß verführte sie Sam auf Mr Kohns Schreibtisch in dem kleinen Büro direkt hinter der Kasse. So begann eine leidenschaftliche Affäre, die beider Leben verändern sollte.

Mehrmals pro Woche ging Iris Durant Schuhe kaufen. Sam fand im oberen Stock auf einem alten Sofa ein bequemeres Plätzchen. Er sperrte den Laden jedes Mal für fünfzehn Minuten zu, schaltete die Beleuchtung aus und raste hinauf.

Iris' Ehemann war Sergeant der Mississippi Highway Patrol. Angesichts der Zahl der neuen Schuhe, die sich in ihrem Schrank stapelten, wurde er misstrauisch. Seine Frau hatte ihm während ihres Ehelebens bereits genügend Grund dazu gegeben.

Er engagierte Harry Rex. Ein Nachwuchspfadfinder hätte das Liebespaar erwischen können. Drei Tage hintereinander marschierte Iris zur gleichen Zeit in Kohns Geschäft, drei Tage hintereinander sperrte Sam hastig die Eingangstür ab, wobei er gehetzte Blicke nach allen Seiten warf, drei Tage hintereinander gingen die Lichter aus – und so weiter und so fort. Am vierten Tag schlichen sich Harry Rex und Sergant Durant durch die Hintertür in den Laden. Sie hörten Lärm von oben. Durant platzte in das Liebesnest und hatte innerhalb von fünf Sekunden genügend Beweismaterial zusammen, um beide vor die Tür zu setzen.

Eine Stunde später feuerte Mr Kohn Sam. Harry Rex stellte noch am selben Nachmittag den Scheidungsantrag. Wenig später landete Iris Durant mit Platz- und Schürfwunden und einer gebrochenen Nase im Krankenhaus. Ihr Ehemann hatte mit den Fäusten auf sie eingedroschen, bis sie das Bewusstsein verlor. Nach Einbruch der Dunkelheit klopften drei uniformierte Staatspolizisten an die Tür von Sams Heim in Lowtown. Sie erklärten seinen Eltern, er werde in Verbindung mit einem nicht näher definierten Vorwurf wegen Unterschlagung gesucht, die er bei Kohn begangen haben solle. Bei einer Verurteilung werde er für zwanzig Jahre ins Gefängnis gehen. Außerdem sagten sie, natürlich inoffiziell, Sam sei mit einer verheirateten Weißen im Bett erwischt worden. Auf ihn sei ein Kopfgeld von fünftausend Dollar ausgesetzt.

Iris Durant verließ die Stadt entehrt, geschieden, ohne ihre Kinder und vollkommen verängstigt.

Ich hatte verschiedene Versionen von Sams Geschichte gehört. Als ich nach Clanton kam, lag der Vorfall schon eine Weile zurück. Dennoch wurde immer wieder davon gesprochen, so groß war der Skandal gewesen. Im Süden war es nicht ungewöhnlich, dass ein Weißer eine schwarze Mätresse hatte, aber Sam war der erste dokumentierte Fall in Clanton, in dem eine weiße Frau die Rassenschranke überschritten hatte.

Baggy hatte mir die Geschichte erzählt, die von Harry Rex weitgehend bestätigt wurde.

Miss Callie weigerte sich, über die Sache zu sprechen. Sam, ihr Jüngster, konnte nicht mehr nach Hause. Er war geflohen, hatte die Schule geschmissen und lebte seit nunmehr zwei Jahren auf Kosten seiner Geschwister. Jetzt hatte er sich bei mir gemeldet.

Ich ging zum Gericht und arbeitete mich durch Schubladen voll alter Akten, fand aber keinen Hinweis auf eine Anklage gegen Sam Ruffin. Ich fragte Sheriff Coley, ob ein Haftbefehl gegen ihn vorlag. Der wich der Frage aus und wollte wissen, warum ich in dem alten Fall herumstocherte. Ich fragte, ob Sam verhaftet werden würde, falls er nach Hause käme. Wieder keine direkte Antwort. »Seien Sie vorsichtig, Mr Traynor«, warnte er mich; mehr wollte er dazu nicht sagen.

Ich ging zu Harry Rex und erkundigte mich nach dem mittlerweile legendären Kopfgeld, das auf Sam ausgesetzt war. Er beschrieb seinen Mandanten, Sergeant Durant, als früheren Marine, Scharfschützen, der ein ganzes Waffenarsenal besitze, Karrierebeamten und Hitzkopf, der glaube, er könne die Schande, die Iris' skandalöses Verhalten über ihn gebracht habe, nur auslöschen, wenn er ihren Liebhaber umbringe. Eigentlich wollte er seine Exfrau töten, aber er wolle nicht ins Gefängnis. Einen schwarzen Jungen zu erschießen halte er für weniger riskant. Ein Geschworenengericht in Ford County hätte dafür mehr Verständnis.

»Und er will es selbst tun«, erklärte Harry Rex, »um die fünftausend Dollar zu sparen.«

Er genoss es sichtlich, mir diese schlechte Nachricht zu überbringen, gab aber zu, seinen Mandanten seit anderthalb Jahren nicht gesehen zu haben. Er war sich nicht sicher, ob Mr Durant nicht bereits wieder geheiratet hatte.

Am Donnerstagmittag setzten wir uns an den Tisch auf der Veranda und dankten dem Herrn für das köstliche Mahl, das vor uns stand. Esau war bei der Arbeit.

Im Spätsommer, als die Früchte im Garten reif gewesen waren, hatten wir häufig vegetarisch gegessen. Rote und gelbe Tomaten, Gurken und Zwiebeln in Essig, Butterbohnen, Brechbohnen, Erbsen, Kürbis, gekochte Kartoffeln, Maiskolben, und immer gab es warmes Maisbrot dazu. Jetzt, da die Luft kühler wurde und sich die Blätter verfärbten, bereitete Miss Callie kräftigere Speisen zu: Enteneintopf, Lammeintopf, Chili, rote Bohnen und Reis mit Schweinewurst und ihre Spezialität, Schmorfleisch.

An jenem Tag gab es Huhn mit Klößen. Ich aß langsam, wie sie es mich gelehrt hatte. Als ich halb aufgegessen hatte, sagte ich: »Sam hat mich angerufen, Miss Callie.«

Sie hörte auf zu essen und schluckte. »Wie geht es ihm?«, fragte sie dann.

»Gut. Er will an Weihnachten nach Hause kommen, weil die ganze Familie hier sein wird. Da will er nicht fehlen.«

»Wissen Sie, wo er ist?«, fragte sie.

»Wissen Sie es?«

»Nein.«

»Er ist in Memphis. Wir haben uns für morgen dort verabredet.«

»Warum treffen Sie sich mit Sam?« Mein Engagement schien ihr Misstrauen zu erregen.

»Er will, dass ich ihm helfe. Max und Bobby haben ihm erzählt, dass wir befreundet sind. Er sagt, er hält mich für einen Weißen, dem er trauen kann.«

»Es könnte gefährlich werden«, sagte sie.

»Für wen?«

»Für Sie beide.«

Ihr Arzt hatte ihr geraten, auf ihr Gewicht zu achten. Manchmal hielt sie sich daran, aber nicht immer. Bei besonders schweren Gerichten wie Eintöpfen und Klößen nahm sie sich nur kleine Portionen und aß langsam. Die Neuigkeiten von Sam lieferten ihr einen Grund, ganz mit dem Essen aufzuhören. Sie legte ihre Serviette zusammen und fing an zu reden.

Sam hatte Clanton mitten in der Nacht mit einem Greyhound-Bus nach Memphis verlassen. Von dort rief er Callie und Esau an. Am nächsten Tag fuhr ein Freund nach Memphis, um ihm Geld und Kleidung zu bringen. Als sich die Geschichte von seiner Affäre mit Iris Durant wie ein Lauffeuer in der Stadt verbreitete, waren Callie und Esau davon überzeugt, dass die Polizei ihren jüngsten Sohn umbringen würde. Streifenwagen der Highway Patrol fuhren rund um die Uhr an ihrem Haus vorbei. Sie erhielten anonyme Anrufe, in denen sie bedroht und beschimpft wurden.

Mr Kohn stellte bei Gericht irgendeinen Antrag. Ein Termin für eine Anhörung wurde angesetzt und verstrich, ohne dass Sam erschienen wäre. Miss Callie bekam nie eine offizielle Anklageschrift zu Gesicht, aber sie wusste auch nicht genau, wie eine solche aussah.

Memphis schien Sam zu nah an Clanton, deshalb ging er nach Milwaukee, wo er sich einige Monate bei Bob versteckt hielt. Seit zwei Jahren wanderte er nun von einem seiner Geschwister zum anderen. Immer reiste er bei Nacht, immer hatte er Angst, erwischt zu werden. Die älteren Ruffin-Kinder riefen oft zu Hause an und schrieben einmal pro Woche, aber sie hatten Angst, Sam zu erwähnen. Vielleicht hörte jemand mit.

»Es war falsch von ihm, sich mit einer solchen Frau einzulassen«, sagte Miss Callie und nippte an ihrem Tee. Ich hatte ihr gründlich den Appetit verdorben, während ich selbst weiter kräftig zulangte. »Aber er war so jung. Und er hatte es ja nicht darauf angelegt.«

Am nächsten Tag wurde ich zum inoffiziellen Mittelsmann zwischen Sam Ruffin und seinen Eltern.

Wir trafen uns in einem Café in einem Einkaufszentrum im Süden von Memphis. Er hatte mich eine halbe Stunde lang aus der Ferne beobachtet, bevor er plötzlich wie aus dem Nichts auftauchte und mir gegenüber Platz nahm. In den zwei Jahren auf der Flucht hatte er einige Tricks gelernt.

Das unstete Leben hatte sein jugendliches Gesicht gezeichnet. Gewohnheitsmäßig sah er sich ständig nach allen Seiten um. So sehr er sich auch bemühen mochte, Blickkontakt zu halten, länger als ein paar Sekunden gelang es ihm nicht. Es war keine große Überraschung, dass er mit leiser, deutlicher Stimme sprach, sehr höflich und dankbar dafür war, dass ich bereit war zu prüfen, ob ich ihm helfen konnte.

Er dankte mir für die Freundlichkeit, die ich seiner Mutter erwiesen hatte, und für meine freundschaftliche Beziehung zu ihr. Bobby in Milwaukee hatte ihm die *Times*-Reportage gezeigt. Er sagte, dass er bei seinen Geschwistern in Los Angeles, Duke, Toledo und Grinnell in Iowa Unterschlupf gefunden habe und diesen ständigen Wechsel nicht mehr lange durchhalte. Verzweifelt suche er nach einer Lösung für die Probleme zu Hause, damit er wieder ein normales Leben führen könne. Er sei dabei, die Highschool in Milwaukee abzuschließen, und wolle irgendwann Jura studieren. Solange er wie ein Flüchtling lebe, sei das jedoch unmöglich.

»Ich stehe ganz schön unter Druck, kann ich Ihnen sagen«, meinte er. »Schließlich haben alle meine sieben Geschwister einen Doktortitel.«

Ich schilderte meine ergebnislose Suche nach einer Anklageschrift, meine Erkundigungen bei Sheriff Coley und mein Gespräch mit Harry Rex über Durants gegenwärtige Stimmung. Sam dankte mir überschwänglich für diese Informationen und meine Bereitschaft, mich einzuschalten.

»Es besteht keine Gefahr, dass Sie verhaftet werden«, beruhigte ich ihn. »Allerdings ist es durchaus möglich, dass Ihnen jemand eine Kugel in den Kopf jagt.«

»Da würde ich lieber verhaftet werden«, sagte er.

»Ich auch.«

»Ein gefährlicher Mann, Mr Durant«, sagte Sam. Dann folgte eine Geschichte, die ich nicht bis in alle Einzelheiten verstand. Offenbar lebte Iris Durant mittlerweile in Memphis, und Sam hielt den Kontakt zu ihr. Sie hatte ihm entsetzliche Dinge über ihren Exmann, ihre beiden halbwüchsigen Söhne und die Drohungen erzählt, die sie ihr gegenüber ausgestoßen hatten. Sie war nirgendwo in Ford County willkommen. Auch ihr Leben war möglicherweise in Gefahr. Die Jungen hatten mehrfach gesagt, sie hassten sie und wollten sie nie wieder sehen.

Sie war ein gebrochener, von Schuldgefühlen zerfressener Mensch und hatte einen Nervenzusammenbruch hinter sich.

»Und es ist meine Schuld«, sagte Sam. »Bei meiner Erziehung hätte mir so etwas nicht passieren dürfen.«

Unser Treffen dauerte eine Stunde. Wir vereinbarten, uns bald wieder zu treffen. Er übergab mir zwei lange Briefe, die er an seine Eltern geschrieben hatte, und wir verabschiedeten uns. Während er in der Menge der Einkaufsbummler verschwand, fragte ich mich unwillkürlich, wo sich ein Achtzehnjähriger versteckt hielt. Wie reiste er, wie bewegte er sich? Wie überlebte er von Tag zu Tag? Und Sam war kein Straßenkind, er hatte nicht gelernt, sich auf seine Schlauheit und seine Fäuste zu verlassen.

Ich erzählte Harry Rex von unserem Treffen in Memphis. Mein hochfliegendes Ziel war es, Durant auf die eine oder andere Weise zu überreden, dass er Sam in Ruhe ließ.

Da ich davon ausging, dass mein Name irgendwo auf Padgitt Island auf einer schwarzen Liste stand, legte ich keinen Wert darauf, auf einer weiteren Liste zu erscheinen. Deshalb ließ ich mir von Harry Rex schwören, dass er nichts von meiner Rolle als Mittelsmann verraten würde. Ich war mir sicher, dass ich mich auf ihn verlassen konnte.

Sam würde sich bereit erklären, Ford County zu verlassen, die Highschool in Milwaukee zu beenden, zu studieren und wahrscheinlich für den Rest seines Lebens dort zu bleiben. Er wollte nur seine Eltern sehen und für Kurzbesuche nach Clanton kommen können und nicht den Rest seines Lebens gejagt werden.

Harry Rex war das egal, und er wollte sich auch nicht einmischen. Er versprach, Durant die Nachricht zu überbringen, glaubte aber nicht, dass er ein offenes Ohr finden würde. »Das ist ein übler Bursche«, sagte er mehr als einmal.

24

Anfang Dezember kehrte ich nach Tishomingo County zurück, um meine Unterhaltung mit Sheriff Spinner fortzusetzen. Ich war nicht überrascht, dass die Untersuchung des Mordes an Malcolm Vince nichts Neues ergeben hatte. Mehr als einmal sprach Spinner von einer »sauberen Arbeit«. Die einzigen Spuren waren die Leiche und zwei Kugeln, die praktisch nicht zurückzuverfolgen waren. Seine Männer hatten mit allen auffindbaren Freunden, Bekannten und Kollegen gesprochen. Niemand kannte einen Grund dafür, warum Malcolm ein solch gewalttätiges Ende gefunden hatte.

Spinner hatte auch mit Sheriff Mackey Don Coley gesprochen, der erwartungsgemäß Zweifel daran äußerte, dass der Mord etwas mit dem Padgitt-Prozess in Ford County zu tun hatte. Offenbar kannten sich die beiden Sheriffs schon lange, und ich war erleichtert, als Spinner sagte: »Coley würde nicht mal jemanden erwischen, der bei Rot über die Straße geht.«

Ich lachte betont laut und ergänzte: »Ja, und mit den Padgitts ist er besonders dick.«

»Ich hab ihm erzählt, dass Sie hier rumgeschnüffelt haben. ›Der Junge wird Ärger bekommen‹, meinte er. Ich dachte, das würde Sie interessieren.«

»Danke«, sagte ich. »Coley sieht die Dinge anders als ich.«

»In ein paar Monaten sind Wahlen.«

»Ja, das stimmt. Ich habe gehört, Coley hat zwei oder drei Gegenkandidaten.«

»Einer reicht.«

Er versprach erneut, mich anzurufen, falls sich neue Entwicklungen ergäben, aber wir wussten beide, dass das nicht geschehen würde. Ich ließ Iuka hinter mir und fuhr nach Memphis.

Sergeant Durant war zufrieden, als er hörte, dass seine Drohungen immer noch wie ein Damoklesschwert über Sam Ruffin hingen. Harry Rex hatte ihn schließlich darüber informiert, dass der Junge noch auf der Flucht war, aber unbedingt nach Hause wollte, um seine Mutter zu sehen.

Durant hatte nicht wieder geheiratet. Er war sehr einsam und zutiefst verbittert und beschämt über die Affäre seiner Frau. Harry Rex gegenüber beklagte er sich über sein zerstörtes Leben. Das Schlimmste war, dass seine beiden Söhne wegen des Verhaltens ihrer Mutter verspottet und beschimpft wurden. Ihre weißen Mitschüler ärgerten sie täglich, während ihre neuen schwarzen Klassenkameraden an der Highschool von Clanton wissende Mienen zur Schau trugen und Witze rissen.

Beide Jungen waren ausgezeichnete Schützen und passionierte Jäger, und alle drei Durants hatten geschworen, Sam Ruffin eine Kugel in den Kopf zu jagen, wenn sie die Chance bekamen. Sie wussten, wo in Lowtown die Ruffins lebten. Durant sagte, viele Schwarze aus dem Norden kämen an Weihnachten nach Hause. »Falls der Kerl heimkommt – wir warten auf ihn«, versicherte er Harry Rex.

Auch für mich und meine herzerwärmenden Geschichten über Miss Callie und ihre älteren Kinder hatte er ein paar gehässige Bemerkungen übrig. Er war ganz richtig zu dem Schluss gekommen, dass ich der Verbindungsmann zwischen Sam und seiner Familie war.

»Sie halten sich besser aus dieser Sache raus«, warnte Harry Rex mich nach seinem Treffen mit Durant. »Das ist ein übler Charakter.«

Ich legte keinen Wert darauf, dass noch jemand von meinem gewaltsamen Tod träumte.

Ich traf Sam an einer Raststätte für Lkw-Fahrer, etwa anderthalb Kilometer von der Staatsgrenze entfernt, in Tennessee. Miss Callie schickte ihm Kuchen, Briefe und etwas Geld. Der Karton nahm den ganzen Beifahrersitz meines kleinen Spitfire ein. Es war das erste Mal seit zwei Jahren, dass sie Kontakt zu ihm hatte. Er versuchte, einen ihrer Briefe zu lesen, wurde aber von seinen Gefühlen überwältigt und steckte ihn in den Umschlag zurück. »Ich hab so Heimweh«, sagte er und wischte sich dicke Tränen aus dem Gesicht, während er versuchte, die an den Nebentischen sitzenden Lkw-Fahrer nicht merken zu lassen, dass er weinte. Ein verängstigter kleiner Junge, der sich verlaufen hatte.

Mit brutaler Ehrlichkeit erzählte ich ihm von meinem Gespräch mit Harry Rex. Sam war so naiv gewesen zu glauben, dass Durant seinen Vorschlag, außerhalb von Ford County zu leben und nur gelegentlich zu Besuch zu kommen, akzeptieren würde. Er hatte keine Ahnung, welchen Hass er auf sich gezogen hatte. Allerdings schien er zu verstehen, in welcher Gefahr er sich befand.

»Er würde Sie umbringen, Sam«, sagte ich ernst.

»Und davonkommen, stimmt's?«

»Das kann Ihnen doch egal sein, Sie wären tot. Miss Callie ist es lieber, zu wissen, dass Sie im Norden sind und *leben*, als dass Sie tot auf dem Friedhof von Clanton liegen.«

Wir verabredeten ein weiteres Treffen in zwei Wochen. Sam war dabei, seine Weihnachtseinkäufe zu erledigen, und würde Geschenke für seine Eltern und Geschwister mitbringen.

Wir verabschiedeten uns und verließen den Restaurantbereich. Ich war schon fast am Auto, als ich beschloss, zurückzugehen und die Toilette aufzusuchen, die sich hinter einem Geschenkladen neben dem Restaurant befand. Durch ein Fenster sah ich, wie Sam eilig in ein Auto sprang, das von einer weißen Frau gefahren wurde. Sie schien wesentlich älter zu sein als er, Anfang vierzig. Wahrscheinlich Iris Durant. Manche Leute lernten es nie.

Drei Tage vor Weihnachten traf ein Ruffin nach dem anderen ein. Miss Callie kochte schon seit einer Woche. Zweimal schickte sie mich zum Lebensmittelgeschäft, um noch schnell etwas zu besorgen. Ich wurde von dem Clan rasch adoptiert und erhielt sämtliche Rechte eines Familienmitglieds, deren wichtigstes war, zu essen, wann und was ich wollte.

Als sie jung gewesen waren, hatte sich das Leben der Kinder im Hause Ruffin um ihre Eltern und Geschwister, die Bibel und den Küchentisch gedreht. Während der Feiertage hatte immer ein frisches Gericht auf dem Tisch gestanden, während zwei oder drei andere auf dem Herd oder im Ofen gebrutzelt hatten. Der Ruf »Die Nusskuchen sind fertig!« sandte wahre Schockwellen durch das kleine Haus, über die Veranda und sogar bis auf die Straße. Die Familie versammelte sich um den Tisch, wo Esau etwas hastig dem Herrn für seine Familie, deren Gesundheit und die Speisen dankte, an denen sie »teilhaben« durften. Dann wurden die Kuchen in große Stücke geschnitten, auf Untertassen verteilt und in alle Richtungen davongetragen.

Das gleiche Ritual wurde bei Kürbiskuchen, Kokoskuchen, Erdbeerkuchen und einer endlosen Liste anderer Köstlichkeiten befolgt. Und das waren nur die kleinen Imbisse zwischen den großen Mahlzeiten.

Im Gegensatz zu ihrer Mutter hatte keines der Ruffin-Kinder auch nur ein Pfund zu viel auf den Rippen. Bald wusste ich auch, warum. Sie beschwerten sich, dass sie nirgendwo sonst solches Essen bekamen. Wo sie lebten, sei das Essen geschmacklos, häufig tiefgefroren und stamme aus der Massenproduktion. Oft würden ausländische Gerichte angeboten, die sie nicht vertrügen. Und die Menschen würden so hastig essen. Die Liste der Klagen wurde immer länger.

Ich vermutete, sie waren von Miss Callies Kochkunst so verwöhnt, dass sie mit nichts anderem mehr zufrieden sein konnten.

Carlota, die unverheiratet war und an der University of California in Los Angeles Stadtplanung unterrichtete, schilderte die neuesten wahnwitzigen Trends, die Kalifornien heimsuchten, besonders anschaulich. Der letzte Schrei seien rohe Speisen. So bestehe ein Mittagessen aus einem Teller roher Karotten und rohem Sellerie, der mit einer kleinen Tasse heißem Kräutertee hinuntergespült würde.

Gloria, die an der Duke University Italienisch lehrte, galt als die Glücklichste der sieben, weil sie noch in den Südstaaten lebte. Sie und Miss Callie tauschten sich über die verschiedenen Rezepte für Maisbrot, Brunswick Stew und sogar Kohl aus. Aus diesen Gesprächen entwickelten sich häufig ernsthafte Erörterungen, bei denen auch die Männer ihre Ansichten äußerten und Anmerkungen machten. Mehr als einmal kam es dabei zum Streit.

Nach einem dreistündigen Mittagessen bat Leon (Leonardo) mich, ihn in seinem Auto zu begleiten. Er war der Zweitälteste und wirkte wirklich wie ein Professor, was man von den anderen nicht behaupten konnte. Er hatte einen Bart, rauchte Pfeife, trug ein Tweedjackett mit abgewetzten Ellbogenflicken und verwendete ein Vokabular, das er stundenlang eingeübt haben musste.

Wir fuhren in seinem Auto durch die Straßen von Clanton. Er fragte nach Sam, und ich erzählte, was ich wusste. Meiner unmaßgeblichen Meinung nach war es für ihn zu gefährlich, nach Ford County zu kommen.

Leon interessierte sich auch für den Prozess gegen Danny Padgitt. Ich hatte die *Times* an alle Ruffins geschickt, und in einem von Baggys Artikeln wurde Dannys Drohung gegen die Geschworenen erwähnt. *Wenn ihr mich verurteilt, mache ich euch fertig, und zwar jeden Einzelnen von euch!*

»Kommt er jemals wieder aus dem Gefängnis heraus?«, fragte Leon.

»Ja«, gab ich widerstrebend zu.

»Wann?«

»Das weiß niemand. Er wurde sowohl wegen Mordes als auch wegen Vergewaltigung zu lebenslänglich verurteilt. Zehn Jahre ist die Mindeststrafe für jedes dieser Verbrechen, aber in Mississippi soll es höchst merkwürdige Bedingungen für eine vorzeitige Entlassung auf Bewährung geben.«

»Dann bleibt er also für mindestens zwanzig Jahre in Haft?« Wahrscheinlich überlegte er, wie alt seine Mutter, die jetzt neunundfünfzig war, dann sein würde.

»Das lässt sich nicht mit Sicherheit sagen. Bei guter Führung kann die Mindeststrafe herabgesetzt werden.«

Er wirkte ebenso verwirrt, wie ich es gewesen war. Tatsächlich hatte niemand, der sich mit dem Justizsystem oder dem Strafrecht auskannte, meine Fragen beantworten können. Vorzeitige Entlassungen auf Bewährung waren ein Thema, das in Mississippi ein riesiges schwarzes Loch darstellte, dem ich nicht zu nahe kommen wollte.

Leon erzählte, dass er seine Mutter eingehend über das Urteil ausgefragt hatte. Vor allem habe er wissen wollen, ob sie für lebenslänglich oder für die Todesstrafe gestimmt habe. Sie erwiderte, die Geschworenen hätten sich verpflichtet, den Inhalt ihrer Beratungen geheim zu halten.

»Was wissen Sie?«, fragte er.

Nicht viel. Sie hatte mir gegenüber zwar angedeutet, dass sie mit dem Urteil nicht einverstanden gewesen war, aber nichts Genaueres gesagt. In den Wochen nach dem Prozess hatten sich die Vermutungen überschlagen. Die meisten »Experten« glaubten, dass sich drei, vielleicht vier Geschworene geweigert hatten, für die Todesstrafe zu stimmen. Man ging davon aus, dass Miss Callie nicht zu dieser Gruppe gehört hatte.

»Haben die Padgitts diese Personen unter Druck gesetzt?«, wollte er wissen, als wir in die lange, schattige Auffahrt zur Highschool von Clanton bogen.

»Viele glauben das, aber niemand weiß es wirklich. Es ist vierzig Jahre her, dass in diesem County ein weißer Angeklagter zum Tode verurteilt wurde.«

Er hielt den Wagen an, und wir blickten auf die massiven Eichentüren der Schule. »Jetzt ist die Rassentrennung also endlich aufgehoben«, sagte er.

»Ja.«

»Ich hätte nie gedacht, dass ich das noch erleben würde.« Er lächelte mit großer Befriedigung. »Ich habe früher davon geträumt, auf diese Schule zu gehen. Als ich klein war, arbeitete mein Vater hier als Hausmeister. Samstags bin ich immer hergekommen und durch die langen Flure gewandert, weil alles so schön war. Ich verstand zwar, warum ich an dieser Schule nicht willkommen war, aber akzeptiert habe ich es nie.«

Dem war nicht viel hinzuzufügen, daher hörte ich nur zu. Leon wirkte eher traurig als verbittert.

Schließlich fuhren wir über die Eisenbahnschienen zurück nach Lowtown. Ich war überrascht davon, wie viele schöne Autos mit Kennzeichen aus anderen Bundesstaaten in den Straßen parkten. Große Familien saßen in der eisigen Luft auf den Veranden, während die Kinder in den Gärten und Straßen spielten. Immer mehr Fahrzeuge, in denen sich bunt verpackte Geschenke bis unter das Dach stapelten, trafen ein.

»Zu Hause ist für mich, wo meine Mutter ist«, sagte Leon. »An Weihnachen fährt jeder nach Hause.«

Während wir in der Nähe von Miss Callies Haus parkten, dankte Leon mir dafür, dass ich mich mit seiner Mutter angefreundet hatte. »Sie spricht die ganze Zeit von Ihnen«, meinte er.

»Dabei geht's mir nur ums Essen«, entgegnete ich, und wir lachten.

Am Gartentor wehte uns ein neuer Duft aus dem Haus entgegen. Leon hielt inne, atmete tief ein und sagte dann: »Kürbiskuchen.« Die Stimme der Erfahrung.

Irgendwann hatte sich jeder der sieben Professoren bei mir für meine Freundschaft mit ihrer Mutter bedankt. Sie hatte ihr Leben mit vielen Menschen geteilt und besaß zahlreiche enge Freunde, aber seit mehr als acht Monaten war ihr die Zeit mit mir besonders wichtig.

Ich verließ sie am späten Nachmittag, als sie sich für den Heiligabend-Kirchgang vorbereiteten. Später würden Geschenke ausgetauscht und Weihnachtslieder gesungen werden. Mehr als zwanzig Ruffins waren im Haus. Ich konnte mir nicht vorstellen, wo sie alle schliefen, aber ich war mir sicher, dass sie sich deswegen keine grauen Haare wachsen ließen.

So herzlich sie mich auch aufgenommen hatten, ich hatte das Gefühl, dass ich sie irgendwann allein lassen musste. Bald würden sich alle unter Tränen in die Arme fallen, Lieder singen und Geschichten erzählen. Obwohl ich bestimmt willkommen gewesen wäre, wusste ich, dass es Augenblicke gab, in denen eine Familie unter sich sein musste.

Andererseits: Was wusste ich schon über Familien? Ich fuhr nach Memphis, wo mein Elternhaus stand, das seit zehn Jahren nicht mehr für Weihnachten geschmückt worden war. Mein Vater und ich aßen in einem nahen chinesischen Lokal zu Abend. Während ich die miserable Wonton-Suppe hinunterwürgte, musste ich unwillkürlich an das Chaos in Miss Callies Küche und an all die Köstlichkeiten denken, die dort aus dem Ofen geholt wurden.

Mein Vater gab sich große Mühe, Interesse an meiner Zeitung zu zeigen. Ich schickte ihm pflichtgemäß jede Woche eine Ausgabe, aber nach ein paar Minuten Smalltalk war mir klar, dass er nicht ein einziges Wort gelesen hatte. Eine ominöse Verbindung zwischen dem Krieg in Südostasien und dem Rentenmarkt verlangte seine ganze Aufmerksamkeit.

Wir aßen hastig und gingen dann unserer Wege. Keiner von uns hatte an Geschenke gedacht, was ich ziemlich traurig fand.

Am ersten Weihnachtsfeiertag aß ich mit BeeBee zu Mittag. Im Gegensatz zu meinem Vater war sie entzückt, mich zu sehen. Sie hatte drei Freundinnen – kleine Witwen mit blau schimmerndem Haar – zu Schinken und Sherry eingeladen, dem wir zusprachen, bis wir alle beschwipst waren. Ich unterhielt die Runde mit Geschichten aus Ford County, von denen einige der Wahrheit entsprachen, während ich andere gewaltig ausschmückte. Mein Umgang mit Baggy und Harry Rex hatte mich zum Geschichtenerzähler gemacht.

Um drei hielten wir alle ein Nickerchen. Früh am nächsten Morgen raste ich zurück nach Clanton.

25

An einem eisigen Tag Ende Januar knallten am Clanton Square Schüsse. Ich saß gerade an meinem Schreibtisch und tippte friedlich an einem Bericht über Lamar Farlowe, der kürzlich zu einem Treffen mit seinem alten Fallschirmjägerbataillon in Chicago gewesen war, als eine Kugel keine sieben Meter von meinem Kopf entfernt eine Fensterscheibe durchschlug.

Diese Kugel war die zweite oder dritte in einer ziemlich schnellen Folge. Als ich mich zu Boden warf, rasten mir die verschiedensten Gedanken durch den Kopf. Wo war mein Revolver? Griffen die Padgitts die Stadt an? Waren Sergeant Durant und seine Männer hinter mir her? Auf Händen und Knien kroch ich zu meiner Aktentasche, während weitere Schüsse durch die Luft knallten. Es klang, als kämen sie von der anderen Straßenseite, aber verängstigt, wie ich war, konnte ich das nicht mit Sicherheit sagen. Seit die Kugel in meinem Büro eingeschlagen war, hörten sich die Schüsse viel lauter an.

Ich drehte die Aktentasche um und leerte sie, bevor mir einfiel, dass der Revolver entweder im Auto oder zu Hause lag. Ich war unbewaffnet und fühlte mich wie ein richtiger Schwächling, weil ich mich nicht selbst verteidigen konnte. Dabei hatten Harry Rex und Rafe mich gut vorbereitet.

Ich war vor Schreck wie gelähmt. Dann fiel mir ein, dass Bigmouth Bass unten in seinem Büro war und wie die meisten echten Männer ein ganzes Waffenarsenal griffbereit hatte. In seinem Schreibtisch lagen Pistolen und Revolver, und an der Wand hingen zwei Jagdgewehre, nur für den Fall, dass er während der Mittagspause den Drang verspürte, einen Hirsch zu schießen. Jeder, der mich erledigen wollte, würde auf den erbitterten Widerstand meiner Mitarbeiter stoßen. Zumindest hoffte ich das.

Plötzlich trat Stille ein. Dann wurden auf den Straßen panische Rufe laut, Chaos brach aus. Es war fast vierzehn Uhr, eine Zeit, zu der das Stadtzentrum normalerweise sehr belebt war. Ich kroch unter meinen Schreibtisch, wie ich es bei den Tornado-Übungen gelernt hatte. Von irgendwo unter mir hörte ich Bigmouth schreien: »Bleibt in euren Büros!« Ich sah ihn geradezu vor mir, wie er nach einem Gewehr und einer Schachtel Patronen griff und sich konzentriert in einen Türdurchgang duckte. Einen schlechteren Ort konnte sich ein Wahnsinniger nicht aussuchen, um herumzuschießen. Am Clanton Square lagen Tausende Feuerwaffen griffbereit. In jedem Pick-up steckten zwei Gewehre in der Halterung über dem Rückfenster, während unter dem Sitz eine Schrotflinte lag. Die Leute warteten nur darauf, ihre Waffen einsetzen zu können.

Es würde nicht lange dauern, bis die Einheimischen das Feuer erwiderten. Dann würde es zu einem richtig hässlichen Krieg kommen.

Erneut fielen Schüsse. Wie in Zeitlupe verstrichen die Sekunden, während ich unter meinem Schreibtisch saß und versuchte, normal zu atmen und die Situation zu analysieren. Irgendwann gelangte ich zu der Ansicht, dass die Schüsse nicht näher kamen. Offenbar richtete sich der Angriff nicht gegen mich. Mein Fenster musste zufällig getroffen worden sein. Sirenengeheul ertönte, dann ertönten weitere Schüsse. Menschen schrien. Was war bloß los?

Unten klingelte ein Telefon, und jemand nahm eilig ab.

»Willie! Alles in Ordnung?«, brüllte Bigmouth vom Fuß der Treppe.

»Ja!«

»Auf dem Gerichtsgebäude sitzt ein Heckenschütze!«

»Toll!«

»Bleiben Sie in Deckung!«

»Keine Sorge!«

Ich entspannte mich ein wenig und kroch gerade so weit hervor, dass ich mein Telefon erreichen konnte. Ich rief Wiley Meek zu Hause an, aber er war bereits zu uns unterwegs. Dann robbte ich über den Boden zu einer der Fenstertüren auf den Balkon und öffnete sie. Das erregte offenbar die Aufmerksamkeit des Heckenschützen. Einen guten Meter über mir zersplitterte eine Scheibe, und ein schwerer Glasregen ergoss sich über mich. Ich ließ mich auf den Bauch fallen und hielt eine Ewigkeit lang den Atem an. Das Gewehrfeuer war unerbittlich. Wer auch immer der Schütze war, er schien sich über irgendetwas gewaltig geärgert zu haben.

Acht Schüsse, die draußen auf dem Balkon viel lauter klangen als drinnen. Fünfzehn Sekunden Pause, als er nachlud, dann acht weitere Schüsse. Glas splitterte, Kugeln prallten von den Backsteinen ab, durchschlugen Holzpfosten. Mitten in diesem Sperrfeuer verstummten die Stimmen.

Als ich es wieder wagte, mich zu bewegen, kippte ich vorsichtig einen der Schaukelstühle auf die Seite und verkroch mich dahinter. Der Balkon hatte ein schmiedeeisernes Geländer, das mir zusammen mit dem Stuhl ausreichend Deckung bot. Ich weiß nicht genau, warum ich näher an den Heckenschützen heranwollte, aber ich war vierundzwanzig und Eigentümer einer Zeitung. Mir war klar, dass ich einen langen Bericht über diesen dramatischen Zwischenfall schreiben würde. Ich brauchte Einzelheiten.

Als ich schließlich zwischen Stuhl und Geländer durchspähte, entdeckte ich den Schützen. Das Gerichtsgebäude wurde von einem merkwürdig abgeflachten Gewölbe gekrönt, auf dem eine kleine Kuppel mit vier unverglasten Fenstern saß. Dort hatte er sich eingerichtet, und als ich ihn zum ersten Mal sah, spähte er gerade über eines der Fensterbretter. Er schien ein schwarzes Gesicht und weißes Haar zu haben. Mich überlief es eiskalt. Wir hatten es mit einem Psychopathen erster Güte zu tun.

Er lud nach, und als er so weit war, fing er wieder an, ziellos herumzuballern. Offenbar trug er kein Hemd, was die Situation noch eigenartiger machte, denn es war knapp unter null Grad, und für den Nachmittag war leichter Schneefall vorausgesagt. Ich fror erbärmlich, obwohl ich einen eleganten Wollanzug von Mitlo anhatte.

Der Brustkorb des Schützen war weiß mit schwarzen Streifen wie bei einem Zebra. Ein Weißer, der sich teilweise schwarz bemalt hatte.

Der Verkehr war zum Erliegen gekommen. Die Stadtpolizei hatte die Straßen abgesperrt. Beamte liefen geduckt umher oder saßen hinter ihren Fahrzeugen in Deckung. In den Schaufenstern erschien hin und wieder ein Gesicht, um kurz die Lage zu prüfen, und verschwand dann wieder. Das Feuer brach ab. Der Schütze duckte sich und war für eine Weile nicht zu sehen. Drei County Deputys rannten über einen Gehweg und verschwanden im Gerichtsgebäude. Lange Minuten vergingen.

Wiley Meek sprang die Treppenstufen zu meinem Büro hinauf und erschien an meiner Seite. Er atmete so heftig, als wäre er von seinem Haus draußen auf dem Land in die

Stadt gesprintet. »Er hat unsere Fenster getroffen!«, flüsterte er beim Anblick der Glasscherben, als könnte uns der Heckenschütze hören.

»Zweimal.« Ich deutete mit dem Kopf auf die zerborstenen Scheiben.

»Wo ist er?«, fragte er, während er an einem Fotoapparat mit Teleobjektiv herumhantierte.

»In der Kuppel. Seien Sie vorsichtig. Er hat das Fenster zerschossen, als ich es geöffnet habe.«

»Haben Sie ihn gesehen?«

»Männlich, weiß, mit schwarzen Streifen.«

»Oh, einer von denen.«

»Lassen Sie den Kopf unten.«

Wir blieben einige Minuten in Deckung. Immer mehr Polizisten liefen ziellos herum und vermittelten den Eindruck, dass sie alles sehr aufregend fanden, aber nicht so recht wussten, was sie tun sollten.

»Jemand verletzt?«, fragte Wiley, dem plötzlich einfiel, dass ihm vielleicht ein blutrünstiges Foto entging.

»Wie soll ich das wissen?«

Unerwartet folgten sehr schnell aufeinander weitere Schüsse. Als wir hinter dem Stuhl hervorspähten, sahen wir den Schützen von den Schultern aufwärts. Er feuerte ununterbrochen. Wiley stellte seinen Fotoapparat ein und fing an zu fotografieren.

Baggy Suggs und seine Freunde hielten sich im Trinkzimmer im zweiten Stock des Gerichtsgebäudes auf, nicht direkt unter der Kuppel, aber auch nicht weit davon entfernt. Wahrscheinlich waren sie dem Heckenschützen am nächsten gewesen, als er seine Schießübungen begonnen hatte. Bei der neunten oder zehnten Salve waren sie zu dem Schluss gekommen, dass sie etwas unternehmen mussten, wenn sie nicht niedergemetzelt werden wollten. Irgendwie gelang es ihnen, das klemmende Fenster ihres kleinen Verstecks zu öffnen. Wir sahen, wie ein Elektrokabel herausgeworfen wurde, das fast bis auf den gut zwölf Meter tiefer liegenden Rasen reichte. Dann erschien Baggys rechtes Bein, das er über den Backsteinfenstersims schwang, während er seinen stattlichen Körper durch die Öffnung zwängte. Baggy hatte darauf bestanden, dass er der Erste war – keine große Überraschung.

»Ach, du lieber Gott«, sagte Wiley schadenfroh und hob den Fotoapparat. »Die sind voll wie die Haubitzen.«

Das Kabel entschlossen umklammernd, rutschte Baggy aus dem Fenster und begann seinen Abstieg in die Sicherheit. Welche Strategie er dabei verfolgte, war nicht ganz klar. Er schien seinen Griff nicht zu lockern, seine Hände klebten direkt über seinem Kopf an dem Kabel. Offenbar war es lang genug, sodass seine Trinkkumpane ihn langsam hinunterließen.

Während er die Arme weiterhin über den Kopf hielt, wurden seine Hosen immer kürzer. Bald reichten sie nur noch bis knapp unter die Knie und gaben einen langen Streifen bleicher weißer Haut preis, der in schwarzen Socken endete, die ihm um die Knöchel hingen. Baggy hatte sich noch nie für Äußerlichkeiten interessiert – weder vor noch während noch nach dem Zwischenfall mit dem Heckenschützen.

Das Feuer brach ab. Für eine Weile hing Baggy einfach nur da und drehte sich etwa einen Meter unterhalb des Fensters im Wind. Drinnen sahen wir Major, der sich verzweifelt an das Kabel klammerte. Allerdings hatte er ja nur ein Bein, und ich fürchtete, dass er nicht lange durchhalten würde. Hinter ihm entdeckte ich zwei Gestalten, vermutlich Wobble Tackett und Chick Elliot, die übliche Pokergesellschaft.

Wiley fing an, unterdrückt zu lachen, bis sein ganzer Körper bebte.

Bei jeder Feuerpause holte die gesamte Stadt Atem, spähte aus der Deckung hervor und hoffte, dass es vorbei war. Und jede neue Salve versetzte uns noch mehr in Panik.

Zwei Schüsse knallten. Baggy bewegte sich heftig, als wäre er getroffen worden, obwohl der Heckenschütze ihn unmöglich sehen konnte. Die überraschende Bewegung war offenbar zu viel für Majors Bein. Es gab nach, das Kabel löste sich, Baggy schrie auf und plumpste wie ein Mehlsack in eine dichte Buchsbaumhecke, die die »Töchter der Konföderierten« gepflanzt hatten. Die Büsche federten den Aufprall ab und schleuderten Baggy, einem Trampolin gleich, auf den Bürgersteig, wo er wie eine Melone aufklatschte und so zum einzigen Opfer der gesamten Episode wurde.

In der Ferne hörte ich Gelächter.

Wiley hielt das gesamte Spektakel erbarmungslos fest. Noch Jahre später sollten die Fotos in Clanton herumgehen.

Baggy rührte sich lange Zeit nicht. »Lasst den Idiot liegen«, brüllte ein Polizist unter uns.

»Betrunkene fallen weich«, sagte Wiley, als er wieder zu Atem kam.

Schließlich erhob Baggy sich auf alle viere. Langsam und mühsam wie ein angefahrener Hund kroch er in die Büsche, die ihm das Leben gerettet hatten, und saß den Sturm dort aus.

Drei Häuser vom Tea Shoppe entfernt stand ein Streifenwagen, den der Heckenschütze mit einer Salve bedachte. Der Benzintank wurde getroffen, und Baggy war vergessen. Die Krise erreichte einen neuen Höhepunkt, als unter dem Fahrzeug Rauch hervorquoll. Dann sahen wir Flammen aus dem Wagen schlagen. Der Heckenschütze fand das offenbar lustig und beschoss einige Minuten lang nur Autos. Ich war überzeugt davon, dass er meinen Spitfire unwiderstehlich finden musste, aber vielleicht war der zu klein.

Als endlich zurückgeschossen wurde, verlor der Schütze die Nerven. Zwei von Sheriff Coleys Männern gingen auf unterschiedlichen Dächern in Position, und als sie die Kuppel unter Beschuss nahmen, verschwand der Heckenschütze in seiner Deckung und ward nicht mehr gesehen.

»Ich hab ihn erwischt!«, rief einer der Deputys zu Sheriff Coley hinab.

Wir warteten zwanzig Minuten lang, aber alles blieb ruhig. Baggys Füße mit den alten Schuhen, deren Kappen gebogen waren, und den schwarzen Socken ragten aus den Büschen heraus, sonst war nichts von ihm zu sehen. Gelegentlich blickte Major mit einem Glas in der Hand aus dem Fenster und brüllte Baggy, von dem niemand wusste, ob er im Sterben lag, etwas zu.

Weitere Polizisten liefen ins Gerichtsgebäude. Die Lage schien sich so weit entspannt zu haben, dass wir uns auf die Schaukelstühle setzten, allerdings ohne die Kuppel aus den Augen zu lassen. Bigmouth, Margaret und Hardy, die Baggys Sturz am Fenster im Erdgeschoss beobachtet hatten, kamen zu uns auf den Balkon. Nur Margaret machte sich seinetwegen Sorgen.

Der Streifenwagen brannte, bis endlich die Feuerwehr anrückte und die Flammen löschte. Dann öffneten sich die Türen des Gerichtsgebäudes, und einige Verwaltungsangestellte kamen heraus und fingen an, hektisch zu rauchen. Zwei Deputys gelang es, Baggy aus den Büschen zu ziehen. Er konnte kaum gehen und hatte offenbar große Schmerzen. Sie setzten ihn in einen Streifenwagen und brachten ihn weg.

Dann sahen wir einen Deputy in der Kuppel, und die Stadt war wieder sicher. Wir fünf eilten gemeinsam mit dem Rest der Innenstadt zum Gerichtsgebäude.

Der zweite Stock war abgesperrt. Da das Gericht nicht tagte, führte Sheriff Coley uns in den Sitzungssaal, wo er uns eine kurze Informationsrunde versprach. Während wir dorthin gegangen waren, hatte ich gesehen, wie Major, Chick Elliot und Wobble Tackett von einem Deputy nach draußen eskortiert wurden. Sie waren offenkundig betrunken und mussten so lachen, dass sie kaum gehen konnten.

Wiley lief nach unten, um herumzuschnüffeln. Wenn die Leiche des Heckenschützen abtransportiert wurde, wollte er sich das nicht entgehen lassen. Weißes Haar, schwarzes Gesicht, aufgemalte Streifen – da stellten sich eine Menge Fragen.

Die Scharfschützen des Sheriffs hatten ihr Ziel offenbar verfehlt. Der Heckenschütze entpuppte sich als Hank Hooten, jener Anwalt, der Ernie Gaddis im Prozess gegen Danny Padgitt assistiert hatte. Er befand sich in Haft und war unverletzt.

Als Sheriff Coley uns das im Sitzungssaal mitteilte, waren wir wie vor den Kopf geschlagen. Die Nerven lagen ohnehin blank, aber das war kaum zu glauben. »Mr Hooten wurde in dem kleinen Treppenhaus gefunden, das zur Kuppel führt«, sagte Coley, aber ich war zu schockiert, um mir Notizen zu machen. »Er leistete bei seiner Verhaftung keinen Widerstand und wurde in Gewahrsam genommen.«

»Was hatte er an?«, fragte jemand.

»Nichts.«

»Nichts?«

»Absolut nichts. Er hat sich Gesicht und Brust mit schwarzer Schuhcreme beschmiert, ansonsten war er nackt, wie Gott ihn schuf.«

»Welche Waffen hatte er?«, erkundigte ich mich.

»Wir haben zwei Gewehre gefunden, mehr kann ich im Moment nicht sagen.«

»Hat er irgendwas gesagt?«

»Nicht ein Wort.«

Wiley berichtete, man habe Hooten in Laken gewickelt und in den Fond eines Streifenwagens geschoben. Er hatte ein paar Fotos geschossen, war aber nicht zufrieden. »Dutzende Cops standen um ihn rum«, sagte er.

Wir fuhren ins Krankenhaus, um nach Baggy zu sehen. Jemand hatte seine Frau, die als Nachtschwester in der Notaufnahme arbeitete, angerufen, aus dem Schlaf gerissen und ins Krankenhaus gebeten. Als wir sie trafen, war sie in miserabler Laune. »Bloß ein gebrochener Arm«, sagte sie, offenkundig enttäuscht, dass nicht mehr passiert war. »Ein paar Schrammen und blaue Flecken. Was hat der Trottel wieder angestellt?«

Ich sah Wiley an, Wiley sah mich an.

»War er betrunken?«, fragte sie. Baggy war immer betrunken.

»Weiß ich nicht«, erwiderte ich. »Er ist aus einem Fenster des Gerichtsgebäudes gefallen.«

»O Gott. Er *war* betrunken.«

Ich schilderte Baggys Flucht und versuchte, es so klingen zu lassen, als hätte er sich inmitten des Kugelhagels wie ein Held verhalten.

»Er war im zweiten Stock?«, fragte sie.

»Ja.«

»Er hat also Poker gespielt, Whiskey gesoffen und ist im zweiten Stock aus dem Fenster gesprungen.«

»Im Prinzip, ja«, meinte Wiley, der sich nicht zurückhalten konnte.

»Na ja, nicht ganz«, wandte ich ein, aber sie hatte sich schon abgewandt.

Baggy schnarchte, als wir uns schließlich bis zu seinem Zimmer durchgeschlagen hatten. In Verbindung mit dem Whiskey hatten ihn die Medikamente in eine Art Koma versetzt. »Der wird sich wünschen, dass er nie wieder aufwacht«, flüsterte Wiley.

Und er sollte Recht behalten. In den folgenden Jahren wurde die Legende von Baggy, dem Gummiball, unzählige Male erzählt. Wobble Tackett schwor Stein und Bein, dass Chick Elliot das Kabel zuerst losgelassen habe, Chick behauptete, Majors gesundes Bein sei weggeknickt und habe eine Kettenreaktion ausgelöst. Die Stadt kam zu dem Schluss, dass die drei Idioten Baggy absichtlich in die Buchsbaumhecke hatten fallen lassen.

Zwei Tage später wurde Hank Hooten in die staatliche Nervenheilanstalt Whitfield überstellt, wo er die nächsten Jahre verbringen sollte. Zunächst wurde er des versuchten Mordes an halb Clanton angeklagt, aber irgendwann wurde die Anklage fallen gelassen. Angeblich hatte er zu Ernie Gaddis gesagt, er habe nicht auf jemand Bestimmtes geschossen, sondern sei nur aufgebracht gewesen, weil es der Stadt nicht gelungen sei, Danny Padgitt zum Tode zu verurteilen.

Schließlich erfuhr Clanton, dass bei ihm eine schwere Schizophrenie diagnostiziert worden war. »Total durchgeknallt«, lautete die Meinung der Straße.

Nie zuvor in der Geschichte von Ford County hatte jemand auf so spektakuläre Weise den Verstand verloren.

26

Ein Jahr, nachdem ich die Zeitung erworben hatte, schickte ich BeeBee einen Scheck über fünfundfünfzigtausend Dollar – das Darlehen zuzüglich zehn Prozent Zinsen. Wir hatten nie über Zinsen gesprochen, und ich hatte auch keinen Schuldschein unterzeichnet. Zehn Prozent war ziemlich viel, und ich hoffte, sie würde den Scheck deswegen zurücksenden. Ich schickte ihn sozusagen mit angehaltenem Atem los und wartete gespannt auf Post. Tatsächlich traf etwa eine Woche später ein Brief aus Memphis ein.

Lieber William, ich lege deinen Scheck bei, mit dem ich nicht gerechnet habe und den ich im Moment auch nicht benötige. Sollte ich das Geld aus irgendeinem Grund später einmal brauchen, was ich für sehr unwahrscheinlich halte, können wir immer noch darüber sprechen. Dass du mir anbietest, das geliehene Geld zurückzuzahlen, zeigt mir, wie ehrlich du bist, und erfüllt mich mit großem Stolz. Ich bin sehr stolz auf das, was du in einem Jahr in Clanton erreicht hast, und ich freue mich immer, wenn ich meinen Freunden erzählen kann, wie erfolgreich du als Zeitungsverleger und Chefredakteur bist.

Ich muss zugeben, dass ich mir Sorgen um dich gemacht habe, als du aus Syracuse zurückkamst. Du wusstest anscheinend nicht recht, was du mit deinem Leben anfangen solltest, und es fehlte dir in meinen Augen an Motivation. Außerdem waren deine Haare zu lang. Du hast bewiesen, dass ich mich geirrt habe, und dir außerdem (ein wenig) die Haare geschnitten. Und deine Kleidung und Manieren sind inzwischen wirklich untadelig.

Du bist alles, was ich habe, William, und ich liebe dich von ganzem Herzen. Bitte schreibe mir öfter.

Alles Liebe, BeeBee

PS: Hat sich dieser arme Mensch wirklich splitternackt ausgezogen und in der Stadt herumgeschossen? Bei euch da unten gibt es wirklich Originale!

BeeBees erster Ehemann war 1924 an irgendeiner exotischen Krankheit gestorben. Danach hatte sie einen geschiedenen Baumwollhändler geheiratet. Sie hatten ein Kind, meine arme Mutter. Ihr zweiter Mann, mein Großvater, starb 1938 und ließ BeeBee wohlversorgt zurück. Sie hörte auf zu heiraten und verbrachte die nächsten dreißig Jahre damit, ihr Geld zu zählen, Bridge zu spielen und zu reisen. Als einziges Enkelkind würde ich alles erben, wobei ich keine Ahnung hatte, wie groß ihr Vermögen tatsächlich war.

Wenn BeeBee mehr Briefe wollte, konnte sie die haben.

Zufrieden zerriss ich den Scheck, ging zur Bank und lieh mir noch einmal fünfzigtausend Dollar von Stan Atcavage. Hardy hatte in Atlanta eine nur wenig gebrauchte Offsetpresse gefunden, die ich für 108 000 Dollar kaufte. Wir warfen unsere uralte Druckerpresse auf den Müll, und damit begann auch für uns das zwanzigste Jahrhundert. Die *Times* bekam ein neues Gesicht – sauberer Druck, schärfere Fotos, flottere Gestaltung. Unsere Auflage lag inzwischen bei sechstausend, und ich sah ein stetiges, gewinnträchtiges

Wachstum voraus. Dazu trugen nicht zuletzt die Wahlen von 1971 bei.

Ich war erstaunt, wie viele Menschen sich in Mississippi um ein öffentliches Amt bewarben. Jedes County war in fünf Bezirke unterteilt, und jeder Bezirk besaß einen gewählten Constable, der eine Dienstmarke und eine Schusswaffe trug und sich, seinen Möglichkeiten entsprechend, seine Uniform selbst zusammenstellte. Wenn er es sich leisten konnte, was eigentlich immer der Fall war, brachte er an seinem Auto ein Blaulicht an und erwarb damit das Recht, jeden Menschen jederzeit wegen jedes nur vorstellbaren Vergehens anzuhalten. Dafür waren weder Ausbildung noch Schulungen erforderlich. Es gab keine Überwachung durch den Sheriff des County oder den Direktor der Stadtpolizei, nur die Wähler übten alle vier Jahre eine gewisse Kontrolle aus. Theoretisch war es Aufgabe des Constable, Vorladungen zuzustellen, aber die meisten konnten der Versuchung nicht widerstehen, sich eine Waffe umzuschnallen und auf die Suche nach Menschen zu gehen, die ihnen einen Grund lieferten, sie zu verhaften.

Je mehr Strafzettel ein Constable ausstellte, desto mehr verdiente er. Es handelte sich um eine Teilzeitstelle mit einem symbolischen Gehalt, aber mindestens einer von fünf in jedem County versuchte, davon zu leben. Solche Typen verursachten die meisten Probleme.

Jeder Bezirk hatte außerdem einen gewählten Friedensrichter, einen Justizbeamten ohne jede juristische Vorbildung – zumindest war das 1971 so. Für diesen Posten war überhaupt keine Ausbildung erforderlich. Es wurde keinerlei Erfahrung verlangt, nur die Wählerstimmen zählten. Der Friedensrichter verurteilte alle, die der Constable anschleppte, zu dem er eine ebenso vertrauliche wie undurchschaubare Beziehung unterhielt. Autofahrer aus anderen Bundesstaaten, die in Ford County von einem Constable angehalten wurden, mussten sich häufig vom Friedensrichter abkanzeln lassen.

Jedes County hatte fünf Verwaltungsbeamte, fünf kleine Könige, in deren Hand die reale Macht lag. Für ihre Anhänger ließen sie Straßen asphaltieren, Wasserleitungen reparieren und Schotterlieferungen organisieren. Ihre Gegner gingen praktisch leer aus. Alle Verordnungen eines County mussten durch dessen Verwaltungsvorstand, dem die Verwaltungsbeamten angehörten, zum Gesetz erklärt werden.

In jedem County wurden außerdem ein Sheriff, ein Steuereinnehmer, ein Steuerveranlagungsbeamter, ein Geschäftsleiter für den Chancery Court und ein Coroner gewählt. Die ländlichen Countys entsandten gemeinsam je einen Vertreter in den Senat und in das Abgeordnetenhaus des Staates. Außerdem konnte man 1971 noch zum Leiter der Straßenbaubehörde, der Überwachungskommission für die Bereitstellung von Versorgungsdiensten, der Landwirtschaftsbehörde, zum Staatsschatzmeister, Staatswirtschaftsprüfer, Leiter der Straßenbaubehörde, Generalstaatsanwalt, Vizegouverneur und Gouverneur gewählt werden.

Ich hielt das für ein lächerliches und schwerfälliges System, bis die Bewerber um diese Ämter anfingen, in der *Times* zu inserieren. Ein besonders unfähiger Constable aus dem Vierten Bezirk (auch bekannt als »Streife Vier«) hatte bis Ende Januar elf Gegenkandidaten. Die meisten dieser armen Kerle erschienen mit einer »Ankündigung« in unseren Büros, die ihre Ehefrauen handschriftlich auf Notizpapier gekritzelt hatten. Geduldig ging ich den Text durch, nahm Korrekturen vor, beseitigte Unklarheiten und brachte das Ganze in eine verständliche Sprache. Dann kassierte ich und druckte ihre kleinen Anzeigen, die fast alle mit »Nach Monaten des Gebets …« oder »Ich wurde immer wieder um eine Kandidatur gebeten …« anfingen.

Ende Februar fieberte das County bereits den Wahlen vom August entgegen. Sheriff Coley hatte zwei Gegenkandidaten, und zwei weitere Bewerber überlegten sich noch, ob sie gegen ihn antreten sollten. Der letzte Termin für die Bewerbung um dieses Amt war im Juni, und Coleys Kandidatur stand noch aus. Das heizte Spekulationen darüber an, ob er überhaupt in den Ring treten würde.

Es war ein Leichtes, Spekulationen anzuheizen, wenn es um Kommunalwahlen ging.

Miss Callie hing der altmodischen Überzeugung an, dass es Geldverschwendung war, im Restaurant zu essen, und folglich eine Sünde. Ihre Liste potenzieller Sünden war länger als die der meisten Menschen, vor allem als meine. Es dauerte fast sechs Monate, bis ich sie überredet hatte, mit mir an einem Donnerstag im »Claude's« Mittag zu essen. Ich argumentierte, dass wir, da ich bezahlte, ja nicht *ihr* Geld verschwendeten. Also mache sie sich nicht schuldig, und wenn mir noch ein Verstoß mehr zur Last gelegt werde, komme es darauf auch nicht mehr an. Ein Essen im Restaurant gehörte mit Sicherheit zu den harmlosesten Vergehen auf meiner Liste.

Mir war es egal, wenn ich mitten in Clanton mit einer Schwarzen gesehen wurde. Was die Leute sagten, interessierte mich nicht. Es kümmerte mich auch nicht, dass ich der einzige Weiße bei »Claude's« war. Große Sorge bereitete mir jedoch ein Problem, das mich fast dazu gebracht hätte, die Unternehmung gar nicht erst vorzuschlagen: Wie sollte ich Miss Callie in meinen Triumph Spitfire und wieder hinaus bekommen? Der Wagen war nicht für vollschlanke Damen ihrer Güte gebaut. Sie und Esau besaßen einen alten Buick, in dem einst alle acht Kinder mitgefahren waren. Selbst wenn sie noch einmal zwanzig Kilo zunähme, würde sie leicht auf den Vordersitz passen.

Sie wurde nicht schlanker. Ihr Bluthochdruck und die hohen Cholesterinwerte beunruhigten ihre Kinder sehr. Im Augenblick war sie mit ihren sechzig Jahren noch gesund, aber das konnte sich schnell ändern.

Als wir auf die Straße kamen, blickte sie von oben auf mein Auto herab. Wir hatten März, und es war windig und sah nach Regen aus, deswegen hatte ich das Verdeck geschlossen. Im geschlossenen Zustand wirkte der Zweisitzer noch kleiner.

»Ich bin nicht sicher, ob das klappt«, sagte sie. Doch es hatte sechs Monate gedauert, bis ich sie überredet hatte – für mich gab es kein Zurück. Ich öffnete die Beifahrertür, der sie sich mit großer Vorsicht näherte.

»Was schlagen Sie vor?«, fragte sie.

»Versuchen Sie es rückwärts.«

Schließlich hatten wir es geschafft. Als ich den Motor anließ, berührten unsere Schultern sich fast. »Ihr Weißen fahrt wirklich komische Autos«, sagte sie, und es klang so verängstigt, als säße sie zum ersten Mal in einem winzigen Flugzeug. Ich ließ die Kupplung los, die Reifen drehten durch, und wir brausten lachend davon, dass der Schotter aufspritzte.

Ich parkte vor dem Büro der *Times* und half ihr aus dem Auto. Dagegen war das Einsteigen allerdings ein Kinderspiel gewesen. Drinnen stellte ich ihr Margaret Wright und Davey Bigmouth Bass vor und führte sie herum. Sie war neugierig auf die Offsetpresse, weil die Zeitung jetzt so viel besser aussah. »Wer liest denn Korrektur?«, flüsterte sie.

»Sie«, erwiderte ich. Sie fand durchschnittlich drei Fehler pro Woche. Ich bekam die Liste immer noch jeden Donnerstag beim Mittagessen ausgehändigt.

Wir machten einen Spaziergang um den Clanton Square und landeten schließlich bei Claude, dessen »schwarzes« Restaurant neben der Reinigung lag. Claude war seit vielen Jahren im Geschäft und hatte das beste Essen der Stadt. Er brauchte keine Speisekarte, weil man aß, was gerade gekocht wurde. Mittwochs gab es Catfish, und Freitag war Barbecue-Tag, doch an den übrigen vier Tagen wusste man nicht, was man essen würde, bis Claude es einem sagte. Er empfing uns in einer schmutzigen Schürze und deutete auf einen Tisch in der Nähe des Fensters zur Straße. Das Restaurant war halb voll, und wir wurden mit neugierigen Blicken bedacht.

Merkwürdigerweise war Miss Callie Claude nie begegnet. Ich hatte angenommen, dass sich alle Schwarzen in Clanton irgendwann einmal über den Weg liefen, aber Miss Callie erklärte mir, dass das nicht der Fall sei. Claude lebte draußen auf dem Land, und in Lowtown ging das entsetzliche Gerücht um, er sei kein Kirchgänger. Sie hatte nie Wert darauf gelegt, ihm zu begegnen. Vor Jahren waren sie beide einmal bei derselben Beerdigung gewesen, hatten sich aber nicht kennen gelernt. Ich stellte sie vor, und als Claude ihren Namen hörte, sagte er: »Ruffin? Die Ruffins sind doch die Familie mit den vielen Ärzten.«

»Professoren«, verbesserte Miss Callie.

Claude war laut, ruppig, nahm Geld für sein Essen und ging nicht zur Kirche, und so entwickelte Miss Callie unverzüglich eine Abneigung gegen ihn. Das bemerkte er, ohne dass es ihn sonderlich berührt hätte. Er verschwand, und kurz darauf hörten wir ihn irgendwo im Hintergrund herumbrüllen. Eine Kellnerin brachte Eistee und Maisbrot, das beides keine Gnade vor Miss Callies Augen fand. Der Tee sei zu dünn und fast nicht gezuckert, behauptete sie, und das Maisbrot nicht salzig genug und werde bei Zimmertemperatur serviert, was ein unverzeihlicher Fehler sei.

»Das ist ein Restaurant, Miss Callie«, sagte ich leise. »Können Sie's nicht etwas lockerer sehen?«

»Das versuche ich ja.«

»Nein, tun Sie nicht. Wie können wir das Essen genießen, wenn Sie an allem was auszusetzen haben?«

»Das ist eine hübsche Fliege.«

»Danke.«

Niemand war so begeistert von meiner neuen, eleganten Garderobe gewesen wie Miss Callie. Neger zögen sich gern gut an und seien sehr modebewusst, erklärte sie. Sie bezeichnete sich selbst immer noch als »Negerin«.

Die Bürgerrechtsbewegung hatte zahlreiche komplexe Fragen aufgeworfen. Zum Beispiel wusste man kaum noch, wie man von Schwarzen sprechen sollte. Ältere Respektspersonen wie Miss Callie bevorzugten es, »Neger« genannt zu werden. Einen Tick darunter auf der gesellschaftlichen Leiter standen die »Farbigen«.

Schwarze aus der Oberklasse verwendeten für die Unterschicht durchaus den Begriff »Nigger«, wobei ich nie gehörte hatte, dass Miss Callie dieses Wort benutzte.

Da mir diese Abstufungen und Klassen ein Buch mit sieben Siegeln waren, hielt ich mich streng an das neutrale Wort »Schwarze«. Die Menschen auf meiner Seite der Schienen verfügten über ein ganzes Wörterbuch mit Bezeichnungen, von denen die wenigsten freundlich waren.

Im Augenblick war ich der einzige Nicht-Neger im »Claude's«, was aber niemanden störte.

»Was wollt ihr essen, Leute?«, brüllte Claude uns von der Theke aus zu. Einer Tafel zufolge gab es Texas-Chili, Brathähnchen und Schweinekotelett. Miss Callie war davon überzeugt, dass Hähnchen und Schweinefleisch von minderer Qualität sein würden, daher bestellten wir beide Chili.

Sie erzählte, wie es in ihrem Garten aussah. Das Wintergemüse stand besonders gut. Esau und sie bereiteten sich darauf vor, das Sommergemüse zu pflanzen. Der *Farmer-Almanach* sagte wie jedes Jahr einen milden Sommer mit durchschnittlichen Regenfällen vorher, und sie freute sich schon darauf, dass man, wenn es wieder warm war, auf der Veranda zu Mittag essen konnte, wie es sich gehörte.

Ich begann von Alberto, ihrem Ältesten, zu sprechen, und eine halbe Stunde später war Miss Callie bei Sam, dem Jüngsten, angelangt. Er lebte in Milwaukee bei Roberto, arbeitete tagsüber und ging abends zur Schule. Alle Kinder und Enkel waren wohlauf.

Sie wollte wissen, wie es dem »armen Mr Hank Hooten« ging, an den sie sich vom Prozess her noch gut erinnerte, obwohl er nie mit den Geschworenen gesprochen hatte. Er saß inzwischen in einer Gummizelle, und da würde er auch noch eine Weile bleiben.

Das Restaurant füllte sich schnell. »Seid ihr fertig? Dann ist es Zeit zu gehen«, sagte Claude, als er mit einer Ladung Teller vorbeikam. Miss Callie gab sich beleidigt, aber Claude war berühmt dafür, dass er seine Gäste hinauskomplimentierte, sobald sie aufgegessen hatten. Wenn am Freitag ein paar Weiße zum Barbecue kamen und das Lokal voll war, stellte er seinen Gästen einen Wecker auf den Tisch und verkündete laut: »Ihr habt zwanzig Minuten.«

Miss Callie tat so, als hätte ihr das Ganze nicht gefallen – der Ausflug überhaupt, das Restaurant, das billige Tischtuch, Claude, die Preise, die vielen Leute, einfach alles –, aber das war nur Theater. Insgeheim genoss sie es, von einem gut gekleideten jungen Weißen zum Essen ausgeführt zu werden. Das hatte noch keine ihrer Freundinnen erlebt.

Als ich sie in Lowtown vorsichtig aus dem Auto zog, griff sie in ihre Handtasche und holte einen kleinen Zettel hervor. In dieser Woche hatte sie nur zwei Tippfehler gefunden, merkwürdigerweise beide bei den Kleinanzeigen, für die Margaret Wright zuständig war.

Ich brachte sie zum Haus. »War doch gar nicht so schlecht, oder?«, fragte ich.

»Mir hat es großen Spaß gemacht. Danke! Kommen Sie nächsten Donnerstag?« Das fragte sie mich jede Woche. Meine Antwort war stets dieselbe.

27

Am 4. Juli herrschten gegen Mittag Temperaturen um die vierzig Grad, und die Luftfeuchtigkeit war unerträglich hoch. Die Parade wurde vom Bürgermeister angeführt, obwohl der gegenwärtig für kein Amt kandidierte. Die Staatsregierung wurde 1971 gewählt. Im selben Jahr fanden auch die Kommunalwahlen statt, während 1972 das Jahr der Präsidentschaftswahlen war. Die Richter wurden 1973 gewählt, die Gemeinderäte 1974. Die Bürger von Mississippi gingen fast so gern zu den Urnen wie zum Football.

Der Bürgermeister saß auf dem Rücksitz einer 1962er Corvette und warf den Kindern, die sich auf den Bürgersteigen rund um den Clanton Square drängten, Süßigkeiten zu. Hinter ihm folgten die Kapellen der Highschools von Clanton und Karaway, die Pfadfinder, die Freimaurer, ein neues Feuerwehrauto, ein Dutzend Karnevalswagen, ein berittenes Polizeiaufgebot, Veteranen aus jedem Krieg des zwanzigsten Jahrhunderts, eine Sammlung blitzender neuer Autos aus der Ford-Handlung sowie drei restaurierte John-Deere-Traktoren. Geschworener Nummer acht, Mr Mo Teale, fuhr einen davon. Die Nachhut bildete eine Kolonne von auf Hochglanz polierten Streifenwagen der Stadt- und County-Polizei.

Ich sah mir die Parade von einem Balkon im zweiten Stock der Security Bank an, wo Stan Atcavage jedes Jahr eine Party gab. Da ich der Bank mittlerweile eine ansehnliche Summe schuldete, war ich eingeladen, Limonade zu schlürfen und mir die Festlichkeiten anzuschauen.

Aus einem Grund, an den sich niemand mehr erinnern konnte, waren die Rotarier für die Reden verantwortlich. Sie hatten neben dem Wachposten der Konföderierten einen langen Flachbettanhänger geparkt und ihn mit Heuballen sowie roten, weißen und blauen Wimpeln dekoriert. Als die Parade vorüber war, drängte sich die Menge um den Anhänger und wartete gespannt. Eine altmodische Hinrichtung in aller Öffentlichkeit hätte kein erwartungsvolleres Publikum haben können.

Mr Mervin Beets, Präsident des Rotarier-Klubs, trat ans Mikrofon und hieß alle willkommen. Bei jeder öffentlichen Veranstaltung in Clanton musste gebetet werden, und im neuen Geiste der Aufhebung der Rassentrennung hatte er Reverend Thurston Small, Miss Callies Pastor, eingeladen, den Anfang zu machen. Wenn man Stan Atcavage glauben durfte, waren in jenem Jahr deutlich mehr Schwarze in der Innenstadt als sonst.

Bei einem solchen Publikum war es Reverend Small unmöglich, sich kurz zu fassen. Mindestens zweimal bat er den Herrn, alles und jeden zu segnen. Rund um das Gerichtsgebäude standen Masten mit Lautsprechern, sodass seine Stimme überall in der Innenstadt zu hören war.

Erster Redner war Timmy Joe Bullock, ein verschreckter junger Mann aus dem Vierten Bezirk, der Constable werden wollte. Er schlich über den Anhänger wie über eine Schiffsgangway, unter der Haie lauerten, und als er hinter dem Mikrofon stand und auf die Menge sah, fiel er fast in Ohnmacht. Es gelang ihm, seinen Namen zu stammeln, dann griff er in eine Tasche, wo er sein Redemanuskript fand. Lesen war nicht seine Stärke, aber in zehn endlosen Minuten gelang es ihm, den Anstieg der Kriminalität, den kürzlichen Mordprozess und den Heckenschützen zu erwähnen. Er mochte keine Mörder, und gegen Heckenschützen hatte er eine ganz besondere Abneigung, deshalb würde er uns gern vor ihnen beschützen.

Der Applaus blieb dünn, nachdem er geendet hatte. Aber zumindest war er gekommen. In den fünf Bezirken bewarben sich zweiundzwanzig Kandidaten als Constable, doch nur sieben hatten den Mut gehabt, sich der Menge zu stellen. Als wir endlich die Constables und Friedensrichter hinter uns gebracht hatten, spielten Woody Gates und die Country Boys ein paar Bluegrass-Stücke. Die Menge war dankbar für die Pause.

Auf dem Rasen vor dem Gericht wurden Speisen und Getränke serviert. Der Lions-Klub verteilte kostenlose gekühlte Wassermelonenschnitze. Die Damen vom Gartenklub verkauften selbst gemachte Eiscreme. Mitglieder des Jaycee-Wohltätigkeitsverbands grillten Spareribs. Die Menge suchte unter den uralten Eichen Schutz vor der Sonne.

Mackey Don Coley hatte Ende Mai seine Kandidatur für das Amt des Sheriffs erklärt. Er hatte drei Gegenkandidaten, deren populärster ein Beamter der Stadtpolizei von Clanton war. Als Mr Beets verkündete, es sei Zeit für die Bewerber um das Amt des Sheriffs, wagten sich die Wähler aus dem Schatten und sammelten sich um den Anhänger.

Freck Oswald bewarb sich bereits zum vierten Mal. Bis jetzt war er immer weit abgeschlagen auf dem letzten Platz gelandet, und es sah so aus, als würde sich daran nichts ändern. Aber er schien seinen Auftritt zu genießen. Er mochte Präsident Nixon nicht und fand harte Worte für dessen Außenpolitik, besonders hinsichtlich der Beziehungen zu China. Die Menge lauschte, wirkte aber ein wenig verwirrt.

Tryce McNatt bewarb sich zum zweiten Mal. Er begann seine Rede mit dem Satz »China interessiert mich einen Scheißdreck«. Das fand ich ganz witzig, aber auch dumm. Dass er in der Öffentlichkeit, in Gegenwart von Damen, fluchte, würde ihn viele Stimmen kosten. Tryce nannte es »unerträglich«, wie Kriminelle vom System verhätschelt wurden. Er war dagegen, dass in Ford County ein neues Gefängnis gebaut wurde – das war eine Verschwendung von Steuergeldern! Er wollte harte Urteile und richtige Zuchthäuser. Häftlinge sollten aneinander gekettet und zur Arbeit gezwungen werden.

Ich hatte nichts von einem neuen Gefängnis gehört.

Angesichts des Kassellaw-Mordes und der Randaliererei von Hank Hooten kam Tryce zu dem Schluss, dass die Verbrechen in Ford County außer Kontrolle geraten waren. Wir brauchten einen neuen Sheriff, einen, der die Bösen jagte und sich nicht mit ihnen anfreundete. »Lasst uns im County aufräumen!« war sein Slogan. Die Menge pflichtete ihm bei.

T. R. Meredith war seit dreißig Jahren als Gesetzeshüter tätig und ein erbärmlicher Redner, aber, wie Atcavage sagte, mit der Hälfte des County verwandt. Atcavage kannte sich mit diesen Dingen aus, weil er mit der anderen Hälfte verwandt war. »Eine Stichwahl gewinnt Meredith mit einem Vorsprung von tausend Stimmen«, prophezeite er, was eine hitzige Diskussion unter den Gästen auslöste.

Zuletzt kam Mackey Don Coley. Er war seit 1943 Sheriff und bat um lediglich eine weitere Amtszeit. »Das sagt er seit zwanzig Jahren«, meinte Atcavage. Coley schwafelte von seiner Erfahrung und davon, wie gut er das County und seine Menschen kenne. Als er geendet hatte, erhielt er höflichen, aber nicht gerade ermutigenden Applaus.

Zwei Herren bewarben sich um das Amt des Steuereinnehmers, zweifellos die unbeliebteste Position im County.

Während ihrer Reden zerstreute sich die Menge, um sich mit Eiscreme und Wassermelonen einzudecken. Ich ging zur Kanzlei von Harry Rex, wo auf dem Bürgersteig ebenfalls eine Party gefeiert wurde.

Die Reden dauerten den ganzen Nachmittag. Es war der Sommer des Jahres 1971, und mittlerweile waren in Vietnam mindestens fünfzigtausend junge Amerikaner getötet worden. Anderswo im Land hätte sich eine solche Versammlung in eine wütende Demonstration gegen den Krieg verwandelt. Die Politiker wären durch Zwischenrufe daran gehindert worden, ihre Reden zu beenden. Flaggen und Einberufungsbescheide wären verbrannt worden.

Aber an jenem 4. Juli in Clanton wurde Vietnam mit keinem Wort erwähnt.

Ich hatte mich in Syracuse damit vergnügt, auf dem Campus zu demonstrieren und durch die Straßen zu marschieren, doch hier, im tiefen Süden, waren solche Aktivitäten unbekannt. Wir geboten dem Kommunismus Einhalt, und die Hippies, Radikalen und Friedensbewegten im Norden und in Kalifornien hatten schlichtweg Angst, zu kämpfen.

Ich erstand bei den Gartendamen eine Portion Erdbeereis. Während ich über den Rasen spazierte, hörte ich plötzlich Lärm. Aus dem Fenster des Trinkzimmers im zweiten Stock hatte ein Witzbold ein Abbild von Baggy heruntergelassen. Die ausgestopfte Puppe hielt die Arme über den Kopf – ganz wie der echte Baggy – und trug ein Schild mit der Aufschrift »SUGGS« auf der Brust. Aus jeder Hosentasche ragte eine leere Flasche Jack Daniel's hervor.

Ich hatte Baggy an jenem Tag noch nicht gesehen und würde ihn auch nicht zu Gesicht bekommen. Später sollte er behaupten, er habe von dem Scherz nichts mitbekommen. Wiley gelang es, zahlreiche Fotos von Baggys Ebenbild zu schießen, was mich nicht weiter überraschte.

»Theo Morton ist hier!«, schrie plötzlich jemand, was die Menge in große Aufregung versetzte. Theo Morton saß seit langem im Senat des Staates. Vier Countys gehörten teilweise zu seinem Bezirk, und obwohl er in Baldwin lebte, stammte seine Frau aus Clanton. Er besaß zwei Pflegeheime und einen Friedhof und zeichnete sich dadurch aus, dass er drei Flugzeugabstürze hingelegt und überlebt hatte. Mittlerweile flog er nicht mehr selbst. Theo Morton war eine schillernde Gestalt – schroff, sarkastisch, witzig und als Redner unberechenbar. Sein Gegner war ein junger Mann, der soeben das Jurastudium abgeschlossen hatte und angeblich irgendwann Gouverneur werden wollte. Er hieß Warren und beging den Fehler, Morton wegen eines zweifelhaften Gesetzes anzugreifen, das dieser angeblich in der letzten Sitzungsperiode »durchgedrückt« hatte, um die Unterstützung des Staates für Pflegeheime zu erhöhen.

Es war ein erbitterter Angriff. Ich stand in der Menge und beobachtete, wie Warren seine Attacke ritt, während ich direkt über seiner linken Schulter »Suggs« aus dem Fenster hängen sah.

Morton begann damit, dass er seine Frau Rex Ella, eine geborene Mabry aus Clanton, vorstellte. Er sprach über ihre Eltern und Großeltern, Tanten und Onkel, und es dauerte nicht lange, bis das halbe Publikum Erwähnung gefunden hatte. Clanton war seine zweite Heimat, hier waren sein Bezirk, seine Leute, seine Wähler, für die er sich drüben in Jackson so einsetzte.

Es war eine brillante, flüssige Stegreifansprache. Ich hatte einen meisterhaften Wahlkampfredner vor mir.

Morton war Vorsitzender des Straßenbauausschusses im Senat des Bundesstaates, und einige Minuten lang prahlte er mit all den neuen Straßen, die er im Norden Mississippis gebaut habe. Sein Ausschuss befasse sich pro Sitzungsperiode mit vierhundert unterschiedlichen Gesetzen. Vierhundert! Vierhundert Gesetzesvorlagen oder Gesetze! Als Vorsitzender sei er dafür verantwortlich, dass gute Gesetze verabschiedet würden. Das sei die Aufgabe der Senatoren des Bundesstaates: gute Gesetze zu verfassen und schlechte abzuschaffen.

Sein junger Gegner habe soeben sein Jurastudium abgeschlossen, das sei eine große Leistung. Er selbst, Theo Morton, habe leider nicht studieren können, weil er im Zweiten Weltkrieg gegen die Japaner habe kämpfen müssen. Aber anscheinend habe sein junger Gegner sein Jurastudium vernachlässigt. Sonst hätte er die Anwaltsprüfung sicherlich auf Anhieb bestanden.

Stattdessen »ist er bei der Anwaltsprüfung durchgefallen, meine Damen und Herren«.

Es war perfektes Timing, dass jemand direkt hinter seinem Herausforderer brüllte: »Das ist eine verdammte Lüge!« Die Menge sah Warren an, als hätte er den Verstand verloren. Morton drehte sich nach der Stimme um und sagte ungläubig: »Eine Lüge?«

Er griff in seine Tasche und holte ein zusammengefaltetes Stück Papier heraus. »Ich habe den Beweis hier in meiner Hand!« Er hielt das Blatt an einer Ecke und wedelte damit herum. Ohne auch nur ein einziges Wort von dem vorzulesen, was da stehen mochte, sagte er: »Wie kann jemand für uns Gesetze verfassen, der noch nicht einmal die Anwaltsprüfung bestanden hat? Mr Warren und ich stehen auf derselben Stufe – keiner von uns hat die Anwaltsprüfung geschafft. Nur hat er dafür drei Jahre lang Jura studiert.«

Mortons Anhänger brüllten vor Lachen. Warren wich nicht von der Stelle, obwohl er am liebsten die Flucht ergriffen hätte.

Doch Morton war noch nicht fertig mit ihm. »Er hätte in Mississippi studieren sollen und nicht in Tennessee, dann würde er unsere Gesetze vielleicht verstehen!«

Er war berühmt für solche öffentlichen Gemetzel. Einmal hatte er eine »eidesstattliche Erklärung« aus der Tasche gezogen, aus der angeblich hervorging, dass sein Gegner, ein früherer Pastor, eine Affäre mit der Frau eines Diakons hatte. Der Vorwurf blieb hängen, obwohl die eidesstattliche Erklärung nie verlesen wurde.

Die Begrenzung der Redezeit auf zehn Minuten bedeutete Morton nichts. Er überschritt sie mühelos mit einer Reihe von Versprechungen, wie die Steuern zu senken, Verschwendung zu bekämpfen und dafür zu sorgen, dass Mörder häufiger zum Tode verurteilt wurden. Als er sich schließlich dem Ende näherte, dankte er der Menge für zwanzig Jahre treuer Unterstützung. Er erinnerte daran, dass die braven Leute von Ford County ihm – und Rex Ella – in den letzten beiden Wahlen fast achtzig Prozent ihrer Stimmen gegeben hatten.

Der Applaus war lang und laut, und irgendwann verschwand Warren. Ich tat es ihm gleich. Ich hatte genug von Reden und Politik.

Vier Wochen später, in der Abenddämmerung des ersten Dienstags im August, versammelten sich fast dieselben Menschen zur Auszählung der Stimmen vor dem Gericht. Es hatte deutlich abgekühlt: Die Temperatur lag nur noch bei dreiunddreißig Grad mit achtundneunzig Prozent Luftfeuchtigkeit.

Die letzten Tage vor der Wahl waren der Traum jedes Reporters gewesen. Zwei Bewerber um das Amt des Friedensrichters prügelten sich vor einer schwarzen Kirche. Es waren zwei Verfahren anhängig, wobei jede Partei die andere der Verleumdung und der Verbreitung zweifelhafter Musterwahlzettel beschuldigte. Ein Mann wurde verhaftet, als er mit der Spraydose Obszönitäten auf eine von Mortons Anschlagtafeln sprühte. (Wie sich nach der Wahl herausstellte, war der Mann von einem von Mortons Handlangern damit beauftragt worden, die Plakate des Senators zu beschmutzen. Trotzdem wurde Warren dafür verantwortlich gemacht. »Ein häufig verwendeter Trick«, meinte Baggy.) Der Generalstaatsanwalt wurde beauftragt, die hohe Zahl der Briefwahlzettel zu untersuchen. »Eine typische Wahl«, lautete Baggys zusammenfassender Kommentar. An jenem Dienstag nun war der große Tag. Das gesamte County kam zum Stillstand, denn in den ländlichen Gegenden wurde eine Wahl geradezu als sportliches Ereignis betrachtet.

Die Wahllokale schlossen um sechs, und eine Stunde später herrschte auf dem Clanton Square gespannte Erwartung. Aus dem ganzen County strömten Menschen herbei, die sich um ihre Kandidaten sammelten und ihr Territorium sogar mit Wahlplakaten absteckten. Viele hatten Proviant und Getränke dabei, und die meisten waren mit Klappstühlen ausgerüstet wie bei einem Baseballspiel. In der Nähe der Eingangstür des Gerichtsgebäudes wurden zwei riesige schwarze Tafeln aufgestellt, auf die die Ergebnisse geschrieben wurden.

»Die Ergebnisse aus North Karaway sind da«, sagte die Wahlleiterin so laut ins Mikrofon, dass man es im Umkreis von zehn Kilometern hören konnte. Sofort wurde die festlich gestimmte Menge ernst.

»North Karaway ist immer der erste Wahlbezirk«, erklärte Baggy. Es war fast halb neun und so gut wie dunkel. Wir saßen auf dem Balkon vor meinem Büro und warteten auf die Ergebnisse. Wir wollten die Zeitung diesmal vierundzwanzig Stunden später in Druck gehen lassen und am Donnerstag eine »Wahl-Sonderausgabe« veröffentlichen. Es dauerte eine Weile, bis die Wahlleiterin die Gesamtstimmen für alle Kandidaten und Ämter verlesen hatte. Mittendrin sagte sie »Zur Wahl des Sheriffs«, und mehrere tausend Menschen hielten den Atem an.

ge deutlich gelichtet. Nach Mitternacht verließ ich das Büro und schlenderte über den Clanton Square, wobei ich diese wunderbare Tradition mit Augen und Ohren genoss.

Ich war stolz auf die Stadt. Nach einem brutalen Mord und einem enttäuschenden Urteil hatten wir uns wieder gesammelt, zurückgeschlagen und deutlich gemacht, dass wir Korruption nicht dulden wollten. Die klare Entscheidung gegen Coley war unsere Art, uns gegen die Padgitts zu wehren. Zum zweiten Mal in hundert Jahren würde der Sheriff nicht in ihren Diensten stehen.

T. R. Meredith erhielt einundsechzig Prozent der Stimmen, ein Erdrutschsieg. Morton bekam zweiundachtzig Prozent und schlug seinen Gegner damit vernichtend. Wir druckten achttausend Exemplare der »Wahl-Sonderausgabe« und verkauften jedes einzelne davon. Ich wurde zum unerschütterlichen Anhänger von jährlichen Wahlen. Das war Demokratie vom Feinsten.

28

Eine Woche vor Thanksgiving 1971 wurde Clanton von der Nachricht erschüttert, dass einer seiner Söhne in Vietnam getötet worden war. Pete Mooney, ein neunzehnjähriger Sergeant, war bei einem Hinterhalt in der Nähe von Hue in Zentralvietnam gefangen genommen worden. Ein paar Stunden später hatte man seine Leiche gefunden.

Ich kannte die Mooneys nicht, aber Margaret Wright sehr wohl. Sie rief mich an, um mir die Neuigkeit mitzuteilen, und sagte, sie brauche ein paar Tage frei. Ihre Familie habe viele Jahre in derselben Straße wie die Mooneys gewohnt, und ihr Sohn und Pete seien seit ihrer Kindheit befreundet gewesen.

Ich wühlte ein wenig im Archiv und stieß dabei auf die Geschichte von Marvin Lee Walker, einem jungen Schwarzen, der 1966 als Erster aus dem County in Vietnam gefallen war. Das war passiert, bevor Mr Caudle sich für solche Dinge interessierte, und die Berichterstattung der *Times* war beschämend dürftig ausgefallen. Nichts auf der Titelseite. Ein Artikel von hundert Wörtern auf Seite drei. Kein Foto. Damals wusste man in Clanton nicht einmal, wo Vietnam lag.

Ein junger Mann, dem der Zugang zu den besseren Schulen verwehrt gewesen war, der vermutlich nicht hatte wählen dürfen und es sicher nicht gewagt hatte, den Trinkbrunnen am Gericht zu benutzen, war in einem Land getötet worden, das nur wenige Menschen aus seiner Heimatstadt auf der Landkarte gefunden hätten. Doch sein Tod war gerechtfertigt. Der Kommunismus musste schließlich an allen Fronten bekämpft werden.

Margaret Wright informierte mich diskret über alle Einzelheiten, die ich für einen Artikel benötigte. Pete hatte die Highschool in Clanton 1970 abgeschlossen, in der Schulmannschaft Football und Baseball gespielt und war dafür drei Jahre hintereinander ausgezeichnet worden. Er war ein hochbegabter Schüler gewesen, der zwei Jahre lang hatte arbeiten, Geld sparen und dann aufs College gehen wollen. Sein Pech war, dass er auf der Liste der Wehrpflichtigen weit oben stand. Im Dezember 1970 erhielt er den Einberufungsbescheid.

Margaret erzählte, dass Pete sich eigentlich nicht zur Grundausbildung hatte melden wollen, was ich natürlich nicht drucken konnte. Wochenlang hatte er sich mit seinem Vater wegen des Kriegs gestritten. Er hatte eigentlich vor, sich nach Kanada abzusetzen und der möglichen Einberufung auf diese Weise zu entgehen. Der Vater war entsetzt darüber, dass sein Sohn sich vor dem Wehrdienst drücken wollte. Der Name der Familie würde in den Schmutz gezogen werden und so weiter. Er nannte den Jungen einen Feigling. Mr Mooney hatte in Korea gedient und nicht das Geringste für die Friedensbewegung übrig. Mrs Mooney versuchte zu vermitteln. Im tiefsten Herzen war auch sie dagegen, dass ihr Sohn in diesen unpopulären Krieg zog. Am Ende gab Pete nach, und jetzt kam er in einem Sarg nach Hause.

Die Trauerfeier fand in der Kirche der Ersten Baptisten statt, in der die Mooneys seit vielen Jahren aktiv waren. Pete war dort mit elf getauft worden, was seiner Familie und seinen Freunden ein großer Trost war. Wenigstens war er jetzt beim Herrn, auch wenn er viel zu jung gewesen war, um heimgeholt zu werden.

Ich setzte mich neben Margaret und ihren Mann. Es war das erste und das letzte Mal, dass ich an der Beerdigung eines neunzehnjährigen Soldaten teilnahm. Wenn ich mich auf den Sarg konzentrierte, konnte ich das Schluchzen, das sich gelegentlich zu einem Heulen steigerte, um mich herum verdrängen. Petes Footballtrainer an der Highschool hielt eine Lobrede, die jedem, mich eingeschlossen, die Tränen in die Augen trieb.

Ich konnte den Rücken von Mr Mooney in der ersten Reihe kaum sehen. Wie groß musste der Kummer dieses armen Mannes sein!

Nach einer Stunde wurden wir ins Freie entlassen und zogen zum Friedhof von Clanton, wo Pete mit vollen militärischen Ehren beigesetzt wurde. Als ein einsames Horn den Zapfenstreich spielte, ließ mich der herzzerreißende Aufschrei von Petes Mutter erschauern. Sie klammerte sich an den Sarg, bis er in die Grube gelassen wurde. Sein Vater brach schließlich zusammen. Mehrere Diakone kümmerten sich um ihn.

Was für eine Verschwendung, sagte ich immer wieder vor mich hin, während ich allein durch die Straßen in Richtung Büro ging. In jener Nacht verfluchte ich mich selbst dafür, dass ich mich so still, so feige verhalten hatte. Verdammt noch mal, ich war Chefredakteur der Zeitung. Ob ich nun das Gefühl hatte, ich wäre auch der *richtige* Chefredakteur für diesen Job oder nicht, war unerheblich. Ich war der einzige in der Stadt. Wenn ich eine Sache für wichtig hielt, stand es zumindest in meiner Macht, einen Leitartikel darüber zu verfassen.

Vor Pete Mooney waren bereits über fünfzigtausend seiner Landsleute gestorben, auch wenn das Militär möglichst keine genauen Zahlen preisgab.

1969 waren Präsident Nixon und sein nationaler Sicherheitsberater, Henry Kissinger, zu dem Schluss gekommen, dass der Vietnamkrieg nicht zu gewinnen war, oder, besser gesagt, dass die Vereinigten Staaten nicht mehr versuchen würden, ihn zu gewinnen. Das behielten sie allerdings für sich. Sie zogen weiterhin junge Männer zum Wehrdienst heran und taten so, als wären sie vom Sieg der USA überzeugt – eine zynische Strategie.

Nachdem sie ihre Entscheidung getroffen hatten, wurden noch einmal achtzehntausend Soldaten getötet, bevor der Krieg 1973 endete. Einer von ihnen war Pete Mooney.

Mein Leitartikel erschien auf der unteren Hälfte der Titelseite, unter einem großen Foto von Pete in Uniform.

Der Tod von Pete Mooney konfrontiert uns mit einer Frage, der wir uns endlich stellen müssen: Was zum Teufel tun wir in Vietnam? Ein begabter Schüler, ein talentierter Sportler, eine Persönlichkeit, die schon an der Schule Führungsqualitäten zeigte, wie unsere Gemeinschaft sie braucht, einer unserer Besten und Klügsten wurde in einem Land, das uns im Grunde gleichgültig ist, an einem Fluss erschossen, von dem wir vorher nie gehört hatten.

Die offizielle Rechtfertigung dafür ist zwanzig Jahre alt und besagt, dass wir den Kommunismus bekämpfen müssten. Wo immer dieser sein Haupt erhebe, müssten wir alles tun, um eine weitere Aggression zu verhindern, wie unser früherer Präsident Lyndon Johnson es einmal ausdrückte.

Korea, Vietnam. Mittlerweile haben wir Truppen in Laos und Kambodscha stehen, auch wenn Präsident Nixon das abstreitet. Was noch? Sollen wir unsere Kin-

der in jedes Land der Welt schicken, nur um uns in Bürgerkriege einzumischen, die uns nicht betreffen?

Nach der Niederlage der Franzosen 1954 wurde Vietnam zweigeteilt. Nordvietnam ist ein armes Land, das ein Kommunist namens Ho Chi Minh regiert. Südvietnam ist ein armes Land, das ein brutaler Diktator namens Ngo Dinh Diem regierte, der 1963 bei einem Staatsstreich ermordet wurde. Seitdem herrscht das Militär.

In Vietnam herrscht seit 1946 Krieg. Damals versuchten die Franzosen, die Kommunisten aus dem Land zu drängen, und scheiterten so spektakulär, dass Amerika auf den Plan trat, um zu demonstrieren, wie Kriege zu führen sind. Unser Misserfolg war noch dramatischer als der der Franzosen, und es ist noch nicht vorbei.

Wie viele Pete Mooneys müssen noch sterben, bevor unsere Regierung sich entschließt, Vietnam sich selbst zu überlassen?

Und an wie viele andere Orte der Welt wollen wir unsere Truppen schicken, um den Kommunismus zu bekämpfen?

Was zum Teufel tun wir in Vietnam? Im Augenblick begraben wir unsere jungen Soldaten, während die Politiker, die für diesen Krieg verantwortlich sind, über einen Rückzug nachdenken.

Meine drastische Ausdrucksweise würde wenig wohlwollend aufgenommen werden, aber das war mir egal. Starke Worte waren nötig, um die Einwohner von Ford County aus ihrem blinden Patriotismus zu reißen. Bevor jedoch die Flut der Anrufe und Briefe einsetzte, hatte ich bereits einen Freund gewonnen.

Als ich von meinem donnerstäglichen Mittagessen mit Miss Callie (Lammeintopf drinnen am Kamin) zurückkehrte, wartete in meinem Büro Bubba Crockett auf mich.

Er trug Jeans, Stiefel, ein Flanellhemd und hatte lange Haare. Nachdem er sich vorgestellt hatte, bedankte er sich für den Leitartikel. Er wollte ein paar Dinge loswerden, und da ich pappsatt war, legte ich die Füße auf meinen Schreibtisch und war ganz Ohr.

Bubba war in Clanton aufgewachsen, wo er 1966 die Schule beendet hatte. Seinem Vater gehörte die Baumschule drei Kilometer südlich der Stadt, er stammte aus einer Familie von Landschaftsgärtnern. Als er 1967 eingezogen wurde, ging er voller Begeisterung in den Kampf gegen den Kommunismus. Seine Einheit landete gerade noch rechtzeitig für die Tet-Offensive im Süden. Nach zwei Tagen Bodenkrieg hatte er drei seiner besten Freunde verloren.

Die Schrecken der Schlacht ließen sich nicht wirklich beschreiben, aber Bubbas Schilderungen waren anschaulich genug. Brennende Menschen schrien um Hilfe, man stolperte über Körperteile, schleppte Leichen vom Schlachtfeld. Stunden ohne Schlaf, ohne Nahrung, in denen die Munition ausging, während man den Feind in der Dunkelheit auf sich zukriechen sah. Sein Bataillon verlor in den ersten fünf Tagen hundert Mann. »Nach einer Woche wusste ich, dass ich sterben würde«, sagte er mit Tränen in den Augen. »Danach wurde ich ein ziemlich guter Soldat. Man muss diesen Punkt erreichen, wenn man überleben will.«

Er wurde zweimal verwundet, leichte Verletzungen, die im Feldlazarett behandelt werden konnten, nichts, für das er nach Hause geschickt werden musste. Er sprach davon, wie frustrierend es war, einen Krieg zu führen, wenn die eigene Regierung alles tat, damit man ihn nicht gewann. »Wir waren die besseren Soldaten«, sagte er, »und um Größenordnungen besser ausgerüstet. Unsere befehlshabenden Offiziere waren phantastisch, aber diese Idioten in Washington ließen es nicht zu, dass sie den Krieg richtig führten.«

Bubba kannte die Familie Mooney und hatte Pete angefleht, nicht zu gehen. Er hatte die Beerdigung aus der Ferne verfolgt und alle Anwesenden und viele, die nicht da waren, verflucht.

»Die Trottel hier sind immer noch für den Krieg, können Sie sich das vorstellen?«, sagte er. »Nach über fünfzigtausend Toten sind wir dabei, den Kampf aufzugeben, und hier in Clanton wollen sie dir immer noch weismachen, dass alles für eine große Sache war.«

»Mit Ihnen legen sie sich aber nicht an«, sagte ich.

»Nein. Ich hab ein paar von ihnen eins auf die Mütze gegeben. Spielen Sie Poker?«

Das tat ich nicht, aber ich hatte wilde Geschichten über die verschiedenen Pokerrunden der Stadt gehört. Spontan entschied ich, dass die Sache interessant werden könnte. »Nicht besonders gut«, antwortete ich daher. Ich würde mir ein Buch mit den Regeln besorgen oder mir das Spiel von Baggy beibringen lassen.

»Wir spielen jeden Donnerstagabend in einem Schuppen bei der Baumschule. Ein paar Typen, die in Vietnam gekämpft haben. Könnte Ihnen gefallen.«

»Heute Abend?«

»Ja, gegen acht. Nur ein kleines Spielchen, ein bisschen Bier, ein bisschen Pot, ein paar Kriegsgeschichten. Meine Kumpels wollen Sie kennen lernen.«

»Ich werde da sein«, sagte ich, während ich überlegte, wo ich Baggy finden konnte.

An jenem Nachmittag wurden vier Briefe unter der Tür hindurchgeschoben, alle vier voll von ätzender Kritik an meiner Person und meiner kritischen Haltung gegenüber dem Krieg. Mr E. L. Green, der in zwei Kriegen gekämpft hatte, drohte damit, sein langjähriges Abonnement zu kündigen. Unter anderem schrieb er:

Wenn wir den Kommunismus nicht aufhalten, wird er sich bis in den letzten Winkel der Erde verbreiten. Eines Tages wird er vor unserer Tür stehen, und unsere Kinder und Enkelkinder werden uns fragen, warum wir ihm nicht Einhalt geboten haben, bevor es zu spät war.

Mr Herbert Gillenwater hatte seinen Bruder im Koreakrieg verloren. Er schrieb:

Sein Tod war eine Tragödie, mit der ich jeden Tag zu kämpfen habe. Aber er war Soldat, ein Held und ein stolzer Amerikaner. Sein Tod hat dazu beigetragen, Nordkorea und seine Verbündeten Rotchina und Russland in Schach zu halten. Wenn wir uns vor dem Kampf fürchten, wird auch unser Land erobert werden.

Mr Felix Toliver aus Shady Grove meinte, ich sei vielleicht zu lange oben im Norden gewesen, wo die Leute bekanntermaßen Angst vor Schusswaffen hätten. Er wies darauf hin, dass die tapferen jungen Männer aus dem Süden beim Militär immer in der Überzahl gewesen seien. Wenn ich das nicht glauben wolle, bräuchte ich nur zu recherchieren. Unter den in Korea und Vietnam Gefallenen seien unverhältnismäßig viele Männer aus den Südstaaten. Er schloss mit den beredten Worten:

Unsere Freiheit wurde um den entsetzlichen Preis des Lebens zahlloser tapferer Soldaten erkauft. Aber was, wenn wir aus Angst nicht gekämpft hätten? Hitler und die Japaner wären immer noch an der Macht. Ein Großteil der zivilisierten Welt würde in Trümmern liegen. Wir wären isoliert und würden am Ende vernichtet werden.

Ich hatte vor, jeden Leserbrief abzudrucken, aber ich hoffte, dass ich noch ein oder zwei erhalten würde, die sich positiv über meinen Leitartikel äußerten. Die Kritik berührte mich nicht. Ich war davon überzeugt, dass ich Recht hatte, und hatte eine ziemlich dicke Haut entwickelt, ein großer Vorteil, wenn man Chefredakteur war.

Nach einem Schnellkurs bei Baggy verlor ich beim Poker mit Bubba und dessen Freunden hundert Dollar. Erfreut luden sie mich wieder ein.

Wir waren zu fünft, alle Mitte zwanzig. Drei hatten in Vietnam gedient – Bubba, Darrell Radke, dessen Familie die Propangasfirma gehörte, und Cedric Young, ein Schwarzer mit einer schweren Beinverletzung. Der fünfte Spieler war Bubbas älterer Bruder, David, der wegen seiner schlechten Augen ausgemustert worden und meiner Meinung nach nur wegen des Marihuanas da war.

Wir sprachen viel über Drogen. Keiner der drei Veteranen hatte jemals Pot gesehen oder auch nur davon gehört, bevor er zur Army gegangen war. Drogen in den Sechzigerjahren in Clanton? Sie lachten herzhaft. In Vietnam nahm jeder Drogen. Man rauchte Pot, wenn man sich langweilte und Heimweh hatte, und um in der Schlacht die Nerven zu beruhigen. Die Feldlazarette pumpten die Verwundeten mit den stärksten verfügbaren Schmerzmitteln voll, sodass Cedric bereits zwei Wochen nach seiner Verwundung morphiumsüchtig war.

Auf ihr Drängen hin erzählte ich ihnen ein paar Drogengeschichten vom College, aber ich war ein Amateur unter Profis. Ich glaube nicht, dass sie übertrieben. Kein Wunder, dass wir den Krieg verloren, wenn alle ständig zugedröhnt waren.

Sie verliehen ihrer Bewunderung für meinen Leitartikel und ihrer tiefen Verbitterung darüber, dass sie nach Vietnam geschickt worden waren, Ausdruck. Jeder der drei hatte Narben davongetragen. Bei Cedric war es offensichtlich, während Bubba und Darrell von einem brennenden Groll erfüllt waren, einer kaum unterdrückten Wut, dem Wunsch, zurückzuschlagen. Aber gegen wen?

Im Laufe des Spiels fingen sie an, Horrorgeschichten über ihre Erlebnisse auf dem Schlachtfeld auszutauschen. Ich hatte gehört, dass sich viele Soldaten weigerten, über ihre Erlebnisse im Krieg zu sprechen. Diese drei waren anders, für sie war es Therapie.

Sie spielten jeden Donnerstagabend Poker, und ich war immer willkommen. Als ich sie um Mitternacht verließ, tranken sie immer noch, rauchten Pot, redeten über Vietnam. Ich hatte für einen Tag genug vom Krieg.

29

In der folgenden Woche widmete ich der Kontroverse, die ich ausgelöst hatte, eine ganze Seite. Dort druckte ich insgesamt siebzehn Leserbriefe ab, von denen nur zwei Sympathien für meine Antikriegshaltung äußerten. Ich wurde als Kommunist, Liberaler, Verräter, Kriegsgewinnler und, das war offenbar das Schlimmste, Feigling beschimpft, weil ich nicht gedient hatte. Jeder Brief war stolz unterzeichnet. In jener Woche gab es keine anonyme Post. Diese Leute waren aufgebrachte Patrioten, die mich nicht ausstehen konnten und wollten, dass das County davon erfuhr.

Es war mir egal. Ich hatte in ein Hornissennest gestochen, und zumindest sprach die Stadt jetzt über den Krieg. Die meisten dieser Debatten waren einseitig, aber ich hatte starke Gefühle geweckt.

Die Reaktion auf die siebzehn Briefe war verblüffend. Eine Gruppe von Schülern der Highschool kam mir mit einem persönlich überbrachten Stapel von Briefen zu Hilfe. Sie waren überzeugte Kriegsgegner, hatten nicht die geringste Absicht, in Vietnam zu kämpfen, und fanden es merkwürdig, dass die meisten Briefe der Vorwoche von Menschen stammten, die für die Streitkräfte zu alt waren. »Es ist unser Blut, nicht eures« war mein Lieblingszitat.

Viele Schüler griffen sich bestimmte Briefe heraus, die ich abgedruckt hatte, und attackierten den Verfasser persönlich. Becky Jenkins empörte sich über das Schreiben von Mr Robert Earl Huff, in dem es hieß: »… unsere Nation gründet sich auf das Blut unserer Soldaten. Für uns wird es immer Kriege geben.« Becky schrieb zurück: »Für uns wird es immer Kriege geben, solange unwissende, gierige Menschen versuchen, anderen ihren Willen aufzuzwingen.«

Kirk Wallace nahm Anstoß an den markigen Worten, die Mrs Mattie Louise Ferguson für mich gefunden hatte. »Leider würde Mrs Ferguson es gar nicht bemerken, wenn sie einem Kommunisten, Liberalen, Verräter oder Kriegsgewinnler gegenüberstünde. Wer draußen in Possum Ridge lebt, kommt mit solchen Menschen nämlich nicht in Berührung«, schrieb er im letzten Absatz.

In der folgenden Woche füllte ich wiederum eine ganze Seite mit den einunddreißig Briefen der Schüler. Außerdem waren drei verspätete Schreiben von Kriegstreibern eingegangen, die ich ebenfalls brachte. Daraufhin erhielt ich eine weitere Flut von Briefen, die ich alle druckte.

Wir fochten unseren Krieg auf den Seiten der *Times* bis Weihnachten aus; dann riefen alle den Waffenstillstand aus und machten es sich über die Feiertage gemütlich.

An Neujahr 1972 starb Max Hocutt. Früh an jenem Morgen klopfte Gilma so lange an das Fenster meiner Wohnung, bis ich aufstand. Ich hatte weniger als fünf Stunden geschlafen und brauchte dringend ein oder zwei Tage Schlaf.

Ich folgte ihr in das alte Herrenhaus. Es war mein erster Besuch seit vielen Monaten, und ich war entsetzt darüber, wie heruntergekommen die Innenräume waren. Aber im Moment gab es Dringenderes. Wir gingen zur Haupttreppe im Eingangsbereich, wo sich Wilma zu uns gesellte. Sie zeigte mit ihrem verkrümmten, faltigen Finger die Treppe hinauf. »Er liegt oben. Erste Tür rechts. Wir waren heute Morgen schon oben.«

Mehr als einmal pro Tag schafften sie die Treppe nicht. Sie waren mittlerweile Ende siebzig und würden Mr Max bald folgen.

Er lag in einem großen Bett und war bis zum Hals mit einem schmutzig-weißen Laken zugedeckt. Ich blieb einen Augenblick neben ihm stehen, um sicherzugehen, dass er nicht mehr atmete. Bis jetzt hatte ich noch nie jemanden für tot erklären müssen, aber hier gab es keinen Zweifel. Mr Max sah aus, als hätte er schon vor einem Monat das Zeitliche gesegnet.

Ich ging die Treppe hinunter, wo mich Wilma und Gilma erwarteten. Sie hatten sich nicht von der Stelle gerührt und sahen mich an, als erwarteten sie von mir eine neue Diagnose.

»Ich fürchte, er ist tot«, sagte ich.

»Das wissen wir«, erwiderte Gilma.

»Sagen Sie uns, was wir tun sollen«, verlangte Wilma.

Es war das erste Mal, dass man mich aufforderte, in einem Todesfall etwas zu unternehmen, aber der nächste Schritt lag auf der Hand. »Vielleicht sollten wir Mr Magargel vom Bestattungsinstitut anrufen.«

»Ich hab es dir ja gesagt«, meinte Wilma zu Gilma.

Da sich die beiden nicht von der Stelle rührten, ging ich zum Telefon und rief Mr Magargel an. »Es ist Neujahr«, sagte er. Offenbar hatte mein Anruf ihn geweckt.

»Trotzdem ist er tot«, erwiderte ich.

»Sind Sie sicher?«

»Ja, ich bin sicher. Ich habe ihn gerade gesehen.«

»Wo ist er?«

»Im Bett. Er ist friedlich gestorben.«

»Manchmal schlafen diese alten Knacker nur fest, wissen Sie.«

Ich wandte mich ab, damit die Zwillinge nicht mithören mussten, wie ich darüber diskutierte, ob ihr Bruder wirklich tot war. »Er schläft nicht, Mr Magargel. Er ist tot.«

»Ich bin in einer Stunde da.«

»Sollen wir was Bestimmtes tun?«

»Was zum Beispiel?«

»Ich weiß nicht. Die Polizei benachrichtigen oder so was.«

»Wurde er ermordet?«

»Nein.«

»Warum wollen Sie dann die Polizei rufen?«

»Tut mir Leid, dass ich gefragt habe.«

Gilma und Wilma luden mich auf eine Tasse Instantkaffee in die Küche ein. Auf der Arbeitsfläche stand eine Packung Haferflocken neben einem großen Teller, in dem die Flocken bereits mit Milch gemischt waren. Offenbar hatte Wilma oder Gilma für ihren Bruder Frühstück gemacht. Als er nicht herunterkam, hatten die beiden nach ihm gesehen.

Der Kaffee war nur mit Unmengen von Zucker genießbar. Sie saßen mir an dem schmalen Küchentisch gegenüber und beobachteten mich neugierig. Ihre Augen waren gerötet, aber sie weinten nicht.

»Wir können hier nicht mehr leben«, sagte Wilma mit einer Endgültigkeit, die davon zeugte, dass das Thema seit Jahren diskutiert wurde.

»Wir möchten, dass Sie das Haus kaufen«, setzte Gilma hinzu. Kaum hatte eine Schwester ihren Satz beendet, fing die andere einen neuen an.

»Wir verkaufen es Ihnen ...«

»... für hunderttausend.«

»Mit dem Geld ...«

»... ziehen wir nach Florida.«

»Florida?«, fragte ich.

»Wir haben da eine Cousine ...«

»Sie lebt in einer Seniorenresidenz ...«

»Sehr hübsch ...«

»Die kümmern sich wirklich um einen ...«

»... und Melberta ist auch in der Nähe.«

Melberta? Ich dachte, sie hätte noch irgendwo im Haus in den Schatten herumgelungert. Sie erzählten, dass sie sie vor einigen Monaten in einem Heim untergebracht hätten, das irgendwo nördlich von Tampa lag, und dort wollten auch sie den Rest ihres Lebens verbringen. Sich um ihr geliebtes Haus zu kümmern sei einfach zu viel für sie. Hüften, Knie und Augen würden ihnen den Dienst versagen. Wenn sie einmal am Tag die Treppe hinaufstiegen – »vierundzwanzig Stufen«, wie Gilma mir mitteilte –, hätten sie jedes Mal panische Angst, zu stürzen und sich das Genick zu brechen. Sie besäßen nicht genug Geld, um es so umzubauen, dass es für sie sicher sei, und wollten das, was sie besäßen, nicht für Haushälterinnen, Gärtner und jetzt auch noch einen Chauffeur ausgeben.

»Wir möchten, dass Sie uns auch den Mercedes abkaufen.«

»Wir können nämlich nicht Auto fahren.«

»Max hat uns immer chauffiert.«

Ich hatte gelegentlich zum Spaß einen Blick auf den Kilometerzähler von Max' Mercedes geworfen. Er fuhr im Durchschnitt keine sechzehnhundert Kilometer im Jahr. Im Gegensatz zum Haus war das Auto so gut wie neu.

Das Gebäude hatte sechs Schlafzimmer, vier Stockwerke, Keller, vier oder fünf Bäder, Wohn- und Esszimmer, Bibliothek, Küche, vom Einsturz bedrohte weitläufige Veranden und einen Dachboden, auf dem sich bestimmt jahrhundertealte Schätze aus dem Familienbesitz stapelten. Allein das Ausräumen würde Monate dauern, und vorher war an eine Renovierung nicht zu denken. Hunderttausend Dollar war nicht viel für ein solches Herrenhaus, aber im ganzen Staat wurden nicht genügend Zeitungen verkauft, um das Ding zu renovieren.

Und was war mit den ganzen Tieren? Katzen, Vögel, Kaninchen, Eichhörnchen, Goldfische, das Anwesen war ein regelrechter Zoo.

Ich hatte mich nach Häusern umgesehen, war aber ehrlich gesagt mit meiner monatlichen Miete von fünfzig Dollar so verwöhnt, dass es mir schwer fiel umzuziehen. Ich war vierundzwanzig, hatte keine eigene Familie und beobachtete mit großem Vergnügen, wie mein Bankkonto wuchs und wuchs. Warum sollte ich das Risiko eingehen, mich finanziell zu ruinieren, indem ich dieses Fass ohne Boden erstand?

Zwei Tage nach der Beerdigung kaufte ich es.

An einem kalten, nassen Donnerstag im Februar hielt ich vor dem Haus der Ruffins in Lowtown. Esau empfing mich auf der Veranda. »Handeln Sie jetzt mit Autos?«, fragte er mit einem Blick auf die Straße.

»Nein, den kleinen Wagen habe ich auch noch«, sagte ich. »Der hier hat Mr Hocutt gehört.«

»Ich dachte, er wäre schwarz gewesen.« In Ford County gab es so wenige Mercedes, dass es nicht schwer war, die Übersicht zu behalten.

»Er musste lackiert werden.« Nachdem ohnehin die Messer und Scheren abgedeckt werden mussten, die Mr Hocutt auf beide Türen gemalt hatte, hatte ich gleich das ganze Auto dunkelbraun lackieren lassen.

In der Stadt hieß es, ich hätte mir den Mercedes von den Hocutts erschwindelt. Tatsächlich hatte ich dafür den

Marktwert in voller Höhe bezahlt: neuntausendfünfhundert Dollar. Der Verkauf erfolgte mit Billigung von Richter Reuben V. Atlee, dem langjährigen Chancellor von Ford County. Er stimmte auch dem Verkauf des Hauses für hunderttausend Dollar zu, einem scheinbar niedrigen Preis, der jedoch wesentlich großzügiger wirkte, nachdem zwei vom Gericht ernannte Schätzer auf fünfundsiebzig- und fünfundachtzigtausend kamen. Einer erklärte, dass eine Renovierung des Hauses »... hohe und unvorhersehbare Ausgaben mit sich bringen« werde.

Als mein Anwalt achtete Harry Rex darauf, dass ich das Gutachten zu Gesicht bekam.

Esau war gedrückter Stimmung, und daran änderte sich auch im Haus nichts. Wie immer roch es nach irgendeinem köstlichen Braten, der im Ofen brutzelte. Heute sollte es Kaninchen geben.

Als ich Miss Callie umarmte, wusste ich sofort, dass etwas nicht stimmte. Esau griff nach einem Umschlag und sagte: »Das ist der Einberufungsbescheid für Sam.« Er warf ihn auf den Tisch, sodass ich ihn sehen konnte, und verließ die Küche.

Beim Essen wurde wenig geredet. Beide waren deprimiert, besorgt und verunsichert. Manchmal dachte Esau, es wäre richtig, wenn Sam das, was sein Land von ihm verlangte, tun würde. Miss Callie aber hatte Sam schon einmal verloren und wollte das nicht noch einmal erleben.

An jenem Abend rief ich Sam an, um ihm die schlechte Nachricht zu überbringen. Er war für ein paar Tage bei Max in Toledo zu Besuch. Wir unterhielten uns über eine Stunde. Ich war zutiefst davon überzeugt, dass er in Vietnam nichts zu suchen hatte. Glücklicherweise war Max derselben Ansicht.

Während der nächsten Woche telefonierte ich stundenlang mit Sam, Bobby, Al, Leon, Max und Mario. Wir tauschten uns darüber aus, was Sam unserer Meinung nach tun sollte. Weder er noch seine Brüder hielten den Krieg für gerechtfertigt, aber Mario und Al hatten größte Bedenken dagegen, dass er das Gesetz brach. Ich war bei weitem der überzeugteste Kriegsgegner von uns allen. Bobby und Leon standen irgendwo in der Mitte. Sam wirkte wie ein Blatt im Wind und änderte seine Meinung täglich. Es war eine schwere Entscheidung, aber mit der Zeit schien er immer mehr auf mich zu hören. Die Tatsache, dass er bereits seit zwei Jahren auf der Flucht war, spielte eine ausschlaggebende Rolle.

Nach zwei Wochen der Gewissensprüfung tauchte Sam unter und ging nach Ontario. Er rief mich eines Abends auf meine Kosten an und bat mich, seinen Eltern zu sagen, dass es ihm gut gehe. Früh am nächsten Morgen fuhr ich nach Lowtown und überbrachte Esau und Miss Callie die Nachricht, dass ihr jüngster Sohn soeben die klügste Entscheidung seines Lebens getroffen hatte.

Kanada kam ihnen unendlich weit weg vor. Längst nicht so weit weg wie Vietnam, sagte ich.

30

Der zweite Bauunternehmer, den ich mit dem Umbau des Hauses beauftragte, war Mr Lester Klump aus Shady Grove. Er war mir von Baggy empfohlen worden, der natürlich genau wusste, wie man ein altes Herrenhaus restaurierte. Auch Stan Atcavage von der Bank schlug Mr Klump vor, und da Mr Atcavage die Hypothek über hunderttausend Dollar genehmigt hatte, hörte ich auf ihn.

Der erste Bauunternehmer war überhaupt nicht aufgetaucht, und als ich nach drei Tagen bei ihm angerufen hatte, war die Leitung tot. Ein beunruhigendes Zeichen.

Mr Klump und sein Sohn, Lester Klump junior, brauchten mehrere Tage, um sich das Haus anzusehen. Sie waren entsetzt vom Ausmaß der Renovierungsarbeiten und wussten, dass der Umbau zu einem Alptraum werden konnte, wenn man es eilig hatte. Die beiden gingen langsam und systematisch vor. Sie brachten es fertig, noch schleppender zu reden als die meisten Leute in Ford County, und bald wurde mir klar, dass alles, was sie taten, im zweiten Gang erledigt wurde. Es war vermutlich auch nicht hilfreich, dass ich ihnen von meiner gemütlichen Wohnung gleich neben dem Haus erzählte. So wussten sie, dass ich nicht ohne ein Dach über dem Kopf dastehen würde, wenn sie in der gleichen Geschwindigkeit weitermachten.

Die Klumps waren dafür bekannt, dass sie nüchtern zur Arbeit erschienen und in der Regel pünktlich fertig wurden. Dieser Umstand verschaffte ihnen einen entscheidenden Wettbewerbsvorteil gegenüber anderen Anbietern aus der Baubranche.

Nachdem wir ein paar Tage vor dem Haus herumgestanden und uns am Kopf gekratzt hatten, einigten wir uns auf Folgendes: Die Klumps würden mir jede Woche eine Rechnung für ihre Arbeit und das Material ausstellen, auf die ich dann zehn Prozent für ihre »Geschäftskosten« – womit hoffentlich ihr Gewinn gemeint war – aufschlagen sollte. Es dauerte eine Woche, bis ich Harry Rex so weit hatte, dass er einen entsprechenden Vertrag aufsetzte. Zuerst hatte er sich geweigert und mir alle möglichen Schimpfwörter an den Kopf geworfen.

Die Klumps wollten zunächst das Haus entrümpeln und einige Wände einreißen und sich dann das Dach und die Veranda vornehmen. Wenn das getan war, würden wir uns wieder zusammensetzen und die nächste Phase planen. Die Bauarbeiten begannen im April 1972.

Jeden Tag erschien mindestens einer der Klumps mit ein paar Arbeitern. Den ersten Monat verbrachten sie damit, all die Ungeziefer und wilden Tiere zu vertreiben, die es sich schon seit Jahrzehnten im Anwesen der Hocutts gemütlich machten.

Einige Stunden nach der Abschlussfeier der Highschool wurde ein Wagen mit Schülern aus der letzten Klasse von einem Staatspolizisten angehalten. Jeder der Insassen hielt eine Bierdose in der Hand, und der Beamte – ein Neuling, frisch von der Polizeischule, den man darauf gedrillt hatte, auf so etwas zu achten – roch etwas sehr Merkwürdiges. Nun hatten die Drogen auch in Ford County Einzug gehalten.

Im Wagen wurde Marihuana gefunden. Alle sechs Schüler wurden wegen Drogenbesitzes und sämtlicher anderer Delikte angeklagt, die die Polizei ihnen anhängen konnte. Die Stadt war schockiert – wie war es möglich, dass Drogen in unsere unschuldige kleine Gemeinschaft geschmuggelt worden waren? Wie konnten wir diese Entwicklung aufhalten? Ich erwähnte den Vorfall in der Zeitung, machte aber keine große Sache daraus. Was für einen Sinn hatte es, auf sechs anständigen Jugendlichen herumzutrampeln, die bloß einen Fehler gemacht hatten? Sheriff Meredith wurde zitiert, der gesagt hatte, dass die Polizei alles tun werde, um die Stadt »von dieser Geißel zu befreien«. »Wir sind hier nicht in Kalifornien«, so der Sheriff weiter.

Von einem Tag auf den anderen hielten sämtliche Einwohner von Clanton Ausschau nach Drogenhändlern, obwohl niemand so genau wusste, wie diese aussahen.

Da die Polizei in Alarmbereitschaft war und am liebsten gleich noch eine Drogenrazzia durchgeführt hätte, sollte unsere für nächsten Donnerstag geplante Pokerrunde an einem anderen Ort stattfinden. Bubba Crockett und Darrell Radke wohnten in einer baufälligen alten Holzhütte, zusammen mit Ollie Hinds, der ebenfalls in Vietnam gewesen war und nicht pokerte. Das »Fuchsloch«, wie sie ihre Hütte nannten, lag versteckt in einer dicht bewaldeten Schlucht am Ende einer unbefestigten Straße, die man selbst am helllichten Tag nicht finden konnte.

Ollie Hinds litt an allen möglichen Nachkriegstraumata, zu denen sich vermutlich noch einige andere aus der Zeit vor Vietnam gesellten. Er stammte aus Minnesota und hatte mit Bubba zusammen gedient und Schreckliches durchgemacht. Er war angeschossen worden und hatte Verbrennungen erlitten, dann war er für kurze Zeit in Gefangenschaft gewesen, hatte aber fliehen können. Nachdem ein Seelenklempner der Army gesagt hatte, er brauche professionelle Hilfe, hatte man Ollie nach Hause geschickt. Offenbar hatte er diese Hilfe jedoch nie bekommen. Als ich ihn kennen lernte, trug er gerade kein Hemd. Sein Oberkörper war mit Narben und Tätowierungen übersät. Er sah mich mit glasigen Augen an, was, wie ich bald erfahren sollte, bei ihm völlig normal war.

Ich war froh, dass Ollie kein Poker spielte. Nach einigen Spielen mit schlechtem Blatt wäre ihm durchaus zuzutrauen, dass er ein Sturmgewehr holte und den Spielstand damit ausglich.

Über die Festnahme der sechs Jugendlichen und die Reaktion der Stadt darauf wurden zahllose Witze gemacht. Die Leute benahmen sich, als wären die sechs Teenager die ersten Drogenkonsumenten im County. Aber da man sie erwischt hatte, waren alle der Meinung, dass die Behörden die Krise im Griff hatten. Mit Wachsamkeit und strengen Worten würde man die Plage illegaler Drogen sicher bald in einen anderen Teil des Landes verdrängen können.

Nixon hatte den Hafen von Haiphong vermint und gerade die massive Bombardierung von Hanoi angeordnet. Ich erwähnte es, um eine Reaktion zu provozieren, aber an jenem Abend war der Krieg kaum von Interesse.

Darrell hatte gehört, dass ein junger Schwarzer aus Clanton eingezogen worden war und sich nach Kanada abgesetzt hatte. Ich sagte nichts dazu.

»Das war schlau von ihm«, meinte Bubba.

Das Gespräch drehte sich bald wieder um Drogen. Bubba musterte seinen Joint anerkennend und sagte: »Mann, das Marihuana ist wirklich gut. Von den Padgitts ist das nicht.«

»Es kommt aus Memphis«, erklärte Darrell. »Ist mexikanisch.«

Da ich keine Ahnung hatte, wie die örtliche Bevölkerung mit Drogen versorgt wurde, spitzte ich die Ohren.

Als klar wurde, dass niemand mehr darüber sprechen würde, sagte ich: »Ich dachte, die Padgitts würden recht gutes Gras anbauen?«

»Die sollten beim Schnapsbrennen bleiben«, brummte Bubba.

»Es ist schon in Ordnung«, erwiderte Darrell, »wenn man sonst nichts anderes bekommen kann. Vor ein paar Jahren sind sie damit schlagartig reich geworden. Sie haben mit dem Anbau lange vor den anderen hier begonnen. Aber jetzt haben sie Konkurrenz bekommen.«

»Ich hab gehört, dass sie nicht mehr so viel anbauen und sich wieder auf Whiskey und Autodiebstahl konzentrieren«, warf Bubba ein.

»Warum das?«, erkundigte ich mich.

»Wir haben inzwischen jede Menge Drogenfahnder hier, von der Bundesbehörde bis zur örtlichen Polizei. Die haben Hubschrauber und andere Möglichkeiten zur Überwachung. Es ist nicht so wie in Mexiko, wo sich keiner einen Dreck darum schert, was man anbaut.«

Von draußen waren Schüsse zu hören, die nicht sehr weit entfernt abgefeuert worden waren. Die anderen ließen sich dadurch nicht stören. »Was war das?«, fragte ich.

»Das ist Ollie«, erwiderte Darrell. »Vermutlich hat er ein Opossum erwischt. Er setzt sein Nachtsichtgerät auf, schnappt sich das Sturmgewehr und sucht draußen nach Ratten und ähnlichem Viehzeug. Das nennt er dann Schlitzaugen jagen.«

Ich hatte zum Glück dreimal hintereinander verloren. Es war der ideale Moment, um mich zu verabschieden.

Mit erheblicher Verzögerung bestätigte das Oberste Gericht von Mississippi schließlich das Urteil gegen Danny Padgitt. Vier Monate zuvor hatte es mit einer Mehrheit von sechs zu drei Stimmen entschieden, dass das Urteil rechtskräftig war. Lucien Wilbanks stellte sofort einen Antrag auf erneute Anhörung, dem auch stattgegeben wurde. Harry Rex war der Meinung, dass es Ärger geben könnte.

Die Berufung wurde erneut angehört. Fast zwei Jahre nach dem Prozess schloss das Gericht das Verfahren ab. Das Urteil wurde mit fünf gegen vier Stimmen bestätigt.

Der Dissens war entstanden, nachdem Lucien lautstark argumentiert hatte, Ernie Gaddies sei beim Kreuzverhör von Danny Padgitt zu viel Freiraum gegeben worden. Ernie sei es gestattet worden, den Geschworenen mit Suggestivfragen über die Anwesenheit von Rhodas Kindern im Schlafzimmer ihrer Mutter Annahmen vorzulegen, die der Verteidigung abträglich gewesen und nicht bewiesen worden seien.

Harry Rex hatte sämtliche Schriftsätze gelesen und in meinem Auftrag die Berufung verfolgt. Er fürchtete, dass Wilbanks Argument berechtigt sein könnte. Wenn ihm fünf Richter zustimmten, würde der Fall nach Clanton zurückgeschickt und neu verhandelt werden. Ein zweiter Prozess wäre natürlich gut für die Zeitung gewesen. Andererseits wollte ich auf keinen Fall, dass die Padgitts ihre Insel verließen und in Clanton Ärger machten.

Schließlich waren dann nur vier Richter anderer Meinung, und damit konnte der Fall abgeschlossen werden. Ich verkündete die gute Nachricht auf der Titelseite der *Times* und hoffte, dass ich den Namen Danny Padgitt nie wieder hören würde.

Teil III

31

Fünf Jahre und zwei Monate nachdem Lester Klump senior und Lester Klump junior zum ersten Mal einen Fuß in das Haus der Hocutts gesetzt hatten, war die Renovierung abgeschlossen. Mein Leidensweg war zu Ende und das Ergebnis großartig.

Als ich mich erst einmal mit der gemächlichen Gangart der beiden Klumps abgefunden hatte, machte ich mich auf einen langwierigen Umbau gefasst und bemühte mich, so viel Anzeigenplatz wie möglich zu verkaufen. Im letzten Jahr der Renovierung war ich zweimal so dumm gewesen und hatte versucht, schon im Haus zu wohnen. Der Staub, der Gestank der Farbe, die voll gestellten Gänge, der nur stundenweise verfügbare Strom und das unberechenbare heiße Wasser sowie die fehlende Heizung und Klimaanlage hatten mich nicht weiter gestört. Aber am frühen Morgen vom Hämmern und Sägen geweckt zu werden war zu viel für mich. Die Klumps waren keine Frühaufsteher, was, wie man mir erzählte, recht ungewöhnlich für Bauunternehmer war, doch sie fingen jeden Morgen um 8.30 Uhr mit der Arbeit an. Ich schlief nach wie vor gern bis zehn. Die Klumps und ich im selben Gebäude, das war ein Ding der Unmöglichkeit, und bald gab ich den Versuch, im großen Haus zu wohnen, auf und schlich über die Kieseinfahrt zurück in meine Wohnung, wo es erheblich ruhiger war.

Nur ein einziges Mal in den fünf Jahren konnte ich die Klumps nicht pünktlich bezahlen. Ich weigerte mich, einen Kredit für die Renovierung aufzunehmen, obwohl Stan Atcavage jederzeit dazu bereit gewesen wäre. Jeden Freitag setzte ich mich nach der Arbeit mit Lester Klump senior zusammen – gewöhnlich an einem roh zusammengezimmerten Tisch aus Sperrholz in einem der Korridore –, und bei einem kalten Bier zählten wir die Arbeitsstunden und die Materialkosten für die Woche zusammen. Dann schlug ich zehn Prozent auf die Endsumme drauf und stellte einen Scheck aus. Klumps Unterlagen heftete ich sorgfältig ab, und in den ersten zwei Jahren führte ich Buch über die laufenden Kosten der Renovierungsarbeiten. Dann hörte ich allerdings damit auf, der bisher aufgelaufenen Summe die wöchentlich anfallenden Kosten hinzuzurechnen. Ich wollte nicht mehr wissen, was mich der Umbau kostete.

Ich war pleite, aber das war mir egal. Das Geldloch war fürs Erste abgedichtet. Ich war an den Rand der Zahlungsunfähigkeit geraten, hatte sie gerade noch so umgangen, und jetzt konnte ich wieder damit anfangen, Geld auf die Seite zu legen.

Zeit, Mühe und Investitionen hatten sich gelohnt, denn ich hatte etwas Großartiges zum Vorzeigen. Das Haus war um 1900 herum von Dr. Miles Hocutt gebaut worden. Es sah ausgesprochen viktorianisch aus und hatte zwei Spitzdächer auf der Vorderseite, ein Türmchen, das über vier Stockwerke nach oben strebte, und eine breite, überdachte Veranda, die sich auf beiden Seiten um das Haus zog. Die Hocutts hatten das Haus im Laufe der Jahre blau und gelb gestrichen, und Mr Klump senior hatte unter drei neueren Farbschichten sogar eine Stelle gefunden, die leuchtend rot gewesen war. Ich war auf Nummer sicher gegangen und bei Weiß und Beige mit hellbraunen Ornamenten geblieben. Das Dach war aus Kupfer. Von außen war es ein recht schlicht aussehendes Haus, aber ich hatte ja schließlich jahrelang Zeit, um es herauszuputzen.

Im Innern waren sämtliche Kiefernböden in den drei Stockwerken aufgearbeitet worden. Wände waren eingerissen worden, damit Räume und Korridore mehr Licht bekamen. Den Klumps war schließlich nichts anderes übrig geblieben, als die alte Küche vollständig herauszunehmen und eine neue einzubauen. Unter den fortwährenden Erschütterungen der Presslufthämmer war dann irgendwann der Kamin im Wohnzimmer eingestürzt. Aus der Bibliothek machte ich ein Arbeitszimmer, außerdem wurden zwei Wände entfernt. Wenn man jetzt im Eingangsbereich stand, konnte man durch das Arbeitszimmer hindurch bis in die Küche sehen. Ich ließ überall Fenster einbauen, um mehr Licht in das Haus zu holen, das ursprünglich wie eine Höhle gebaut worden war.

Mr Klump gab zu, noch nie Champagner getrunken zu haben, aber er kippte ihn begeistert hinunter, nachdem wir unsere kleine Zeremonie auf der Seitenveranda beendet hatten. Ich übergab ihm seinen hoffentlich letzten Scheck, dann schüttelten wir uns die Hände und ließen uns von Wiley Meek fotografieren. Zum Schluss öffnete ich die Champagnerflasche.

In vielen Räumen stand noch kein einziges Möbelstück. Es würde Jahre dauern, das Haus entsprechend einzurichten, und ich würde dazu die Hilfe von jemandem brauchen, der weitaus mehr Sachkenntnis und Geschmack hatte als ich. Das Haus war zwar halb leer, aber es sah trotzdem spektakulär aus. Zeit für eine Party!

Ich lieh mir zweitausend Dollar von Mr Atcavage und bestellte in Memphis Wein und Champagner. Das Essen wurde von einem Partyservice in Tupelo geliefert. (Der einzige Lieferservice in Clanton war auf Spareribs und Catfish spezialisiert, aber ich wollte etwas Besseres haben.)

Auf der offiziellen Gästeliste standen dreihundert Namen, darunter alle Einwohner Clantons, die ich kannte, und einige, die ich nicht kannte. Die inoffizielle Liste setzte sich aus den Leuten zusammen, zu denen ich irgendwann einmal gesagt hatte: »Wenn das Haus fertig ist, schmeiße ich eine Party.« Ich lud BeeBee und ihre drei Freundinnen aus Memphis ein, außerdem meinen Vater, aber er war so beunruhigt wegen der Inflation und des Rentenmarktes, dass er nicht kommen wollte. Außerdem lud ich Miss Callie und Esau, Reverend Thurston Small, Claude, drei Angestellte des Gerichts, zwei Lehrerinnen, einen Hilfstrainer der örtlichen Football-Mannschaft, einen Kassierer der Bank und einen gerade erst zugezogenen Anwalt ein. Insgesamt waren es zwölf Schwarze, und wenn ich noch mehr gekannt hätte, hätte ich vermutlich auch noch mehr eingeladen. Ich war fest entschlossen, die erste Party mit weißen *und* schwarzen Gästen in Clanton zu feiern.

Harry Rex brachte schwarz gebrannten Schnaps und eine Platte mit gebratenen Schweinekutteln mit, die der Party um ein Haar ein vorzeitiges Ende bereitet hätten. Bubba Crockett und die Pokerrunde aus dem Fuchsloch erschienen völlig bekifft und in Feierlaune. Mr Mitlo trug als Einziger einen Smoking. Piston kam vorbei und schlich sich gleich darauf mit einer Papiertüte voll teurem Fingerfood durch die Hintertür. Woody Gates und die Country Boys spielten stundenlang auf der Seitenveranda. Die Klumps hatten sämtliche an der Renovierung beteiligten Arbeiter mitgebracht. Es war ein erhebender Moment für sie, und ich sorgte dafür, dass sie gebührend gelobt wurden. Lucien Wilbanks traf recht spät ein und stritt sich schon nach kurzer Zeit mit Senator Theo Morton über Politik. Rex Ella, die Frau des Senators, sagte zu mir, dies sei die schönste Party, die Clanton seit über zwanzig Jahren erlebt habe. Unser neuer Sheriff, Tryce McNatt, kam auf einen Sprung vorbei, begleitet von mehreren Deputys in Uniform (T. R. Meredith war im Jahr zuvor an Darmkrebs gestorben). Einer meiner Lieblingsrichter, Reuben V. Atlee, hatte es sich im Arbeitszimmer bequem gemacht und unterhielt die Gäste mit Anekdoten über Dr. Miles Hocutt. Reverend Millard Stark von der Kirche der Ersten Baptisten ging nach zehn Minuten wieder, weil er festgestellt hatte, dass Alkohol serviert wurde. Reverend Cargrove von den Ersten Presbyterianern wurde mit einem Glas Champagner in der Hand gesehen, der ihm offenbar sehr gut schmeckte. Baggy betrank sich dermaßen, dass er in einem Zimmer im ersten Stock umkippte, wo ich ihn dann am nächsten Nachmittag fand. Die Stukes-Zwillinge, denen das Eisenwarengeschäft gehörte, trugen zwei brandneue, identische Overalls. Die beiden waren siebzig Jahre alt, lebten zusammen, hatten nie geheiratet und jeden Tag identische Overalls an. Es gab keine Kleidervorschrift; auf der Einladung hatte es lediglich geheißen »Kleidung: nach Belieben«.

Auf dem Rasen vor dem Haus hatte ich zwei große weiße Zelte aufstellen lassen, aus denen die Menge von Zeit zu Zeit herausströmte. Die Party begann am Samstag um dreizehn Uhr und hätte bis weit nach Mitternacht gedauert, wenn es um diese Zeit noch Wein und etwas zu essen gegeben hätte. Um zehn Uhr waren Woody Gates und seine Band müde, außer ein paar warmen Bierflaschen und einigen trockenen Tortilla-Chips war alles aufgegessen und ausgetrunken worden, und zu sehen gab es auch nichts mehr. Das Haus war von oben bis unten besichtigt und bewundert worden.

Am nächsten Morgen machte ich Rühreier für BeeBee und ihre Freundinnen. Wir saßen auf der vorderen Veranda, tranken Kaffee und bewunderten das Chaos, das wir angerichtet hatten. Ich brauchte eine Woche zum Aufräumen.

Im Laufe der Jahre hatte ich zahllose Horrorgeschichten über die Zustände im Staatsgefängnis von Parchman gehört. Es lag auf fruchtbarem Ackerboden im Delta, dem landwirtschaftlich am stärksten genutzten Gebiet des Staates, zwei Stunden westlich von Clanton. Die Haftbedingungen waren erbärmlich – überbelegte Baracken, die im Sommer glühend heiß und im Winter eiskalt waren, schlechtes Essen, ungenügende medizinische Versorgung, ein gnadenloses Sklavensystem, brutaler Sex. Zwangsarbeit, sadistische Wärter, die Liste war endlos.

Wenn ich an Danny Padgitt dachte, was ich oft tat, tröstete mich der Gedanke daran, dass er in Parchman einsaß und dort seine gerechte Strafe bekam. Er hatte Glück, dass er nicht in die Gaskammer gekommen war.

Ich irrte mich.

Ende der Sechzigerjahre hatte der Staat versucht, der Überbelegung in Parchman zu begegnen, indem er zwei weitere Strafanstalten – oder »Camps«, wie sie auch genannt wurden – in der Region baute. Vorgesehen war, für tausend nicht gewalttätige Straftäter bessere Haftbedingungen zu schaffen. Die Gefangenen sollten eine Berufsausbildung und sogar Freigang bekommen, um außerhalb der Strafanstalt einer Arbeit nachgehen zu können. Eines der Camps befand sich in der kleinen Stadt Broomfield drei Fahrtstunden südlich von Clanton.

Richter Loopus war 1972 gestorben. Die Stenografin bei Danny Padgitts Prozess war eine unscheinbare junge Frau namens Darla Clabo gewesen. Sie hatte ein paar Jahre für Loopus gearbeitet und war nach seinem Tod weggezogen. Als sie im Sommer 1977 an einem Spätnachmittag in mein Büro kam, wusste ich, dass ich sie von irgendwoher kannte.

Darla stellte sich vor, und da fiel mir wieder ein, wo ich sie gesehen hatte: Während des Prozesses hatte sie fünf Tage hintereinander unterhalb der Richterbank gesessen und jedes Wort mitgeschrieben. Inzwischen lebte sie in Alabama. Sie war fünf Stunden gefahren, um mir etwas zu sagen. Doch zuerst musste ich schwören, ihren Namen aus der Sache herauszuhalten.

Sie stammte ursprünglich aus Broomfield. Vor zwei Wochen hatte sie ihre Mutter besucht und um die Mittagszeit herum einen Mann auf dem Bürgersteig gesehen, den sie kannte. Es war Danny Padgitt, in Begleitung eines Bekannten. Sie war so überrascht gewesen, dass sie über den Randstein gestolpert war und fast gestürzt wäre.

Padgitt und sein Bekannter gingen in ein Restaurant und setzten sich. Darla konnte sie durch das Fenster sehen. Sie wollte nicht hineingehen. Padgitt hätte sie vielleicht erkannt; allerdings wusste sie nicht genau, warum ihr dieser Gedanke solche Angst einjagte.

Der Mann, der bei ihm war, steckte in einer Uniform, die jeder in Broomfield kannte – marineblaue Hose und ein kurzärmeliges weißes Hemd, auf dessen Tasche in sehr kleinen Buchstaben STRAFANSTALT BROOMFIELD stand. Dazu trug er schwarze Cowboystiefel. Von einer Waffe war nichts zu sehen. Sie erklärte mir, dass es den Wärtern, die die Gefangenen zur Arbeit begleiteten, freigestellt sei, eine Waffe zu tragen. Ich konnte mir nur schwer vorstellen, dass ein Weißer in Mississippi freiwillig auf eine Waffe verzichtete, wenn man ihm die Wahl ließ. Darla äußerte die Vermutung, Danny wolle vielleicht nicht, dass sein Aufpasser bewaffnet war.

Danny hatte eine weiße Arbeitshose und ein weißes Hemd getragen, die vermutlich vom Camp ausgegeben worden waren. Die beiden blieben lange sitzen und ließen sich ihr Mittagessen schmecken. Sie schienen Freunde zu sein. Von ihrem Wagen aus sah Darla, wie sie das Restaurant schließlich verließen. Sie folgte ihnen in einiger Entfernung, während Danny und sein Freund einen kleinen Spaziergang machten. Dann betrat Danny ein Gebäude, in dem das Regionalbüro der Straßenbaubehörde von Mississippi untergebracht war. Der Wärter stieg in ein Fahrzeug des Camps und fuhr davon.

Am nächsten Morgen ging Darlas Mutter in das Büro und gab vor, sich über eine reparaturbedürftige Straße beschweren zu wollen. Man teilte ihr in ruppigem Ton mit, dass es dafür keine Formulare gebe. Während der darauf folgenden turbulenten Auseinandersetzung gelang es ihr, einen Blick auf den jungen Mann zu werfen, den Darla ihr genau beschrieben hatte. Er hielt ein Klemmbrett in der Hand und sah genauso aus wie die vielen anderen Bürohengste, die bei der Behörde beschäftigt waren und nur Papier hin und her schoben.

Darlas Mutter hatte eine Freundin, deren Sohn in der Verwaltung des Camps arbeitete. Er bestätigte, dass Danny Padgitt im Sommer 1974 dorthin verlegt worden war.

Nachdem Darla mir das alles erzählt hatte, fragte sie: »Werden Sie darüber schreiben?«

Ich hatte schon die Schlagzeile vor Augen. »Ich werde Nachforschungen anstellen«, erwiderte ich. »Hängt ganz davon ab, was ich herausfinde.«

»Bitte tun Sie es. So etwas ist nicht recht.«

»Es ist einfach unglaublich.«

»Dieser furchtbare Mensch sollte eigentlich in der Todeszelle sitzen.«

»Da bin ich ganz Ihrer Meinung.«

»Ich habe bei acht Mordprozessen für Richter Loopus gearbeitet, aber nur an diesen denke ich heute noch.«

»Ich auch.«

Ich musste ihr noch einmal versichern, ihren Namen nicht zu erwähnen. Dann gab sie mir ihre Adresse. Sie wollte ein Exemplar der Zeitung haben, wenn wir die Geschichte druckten.

Am nächsten Morgen hatte ich keine Mühe, um sechs Uhr aus dem Bett zu steigen. Wiley und ich fuhren nach Broomfield. Da sowohl der Spitfire als auch der Mercedes in der kleinen Stadt zu viel Aufsehen erregt hätten, nahmen wir seinen Ford-Pick-up. Das Camp, das knapp fünf Kilometer außerhalb der Stadt lag, fanden wir ohne Schwierigkeiten. Auch das Gebäude der Straßenbaubehörde war nicht zu übersehen. Gegen Mittag stellten wir uns auf der Hauptstraße in Position. Weil Padgitt uns beide mit Sicherheit erkennen würde, standen wir vor dem Problem, uns auf einer belebten Straße in einer fremden Stadt verstecken zu müssen, ohne Verdacht zu erregen. Wiley duckte sich hinter das Lenkrad, den Fotoapparat schussbereit auf dem Schoß. Ich saß auf einer Bank und verbarg mich hinter einer Zeitung.

Am ersten Tag bekamen wir ihn nicht zu Gesicht. Wir fuhren nach Clanton zurück. Am nächsten Morgen waren wir wieder in Broomfield. Um 11.30 Uhr hielt ein Fahrzeug der Strafanstalt vor dem Bürogebäude. Der Wärter ging hinein, holte seinen Gefangenen ab und begleitete ihn zum Mittagessen.

Am 17. Juli 1977 prangten vier große Fotos auf unserer Titelseite – auf dem ersten war ein lachender Danny in Begleitung des Wärters auf dem Bürgersteig zu sehen, auf dem zweiten konnte man deutlich erkennen, wie die beiden das »City Grill« betraten, das dritte zeigte das Bürogebäude, das vierte das Tor des Camps in Broomfield. Die

Schlagzeile schrie: PADGITT NICHT IM GEFÄNGNIS, SONDERN IM CAMP. Mein Artikel begann folgendermaßen:

Vier Jahre, nachdem er wegen der Vergewaltigung von und des Mordes an Rhoda Kassellaw zu lebenslanger Haft im Staatsgefängnis von Parchman verurteilt wurde, ist Danny Padgitt in das neue Camp des Gefängnisses in Broomfield verlegt worden. Nach drei Jahren genießt er dort sämtliche Annehmlichkeiten eines Häftlings mit guten Beziehungen – einen Bürojob bei der Straßenbaubehörde, einen eigenen Aufpasser und ausgiebige Mittagessen (Cheeseburger und Milkshakes) in örtlichen Restaurants, deren Gäste noch nie etwas von ihm oder seinen Verbrechen gehört haben.

Der Artikel war so giftig und einseitig, wie es nur ging. Ich hatte die Kellnerin im »City Grill« wegen Padgitt gepiesackt, bis sie mir erzählte, dass er gerade einen Cheeseburger mit Pommes frites gegessen habe, dreimal in der Woche bei ihnen zu Gast sei und dass immer er die Rechnung bezahle. Ich rief ein Dutzend Mal bei der Straßenbaubehörde an, bis ich einen Abteilungsleiter am Apparat hatte, der etwas über Padgitt wusste. Er weigerte sich, meine Fragen zu beantworten, und in meinem Artikel stellte ich ihn so hin, als wäre er selbst ein Krimineller. Informationen aus dem Camp in Broomfield zu bekommen war ähnlich schwierig. Ausführlich schilderte ich meine Anstrengungen, dem Staatsgefängnis einen Kommentar aus der Nase zu ziehen, und deutete an, dass alle Bürokraten Padgitt deckten. Niemand in Parchman wusste etwas über die Angelegenheit, und falls sie doch etwas wussten, wollten sie nicht darüber reden. Ich rief den Leiter der Straßenbaubehörde an (ein gewähltes Amt), dann den Gefängnisdirektor von Parchman (zum Glück jemand, der ernannt wurde), den Generalstaatsanwalt, den Vizegouverneur und schließlich den Gouverneur persönlich. Sie waren natürlich alle viel zu beschäftigt, um mit mir zu reden, daher plauderte ich ein Weilchen mit ihren Speichelleckern und ließ sie hinterher wie Idioten aussehen.

Senator Theo Morton schien tief erschüttert zu sein. Er versprach, der Sache unverzüglich auf den Grund zu gehen und mich sofort zurückzurufen. Bei Drucklegung wartete ich immer noch auf seinen Anruf.

Die Reaktionen in Clanton waren gemischt. Viele von denen, die mich anriefen oder auf der Straße anhielten, waren wütend und wollten, dass etwas unternommen wurde. Nachdem Padgitt zu lebenslanger Haft verurteilt und in Handschellen abgeführt worden war, hatten sie geglaubt, dass er für den Rest seiner Tage in der Hölle von Parchman verschwinden würde. Einigen schien es gleichgültig zu sein. Sie wollten Padgitt vergessen. Für sie war die Sache erledigt.

Und einige waren nicht weiter überrascht, was zuweilen fast zynische Züge annahm. Sie gingen davon aus, dass die Padgitts wieder einmal das Unmögliche möglich gemacht hatten, dass Geld in den richtigen Taschen verschwunden war, dass die richtigen Fäden gezogen worden waren. Zu diesem Lager gehörte auch Harry Rex. »Warum regen Sie sich eigentlich so auf? Es ist doch nicht das erste Mal, dass ein Gouverneur sich kaufen lässt.«

Das Foto, auf dem Danny frei wie ein Vogel die Straße hinunterging, jagte Miss Callie einen gehörigen Schrecken ein. »Sie hat letzte Nacht kein Auge zugetan«, murmelte Esau, als ich am Donnerstag zum Mittagessen bei den Ruffins erschien. »Ich wünschte, Sie hätten ihn nicht gefunden.«

Zum Glück griffen Zeitungen in Memphis und Jackson die Geschichte auf, die daraufhin ein Eigenleben entwickelte. Sie schafften es, so viel öffentlichen Druck zu erzeugen, dass die Politiker sich nicht mehr taub stellen konnten. Nach kurzer Zeit führten der Gouverneur, der Generalstaatsanwalt und Senator Morton die Parade derer an, die verlangten, Danny wieder nach Parchman zu schicken.

Zwei Wochen, nachdem der Artikel erschienen war, wurde er in das Staatsgefängnis von Parchman »zurückverlegt«.

Am nächsten Tag bekam ich zwei Telefonanrufe, einen im Büro, einen zu Hause, als ich schon geschlafen hatte. Es war jedes Mal eine andere Stimme, aber immer die gleiche Nachricht: »Du bist ein toter Mann.«

Ich verständigte das FBI in Oxford, das zwei Beamte nach Clanton schickte. Diese Information spielte ich einem Reporter in Memphis zu, und bald wusste die ganze Stadt, dass ich bedroht worden war und das FBI deshalb Ermittlungen anstellte. Einen Monat lang postierte Sheriff McNatt rund um die Uhr einen Streifenwagen vor der Redaktion. Nachts stand ein zweiter Wagen in meiner Auffahrt.

Und nach sieben Jahren Pause trug ich wieder eine Waffe.

32

Vorerst wurde kein Blut vergossen. Ich vergaß die Drohungen nicht, aber mit der Zeit verloren sie ihren Schrecken. Die Waffe hatte ich immer bei mir, doch nach einer Weile dachte ich nicht mehr an sie. Ich konnte mir einfach nicht vorstellen, dass die Padgitts es wagen würden, den Herausgeber der Wochenzeitung um die Ecke zu bringen. Die Einwohner Clantons liebten mich nicht so heiß und innig wie Mr Caudle, aber bei einem Anschlag auf mich würde ein Aufschrei durch die Stadt gehen, der mehr Druck erzeugen würde, als den Padgitts lieb sein konnte.

Sie blieben für sich wie nie zuvor. Nach der Niederlage von Mackey Don Coley 1971 hatten sie wieder einmal bewiesen, dass sie sehr geschickt darin waren, ihre Taktik zu ändern. Danny hatte ihnen mehr Aufmerksamkeit verschafft, als sie brauchen konnten, und jetzt waren sie fest entschlossen, jedes weitere Aufsehen zu vermeiden. Sie igelten sich zunehmend auf Padgitt Island ein und verstärkten ihre Sicherheitsmaßnahmen, da sie fälschlicherweise der Meinung waren, der neue Sheriff, T. R. Meredith, oder sein Nachfolger, Tryce McNatt, würde sie irgendwann holen. Sie bauten ihr Marihuana an und schmuggelten es mit Flugzeugen, Booten, Pick-ups und Pritschenwagen, die angeblich mit Bauholz beladen waren, von der Insel herunter.

Nachdem die Familie festgestellt hatte, dass der Handel mit Marihuana zu viele Risiken barg, begannen die Padgitts mit dem für sie typischen Scharfsinn, Geld in seriöse Unternehmungen zu pumpen. Sie kauften eine Straßenbaufirma, die nach kurzer Zeit bei jedem ausgeschriebenen Regierungsprojekt mitbot. Sie kauften einen Asphalthersteller, eine Fabrik für Fertigbeton und Kiesgruben im nördlichen Teil des Staates. Es war allgemein bekannt, dass der Bau von Highways in Mississippi ein durch und durch korruptes Geschäft war, und die Padgitts kannten sämtliche Regeln.

Ich beobachtete die Aktivitäten der Familie, so gut es ging. Doch damals gab es noch keine gesetzlich garantierte Informationsfreiheit, sodass ich keine Einsicht in die Akten der Behörde nehmen konnte. Auch die Vergabe der Aufträge erfolgte unter Ausschluss der Öffentlichkeit. Zwar kannte ich die Namen einiger Firmen, die von den Padgitts gekauft worden waren, aber es war so gut wie unmöglich, auf dem Laufenden zu bleiben. Ich hatte nichts, das ich drucken konnte, nicht einmal den Ansatz einer Geschichte, da nach außen hin alles mit rechten Dingen zuging.

Ich wartete, war mir aber nicht ganz sicher, worauf. Eines Tages würde Danny Padgitt zurückkehren. Vielleicht würde er dann einfach auf der Insel verschwinden. Oder etwas ganz anderes tun.

Es gab nur wenige Menschen in Clanton, die keiner Kirche angehörten. Die Kirchgänger schienen genau zu wissen, wer die Ungläubigen waren, und ständig wurde man eingeladen, an einem Gottesdienst teilzunehmen. »Wir sehen uns am Sonntag« war fast so häufig als Abschiedsgruß zu hören wie »Kommt uns besuchen«.

In meinen ersten Jahren in der Stadt war ich mit Einladungen dieser Art geradezu bombardiert worden. Nachdem bekannt geworden war, dass der Eigentümer und

Chefredakteur der *Times* nicht in die Kirche ging, wurde ich zum berühmtesten Pflichtvergessenen Clantons. Ich beschloss, etwas dagegen zu unternehmen.

Jede Woche stellte Margaret unsere Religionsseite zusammen, die unter anderem aus einem sehr umfangreichen Verzeichnis der örtlichen Kirchen nach der jeweiligen Glaubensrichtung bestand. Dazu kamen einige Anzeigen, die von den wohlhabenderen Kirchengemeinden geschaltet wurden, sowie Ankündigungen für Erweckungsversammlungen, Zusammenkünfte, gemeinsame Abendessen und zahllose andere Aktivitäten.

Mithilfe von Margarets Seite fertigte ich eine Liste sämtlicher Kirchen in Ford County an. Es waren insgesamt achtundachtzig, was sich allerdings jederzeit ändern konnte, da die Kirchengemeinden sich ständig aufteilten, auflösten oder an einem anderen Ort wieder auftauchten. Ich hatte mir als Ziel gesetzt, jede einzelne Gemeinde zu besuchen, was mit Sicherheit noch niemand vor mir getan hatte. Außerdem würde ich mich durch eine derart beachtliche Leistung in eine eigene Klasse unter den Kirchgängern katapultieren.

Die Vielfalt der Glaubensrichtungen war verblüffend – wie hatten die Protestanten, die doch angeblich alle den gleichen Grundlehren anhingen, es nur geschafft, sich so zu spalten? Sie waren sich im Prinzip darin einig, dass Jesus (1) der einzige Sohn Gottes war, (2) von einer Jungfrau geboren worden war, (3) ein vollkommenes Leben geführt hatte, (4) von den Juden verfolgt und von den Römern verhaftet und gekreuzigt worden war, (5) am dritten Tag auferstanden und später in den Himmel »gefahren« war. Einige waren (6) auch der Meinung, Jesus in der Taufe und im Glauben folgen zu müssen, um in den Himmel zu kommen.

Die Glaubenslehre war im Prinzip recht eindeutig, aber der Teufel steckte im Detail.

Es gab bei uns keine Katholiken, keine Episkopalen und keine Mormonen. Das County wurde von Baptisten dominiert, doch sie waren ein gespaltener Haufen. Auf Platz zwei standen die Pfingstgemeinden, und es war offensichtlich, dass sie mit sich selbst genauso verbissen gekämpft hatten wie mit den Baptisten.

1974 machte ich mich an die gewaltige Aufgabe, jede Kirche in Ford County zu besuchen. Die Erste war das Volle Evangelium von Golgatha, eine recht lautstarke Versammlung der Pfingstgemeinde an einer Schotterstraße drei Kilometer außerhalb der Stadt. Der Gottesdienst begann wie angekündigt um 10.30 Uhr. Ich suchte mir einen Platz ganz hinten, so weit weg vom Geschehen wie möglich. Man begrüßte mich auf das Herzlichste, und bald wussten alle, dass ein Besucher anwesend war. Ich kannte keinen der Gläubigen. Prediger Bob trug einen weißen Anzug, ein marineblaues Hemd und eine weiße Krawatte. Sein dichtes schwarzes Haar lag wie angeklebt an seinem Schädel. Die Menschen fingen an zu rufen und zu schreien, während er die Neuigkeiten aus der Gemeinde verlas. Sie schwenkten die Arme hin und her und brüllten, als ein Solo gesungen wurde. Eine Stunde später – die Predigt begann endlich – war ich so weit, dass ich gehen wollte. Die Predigt dauerte fünfundfünfzig Minuten und führte bei mir zu Verwirrung und Erschöpfung. Zuweilen bebte das ganze Gebäude, während die Gläubigen mit den Füßen auf den Boden stampften. Die Fenster klirrten, als der Geist über sie kam und ihre Stimmen immer lauter wurden. Prediger Bob legte drei Kranken, die mit verschiedenen Leiden geschlagen waren, die Hand auf. Daraufhin verkündeten diese, geheilt zu sein. Einmal erhob sich ein Diakon und murmelte etwas in einer Sprache, die ich noch nie gehört hatte. Er ballte die Fäuste, kniff die Augen zusammen und ließ einen stetigen Schwall von Wörtern aus seinem Mund fließen. Es war kein Theater; er simulierte nicht. Nach ein paar Minuten stand ein Mädchen aus dem Chor auf und fing an zu übersetzen. Gott verkünde eine Vision durch den Diakon. Einige unter uns trügen Sünden mit sich, die noch nicht verziehen seien.

»Bereuet!«, donnerte Prediger Bob. Die Gläubigen zogen die Köpfe ein.

Und wenn der Diakon mich gemeint hatte? Ich sah mich um und stellte fest, dass die Tür abgesperrt war und von zwei anderen Diakonen bewacht wurde.

Irgendwann hatten sich alle verausgabt, und zwei Stunden, nachdem ich mich hingesetzt hatte, stürmte ich durch die Tür nach draußen. Ich brauchte etwas zu trinken.

Am nächsten Tag schrieb ich einen netten kleinen Bericht über meinen Besuch beim Vollen Evangelium von Golgatha, der auf unserer Religionsseite veröffentlicht wurde. Ich schilderte die herzliche Atmosphäre in der Kirche, das schöne Solo von Miss Helen Hatcher, den wortgewaltigen Sermon von Prediger Bob und so weiter.

Die Kolumne war natürlich ein voller Erfolg.

Danach ging ich mindestens zweimal im Monat in die Kirche. Ich saß neben Miss Callie und Esau und hörte mir zwei Stunden und zwölf Minuten lang (ich sah bei jeder Predigt auf die Uhr) Reverend Thurston Smalls Predigt an. Die kürzeste Predigt wurde von Pastor Phil Bish von der Kirche der Vereinigten Methodisten in Karaway gehalten – siebzehn Minuten. Diese Kirche war auch die kälteste. Die Heizung war kaputt, und es war Januar. Vielleicht geriet die Predigt deshalb so kurz. Ich saß neben Margaret in der Kirche der Ersten Baptisten in Clanton und hörte Reverend Millard Stark zu, der seine alljährliche Predigt über die Sünden des Alkohols hielt. Wie der Zufall es wollte, hatte ich an jenem Morgen einen fürchterlichen Kater, und Stark sah immer wieder zu mir her.

Die Gemeinschaft des Erntetabernakels hielt ihren Gottesdienst im Hinterzimmer einer leer stehenden Tankstelle in Beech Hill ab. Zusammen mit sechs anderen Menschen hörte ich einem Pessimisten mit wirrem Blick zu, der Peter der Prophet hieß und uns fast eine Stunde lang anbrüllte. In dieser Woche fiel meine Kolumne recht kurz aus.

Der Gottesdienst der Kirche Jesu Christi in Clanton wurde nicht mit Musikinstrumenten untermalt. Wie man mir später erklärte, verbiete die Bibel das. Jemand sang ein wunderschönes Solo, über das ich mehrere Zeilen schrieb. Der Gottesdienst selbst war bar jeglicher Gefühle. Bei der Kirche vom Berg Pisgah in Lowtown erlebte ich genau das Gegenteil – rund um die Kanzel waren Schlagzeug, Gitarren, Blasinstrumente und Verstärker aufgebaut worden. Als Einstimmung auf die Predigt wurde ein komplettes Konzert gegeben, bei dem die Gemeinde sang und tanzte. Miss Callie nannte Berg Pisgah eine »unbedeutende Kirche«.

Nummer vierundsechzig auf meiner Liste war die Unabhängige Kirche von Calico Ridge, deren Gotteshaus sich in den Hügeln im Nordosten des County versteckte. Den Archiven der *Times* zufolge war 1965 ein Mr Randy Bovee während eines Gottesdienstes an einem späten Sonntagabend zweimal von einer Klapperschlange gebissen worden. Mr Bovee überlebte, und für eine Weile wurden die Schlangen aus dem Gottesdienst verbannt. Im County sprach man allerdings immer noch über die Episode, und als meine Kolumne bekannter war, wurde ich mehrmals gefragt, ob ich auch Calico Ridge besuchen wolle.

»Ich werde jede Kirche besuchen«, antwortete ich stets.

»Die mögen keine Besucher«, warnte mich Baggy.

Ich war bis jetzt in jeder Kirche – schwarz oder weiß, groß oder klein, Stadt oder Land – überaus herzlich aufgenommen worden und konnte mir nicht vorstellen, dass fromme Christen einen Gast unhöflich behandelten.

Die Gläubigen von Calico Ridge waren nicht unhöflich,

aber auch nicht sehr erfreut über meinen Besuch. Ich wollte die Schlangen sehen, doch von meinem sicheren Platz ganz hinten. Ich hatte mir einen Gottesdienst am Sonntagabend ausgesucht, vor allem, weil das Gerücht umging, dass sie die Schlangen nicht bei Tageslicht »aufnähmen«. Zwar hatte ich in der Bibel nachgesehen, aber keine Stelle für eine solche Einschränkung gefunden.

Ich sah keine einzige Schlange. Allerdings gab es ein paar Anfälle und Zuckungen vor der Kanzel, als der Prediger uns zurief, wir sollten »hervortreten und in Sünde stöhnen!«. Der Chor sang und summte im Takt einer elektrischen Gitarre und einer Trommel, und der Gottesdienst nahm allmählich Züge eines heidnischen Stammestanzes an. Am liebsten wäre ich gegangen, vor allem, weil es keine Schlangen gab.

Nach einiger Zeit fiel mein Blick auf ein Gesicht, das ich schon einmal gesehen hatte. Es war schmal, blass und hager, eingerahmt von grauem Haar. Ich wusste nicht, wer der Mann war, aber er kam mir irgendwie bekannt vor. Er saß in der zweiten Bank von vorn, und hatte offenbar keinerlei Interesse an dem chaotischen Gottesdienst.

Plötzlich drehte der Mann sich um und sah mir ins Gesicht. Es war Hank Hooten, der ehemalige Anwalt, der 1971 Amok gelaufen war und die Stadt beschossen hatte! Er war in eine Zwangsjacke gesteckt und in die staatliche Nervenheilanstalt Whitfield eingewiesen worden. Einige Jahre später war das Gerücht umgegangen, er sei entlassen worden. Allerdings hatte ihn seitdem niemand mehr gesehen.

Nach dem Gottesdienst versuchte ich zwei Tage lang, Hank Hooten ausfindig zu machen. Meine Anrufe in der Nervenheilanstalt brachten nichts. Hank hatte einen Bruder in Shady Grove, aber dieser weigerte sich, mit mir zu sprechen. Ich schnüffelte ein wenig in der Gemeinde Calico Ridge herum, aber dort wollte man einem Fremden wie mir natürlich nichts sagen.

33

Viele Gläubige, die am Sonntagmorgen in die Kirche gingen, verloren am Sonntagabend etwas von ihrer Frömmigkeit. Auf meiner Runde durch die Kirchen hörte ich immer wieder, wie die Prediger ihre Anhänger beschworen, doch in ein paar Stunden wiederzukommen, um den Tag des Herrn auf die Ihm gebührende Art und Weise ausklingen zu lassen. Ich zählte nie, wie viele Gläubige am Gottesdienst teilnahmen, aber in der Regel kam nur etwa die Hälfte von ihnen am Abend erneut. Einige Male besuchte ich Gottesdienste am Sonntagabend, gewöhnlich in der Hoffnung, ein interessantes Ritual wie Schlangenbeschwörungen oder Wunderheilungen zu sehen. Einmal wurde ich auch Zeuge eines »Kirchenkonklave«, bei dem ein auf Abwege geratener Bruder vor Gericht gestellt und schuldig gesprochen wurde, die Frau eines anderen Bruders begehrt zu haben. Meine Anwesenheit an jenem Abend machte die Gemeinde nervös, und der reuige Sünder kam noch einmal davon.

Doch zum größten Teil führte ich meine Studie vergleichender Theologie bei Tageslicht durch.

Manche Menschen hatten sonntagabends andere Rituale. Harry Rex hatte einem Mexikaner namens Pepe dabei geholfen, einen Block vom Clanton Square entfernt ein Gebäude zu pachten und dort ein Restaurant zu eröffnen.

Das Lokal wurde in den Siebzigerjahren mit anständigem, immer ein wenig zu scharfem Essen recht bekannt. Pepe fand einfach kein Maß bei den Peperoni, obwohl sie den Gringos die Tränen in die Augen trieben.

In Ford County war Alkohol sonntags verboten. Er durfte weder in Geschäften noch in Restaurants verkauft werden. Pepe hatte ein Hinterzimmer mit einem langen Tisch und einer Tür, die abgesperrt werden konnte. Er gestattete Harry Rex und seinen Gästen, den Raum zu benutzen und so viel zu essen und zu trinken, wie sie wollten. Seine Margaritas waren eine Sensation. Wir ließen uns dort viele Mahlzeiten mit stark gewürzten Gerichten schmecken, die grundsätzlich mit Margaritas hinuntergespült wurden. Gewöhnlich waren wir zu zwölft, alle männlich, alle jung, etwa die Hälfte verheiratet. Harry Rex drohte uns mit Mord, falls wir auch nur einer Menschenseele von Pepes Hinterzimmer erzählten.

Einmal führte die Stadtpolizei von Clanton eine Razzia durch, aber Pepe verstand plötzlich kein Englisch mehr. Die Tür zum Hinterzimmer war abgesperrt und nicht auf den ersten Blick erkennbar. Pepe machte das Licht aus, und zwanzig Minuten lang warteten wir im Dunkeln. Wir tranken unsere Margaritas und hörten zu, wie die Polizisten versuchten, sich mit Pepe zu verständigen. Ich weiß nicht, warum wir uns eigentlich Sorgen machten. Clantons Stadtrichter, ein Anwalt namens Harold Finkley, saß am Tischende und schlürfte gerade seine vierte oder fünfte Margarita.

Die feuchtfröhlichen Sonntagabende bei Pepe dauerten häufig lange, und danach war keiner von uns mehr in der Lage, Auto zu fahren. Ich ging meist in die Redaktion hinüber und schlief auf dem Sofa in meinem Büro. Dort lag ich auch und schnarchte den Tequila weg, als eines Sonntags nach Mitternacht das Telefon klingelte. Es war ein Bekannter von einer großen Tageszeitung in Memphis.

»Werden Sie über die Anhörung des Bewährungsausschusses morgen berichten?«, fragte er. Morgen? Ich war so vom Alkohol umnebelt, dass ich nicht einmal wusste, welchen Tag wir gerade hatten.

»Morgen?«, murmelte ich.

»Am Montag, dem 18. September«, antwortete er langsam. Im Jahr 1978, da war ich mir einigermaßen sicher.

»Was für eine Anhörung von was für einem Bewährungsausschuss?«, fragte ich, während ich verzweifelt versuchte, aufzuwachen und einen zusammenhängenden Gedanken zustande zu bringen.

»Die von Danny Padgitt. Haben Sie denn nichts davon gehört?«

»Nein, kein Wort!«

»Sie ist für zehn Uhr in Parchman angesetzt.«

»Das soll wohl ein Witz sein!«

»Nein. Ich habe es eben herausgefunden. Offenbar hängen sie Anhörungen nicht an die große Glocke.«

Ich saß noch lange Zeit im Dunkeln da und verfluchte wieder einmal die Rückständigkeit eines Staates, der derart wichtige Angelegenheiten auf solch lächerliche Art und Weise durchführte. Wie konnte man eine Haftentlassung auf Bewährung für Danny Padgitt auch nur in Erwägung ziehen? Seit dem Mord und Padgitts Prozess waren acht Jahre vergangen. Er war zu zweimal lebenslänglich verurteilt worden, was mindestens zweimal zehn Jahre bedeutete. Wir gingen alle davon aus, dass er wenigstens zwanzig Jahre im Gefängnis sitzen würde.

Um drei Uhr morgens fuhr ich nach Hause, schlief zwei Stunden lang sehr unruhig und weckte dann Harry Rex, der in seinem momentanen Zustand allerdings zu nichts zu gebrauchen war. Ich holte Wurstbrötchen und starken Kaffee, und gegen sieben Uhr trafen wir uns in seiner Kanzlei. Wir hatten beide schlechte Laune, und während wir seine

Gesetzesbücher wälzten, warfen wir uns gegenseitig Schimpfwörter und Flüche zu. Sie waren jedoch nicht gegen den anderen gerichtet, sondern gegen das schwammige, zahnlose Bewährungssystem von Mississippi, das vor dreißig Jahren erlassen worden war. Die Richtlinien waren nur vage definiert und ließen Politikern und den von ihnen ernannten Beamten genügend Spielraum für Interpretationen.

Da die meisten gesetzestreuen Bürger nie mit dem Bewährungssystem in Kontakt kamen, spielte es in der Gesetzgebung des Staates keine besonders wichtige Rolle. Und da die meisten Häftlinge in den Gefängnissen entweder arm oder schwarz waren und das System nicht zu ihrem Vorteil nutzen konnten, war es recht einfach, sie mit harschen Urteilen zu bestrafen und hinter Schloss und Riegel zu behalten. Aber für einen Strafgefangenen mit ein paar Verbindungen und etwas Geld war das Bewährungssystem ein großartiges Labyrinth sich widersprechender Gesetze, das es dem Bewährungsausschuss ermöglichte, nach Belieben Gefallen zu verteilen.

Irgendwo zwischen dem Justizsystem, dem Strafvollzug und dem Bewährungssystem waren Danny Padgitts zwei »nacheinander« zu verbüßende lebenslängliche Freiheitsstrafen in zwei »gleichzeitig« zu verbüßende lebenslängliche Freiheitsstrafen geändert worden. Sie liefen parallel zueinander ab, versuchte Harry Rex mir zu erklären.

»Wozu soll das gut sein?«, fragte ich.

»Es wird für Fälle angewandt, bei denen mehrere Anklagepunkte gegen jemanden vorliegen. Bei nacheinander zu verbüßenden Strafen würde er vielleicht für achtzig Jahre hinter Gitter kommen, aber gerecht wären beispielsweise zehn Jahre. Also legt man fest, dass die Strafen parallel zueinander ablaufen.«

Ich schüttelte missbilligend den Kopf, was Harry Rex in Rage versetzte.

Schließlich bekam ich Sheriff Tryce McNatt ans Telefon. Er hörte sich genauso verkatert an wie wir, obwohl er strikt gegen Alkohol war und keinen Tropfen trank. Von der Anhörung des Bewährungsausschusses wusste er nichts. Ich fragte, ob er daran teilnehmen werde, aber er hatte schon wichtige Termine für den ganzen Tag.

Ich hätte auch Richter Loopus angerufen, doch der war vor sechs Jahren gestorben. Ernie Gaddis war im Ruhestand und auf Angeltour in den Smoky Mountains. Sein Nachfolger, Rufus Buckley, lebte in Tyler County und hatte eine Geheimnummer.

Um acht Uhr sprang ich ins Auto, in der Hand ein Brötchen und einen Becher mit kaltem Kaffee.

Eine Stunde westlich von Ford County wurde das Land mit einem Mal flacher, und das Delta begann. Die Gegend war arm und lebte hauptsächlich von der Landwirtschaft, aber ich war nicht in der Stimmung, die Landschaft zu bewundern und mir Gedanken über die Einkommensstruktur der Bevölkerung zu machen. Ich war nervös, weil ich vorhatte, mich in eine klammheimlich angesetzte Anhörung des Bewährungsausschusses zu schmuggeln.

Und ich war nervös, weil ich gleich Parchman betreten würde, ein im ganzen Staat berüchtigtes Höllenloch.

Nach zwei Stunden sah ich Zäune vor den Feldern, dann Stacheldraht. Bald darauf kam ein Schild, und ich fuhr vor das Haupttor des Gefängnisses. Ich erklärte dem Wärter am Eingang, dass ich Reporter sei und zu einer Anhörung des Bewährungsausschusses wolle. »Geradeaus, am zweiten Gebäude nach links«, sagte er hilfsbereit, während er meinen Namen aufschrieb.

Neben dem Highway standen mehrere Gruppen von Gebäuden und eine Reihe weiß gestrichener Holzhäuser, die in jede Hauptstraße Mississippis gepasst hätten. Ich rannte in eines der Verwaltungsgebäude und suchte nach einer Sekretärin. Als ich eine gefunden hatte, sagte sie, die Anhörung finde im ersten Stock des angrenzenden Gebäudes statt. Es war schon fast zehn Uhr.

Am Ende des Korridors standen ein Gefängniswärter, ein Staatspolizist und ein Mann in einem zerknitterten Anzug vor einer Tür.

»Ich will zur Anhörung des Bewährungsausschusses«, verkündete ich.

»Da drin.« Der Wärter deutete auf die Tür. Ohne anzuklopfen, riss ich sie auf und stürmte hinein, wie man das von einem unerschrockenen Reporter erwartete. Die Anhörung war gerade eröffnet worden, und mit meiner Wenigkeit hatte man sicherlich nicht gerechnet.

Hinter einem leicht erhöht stehenden Tisch saßen fünf Mitglieder des Bewährungsausschusses mit Namensschildern vor sich. An einem zweiten Tisch hatte sich die Familie Padgitt versammelt – Danny Padgitt, sein Vater, seine Mutter, ein Onkel und Lucien Wilbanks. Ihnen gegenüber, an einem dritten Tisch, hatten mehrere Angestellte und Offizielle des Bewährungsausschusses und des Gefängnisses Platz genommen.

Alle starrten mich an, als ich so unvermutet hereinplatzte. Mein Blick wanderte zu Danny Padgitt, und eine Sekunde lang gelang es uns beiden, durch unsere Mimik die Verachtung auszudrücken, die wir füreinander empfanden.

»Kann ich Ihnen helfen?«, knurrte ein großer, schlecht gekleideter, alter Mann, der in der Mitte des erhöhten Tisches saß. Er hieß Barrett Ray Jeter und war der Vorsitzende des Ausschusses. Wie die anderen vier war er vom Gouverneur als Dank für fleißiges Stimmensammeln auf diesen Posten gehievt worden.

»Ich bin zur Padgitt-Anhörung hier.«

»Das ist ein Reporter!«, kreischte Lucien, während er

aufsprang. Eine Sekunde lang befürchtete ich, man würde mich auf der Stelle verhaften und für den Rest meines Lebens in eine Zelle stecken.

»Für welche Zeitung?«, wollte Jeter wissen.

»Die *Ford County Times*«, erwiderte ich.

»Und Sie heißen?«

»Willie Traynor.« Lucien und ich starrten uns herausfordernd an.

»Mr Traynor, diese Anhörung ist nicht öffentlich«, sagte Jeter. Die gesetzlichen Bestimmungen waren in dieser Hinsicht nicht eindeutig, und daher wurden die Anhörungen des Bewährungsausschusses auch nicht groß angekündigt.

»Wer ist berechtigt, bei der Anhörung dabei zu sein?«, erkundigte ich mich.

»Der Bewährungsausschuss, der Häftling, seine Familie, seine Zeugen, sein Anwalt und eventuelle Zeugen der Gegenseite.« »Gegenseite« hieß die Familie des Opfers, was sich in dieser Konstellation wie »die Täter« anhörte.

»Was ist mit dem Sheriff unseres County?«, fragte ich.

»Der wurde auch eingeladen«, behauptete Jeter.

»Unser Sheriff ist nicht verständigt worden. Ich habe vor drei Stunden mit ihm gesprochen. Genau genommen hat niemand in Ford County vor Mitternacht etwas von dieser Anhörung gewusst.« Diese Feststellung löste bei den Mitgliedern des Bewährungsausschusses heftiges Kopfkratzen aus. Die Padgitts berieten sich mit Lucien.

Durch Ausschluss der zur Verfügung stehenden Möglichkeiten folgerte ich, dass ich zum Zeugen werden musste, wenn ich hier bleiben wollte. »Da niemand aus Ford County die Gegenseite vertritt, melde ich mich als Zeuge«, sagte ich so laut und deutlich wie möglich.

»Sie können nicht gleichzeitig Reporter und Zeuge sein«, wandte Jeter ein.

»In welchem Gesetz von Mississippi steht das?«, fragte

ich, während ich mit den Kopien herumwedelte, die ich mir von Harry Rex' Gesetzestexten gemacht hatte.

Jeter nickte einem jungen Mann in einem dunklen Anzug zu. »Ich bin der Anwalt des Bewährungsausschusses«, stellte sich dieser vor. »Sie können in dieser Anhörung als Zeuge aussagen, Mr Traynor, aber Sie können nicht darüber berichten.«

Ich hatte vor, über jede noch so kleine Einzelheit der Anhörung zu berichten und mich dann hinter der verfassungsmäßig garantierten Pressefreiheit zu verstecken. »Wenn es nicht anders geht«, erwiderte ich. »Schließlich machen *Sie* die Regeln.« In weniger als einer Minute waren die Fronten klar: Ich stand auf der einen Seite, alle übrigen Anwesenden auf der anderen.

»Wir wollen fortfahren«, sagte Jeter. Ich setzte mich neben eine Hand voll weiterer Zuschauer.

Der Anwalt des Bewährungsausschusses verteilte Kopien eines Berichts. Er trug eine Zusammenfassung des Urteils gegen Padgitt vor und vermied es peinlichst, die Worte »nacheinander« und »gleichzeitig« zu verwenden. Aufgrund seines »beispielhaften« Verhaltens habe der Häftling jetzt Anspruch darauf, wegen »guter Führung« auf Bewährung entlassen zu werden, ein sehr vage definiertes Konzept, das vom Bewährungssystem und nicht von der Gesetzgebung des Staates kreiert worden war. Berücksichtige man zudem die Zeit, die der Häftling vor dem Prozess im Gefängnis des County verbracht habe, müsse er sofort auf Bewährung freikommen.

Dannys Sozialarbeiterin schilderte ihre Beziehung zu dem Häftling ausführlich und in den glühendsten Farben. Sie schloss mit der völlig überflüssigen Feststellung, er sei »ausnehmend reumütig«, »vollständig rehabilitiert«, »keine Bedrohung für die Gesellschaft« und sogar bereit, ein »hart arbeitender Bürger« zu werden.

Was hatte das alles gekostet? Ich konnte nicht umhin, mir diese Frage zu stellen. Wie viel? Und wie lange hatten die Padgitts gebraucht, um die richtigen Taschen zu finden?

Lucien war der Nächste. Da niemand – weder Gaddis, noch Sheriff McNatt, nicht einmal der arme Hank Hooten – da war, um ihm zu widersprechen oder ihn möglicherweise auch zu bremsen, fing er an zu fabulieren und die Fakten der Verbrechen zu verdrehen. Das betraf insbesondere die Aussage der Zeugin Lydia Vince, die dem Häftling ein »wasserdichtes« Alibi gegeben habe. In Luciens rekonstruierter Version des Prozesses hätten die Geschworenen Danny Padgitt um ein Haar freigesprochen. Ich hätte ihm am liebsten etwas an den Kopf geworfen und zu schreien angefangen. Vielleicht hätte er dann nicht ganz so unverschämt gelogen.

Ich wollte brüllen: »Wie kann er bereuen, wenn er unschuldig ist?«

Lucien hackte auf dem Prozess herum und jammerte, wie ungerecht das Verfahren gewesen sei. Nobel, wie er war, warf er sich sogar selbst vor, nicht ausdauernd genug auf eine Verlegung des Verhandlungsortes gedrängt zu haben, in einen anderen Teil des Staates, wo die Leute unvoreingenommen und verständiger gewesen wären. Als er endlich den Mund hielt, schienen zwei der Ausschussmitglieder zu schlafen.

Danach sagte Mrs Padgitt aus. Sie sprach von den Briefen, die sie und ihr Sohn sich in den letzten acht langen Jahren geschrieben hätten. Seine Briefe hätten ihr gezeigt, dass er reifer geworden sei, dass sein Glaube gewachsen sei, dass er sich nach der Freiheit sehne, um seinen Mitmenschen dienen zu können.

Wollte er ihnen etwa mit besserem Marihuana dienen? Oder vielleicht mit einem saubereren Maiswhiskey?

Da Tränen erwartet wurden, gab sie uns ein paar Tränen. Es gehörte zur Show und schien nur wenig Wirkung auf die Mitglieder des Ausschusses zu haben. Als ich mir ihre Gesichter ansah, hatte ich den Eindruck, die Entscheidung war längst gefallen.

Danny sagte als Letzter aus und machte seine Sache ganz gut. Er meisterte den schwierigen Balanceakt, seine Verbrechen zu leugnen und gleichzeitig Reue zu zeigen. »Ich habe aus meinen Fehlern gelernt«, sagte er, als wären Vergewaltigung und Mord lediglich kleine Indiskretionen, bei denen niemandem wehgetan wurde. »Ich bin an ihnen gewachsen.«

Im Gefängnis war er ein wahrer Wirbelwind an positiver Energie gewesen – er arbeitete freiwillig in der Bibliothek, sang im Chor mit, half beim Rodeo in Parchman, organisierte Teams, die in Schulen gingen und Jugendliche davon abhielten, zu Verbrechern zu werden.

Zwei Mitglieder des Ausschusses hörten noch zu, eines schlief, die anderen beiden saßen in tranceartiger Meditation da und waren anscheinend hirntot.

Danny vergoss zwar keine Tränen, aber er schloss mit einem leidenschaftlichen Appell und bat darum, freigelassen zu werden.

»Wie viele Zeugen für die Gegenseite?«, verkündete Jeter.

Ich stand auf, sah mich um, konnte niemanden aus Ford County entdecken und sagte: »Ich bin wohl der einzige.«

»Dann beginnen Sie, Mr Traynor.«

Ich hatte keine Ahnung, was ich sagen sollte, und wusste auch nicht, was vor einem solchen Gremium zulässig war und was nicht. Aber nach dem zu urteilen, was ich gerade gehört hatte, konnte ich hier alles sagen, was mir verdammt noch mal passte. Der alte Jeter würde mich zweifellos zurückpfeifen, falls ich verbotenes Terrain beträte.

Ich sah die Mitglieder des Ausschusses an, versuchte mein Möglichstes, die bohrenden Blicke der Padgitts zu ignorieren, und begann mit einer außerordentlich anschaulichen Schilderung der Vergewaltigung und des Mordes. Ich ließ alles aus mir heraus, woran ich mich erinnern konnte, und betonte vor allem die Tatsache, dass die beiden Kinder das Verbrechen teilweise oder auch ganz miterlebt hatten.

Währenddessen wartete ich darauf, dass Lucien protestieren würde, aber im Lager der Padgitts herrschte Schweigen. Die eben noch komatösen Ausschussmitglieder waren plötzlich hellwach, musterten mich prüfend und lauschten aufmerksam den grausigen Details des Mordes. Ich beschrieb die Wunden. Ich schilderte die herzzerreißende Szene, wie Rhoda in Mr Deece' Armen gestorben war und zuvor noch gesagt hatte: »Es war Danny Padgitt. Es war Danny Padgitt.«

Ich nannte Lucien einen Lügner und machte mich über sein schlechtes Gedächtnis hinsichtlich des Prozesses lustig. Die Geschworenen hätten weniger als eine Stunde gebraucht, um den Angeklagten für schuldig zu befinden, erklärte ich.

Und mit einem Erinnerungsvermögen, das selbst mich überraschte, beschrieb ich die erbärmliche Vorstellung Danny Padgitts im Zeugenstand: seine Lügen, mit denen er vertuschen wollte, dass er gelogen hatte, den völligen Mangel an Ehrlichkeit. »Er hätte auch noch wegen Meineids verurteilt werden sollen«, sagte ich. »Und als er mit seiner Aussage fertig war, ist er nicht an seinen Platz zurückgekehrt, sondern zur Geschworenenbank gegangen, hat den Geschworenen mit dem Finger gedroht und gesagt: ›Wenn ihr mich verurteilt, mache ich euch fertig, und zwar jeden Einzelnen von euch!‹«

Ein Ausschussmitglied namens Horace Adler setzte sich abrupt auf und stammelte in Richtung der Padgitts: »Ist das wahr?«

»Es steht im Protokoll«, sagte ich schnell, bevor Lucien die Gelegenheit bekam, wieder zu lügen. Der Anwalt der Padgitts stand langsam auf.

»Ist das wahr, Mr Wilbanks?«, fragte ein zweites Ausschussmitglied.

»Er hat die Geschworenen bedroht?«, warf ein drittes Ausschussmitglied ein.

»Ich habe die Mitschrift«, erwiderte ich. »Ich schicke Ihnen gern eine Kopie davon.«

»Ist das wahr?«, wiederholte Adler.

»Im Gerichtssaal haben dreihundert Leute gesessen«, sagte ich. Ich starrte Lucien drohend an. Tu es nicht. Fang bloß nicht an zu lügen.

»Halten Sie den Mund, Mr Traynor«, fuhr mich ein Ausschussmitglied an.

»Es steht im Protokoll«, wiederholte ich.

»Das reicht jetzt!«, brüllte Jeter.

Lucien stand immer noch da und überlegte. Alle warteten. Schließlich sagte er: »Ich kann mich nicht an alles erinnern, was im Prozess gesagt wurde.« Ich schnaubte so laut und verächtlich wie möglich. »Vielleicht hat mein Mandant etwas in dieser Richtung gesagt, aber schließlich ist es ja ein sehr emotionaler Moment gewesen, und im Eifer des Gefechts ist es durchaus möglich, dass Worte diesen Inhalts gefallen sind. Aber im Zusammenhang gesehen …«

»Im Zusammenhang gesehen! Dass ich nicht lache!«, schrie ich. Ich machte einen Schritt auf Lucien zu, als wollte ich ihm ins Gesicht schlagen. Als einer der Wächter auf mich zukam, blieb ich stehen. »Es steht schwarz auf weiß in der Prozessmitschrift«, sagte ich wütend. Dann wandte ich mich an den Ausschuss. »Wie können Sie hier sitzen und zusehen, wie nach Strich und Faden gelogen wird? Wollen Sie denn nicht die Wahrheit hören?«

»Noch etwas, Mr Traynor?«, fragte Jeter.

»Ja! Ich hoffe, dass der Ausschuss unser Justizsystem nicht zum Gespött der Leute macht, indem er diesen Mann nach acht Jahren aus dem Gefängnis lässt. Danny Padgitt hat Glück gehabt, dass er hier sitzt und nicht in der Todeszelle, wo er eigentlich hingehört. Und ich hoffe, dass Sie bei der nächsten Anhörung – falls es eine solche geben wird – einige Leute aus Ford County einladen. Vielleicht den Sheriff oder den Staatsanwalt. Und könnten Sie nicht auch die Familie des Opfers benachrichtigen? Sie hat das Recht, bei der Anhörung dabei zu sein, damit Sie ihre Gesichter sehen können, wenn Sie diesen Mörder freilassen.«

Vor Wut schäumend, setzte ich mich hin. Ich starrte Lucien Wilbanks an und nahm mir fest vor, ihn für den Rest seines oder meines Lebens zu hassen – je nachdem, wer von uns zuerst starb. Jeter verkündete eine kurze Unterbrechung. Ich vermutete, dass der Ausschuss sich in einem Hinterzimmer neu gruppieren und sein Geld zählen wollte. Vielleicht konnte man Mr Padgitt ja auffordern, noch etwas Bargeld für ein oder zwei weitere Ausschussmitglieder über den Tisch zu schieben. Um den Anwalt des Ausschusses zu ärgern, machte ich mir seitenweise Notizen für den Bericht, den er mir zu schreiben verboten hatte.

Wir warteten dreißig Minuten, bevor die Mitglieder des Ausschusses zurückkamen. Alle sahen aus, als hätten sie etwas zu verbergen. Jeter rief zur Abstimmung auf. Zwei stimmten für eine Haftentlassung auf Bewährung, zwei dagegen, einer enthielt sich der Stimme. »Eine Haftentlassung auf Bewährung wird damit abgelehnt«, verkündete Jeter. Mrs Padgitt brach in Tränen aus. Sie umarmte Danny, bevor er weggebracht wurde.

Lucien und die Padgitts gingen so nah an mir vorbei, dass sie mich fast gestreift hätten, und verließen den Raum. Ich ignorierte sie und starrte auf den Boden, müde, verkatert, schockiert.

»Der Nächste ist Charles D. Bowie«, rief Jeter. An den Tischen entstand Bewegung, als der nächste hoffnungsvolle Häftling hereingebracht wurde. Jemand sagte etwas, das wie »Sittlichkeitsverbrecher« klang, aber ich war zu ausgelaugt, um mir deshalb Gedanken zu machen. Schließlich verließ ich den Raum und ging den Korridor hinunter, wobei ich schon fast damit rechnete, von den Padgitts angesprochen zu werden. Das wäre mir sogar recht gewesen, denn ich wollte es möglichst schnell hinter mich bringen.

Aber sie waren fort. Ich sah keine Spur von ihnen, als ich das Gebäude verließ, durch das Haupttor fuhr und mich auf den Weg zurück nach Clanton machte.

34

Die *Times* berichtete auf der Titelseite über die Anhörung des Bewährungsausschusses. In meinem Artikel erwähnte ich jede noch so kleine Einzelheit, an die ich mich erinnern konnte, und auf Seite fünf ließ ich einen mit viel Herzblut geschriebenen Leitartikel über die Sitzung drucken. Ich schickte jedem Mitglied und dem Anwalt des Ausschusses ein Exemplar der Zeitung. Und weil ich so wütend war, bekamen sämtliche Mitglieder der Gesetzgebung von Mississippi, der Generalstaatsanwalt, der Vizegouverneur und der Gouverneur ebenfalls ein kostenloses Exemplar. Die meisten ignorierten meine Berichterstattung – bis auf den Anwalt des Bewährungsausschusses.

Dieser schrieb mir einen langen Brief, in dem er seine Betroffenheit über meinen »mutwilligen Verstoß gegen die Richtlinien und Verfahren des Bewährungsausschusses« zum Ausdruck brachte. Er zog eine Besprechung mit dem Generalstaatsanwalt in Erwägung, in der sie »die Schwere meiner Tat beurteilen« und möglicherweise Schritte ergreifen wollten, die »weitreichende Konsequenzen« für mich haben würden.

Mein Anwalt, Harry Rex, hatte mir versichert, dass die Praxis des Bewährungsausschusses, Anhörungen dieser Art unter Ausschluss der Öffentlichkeit durchzuführen, eindeutig gegen die Pressefreiheit verstoße. Außerdem hatte er gesagt, dass er mich mit Freuden vor einem Bundesgericht verteidigen würde. Zu einem reduzierten Stundensatz natürlich.

Einen Monat lang lieferte ich mir mit dem Anwalt des Bewährungsausschusses einen hitzigen Briefwechsel, doch dann schien er plötzlich das Interesse an mir zu verlieren.

Rafe, Harry Rex' Laufbursche, der ihm neue Mandanten besorgte, hatte einen Helfer namens Buster. Buster war ein großer, muskelbepackter Cowboy mit einer Schusswaffe in jeder Tasche. Ich heuerte Buster für hundert Dollar die Woche an und tat so, als wäre er mein persönlicher Knochenbrecher. Mehrere Stunden am Tag lungerte er vor meinem Büro herum oder saß in der Einfahrt meines Hauses oder auf der Veranda, damit die Leute ihn sahen und wussten, dass Willie Traynor wichtig genug war, um einen Leibwächter zu haben. Wenn die Padgitts nah genug herankamen, um einen Schuss auf mich abzugeben, würde wenigstens jemand zurückfeuern.

Nach Jahren, in denen sie stetig zugenommen und die Warnungen ihrer Ärzte ignoriert hatte, hatte Miss Callie schließlich nachgegeben. Der Anlass war ein besonders unerfreulicher Besuch im Krankenhaus gewesen. Hinterher verkündete sie Esau, dass sie eine Diät machen werde – tausendfünfhundert Kalorien am Tag, bis auf Donnerstag. Ich hatte Glück gehabt. Ein Monat verging, und mir schien, als hätte sie kein Gramm abgenommen. Aber am Tag, nachdem der Artikel über die Anhörung des Bewährungsausschusses in der *Times* erschienen war, sah sie plötzlich aus, als hätte sie zwanzig Kilo auf einmal verloren.

Statt ein Hühnchen zu frittieren, wurde es jetzt im Backofen geschmort. Kartoffeln wurden nicht mehr zu Püree zerstoßen, mit Butter und Sauerrahm aufgeschlagen und mit Sauce übergossen, sondern gekocht. Es schmeckte immer noch großartig, aber inzwischen hatte sich mein Körper an seine wöchentliche Dosis Fett gewöhnt.

Nach dem Gebet gab ich Miss Callie zwei Briefe von Sam. Wie immer las sie ihre Post sofort, während ich mich über mein Essen hermachte. Und wie immer lächelte und lachte sie und wischte sich schließlich ein paar Tränen aus den Augen. »Es geht ihm gut«, sagte sie. Es ging ihm wirklich gut.

Mit der den Ruffins eigenen Zähigkeit hatte Sam inzwischen seinen ersten College-Abschluss in Wirtschaftswissenschaft gemacht und sparte nun für ein Jurastudium. Er hatte furchtbar Heimweh und sehnte sich nach dem Wetter im Süden. Um es kurz zu machen, er vermisste seine Mutter. Und ihr Essen.

Präsident Carter hatte alle begnadigt, die sich vor der Einberufung nach Vietnam gedrückt und das Land verlassen hatten. Sam kämpfte mit der Entscheidung, in Kanada zu bleiben oder nach Hause zurückzukehren. Viele seiner Freunde, die in der gleichen Situation waren wie er, hatten beschlossen, zu bleiben und die kanadische Staatsbürgerschaft anzunehmen, was nicht ohne Einfluss auf ihn blieb. Außerdem hatte er eine Freundin, von der seine Eltern jedoch nichts wussten.

Manchmal fingen wir mit den Nachrichten an, aber häufig waren es die Nachrufe oder sogar die Kleinanzeigen. Da Miss Callie jedes in der *Times* gedruckte Wort las, wusste sie, wer einen Wurf Welpen zu verkaufen hatte oder einen guten, gebrauchten Sitzrasenmäher suchte. Und da sie jede Woche jedes Wort las, wusste sie auch, wie lange eine bestimmte kleine Farm oder ein Trailer auf dem Markt waren. Sie kannte alle Preise. Wenn während des Mittagessens ein Auto auf der Straße vorbeifuhr, fragte sie immer: »Was für ein Modell ist das?«

»Ein Plymouth Duster, Baujahr 71«, antwortete ich.

Sie überlegte kurz und antwortete dann: »Wenn er blitzblank ist, kostet er so um die zweitausendfünfhundert Dollar.«

Einmal musste Stan Atcavage ein sieben Meter langes Boot verkaufen. Seine Bank hatte es einem Kunden abgenommen, der den Kredit dafür nicht mehr abstottern konnte. Ich rief Miss Callie an. »Ja, ein Mann aus Karaway hat vor drei Wochen so ein Boot gesucht«, informierte sie mich. Anschließend suchte ich in den alten Kleinanzeigen, bis ich das Inserat gefunden hatte. Am nächsten Tag verkaufte Mr Atcavage ihm das Boot.

Besonders gern las Miss Callie die offiziellen Ankündigungen, die ein lukratives Geschäft für die Zeitung darstellten. Urkunden, Zwangsvollstreckungen, Scheidungsanträge, Nachlassangelegenheiten, Insolvenzerklärungen, Anhörungen zu geplanten Annektierungen, Dutzende von offiziellen Ankündigungen mussten von Gesetz wegen in einer Zeitung des County veröffentlicht werden. Wir bekamen sämtliche Aufträge für solche Ankündigungen und berechneten gesalzene Preise dafür.

»Ich habe gelesen, dass Mr Everett Wainwrights Nachlass eröffnet worden ist«, sagte Miss Callie.

»Ich kann mich dunkel an seinen Nachruf erinnern«, murmelte ich mit vollem Mund. »Wann ist er gestorben?«

»Vor fünf oder sechs Monaten. Der Nachruf war nicht gerade ein Meisterwerk.«

»Ich muss mit dem arbeiten, was die Familie mir gibt. Haben Sie ihn gekannt?«

»Er hatte viele Jahre ein Lebensmittelgeschäft in der Nähe der Schienen.« Ihr Tonfall machte deutlich, dass sie für Mr Everett Wainwright nicht viel übrig hatte.

»Einer von den guten oder einer von den bösen Jungs?«

»Er hatte immer zwei Preise, einen für die Weißen und

einen höheren für Neger. Seine Waren hatten nie Preisschilder, und er war der einzige Kassierer. Ein weißer Kunde rief: ›Mr Wainwright, was kostet diese Dose Kondensmilch?‹, und er brüllte zurück: ›Achtunddreißig Cent.‹ Eine Minute später sagte ich: ›Entschuldigen Sie, Mr Wainwright, aber was kostest diese Dose Kondensmilch?‹ Und er fuhr mich an: ›Vierundfünfzig Cent.‹ Er machte keinen Hehl daraus. Es war ihm egal.«

Seit fast neun Jahren hörte ich nun Geschichten von früher. Manchmal dachte ich, mittlerweile kannte ich alle, aber Miss Callies Vorrat war unerschöpflich.

»Warum habe Sie nicht woanders eingekauft?«

»Es war das einzige Geschäft, in dem wir einkaufen konnten. Mr Monty Griffins Laden hinter dem alten Kino war viel schöner, aber dort konnten wir bis vor zwanzig Jahren nicht einkaufen.«

»Wer hat sie davon abgehalten?«

»Mr Monty Griffin. Ihm war es egal, ob man Geld hatte oder nicht. Er wollte keine Neger in seinem Laden.«

»Und Mr Wainwright war das egal?«

»Es war ihm nicht egal. Er wollte uns auch nicht haben, aber unser Geld hat er trotzdem genommen.«

Sie erzählte mir von einem kleinen schwarzen Jungen, der in dem Laden herumgelungert hatte, bis Mr Wainwright ihn mit einem Besen verprügelt und hinausgeworfen hatte. Aus Rache war der Junge dann über längere Zeit hinweg ein- oder zweimal im Jahr in das Geschäft eingebrochen, aber nie erwischt worden. Er hatte Zigaretten und Süßigkeiten gestohlen und sämtliche Besenstiele zerbrochen.

»Stimmt es, dass er sein ganzes Geld der Methodistenkirche vermacht hat?«, fragte sie.

»Das erzählt man sich jedenfalls.«

»Wie viel?«

»Etwa hunderttausend Dollar.«

»Die Leute sagen, dass er sich damit den Weg in den Himmel erkaufen wollte.« Ich hatte schon lange aufgehört, mich über den Klatsch zu wundern, den Miss Callie von der anderen Seite der Bahnlinie hörte. Viele ihrer Freundinnen arbeiteten drüben als Haushälterinnen. Sie wussten alles.

Einmal war Miss Callie auf das Thema Leben nach dem Tod zu sprechen gekommen. Sie machte sich große Sorgen um meine Seele und befürchtete, dass ich kein richtiger Christ sei, weil ich nicht »wiedergeboren« oder »gerettet« war. Die Taufe in meiner Kindheit, an die ich mich gar nicht erinnern konnte, war ihrer Meinung nach völlig unzureichend. Sobald jemand ein bestimmtes Alter erreicht hatte – das »Alter der Mündigkeit« –, musste er den Mittelgang einer Kirche (welche dies sein sollte, war Gegenstand endloser Debatten) hinunterschreiten und sich öffentlich zu seinem Glauben an Jesus Christus bekennen, um nicht für alle Ewigkeit in der Hölle zu schmoren.

Miss Callie trug schwer daran, dass ich dies nie getan hatte.

Nachdem ich siebenundsiebzig Kirchen besucht hatte, musste ich zugeben, dass fast alle Bewohner von Ford County der gleichen Meinung waren wie sie. Es gab allerdings einige Variationen. Eine einflussreiche Sekte war die Kirche Jesu Christi. Ihre Mitglieder hingen der Vorstellung an, dass nur sie in den Himmel kommen würden. Jede andere Kirche predige eine »sektiererische Lehre«. Wie viele andere Kirchengemeinden glaubten sie außerdem, dass jemand, der das Heil gefunden hatte und errettet worden war, diesen Status auch wieder verlieren konnte, wenn er sich nicht ordentlich benahm. Die Baptisten, in Ford County in der Mehrheit, vertrauten dagegen auf »einmal gerettet, immer gerettet«.

Für einige abtrünnige Baptisten in Clanton war dies offenbar ein sehr tröstlicher Gedanke.

Allerdings war noch nicht alles für mich verloren. Miss Callie war begeistert, dass ich so oft in die Kirche ging und das Evangelium hörte. Sie war fest davon überzeugt – und betete auch unablässig dafür –, dass der Herr eines Tages mein Herz berühren würde. Ich würde dann selbstverständlich beschließen, dem Wort Gottes zu folgen, und sie und ich würden dann die Ewigkeit zusammen verbringen.

Miss Callie fieberte dem Tag entgegen, an dem sie in »Seine Herrlichkeit eingehen« würde.

»Der Gottesdienst am Sonntag wird von Reverend Small gehalten«, sagte sie. Es war ihre wöchentlich wiederholte Einladung an mich, sie in ihre Kirche zu begleiten. Doch Reverend Small und seine langen Predigten waren zu viel für mich.

»Danke, aber am Sonntag besuche ich schon eine Kirche für meine Kolumne«, erwiderte ich.

»Gott segne Sie. Welche?«

»Die Maranatha-Urbaptisten.«

»Von dieser Kirche habe ich noch nie etwas gehört.«

»Sie steht im Telefonbuch.«

»Wo ist sie?«

»Ich glaube, irgendwo in Dumas.«

»Schwarz oder weiß?«

»Das weiß ich nicht genau.«

Nummer achtundsiebzig auf meiner Liste, die Kirche der Maranatha-Urbaptisten, war ein kleines Schmuckstück am Fuß eines Hügels. Sie stand an einem kleinen Fluss und war von einem Wäldchen aus Sumpfeichen umgeben, die mindestens zweihundert Jahre alt waren. Die Kirche war ein schmales, weiß angestrichenes Gebäude aus Holz, mit einem spitzen Blechdach und einem roten Kirchturm, der so hoch war, dass er zwischen den Zweigen der Eichen verschwand. Das Portal stand weit offen und hieß die Kirchgänger willkommen. Auf einem Grundstein war das Baujahr der Kirche verzeichnet: 1813.

Ich schlüpfte wie üblich auf einen Platz ganz hinten und kam neben einen gut gekleideten Herrn zu sitzen, der so alt wie die Kirche zu sein schien. An diesem Morgen zählte ich sechsundfünfzig Gläubige. Die Fenster standen offen. Draußen strich eine sanfte Brise durch die Bäume und nahm einem hektischen Morgen die Schärfe. Seit hundertfünfzig Jahren versammelten sich die Menschen hier schon. Sie saßen auf diesen Bänken, sahen durch diese Fenster, beteten zu demselben Gott. Der achtköpfige Chor sang ein langsames Kirchenlied, und ich glitt in ein anderes Jahrhundert hinüber.

Der Pastor war ein jovialer Mann namens J. B. Cooper. Ich war ihm im Laufe der Jahre zweimal begegnet, als ich nach Informationen für meine Nachrufe gesucht hatte. Meine Tour durch die Kirchen des County hatte den angenehmen Nebeneffekt, dass ich alle Geistlichen kannte. Und das war mir beim Ausschmücken meiner Nachrufe eine große Hilfe.

Pastor Cooper sah auf seine Schäfchen hinunter und stellte fest, dass ich der einzige Besucher war. Er rief meinen Namen, hieß mich willkommen und bat scherzhaft darum, dass mein Bericht in der *Times* positiv ausfallen möge. Nach vier Jahren in den Kirchen des County und siebenundsiebzig ziemlich wohlwollenden und anschaulichen Artikeln in meiner Kirchenkolumne war es mir unmöglich geworden, mich unbemerkt in einen Gottesdienst zu schleichen.

Ich wusste nie, was mich in diesen ländlich geprägten Kirchen erwartete. Die Predigten waren fast immer lang und laut, und ich fragte mich oft, wie es die Menschen

Woche für Woche schafften, sich in den Gottesdienst zu schleppen und eine Standpauke über sich ergehen zu lassen. Einige Prediger erinnerten mich fast schon an Sadisten, wenn sie das, was ihre Anhänger unter der Woche getan hatten, in Grund und Boden verteufelten. Im ländlichen Mississippi war alles eine Sünde, beleibe nicht nur das, was ausdrücklich in den Zehn Geboten untersagt war. Fernsehen, Kinos, Kartenspiele, beliebte Magazine, Sportveranstaltungen, Cheerleader-Uniformen, die Aufhebung der Rassentrennung, Kirchengemeinden mit weißen *und* schwarzen Mitgliedern, Disney – weil es sonntagabends sendete –, Tanzen, Trinken in Gesellschaft, Sex, einfach alles wurde verdammt.

Doch Pastor Cooper war mit sich selbst im Reinen. In seiner Predigt – achtundzwanzig Minuten – ging es um Toleranz und Liebe. Liebe sei die wichtigste Botschaft Christi. Christus wolle, dass wir unseren Nächsten liebten. Beim Abendmahl sangen wir drei Strophen eines Kirchenlieds, aber niemand stand auf und ging zum Altar. Diese Menschen waren schon sehr oft vor den Altar getreten.

Wie immer nach einem Gottesdienst wechselte ich noch ein paar Worte mit dem Pastor. Ich sagte Cooper, dass mir der Gottesdienst sehr gut gefallen habe – das sagte ich immer, egal, ob ich es so meinte oder nicht –, und schrieb mir die Namen der Chorsänger für meine Kolumne auf. Die Mitglieder einer Gemeinde waren grundsätzlich sehr freundlich, aber in diesem Stadium meiner Kirchentour hätten sie sich am liebsten stundenlang mit mir unterhalten und kleine Anekdoten erzählt, die vielleicht gedruckt wurden. »1902 hat mein Großvater das Dach dieser Kirche gedeckt.« »Einmal ist ein Tornado während der Sommerauferweckung direkt über unsere Köpfe gezogen.«

Als ich das Gebäude verließ, sah ich einen Mann in einem Rollstuhl, der gerade über die Behindertenrampe gefahren wurde. Ich kannte ihn und ging hinüber, um ihn zu begrüßen. Lenny Fargarson, »der verkrüppelte Junge« und Geschworene Nummer sieben oder acht, hatte offenbar nicht viel Glück gehabt. Sein Gesundheitszustand schien sich erheblich verschlechtert zu haben. Beim Prozess 1970 hatte er noch gehen können, obwohl es kein schöner Anblick gewesen war. Jetzt saß er im Rollstuhl. Sein Vater stellte sich selbst vor. Seine Mutter stand bei einigen Frauen, die sich gerade voneinander verabschiedeten.

»Haben Sie kurz Zeit?«, fragte Fargarson. In Mississippi bedeutete diese Frage: »Wir müssen reden, und es könnte eine Weile dauern.« Ich setzte mich auf eine Bank unter einer der Eichen. Sein Vater schob den Rollstuhl heran und ließ uns dann allein.

»Ich lese jede Woche Ihre Zeitung«, sagte Fargarson. »Glauben Sie, dass Padgitt rauskommt?«

»Ja. Es geht nur noch darum, wann. Er kann einmal im Jahr Entlassung auf Bewährung beantragen, und das jedes Jahr.«

»Wird er wieder herkommen, nach Ford County?«

Ich zuckte mit den Achseln. »Vermutlich. Die Padgitts kleben an ihrem Land.«

Fargarson überlegte eine Weile. Er war hager und saß vornübergebeugt wie ein alter Mann. Wenn ich mich recht erinnerte, war er beim Prozess etwa fünfundzwanzig gewesen. Wir waren ungefähr im gleichen Alter, obwohl er doppelt so alt aussah wie ich. Ich hatte gehört, was ihm widerfahren war – ein Unfall in einem Sägewerk.

»Macht Ihnen das Angst?«, fragte ich.

Er lächelte und sagte: »Mir macht nichts Angst, Mr Traynor. Der Herr ist mein Hirte.«

»Ja, das ist er«, erwiderte ich, da ich noch ganz unter dem Eindruck der Predigt stand. Fargarsons Behinderung und der Rollstuhl machten es fast unmöglich, seine Körpersprache zu verstehen. Er hatte so viel durchgemacht. Sein Glaube war stark, aber eine Sekunde lang glaubte ich, eine dunkle Vorahnung in seiner Stimme zu hören.

Mrs Fargarson kam auf uns zu.

»Werden Sie dabei sein, wenn er entlassen wird?«, wollte Fargarson wissen.

»Das wäre ich gern, aber ich weiß nicht genau, wie so was abläuft.«

»Rufen Sie mich an, wenn Sie wissen, dass er draußen ist?«

»Natürlich.«

Mrs Fargarson hatte einen Schmorbraten für das Mittagessen im Ofen, und ein Nein wollte sie nicht hören. Ich war plötzlich sehr hungrig, und wie immer gab es bei mir zu Hause nichts, das auch nur annähernd so gut schmecken würde. Mein Mittagessen bestand sonntags in der Regel aus einem kalten Sandwich und einem Glas Wein auf der Seitenveranda, wo ich dann auch gleich ein Nickerchen hielt.

Fargarson lebte bei seinen Eltern in einem Haus, das drei Kilometer von der Kirche entfernt an einer Schotterstraße stand. Sein Vater war Briefträger, seine Mutter Lehrerin. Eine ältere Schwester von ihm wohnte in Tupelo. Bei Schmorbraten, Kartoffeln und Tee, der fast so süß schmeckte wie Miss Callies, sprachen wir über den Prozess und die erste Anhörung des Bewährungsausschusses. Fargarson schien es zwar nicht zu kümmern, ob Danny freikam oder nicht, aber seine Eltern machten sich große Sorgen.

35

Im Frühjahr 1978 gab es Neuigkeiten in Clanton. Bargain City war im Anmarsch! Wie McDonald's und die Fastfood-Lokale, die sich in seinem Gefolge ansiedelten, war Bargain City eine landesweite Kette, die sich in immer mehr kleinen Städten der Südstaaten breit machte. Die meisten Bewohner Clantons brachen in frenetischen Jubel aus. Einige von uns waren jedoch der Meinung, es wäre der Anfang vom Ende.

Das Unternehmen eroberte die Welt mit seinen Discountmärkten, in denen alles zu sehr niedrigen Preisen angeboten wurde. Die Geschäfte waren groß und sauber. Es gab unter anderem Cafés, Apotheken, Banken, selbst Augenoptiker und Reisebüros. Eine Kleinstadt ohne ein Bargain City war bedeutungslos.

Bargain City sicherte sich ein Vorkaufsrecht an einem Grundstück in der Market Street, etwa anderthalb Kilometer vom Clanton Square entfernt. Einige Nachbarn protestierten, und die Stadtverwaltung hielt eine öffentliche Anhörung ab, in der es darum ging, ob das Warenhaus gebaut werden sollte oder nicht. Es war nicht das erste Mal, dass Bargain City auf Widerstand stieß. Aber das Unternehmen hatte eine gut funktionierende und sehr effektive Strategie.

Der Sitzungssaal war bis auf den letzten Platz mit Leuten besetzt, die rot-weiße Schilder mit der Aufschrift BARGAIN CITY – EIN GUTER NACHBAR und WIR WOLLEN JOBS in der Hand hielten. Ingenieure, Architekten, Anwälte und Bauunternehmer waren gekommen, und ihre Sekretärinnen, Ehefrauen und Kinder hatten sie gleich mitgebracht. Ihr Sprecher malte ein rosiges Bild und redete von Wirtschaftswachstum, Einnahmen aus Verkaufssteuern, hundertfünfzig Arbeitsplätzen für die Einheimischen und den besten Produkten zu den niedrigsten Preisen.

Für die Gegner des Projekts sprach Mrs Dorothy Hockett. Ihr Grundstück lag genau neben dem zukünftigen Standort des Discountmarktes, und sie wollte keine Belästigung durch Lärm und Lichter haben. Der Stadtrat schien Verständnis für ihre Bedenken zu haben, aber die Entscheidung war längst gefallen. Als sich niemand mehr gegen Bargain City aussprechen wollte, stand ich auf und ging zum Podium.

Ich war der festen Überzeugung, dass wir die Geschäfte, Cafés und Büros am Clanton Square schützen mussten, um das Stadtzentrum in seiner jetzigen Form zu erhalten. Wenn die Zersiedelung erst einmal begonnen hatte, würde es kein Halten mehr geben. Die Stadt würde sich in alle Richtungen ausbreiten und jeweils ein Stück des alten Clanton mitnehmen.

Für die meisten Jobs, die von Bargain City versprochen wurden, würde es nur den Mindestlohn geben. Die gestiegenen Einnahmen aus Verkaufssteuern würden auf Kosten der Einzelhändler gehen, die Bargain City innerhalb kurzer Zeit aus dem Markt drängen würde. Und die Menschen in Ford County würden nicht eines Tages aufwachen und plötzlich anfangen, mehr Fahrräder und Kühlschränke zu kaufen, nur weil Bargain City so schöne Auslagen hatte.

Ich erwähnte Titus, eine kleine Stadt, die etwa eine Stunde südlich von Clanton lag. Vor zwei Jahren hatte Bargain City dort eine Filiale aufgemacht. Seitdem hatten vierzehn Einzelhandelsgeschäfte und ein Café zugemacht. In der Hauptstraße waren so gut wie keine Passanten mehr zu sehen.

Ich erwähnte Marshall, eine kleine Stadt im Delta. Seit Bargain City vor drei Jahren dort aufgemacht hatte, waren zwei Apotheken, zwei kleinere Kaufhäuser, das Futtermittelgeschäft, der Eisenwarenladen, ein Damenbekleidungsgeschäft, ein Geschenkartikelladen, eine kleine Buchhandlung und zwei Cafés geschlossen worden. Ich hatte im letzten noch verbliebenen Café zu Mittag gegessen, und die Kellnerin, die dort seit dreißig Jahren arbeitete, hatte mir erzählt, dass sich der Umsatz halbiert habe. Der Stadtplatz von Marshall war dem von Clanton recht ähnlich, bis auf die Tatsache, dass die meisten Parkplätze leer waren. Und auf den Gehsteigen sah man kaum Menschen.

Ich erwähnte Tackerville, eine kleine Stadt, die in etwa so viele Einwohner hatte wie Clanton. Ein Jahr, nachdem Bargain City gekommen war, musste die Stadt 1,2 Millionen Dollar für Straßenbauarbeiten ausgeben, damit der Verkehr um den Discountmarkt herum nicht zusammenbrach.

Ich übergab dem Bürgermeister und den Stadträten eine Studie, die von einem Wirtschaftsprofessor der University of Georgia durchgeführt worden war. Er hatte die Ausbreitung von Bargain City in den Städten im Süden während der letzten sechs Jahre untersucht und ausgewertet, welche wirtschaftlichen und sozialen Auswirkungen das Unternehmen auf Städte mit weniger als zehntausend Einwohnern hatte. Die Einnahmen aus den Verkaufssteuern blieben in etwa gleich; der Umsatz verlagerte sich einfach von den alteingesessenen Einzelhändlern hin zu Bargain City. Auch die Anzahl der Arbeitsplätze veränderte sich nicht wesentlich; die Angestellten in den alten Geschäften im Stadtzentrum wurden durch die neuen im Bargain City ersetzt. Bis auf das Grundstück und das Gebäude gab es keine nennenswerten Investitionen des Unternehmens in der Stadt. Es gestattete den Filialen nicht einmal, Geld auf die örtlichen Banken zu bringen. Um Mitternacht wurden die Tageseinnahmen an die Zentrale in Gainesville, Florida, überwiesen.

Die Studie kam zu dem Schluss, dass die starke Expansion des Unternehmens für die Aktionäre von Bargain City offenkundig eine kluge Entscheidung war, für die meisten kleinen Städte wirtschaftlich gesehen jedoch eine Katastrophe. Der größte Schaden wurde im sozialen Bereich angerichtet. Wenn Geschäfte mit Brettern vernagelt wurden und die Gehsteige sich immer mehr leerten, war es mit dem regen Stadtleben auf den Hauptstraßen und Plätzen innerhalb kurzer Zeit vorbei.

Die Petition zugunsten von Bargain City trug vierhundertachtzig Unterschriften. Auf unserer Petition, die sich gegen das Projekt aussprach, waren es zwölf. Der Stadtrat erteilte die Baugenehmigung mit fünf zu null Stimmen.

Ich schrieb einen gepfefferten Leitartikel und bekam einen Monat lang böse Briefe, die an mich persönlich adressiert waren. Zum ersten Mal nannte mich jemand »Müslifresser«.

Innerhalb eines Monats hatten die Planierraupen ein Gelände von zwanzig Hektar platt gemacht. Die Gehsteige und Abflussrinnen waren bereits angelegt, und die Eröffnung wurde für den 1. Dezember angekündigt, rechtzeitig für das Weihnachtsgeschäft. Bargain City vergeudete keine Zeit. Das Unternehmen stand im Ruf, ein entscheidungsfreudiges Management zu besitzen.

Der Discountmarkt und die Parkplätze erstreckten sich über acht Hektar. Die umliegenden Parzellen wurden im Handumdrehen an andere Ketten verkauft, und binnen kurzem hatte die Stadt eine Selbstbedienungstankstelle mit sechzehn Zapfsäulen, einen kleinen Supermarkt, drei Fastfood-Restaurants, ein Discountschuhgeschäft, ein Discountmöbelgeschäft und ein großes Lebensmittelgeschäft genehmigt.

Ich konnte Bargain City nicht verwehren, Anzeigen bei mir zu schalten. Ich brauchte das Geld nicht, aber da die *Times* die einzige Zeitung war, die im ganzen County erschien, blieb ihnen nichts anderes übrig, als bei mir zu inserieren. (Seit ich 1977 einen Streit über einen Bebauungsplan losgetreten hatte, existierte ein kleines, rechtsgerichtetes Schmierblatt namens *Clanton Chronicle,* das jedoch schwer zu kämpfen hatte.)

Mitte November hatte ich eine Besprechung mit einem Vertreter des Unternehmens, und wir vereinbarten, für die Eröffnung eine Serie ziemlich teurer Anzeigen zu drucken. Ich berechnete Bargain City so viel wie möglich, aber es kam keine Beschwerde.

Am 1. Dezember eröffneten der Bürgermeister, Senator Morton und einige andere Würdenträger der Stadt die neue Filiale von Bargain City. Eine riesige Menschenmenge stürmte unter lautem Gebrüll durch die Türen und begann mit dem Einkaufen, als hätte man den Hungrigen zu essen gegeben. Auf den Highways, die in die Stadt führten, staute sich der Verkehr.

Ich weigerte mich, auf der Titelseite darüber zu berichten, und druckte einen ziemlich kurzen Artikel auf Seite sieben. Das ärgerte den Bürgermeister, Senator Morton und die übrigen Würdenträger. Sie hatten erwartet, Fotos von der Eröffnung auf der Titelseite zu sehen.

Für die Einzelhändler in der Stadt war das Weihnachtsgeschäft eine Katastrophe. Drei Tage nach Weihnachten gab es das erste Opfer. Western Auto kündigte an, dass es bald schließen würde. Das Geschäft war seit vierzig Jahren im selben Gebäude und verkaufte Fahrräder, Haushaltsgeräte und Fernsehgeräte. Mr Hollis Barr, der Eigentümer, erzählte mir, dass er ein bestimmtes Fernsehgerät für vierhundertachtunddreißig Dollar eingekauft habe und nun nach mehreren Preissenkungen versuche, es für fünfhundertzehn Dollar zu verkaufen. Bei Bargain City gab es das gleiche Modell als Sonderangebot für dreihundertneunundneunzig Dollar.

Über die Schließung von Western Auto wurde natürlich auf der Titelseite berichtet.

Im Januar gab die Apotheke neben dem Restaurant auf, danach ein Geschenkartikelladen neben Mr Mitlos Herrenartikelgeschäft. Ich berichtete über jede Geschäftsaufgabe, als wäre sie ein Todesfall, und meine Artikel lasen sich wie Nachrufe.

Einen ganzen Nachmittag lang verbrachte ich bei den Stukes-Zwillingen in deren Eisenwarengeschäft. Es war ein wunderbares altes Gebäude mit staubigen Holzböden, durchhängenden Regalen, die eine Million Artikel enthielten, und einem bullernden Holzofen im hinteren Teil des Verkaufsraums, vor dem über Gott und die Welt diskutiert wurde, wenn das Geschäft einmal nicht so gut lief. Es war völlig unmöglich, etwas Bestimmtes in dem Laden zu finden, aber das sollte man auch nicht. Man fragte einen der Zwillinge nach »dem kleinen, flachen Ding, das in den Dichtungsring an der Spitze von diesem Stangending geschraubt wird, das in diesen Apparat passt, mit dem man die Toilette abzieht«. Der Zwilling verschwand zwischen den andeutungsweise organisiert wirkenden Stapeln von Artikeln und kam nach ein paar Minuten mit dem gewünschten Teil zurück. Im Bargain City konnte man solche Fragen nicht stellen.

An einem kalten Wintertag saßen wir vor dem Ofen und hörten einem gewissen Cecil Clyde Poole zu, der wie ein Rohrspatz schimpfte. Er war Major der Army im Ruhestand, und wenn er in der Politik etwas zu sagen hätte, würde er mit Ausnahme der Kanadier alles und jeden mit Atomwaffen angreifen. Bargain City würde er auch gleich vernichten. Mit drastischen und sehr anschaulichen Worten, die ich in dieser Schärfe bis jetzt selten gehört hatte, erzählte er mir, was er von dem Unternehmen hielt. Wir hatten viel Zeit, um zu reden, denn es kam fast kein Kunde ins Geschäft. Einer der Stukes berichtete, dass der Umsatz um siebzig Prozent gesunken sei.

Im darauf folgenden Monat schlossen sie das Geschäft, das ihr Vater 1922 aufgemacht hatte. Auf die Titelseite der *Times* druckte ich ein Foto von 1938, das den Gründer hinter dem Ladentisch zeigte. Außerdem schrieb ich einen Leitartikel mit dem Tenor »Ich habe es euch doch gesagt« für alle, die meine kleinen Tiraden immer noch lasen.

»Sie predigen zu viel«, warnte mich Harry Rex immer wieder. »Und niemand hört zu.«

Das Büro der *Times* zur Straße hin war selten besetzt. In dem Raum standen ein paar Tische mit der aktuellen Ausgabe. Es gab eine Theke, auf der Margaret manchmal die Anzeigen ausbreitete. Die Glocke an der Tür klingelte den ganzen Tag, wenn Leute hereinkamen und wieder gingen. Etwa einmal pro Woche wagte sich ein Fremder die Treppe hinauf nach oben, wo die Tür zu meinem Büro gewöhnlich offen stand. Meistens war es ein trauernder Verwandter, der mit mir über den anstehenden Nachruf sprechen wollte.

Eines Nachmittags im März 1979 hob ich den Kopf und sah einen Mann in einem gut sitzenden Anzug vor meiner Bürotür. Im Gegensatz zu Harry Rex, den man schon unten auf der Straße hörte, wenn er das Gebäude betrat, war mein Besucher völlig geräuschlos die Treppe heraufgekommen.

Gary McGrew arbeitete als Unternehmensberater in Nashville und hatte sich auf kleine Lokalzeitungen spezialisiert. Während ich Kaffee für uns machte, berichtete er, dass ein gut situierter Kunde von ihm vorhabe, 1979 mehrere Zeitungen in Mississippi zu kaufen. Ich hätte siebentausend Abonnenten, keine Schulden und eine Offsetpresse. Außerdem hätten wir inzwischen den Druck von sechs kleinen Wochenzeitschriften übernommen und produzierten auch noch unsere eigenen Einkaufsführer. Sein Kunde sei daran interessiert, die *Ford County Times* zu kaufen.

»Wie interessiert?«, fragte ich.

»Sehr interessiert. Wenn wir einen Blick in Ihre Bücher werfen könnten, hätten wir die Möglichkeit, den Wert Ihrer Zeitung zu ermitteln.«

Nachdem er gegangen war, tätigte ich einige Telefonanrufe, um mich über ihn zu erkundigen. Man bestätigte, was er über sich gesagt hatte, und ich machte mich daran, aktuelle Kontoauszüge und Kopien der Geschäftsbücher zusammenzustellen. Drei Tage später trafen wir uns wieder, dieses Mal abends. Ich wollte nicht, dass Wiley, Baggy oder jemand anderes aus der Redaktion etwas davon mitbekam. Die Nachricht, dass die *Times* verkauft werden sollte, würde die Gerüchteküche derart anheizen, dass die Cafés statt um fünf um drei Uhr morgens aufmachen würden.

McGrew ging die Zahlen wie ein erfahrener Analyst durch. Ich saß daneben und wartete nervös, als würde sein Urteil mein Leben verändern.

»Ihr Gewinn liegt bei hunderttausend nach Steuern, und Sie zahlen sich ein Gehalt von fünfzigtausend aus. Abschreibungen machen zwanzigtausend, Zinsen fallen nicht an, weil Sie keine Schulden haben. Das ergibt hundertsiebzigtausend an Cashflow, multipliziert mit dem üblichen Satz von sechs, macht eine Million zwanzigtausend.«

»Und das Gebäude?«, warf ich ein.

Er sah sich um, als würde ihm jeden Augenblick die Decke auf den Kopf fallen. »Solche Bauten bringen nicht viel.«

»Hunderttausend«, schlug ich vor.

»In Ordnung. Und hunderttausend für die Offsetpresse und andere Betriebseinrichtungen. Der Gesamtwert liegt dann ungefähr bei 1,2 Millionen.«

»Ist das ein Angebot?« Meine Nervosität stieg.

»Vielleicht. Ich muss mit meinem Kunden sprechen.«

Ich hatte nicht die Absicht, die *Times* zu verkaufen. Ich hatte hart gearbeitet, Artikel und Nachrufe geschrieben und seitenweise Anzeigen verkauft – und jetzt, neun Jahre später, war meine kleine Firma über eine Million Dollar wert.

Ich war jung und immer noch ledig, obwohl ich es leid war, allein in einem riesigen Haus zu wohnen, zusammen mit drei übrig gebliebenen Katzen der Hocutts, die einfach nicht sterben wollten. Inzwischen hatte ich akzeptiert, dass ich in Ford County keine Frau zum Heiraten finden würde. Alle, die etwas taugten, waren spätestens mit zwanzig verheiratet, und ich war zu alt, um in dieser Altersgruppe konkurrieren zu können. Ich war mit sämtlichen jungen Geschiedenen ausgegangen, von denen die meisten prompt mit mir in die Kiste gesprungen waren. Sie brannten darauf, in meinem schönen Zuhause aufzuwachen und davon zu träumen, das viele Geld auszugeben, das ich angeblich verdiente. Die Einzige, die ich wirklich mochte und mit der ich seit einem Jahr immer mal wieder zugange war, hatte drei kleine Kinder am Rockzipfel hängen.

Aber es ist schon komisch, was eine Million Dollar mit einem anstellt. Kaum war die Zahl ausgesprochen worden, musste ich ständig an das Geld denken. Meine Arbeit wurde immer langweiliger. Ich fing an, die lächerlichen Nachrufe und den Termindruck zu hassen. Mindestens einmal am Tag sagte ich mir, dass ich es nicht mehr nötig hatte, den Leuten auf der Straße nachzurennen und ihnen Anzeigen zu verkaufen. Ich hätte auch mit den Leitartikeln aufhören können. Keine gehässigen Leserbriefe mehr.

Eine Woche später teilte ich Gary McGrew mit, dass die *Times* nicht zu verkaufen sei. Er sagte, dass sein Kunde beschlossen habe, Ende des Jahres drei Zeitungen zu kaufen, und ich daher noch etwas Zeit zum Nachdenken hätte.

Bemerkenswert war, dass nie etwas von meinen Gesprächen mit ihm durchsickerte.

36

An einem Donnerstagnachmittag Anfang Mai bekam ich einen Telefonanruf vom Anwalt des Bewährungsausschusses. Die nächste Anhörung in Sachen Padgitt sollte am folgenden Montag stattfinden.

»Günstiger Zeitpunkt«, sagte ich.

»Warum?«

»Die Zeitung kommt immer mittwochs heraus, und deshalb habe ich jetzt keine Zeit mehr, um vor der Anhörung noch einen Artikel zu bringen.«

»Wir kümmern uns nicht um Ihre Zeitung«, erwiderte er.

»Das glaube ich nicht«, bellte ich zurück.

»Was Sie glauben, tut nichts zur Sache. Der Ausschuss hat beschlossen, Sie von der Anhörung auszuschließen. Das letzte Mal haben Sie gegen unsere Bestimmungen verstoßen, da Sie über die Anhörung berichtet haben.«

»Man verweigert mir den Zutritt?«

»Genau.«

»Ich werde trotzdem da sein.«

Ich legte auf und rief Sheriff McNatt an. Man hatte auch ihn verständigt, aber er war nicht sicher, ob er an der Anhörung teilnehmen konnte. Zurzeit war er fieberhaft auf der Suche nach einem vermissten Kind (aus Wisconsin), und es war offensichtlich, dass er nichts mit den Padgitts zu tun haben wollte.

Unser Bezirksstaatsanwalt, Rufus Buckley, musste am Montag zu einem Prozess wegen bewaffneten Raubüberfalls ins Gericht von Van Buren County. Er versprach, dem Ausschuss einen Brief zu schicken, in dem er sich gegen eine Entlassung auf Bewährung aussprach, aber der Brief kam nie an. Richter Omar Noose führte den Vorsitz bei dem Prozess in Van Buren County und konnte ebenfalls nicht kommen. So langsam befürchtete ich, dass niemand da sein würde, der sich gegen eine Freilassung Padgitts aussprach.

Zum Spaß bat ich Baggy, zur Anhörung zu gehen. Er schnappte entsetzt nach Luft und ratterte dann eine beeindruckende Liste von Entschuldigungen herunter.

Ich ging zu Harry Rex hinüber und beglückte ihn mit den Neuigkeiten. Er war in einen üblen Scheidungsprozess verwickelt, der am Montag in Tupelo vor Gericht kam. Sonst wäre er vielleicht mit mir nach Parchman gefahren.
»Jede Wette, dass der Junge freigelassen wird«, meinte er.

»Letztes Jahr haben wir es verhindert«, sagte ich.

»Sobald die Anhörung begonnen hat, ist es nur noch eine Frage der Zeit.«

»Aber es muss doch jemand dagegen vorgehen.«

»Warum sollte sich jemand die Mühe machen? Irgendwann kommt er sowieso raus. Warum sollte man es sich also mit den Padgitts verderben? Sie werden keine Mitstreiter finden.«

Tatsächlich waren Mitstreiter sehr schwer zu finden, denn die gesamte Stadt war in Deckung gegangen. Ich hatte mir ausgemalt, wie eine aufgebrachte Menschenmenge in den Sitzungssaal stürmte und die Anhörung des Bewährungsausschusses zu einem vorzeitigen Ende brachte.

Meine aufgebrachte Menschenmenge bestand aus drei Leuten.

Wiley Meek hatte sich bereit erklärt, mit mir nach Parchman zu fahren, aber er wollte auf keinen Fall etwas sagen. Wenn sie es wirklich ernst gemeint hatten mit ihrer Drohung und ich nicht in den Sitzungssaal konnte, würde Wiley sich in die Anhörung setzen und mir die Details berichten. Und Sheriff McNatt war zu meiner Überraschung doch noch gekommen.

Im Korridor vor dem Sitzungssaal herrschten strenge Sicherheitsvorkehrungen. Als der Anwalt des Bewährungsausschusses mich sah, wurde er wütend. Es kam zu einem heftigen Wortwechsel. Um mich herum standen Wärter in Uniform. Ich war allein und unbewaffnet. Zwei Schlägertypen mit dickem Hals und niedrigem IQ begleiteten mich vor das Gebäude und warteten, bis ich in meinen Wagen stieg.

Wiley zufolge lief es in der Anhörung wie am Schnürchen. Lucien war da, zusammen mit einigen Padgitts. Der Anwalt des Bewährungsausschusses verlas eine Beurteilung, die Danny wie einen Pfadfinder aussehen ließ. Seine Sozialarbeiterin stieß ins gleiche Horn. Lucien redete zehn Minuten lang, der übliche Mist, den Anwälte so von sich gaben. Dannys Vater kam als Letzter an die Reihe und bat den Ausschuss inständig um die Freilassung seines Sohnes. Danny werde zu Hause dringend gebraucht, denn die Familie habe Beteiligungen in den Branchen Bauholz, Kies, Asphalt, Lkw-Transport, Bau und Fracht. Der Junge werde mit so vielen Jobs versorgt und so viele Stunden in der Woche arbeiten, dass er gar nicht die Zeit habe, in Schwierigkeiten zu geraten.

Sheriff McNatt trat mutig für die Einwohner von Ford County auf. Er war nervös und beileibe kein herausragender Redner, aber er machte seine Sache recht gut und schilderte noch einmal das Verbrechen mit all seinen grausigen Einzelheiten. Allerdings versäumte er es, die Mitglieder des Ausschusses daran zu erinnern, dass Danny die Geschworenen, die auch seine Wähler gewesen waren, bedroht hatte.

Danny Padgitt wurde mit vier Stimmen zu einer auf Bewährung entlassen.

Clanton war verhalten enttäuscht. Während des Prozesses hatte die Stadt Blut sehen wollen und war daher empört gewesen, als die Geschworenen sich nicht für die Todesstrafe ausgesprochen hatten. Aber inzwischen waren neun Jahre vergangen, und seit der ersten Anhörung des Bewährungsausschusses hatten sich alle darauf eingestellt, dass Danny Padgitt irgendwann freikommen würde. Niemand hatte erwartet, dass es so schnell gehen würde, aber wir hatten den Schock bald überwunden.

Seine Haftentlassung war von zwei ungewöhnlichen Faktoren beeinflusst worden. Zum einen war von Bedeutung, dass Rhoda Kassellaw keine Familie in Ford County hatte. Es gab keine trauernden Eltern, die Sympathie wecken und Gerechtigkeit verlangen konnten. Es gab keine zornigen Geschwister, die den Fall am Leben erhalten hätten. Ihre Kinder waren fort und vergessen. Sie hatte ein einsames Leben geführt und keine engen Freunde zurückgelassen, die einen Groll gegen ihren Mörder hegten.

Zum anderen spielte eine Rolle, dass die Padgitts in einer völlig anderen Welt lebten. Da man sie so selten in der Öffentlichkeit sah, redeten wir uns einfach ein, dass Danny auf die Insel zurückkehren und fortan nicht mehr gesehen werden würde. Was für einen Unterschied machte es für die Bewohner von Ford County, ob Danny Padgitt im Gefängnis oder auf Padgitt Island war? Wenn wir ihn nie sahen, würden wir auch nicht an seine Verbrechen erinnert werden. In den neun Jahren seit dem Prozess hatte ich nicht einen Padgitt in Clanton gesehen. In meinem beißenden

Leitartikel über Dannys Haftentlassung schrieb ich: »Ein kaltblütiger Killer ist wieder unter uns«. Aber das stimmte eigentlich gar nicht.

Zu der Berichterstattung auf der ersten Seite und meinem Leitartikel ging kein einziger Leserbrief ein. Die Leute sprachen über Padgitts Entlassung, aber nicht sehr lange und nicht sehr laut.

Eine Woche später kam Baggy am späten Vormittag in mein Büro und machte die Tür hinter sich zu. Das war immer ein gutes Zeichen. Er hatte ein Gerücht aufgeschnappt, das so ungeheuerlich war, dass er es nur hinter verschlossenen Türen erzählen wollte.

Gewöhnlich war ich gegen elf Uhr im Büro, und gewöhnlich fing Baggy gegen Mittag zu trinken an. Daher blieb uns in der Regel nur etwa eine Stunde, in der wir über Artikel sprechen und Gerüchte austauschen konnten.

Er sah sich um, als wären die Wände verwanzt. Dann sagte er: »Es hat die Padgitts hundert Riesen gekostet, um den Jungen aus dem Gefängnis zu holen.«

Weder die Summe noch die Tatsache, dass die Padgitts jemanden bestochen hatten, schockierten mich, aber ich war überrascht, dass Baggy diese Information ausgegraben hatte.

»Nein!«, erwiderte ich. Damit brachte ich ihn für gewöhnlich dazu, noch mehr zu erzählen.

»Wenn ich's Ihnen doch sage«, meinte er empört.

»Wer hat das Geld bekommen?«

»Das ist das Beste daran. Sie werden es nicht glauben.«

»Wer?«

»Sie werden schockiert sein.«

»Wer?«

Baggy zündete sich langsam und genüsslich eine Zigarette an. Früher hatte es mich immer in den Wahnsinn getrieben, wenn er mich so hinhielt und nicht mit dem herausrücken wollte, was er wusste. Aber inzwischen hatte ich gelernt, dass ich auch nicht schneller an die Geschichte kam, wenn ich ungeduldig wurde. Ich kritzelte auf meinem Block herum.

»Eigentlich dürfte es ja keine Überraschung mehr sein«, sagte er sinnierend, während er an seiner Zigarette sog. »Mich hat es jedenfalls nicht überrascht.«

»Wollen Sie es mir nun sagen oder nicht?«

»Theo.«

»Senator Morton?«

»Wenn ich's Ihnen sage.«

Ich war erschüttert, und das musste ich Baggy auch zeigen, damit er nicht an Fahrt verlor. *»Theo?«*, wiederholte ich.

»Er ist stellvertretender Vorsitzender des Gefängniskomitees im Senat. Dort sitzt er schon eine halbe Ewigkeit, und er weiß, wie man die Fäden zieht. Er wollte hundert Riesen haben, die Padgitts wollten sie bezahlen, sie sind miteinander ins Geschäft gekommen, der Junge wurde freigelassen. So einfach ist das.«

»Ich dachte, Theo würde sich nicht bestechen lassen.« Das meinte ich ernst.

Baggy schnaubte. »Seien Sie nicht so naiv«, meinte er.

»Wer hat Ihnen das eigentlich erzählt?«

»Kann ich nicht sagen.« Es war natürlich möglich, dass seine Pokerrunde sich das Gerücht ausgedacht hatte, um festzustellen, wie schnell es die Runde um den Clanton Square machte, bevor es zu ihnen zurückkam. Aber es war genauso gut möglich, dass Baggy einer Riesensache auf der Spur war. Doch das spielte eigentlich keine Rolle. Bargeld ließ sich nicht zurückverfolgen.

Gerade, als ich nicht mehr davon träumte, die Zeitung zu verkaufen, in den vorzeitigen Ruhestand zu treten, wegzugehen, nach Europa zu fliegen, mit dem Rucksack durch Australien zu ziehen, gerade, als ich mich wieder an meinen Alltag gewöhnt hatte, der aus Berichterstattung und dem Verfassen von Nachlässen sowie dem Verhökern von Anzeigen an jeden greifbaren Händler in der Stadt bestand, trat Mr Gary McGrew wieder in mein Leben. Und dieses Mal brachte er seinen Kunden mit.

Ray Noble war einer von drei Partnern eines Unternehmens, das bereits dreißig Wochenzeitungen in den Südstaaten besaß und noch mehr haben wollte. Wie Nick Diener, mein Freund aus dem College, hatte er bei der Zeitung seiner Familie gearbeitet und kannte sich in der Branche aus. Er verpflichtete mich zur Verschwiegenheit und erklärte mir dann seinen Plan. Seine Firma wollte die *Times* kaufen, zusammen mit den Zeitungen in den Countys Tyler und Van Buren. Die Anlagen der beiden anderen Zeitungen sollten verkauft werden, der Druck sämtlicher Zeitungen künftig in Clanton stattfinden, da wir die bessere Presse hatten. Die Buchhaltung und den größten Teil des Anzeigenverkaufs wollten sie zusammenlegen. Das erste Angebot in Höhe von 1,2 Millionen Dollar hatte am oberen Ende der Unternehmensbewertung gelegen.

Jetzt boten sie mir 1,3 Millionen Dollar an. In bar.

»Nach Abzug der Steuern auf den Veräußerungsgewinn haben Sie eine glatte Million bar auf der Hand«, sagte Noble.

»Rechnen kann ich selber«, antwortete ich, als würde ich solche Geschäfte jede Woche machen. Die Wörter »glatte Million« rumpelten durch meinen Körper.

Sie drängten auf eine Entscheidung. Die Angebote für die beiden anderen Zeitungen lagen auf dem Tisch, und ich hatte den Eindruck, als würde das Ganze nicht so laufen, wie sie es sich vorgestellt hatten. Die *Times* war der Schlüssel. Wir hatten bessere Anlagen und eine etwas höhere Auflage.

Ich lehnte erneut ab, und sie gingen. Wir wussten alle drei, dass es nicht das letzte Gespräch gewesen war.

Elf Jahre, nachdem er aus Ford County geflohen war, kehrte Sam Ruffin auf die gleiche Art und Weise zurück, wie er damals gegangen war – in einem Bus mitten in der Nacht. Ich erfuhr allerdings erst zwei Tage später davon. Als ich am Donnerstag zum Mittagessen kam, saß Sam in einem Schaukelstuhl auf der Veranda und grinste genauso breit wie seine Mutter. Jetzt, da Sam wieder bei ihr war, sah Miss Callie zehn Jahre jünger aus und benahm sich auch so. Sie frittierte ein Hühnchen und kochte sämtliche Gemüsesorten aus ihrem Garten. Esau gesellte sich zu uns, und wir schmausten drei Stunden lang.

Sam hatte das College abgeschlossen und wollte Jura studieren. Um ein Haar hätte er eine Kanadierin geheiratet, aber da ihre Familie gegen die Verbindung gewesen war, war es zum Bruch gekommen. Miss Callie war sehr erleichtert, als sie von der Trennung hörte. Sam hatte seine Beziehung in den Briefen an seine Mutter nie erwähnt.

Er wollte ein paar Tage in Clanton bleiben, in der Nähe des Hauses, und sich nur abends aus Lowtown herauswagen. Ich versprach, mit Harry Rex zu sprechen. Außerdem wollte ich mich umhören und sehen, was ich über Sergeant Durant und dessen Söhne herausbekommen konnte. Aus den offiziellen Ankündigungen, die in der *Times* gedruckt wurden, wusste ich, dass Durant wieder geheiratet hatte, inzwischen aber zum zweiten Mal geschieden war.

Sam wollte sich in der Stadt umsehen, also holte ich ihn am späten Nachmittag mit dem Spitfire ab. Versteckt unter einer Baseballmütze der Detroit Tigers, schaute er sich die kleine Stadt an, die er immer noch sein »Zuhause« nannte. Ich zeigte ihm die Redaktion, mein Haus, das Bargain City und die Neubaugebiete westlich der Stadt. Während wir um das Gerichtsgebäude herumfuhren, erzählte ich ihm von dem Heckenschützen und Baggys dramatischer Flucht aus dem Fenster. Vieles wusste er schon aus Miss Callies Briefen.

Als ich ihn vor dem Haus der Ruffins absetzte, fragte er: »Ist Padgitt wirklich entlassen worden?«

»Bis jetzt hat ihn noch niemand gesehen«, erwiderte ich. »Aber ich bin sicher, dass er wieder zu Hause ist.«

»Glauben Sie, dass es Ärger gibt?«

»Nein, eigentlich nicht.«

»Ich auch nicht. Aber Mutter lässt sich einfach nicht überzeugen.«

»Es wird schon nichts passieren, Sam.«

37

Der Schuss, mit dem Lenny Fargarson getötet wurde, kam aus einem Jagdgewehr Kaliber 30.06. Der Mörder konnte bis zu zweihundert Meter von der Veranda, auf der Lenny starb, entfernt gewesen sein. Dichter Wald reichte bis an den breiten Rasen um das Haus heran, und es war gut möglich, dass der Mörder auf einen Baum geklettert war und den armen Lenny bestens im Blickfeld gehabt hatte, während er selbst gut versteckt war.

Niemand hatte den Schuss gehört. Lenny saß draußen auf der Veranda in seinem Rollstuhl und las eines der vielen Bücher, die er sich jede Woche in der Bibliothek von Clanton auslieh. Sein Vater trug gerade die Post aus, seine Mutter war im Bargain City einkaufen. Aller Wahrscheinlichkeit nach verspürte Lenny keine Schmerzen und war sofort tot. Die Kugel drang auf der rechten Kopfseite knapp über dem Kiefer ein und verursachte oberhalb seines linken Ohrs eine große Austrittswunde.

Als seine Mutter ihn fand, war er schon einige Zeit tot. Irgendwie gelang es ihr, sich zu beherrschen und weder die Leiche noch etwas anderes am Tatort zu berühren. Die Veranda war über und über mit Blut bespritzt. Es tropfte sogar die Treppenstufen hinunter.

Wiley hörte die Meldung im Polizeifunk. Er rief mich an und sagte: »Es geht los. Fargarson, der verkrüppelte Junge, ist tot.« Schauer jagten mir über den Rücken.

Wiley fuhr bei der Redaktion vorbei, ich sprang in seinen Pick-up, und schon waren wir unterwegs zum Tatort. Keiner von uns sagte etwas, aber wir dachten beide das Gleiche.

Lenny war immer noch auf der Veranda. Der Schuss hatte ihn aus dem Rollstuhl geschleudert. Er lag auf der Seite, mit dem Gesicht in Richtung Haus. Sheriff McNatts Bitte, keine Fotos zu machen, kamen wir bereitwillig nach. Die Bilder wären sowieso nicht abgedruckt worden.

Freunde und Verwandte der Fargarsons trafen ein und wurden von den Deputys an eine Nebentür verwiesen. McNatt benutzte seine Männer, um die Leiche auf der Veranda vor neugierigen Blicken abzuschirmen. Ich wich ein paar Schritte zurück und versuchte, die grausige Szene in mich aufzunehmen – Polizisten beugten sich über Lenny, während jene, die ihn kannten und mochten, einen Blick auf ihn zu erhaschen versuchten und dann ins Haus eilten, um seine Eltern zu trösten.

Nachdem die Leiche schließlich auf eine Bahre gelegt und in einen Krankenwagen geschoben worden war, kam Sheriff McNatt zu mir herüber und lehnte sich neben mir gegen den Pick-up.

»Denken Sie das Gleiche wie ich?«, fragte er.

»Ja, Sheriff.«

»Können Sie mir eine Liste der Geschworenen besorgen?«

»Geben Sie mir eine Stunde. Was haben Sie vor?«

»Wir müssen die Leute warnen.«

Als wir wegfuhren, fingen die Deputys an, den dichten Wald um das Haus der Fargarsons zu durchkämmen.

Ich brachte die Liste ins Büro des Sheriffs und ging sie mit ihm zusammen durch. 1977 hatte ich den Nachruf für den Geschworenen Nummer fünf, Mr Fred Bilroy, geschrieben. Bilroy war ein pensionierter Waldhüter gewesen und ganz plötzlich an einer Lungenentzündung gestorben. Soweit ich wusste, waren die übrigen noch am Leben.

McNatt gab die Liste an drei seiner Deputys weiter. Sie schwärmten aus, um Neuigkeiten zu überbringen, die niemand hören wollte. Ich bot mich an, Callie Ruffin zu informieren.

Miss Callie stand auf der Veranda und sah Esau und Sam bei einer Runde Dame zu. Sie freuten sich, mich zu sehen, aber die Stimmung schlug sehr schnell um. »Ich habe schlechte Neuigkeiten, Miss Callie«, sagte ich mit ernstem Gesicht. Sie warteten.

»Lenny Fargarson, der verkrüppelte Junge, der beim Prozess einer der Geschworenen war, ist heute Nachmittag ermordet worden.«

Sie schlug die Hand vor den Mund und ließ sich in ihren Schaukelstuhl fallen. Sam stützte sie und legte ihr die Hand auf die Schulter. Ich schilderte kurz, was geschehen war.

»Er war so ein frommer Christ«, sagte Miss Callie. »Bevor die Beratung begann, haben wir zusammen gebetet.« Sie weinte nicht, aber viel hätte nicht gefehlt. Esau ging ins Haus, um ihr eine Tablette für ihren Blutdruck zu holen. Er und Sam setzten sich neben sie, während ich die Schaukel nahm. Wir saßen zusammengedrängt auf der kleinen Veranda, und eine Weile wurde kaum etwas gesagt. Miss Callie starrte vor sich hin.

Es war ein warmer Frühlingsabend. Der Halbmond tauchte alles in ein weiches Licht. In Lowtown wimmelte es nur so von Kindern auf Fahrrädern und Nachbarn, die sich über den Gartenzaun hinweg miteinander unterhielten. Am Ende der Straße war ein lautstarkes Basketballspiel im Gang. Eine Bande Zehnjähriger interessierte sich etwas zu sehr für meinen Spitfire, sodass Sam sie wegscheuchte. Es war erst das zweite Mal, dass ich nach Einbruch der Dunkelheit bei den Ruffins war. »Ist es abends hier immer so?«, fragte ich schließlich.

»Ja, wenn das Wetter gut ist.« Sam war froh, etwas sagen zu können. »Als Kind war es für mich ein wunderbarer Ort. Jeder kennt jeden. Als ich neun war, habe ich mit einem Baseball die Scheibe eines Autos zertrümmert. Ich bin weggelaufen und schnurstracks nach Hause gerannt, aber meine Mutter wartete schon auf der Veranda auf mich. Sie wusste bereits alles. Ich musste zu dem Auto zurücklaufen, meine Tat gestehen und versprechen, die Scheibe zu ersetzen.«

»Und das hast du auch getan«, warf Esau ein.

»Ich habe sechs Monate gearbeitet, um die hundertzwanzig Mäuse bezahlen zu können.«

Miss Callie hätte fast gelächelt, aber ihre Gedanken waren bei Lenny Fargarson. Obwohl sie ihn seit neun Jahren nicht gesehen hatte, hatte sie viele Erinnerungen an ihn. Sein Tod bedrückte sie, aber er machte ihr auch Angst.

Esau bereitete Eistee mit Zitrone zu. Als er wieder auf die Veranda kam, schob er eine doppelläufige Schrotflinte hinter den Schaukelstuhl. Dort hatte er sie in Reichweite, und Miss Callie konnte sie nicht sehen.

Nach ein paar Stunden waren nicht mehr so viele Passanten unterwegs, und die Nachbarn zogen sich in ihre Häuser zurück. Ich kam zu dem Schluss, dass Miss Callie ein schwieriges Ziel sein würde, wenn sie in ihrem Haus blieb. Daneben und gegenüber auf der anderen Straßenseite standen weitere Häuser. Es gab keine Hügel, Türme oder unbebaute Grundstücke in Sichtweite.

Das erwähnte ich natürlich nicht, aber ich war sicher, dass Sam und Esau ähnliche Gedanken im Kopf herumgingen. Als Miss Callie schlafen gehen wollte, verabschiedete ich mich und fuhr zum Gefängnis zurück. Dort wimmelte es nur so von Deputys, und es herrschte jene jahrmarktähnliche Atmosphäre, die nur ein guter Mord mit sich brachte. Ich musste an die Nacht vor neun Jahren denken, in der man Danny Padgitt verhaftet und mit Blutflecken auf dem Hemd hereingeschleppt hatte.

Nur zwei der Geschworenen waren unauffindbar gewesen. Beide waren umgezogen, und Sheriff McNatt versuchte gerade, sie aufzuspüren. Er erkundigte sich nach Miss Callie, und ich sagte, sie sei sicher. Dass Sam wieder zu Hause war, erwähnte ich nicht.

Er schloss die Tür zu seinem Büro und sagte, dass er mich um einen Gefallen bitten wolle. »Würden Sie morgen mit Lucien Wilbanks reden?«

»Warum ich?«

»Ich würde es ja selbst tun, aber ich kann den Mistkerl nicht ausstehen, und ihm geht es mit mir genauso.«

»Alle hassen Lucien«, sagte ich.

»Bis auf ...«

»Bis auf ... Harry Rex?«

»Harry Rex. Wäre es nicht sinnvoll, wenn Sie und Harry Rex mit Lucien reden? Finden Sie heraus, ob er bereit ist, als Vermittler gegenüber den Padgitts zu fungieren. Schließlich werde ich mich irgendwann mit Danny unterhalten müssen, nicht wahr?«

»Ich vermute, ja. Sie sind der Sheriff.«

»Plaudern Sie ein wenig mit Wilbanks, das ist alles. Strecken Sie die Fühler aus. Wenn es gut läuft, werde ich vielleicht auch mit ihm sprechen. Mischt sich der Sheriff gleich am Anfang ein, ist das was anderes.«

»Ich würde mich lieber auspeitschen lassen.«

»Aber Sie tun es?«

»Lassen Sie mich drüber schlafen.«

Auch Harry Rex war von der Idee nicht gerade begeistert. Warum sollten wir uns in die Sache hineinziehen lassen? Wir sprachen beim Frühstück im Café darüber, was für uns beide eine ungewohnte Mahlzeit war, aber schließlich wollten wir die erste Welle von Gerüchten nicht verpassen. Es war keine Überraschung, dass das Café bis auf den letzten Platz besetzt war mit Experten, die eifrig alle möglichen Details und Theorien über den Mord an Fargarson zum Besten gaben. Wir hörten zu und sagten nicht viel. Gegen 8.30 Uhr verließen wir das Café.

Wilbanks' Gebäude lag zwei Türen weiter. Als wir daran vorbeigingen, sagte ich: »Wir machen es.«

Vor Lucien war die Familie Wilbanks eine Stütze der Gesellschaft in Clanton gewesen und hatte großen Einfluss in der Wirtschaft und im Justizwesen gehabt. In den goldenen Jahren des letzten Jahrhunderts hatten die Wilbanks Land und Banken besessen, und alle Männer der Familie hatten Jura studiert, einige von ihnen sogar an Eliteunis. Der Abstieg hatte vor vielen Jahren begonnen. Lucien war der letzte männliche Wilbanks mit ein wenig Ansehen, doch es bestand eine recht große Chance, dass man ihm die Anwaltslizenz entzog.

Ethel Twitty, Luciens langjährige Sekretärin, begrüßte uns barsch und grinste Harry Rex spöttisch an. Er flüsterte mir zu: »Sie ist die bissigste Stute in der Stadt.« Ich wusste, dass sie ihn gehört hatte. Es war offensichtlich, dass die beiden sich schon seit vielen Jahren in den Haaren lagen. Ihr Chef sei da. Was wollten wir?

»Wir wollen zu ihm«, erwiderte Harry Rex. »Warum sollten wir sonst hier sein?« Sie rief Wilbanks an, während wir warteten. »Ich habe nicht den ganzen Tag Zeit!«, bellte Harry Rex nach einer Weile.

»Na, dann gehen Sie rein«, sagte sie schließlich. Wahrscheinlich wollte sie uns nur loswerden. Wir stiegen die

Treppe hinauf. Wilbanks' Büro war riesig, mindestens neun Meter breit und genauso lang, mit einer drei Meter hohen Decke und einer Reihe von Fenstertüren, die auf den Clanton Square hinausgingen. Das Gebäude lag auf der Nordseite des Platzes, direkt gegenüber der *Times,* mit dem Gericht dazwischen. Zum Glück konnte ich Luciens Büro von meinem Balkon aus nicht sehen.

Er begrüßte uns so gleichgültig, als hätten wir gerade eine lange, tiefe Meditation unterbrochen. Obwohl es noch recht früh war, vermittelte sein mit Papieren übersäter Schreibtisch den Eindruck eines Mannes, der die ganze Nacht gearbeitet hatte. Wilbanks hatte lange graue Haare, die ihm bis in den Nacken fielen, ein altmodisches Ziegenbärtchen und die müden roten Augen des langjährigen Trinkers. »Um was geht es?«, fragte er sehr langsam. Wir starrten uns an und versuchten, so viel Verachtung wie möglich in unseren Blick zu legen.

»Gestern hat es einen Mord gegeben, Lucien«, sagte Harry Rex. »Lenny Fargarson, der verkrüppelte Junge, der einer der Geschworenen beim Prozess gewesen ist.«

»Ich nehme an, dass Sie inoffiziell hier sind«, sagte Wilbanks zu mir.

»So ist es«, erwiderte ich. »Ganz und gar inoffiziell. Sheriff McNatt hat mich gebeten, bei Ihnen vorbeizuschauen und Hallo zu sagen. Ich habe Harry Rex gebeten, mich zu begleiten.«

»Dann ist das nur ein Höflichkeitsbesuch?«

»Möglich. Aber vielleicht wollen wir auch nur ein wenig über den Mord plaudern.«

»Ich hab davon gehört«, sagte er.

»Hast du in letzter Zeit mit Danny Padgitt gesprochen?«, wollte Harry Rex wissen.

»Ich habe ihn seit seiner Entlassung nicht gesehen.«

»Ist er im County?«

»Er ist in Mississippi, aber wo genau, weiß ich nicht. Wenn er die Grenze des Staates ohne Genehmigung übertritt, verstößt er gegen seine Bewährungsauflagen.«

Warum hatten sie ihn eigentlich nicht weggeschickt, beispielsweise nach Wyoming? Es kam mir sonderbar vor, dass man ihm vorschrieb, in der Nähe des Ortes zu bleiben, an dem er seine Verbrechen begangen hatte. Es wäre besser gewesen, wenn sie ihn losgeworden wären!

»Sheriff McNatt würde gern mit ihm reden«, sagte ich.

»Oh, wirklich? Und warum sollte das Sie und mich was angehen? Sagen Sie dem Sheriff, er soll ruhig mit ihm reden.«

»So einfach ist das nicht, Lucien, und das weißt du auch«, mischte sich Harry Rex ein.

»Liegen dem Sheriff Beweise gegen meinen Mandanten vor? Hast du schon mal was von ›hinreichendem Verdacht‹ gehört, Harry Rex? Man kann nicht immer die üblichen Verdächtigen zusammentreiben. Dazu braucht es schon etwas mehr.«

»Er hat die Geschworenen bedroht«, sagte ich.

»Vor neun Jahren.«

»Trotzdem war es eine Drohung, und wir alle erinnern uns daran. Jetzt, zwei Wochen, nachdem er entlassen wurde, ist einer der Geschworenen tot.«

»Das reicht nicht. Wenn es mehr Beweise gäbe, würde ich mich vielleicht mit meinem Mandanten beraten. Aber zurzeit ist es bloße Spekulation. Und für Klatsch und Tratsch ist diese Stadt immer zu haben.«

»Du weißt nicht, wo er ist, nicht wahr, Lucien?«, fragte Harry Rex.

»Ich gehe davon aus, dass er auf der Insel ist, zusammen mit dem Rest von ihnen.« Das »ihnen« klang, als hielte er die Padgitts für eine Horde Ratten.

»Was, wenn noch ein Geschworener erschossen wird?«, bedrängte ihn Harry Rex.

Lucien ließ einen Notizblock auf seinen Schreibtisch fallen und stützte sich mit den Ellbogen auf. »Was soll ich denn machen, Harry Rex? Den Jungen anrufen und sagen: ›He, Danny, ich bin mir sicher, dass du deine Geschworenen nicht umbringst, aber wenn du es zufällig doch tust, sei bitte ein guter Junge und hör damit auf‹? Glaubst du, er würde mir zuhören? Das wäre alles nicht passiert, wenn dieser Idiot auf meinen Rat gehört hätte. Ich hatte damals darauf bestanden, dass er nicht zu seiner Verteidigung aussagt. Er ist ein Idiot, Harry Rex! Du bist Anwalt, und du hast weiß Gott auch schon dämliche Mandanten gehabt. Man hat sie nicht unter Kontrolle.«

»Was, wenn noch ein Geschworener erschossen wird?«, wiederholte Harry Rex.

»Dann wird eben noch ein Geschworener erschossen.«

Ich sprang auf und stürmte auf die Tür zu. »Sie sind ja krank!«, rief ich.

»Kein Wort davon in Ihrer Zeitung«, knurrte er mir nach.

»Scheren Sie sich zum Teufel!«, brüllte ich, während ich die Tür hinter mir zuschlug.

Am späten Nachmittag rief Mr Magargel vom Bestattungsinstitut an und fragte, ob ich kurz vorbeischauen könne. Mr und Mrs Fargarson seien gekommen, um einen Sarg auszusuchen und die letzten Vorbereitungen für die Beerdigung zu treffen. Wir trafen uns in Raum C, dem kleinsten Aufbewahrungsraum. Er wurde nur selten benutzt.

Pastor J. B. Cooper von den Maranatha-Urbaptisten hatte sie begleitet und war ihnen eine große Hilfe. Sie verließen sich bei jeder Entscheidung voll und ganz auf ihn.

Mindestens zweimal im Jahr traf ich mich hier mit einer Familie, die einen Angehörigen verloren hatte. Fast immer war es ein Autounfall oder ein grauenhaftes Unglück auf einer Farm, irgendetwas Unerwartetes. Die Familienmitglieder waren zu erschüttert, um klar denken zu können, zu getroffen, um Entscheidungen zu fällen. Die Starken unter ihnen standen die schwere Prüfung wie Schlafwandler durch. Die Schwachen waren oft so benommen, dass sie nur noch weinen konnten. Mrs Fargarson war stark, aber der Schock, ihren Sohn mit halb weggeschossenem Kopf zu finden, hatte aus ihr ein zitterndes Gespenst gemacht. Mr Fargarson starrte nur auf den Boden.

Pastor Cooper verschaffte mir mit viel Taktgefühl die wichtigsten Informationen für den Nachruf. Vieles davon wusste er bereits. Seit Lenny sich vor fünfzehn Jahren an der Wirbelsäule verletzt hatte, hatte er sich danach gesehnt, in den Himmel zu kommen, wo sein Körper wieder gesund sein und er Hand in Hand mit dem Herrn spazieren gehen würde. Wir formulierten etwas in dieser Richtung, und Mrs Fargarson war tief gerührt. Sie gab mir ein Foto, auf dem Lenny mit einer Angelrute in der Hand an einem See saß. Ich versprach, es auf der Titelseite zu drucken.

Wie alle trauernden Eltern bedankten sie sich überschwänglich bei mir und bestanden darauf, mich beim Abschied zu umarmen. Trauernde klammern sich immer an andere Menschen, vor allem im Bestattungsinstitut.

Ich hielt bei Pepe, kaufte ein paar mexikanische Gerichte zum Mitnehmen und fuhr dann nach Lowtown. Sam spielte gerade Basketball, Miss Callie hatte sich hingelegt, und Esau bewachte mit der Schrotflinte in der Hand das Haus. Nach einer Weile kam Miss Callie auf die Veranda, und wir fingen an zu essen. Doch sie hatte keinen Hunger und nahm nur wenig von dem mexikanischen Essen, das ihr fremd war. Esau sagte, dass sie den ganzen Tag fast nichts gegessen habe.

Ich holte mein Backgammonbrett aus dem Wagen und brachte Sam das Spiel bei. Esau hätte lieber Dame gespielt.

Miss Callie war überzeugt davon, dass jede Aktivität, bei der ein Würfel geworfen wurde, eine schwere Sünde war, aber sie war nicht in Stimmung für einen Vortrag. Wir saßen stundenlang auf der Veranda, bis tief in die Nacht hinein, und sahen den Ritualen von Lowtown zu. Die Sommerferien hatten gerade begonnen, und die Tage wurden immer länger und heißer.

Buster, mein Teilzeit-Wachhund, fuhr alle halbe Stunde vorbei. Vor dem Haus der Ruffins wurde er langsamer, ich winkte ihm zu, dass alles in Ordnung sei, dann rollte er davon und kehrte in die Auffahrt meines Hauses zurück. Ein Streifenwagen stellte sich zwei Häuser von uns entfernt an den Straßenrand und blieb einige Zeit dort stehen. Sheriff McNatt hatte drei schwarze Deputys eingestellt und zwei von ihnen angewiesen, ein Auge auf das Haus zu haben.

Sie waren nicht die Einzigen, die Wache hielten. Nachdem Miss Callie zu Bett gegangen war, deutete Esau über die Straße auf die Veranda des Hauses gegenüber, in dem die Braxtons lebten. »Tully da drüben«, sagte er, »hat alles im Blick.«

»Er hat gesagt, dass er die ganze Nacht aufbleiben wird«, fügte Sam hinzu. Lowtown war heute Nacht ein gefährlicher Ort, um eine Schießerei anzufangen.

Um elf verabschiedete ich mich. Ich überquerte die Bahnschienen und fuhr durch die leeren Straßen von Clanton. Die Stadt pulsierte vor Anspannung und Erwartung, denn was immer gerade begonnen hatte, es war noch nicht vorbei.

38

Miss Callie bestand darauf, an der Beerdigung von Lenny Fargarson teilzunehmen. Sam und Esau versuchten, es ihr auszureden, aber wie immer war jede Diskussion zwecklos, wenn sie sich etwas in den Kopf gesetzt hatte. Ich sprach mit Sheriff McNatt darüber, der die Situation mit knappen Worten zusammenfasste: »Sie ist schließlich erwachsen.« Soweit er wusste, wollte keiner der anderen Geschworenen zur Beerdigung kommen, aber sicher war er nicht. So etwas ließ sich nie genau sagen.

Ich rief auch Pastor Cooper an, um ihn vorzuwarnen. »Wir werden sie in unserer kleinen Kirche herzlich aufnehmen. Aber sie soll etwas früher kommen«, antwortete er.

Bis auf wenige Ausnahmen gingen Schwarze und Weiße in Ford County nicht zusammen in einen Gottesdienst. Sie glaubten mit Inbrunst an ein und denselben Gott, und doch huldigten sie ihm auf sehr unterschiedliche Art und Weise. Die Mehrheit der Weißen erwartete, sonntags fünf Minuten nach Mittag aus der Kirche zu kommen, um pünktlich um 12.30 Uhr mit dem Essen beginnen zu können. Den Schwarzen war es im Grunde genommen egal, wann der Gottesdienst zu Ende war. Auf meiner Kirchentour hatte ich siebenundzwanzig schwarze Gemeinden besucht, und kein einziges Mal war der Segen vor 13.30 Uhr erteilt worden – üblich war fünfzehn Uhr. Einige Gottesdienste dauerten den ganzen Tag, mit einer kurzen Pause für das Mittagessen in der Gemeindehalle, nach dem alle wieder in die Kirche gingen und mit der nächsten Runde begannen.

Ein derartiger Eifer hätte einen weißen Christen außer Gefecht gesetzt.

Doch Beerdigungen waren etwas anderes. Als Miss Callie mit Sam und Esau die Kirche der Maranatha-Urbaptisten betrat, gab es ein paar neugierige Blicke. Das war alles. Wäre sie allerdings an einem Sonntagmorgen zum normalen Gottesdienst erschienen, hätte man ihr das übel genommen.

Wir kamen fünfundvierzig Minuten zu früh, aber die hübsche kleine Kirche war schon fast bis auf den letzten Platz besetzt. Durch die hohen, offenen Fenster beobachtete ich, wie immer mehr Autos anrollten. In eine der alten Eichen hatte man einen Lautsprecher gehängt, um den sich eine große Menschenmenge versammelte, nachdem die Kirche voll war. Der Chor fing an zu singen, und sofort flossen Tränen. Pastor Coopers Predigt war eine behutsame Warnung an uns, nicht infrage zu stellen, warum guten Menschen Schlechtes widerfuhr. Unser Leben sei in der Hand Gottes, und obwohl wir zu klein im Geiste seien, um Seine unendliche Weisheit und Größe zu verstehen, werde Er sich uns eines Tages offenbaren. Lenny sei jetzt dort, wo er hingehöre, bei unserem Herrn.

Er wurde hinter der Kirche begraben, in einem idyllischen Friedhof, der von einem schmiedeeisernen Zaun umgeben war. Miss Callie klammerte sich an meine Hand und betete inbrünstig, als der Sarg in die Erde gelassen wurde. Eine Solistin sang »Amazing Grace«, dann dankte Pastor Cooper den Anwesenden für ihr Kommen. In der Gemeindehalle hinter der Kirche wurden Punsch und Gebäck gereicht, und die meisten blieben noch ein paar

Minuten, um sich miteinander zu unterhalten oder Mr und Mrs Fargarson ihr Beileid auszusprechen.

Sheriff McNatt suchte meinen Blick und nickte, als wollte er mit mir reden. Wir gingen vor die Kirche, wo uns niemand hören konnte. Er war in Uniform und kaute wie immer auf einem Zahnstocher herum. »Wie ist es bei Wilbanks gelaufen?«

»Nicht gut. Ich habe nur einmal mit ihm gesprochen. Harry Rex ist gestern noch mal zu ihm gegangen, hat aber nichts erreicht.«

»Dann muss ich wohl mal mit ihm reden.«

»Sie können es ja versuchen, aber es wird nichts bringen.«

Der Zahnstocher wechselte von einem Mundwinkel in den anderen. Es erinnerte mich an Harry Rex, der seine Zigarre im Mund herumschieben konnte, ohne beim Sprechen eine Pause zu machen. »Was anderes haben wir nicht. Wir haben den Wald um das Haus herum durchkämmt. Keine Fußabdrücke, keine anderen Spuren. Nichts. Damit wir uns richtig verstehen – das wird nicht gedruckt.«

»In Ordnung.«

»Durch den Wald beim Haus der Fargarsons ziehen sich ein paar alte Forstwege, auf denen man früher Holz abtransportiert hat. Wir haben jeden Quadratzentimeter davon abgesucht, aber rein gar nichts gefunden.«

»Dann ist Ihre einzige Spur also eine Kugel.«

»Eine Kugel und eine Leiche.«

»Hat jemand Danny Padgitt gesehen?«

»Bis jetzt noch nicht. Ich habe zwei Wagen auf dem 401 postiert, da, wo der Highway auf die Insel führt. Sie sehen zwar nicht alles, aber wenigstens wissen die Padgitts, dass wir ein Auge auf sie haben. Es gibt Hunderte Möglichkeiten, von der Insel runterzukommen, aber nur die Padgitts kennen alle.«

Die Ruffins, die sich gerade mit einem der schwarzen Deputys unterhielten, kamen langsam auf uns zu.

»Sie ist vermutlich noch am wenigsten gefährdet«, sagte McNatt.

»Kann ein Anschlag auf die Geschworenen überhaupt verhindert werden?«

»Das werden wir bald rausfinden. Er wird es wieder versuchen, Willie, da bin ich mir absolut sicher.«

»Ich auch.«

Ned Ray Zook besaß im Osten des County tausendsechshundert Hektar Land. Er baute Baumwolle und Sojabohnen an, und sein Betrieb war groß genug, um Gewinn abzuwerfen. Man erzählte sich, er sei einer der wenigen Farmer, die mit ihrem Grund noch gut verdienen konnten. Vor neun Jahren hatte Harry Rex mich einmal auf Zooks Farm mitgenommen, in eine umgebaute Viehscheune, die gut versteckt in einem kleinen Wäldchen lag. Dort hatte ich meinen ersten und letzten Hahnenkampf gesehen.

In den frühen Morgenstunden des 14. Juli brach jemand in Zooks gewaltige Geräteschеune ein und ließ bei zwei der großen Traktoren das Öl aus dem Motor ab. Das Öl wurde in Kanistern aufgefangen und zwischen den Vorräten versteckt, sodass keine Spuren der Manipulation zu sehen waren, als die beiden Traktorführer gegen sechs Uhr morgens zur Arbeit erschienen. Einer der beiden überprüfte vorschriftsmäßig den Ölstand, stellte fest, dass zu wenig Öl im Motor war, wunderte sich, sagte nichts, und goss vier Liter nach. Der andere hatte den Ölstand seines Traktors wie immer am Nachmittag zuvor kontrolliert. Eine Stunde später blieb der erste Traktor plötzlich stehen. Der Traktorführer lief einen Kilometer zur Scheune zurück und meldete den Schaden dem Verwalter.

Zwei Stunden später rumpelte ein grün-gelber Kundendiensttransporter über den Feldweg und fuhr so nah wie möglich an den liegen gebliebenen Traktor heran. Zwei Mechaniker stiegen aus, warfen einen Blick auf die glühende Sonne und den wolkenlosen Himmel und gingen dann einmal um den Traktor herum. Widerwillig öffneten sie die Türen ihres Transporters und holten Schraubenschlüssel und andere Werkzeuge heraus. Die Sonne brannte auf sie herab, und bald fingen sie an zu schwitzen.

Um die Arbeit etwas angenehmer zu machen, schalteten sie das Radio in ihrem Transporter ein und drehten es auf volle Lautstärke. Merle Haggards Stimme schallte über das Sojabohnenfeld.

Die laute Musik übertönte den Knall eines Gewehrschusses. Die Kugel traf Mo Teale in den oberen Rücken, durchschlug seine Lungen und riss ein großes Loch in seine Brust, als sie wieder austrat. Red, Teales Partner, sagte immer wieder, dass er lediglich ein lautes Stöhnen gehört habe, ein oder zwei Sekunden, bevor Mo unter die Vorderachse gefallen war. Zuerst dachte er, dass irgendein Teil des Traktors abgebrochen und mit voller Wucht gegen Mo geprallt wäre. Red zerrte Mo in den Transporter und rannte zur Scheune. Zu diesem Zeitpunkt machte sich Red mehr Sorgen um seinen Freund als darum, was ihn verletzt hatte. Der Verwalter in der Gerätescheune rief sofort einen Krankenwagen, aber es war zu spät. Mo Teale starb auf dem Betonboden eines kleinen, staubigen Büros. »Mr John Deere«, wie wir ihn beim Prozess immer genannt hatten. In der Mitte der vorderen Reihe, besorgniserregende Körpersprache.

Zum Zeitpunkt seines Todes hatte er eines jener grellgelben Uniformhemden an, die er auch den ganzen Prozess über getragen hatte. Es hatte ihn zu einem einfachen Ziel gemacht.

Ich sah ihn aus einiger Entfernung, durch die offene Tür hindurch. Sheriff McNatt ließ uns in die Scheune hinein und erinnerte uns an das inzwischen übliche Fotografierverbot. Wileys Fotoapparate lagen ohnehin in seinem Pick-up.

Wiley hatte den Polizeifunk abgehört, als die Meldung durchgegeben wurde: »Ein Schuss auf Ned Ray Zooks Farm!« Er blieb immer in Hörweite seines Scanners und war damit zurzeit nicht der Einzige. Angesichts der gespannten Lage im County wurde jeder verfügbare Scanner benutzt, und fielen irgendwo Schüsse, war dies natürlich ein Grund, in den Pick-up zu steigen und sich die Sache anzusehen.

Nach einer Weile bat uns McNatt, zu gehen. Seine Männer entdeckten die Kanister mit dem Öl, das der Einbrecher abgelassen hatte, und dass ein Fenster aufgedrückt worden war. Sie untersuchten alles auf Fingerabdrücke, fanden aber keine. Sie suchten nach Fußspuren auf dem Kiesboden, fanden aber keine. Sie durchkämmten den an das Sojabohnenfeld angrenzenden Wald, fanden aber keine Spur des Mörders. Dafür entdeckten sie auf dem Erdboden neben dem Traktor eine Kugel Kaliber 30.06. Kurze Zeit später wurde festgestellt, dass sie aus dem Gewehr stammte, mit dem auch Lenny Fargarson getötet worden war.

Ich drückte mich im Büro des Sheriffs herum, bis es dunkel geworden war. Wie zu erwarten, wimmelte es dort von Deputys und Constables, die verschiedene Theorien entwickelten und neuen Details auf der Spur waren. Die Telefone klingelten ununterbrochen. Immer mehr Einwohner Clantons, die ihre Neugier nicht länger in Zaum halten konnten, kamen vorbei und fragten jeden, der zuzuhören bereit war, ob es etwas Neues gebe.

Es gab nichts Neues. McNatt verbarrikadierte sich mit seinen wichtigsten Mitarbeitern in seinem Büro und versuchte zu entscheiden, was als Nächstes zu tun war. Am

Wichtigsten war für ihn, die übrigen Geschworenen zu schützen. Drei waren tot – Mr Fred Bilroy (Lungenentzündung), und jetzt Lenny Fargarson und Mo Teale. Vor den Häusern der anderen neun war jeweils ein Streifenwagen postiert worden.

Ich war gerade auf dem Weg in die Redaktion hinüber, wo ich an dem Artikel über den Mord an Mo Teale arbeiten wollte, als ich Licht in Harry Rex' Kanzlei sah. Er saß in seinem Konferenzzimmer und wühlte in Bergen von Aussagen, Schriftsätzen und sonstigem juristischem Gerümpel herum, deren Anblick bei mir wie immer Kopfschmerzen auslöste. Wir holten zwei Bierflaschen aus seinem kleinen Bürokühlschrank, setzten uns ins Auto und fuhren los.

In Coventry, einem Arbeiterviertel der Stadt, bogen wir in eine schmale Straße ein und passierten ein Haus, in dessen Vorgarten mehrere Autos wie umgefallene Dominosteine geparkt waren. »Da wohnt Maxine Root«, sagte Harry Rex. »Sie war eine der Geschworenen.«

Ich konnte mich vage an Mrs Root erinnern. Ihr kleines, aus roten Ziegeln gebautes Haus besaß keine Veranda, die diese Bezeichnung verdient hätte, sodass die Nachbarn neben den Autos auf Klappstühlen saßen. Sämtliche Lampen im Haus brannten. Neben dem Briefkasten parkte ein Streifenwagen. Die beiden Deputys hatten sich an die Kotflügel gelehnt, rauchten und musterten uns aufmerksam, als wir vorbeifuhren. Harry Rex hielt an und sagte zu einem der Deputys: »Guten Abend, Troy.«

»Hallo, Harry Rex«, erwiderte Troy und ging einen Schritt auf uns zu.

»Ganz schön was los hier.«

»Nur ein Idiot würde versuchen, hier Ärger zu machen.«

»Wir waren gerade in der Gegend«, sagte Harry Rex.

»Ihr fahrt besser weiter«, sagte Troy. »Die Leute hier haben nervöse Finger.«

»Bis dann.« Wir fuhren davon und bogen am Viehstall nördlich der Stadt von der Straße ab. Eine lange, dunkle Sackgasse führte fast bis zum Wasserturm. Auf halbem Weg sahen wir plötzlich mehrere Autos, die auf beiden Seiten der Straße geparkt waren. »Wer wohnt hier?«, fragte ich.

»Mr Earl Youry. Er hat in der hinteren Reihe gesessen, am weitesten von den Zuschauern entfernt.«

Auf der Veranda von Yourys Haus hatte sich eine kleine Menschenmenge versammelt. Einige saßen auf der Treppe, andere hatten es sich auf Gartenstühlen auf dem Rasen bequem gemacht. Irgendwo in ihrer Mitte war Mr Earl Youry versteckt, gut geschützt von seinen Freunden und Nachbarn.

Miss Callie wurde ähnlich massiv verteidigt. Auf der Straße vor ihrem Haus standen so viele Autos, dass wir kaum durchkamen. In jedem Auto saßen mehrere Männer. Einige rauchten, andere hielten ein Gewehr in der Hand. Auf den Veranden und in den Gärten der umliegenden Häuser wimmelte es nur so von Leuten. Halb Lowtown war gekommen, damit sie sich sicher fühlte. Feststimmung lag in der Luft.

Unsere weißen Gesichter wurden misstrauisch beäugt. Wir hielten erst, als wir mit den Deputys sprechen konnten. Nachdem sie uns begrüßt hatten, entspannte die Menge sich. Wir parkten, und ich ging zum Haus hinüber, während Harry Rex zurückblieb und mit den Deputys plauderte.

Miss Callie war in ihrem Schlafzimmer und las mit einer Freundin aus ihrer Kirchengemeinde zusammen in der Bibel. Neben Sam und Esau saßen mehrere Diakone auf der Veranda. Alle brannten darauf, Einzelheiten über den Mord an Teale zu hören. Ich erzählte ihnen, was ich sagen durfte; viel war es nicht.

Gegen Mitternacht löste sich die Menge langsam auf. Sam und die Deputys hatten Wachen für die Nacht organisiert, die mit dem Gewehr in der Hand auf der Vorder- und Rückseite standen und nach ein paar Stunden abgelöst werden sollten. Es gab keinen Mangel an Freiwilligen. Miss Callie hätte es sich nie träumen lassen, dass aus ihrem hübschen, gottesfürchtigen Haus einmal eine waffenstarrende Festung werden würde, aber unter diesen Umständen war es unvermeidbar.

Harry Rex und ich fuhren durch die angsterfüllten Straßen zu mir nach Hause. Dort fanden wir Buster schlafend in seinem Wagen, den er in der Einfahrt geparkt hatte. Wir holten eine Flasche Bourbon und setzten uns auf die Veranda vor dem Haus. Während wir versuchten, die Lage einzuschätzen, schlugen wir hin und wieder nach allzu angriffslustigen Stechmücken.

»Er hat viel Geduld«, sagte Harry Rex. »Nach ein paar Tagen werden die Nachbarn genug davon haben, auf der Veranda herumzusitzen, und etwas weniger wachsam sein. Die Geschworenen können sich nicht für immer in ihren Häusern verstecken. Er wird warten.«

Eine beunruhigende Tatsache, die man nicht an die Öffentlichkeit weitergegeben hatte, war ein Anruf, der eine Woche zuvor bei der Vertretung des Traktorherstellers eingegangen war. Auf der Anderson-Farm südlich der Stadt war ein Traktor unter ähnlichen Umständen fahruntüchtig gemacht worden. Zu dieser Reparatur war nicht Mr Teale – einer von vier Chefmechanikern –, sondern ein Kollege geschickt worden. Und mit Sicherheit hatte jemand das gelbe Hemd des Mannes durch das Visier eines Jagdgewehrs beobachtet.

»Er hat Geduld und geht sehr akribisch vor«, stimmte ich zu. Zwischen den beiden Morden lagen elf Tage, und es waren keinerlei Spuren hinterlassen worden. Wenn es wirklich Danny Padgitt war, gab es erhebliche Unterschiede zwischen seinem ersten Mord – an Rhoda Kassellaw – und den beiden letzten. Aus einem brutalen Verbrechen aus Leidenschaft waren kaltblütige Hinrichtungen geworden. Vielleicht waren die neun Jahre im Gefängnis schuld daran. Er hatte genug Zeit gehabt, um an die Gesichter der zwölf Geschworenen zu denken, die ihn ins Gefängnis geschickt hatten, und seine Rache zu planen.

»Er ist noch nicht fertig«, sagte Harry Rex.

Ein Mord mochte vielleicht noch Zufall sein. Zwei Morde bedeuteten, dass es ein Muster gab. Beim dritten würde eine kleine Armee aus Polizisten und bewaffneten Bürgern nach Padgitt Island ziehen und einen Krieg beginnen.

»Er wird warten. Vermutlich eine ganze Weile.«

»Ich überlege, ob ich die Zeitung verkaufen soll«, sagte ich.

Harry Rex trank einen großen Schluck Bourbon. »Warum?«

»Wegen des Geldes. Eine Firma aus Georgia hat mir ein gutes Angebot gemacht.«

»Wie viel?«

»Eine ganze Menge. Mehr als ich mir je erträumt habe. Ich bräuchte sehr lange nicht mehr zu arbeiten. Vielleicht nie mehr.«

Die Vorstellung, dass ich womöglich nie wieder arbeiten musste, war ein Schock für Harry Rex. Er schuftete zehn Stunden am Tag und musste sich mit einem Haufen gefühlsbetonter und nervöser Scheidungsmandanten herumschlagen. Häufig arbeitete er auch die Nacht durch, wenn es in der Kanzlei ruhig geworden war und er Zeit zum Nachdenken hatte. Er verdiente nicht schlecht, aber er musste für jeden Penny etwas tun. »Wie lange haben Sie die Zeitung jetzt?«, fragte er.

»Neun Jahre.«

»Es fällt schwer, sich die *Times* ohne Sie vorzustellen.«

»Vielleicht ist das ein Grund dafür zu verkaufen. Ich möchte kein zweiter Wilson Caudle werden.«

»Und was würden Sie tun?«

»Pause machen, reisen, mir die Welt ansehen, ein nettes Mädchen finden, heiraten, Kinder haben. Das Haus ist groß genug.«

»Sie würden also nicht wegziehen?«

»Wohin? Mein Zuhause ist hier.«

Wieder ein großer Schluck aus dem Glas. »Ich weiß nicht, was ich Ihnen raten soll. Lassen Sie mich darüber schlafen.« Dann stand er auf, ging die Treppe der Veranda hinunter und fuhr nach Hause.

39

Da es nun schon zwei Tote gab, wurden zwangsläufig auch größere Zeitungen als die *Times* auf die Geschichte aufmerksam. Am nächsten Morgen kam der Zeitungsreporter aus Memphis, den ich kannte, in mein Büro, zwanzig Minuten später gesellte sich einer von einer Zeitung aus Jackson zu uns. Beide berichteten über den Norden von Mississippi, wo eine sensationelle Nachricht in der Regel eine Explosion in einer Fabrik oder die Festnahme eines korrupten Beamten war.

Ich gab ihnen die Hintergrundinformationen zu beiden Morden und Danny Padgitts Haftentlassung und erzählte von der Angst, die das County ergriffen hatte. Wir waren keine Konkurrenten – sie schrieben für große Tageszeitungen, deren Lesergruppen sich kaum überschnitten. Die meisten meiner Abonnenten bezogen eine Tageszeitung aus Memphis oder Jackson. Die aus Tupelo war ebenfalls recht beliebt.

Offen gestanden verlor ich langsam das Interesse; nicht an der aktuellen Krise, sondern am Journalismus als Beruf. Die ganze Welt stand mir offen. Während ich mich mit zwei Veteranen meines Berufsstandes unterhielt, die beide älter waren als ich und etwa vierzigtausend Dollar im Jahr verdienten, konnte ich kaum glauben, dass mir jemand eine

Million Dollar bar auf die Hand zahlen wollte. Ich hatte Schwierigkeiten, mich zu konzentrieren.

Schließlich verabschiedeten sie sich, um weiter zu recherchieren. Einige Minuten später bekam ich einen Anruf von Sam. »Sie müssen sofort herkommen«, drängte er.

Auf der Veranda der Ruffins harrte ein kleines Häuflein Getreuer aus. Alle vier sahen übernächtigt aus und brauchten dringend Schlaf. Sam schleuste mich durch das Feldlager in die Küche, wo Miss Callie am Tisch saß und Butterbohnen enthülste. Sonst ging sie dazu immer auf die hintere Veranda. Sie begrüßte mich mit einem warmen Lächeln und der üblichen Umarmung, aber ihr war anzumerken, dass ihr etwas auf der Seele lag. »Kommen Sie«, sagte sie. Sam nickte, und wir folgten ihr in ihr kleines Schlafzimmer. Sie schloss die Tür hinter uns, als würde draußen jemand herumlungern, und ging zu einem schmalen Wandschrank. Wir warteten etwas verlegen, während sie darin herumkramte.

Nach einer Weile zog sie ein altes Notizbuch hervor, das sie offenbar sorgsam versteckt hatte. »Es ergibt einfach keinen Sinn«, sagte sie, während sie sich mit dem Notizbuch in der Hand auf den Bettrand sinken ließ. Sam setzte sich neben sie, ich rückte einen alten Schaukelstuhl heran. Miss Callie blätterte durch das Notizbuch. »Da ist es«, sagte sie.

»Wir haben damals hoch und heilig versprochen, dass wir nie darüber reden würden, was bei der Beratung der Geschworenen geschehen ist«, fuhr sie fort, »aber das ist viel zu wichtig. Ich kann nicht schweigen. Als wir Mr Padgitt für schuldig befunden haben, haben wir schnell und einstimmig entschieden. Aber als es dann um die Todesstrafe ging, waren einige dagegen. Ich wollte ganz sicher niemanden in die Todeszelle schicken, aber ich hatte versprochen, das Gesetz zu befolgen. Die Diskussion wurde immer heftiger, und harte Worte fielen, ja sogar Anschuldigungen und Drohungen. Es war nicht sehr schön, sich das anzuhören. Als die Fronten sich geklärt hatten, waren drei Geschworene gegen die Todesstrafe, und sie wollten ihre Meinung um keinen Preis ändern.«

Sie zeigte mir eine Seite in ihrem Notizbuch. In ihrer klaren, unverwechselbaren Handschrift hatte sie zwei Spalten auf die Seite gezeichnet. In der einen standen neun Namen, in der anderen nur drei – L. Fargarson, Mo Teale, Maxine Root. Ich starrte auf die Namen und dachte, dass ich vielleicht die Liste des Mörders vor mir hatte.

»Wann haben Sie das geschrieben?«, fragte ich.

»Ich habe mir während des Prozesses ständig Notizen gemacht«, erwiderte sie.

Warum sollte Danny Padgitt die Geschworenen töten, die sich geweigert hatten, ihn in die Todeszelle zu schicken? Jene Geschworenen, die ihm gewissermaßen das Leben gerettet hatten?

»Er bringt die Falschen um, oder?«, warf Sam ein. »Wenn man sich rächen will, bringt man doch nicht die Leute um, die versucht haben, einen zu retten.«

»Wie ich schon sagte, es ergibt einfach keinen Sinn«, sagte Miss Callie.

»Sie unterstellen zu viel«, wandte ich ein. »Sie gehen davon aus, dass er informiert wurde, wie die Geschworenen abgestimmt haben. Soweit ich weiß, haben die Geschworenen nie gesagt, wie die Abstimmung ausgesehen hat. Kurze Zeit später interessierte sich wegen des Gerichtsbeschlusses zur Aufhebung der Rassentrennung schon niemand mehr für den Prozess. Padgitt wurde noch am Tag des Schuldspruchs nach Parchman verfrachtet. Vermutlich nimmt er sich einfach die Geschworenen zuerst vor, an die er leichter herankommt, und bei Mr Fargarson und Mr Teale war es eben recht einfach.«

»Das wäre aber ein sehr großer Zufall«, meinte Sam.

Wir überlegten wieder eine Weile. Ich war nicht sicher, ob meine Theorie plausibel war. Dann fiel mir etwas anderes ein: »Alle zwölf Geschworenen haben ihn schuldig gesprochen, und zwar unmittelbar, nachdem er seine Drohung gegen sie ausgestoßen hat.«

»Ja, schon möglich«, sagte Miss Callie, die aber nicht überzeugt schien. Wir versuchten, einen Sinn in etwas zu erkennen, das vollkommen unverständlich zu sein schien.

»Trotzdem muss ich mit dem Sheriff über Ihre Entdeckung sprechen«, schloss ich.

»Wir haben versprochen, dass wir nie darüber reden werden.«

»Das war vor neun Jahren«, wandte Sam ein. »Und damals konnte sich niemand vorstellen, dass so was passieren würde.«

»Für Maxine Root ist es besonders wichtig«, gab ich zu bedenken.

»Glauben Sie nicht, dass inzwischen schon einige der anderen Geschworenen über die Abstimmung gesprochen haben?«, wollte Sam wissen.

»Vielleicht, aber es ist schon so lange her. Und ich bezweifle, dass einer der anderen Geschworenen seine Notizen aufgehoben hat.«

Von der Haustür drangen Stimmen zu uns. Bobby, Leon und Al waren gekommen. Sie hatte sich in St. Louis getroffen und waren dann gemeinsam nach Clanton gefahren. Wir tranken Kaffee in der Küche, und ich erzählte ihnen von den Morden. Miss Callie wurde plötzlich wieder munter und überlegte, was sie kochen würde. Dann schrieb sie auf, welches Gemüse Esau aus dem Garten holen sollte.

Sheriff McNatt war unterwegs und suchte jeden einzelnen Geschworenen auf. Ich musste unbedingt mit jemandem reden, also platzte ich in Harry Rex' Büro und wartete ungeduldig, bis er eine Aussage fertig diktiert hatte. Als wir allein waren, erzählte ich ihm von Miss Callies Liste und der Abstimmung der Geschworenen. Er hatte sich gerade zwei Stunden lang mit einer Horde Anwälte herumgestritten und war gereizt wie ein Stier.

Wie immer hatte er eine völlig andere, weitaus zynischere Theorie.

»Die drei sollten dafür sorgen, dass die Geschworenen sich bei der Schuldfrage nicht einigen können, denn dann wäre der Prozess gescheitert«, sagte er nach einer schnellen Analyse. »Aus irgendeinem Grund sind sie umgefallen. Vermutlich waren sie der Meinung, sie würden ihm was Gutes tun, indem sie ihn vor der Gaskammer retten, aber so denkt Padgitt natürlich nicht. Er ist seit neun Jahren stinksauer, weil seine drei Strohmänner versagt haben. Die drei schnappt er sich zuerst, und dann macht er Jagd auf den Rest.«

»Ich kann mir nicht vorstellen, dass Lenny Fargarson sich von Danny Padgitt hat bestechen lassen.«

»Nur, weil er verkrüppelt war?«

»Weil er ein sehr frommer Christ war.«

»Er war arbeitslos, Willie. Damals konnte er zwar noch arbeiten, aber er wusste, dass sich sein Gesundheitszustand im Laufe der Jahre verschlechtern würde. Vielleicht hat er Geld gebraucht. Zum Teufel, jeder braucht Geld. Und die Padgitts haben es tonnenweise.«

»Ich glaube das einfach nicht.«

»Es ergibt mehr Sinn als Ihre verrückten Theorien. Wie war das noch mal – die Geschworenen werden von jemand anderem um die Ecke gebracht?«

»Das habe ich nicht gesagt.«

»Gut, denn sonst hätte ich Sie jetzt einen hirnverbrannten Dummkopf genannt.«

»Sie haben schon Schlimmeres zu mir gesagt.«

»Heute Morgen nicht.«

»Ihrer Theorie nach haben Mo Teale und Maxine Root also Geld von den Padgitts genommen, Danny bei der Schuldfrage reingelegt, sich anschließend geziert, als es um die Todesstrafe ging, und bezahlen jetzt mit ihrem Leben dafür, weil sie nicht von Anfang an dafür gesorgt haben, dass die Geschworenen sich nicht einigen können? Wollen Sie das damit sagen, Harry Rex?«

»Genau!«

»Der hirnverbrannte Dummkopf sind *Sie*. Warum sollte ein ehrlicher, hart arbeitender und gottesfürchtiger Mann wie Mo Teale Geld von den Padgitts nehmen?«

»Vielleicht haben sie ihn ja bedroht.«

»Vielleicht! Vielleicht haben sie ihn auch *nicht* bedroht!«

»Also, was denken Sie?«

»Es ist Padgitt, und die ersten beiden Geschworenen, die er umgelegt hat, sind zufällig zwei der drei Geschworenen, die gegen die Todesstrafe gestimmt haben. Er weiß nicht, wie die Abstimmung verlaufen ist. Zwölf Stunden nach dem Schuldspruch war er schon in Parchman. Er hat eine Liste gemacht. Fargarson war der Erste auf der Liste, weil er ein leichtes Ziel war. Teale war der Zweite, weil Padgitt ihm problemlos eine Falle stellen konnte.«

»Wer ist der Dritte?«

»Ich weiß es nicht, aber diese Leute werden sich nicht für immer in ihren Häusern verstecken können. Er wird den richtigen Augenblick abwarten und untertauchen, bis die Aufregung sich gelegt hat. Erst dann wird er wieder Pläne machen.«

»Er könnte einen Helfer haben.«

»Allerdings.«

Harry Rex' Telefon hatte die ganze Zeit über geklingelt. Jetzt starrte er es an und sagte: »Ich muss arbeiten.«

»Ich gehe zum Sheriff. Wir sehen uns später.«

Ich hatte sein Büro schon verlassen, als er mir nachbrüllte: »He, Willie. Da wäre noch was.«

Ich drehte mich um und sah ihn an.

»Verkaufen Sie die Zeitung, nehmen Sie das Geld, und amüsieren Sie sich für eine Weile. Sie haben es sich verdient.«

»Danke.«

»Aber ziehen Sie bloß nicht aus Clanton weg.«

»Versprochen.«

Mr Earl Youry war beim County angestellt und fuhr einen so genannten Straßenhobel. Er ebnete die kleinen Landstraßen ein, deren Netz von Possum Ridge bis weit hinter Shady Grove reichte. Da er allein arbeitete, beschloss man, dass er für ein paar Tage in der Nähe der Maschinenhalle bleiben sollte, wo er viele Freunde besaß. Die Männer hatten alle Gewehre in ihren Pick-ups und waren in Alarmbereitschaft. Sheriff McNatt setzte sich mit Mr Youry und seinem Vorgesetzten zusammen und arbeitete einen Plan aus, um Mr Youry zu schützen.

Dann rief Mr Youry den Sheriff an und sagte, er habe wichtige Informationen für ihn. Er gab zu, dass er sich nicht immer auf sein Gedächtnis verlassen könne, aber er war sicher, dass der verkrüppelte Junge und Mo Teale sich vehement geweigert hätten, die Todesstrafe zu verhängen. Er könne sich noch daran erinnern, dass es eine dritte Stimme dagegen gegeben habe. Vielleicht sei es eine der Frauen gewesen, möglicherweise die farbige Dame. Er wisse es nicht mehr genau, schließlich sei das alles schon neun Jahre her. Mr Youry stellte Sheriff McNatt die gleiche Frage, die auch mir nicht mehr aus dem Kopf ging: »Warum sollte Danny Padgitt die Geschworenen umbringen, die ihn vor der Todesstrafe bewahrt haben?«

Als ich ins Büro des Sheriffs kam, hatte dieser sein Telefonat mit Mr Youry gerade beendet und war so verwirrt, wie es unter diesen Umständen zu erwarten war. Ich schloss die Tür und erzählte ihm, was Miss Callie mir anvertraut hatte. »Ich habe ihre Notizen gesehen, Sheriff. Die dritte Stimme kam von Maxine Root.«

Eine Stunde lang käuten wir die gleichen Argumente wieder, die ich schon mit Sam und Harry Rex durchgesprochen hatte. Es ergab immer noch keinen Sinn. Sheriff McNatt glaubte nicht, dass die Padgitts Lenny oder Mo Teale gekauft oder eingeschüchtert hatten. Bei Maxine Root war er sich nicht ganz so sicher, da sie aus anderen Verhältnissen stammte. Er war mehr oder weniger einer Meinung mit mir, dass die ersten beiden Morde Zufall gewesen waren und dass Padgitt aller Wahrscheinlichkeit nach nicht wusste, wie die Geschworenen abgestimmt hatten. Interessanterweise behauptete er, etwa ein Jahr nach dem Urteilsspruch herausgefunden zu haben, dass die Geschworenen bei der Todesstrafe mit neun zu drei Stimmen uneins gewesen seien und Mo Teale sich vehement dagegen ausgesprochen habe.

Aber da Lucien Wilbanks in die Sache verwickelt war, mussten wir einräumen, dass Padgitt vielleicht doch mehr über die Beratung der Geschworenen wusste als wir. Alles war möglich.

Und nichts ergab einen Sinn.

McNatt rief Maxine Root an, während ich vor seinem Schreibtisch saß. Sie arbeitete als Buchhalterin in der Schuhfabrik nördlich der Stadt und hatte sich nicht davon abhalten lassen, zur Arbeit zu gehen. McNatt war am Morgen in ihrem Büro gewesen, hatte sich alles angesehen und mit ihrem Chef und ihren Kollegen gesprochen. Zwei seiner Deputys standen vor dem Gebäude und warteten, um Maxine nach Arbeitsschluss heimzubringen.

Ein paar Minuten plauderten sie wie alte Bekannte, dann sagte McNatt: »Maxine, ich weiß, dass du, Mo Teale und der junge Fargarson damals die Einzigen waren, die gegen die Todesstrafe für Danny Padgitt gestimmt …« Er schwieg, sie hatte ihn unterbrochen.

»Es spielt doch keine Rolle, wie ich das herausgefunden habe. Wichtig ist nur, dass es mich in Bezug auf deine Sicherheit nervös macht. Sehr nervös.«

Er hörte wieder eine Weile zu. Als sie gar nicht mehr aufhören wollte zu reden, unterbrach er sie gelegentlich mit Bemerkungen wie: »Maxine, ich kann nicht einfach losrennen und den Kerl verhaften.«

Und: »Sag deinen Brüdern, dass sie die Gewehre in ihren Pick-ups lassen sollen.«

Und: »Es ist zu spät, um jetzt noch die Todesstrafe für Padgitt zu verhängen, Maxine. Du hast damals doch nur das getan, was du für richtig gehalten hast.«

Sie weinte, als er das Gespräch beendete. »Armes Ding«, sagte er. »Ihre Nerven liegen blank.«

»Das wundert mich nicht«, erwiderte ich. »Ich stelle mich inzwischen auch nicht mehr ans Fenster.«

40

Die Beerdigung von Mo Teale fand in der Methodistenkirche in der Willow Road statt – Nummer sechsunddreißig auf meiner Liste und eine meiner Lieblingskirchen. Sie lag südlich vom Clanton Square und gerade noch innerhalb der Stadtgrenze. Da ich Mr Teale nie kennen gelernt hatte, ging ich nicht hin. Für viele andere war das kein Hinderungsgrund.

Wäre er mit einundfünfzig an einem Herzanfall gestorben, dann wäre das tragisch gewesen, und er wäre unter großer Anteilnahme zu seiner letzten Ruhestätte begleitet worden. Aber da er von einem gerade aus der Haft entlassenen Mörder in einem Racheakt erschossen worden war, hielt die Neugierigen nichts mehr. Zu der Menschenmenge, die sich in der Kirche drängte, gehörten längst vergessene Highschool-Bekanntschaften von Mr Teales vier erwachsenen Kindern, aufdringliche alte Witwen, die selten eine gute Beerdigung verpassten, Reporter auswärtiger Zeitungen und mehrere Männer, deren einzige Verbindung zu Mo darin bestanden hatte, dass sie einen Traktor von John Deere ihr Eigen nannten.

Ich blieb der Beerdigung also fern, verfasste aber seinen Nachruf. Sein ältester Sohn war so nett gewesen, in der Redaktion vorbeizukommen und mir ein paar Informationen zu geben. Er war dreiundreißig – Mo und seine Frau hatten früh mit der Familiengründung begonnen – und verkaufte neue Fords in Tupelo. Mos Sohn blieb fast zwei Stunden und wollte unbedingt von mir hören, dass man Danny Padgitt schnappen und steinigen würde.

Nach dem Gottesdienst wurde der Sarg zum Friedhof von Clanton überführt. Der Trauerzug erstreckte sich über mehrere Straßenzüge. Er schlängelte sich um den Stadtplatz und reichte bis weit in die Jackson Avenue hinein. Der Straßenverkehr wurde dadurch in keinster Weise beeinträchtigt – sämtliche Bewohner Clantons waren auf der Beerdigung.

Lucien Wilbanks benutzte Harry Rex als Vermittler und arrangierte ein Treffen mit Sheriff McNatt. Ich wurde von Wilbanks namentlich erwähnt und ausdrücklich nicht eingeladen. Das spielte keine Rolle, denn Harry Rex machte sich Notizen und erzählte mir später alles, allerdings unter der Bedingung, dass kein Wort davon in der Zeitung erschien.

Die Besprechung fand in Luciens Kanzlei statt. Anwesend war auch Rufus Buckley, der Bezirksstaatsanwalt, der das Amt 1975 von Ernie Gaddis übernommen hatte. Buckley suchte ständig das Licht der Öffentlichkeit. Danny Padgitts Entlassung hatte er kommentarlos hingenommen, doch jetzt brannte er darauf, sich an die Spitze des Mobs zu stellen, der Padgitt lynchen wollte. Harry Rex verabscheute Buckley, was aber auf Gegenseitigkeit beruhte. Lucien hatte ebenfalls nichts für den Bezirksstaatsanwalt übrig, aber schließlich verachtete Lucien so gut wie jeden, weil ihn niemand leiden konnte. Sheriff McNatt konnte Lucien nicht ausstehen, vertrug sich einigermaßen mit Harry Rex und war gezwungen, auf der gleichen Seite wie Buckley zu arbeiten, obwohl er lieber nichts mit ihm zu tun gehabt hätte.

Angesichts dieser Gefühlslage war ich froh, dass man mich bei der Besprechung nicht dabeihaben wollte.

Wilbanks sagte, dass er sowohl mit Danny Padgitt als auch mit dessen Vater, Gill, gesprochen habe. Sie hätten sich irgendwo außerhalb Clantons getroffen, aber nicht auf der Insel. Danny gehe es gut, er arbeite jeden Tag in der familieneigenen Straßenbaufirma, deren Büro praktischerweise im sicheren Hafen von Padgitt Island lag.

Wie nicht anders zu erwarten, stritt Danny jede Beteiligung an den Morden an Lenny Fargarson und Mo Teale ab. Er sei bestürzt über das, was geschehen sei, und wütend darüber, dass man ihn für den Hauptverdächtigen halte. Lucien betonte, dass er Danny in die Mangel genommen und ihn durch seine beharrlichen Fragen sogar verärgert habe, aber Danny habe sich kein einziges Mal in Widersprüche verwickelt.

Lenny Fargarson sei am Nachmittag des 23. Mai erschossen worden. Um diese Zeit sei Danny in seinem Büro gewesen, was vier Leute bezeugen könnten. Um von Padgitt Island zum Haus der Fargarsons zu kommen, brauche man mindestens dreißig Minuten mit dem Auto, und die vier Zeugen seien sicher, dass Danny sich den ganzen Nachmittag über in seinem Büro oder in dessen Nähe aufgehalten habe.

»Wie viele dieser Zeugen heißen Padgitt?«, wollte McNatt wissen.

»Zum jetzigen Zeitpunkt geben wir die Namen noch nicht heraus«, schmetterte Lucien wie jeder gute Anwalt die Frage ab.

Elf Tage später, am 3. Juni, sei Mo Teale etwa um 9.15 Uhr morgens erschossen worden. In genau diesem Moment habe Danny neben einem frisch asphaltierten Highway in Tippa County gestanden und sich von einem Vorarbeiter, der bei der Baufirma der Padgitts angestellt sei, einige Dokumente unterschreiben lassen. Der Vorarbeiter und zwei Arbeiter seien bereit, eine Aussage hinsichtlich Dannys Aufenthaltsort zum Zeitpunkt des Mordes zu machen. Der Highway liege mindestens zwei Stunden von Ned Ray Zooks Farm im östlichen Teil von Ford County entfernt.

Lucien präsentierte wasserdichte Alibis für beide Morde, obwohl sein kleines Publikum sehr skeptisch war. Es war klar gewesen, dass die Padgitts alles abstreiten würden. Und da sie logen, einschüchterten und mit Bestechungsgeldern nur so um sich warfen, konnten sie für alles einen Zeugen finden.

Sheriff McNatt brachte seine Zweifel zum Ausdruck. Er erklärte Lucien, dass er die Ermittlungen fortsetzen, sich bei einem hinreichenden Verdacht einen Haftbefehl besorgen und auf der Insel einmarschieren werde. Er habe bereits mehrfach mit der Staatspolizei gesprochen, und falls es hundert Beamte brauche, um Danny von der Insel herunterzuschaffen, werde er die Männer auch bekommen.

Lucien erwiderte, dass das nicht notwendig sei. Wenn ein gültiger Haftbefehl vorliege, werde er sein Bestes tun, um den Jungen der Polizei zu übergeben.

»Wenn es noch einen Mord gibt«, drohte McNatt, »wird in Clanton das Chaos ausbrechen. Dann werden tausend Möchtegerncowboys über die Brücke zur Insel marschieren und jeden Padgitt erschießen, der ihnen vor die Flinte kommt.«

Buckley sagte, er und Richter Omar Noose hätten bereits zweimal über die Morde gesprochen, und er sei zuversichtlich, dass Noose »kurz davor« stehe, einen Haftbefehl für Danny auszustellen. Daraufhin bombardierte Wilbanks ihn mit einem Schwall von Fragen über hinreichende Verdachtsmomente und genügend Beweise. Buckley argumentierte, dass die Drohung, die Padgitt während des Prozesses ausgestoßen hatte, Grund genug sei, um ihn wegen der Morde zu verdächtigen.

Die Besprechung geriet außer Kontrolle, da die beiden sich lautstark über juristische Spitzfindigkeiten stritten. Schließlich beendete der Sheriff die Auseinandersetzung, indem er sagte, er habe genug gehört. Dann stand er auf und verließ Wilbanks' Büro. Buckley folgte ihm. Da wieder Ruhe herrschte, blieb Harry Rex sitzen, um noch ein wenig mit Wilbanks zu plaudern.

»Lügner beschützen Lügner«, brummte Harry Rex, als er etwa eine Stunde später in meinem Büro auf und ab ging. »Lucien sagt nur die Wahrheit, wenn sie gut klingt, und das ist bei ihm und seinen Mandanten nicht oft der Fall. Und die Padgitts wissen gar nicht, was Wahrheit ist.«

»Können Sie sich noch an Lydia Vince erinnern?«, fragte ich.

»An wen?«

»Die Schlampe, die Wilbanks in den Zeugenstand geholt hat. Sie hat unter Eid ausgesagt, dass Danny neben ihr im Bett gelegen hat, als Rhoda ermordet wurde. Die Padgitts haben sie gefunden, sich ihre Aussage erkauft und sie an Lucien weitergereicht. Diese Familie besteht nur aus Dieben und Lügnern.«

»Ihr Ex wurde erschossen, richtig?«

»Kurz nach dem Prozess. Vermutlich wurde er von einem Handlanger der Padgitts umgebracht. Bis auf die Kugeln gab es keinerlei Spuren. Keine Verdächtigen. Nichts. Kommt mir bekannt vor.«

»McNatt hat kein Wort von dem geglaubt, was Lucien gesagt hat. Und Buckley auch nicht.«

»Und Sie?«

»Auch nicht. Ich hab Lucien schon vor Geschworenen weinen sehen. Er kann manchmal recht überzeugend wirken, aber nicht oft. Für mich sah es so aus, als würde er sich viel zu viel Mühe geben, um uns zu überzeugen. Es ist Danny, und ich glaube, er hat einen Helfer.«

»Glaubt McNatt das auch?«

»Ja, aber er hat keine Beweise. Eine Festnahme wäre reine Zeitverschwendung.«

»Aber dann wäre Padgitt wenigstens von der Straße weg.«

»Nur vorübergehend. Ohne Beweise können sie ihn nicht für immer festhalten. Er ist geduldig. Schließlich wartet er schon seit neun Jahren.«

Obwohl die Identität der Witzbolde nie festgestellt werden konnte und sie so klug waren zu schweigen, tauchte in den nächsten Monaten das Gerücht auf, es seien die beiden Söhne von Clantons Bürgermeister gewesen. Zwei Teenager waren dabei beobachtet worden, wie sie vom »Tatort« flüchteten, aber sie waren zu schnell, um sich erwischen zu lassen. Die beiden Söhne des Bürgermeisters waren in der ganzen Stadt für ihre kreativen, tollkühnen Streiche bekannt.

Im Schutz der Dunkelheit hatten sich zwei Teenager durch eine dichte Hecke geschlichen und waren keine fünfzehn Meter von Mr Earl Yourys Haus entfernt stehen geblieben. Von dort aus beobachteten sie die Menschenmenge aus Freunden und Nachbarn, die auf dem Rasen vor dem Haus ihr Lager aufgeschlagen hatte und Mr Youry beschützte. Geduldig warteten sie den richtigen Augenblick für ihre Attacke ab.

Kurz nach elf wurde ein langer Strang Knallfrösche in Richtung Veranda geworfen. Als die Knallfrösche losgingen, wäre in Clanton um ein Haar ein Krieg ausgebrochen. Männer brüllten, Frauen kreischten. Mr Youry warf sich zu Boden und kroch auf allen vieren ins Haus. Die Wachposten vor dem Haus rappelten sich aus ihren Klappstühlen hoch, griffen zu den Waffen und suchten Deckung im Gras, während die Knallfrösche fröhlich weiterknallten und Rauchschwaden durch den Garten zogen. Es dauerte dreißig Sekunden, bis alle vierundachtzig Knallfrösche des Strangs explodiert waren. In dieser Zeit rannten etwa ein Dutzend schwer bewaffnete Männer hinter Bäume und schwenkten ihre Waffen in alle Richtungen, bereit, alles zu erschießen, was sich ihnen vor die Flinte wagte.

Durch den Lärm wurde ein Teilzeit-Deputy namens Travis geweckt, der auf der Motorhaube seines Streifenwagens ein Nickerchen hielt. Er riss seine 44er Magnum aus dem Holster und rannte in vorschriftsmäßig geduckter Haltung auf die Knallfrösche zu. In Mr Yourys Vorgarten wimmelte es nur so von bewaffneten Nachbarn. Aus irgendeinem Grund, den weder Travis noch sein Vorgesetzter in ihrem Bericht erwähnten, feuerte der Deputy einmal in die Luft. Der Schuss war sehr laut. Lauter als die Knallfrösche. Er veranlasste einen zweiten nervösen Finger, mit einer Schrotflinte Kaliber .12 einen Schuss in die Bäume abzugeben. Zweifellos hätten jetzt viele andere ihre Waffen abgefeuert, und es hätte wer weiß wie viele Opfer gegeben, wenn Jimmy, der andere Teilzeit-Deputy, nicht laut gebrüllt hätte: »Stellt das Feuer ein, ihr Idioten!«

Danach fiel kein Schuss mehr, aber es waren noch ein paar Knallfrösche übrig. Als der letzte Knall verhallt war, gingen sämtliche Wachposten zu dem rauchenden Grasstück hinüber und sahen sich die Sache an. In Windeseile sprach sich herum, dass es nur Knallkörper gewesen waren. Mr Earl Youry lugte vorsichtig zur Tür heraus und wagte sich schließlich wieder ins Freie.

Mrs Alice Wood, die ein Stück die Straße hinunter wohnte, hörte den Lärm und lief zur Rückseite ihres Hauses, um die Tür abzusperren, als die beiden Teenager unter schallendem Gelächter an ihrer Hintertür vorbeirannten. Später sagte sie aus, die beiden seien weiß und etwa fünfzehn Jahre alt gewesen.

Knapp zwei Kilometer weiter, in Lowtown, ging ich gerade die Treppe von Miss Callies Veranda hinunter, als ich die Knallerei hörte. Die Wachposten der Spätschicht – Sam, Leon und zwei Diakone – sprangen auf und starrten in die Ferne. Die 44er hörte sich an wie Haubitze. Wir warteten und warteten, und als alles wieder ruhig war, sagte Leon: »Klang nach Knallfröschen.«

Sam war ins Haus gegangen, um nach seiner Mutter zu sehen. Er kam zurück und berichtete: »Sie schläft.«

»Ich sehe nach, was passiert ist«, sagte ich. »Wenn es was Wichtiges war, rufe ich an.«

In Mr Yourys Straße blitzten mir die roten und blauen Lichter von einem Dutzend Streifenwagen entgegen. Der Verkehr staute sich, da immer mehr Neugierige versuchten, einen Blick auf den Tatort zu werfen. Ich sah Busters Wagen, der in einem flachen Straßengraben geparkt war, und als ich ihn ein paar Minuten später gefunden hatte, erzählte er mir, was geschehen war. »Nur ein paar Kinder«, sagte er.

Ich fand das Ganze lustig, war damit aber eindeutig in der Minderheit.

41

Seit ich die *Times* gekauft hatte, war ich nie länger als vier Tage weg gewesen. Die Zeitung ging dienstags in Druck, erschien mittwochs, und donnerstags stand ich schon wieder unter enormem Termindruck.

Ein Grund für den großen Erfolg der *Times* war die Tatsache, dass ich so viel über so viele schrieb, und das in einer Stadt, in der so wenig passierte. Jede Ausgabe hatte sechsunddreißig Seiten. Zog man fünf Seiten für die Kleinanzeigen, drei für offizielle Ankündigungen und etwa sechs für Anzeigen ab, musste ich jede Woche etwa zweiundzwanzig Seiten mit Lokalnachrichten füllen.

Die Nachrufe machten mindestens eine Seite aus, wobei ich jedes einzelne Wort selbst schrieb. Davey Bigmouth Bass füllte zwei Sportseiten, obwohl ich häufig mit der Zusammenfassung eines Footballspiels der Junior-Highschool oder einem packenden Bericht über einen Zwölfjährigen, der einen kapitalen Hirsch geschossen hatte, aushelfen musste. Margaret stellte eine Seite für Religion, eine für Hochzeiten und eine mit Kleinanzeigen zusammen. Baggy, der schon vor neun Jahren nicht viel geschrieben hatte, hatte sich inzwischen fast völlig dem Suff ergeben und brachte höchstens noch einen Artikel pro Woche zustande, der natürlich immer auf der Titelseite gedruckt werden sollte. Redakteure kamen und gingen mit frustrierender Regelmäßigkeit. In der Regel hatten wir einen, manchmal auch zwei angestellt, die ihr Gehalt allerdings nicht wert waren. Ich musste ihre Artikel Korrektur lesen und bearbeiten, und irgendwann war ich dann so weit, dass ich wünschte, ich hätte es gleich selbst gemacht.

Deshalb schrieb ich inzwischen fast alles selbst. Ich hatte zwar Publizistik studiert, aber nie den Hang verspürt, innerhalb kurzer Zeit größere Mengen Wörter zu Papier zu bringen. Als ich plötzlich Herausgeber einer Zeitung war und ins kalte Wasser geworfen wurde, stellte ich erstaunt fest, dass ich lange, anschauliche Artikel über fast alles schreiben konnte. Aus einem verhältnismäßig glimpflich abgegangenen Verkehrsunfall, bei dem es nicht einmal Verletzte gegeben hatte, machte ich einen mit atemlosen Zitaten von Augenzeugen und Rettungssanitätern gespickten Artikel für die Titelseite. Ein kleiner Anbau an eine Fabrik hörte sich bei mir an wie ein Segen für das Bruttosozialprodukt des Landes. Ein Kuchenverkauf, den die Frauengruppe der Methodistenkirche veranstaltet hatte, brachte achthundert Wörter. Eine Verhaftung wegen Drogenbesitzes klang, als wären die Kolumbianer ungehindert auf die unschuldigen Kinder Clantons losgelassen worden. Eine Blutspendeaktion der Rotarier vermittelte den Eindruck, es gäbe eine kriegsbedingte Knappheit von Blutkonserven. Drei gestohlene Pick-ups in einer Woche wurden zum organisierten Verbrechen.

Und ich schrieb über die Menschen in Ford County. Die Reportage über Miss Callie war mein erstes Porträt gewesen, und im Laufe der Jahre versuchte ich, jeden Monat mindestens einen Artikel dieser Art zu bringen. Ich berichtete über einen Mann, der den Todesmarsch von Bataan überlebt hatte, den letzten im County wohnenden Veteranen des Ersten Weltkriegs, einen Matrosen, der Pearl

Harbor miterlebt hatte, einen Pastor im Ruhestand, der fünfundvierzig Jahre lang eine kleine Kirchengemeinde auf dem Land betreut hatte, einen alten Missionar, der einunddreißig Jahre im Kongo gelebt hatte, einen Absolventen der Highschool, der in einem Musical am Broadway als Tänzer erfolgreich war, eine Dame, die in zweiundzwanzig amerikanischen Bundesstaaten gewohnt hatte, einen Mann, der siebenmal verheiratet gewesen war und frisch verheirateten Paaren Ratschläge gab, Mr Mitlo, unseren Vorzeigeeinwanderer, einen Basketballtrainer, der sich zur Ruhe setzen wollte, einen Küchenhelfer aus einem örtlichen Restaurant, der sein ganzes Leben lang Eier gebraten hatte, und so weiter. Die Porträts waren immer sehr erfolgreich.

Doch nach neun Jahren standen auf der Liste mit interessanten Persönlichkeiten aus Ford County nur noch wenige Namen.

Ich war es leid zu schreiben. Zwanzig Seiten die Woche, zweiundfünfzig Wochen im Jahr.

Jeden Morgen wachte ich auf und dachte entweder an einen neuen Artikel oder an einen anderen Blickwinkel für einen alten. Jede noch so kleine Neuigkeit, jedes ungewöhnliche Ereignis war Anlass genug, einen aufgeblähten Bericht zu verfassen und ihn irgendwo in der Zeitung abzudrucken. Ich schrieb über Hunde, Oldtimer, einen legendären Tornado, ein Spukhaus, ein vermisstes Pony, einen Schatz aus dem Bürgerkrieg, die Legende eines kopflosen Sklaven, ein tollwütiges Stinktier. Dazu kam der übliche Kram – Gerichtsverhandlungen, Wahlen, Verbrechen, neue Geschäfte, bankrotte Firmen, Neubürger der Stadt. Ich war es leid zu schreiben.

Und ich war Clanton leid. Die Stadt hatte mich zögerlich akzeptiert, vor allem, als klar war, dass ich nicht wieder wegziehen würde. Aber sie war sehr klein, und manchmal fühlte ich mich, als würde ich ersticken. Ich verbrachte so viele Wochenenden zu Hause, an denen ich nichts anderes tat, als zu lesen und zu schreiben, dass ich mich langsam daran gewöhnte. Und das deprimierte mich. Ich fuhr ins Fuchsloch zu den Pokerrunden mit Bubba Crockett und in Begleitung von Harry Rex zu Barbecues von Farmern und Hinterwäldlern. Doch nie hatte ich den Eindruck, dass ich dazugehörte.

Clanton veränderte sich allmählich, und die Entwicklung gefiel mir nicht. Wie die meisten kleinen Städte im Süden breitete es sich in alle Richtungen aus, ohne einen Plan für sein Wachstum. Das Bargain City florierte, und um den Discountmarkt hatten sich sämtliche Fastfood-Ketten angesiedelt, die es gab. Das Stadtzentrum verfiel zusehends, obwohl das Gericht und die Verwaltung des County auch in Zukunft viel Publikumsverkehr haben würden. Es wurde eine starke politische Führung gebraucht, Menschen mit einem konkreten Ziel vor Augen, aber die waren dünn gesät.

Andererseits vermutete ich, dass die Stadt meiner überdrüssig war. Wegen meiner Moralpredigten gegen den Vietnamkrieg würde man mich den Rest meines Lebens für einen radikalen Liberalen halten. Und ich unternahm kaum etwas, um diesen Ruf zu ändern. Die Zeitung wuchs, und die Gewinne wuchsen mit. Im gleichen Maß wurde auch meine Haut dicker, und ich schrieb immer mehr Artikel, in denen meine persönliche Meinung zum Ausdruck kam. Ich wetterte gegen die nicht öffentlichen Sitzungen, die der Verwaltungsvorstand des County abhielt. Ich ging vor Gericht, um mir den Zugang zu den County-Archiven zu erkämpfen. Ich meckerte ein Jahr lang, weil es so gut wie keine Bebauungspläne und Flächennutzungsvorschriften für das County gab, und als Bargain City in die Stadt kam, schoss ich erneut weit übers Ziel hinaus. Ich machte mich über die

42

Im Jahr 1979 fanden in Mississippi Kommunalwahlen statt, meine dritten als registrierter Wähler. Sie verliefen erheblich ruhiger als die letzten beiden. Für den Sheriff war kein Gegenkandidat aufgestellt worden, was es in der Geschichte des County noch nie gegeben hatte. Es wurde gemunkelt, dass die Padgitts einen neuen Kandidaten gekauft hätten, aber nach dem Debakel bei Dannys Haftentlassung hatten sie wohl einen Rückzieher gemacht. Senator Theo Mortons Gegenkandidat kam mit einer Anzeige zu mir, auf der in Großbuchstaben stand: WARUM HAT SENATOR MORTON DANNY PADGITT AUF BEWÄHRUNG FREIGELASSEN? WEGEN GELD! Ich hätte die Anzeige gern gedruckt, hatte aber weder Zeit noch Energie für eine Verleumdungsklage.

Im Vierten Bezirk stellten sich gleich dreizehn Kandidaten zur Wahl, aber ansonsten verliefen die Wahlen recht träge. Das County war auf die Morde an Fargarson und Teale fixiert und fragte sich, wer wohl das nächste Opfer war. Sheriff McNatt, die Ermittler der Staatspolizei und die Kriminaltechniker des Bundesstaates waren sämtlichen Spuren und Hinweisen nachgegangen. Wir konnten nur warten.

Als der 4. Juli näher rückte, war deutlich weniger Begeisterung für die alljährlichen Festlichkeiten zu spüren.

Gesetze zur Wahlkampffinanzierung lustig, die es den Reichen ermöglichte, ihre Favoriten in die Ämter zu hieven. Und als Danny Padgitt freigelassen wurde, schimpfte ich wie ein Rohrspatz über das Bewährungssystem.

In den Siebzigerjahren führte ich ständig irgendwelche Kreuzzüge. Das schlug sich in interessanten Artikeln und einer höheren Auflage nieder, aber es machte aus mir auch einen Sonderling. Ich wurde abgestempelt als unzufriedener Nörgler, der gern auf die Kanzel stieg. Ich glaube nicht, dass ich jemals jemanden schikanierte; jedenfalls gab ich mir große Mühe, es nicht zu tun. Aber rückblickend gesehen führte ich einige Kämpfe, die ich nicht nur aus Überzeugung, sondern auch aus Langeweile angezettelt hatte.

Je älter ich wurde, desto mehr sehnte ich mich danach, ein ordentlicher Bürger zu sein. Ich würde immer ein Außenseiter bleiben, aber das störte mich inzwischen nicht mehr. Ich wollte kommen und gehen, in Clanton leben, wenn mir danach war, es für längere Zeit verlassen, wenn mir langweilig wurde. Erstaunlich, wie die Aussicht auf viel Geld die eigene Zukunft verändern kann.

Ich träumte nur noch davon, wegzugehen, eine Auszeit zu nehmen, länger an einem Ort zu bleiben, an dem ich noch nie gewesen war, mir die Welt anzusehen.

Die nächste Besprechung mit Gary McGrew fand in einem Restaurant in Tupelo statt. Er war inzwischen mehrere Male in meinem Büro gewesen. Noch ein Besuch, und meine Mitarbeiter würden zu tuscheln beginnen. Beim Mittagessen sahen wir uns erneut die Bücher an, sprachen über die Pläne seines Kunden, verhandelten über diesen und jenen Punkt. Falls ich verkaufte, wollte ich, dass der zukünftige Eigentümer die neuen Fünfjahresverträge einhielt, die ich Davey Bigmouth Bass, Hardy und Margaret gegeben hatte. Baggy würde entweder bald in Ruhestand gehen oder an Leberzirrhose sterben. Wiley war immer nur in Teilzeit angestellt gewesen, und sein Interesse daran, sensationelle Fotos zu schießen, nahm rapide ab. Er war der einzige Mitarbeiter, dem ich von den Verhandlungen erzählt hatte, und er hatte mich darin bestärkt, das Angebot anzunehmen.

McGrews Kunde wollte, dass ich mindestens noch ein Jahr bei der Zeitung blieb und für ein fürstliches Gehalt den neuen Chefredakteur einarbeitete. Dieser Bedingung würde ich auf keinen Fall zustimmen. Wenn ich schon ging, dann richtig. Ich wollte keinen Chef vor der Nase haben, und ich wollte mir nicht die Vorwürfe der Einheimischen anhören, weil ich die Zeitung des County an ein großes Unternehmen von außerhalb des Staates verkaufte.

Das Angebot lag bei 1,3 Millionen Dollar. Ein von mir beauftragter Berater aus Knoxville schätzte den Wert der *Times* auf 1,35 Millionen Dollar.

»Ganz im Vertrauen, wir haben die Zeitungen in Tyler und Van Buren gekauft«, sagte McGrew gegen Ende eines sehr langen Mittagessens. »Alles läuft wie geplant.«

Das war beinahe die ganze Wahrheit. Der Eigentümer der Zeitung in Tyler County hatte den Bedingungen grundsätzlich zugestimmt, doch die Verträge waren noch nicht unterschrieben worden.

»Aber es gibt etwas Neues«, sagte er. »Die Zeitung in Polk County steht eventuell zum Verkauf. Wenn Sie unser Angebot ablehnen, werden wir uns das Blatt einmal ansehen. Es ist erheblich billiger.«

»Ah, noch mehr Druck«, erwiderte ich.

Der *Polk County Herald* hatte viertausend Leser und ein lausiges Management. Ich bekam es jede Woche aufs Neue mit.

»Ich versuche nicht, Sie unter Druck zu setzen. Ich lege nur alles auf den Tisch.«

»Ich will anderthalb Millionen Dollar«, sagte ich.

»Das ist zu viel.«

»Es ist eine Menge Geld, aber Sie werden es sich zurückholen. Es wird vielleicht etwas länger dauern, aber Sie sollten auch berücksichtigen, wo die Zeitung in zehn Jahren sein kann.«

Die Sache eilte. McGrew deutete an, dass es einen Stichtag gebe. Schließlich sagte er: »Wir verhandeln jetzt schon seit Monaten, und mein Kunde will endlich zum Abschluss kommen. Er will den Vertrag zum nächsten Ersten unterschreiben. Sonst sucht er sich eine andere Zeitung.«

Seine Taktik beeindruckte mich nicht im Geringsten. Auch ich war die langen Verhandlungen leid. Entweder ich verkaufte, oder ich lehnte ab. Es war Zeit, eine Entscheidung zu treffen.

»Das sind noch dreiundzwanzig Tage ab heute«, erwiderte ich.

»So ist es.«

»Damit kann ich leben.«

Die langen Sommertage kamen und mit ihnen die unerträgliche Hitze und Feuchtigkeit, die jedes Jahr drei Monate blieben. Ich machte meine üblichen Runden – in die Kirchen auf meiner Liste, auf die Softballfelder, zu den Golfturnieren im County, zum Anschnitt der Wassermelonen. Aber Clanton wartete, und die Leute sprachen nur noch darüber, dass alle warteten.

Die Schlingen, die um den Hals der Geschworenen lagen, lockerten sich zwangsläufig. Die Frauen und Männer hatten es verständlicherweise satt, Gefangene in ihren eigenen Häusern zu sein, ihren Alltag zu ändern, ständig ganze Gruppen von Nachbarn auf der Veranda sitzen zu haben, die nachts das Haus bewachten. Sie wagten sich wieder auf die Straße und versuchten, ihr Leben so normal wie früher zu führen.

Die Geduld des Killers war zermürbend. Er hatte die Zeit auf seiner Seite und wusste, dass seine Opfer irgendwann der vielen Schutzmaßnahmen überdrüssig werden würden. Er wusste, dass sie unvorsichtig werden, einen Fehler machen würden. Wir wussten es auch.

Nachdem sie zum ersten Mal in ihrem Leben drei Sonntagsgottesdienste hintereinander verpasst hatte, bestand Miss Callie darauf, zur Kirche zu gehen. In Begleitung von Sam, Esau und Leon marschierte sie am Sonntagmorgen vor den Altar und huldigte dem Herrn so inbrünstig, als wäre sie ein ganzes Jahr weg gewesen. Ihre Brüder und Schwestern im Glauben umarmten sie und beteten für sie. Reverend Small änderte seine Predigt und sprach darüber, dass Gott seine Getreuen schütze. Sam sagte hinterher, dass der Reverend fast drei Stunden so weitergemacht habe.

Zwei Tage später ließ sich Miss Callie auf den Rücksitz meines Mercedes fallen. Esau saß neben ihr, Sam auf dem Beifahrersitz, als wir mit einem Deputy in einem Streifenwagen hinter uns Clanton verließen. Der Streifenwagen blieb an der Grenze des County stehen, und eine Stunde später waren wir in Memphis. Östlich der Stadt hatte vor kurzem ein neues Einkaufszentrum aufgemacht, und Miss Callie wollte es unbedingt sehen. Über hundert Geschäfte unter einem Dach! Zum ersten Mal in ihrem Leben aß sie eine Pizza. Sie sah eine Schlittschuhbahn, zwei Männer, die Händchen hielten, und eine gemischtrassige Familie. Nur die Schlittschuhbahn fand Gnade vor ihren Augen.

Nach einer Stunde Irrfahrt durch ganz Memphis, für die Sam verantwortlich zeichnete, erreichten wir endlich den Friedhof im Süden der Stadt. Mithilfe einer Karte, die wir uns beim Pförtner besorgt hatten, suchten und fanden wir das Grab von Nicola Rossetti DeJarnette. Miss Callie legte einen von zu Hause mitgebrachten Blumenstrauß auf das Grab. Als klar wurde, dass sie einige Zeit hier bleiben wollte, gingen wir spazieren und ließen sie allein.

Zum Andenken an Nicola wollte Miss Callie italienisch essen. Ich hatte einen Tisch bei »Grisanti's« reserviert, einem der bekanntesten Restaurants von Memphis. Wir aßen Lasagne und mit Ziegenkäse gefüllte Ravioli und unterhielten uns prächtig. Es gelang ihr, ihre Vorurteile gegen gekauftes Essen abzulegen, und um sie vor der Sünde zu bewahren, bestand ich darauf, die Rechnung zu übernehmen.

Wir wollten gar nicht mehr weg aus Memphis. Für ein paar Stunden waren wir der Angst vor dem Unbekannten und dem zermürbenden Warten entkommen. Clanton schien tausend Kilometer entfernt zu sein, und trotzdem war es noch zu nah. Als wir am späten Abend zurückfuhren, stellte ich fest, dass ich unwillkürlich immer langsamer wurde.

Wir sprachen nicht darüber, aber in Ford County war ein Mörder unterwegs. Miss Callies Name stand auf seiner Liste. Wenn es nicht schon zwei Tote gegeben hätte, wäre es einfach unglaublich gewesen.

Baggy hatte mir erzählt, dass es in diesem Jahrhundert noch keinen unaufgeklärten Mord im County gegeben habe. Ich hatte es in den Archiven der *Times* nachgeprüft. Fast jeder gewaltsame Tod war ein impulsiver Akt gewesen, bei dem ein Zeuge die rauchende Waffe in der Hand des Täters gesehen hatte. Verhaftung, Verhandlung und Urteil waren stets auf dem Fuß gefolgt. Doch jetzt lag ein sehr kluger und sehr vorsichtiger Killer auf der Lauer, und seine potenziellen Opfer waren allen bekannt. Für eine derart gesetzestreue, gottesfürchtige Stadt war so etwas unvorstellbar.

Bobby, Al, Max und Leon versuchten wiederholt, Miss Callie dazu zu bewegen, für einen Monat oder länger bei einem von ihnen zu wohnen. Sam und ich, selbst Esau unterstützten sie in ihren Bemühungen, aber Miss Callie wollte nicht nachgeben. Sie sei ein Kind Gottes, und Er halte seine schützende Hand über sie.

In neun Jahren verlor ich Miss Callie gegenüber nur ein einziges Mal die Beherrschung. Es war auch das einzige Mal, dass sie mich zurechtwies. Es ging darum, dass sie einen Monat nach Milwaukee zu Bobby ziehen sollte. »Diese großen Städten sind gefährlich«, hatte sie gesagt.

»Kein Ort ist jetzt so gefährlich wie Clanton«, hatte ich erwidert.

Später war ich laut geworden, und sie hatte gesagt, dass sie meinen Mangel an Respekt ihr gegenüber ganz und gar nicht gutheißen könne. Ich hatte sofort den Mund gehalten.

Als wir an jenem Abend die Grenze zu Ford County überquerten, warf ich einen Blick in den Rückspiegel. Ich kam mir albern dabei vor, aber vielleicht war meine Angst ja berechtigt. Das Haus der Ruffins wurde von einem Deputy bewacht, der seinen Streifenwagen auf der Straße geparkt hatte. Auf der Veranda saß ein Freund von Esau.

»Es war eine ruhige Nacht«, sagte Esaus Freund. Anders ausgedrückt, es war niemand erschossen worden.

Sam und ich spielten noch eine Stunde Dame auf der Veranda. Miss Callie zog sich in ihr Schlafzimmer zurück.

Das Warten ging weiter.

Obwohl sich fast alle sicher fühlten, hing eine dunkle Wolke über dem County. Es gab immer wieder Gerüchte, dass etwas passieren werde, wenn sich die Bürger Clantons am 4. Juli um das Gerichtsgebäude versammelten. Allerdings hatte es in der Stadt noch nie so viele Gerüchte gegeben wie in diesem Juni.

Am 25. Juni unterschrieb ich in einer eleganten Kanzlei in Tupelo einen ganzen Stapel von Dokumenten, mit denen das Eigentumsrecht an der *Times* an ein Medienunternehmen überging, das sich teilweise im Besitz von Mr Ray Noble aus Atlanta befand. Mr Noble reichte mir einen Scheck über 1,5 Millionen Dollar. Ich ging hastig und auch etwas nervös die Straße hinunter, wo mein neuester Freund, Stu Holland, in seinem geräumigen Büro in der Merchants Bank auf mich wartete. Wenn ich den Scheck auf eine Bank in Clanton gebracht hätte, dann hätte das sofort die Runde gemacht. Daher ließ ich mein Geld bei Mr Holland und fuhr wieder nach Hause.

Es war die längste anderthalbstündige Fahrt meines Lebens. Ich war froh, weil ich den bestmöglichen Preis für die *Times* bekommen hatte. Ich hatte einem gut situierten, seriösen Käufer, der nur wenige Änderungen bei der Zeitung einführen wollte, eine Menge Geld abgenommen. Das Abenteuer rief, und jetzt besaß ich die Mittel, seinem Ruf zu folgen.

Doch es war auch eine traurige Fahrt, weil ich einen so großen und befriedigenden Teil meines Lebens aufgab. Die Zeitung und ich waren miteinander gewachsen und gereift – ich war erwachsen geworden, die Zeitung ein florierendes Unternehmen. Aus der *Times* war genau das geworden, was eine kleine Lokalzeitung sein sollte – ein munterer Beobachter der aktuellen Ereignisse, ein Protokollant der Geschichte, ein gelegentlicher Kommentator politischer und sozialer Themen. Was mich anging, so war ich ein junger Mann, der hartnäckig und verbissen daran gearbeitet hatte, etwas aufzubauen. Vermutlich hätte ich mich alt fühlen sollen, aber das Einzige, wonach ich mich jetzt sehnte, war ein Strand. Und ein Mädchen.

Als ich wieder in Clanton war, ging ich in Margarets Büro, schloss die Tür und erzählte ihr von dem Verkauf der Zeitung. Sie brach in Tränen aus, und es dauerte nicht lange, bis meine Augen ebenfalls feucht wurden. Ihre Loyalität mir gegenüber hatte mich immer erstaunt, und obwohl sie sich, genau wie Miss Callie, viel zu viele Sorgen um mein Seelenheil machte, war ich ihr sehr ans Herz gewachsen. Ich erklärte ihr, dass die neuen Eigentümer ganz wunderbare Leute seien, keine drastischen Änderungen planten und ihren neuen Fünfjahresvertrag mit einem höheren Gehalt genehmigt hätten. Daraufhin flossen noch ein paar Tränen mehr.

Hardy weinte nicht. Mittlerweile druckte er die *Times* seit fast dreißig Jahren. Er war launisch, streitsüchtig und trank zu viel, wie die meisten Drucker. Wenn die neuen Eigentümer ihn nicht leiden konnten, wollte er kündigen und angeln gehen. Aber er freute sich über den neuen Vertrag.

Davey Bigmouth Bass auch. Er war angesichts der Neuigkeiten schockiert, erholte sich aber schnell, nachdem er gehört hatte, dass er mehr Geld verdienen würde.

Baggy machte irgendwo an der Westküste Urlaub, mit seinem Bruder, nicht mit seiner Frau. Mr Ray Noble hatte sich nicht auf weitere fünf Jahre sporadischer Berichterstattung einlassen wollen, und ich hätte ein schlechtes Gewissen gehabt, wenn ich Baggy in den Vertrag aufgenommen hätte. Er war jetzt auf sich gestellt.

Wir hatten noch fünf weitere Mitarbeiter, und jedem von ihnen sagte ich es persönlich. Dafür brauchte ich den ganzen Nachmittag, und als alles vorbei war, fühlte ich mich müde und ausgelaugt. Ich traf mich mit Harry Rex in Pepes Hinterzimmer, wo wir den Verkauf der Zeitung mit Margaritas feierten.

Am liebsten hätte ich die Stadt sofort verlassen und das nächste Flugzeug genommen, aber das war erst möglich, wenn die Morde ein Ende gefunden hatten.

Fast den ganzen Juni über pendelten Miss Callies Söhne und Töchter nach Clanton. Sie jonglierten mit Arbeits- und Urlaubstagen und taten ihr Bestes, um sicherzustellen, dass immer mindestens zwei oder drei von ihnen bei Callie waren. Sam verließ das Haus nur selten. Er blieb in Lowtown, um seine Mutter zu beschützen, aber auch, um nicht allzu sehr auf sich aufmerksam zu machen. Sergeant Durant wohnte immer noch in der Gegend, allerdings hatte er wieder geheiratet, und seine beiden Söhne waren weggezogen.

Sam saß stundenlang auf der Veranda und las. Manchmal spielte er Dame mit Esau oder den Männern, die vorbeikamen, um für eine Weile Wache zu halten. Mit mir spielte er Backgammon, aber dann begriff er die Strategie und bestand darauf, dass wir pro Partie einen Dollar setzten. Es dauerte nicht lange, und ich schuldete ihm fünfzig Dollar. Unser sündiges Glücksspiel blieb ein gut gehütetes Geheimnis auf Miss Callies Veranda.

Für die Woche vor dem 4. Juli wurde hastig ein Familientreffen angesetzt. Da mein Haus fünf leere Schlafzimmer hatte und sich nach Leben sehnte, bestand ich darauf, dass einige Ruffins bei mir übernachteten. Seit 1970, als Miss Callie und ich uns kennen gelernt hatten, war die Familie erheblich gewachsen. Bis auf Sam waren alle verheiratet, und inzwischen waren einundzwanzig Enkel geboren worden. Sam, Miss Callie und Esau nicht mit eingerechnet, gab es fünfunddreißig Ruffins, und vierunddreißig von ihnen kamen nach Clanton. Leons Frau blieb in Chicago, weil sie sich um ihren kranken Vater kümmern musste.

Von den vierunddreißig sollten dreiundzwanzig ein paar Tage bei mir bleiben. Sie trudelten aus verschiedenen Teilen des Landes ein, meist aus dem Norden, und kamen den ganzen Tag über in Kleingruppen an. Jeder Neuankömmling wurde mit großem Hallo begrüßt. Als Carlota mit ihrem Mann und zwei kleinen Kindern um drei Uhr morgens aus Los Angeles eintraf, wurden sämtliche Lampen im Haus angemacht, und Bobbys Frau Bonnie stellte sich in die Küche, um Pfannkuchen zu backen.

Bonnie übernahm das Kommando in meiner Küche, und dreimal am Tag wurde ich mit einer langen Liste von Dingen, die sie dringend brauchte, zum Supermarkt geschickt. Ich kaufte tonnenweise Eis, und die Kinder hatten bald heraus, dass ich ihnen zu jeder Tages- und Nachtzeit noch mehr holen würde.

Da die Veranda lang und breit war und nur selten benutzt wurde, nahmen die Ruffins sie allmählich in Beschlag. Spätnachmittags brachte Sam Miss Callie und Esau herüber. Miss Callie tat es gut, aus Lowtown herauszukommen. Ihr hübsches, kleines Haus war zum Gefängnis geworden.

Mehrmals hörte ich, wie die Kinder sich besorgt über ihre Mutter unterhielten. Die durchaus realistische Möglichkeit, dass sie ermordet wurde, war weitaus seltener Thema des Gesprächs als ihre Gesundheit. Im Laufe der Jahre war es Miss Callie gelungen, um die fünfunddreißig Kilo abzunehmen, je nachdem, wessen Version man hörte. Inzwischen hatte sie jedoch wieder ihr altes Gewicht erreicht, und ihr Blutdruck machte den Ärzten Sorgen. Der Stress forderte seinen Tribut. Esau sagte, sie schlafe schlecht, was sie aber auf die Medikamente zurückführe.

Sie war nicht mehr so lebhaft wie früher, lächelte nicht mehr so oft und hatte erheblich weniger Energie.

Sie gaben der »Sache mit Padgitt« die Schuld daran. Sobald er wieder hinter Schloss und Riegel säße, würde es Miss Callie besser gehen. In Bezug auf ihren Gesundheitszustand war der größte Teil ihrer Familie optimistisch.

Am 2. Juli bereitete Bonnie ein kleines Mittagessen zu, das aus verschiedenen Salaten und Pizzen bestand. Sämtliche verfügbaren Ruffins waren gekommen. Wir aßen auf der Seitenveranda unter den träge quietschenden Ventilatoren aus Weidengeflecht, die so gut wie nutzlos waren. Doch es wehte eine leichte Brise, und bei etwa fünfunddreißig Grad konnten wir eine lange, ausgiebige Mahlzeit genießen.

Ich suchte noch nach dem richtigen Moment, um Miss Callie zu sagen, dass ich die Zeitung verkauft hatte. Ich wusste, sie würde schockiert und sehr enttäuscht sein. Aber ich konnte mir nichts vorstellen, was dagegen sprach, unsere Mittagessen donnerstags fortzusetzen. Vielleicht würde es ihr ja noch mehr Spaß machen, die Tippfehler und Versehen anderer zu zählen.

In neun Jahren war unser Mittagessen donnerstags nur siebenmal ausgefallen, immer wegen Krankheit oder einem Besuch beim Zahnarzt.

Unser mattes Geplauder nach dem Essen fand ein jähes Ende. In einiger Entfernung, irgendwo in der Stadt, hörten wir Sirenen.

Die Schachtel war dreißig Zentimeter lang, dreißig Zentimeter breit und zwölf Zentimeter hoch und aus weißem Karton, der mit roten und blauen Sternen und Streifen bedruckt war. Es war eine Geschenkpackung der Bolan-Pekannussfarm in Hazelhurst, Mississippi, per Post an Mrs Maxine Root geschickt, von ihrer Schwester in Concord,

Kalifornien. Amerikanische Pekannüsse als Geschenk zum Unabhängigkeitstag. Der Briefträger hatte das Päckchen um die Mittagszeit herum zugestellt und in den Briefkasten von Maxine Root gesteckt. Dann war es ins Haus gebracht worden, an dem Wachposten vorbei, der unter einem Baum im Vorgarten saß. In der Küche hatte Maxine das Päckchen zum ersten Mal gesehen.

Es war jetzt fast einen Monat her, seit Sheriff McNatt sie gefragt hatte, wie sie bei dem Prozess damals abgestimmt habe. Widerstrebend hatte sie zugegeben, dass sie sich gegen die Todesstrafe für Danny Padgitt ausgesprochen habe, und bestätigt, dass auch Lenny Fargarson und Mo Teale dagegen gestimmt hätten. Da die beiden ermordet worden waren, hatte McNatt ihr mit ernster Stimme gesagt, dass sie das nächste Opfer sein könnte.

Noch Jahre nach dem Prozess hatte Maxine mit dem Schuldspruch gehadert. Die Stadt war verbittert darüber gewesen, und Maxine hatte die Feindseligkeit gespürt, die man ihr entgegenbrachte. Zum Glück hatten die Geschworenen ihr Versprechen gehalten und kein Wort über die Abstimmung verlauten lassen, sodass sie, Lenny und Mo nicht noch zusätzlich beschimpft worden waren. Im Laufe der Zeit hatte sie es sogar geschafft, sich von dem Prozess und seinen Folgen zu distanzieren.

Jetzt wusste die ganze Welt, wie sie abgestimmt hatte. Jetzt wurde sie von einem Verrückten verfolgt. Sie war von ihrer Arbeit als Buchhalterin beurlaubt. Ihre Nerven lagen blank, sie konnte nicht schlafen. Sie hatte es satt, sich in ihrem eigenen Haus zu verstecken, war es leid, dass sich jeden Abend Nachbarn in ihrem Garten versammelten, als hätte sie ein Barbecue veranstaltet, und sie hatte keine Lust mehr, sich vor Fenstern in Acht zu nehmen. Maxine schluckt so viele verschiedene Medikamente, dass sie sich gegenseitig beeinflussten und keines wirkte.

Als sie die Schachtel mit Pekannüssen sah, fing sie an zu weinen. Es gab jemanden, der sie liebte. Ihre Schwester Jane dachte an sie. Oh, wie gern wäre sie jetzt in Kalifornien bei Jane.

Maxine wollte die Packung schon öffnen, als ihr ein Gedanke durch den Kopf schoss. Sie ging zum Telefon und wählte Janes Nummer. Die beiden Schwestern hatten seit einer Woche nicht miteinander gesprochen.

Jane war im Büro und freute sich über den Anruf. Die beiden plauderten eine Weile über dies und das und kamen dann auf die Situation in Clanton zu sprechen. »Es war wirklich nett von dir, mir die Nüsse zu schicken«, sagte Maxine schließlich.

»Welche Nüsse?«, fragte Jane.

Maxine stutzte. »Die Geschenkpackung von der Bolan-Pekannussfarm in Hazelhurst. Eine große, sie wiegt sicher fast anderthalb Kilo.«

Wieder entstand eine Pause. »Die ist nicht von mir, Schwesterherz. Das muss jemand anderes gewesen sein.«

Kurze Zeit später legte Maxine auf und untersuchte das Päckchen. Ein Aufkleber auf der Vorderseite war mit Text bedruckt: »Ein Geschenk von Jane Parham.« Maxine kannte nur eine Jane Parham.

Sehr vorsichtig nahm Maxine die Schachtel in die Hand. Sie schien für eine große Dose Pekannüsse etwas zu schwer zu sein.

Zufällig war gerade Travis, der Teilzeit-Deputy, im Haus. Er wurde von einem gewissen Teddy Ray begleitet, einem pickelgesichtigen Jungen mit einer viel zu großen Uniform und einem Dienstrevolver, den er noch nie abgefeuert hatte. Maxine holte die beiden in die Küche, wo die rot-weiß-blaue Schachtel ganz harmlos auf der Arbeitsfläche stand. Der Wachposten gesellte sich ebenfalls zu ihnen. Für eine Weile standen die vier nur da und starrten die

Schachtel an. Maxine erzählte von der Unterhaltung mit ihrer Schwester.

Travis nahm die Schachtel in die Hand und schüttelte sie vorsichtig. »Scheint ein bisschen schwer für Pekannüsse zu sein«, bemerkte er. Teddy Ray war blass geworden, und der mit einem Gewehr bewaffnete Nachbar wäre am liebsten sofort in Deckung gegangen.

»Glauben Sie, es ist eine Bombe?«, fragte der Nachbar.

»O Gott«, murmelte Maxine. Sie sah aus, als würde sie gleich in Ohnmacht fallen.

»Möglich wär's«, erwiderte Travis und starrte entsetzt auf die Schachtel in seiner Hand.

»Schaffen Sie sie raus«, drängte Maxine.

»Sollten wir nicht den Sheriff verständigen?«, krächzte Teddy Ray.

»Schätze, das sollten wir«, sagte Travis.

»Und wenn die Bombe einen Zeitzünder oder so was hat?«, fragte der Nachbar.

Travis zögerte kurz. Dann sagte er mit einer aus völliger Unkenntnis geborenen Autorität: »Ich weiß, was wir zu tun haben.«

Sie gingen durch die Küchentür nach draußen auf die schmale Veranda, die an der Rückseite des Hauses verlief. Travis legte die Schachtel vorsichtig an den Rand der Veranda, etwa einen Meter über der Erde. Als er seine 44er Magnum zog, fragte Maxine: »Was machen Sie da?«

»Wir werden gleich sehen, ob es eine Bombe ist«, antwortete Travis. Teddy Ray und der Nachbar rannten von der Veranda herunter und stellten sich fünfzehn Meter vom Haus entfernt auf den Rasen.

»Sie wollen auf meine Pekannüsse schießen?«, fragte Maxine.

»Haben Sie eine bessere Idee?«, fuhr Travis sie an.

»Nein, ich glaube nicht.«

Travis stellte sich hinter die Küchentür. Dann hob er den rechten Arm, lugte am Türrahmen vorbei und zielte. Maxine hatte sich hinter ihn geduckt und sah an ihm vorbei nach draußen.

Der erste Schuss traf nicht einmal die Veranda, raubte aber dafür Maxine den Atem. »Guter Schuss«, brüllte Teddy Ray. Er und der Nachbar lachten.

Travis zielte wieder und drückte ein zweites Mal ab.

Die Explosion riss die Veranda vollständig vom Haus ab, sprengte ein klaffendes Loch in die rückwärtige Wand der Küche und verstreute im Umkreis von hundert Metern Schrapnellsplitter. Sie zerschmetterte Fenster, riss Bodendielen heraus und verwundete die vier Zuschauer. Teddy Ray und der Nachbar waren von Metallstücken in Brust und Beine getroffen worden. Travis' rechter Arm und seine Schusshand waren verstümmelt. Maxine war am Kopf verletzt – ein Stück Glas hatte ihr das rechte Ohrläppchen abgerissen, ein kleiner Nagel den rechten Kiefer durchbohrt.

Für einen kurzen Moment verloren alle vier das Bewusstsein, betäubt von anderthalb Kilo Plastiksprengstoff, der mit Nägeln, Glassplittern und Kugellagern versetzt worden war.

Als die Sirenen nicht mehr aufhören wollten, ging ich zum Telefon und rief Wiley Meek an. Er hatte sich gerade bei mir melden wollen. »Jemand hat versucht, Maxine Root in die Luft zu jagen«, sagte er.

Ich erzählte den Ruffins etwas von einem Unfall und ließ sie auf der Veranda zurück. Als ich das Viertel erreichte, in dem die Roots wohnten, hatte man dort sämtliche größeren Straßen gesperrt und leitete den Verkehr um. Ich fuhr zum Krankenhaus und traf dort einen jungen Arzt, den ich kannte. Er sagte, es habe vier Verletzte gegeben, von denen jedoch keiner in Lebensgefahr zu sein scheine.

Richter Omar Noose führte an diesem Nachmittag gerade den Vorsitz bei einer Gerichtsverhandlung in Clanton. Später sagte er, dass er die Explosion gehört habe. Rufus Buckley und Sheriff McNatt berieten sich über eine Stunde lang mit dem Richter in dessen Amtszimmer. Was während dieser Besprechung gesagt wurde, drang nie an die Öffentlichkeit. Während wir im Gerichtssaal warteten, waren sich Harry Rex und die meisten anderen Anwälte sicher, dass darüber beratschlagt wurde, wie ein Haftbefehl für Danny Padgitt ausgestellt werden konnte, obwohl es keine Beweise dafür gab, dass er hinter den Anschlägen steckte.

Aber es musste etwas geschehen. Jemand musste verhaftet werden. Der Sheriff musste die Bürger beschützen. Er musste etwas unternehmen, selbst wenn er sich dabei nicht ganz an die Buchstaben des Gesetzes hielt.

Jemand erzählte, dass Travis und Teddy Ray in eines der Krankenhäuser in Memphis gebracht worden seien, um dort operiert zu werden. Maxine und ihr Nachbar lägen gerade in Clanton unter dem Messer. Wieder hatten die Ärzte gesagt, dass kein Leben gefährdet sei. Allerdings würde Travis vielleicht den rechten Arm verlieren.

Wie viele Leute in Clanton wussten, auf welche Weise man eine Paketbombe herstellen konnte? Wer hatte Zugang zu Sprengstoff? Wer hatte ein Motiv? Während wir im Gerichtssaal über diese Fragen diskutierten, setzte man sich im Amtszimmer des Richters offenbar ebenfalls damit auseinander. Noose, Buckley und McNatt saßen alle auf gewählten Posten. Die Bürger von Ford County brauchten ihren Schutz. Da Danny Padgitt der einzige Verdächtige war, gab Richter Noose schließlich einen Haftbefehl für ihn heraus.

Man verständigte Lucien Wilbanks, der die Neuigkeit ohne Widerspruch entgegennahm. Zum jetzigen Zeitpunkt konnte nicht einmal Padgitts Anwalt etwas gegen die Strategie einwenden, Danny zunächst einmal in Gewahrsam zu nehmen. Schließlich bestand immer noch die Möglichkeit, dass man ihn später wieder auf freien Fuß setzte.

Kurz nach fünf Uhr verließ eine Kolonne von Streifenwagen Clanton und fuhr nach Padgitt Island. Harry Rex besaß inzwischen einen eigenen Scanner zum Abhören des Polizeifunks (es gab recht viele neue Geräte in der Stadt). Wir saßen in seinem Büro, tranken Bier und hörten dem aufgeregten Quäken im Polizeifunk zu. Es war wohl die aufregendste Verhaftung in der Geschichte unseres County, und wir wollten sie unbedingt miterleben. Würden die Padgitts die Straße blockieren und die Verhaftung verhindern? Würde es eine Schießerei geben? Einen Krieg?

Anhand des Geschnatters konnten wir uns recht gut vorstellen, was gerade passierte. Am Highway 42 trafen McNatt und seine Männer zehn »Einheiten« der Mississippi Highway Patrol. Wir nahmen an, dass »Einheit« nichts anderes als Streifenwagen bedeutete, aber es hörte sich um einiges gefährlicher an. Sie fuhren zum Highway 401 und bogen in die Straße ab, die zur Insel führte. An der Brücke, wo alle die entscheidende Kraftprobe erwarteten, saß Danny Padgitt neben seinem Anwalt in einem Auto.

Die Stimmen im Scanner klangen nervös.

»Er hat seinen Anwalt dabei!«

»Wilbanks?«

»Ja.«

»Wir sollten beide erschießen.«

»Sie steigen aus.«

»Wilbanks hat die Hände gehoben. So ein Schwachkopf!«

»Es ist eindeutig Danny Padgitt. Er hat die Hände oben.«

»Ich würd ihm gern das Grinsen aus dem Gesicht schlagen.«

»Sie haben ihm Handschellen angelegt.«

»Verdammt!«, brüllte Harry Rex an seinem Schreibtisch. »Ich wollte eine Schießerei! So wie früher!«

Eine Stunde später – wir waren gerade im Gefängnis – kam die Parade aus roten und blauen Blinklichtern angefahren. Sheriff McNatt hatte Padgitt klugerweise in den Streifenwagen eines Staatspolizisten gesetzt, um zu verhindern, dass ihn seine Deputys während der Fahrt zu hart anpackten. Zwei ihrer Kollegen wurden in Memphis operiert, und die Nerven der Beamten lagen blank.

Vor dem Gefängnis hatte sich eine Menschenmenge versammelt. Padgitt wurde beschimpft und verhöhnt, während er im Laufschritt hineingebracht wurde. Daraufhin befahl der Sheriff den Hitzköpfen verärgert, nach Hause zu gehen.

Padgitt in Handschellen zu sehen war eine Erleichterung. Das gesamte County atmete auf, als bekannt wurde, dass er verhaftet worden war. Die dunkle Wolke hatte sich gelichtet. An jenem Abend fing Clanton wieder zu leben an.

Als ich nach Einbruch der Dunkelheit nach Hause kam, war Familie Ruffin in Feststimmung. Miss Callie wirkte so gelöst wie lange nicht mehr. Wir saßen noch lange auf der Veranda zusammen, redeten, lachten und hörten Aretha Franklin, die Temptations und von zu Zeit zu Zeit sogar ein Feuerwerk.

43

Niemand wusste, dass Lucien Wilbanks und Richter Noose in den hektischen Stunden vor der Verhaftung Danny Padgitts eine Vereinbarung getroffen hatten. Der Richter hatte befürchtet, es könnte verhängnisvolle Folgen haben, wenn Padgitt sich auf der Insel versteckte oder sich der Festnahme widersetzte. Das County war ein Pulverfass, das nur auf das Streichholz wartete. Die Polizisten schrien nach Rache für Teddy Ray und Travis, deren himmelschreiende Dummheit vorübergehend ignoriert wurde, während die beiden sich im Krankenhaus erholten. Und Maxine Root kam aus einer Familie von Waldarbeitern, einem großen, streitsüchtigen Clan, der das ganze Jahr über auf die Jagd ging, von seinem Land lebte und nicht zimperlich war, wenn Rechnungen zu begleichen waren.

Wilbanks hatte überlegt und sich dann einverstanden erklärt, seinen Mandanten der Polizei zu übergeben, allerdings unter einer Bedingung: Die Kautionsanhörung sollte sofort stattfinden. Er hatte angeblich ein Dutzend Zeugen, die bereit waren, Danny ein »wasserdichtes« Alibi zu geben, und wollte, dass die Bürger Clantons ihre Aussage hörten. Er glaubte tatsächlich, dass jemand anderes hinter den Morden steckte, und es war ihm wichtig, die Stadt davon zu überzeugen.

Dazu kam, dass die Anwaltskammer Wilbanks wegen eines anderen Falls die Lizenz binnen Monatsfrist entziehen wollte. Er wusste, das Ende nahte – die Kautionsanhörung würde sein letzter Auftritt vor Gericht sein.

Noose war mit einer sofortigen Kautionsanhörung einverstanden und setzte sie für zehn Uhr morgens am nächsten Tag, dem 3. Juli, an. Der Gerichtssaal von Ford County war bis auf den letzten Platz besetzt, und das Szenario hatte eine beängstigende Ähnlichkeit mit dem Prozess neun Jahre zuvor. Die Zuschauer wollten unbedingt einen Blick auf Danny Padgitt erhaschen, und viele hofften, dass man ihn gleich an Ort und Stelle aufknüpfte. Maxine Roots Familie kam sehr früh und setzte sich weit nach vorn. Die Männer waren massig gebaut, bärtig, trugen Overalls und machten mir Angst, obwohl wir doch angeblich auf derselben Seite standen. Maxine ging es wohl den Umständen entsprechend recht gut. Angeblich konnte sie in ein paar Tagen wieder nach Hause.

Die Ruffins hatten an diesem Morgen nicht viel zu tun und wollten sich die Aufregung im Gericht nicht entgehen lassen. Miss Callie bestand darauf, sehr früh hinzugehen, um sich einen guten Platz zu sichern. Sie war froh, dass sie wieder in die Stadt konnte, und genoss es sichtlich, im Sonntagskleid und umgeben von ihrer Familie in der Öffentlichkeit gesehen zu werden.

Die Berichte aus dem Krankenhaus in Memphis waren gemischt. Teddy Ray war zusammengeflickt worden und erholte sich recht schnell. Travis dagegen hatte eine unruhige Nacht gehabt, und es war fraglich, ob man seinen Arm würde retten können. Ihre Kollegen waren geschlossen im Gerichtssaal erschienen, um dem Bombenhersteller drohende Blicke zuzuwerfen.

Als ich Mr und Mrs Fargarson im hinteren Teil des Gerichtssaales sitzen sah, in der vorletzten Reihe, konnte ich mir nicht einmal ansatzweise vorstellen, was sie jetzt dachten.

Von den Padgitts war niemand erschienen; sie waren so klug gewesen, der Anhörung fern zu bleiben. Wenn auch nur ein Mitglied der Familie gekommen wäre, hätte dies zu Ausschreitungen geführt. Harry Rex flüsterte mir zu, dass sich die Padgitts oben im Geschworenenraum verkrochen und die Tür abgesperrt hätten. Sie ließen sich kein einziges Mal blicken.

Rufus Buckley erschien mit seinem Gefolge, um den Staat Mississippi zu repräsentieren. Der Verkauf der *Times* hatte für mich unter anderem den Vorteil, dass ich nie wieder gezwungen sein würde, mit ihm zu reden. Buckley war arrogant und aufgeblasen, und alles, was er tat, diente lediglich dazu, ihn in das Amt des Gouverneurs zu hieven.

Während ich wartete und zusah, wie der Gerichtssaal sich mit Menschen füllte, wurde mir klar, dass die Anhörung das letzte Verfahren sein würde, über das ich für die *Times* berichtete. Der Gedanke machte mich nicht traurig. Ich hatte mit der Zeitung abgeschlossen und war bereits dabei, das Geld auszugeben. Jetzt, da Danny in Haft war, wollte ich möglichst schnell aus Clanton verschwinden und mir die Welt ansehen.

In wenigen Monaten würde es einen Prozess geben. Er würde genauso zum Zirkus werden wie der erste, aber ich hatte erhebliche Zweifel daran, dass er in Ford County stattfinden würde. Es war mir egal. Ein anderer würde darüber berichten.

Um zehn waren sämtliche Plätze besetzt, und an den Wänden standen mehrere Reihen Zuschauer. Fünfzehn Minuten später tat sich etwas hinter dem Richtertisch. Eine Tür öffnete sich, und Lucien Wilbanks trat heraus. Das Ganze hatte etwas von einer Sportveranstaltung an sich: Er war ein Spieler, und wir wollten ihn ausbuhen. Hinter ihm kamen zwei Gerichtsdiener, und einer von ihnen rief: »Erheben Sie sich für den Richter!«

Richter Noose erschien in seiner schwarzen Robe und setzte sich auf seinen Thron. »Bitte setzen Sie sich«, sagte er ins Mikrofon. Er blickte auf die Menge hinunter, offensichtlich erstaunt, dass so viele Zuschauer gekommen waren.

Er nickte, und durch eine Seitentür wurde Danny Padgitt in Begleitung von drei Deputys hereingeführt. Danny trug Hand- und Fußfesseln und den orangefarbenen Gefängnisoverall, in dem ich ihn schon einmal gesehen hatte. Es dauerte ein paar Minuten, bis man ihn von seinen Fesseln befreit hatte. Als er sich ungehindert bewegen konnte, beugte er sich vor und flüsterte Wilbanks etwas zu.

»Wir haben uns heute zu einer Kautionsanhörung hier versammelt«, verkündete Noose. Im Gerichtssaal war es so ruhig, dass man eine Stecknadel hätte fallen hören. »Und ich bin fest entschlossen, sie auf vernünftige Art und Weise und in angemessener Kürze durchzuführen.«

Die Anhörung sollte erheblich kürzer ausfallen als erwartet.

Denn wenige Momente später explodierte etwas über uns, und für den Bruchteil einer Sekunde dachte ich, wir würden alle erschossen werden. Irgendetwas flog durch die schwüle Luft des Gerichtssaales, und obwohl die Stadt bis vor kurzem noch ein kollektives Nervenbündel gewesen war, erstarrten wir jetzt in ungläubigem Staunen. Unmittelbar darauf stöhnte Danny Padgitt, und dann brach das Chaos aus. Frauen schrien. Männer schrien. Jemand brüllte: »Runter!«, während die Hälfte der Zuschauer in Deckung ging und einige sich zu Boden warfen. Dann schrie jemand: »Er ist getroffen worden!«

Ich zog ein wenig den Kopf ein, wollte aber nichts verpassen. Sämtliche Deputys rissen ihre Dienstrevolver aus dem Holster und sahen sich hektisch nach jemandem um, den sie erschießen konnten. Sie richteten ihre Waffen nach oben und unten, nach vorn und hinten, überallhin.

Wir stritten uns noch Jahre später darüber, aber der zweite Schuss kam höchstens drei Sekunden nach dem ersten. Er traf Danny zwischen die Rippen, wäre aber gar nicht mehr notwendig gewesen, da ihm der erste den Kopf zerschmettert hatte. Ein Deputy im vorderen Teil des Gerichtssaals schien gesehen zu haben, wo der zweite Schuss abgefeuert worden war. Ich duckte mich etwas tiefer, konnte aber noch erkennen, dass der Polizist auf die Galerie zielte.

Die Doppeltüren des Gerichtssaals wurden aufgestoßen, und die Zuschauer flüchteten in Panik. Trotz der allgemeinen Hysterie blieb ich sitzen und versuchte, alles in mich aufzunehmen. Ich kann mich noch heute daran erinnern, wie Lucien Wilbanks sich über seinen Mandanten beugte, wie Rufus Buckley auf Händen und Knien vor der Geschworenenbank herumkroch und zu flüchten versuchte. Und ich werde nie vergessen, wie Richter Noose völlig ungerührt am Richtertisch saß, die Lesebrille auf der Nasenspitze, und das Chaos vor sich beobachtete, als würde er so etwas jede Woche sehen.

Jede Sekunde schien eine Minute zu dauern.

Die Kugeln, die Danny getroffen hatten, waren von der Decke über der Galerie abgefeuert worden. Und obwohl die Galerie voller Zuschauer war, hatte niemand gesehen, dass sich drei Meter über ihnen der Lauf eines Gewehrs ein paar Zentimeter durch die Decke geschoben hatte. Wie alle anderen waren sie damit beschäftigt gewesen, einen Blick auf Danny Padgitt zu erhaschen.

Das County hatte den Gerichtssaal im Laufe der Jahrzehnte immer dann renovieren lassen, wenn etwas Geld in den Kassen übrig war. Ende der Sechzigerjahre hatte man die Decke abhängen lassen, um die Beleuchtung zu verbessern. Ein Heizungsschacht, der über den Deckenpaneelen verlief, war das perfekte Versteck für den Heckenschützen gewesen. Dort, in dem engen, dunklen Schacht, hatte er geduldig gewartet und den Gerichtssaal unter sich durch einen zehn Zentimeter breiten Schlitz beobachtet. Den Schlitz hatte er geschaffen, indem er eines der mit Wasserflecken übersäten Paneele angehoben hatte.

Als ich der Meinung war, dass keine Schüsse mehr fallen würden, schlich ich mich zur Gerichtsschranke. Die Polizisten brüllten, dass alle den Gerichtssaal verlassen sollten. Sie schoben die Menschen zu den Türen und bellten alle möglichen Anweisungen, die sich vollkommen widersprachen. Danny lag unter dem Tisch; Wilbanks und einige Deputys knieten neben ihm. Ich konnte Dannys Füße sehen, aber sie bewegten sich nicht. Ein oder zwei Minuten vergingen, und das Durcheinander legte sich etwas. Plötzlich waren wieder Schüsse zu hören; zum Glück wurden sie dieses Mal draußen abgefeuert. Ich sah aus einem Fenster des Gerichtssaals und konnte erkennen, dass einige Menschen in die Geschäfte am Clanton Square flüchteten. Dann fiel mir ein alter Mann auf, der nach oben deutete, auf eine Stelle über uns.

Sheriff McNatt hatte gerade den Heizungsschacht entdeckt, als er Schüsse über sich hörte. Er und zwei Deputys gingen die Treppe zum zweiten Stock hoch und schlichen sich dann vorsichtig über die Wendeltreppe zur Kuppel. Die Falltür dorthin war blockiert, aber genau über sich hörten sie die nervösen Schritte des Heckenschützen. Und sie hörten auch, wie Patronenhülsen auf den Boden fielen.

Der Mörder hatte es jetzt nur noch auf die Kanzlei von Lucien Wilbanks abgesehen, vor allem auf die Fenster im oberen Stock. Er nahm sie systematisch unter Beschuss und zerschoss eines nach dem anderen. Im Erdgeschoss hatte sich Ethel Twitty unter ihrem Schreibtisch verkrochen. Sie weinte und schrie wie am Spieß.

Ich verließ den Gerichtssaal und rannte ins Erdgeschoss, wo die Zuschauer warteten. Sie wussten nicht, was sie tun sollten. Der Polizeichef hatten ihnen befohlen, im Gerichtsgebäude zu bleiben. Zwischen den einzelnen Schüssen war aufgeregtes, nervöses Gemurmel zu hören. Wir starrten uns an und dachten alle das Gleiche: »Wie lange wird es noch dauern?«

Ich ging zu den Ruffins. Miss Callie war in Ohnmacht gefallen, als der erste Schuss im Gerichtssaal gefallen war. Max und Bobby stützten sie und wollten sie so schnell wie möglich nach Hause bringen.

Nachdem er die Stadt eine Stunde lang in Atem gehalten hatte, ging dem Heckenschützen die Munition aus. Die letzte Kugel sparte er für sich selbst auf. Als er abdrückte, fiel er auf die kleine Falltür im Boden der Kuppel. Sheriff McNatt wartete ein paar Minuten, dann gelang es ihm, die Tür zu öffnen. Hank Hooten war auch dieses Mal nackt. Und so tot wie ein überfahrenes Tier am Straßenrand.

Ein Deputy rannte die Treppe hinunter und rief: »Es ist vorbei! Er ist tot! Es war Hank Hooten!«

Der verwirrte Ausdruck auf den Gesichtern der Menschen war fast schon lustig. Hank Hooten? Alle sprachen den Namen aus, aber es kam kein Laut über ihre Lippen. Hank Hooten?

»Das war doch der Anwalt, der übergeschnappt ist.«

»Ich dachte, den hätte man weggesperrt.«

»Ist er denn nicht in Whitfield?«

»Ich dachte, er ist längst tot.«

»Wer ist Hank Hooten?«, fragte mich Carlota, aber ich war viel zu verwirrt, um zu antworten. Wir gingen nach draußen unter die Bäume und blieben dort eine Weile stehen, weil wir nicht wussten, was wir tun sollten. Sollten wir bleiben, für den Fall, dass sich noch so ein unglaublicher Vorfall ereignete, oder sollten wir nach Hause gehen und versuchen zu verstehen, was wir gerade erlebt hatten? Die Ruffins brachen sofort auf; Miss Callie fühlte sich nicht wohl.

Irgendwann fuhr ein Krankenwagen, in dem sich Danny Padgitts Leiche befand, vor dem Gerichtsgebäude an und verschwand ohne Eile. Die Bergung von Hank Hooten gestaltete sich schwieriger, aber schließlich brachte man seine Leiche von der Kuppel herunter und rollte sie auf einer Bahre aus dem Gerichtsgebäude, von Kopf bis Fuß in ein weißes Laken gehüllt.

Ich ging in die Redaktion, wo Margaret und Wiley frischen Kaffee tranken und schon auf mich warteten. Wir waren vollkommen fassungslos und brachten kein intelligentes Gespräch zustande. Die ganze Stadt war wie betäubt.

Schließlich tätigte ich ein paar Telefonanrufe, erreichte, wen ich sprechen wollte, und verließ die Redaktion gegen Mittag. Während ich um den Clanton Square herumfuhr, sah ich Mr Dex Pratt, den Eigentümer des örtlichen Glasergeschäfts, der jede Woche eine Anzeige in der *Times* drucken ließ. Er stand auf dem Balkon vor Wilbanks' Kanzlei und wechselte die Scheiben in den Fenstertüren aus. Ich war sicher, dass Lucien inzwischen zu Hause war und mit einer Flasche in der Hand auf seiner Veranda saß, von der aus die Kuppel des Gerichtsgebäudes zu sehen war.

Whitfield lag drei Stunden südlich von Clanton. Ich war nicht sicher, ob es ich es bis dorthin schaffen würde, denn am liebsten wäre ich nach rechts abgebogen und dann in Richtung Westen gefahren. Bei Greenville oder Vicksburg hätte ich den Fluss überquert und wäre bei Anbruch der

Dämmerung in Texas gewesen. Wenn ich nach links und in Richtung Osten gefahren wäre, hätte ich irgendwo in der Nähe von Atlanta ein spätes Abendessen genießen können.

Es kam mir vor wie der blanke Wahnsinn. Wie hatte es in einer so hübschen Kleinstadt zu einem solchen Alptraum kommen können? Ich wollte nur noch weg.

Ich war schon in der Nähe von Jackson, als ich aus meiner Trance erwachte.

Die Nervenheilanstalt lag etwa dreißig Kilometer östlich von Jackson an einem Interstate Highway. An der Pforte benutzte ich den Namen eines Arztes, den ich bei meinen telefonischen Recherchen am Morgen erfahren hatte, um mir Zugang zum Gelände zu verschaffen.

Dr. Vero war sehr beschäftigt. Eine Stunde lang saß ich auf einem Stuhl vor seinem Büro und las Zeitschriften. Als ich dem Mädchen am Empfang sagte, dass ich ohne Gespräch nicht gehen und dem Doktor, falls es notwendig sein sollte, bis nach Hause folgen würde, fand er zwischen zwei Terminen doch noch Zeit für mich.

Dr. Vero hatte lange Haare und einen grauen Bart. Dem Akzent nach kam er aus dem nördlichen Teil des Mittleren Westens. Zwei Diplome an der Wand besagten, dass er an der Northwestern und der Johns Hopkins University studiert hatte. Details konnte ich im trüben Licht seines chaotischen Büros nicht erkennen.

Ich erzählte ihm, was am Morgen in Clanton geschehen war. Nachdem ich geendet hatte, sagte er: »Ich kann nicht über Mr Hooten reden. Wie ich Ihnen bereits am Telefon erklärt habe, stehe ich unter ärztlicher Schweigepflicht.«

»Jetzt nicht mehr.«

»Die ärztliche Schweigepflicht besteht auch nach dem Tod des Patienten fort. Ich fürchte, ich kann Ihnen nichts sagen.«

Ich war lange genug mit Harry Rex unterwegs gewesen, um zu wissen, dass ein Nein keine Antwort war. Daher begann ich, Dr. Vero den Fall Padgitt zu erklären, angefangen beim Prozess über die Haftentlassung auf Bewährung im letzten Monat bis hin zu der nervösen Anspannung in Clanton. Ich erzählte ihm, dass ich Hank Hooten an einem Sonntagabend im Gotteshaus der Unabhängigen Kirche von Calico Ridge gesehen hatte und niemand zu wissen schien, wo er die letzten Jahre seines Lebens verbracht hatte.

Dann versuchte ich, Dr. Vero deutlich zu machen, dass die Stadt wissen musste, warum Hank Hooten durchgedreht war. Wie krank war er gewesen? Warum war er entlassen worden? Es gab viele Fragen, und bevor »wir« das tragische Ereignis hinter »uns« lassen könnten, müssten »wir« die Wahrheit erfahren. Ich stellte fest, dass ich geradezu um Informationen bettelte.

»Wie viel werden Sie drucken?«, fragte er endlich.

»Nur so viel, wie Sie wollen. Und wenn etwas inoffiziell ist, sagen Sie es einfach.«

»Gehen wir ein wenig spazieren.«

Wir setzten uns auf eine Bank aus Beton, die in einem kleinen, schattigen Hof stand, und tranken Kaffee aus Pappbechern. »Ich sage Ihnen zuerst das, was Sie drucken können«, begann Dr. Vero. »Mr Hooten wurde im Januar 1971 hier eingeliefert. Er wurde als schizophren diagnostiziert, in Gewahrsam genommen, behandelt und im Oktober 1976 entlassen.«

»Wer hat die Diagnose gestellt?«

»Jetzt wird es inoffiziell, in Ordnung?«

»In Ordnung.«

»Das *muss* unter uns bleiben, Mr Traynor. Geben Sie mir Ihr Wort darauf.«

Ich legte Stift und Notizbuch beiseite und sagte: »Ich

schwöre auf die Bibel, dass nichts davon gedruckt werden wird.«

Er zögerte lange und trank immer wieder von seinem Kaffee. Für einen Moment dachte ich, er hätte es sich anders überlegt und würde mich wegschicken. Aber dann wurde er ein wenig lockerer und sagte: »Ich habe Mr Hooten behandelt, als er zu uns gekommen ist. Es gab mehrere Fälle von Schizophrenie in seiner Familie. Seine Mutter und möglicherweise auch seine Großmutter haben daran gelitten. Bei dieser Krankheit spielen die Gene oft eine Rolle. Während seiner Collegezeit wurde er in eine psychiatrische Klinik eingewiesen, aber es gelang ihm bemerkenswerterweise trotzdem, das Jurastudium abzuschließen. Nach seiner zweiten Scheidung Mitte der Sechzigerjahre ist er dann nach Clanton gezogen, wo er noch einmal von vorn anfangen wollte. Eine dritte Scheidung folgte. Er betete Frauen geradezu an, war aber unfähig, eine Beziehung zu führen. In Rhoda Kassellaw war er sehr verliebt, und er hat behauptet, er habe ihr mehrere Heiratsanträge gemacht. Ich bin sicher, dass er der jungen Dame auf die Nerven ging. Der Mord an ihr war ein schweres Trauma für ihn. Und als die Geschworenen ihren Mörder nicht mit dem Tod bestrafen wollten, ist er sozusagen übergeschnappt.«

»Danke, dass Sie es für mich als Laien verständlich ausdrücken«, erwiderte ich. Ich musste daran denken, welche Diagnose damals in der Stadt umgegangen war – »total durchgeknallt«.

»Er hörte Stimmen, vor allem die Stimme von Miss Kassellaw. Auch ihre zwei kleinen Kinder sprachen zu ihm. Sie flehten ihn an, ihre Mutter zu beschützen, zu retten. Und sie schilderten ihm, wie schrecklich es war, zusehen zu müssen, wie ihre Mutter in ihrem eigenen Bett vergewaltigt und ermordet wurde. Sie warfen ihm vor, sie nicht gerettet zu haben. Und ihr Mörder, Mr Padgitt, hat ihn aus dem Gefängnis verhöhnt. Über unser internes Überwachungssystem habe ich häufig mit angehört, wie Mr Hooten Danny Padgitt in seinem Zimmer hier beschimpft hat.«

»Hat er auch von den Geschworenen gesprochen?«

»O ja, die ganze Zeit. Er wusste, dass drei von ihnen – Mr Fargarson, Mr Teale und Mrs Root – sich geweigert hatten, der Todesstrafe zuzustimmen. Er schrie ihre Namen immer wieder, meistens mitten in der Nacht.«

»Das ist erstaunlich. Die Geschworenen haben sich gegenseitig das Versprechen abgenommen, nie etwas über die Beratung zu erzählen. Bis vor einem Monat hat niemand gewusst, wie abgestimmt worden ist.«

»Aber er war doch der stellvertretende Staatsanwalt.«

»Das stimmt.« Ich konnte mich noch gut daran erinnern, wie Hank Hooten neben Ernie Gaddis in der Verhandlung gesessen und nie etwas gesagt hatte. Er hatte stets gelangweilt und desinteressiert gewirkt. »Hat er gesagt, dass er sich an ihren rächen wollte?«

Dr. Vero trank einen Schluck Kaffee und überlegte, ob er mir antworten sollte. »Ja. Er hat sie gehasst. Er wollte sie tot sehen, genau wie Mr Padgitt.«

»Und warum ist er dann entlassen worden?«

»Ich kann über seine Entlassung nicht sprechen, Mr Traynor. Ich war zu der Zeit nicht hier, und eventuell würde man die Anstalt dafür haftbar machen.«

»Sie waren gar nicht hier?«

»Ich hatte zwei Jahre lang einen Lehrauftrag in Chicago. Als ich vor achtzehn Monate wiedergekommen bin, hatte man Mr Hooten bereits entlassen.«

»Aber Sie haben sich seine Akte angesehen?«

»Ja, und sein Zustand hatte sich während meiner Abwesenheit stark verbessert. Die Ärzte hatten die richtige Mischung von Psychopharmaka gefunden, und seine

Symptome waren erheblich zurückgegangen. Er wurde in ein ambulantes Therapieprogramm in Tupelo aufgenommen, und dort haben wir ihn dann sozusagen aus den Augen verloren. Ich brauche wohl nicht zu sagen, Mr Traynor, dass die Behandlung von psychisch kranken Menschen in diesem und in vielen anderen Bundesstaaten keine hohe Priorität besitzt. Wir haben zu wenig Personal und zu geringe finanzielle Mittel.«

»Hätten Sie ihn auch entlassen?«

»Diese Frage kann ich nicht beantworten, Mr Traynor. Ich glaube, ich habe Ihnen schon genug gesagt.«

Ich bedankte mich dafür, dass er sich Zeit für mich genommen hatte, und versprach noch einmal, alles vertraulich zu behandeln. Er wollte ein Exemplar der Zeitung haben, wenn der Artikel erschien.

An einem Fastfood-Restaurant in Jackson hielt ich, um einen Cheeseburger zu essen. Dann rief ich von einem Münzfernsprecher aus in der Redaktion an, weil ich wissen wollte, ob es während meiner Abwesenheit noch ein paar Schießereien gegeben hatte. Margaret war erleichtert, meine Stimme zu hören.

»Kommen Sie schnell, Willie«, sagte sie.

»Warum?«

»Callie Ruffin hat einen Schlaganfall gehabt. Sie liegt im Krankenhaus.«

»Ist es sehr schlimm?«

»Ich fürchte, ja.«

44

Das Geld aus einer 1977 vom County ausgegebenen Anleiheemission war für die Renovierung unseres Krankenhauses verwendet worden. An einem Ende des Haupttraktes befand sich eine moderne, wenn auch recht dunkle Kapelle, wo ich einmal mit Margaret und ihrer Familie gesessen hatte, nachdem ihre Mutter gestorben war. Dort fand ich auch die Ruffins, alle acht Kinder, alle einundzwanzig Enkel und alle Ehepartner bis auf Leons Frau. Reverend Thurston Small war ebenfalls gekommen, zusammen mit einer ansehnlichen Abordnung der Kirchengemeinde. Esau wartete oben in der Intensivstation vor Miss Callies Zimmer.

Sam erzählte, dass sie sich für ein Nickerchen hingelegt hatte und dann mit einem stechenden Schmerz im linken Arm aufgewacht war. Dann wurde ihr Bein taub, und kurze Zeit später konnte sie nicht mehr zusammenhängend sprechen. Ein Rettungswagen hatte sie ins Krankenhaus gebracht. Der Arzt war sicher, dass sie zuerst einen Schlaganfall gehabt hatte, auf den ein leichter Herzanfall gefolgt war. Miss Callie hatte starke Medikamente bekommen und war an Überwachungsgeräte angeschlossen worden. Um acht Uhr hatte der Arzt gesagt, ihr Zustand sei »ernst, aber stabil«.

Besucher durften nicht zu ihr, daher blieb uns nichts anderes übrig, als zu warten, zu beten und Freunde zu begrüßen, die kamen und gingen. Nach einer Stunde in der Kapelle war ich so müde, dass ich nur noch ins Bett wollte. Max, der Drittgeborene, aber eindeutig der Anführer, stellte einen Plan für die Nacht auf. Mindestens zwei von Miss Callies Kindern sollten immer im Krankenhaus sein.

Um elf Uhr sprachen wir noch einmal mit dem Arzt, der sagte, dass sie immer noch stabil sei. Sie »schlief« gerade, wie er es ausdrückte, aber auf unsere Nachfragen hin gab er zu, dass sie mit Medikamenten in einen künstlichen Schlaf versetzt worden war, um einen zweiten Schlaganfall zu verhindern. »Gehen Sie nach Hause, und ruhen Sie sich aus«, sagte er. »Morgen wird vielleicht ein langer Tag.« Wir ließen Mario und Gloria in der Kapelle und fuhren zu mir, wo wir auf der Seitenveranda Eis aßen. Sam hatte Esau nach Hause gebracht. Ich freute mich, dass nun auch der Rest der Familie bei mir übernachten wollte.

Von den dreizehn Erwachsenen wollten nur Leon und Carlotas Mann, Sterling, etwas Alkoholisches trinken. Ich machte eine Flasche Wein auf. Wir drei verzichteten auf das Eis.

Alle waren müde, besonders die Kinder. Der Tag hatte mit einem Abenteuer im Gericht begonnen, wo sie einen Blick auf den Mann hatten werfen wollen, der unsere kleine Stadt in Angst und Schrecken versetzt hatte. Es schien vor einer Woche gewesen zu sein. Um Mitternacht versammelte Al die Familie in meinem Arbeitszimmer zu einem letzten Gebet. Es war ein »Kettengebet«, wie er es nannte; alle Erwachsenen und auch die Kinder bedankten sich für etwas und baten Gott darum, Miss Callie zu beschützen. Dort, auf meinem Sofa, Hand in Hand mit Bonnie und Marios Frau, spürte ich die Gegenwart des Herrn. Ich war sicher, dass es meiner lieben Freundin, ihrer Mutter und Großmutter, bald wieder besser gehen würde.

Zwei Stunden später lag ich im Bett. Ich war hellwach

und hörte immer noch den scharfen Knall des Gewehrs im Gerichtssaal, den dumpfen Einschlag der Kugel, die Danny getroffen hatte, die panischen Schreie. In Gedanken wiederholte ich das Gespräch mit Dr. Vero und fragte mich, in welcher Hölle der arme Hank Hooten wohl in den letzten Jahren gelebt hatte. Warum hatte man ihn wieder auf die Gesellschaft losgelassen?

Und ich machte mir Sorgen um Miss Callie, obwohl ihr Zustand unter Kontrolle zu sein schien und sie im Krankenhaus in guten Händen war.

Irgendwann gelang es mir, für zwei Stunden zu schlafen, dann stand ich auf und ging nach unten in die Küche, wo Mario und Leon am Tisch saßen und Kaffee tranken. Mario war vor einer Stunde aus dem Krankenhaus gekommen. Miss Callies Zustand war unverändert. Die beiden stellten bereits einen rigorosen Plan zur Gewichtsabnahme auf, für dessen Einhaltung die Kinder sorgen würden, wenn Miss Callie wieder zu Hause war. Außerdem hatten sie sich ein Bewegungsprogramm ausgedacht, das unter anderem aus langen Spaziergängen in Lowtown bestand. Regelmäßige Untersuchungen beim Arzt, Vitamine, fettarmes Essen.

Sie meinten es ernst mit dem Gesundheitsprogramm für ihre Mutter, obwohl alle wussten, dass Miss Callie ohnehin das tun würde, was sie sich in den Kopf gesetzt hatte.

Einige Stunden später machte ich mich daran, meine Sachen und den Krimskrams, der sich in neun Jahren angesammelt hatte, zusammenzupacken und mein Büro auszuräumen. Die neue Chefredakteurin war eine nette Frau aus Meridian, Mississippi, und würde am Ende der Woche anfangen. Margaret bot mir ihre Hilfe an, aber ich wollte es langsam angehen und in Erinnerungen schwelgen, während ich Schubläden und Aktenschränke leerte. Es war ein sehr persönlicher Moment, und ich hatte das Bedürfnis, allein zu sein.

Mr Caudles Bücher wurden nach vielen Jahren von den staubigen Regalen heruntergenommen, wo sie lange vor meiner Ankunft hingestellt worden waren. Ich wollte sie zu Hause aufbewahren, für den Fall, dass einer seiner Vorfahren vorbeikam und etwas wissen wollte.

Meine Gefühle waren gemischt. Alles, was ich in die Finger bekam, erinnerte mich an etwas: einen Artikel, einen Termin, eine Fahrt ins Hinterland, um etwas zu recherchieren, einen Zeugen zu interviewen oder jemanden kennen zu lernen, von dem ich hoffte, dass er für ein Porträt interessant genug war. Doch je schneller ich mit dem Packen fertig wurde, desto eher würde ich die Redaktion verlassen und in das nächste Flugzeug steigen können.

Um 9.30 Uhr rief Bobby Ruffin an. Miss Callie war wach, hatte sich aufgesetzt und trank Tee. Besuche waren für ein paar Minuten erlaubt. Ich fuhr schnell ins Krankenhaus. Sam erwartete mich am Eingang und führte mich durch das Gewirr von Zimmern und Kabinen auf der Intensivstation. »Sprechen Sie nicht über das, was gestern passiert ist«, sagte er.

»In Ordnung.«

»Nichts, was sie aufregen könnte. Sie wollen nicht einmal ihre Enkel zu ihr lassen, weil sie Angst haben, dass ihr Herz verrückt spielt. Es muss alles ganz ruhig ablaufen.«

Miss Callie war wach, wirkte aber sehr benommen. Ich hatte die glänzenden Augen und das strahlende Lächeln erwartet, aber sie war kaum bei Bewusstsein. Sie erkannte mich, wir umarmten uns, ich tätschelte ihre rechte Hand. An der linken steckte eine Infusion. Außer mir waren Sam, Esau und Gloria im Zimmer.

Ich wollte ein paar Minuten mit ihr allein sein, um ihr endlich zu sagen, dass ich die Zeitung verkauft hatte, aber sie war nicht in der Verfassung für Neuigkeiten dieser Art. Sie war jetzt seit fast zwei Stunden wach und brauchte offenkundig Schlaf. In ein oder zwei Tagen würden wir vielleicht darüber reden können.

Nach fünfzehn Minuten kam ein Arzt und bat uns zu gehen. Wir verließen das Krankenhaus, kamen irgendwann zurück und hielten den ganzen 4. Juli über Wache, obwohl man uns nicht wieder auf die Intensivstation ließ.

Der Bürgermeister hatte beschlossen, dass es dieses Jahr am 4. Juli kein Feuerwerk geben würde. Wir hatten genug Explosionen gehört und genug unter Schießpulver gelitten. Angesichts der immer noch andauernden Nervosität der Bevölkerung regte sich kein Widerstand. Die Blaskapellen marschierten, die Parade wurde abgehalten, und die Reden der Politiker hörten sich an wie immer, obwohl es dieses Jahr weniger Kandidaten gab. Senator Theo Morton glänzte durch Abwesenheit. Es gab Eis, Limonade, Barbecue, Zuckerwatte – das übliche Essen, die üblichen Süßigkeiten, wie immer auf dem Rasen vor dem Gericht.

Doch die Stimmung wirkte sonderbar gedrückt. Vielleicht lag es auch an mir. Vielleicht war ich der Stadt so überdrüssig, dass alles an ihr falsch zu sein schien. Doch ich wusste, wie ich Abhilfe schaffen konnte.

Nach den Reden verließ ich den Clanton Square und fuhr ins Krankenhaus, ein kleiner Umweg, der langsam zur Routine wurde. Ich sprach mit Fuzzy, der den Parkplatz des Krankenhauses kehrte, mit Ralph, der die Fenster in der Eingangshalle putzte. In der Kantine kaufte ich eine Flasche Limonade von Hazel, plauderte kurz mit Mrs Esther Ellen Trussel, die als Freiwillige der örtlichen Frauengruppe am Informationsschalter saß. Im Wartezimmer im ersten Stock fand ich Bobby und Als Frau, die wie zwei Zombies in einen Fernsehapparat starrten. Ich hatte gerade eine Zeitschrift in die Hand genommen, als Sam hereinstürmte.

»Sie hatte wieder einen Herzanfall!«, sagte er.

Wir sprangen auf, als müssten wir dringend weg. »Es ist gerade eben passiert! Mehrere Ärzte sind bei ihr!«

»Ich ruf zu Hause an«, erwiderte ich und ging zum Münzfernsprecher. Max nahm den Hörer ab. Fünfzehn Minuten später strömten die Ruffins in die Kapelle.

Die Ärzte brauchten ewig, bis sie uns Bescheid gaben. Es war schon fast acht Uhr, als der behandelnde Arzt in die Kapelle kam. Ärzte wirken in der Regel distanziert und nüchtern, aber seine ernsten Augen und die gerunzelte Stirn sprachen eine unmissverständliche Sprache. Während er den »längeren Herzstillstand« beschrieb, schienen Miss Callies acht Kinder in sich zusammenzusinken. Ihre Mutter war an ein Beatmungsgerät angeschlossen, da sie aus eigener Kraft nicht mehr atmen konnte.

Innerhalb einer Stunde drängten sich Miss Callies Freunde in der Kapelle. Reverend Thurston Small leitete eine Gebetsgruppe neben dem Altar, und die Leute kamen und gingen, wie es ihnen beliebte. Der arme Esau saß vornüber gebeugt in der letzten Reihe. Er wirkte müde und alt. Um ihn herum hatten sich seine Enkelkinder versammelt, die alle sehr brav und ruhig waren.

Wir warteten stundenlang. Obwohl wir lächelten und versuchten, optimistisch zu sein, schien der Tod neben uns zu stehen. Es war, als hätte die Beerdigung bereits begonnen.

Margaret kam vorbei, und wir unterhielten uns draußen auf dem Korridor miteinander. Etwas später sprachen mich Mr und Mrs Fargarson an und fragten, ob sie kurz mit Esau reden könnten. Ich führte sie in die Kapelle, wo sie von den Ruffins begrüßt wurden, die ihnen ihr Beileid zum Tod ihres Sohnes ausdrückten.

Um Mitternacht waren wir wie betäubt und verloren allmählich unser Zeitgefühl. Die Minuten schleppten sich dahin. Irgendwann warf ich einen Blick auf die Uhr und fragte mich, wo die letzte Stunde geblieben war. Ich wollte weg von hier, selbst wenn es nur für einen kleinen Spaziergang und ein wenig frische Luft war. Doch der Arzt hatte gesagt, wir sollten besser in der Nähe bleiben.

Wie ernst die Lage war, begriffen wir jedoch erst, als er wiederkam und mit ernster Stimme sagte, es sei Zeit, »Abschied« zu nehmen. Die Ruffins rangen nach Atem, dann kamen die Tränen. Ich werde nie vergessen, wie Sam rief: »Abschied nehmen?«

»Geht es etwa zu Ende?«, fragte Gloria entsetzt.

Erschrocken und verwirrt folgten wir dem Arzt aus der Kapelle, den Korridor hinunter und eine Treppe hinauf. Wir gingen mit schleppenden Schritten, als führte man uns zu unserer Hinrichtung. Die Krankenschwestern halfen dabei, uns durch das Labyrinth der Intensivstation zu lotsen. Ihre Gesichter sagten uns das, was wir am meisten fürchteten.

Als die Familie nacheinander in das kleine Zimmer trat, berührte mich der Arzt am Arm und sagte: »Nur die Familie.«

»Ja, natürlich«, erwiderte ich und blieb stehen.

»Das ist schon in Ordnung«, sagte Sam. »Er gehört zu uns.«

Wir drängten uns um Miss Callie und die Maschinen, von denen die meisten schon abgeschaltet worden waren. Die beiden kleinsten Enkel wurden auf das Fußende des Bettes gesetzt. Esau stand ihr am nächsten und streichelte ihr sanft über das Gesicht. Ihre Augen waren geschlossen; sie schien nicht mehr zu atmen.

Sie hatte ihren Frieden gefunden. Ihr Mann und ihre Kinder berührten sie, und das Weinen war herzzerreißend. Ich stand in einer Ecke, eingeklemmt hinter Glorias Mann und Als Frau, und konnte einfach nicht glauben, was geschehen war.

Als Max seine Gefühle unter Kontrolle hatte, berührte er Miss Callie am Arm und sagte: »Lasst uns beten.« Wir senkten die Köpfe, und die Tränen versiegten fast völlig, zumindest vorübergehend. »Großer Gott, nicht unser Wille geschehe, sondern der Deine. In Deine Hände legen wir den Geist Deiner treuen Dienerin. Wir bitten Dich, gib ihr einen Platz in Deinem Himmelreich. Amen.«

Bei Sonnenaufgang saß ich auf dem Balkon vor meinem Büro. Ich wollte allein sein. Ich wollte allein weinen. Bei mir zu Hause flossen mehr Tränen, als ich ertragen konnte.

Wenn ich davon geträumt hatte, in der Welt herumzureisen, hatte ich mir immer vorgestellt, wie ich mit Geschenken für Miss Callie nach Clanton zurückkam. Ich wollte ihr eine Silbervase aus England mitbringen, Bettwäsche aus Italien, Parfüms aus Paris, Pralinen aus Belgien, eine Urne aus Ägypten, einen kleinen Diamanten aus den Minen Südafrikas. Ich malte mir aus, wie ich meine Gaben auf der Veranda ausbreitete, bevor wir uns zum Mittagessen niedersetzten und über die Orte sprachen, von denen sie stammten. Ich hatte ihr von jeder Station meiner Reisen Postkarten schicken und nach meiner Rückkehr meine Fotos mit ihr ansehen wollen. Sie würde da sein, auf meine Rückkehr warten, neugierig darauf, was ich ihr mitgebracht hatte. Sie würde ihr Haus mit vielen Souvenirs aus der ganzen Welt schmücken und Dinge besitzen, die niemand, weder schwarz noch weiß, in Clanton je besessen hatte.

Der Tod meiner lieben Freundin zerriss mir fast das Herz. Es war grausam, dass er so plötzlich gekommen war. Mein Schmerz war so groß, dass ich mir nicht vorstellen konnte, jemals darüber hinwegzukommen.

Als die Stadt unter mir langsam zum Leben erwachte, ging ich zu meinem Schreibtisch, schob ein paar Kartons beiseite und setzte mich. Ich nahm einen Stift und starrte lange Zeit auf ein leeres Blatt. Dann, zögernd und mit Tränen in den Augen, begann ich meinen letzten Nachruf.

Anmerkung des Autors

Nur sehr wenige Gesetze bleiben gleich. Sind sie erst einmal in Kraft getreten, werden sie untersucht, geändert, ergänzt und häufig auch wieder aufgehoben. Diese »Bastelei« ist in der Regel etwas Gutes. Schlechte Gesetze werden ausgemerzt, schwache verbessert, gute optimiert.

Bei einigen Gesetzen, die es in den Siebzigerjahren in Mississippi gegeben hat, habe ich mir große Freiheiten herausgenommen. Die Gesetze, mit denen ich in diesem Buch so fahrlässig umgegangen bin, sind inzwischen ergänzt und verbessert worden. Ich habe sie nur deshalb falsch dargestellt, um die Geschichte voranzubringen. Das tue ich die ganze Zeit, und ich habe auch nie ein schlechtes Gewissen deshalb, weil es immer diese Seite gibt, auf der ich die Dinge gerade rücken kann.

Wenn Sie diese »Fehler« entdecken, schreiben Sie mir bitte keinen Brief deshalb. Ich weiß, dass ich Fehler gemacht habe. Aber das war Absicht.

Mein Dank gilt Grady Tollison und Ed Perry aus Oxford, Mississippi, die mir bereitwillig Auskunft über alte Gesetze und Verfahren gegeben haben. Und Don Whitten und Mr Jessie Phillips vom *Oxford Eagle*. Bei Gary Greene bedanke ich mich für technische Ratschläge.